KB236761

문학사와 비평 7집

한국 현대문학과 근대성의 탐구

문학사와 비평연구회

새미

『문학사와 비평』7집 간행에 부쳐

한국근대문학 연구자들에게 있어서 '근대성'이라는 개념적 범주는, 시대의 변화에도 불구하고 그 유효성을 상실하지 않는 화두의 일종이라 할 수 있다. 깊이 들어가면 갈수록 문제의 영역이 확대되는 아이러니라고도 할 수 있을 것이다. 그런 의미에서 이제 한 세기를 거쳐온 한국근대문학사는 닫힌 과거가 아니라, 새로운 해석과 마주하여 지속적으로 의미를 재생산해내는 열려 있는 현재이다.

근대성에 대한 비판과 극복의 시도들이 시대의 사상적 조류와 더불어 지난 1990년대의 국문학 연구를 이끌어 온 바 있다. 그러나 그 경우에 있어서도 결국 우리가 고통스럽게 확인해야만 했던 것은, 근대성의 문학적 기원과 그것이 펼쳐내는 풍경에 대한 천착을 통하지 않고는 근대성의 비판이나 극복이 공허한 것이 될 수밖에 없다는 뼈아픈 확인이었다. 새로운 방법론에 대한 열정을 잠시 추스리고, 한국문학의 근대성이라는 고전적 주제를 다시 문제삼게 된 것은 이러한 맥락에서이다.

한편 이번 논문집에는 특히 젊은 연구자들의 논문을 다수 수록하였다. 한국근대문학 연구의 생산적 논의를 위해서는 세대간의 학문적 대화와 소통이 원활하게 이루어져야 한다는 판단 때문이다. 앞으로도

『문학사와 비평』은 신진 연구자 중심의 이론적 문제 제기의 공간이 되겠다는 출발 시의 자기 규정에 충실하고자 한다.

금년은 춘원, 횡보와 더불어 한국근대문학 초창기의 주역 가운데 한 사람이었던 김동인의 탄생 100주년을 맞는 해이다. 문학사와 비평 연구회에서는 금년 가을 김동인 탄생 백주년을 기념하는 세미나를 개최하고 그 결과를 단행본으로 펴낼 예정이다. 한국근대문학 연구자들의 많은 관심과 참여를 기대한다.

책의 출판을 맡아 주신 새미출판사에 새삼 감사드린다.

2000년 2월
문학사와 비평 연구회

목 차

머리말

1부 학술대회 발표 논문

2부 근대성의 근원

3부 리얼리즘과 모더니즘

4부 근대성과 시간의식

5부 서평

1부 학술대회 발표 논문

염상섭의 소설시학을 위하여
― 최근의 연구 성과에 대한 검토를 중심으로

진 정 석

1. 머리말

  염상섭은 근대의 본질을 성숙한 안목으로 통찰하고, 근대의 일상적 현실을 치밀하게 묘파해 낸 리얼리즘의 대가로 널리 인정되어 왔다. 근대성과 리얼리즘이 염상섭 문학의 기본항으로 공인되고 있는 셈인데, 그러나 최근 두 기본항의 오랜 친연관계에 균열의 조짐이 보이기 시작했다. 가령, 염상섭 문학의 근대적 성격은 리얼리즘이라는 표지를 떼어낼 때 더욱 풍요롭게 해석될 수 있다고 가정해 볼 수 있다. 근대의 본질적 원리에 대한 그의 탁월한 투시력과 복합적인 근대화 과정의 생생한 표현은 리얼리즘의 한 정점일 뿐만 아니라, 어떤 측면에서는 그 경계를 넘어서고 있기 때문이다. 이러한 가정을 좀더 과감하게 밀고 나간다면, 염상섭은 한국 리얼리즘의 완성자일 뿐만 아니라 문학적 모더니즘의 대가라고 할 수 있을지도 모른다.[1]

---

1) 이러한 표현은 물론 모더니즘의 일반적인 용법에서 벗어난 것이며, 근대성의
  경험과 그 예술적 형상화 방법에 대한 버먼의 논의를 원용한 것이다. 버먼은
  자본주의적 근대화라는 급진적인 변화가 전통적인 삶의 형식들을 파괴하면

이러한 가정은 이미 단순한 가정에 그치지 않는다. 리얼리즘과 모더니즘의 전통적인 양분법을 근대성, 또는 미적 근대성이라는 문제틀을 중심으로 새롭게 재편하려는 발상법이 상당한 공감대를 얻으며 확산되어가고 있기 때문이다. 돌이켜 보면 리얼리즘과 모더니즘이라는 화두는 80년대 이후 한국 근대문학 연구의 기본적인 좌표와도 같았다. 그것은 근대를 바라보는 상이한 세계관이고, 한국문학의 근대성을 실현하는 서로 다른 경로였으며, 그것을 개념화하는 상반된 분석도구이기도 했다. 한국 근대문학 연구가 도달한 높이를 보여주는 리얼리즘과 모더니즘의 양분법은, 세계관과 창작방법을 포괄하는 방법론적 모델을 제공함으로써 근대문학사 이해의 수준을 한 단계 심화시킨 것이다. 그러나 문제는 이러한 거시적인 틀이 어느새 구체적인 작가나 작품에 대한 분석과 해석의 풍요로움을 저해하는 규범적인 원리로 인지되기 시작했다는 점이다. 이제 이분법적 총론의 성과를 염두에 두되, 좀더 정치하고 미시적인 각론이 필요한 시점이라는 사실에는 대체적인 합의가 이루어진 상태라고 해도 좋을 것이다.

이 글은 염상섭 문학에 대한 최근의 연구성과를 비판적으로 검토하기 위해 씌어진다. 그러나 엄격한 의미의 '연구사 연구'는 이 글의 목표가 아니다. 이 글의 기본적인 관심사는 염상섭 문학을 통해 드러난 근대성의 핵심적인 양상을 검토하는 것이며, 때문에 이 문제와 연관되지 않은 많은 중요한 연구 성과들이 논의 대상에서 제외될 것이다. 제한된 범위의 논의를 통해서나마 염상섭과 근대성이라는 논제가 현재 도달해 있는 지점을 점검하고, 앞으로의 연구 방향을 시론적으로 가늠

서 형성되는 모순된 경험의 총체를 근대성으로 통칭하고, 근대성 경험에 대한 미적 반응양식을 모더니즘으로 규정한다. 버먼의 이러한 모더니즘 개념은 리얼리즘과 모더니즘이라는 양분법의 틀을 넘어서는 동시에 포괄하는 것이다. M. 버먼, 윤호병·이만식 역, 『현대성의 경험』, 현대미학사, 1994, 1장 참조. 포괄적인 모더니즘 개념의 유용성과 문제점에 대해서는 졸고, 「모더니즘의 재인식」, 『창작과비평』, 1997년 여름호, 152-3면 참조.

해 보는데 데 이 글의 잠정적인 목표를 두기로 한다.

2. '제도적 장치'로서의 근대와 복합적 경험으로서의 근대

「표본실의 청개구리」(1921), 「암야」(1922), 「제야」(1922)의 3부작과 『만세전』(1924)으로 이어지는 염상섭의 초기문학은 염상섭 문학의 발생사뿐만 아니라 한국 근대소설의 형성사를 해명하는 작업에 관건적인 의미를 갖고 있다. 그동안 많은 연구자들의 관심이 이 시기에 집중되고 다양한 견해와 심도깊은 논의들이 제출된 것은 지극히 자연스런 결과라고 할 수 있다.

그 가운데 염상섭 소설의 고백체가 제도적 장치로서의 명치(明治) · 대정기(大正期) 일본문학의 이식이며, 거꾸로 된 토대환원주의의 한 사례를 제공한다는 김윤식의 명제2)만큼 많은 논란을 불러일으킨 것은 별로 없을 것이다. 임화의 이식문학사론에 푸코의 계보학을 결합한 그의 독특한 '제도적 장치론'은, 한국 근대문학의 자생성에 대한 당위적 신념을 반성하도록 유도하고, 문학사 연구에 있어서 과학적 방법론의 중요성에 대한 관심을 크게 창발시켰다. 그러나 문학적 근대성의 형성이 객관적인 문학 제도의 확립일 뿐만 아니라, 거기에 작용하는 행위주체, 서사 주체의 형성을 동반한 복합적인 운동 과정이라면, '제도적 장치론'은 후자의 측면에 상대적으로 소홀한 문제점을 내포한 것으로 비판될 수 있다.

문학적 영향의 수수(授受)관계에 대한 맥락적 비교와 문학 형식의 내발적 발생에 대한 이론적 접근이 심화되면서 '제도적 장치론'은 일정한 수준에서 극복되어 가고 있다. 염상섭의 초기문학이 근대화의 타자로 밀려난 주변부 문학의 절대적 환멸의 표현이라는 서영채의 분

---

2) 김윤식, 『염상섭 연구』, 서울대출판부, 1987.

석3)이나, 스스로의 모색과정을 통해 새로운 판단기준을 정립할 역사적 처지에 놓인 정신은 필연적으로 자기반성적 태도, 고백의 형식을 띠게 된다는 정호웅의 지적4)은 최근 이 문제와 관련해서 이루어진 의미있는 진전이다.

한편, 『삼대』(1931)와 『무화과』(1932)를 비롯한 염상섭의 중기 대표작들을 바라보는 시각도 점차 바뀌어가고 있다. 가령 황국명은 『삼대』의 근대성에 관한 기존의 논의가 '근대적 현실의 충실한 반영'에 국한된 사실을 비판하면서, 여러 가치요소가 복잡하게 얽혀있는 현실에 대응하는 작중인물의 행동·태도·의식을 통해 이 작품의 근대성에 접근하자고 제안한다.5) 또 김양선은 『삼대』와 『무화과』 연작에 나타난 근대적 삶의 구체적 양상을 추적하면서, '식민지적 근대성'으로 개념화되는 우리 특유의 근대 체험을 재구성하고자 한다.6) 이러한 시각의 전환이 작품 분석의 결과로 충분히 구체화되었는가는 따로 논의할 문제겠지만, 두 연구자는 근대를 단일한 규범이나 원리로 환원시키지 않고, 낡은 것과 새로운 것, 전통적인 것과 혁신적인 것이 복합적으로 공존하는 근대의 경험적 현실에서 출발하려는 태도를 공유하고 있다.

이러한 모색들은 최근 국문학계의 근대(성)에 대한 인식틀이 근본적으로 변화하고 있음을 암시하는 몇 가지 사례에 해당된다. 간단히 말해 근대성을 통일적인 원리나 단일한 규범으로 파악하는 입장에서 벗어나, 모순되고 복합적인 경험의 총체로 파악하는 태도로 광범위한 연구사적 전회가 이루어지고 있다는 것이다. 복합적 근대관은 작품의 육체성, 물질성을 존중하는 태도와 연결되어 있으며, 텍스트에 대한 새

---

3) 서영채, 「염상섭의 초기문학의 성격에 대한 한 고찰」, 문학사와비평연구회, 『염상섭 문학의 재조명』, 새미, 1998.
4) 정호웅, 「한국근대소설과 자기반성의 정신」, 위의 책.
5) 황국명, 「『삼대』의 근대성 연구」, 『인제논총』 12권 2호, 1996.12.
6) 김양선, 「식민지적 근대성의 한 양상」, 『서강어문』 12집, 1996.12.

로운 접근과 풍부한 해석의 가능성을 열어놓는다. 이제 문학 텍스트는 이념의 표현이나 현실의 반영만이 아니라 양가적인 근대 경험을 표현하고 그것을 전유하는 문화적 갈등과 대화의 장이 되는 것이다. 다양한 근대 경험이 문학 텍스트를 통해 '구성' 또는 '재구성'되는 방식에 주목할 수 있게 해 준다는 점에서, 이러한 전환이 갖는 의미는 결코 작지 않다.

복합적 경험으로서의 근대관은 최근 새롭게 주목받고 있는 미적 근대성 문제에 대해서도 적절한 균형감각을 유지할 수 있게 해준다. 1930년대 독일의 비판이론가들에 의해 정식화된 미적 근대성론은 가치영역의 분화와 자립화라는 베버의 비관적인 합리화 명제를 바탕에 깔고 있다. 또 서구의 역사적 경험은 사회적 근대성에 대한 미적 근대성의 도전이 근대성 구조의 온존, 또는 강화로 귀결되었다는 역설적인 교훈을 제공한다. 요컨대 서구의 경우 미적 근대성론은 논리적으로나 현실적으로 이미 파산지경에 이른 것이다. 반면 계급·민족·인종 등 다양한 모순이 중첩된 주변부의 근대화 과정에서 가치 영역의 분화와 합리화는 파행적으로, 또는 아주 제한적인 정도로만 이루어졌으며, 여기서 미적 근대성의 가능성이 아직 소진되지 않았다는 논법이 성립될 수 있다. 그러나 직역된 미적 근대성 개념만으로는 문학예술의 전복적 기능과 예술의 자발적 소외가 상대적으로 분리된 주변부 문학의 독특한 존재방식을 충분히 설명할 수 없다는 것 또한 엄연한 사실이다. 문학예술이 자율적 영역에 폐쇄되지 않고 인식적·도덕적 가치와 결합되는 한국문학 특유의 미적 활력과 가능성을 해명하기 위해서도 한국적 근대의 특수 상황에 밀착한 복합적 근대관이 요구되는 것이다.

3. 주체의 계보학과 정체성의 관계사

염상섭은 한국문학사에 나타난 근대성의 계보 가운데 하나의 뚜렷한 흐름을 대표하는 작가라고 할 수 있다. 염상섭 문학이 한국문학의 근대성을 해명하는 작업에서 중심적인 위치를 차지한다는 사실은 근대소설의 세 가지 원천으로 이광수, 염상섭, 이상을 거명하는 서영채의 최근 연구[7]에서도 다시 한번 확인된다. 주체성의 원리라는 헤겔주의적 정식으로 이 문제에 접근한 서영채는, 주체의 자기보존 논리에 입각한 공동체적 이상의 추구(이광수), 삶에 대한 주관주의적 진정성에 대한 성찰(염상섭), 실천적인 냉소주의로서의 미적 주관성에 대한 추구(이상)를 한국 근대문학의 세 가지 파토스로 제시한다. 그의 분석은 다양한 매개항을 통해 철학적 원리와 서사 구성의 내적 상관관계를 치밀하게 논구하고 있다는 점에서, 한국문학의 근대성에 대한 최근의 연구 수준을 대표하는 것으로 평가된다.

그러나 문학적 근대성의 일반이론을 지향하는 그의 모델은 구체적인 각론에서 다소간 불투명한 점이 있다. 가령, 공동체의 자기보존(이광수)과 진정성의 추구(염상섭)라는 이분법은 예술지상주의와 민족계몽주의, 예술적 완성에 대한 장인적 자세와 현실 반영에 대한 강박관념이 병존하는 염상섭 문학의 복합성과 내적 긴장을 지나치게 단순화시킬 우려가 있다. 염상섭 문학의 존재는 사회적 근대성과 미적 근대성이 적대적인 공생관계를 형성하듯, 자기보존과 진정성의 원리 또한 배타적인 이항대립을 넘어 근본적인 상호의존의 관계에 있다는 사실을 강력하게 시사한다.

서양의 '역사적'인 근대 경험이 구체적 역사성의 흔적을 지우고 '본질적', '일반적'인 원리로 수용되는 것은 주변부의 근대 담론에서 흔히

---

7) 서영채, 「한국소설과 근대성의 세가지 파토스」, 『문학동네』, 1999 여름호.

목격되는 현상이다. 주체성의 원리에 입각한 서영채의 계보학적 유형
론은 어떤 의미에서 서양 근대성의 유일 원리, 거대서사를 한국문학의
현장에서 재현하는 것일 수도 있다.8) 그러나 이러한 일반이론이 한국
문학의 근대성이라는 주제에 접근하는 가장 효과적인 방법인지는 의
문의 여지가 있다. 한국의 근대사와 근대 문학의 텍스트 속에는 하나
의 원리나 규범으로 포섭하기 어려울 정도로 다양한 경험과 이질적인
반응형식들이 들끓고 있기 때문이다.

한국 근대문학의 계보를 작성하는 데 주체성의 원리라는 단일 규범
에 전적으로 의지할 필연적인 이유는 없다. 오히려 이질적이고 모순된
근대 경험을 통해 개인적, 집단적 정체성을 만들어가는 장면에 주목하
는 것이 좀더 생산적인 방향일지도 모른다. 염상섭 문학은 그 자체로
주체의 계보학의 바탕을 이루는 정체성의 관계사, 그 형성사를 재구성
하는 작업의 무궁무진한 보고(寶庫)라고 할 수 있기 때문이다.9)

---

8) '식민지적 근대성' 또는 '복수의 근대성' 개념을 중심으로 염상섭 문학을 파
악하는 시각 역시 이와 유사한 의의와 한계를 공유한 것으로 판단된다. 하
정일, 「보편주의의 극복과 '복수의 근대'」, 문학과사상연구회, 『염상섭 문학
의 재인식』, 깊은샘, 1998; 이현식, 「식민지적 근대성과 민족문학」, 위의 책.
참조.

9) 이글에서 주체성은 인간이 이성적인 존재라는 가정에 기반한 서양 근대철학
의 기본 원리를 가리키며, 정체성은 감정과 무의식적 욕망을 포함한 주체의
관계적 측면, 그 형성과정의 역사성을 강조하려는 의도로 사용한다. 주체성
에서 정체성으로의 전환은 오리엔탈리즘의 여전한 난제, 구체적으로 말해
한국문학의 이식 콤플렉스를 실질적으로 극복하는 데 유용한 이론적 거점
이 될 것으로 기대된다.
　　주체(subject)와 정체성(identity)의 대비는 자아(self), 에고(ego) 등의 개념과
더불어 좀더 엄밀하게 논증될 필요가 있다. 이점과 관련해서 주체의 구성(=
정체성)에 대한 라깡의 정신분석학이나 아날학파의 심성사 연구를 참조할
수 있을 것이다.

4. 일상성과 서울 체험

짧지 않은 염상섭 문학의 연구사에서 일상성이라는 테마는 특별한 주목의 대상이 되어 왔다. 김우창은 『만세전』을 검토하면서 신문화의 보편적인 이념이 개인의 일상적인 삶 속으로 육화됨으로써 비로소 성숙한 근대의식의 표현이 가능해졌다고 고평한다.[10] 또 김윤식은 염상섭 소설의 주안점이 일상적 삶의 조감에 놓여 있으며, 작가는 이데올로기나 정념, 심지어 역사적 과제조차 가치중립적인 일상성 속으로 해소함으로써 삶의 연속성을 드러내는 일에 커다란 관심을 기울이고 있다고 지적한다.[11]

이처럼 작가의 독특한 인식론이자 현실재현의 방법론이기도 한 일상성은 염상섭의 소설세계 전반을 관류하는 기본항이라고 할 수 있다. 하지만 이러한 경향은 장편소설 『취우』(1954)를 비롯한 해방 이후의 소설들에서 특히 인상적으로 나타나며, 염상섭 문학의 일상성에 주목한 연구도 대개 이 시기의 작품을 거명하고 있다.[12] 물론 그렇다고 해서 일상성의 작품내적 의미와 그 가치에 대한 판단까지 동일한 것은 아니다. 역사성과의 긴장이 회피됨으로써 진부한 일상에 대한 자연주의적 묘사로 전락했다는 부정적인 평가[13]에서, 한국문학의 추상적 보편주의를 견제하고 균형감각을 회복하는 데 기여했다는 긍정적인 의

---

10) 김우창, 「비범한 삶과 나날의 삶」, 『뿌리깊은 나무』 창간호, 1976.

11) 김윤식, 앞의 책.

12) 김원수, 「염상섭 소설의 변모양상」, 서강대 석사논문, 1984; 조남현, 「염상섭의 후기 소설」, 『문학정신』, 1989.8-9; 김윤식, 「『취우』와 『대동강』」, 『한국현대문학사상사론』, 일지사, 1992; 김종욱, 「염상섭의 『취우』에 나타난 일상성에 관한 연구」, 『관악어문연구』 제 17집, 1992.12; 최현식 「파탄난 '생활세계'의 관찰과 기록」, 문학과사상연구회, 『염상섭 문학의 재인식』, 깊은샘, 1998; 한수영, 「소설과 일상성」, 위의 책 등 참조.

13) 김종욱, 앞의 글, 155-6면.

미 부여14)에 이르기까지, 결코 적지 않은 편차가 있는 것이다. 하지만 일상과 역사의 변증법적 통일을 이상적인 상태로 간주하고, 일상성을 역사성과의 상관 범주로 다룬다는 점에서는 대부분의 논자들이 일치된 입장을 보여준다. 이러한 현상은 염상섭 소설을 일종의 사회소설로 취급하고, 역사의식을 특별히 강조해 온 염상섭 연구의 강력한 전통을 반증하는 것이기도 하다.

그러나 역사를 압도하는 일상의 힘을 자각적으로 표현해 온 작가의 의도를 존중한다면, 일상성이라는 테마는 좀더 단독적인 범주로 취급될 필요가 있다. 이와 관련하여 염상섭 문학에 나타난 일상성은 도회적 인식과 감성, 그 중에서도 '서울'이라는 시공간의 체험과 뗄 수 없는 관계에 놓여 있다는 점이 새롭게 주목된다. 김원우는 염상섭의 소설에 자연도, 농촌도, 역사도 없지만, 서울이라는 제 2의 자연, 온갖 사물과 제도의 구조에 대한 천착은 과도할 정도로 범람한다고 지적한다.15) 과연 염상섭의 소설은 그 자체로 우리 근대사에 나타난 도시적 삶의 확대와 자본주의적 일상성의 증가를 실물로 확인할 수 있는 방대하고도 꼼꼼한 문학적 명세서라고 할 수 있는 바, 이러한 성취는 서울이라는 시공간과 운명적으로 결부되어 있는 작가적 기질과 무관하지 않은 것이다.

염상섭과 서울의 연관성에 대한 착안은 염상섭 문학의 도시문학적 성격을 밝히는 일과 어느 정도 겹치면서 동시에 그것을 넘어선다. 도시라는 일반명사가 아니라 서울이라는 고유명사와의 근친관계를 구체적으로 분석하는 것이기 때문이다. 식민지의 수도 경성, 분단체제하 남한의 수도 서울은 전통적인 공동체의 해체와 도시화의 진행이 집약된 한국 근대화의 축소판이라고 할 수 있다. 당대의 다른 어떤 도시와

---

14) 한수영, 앞의 글, 165-6면.
15) 김원우, 「횡보의 눈과 길」, 『문예중앙』, 1997 여름호, 252면.

도 차별되는 사회적, 문화적 경험을 향유할 수 있는 특화된 시공간이 서울을 중심으로 만들어졌던 것이다. 그러므로 이식된 근대 제도가 점차 일상적 삶의 세부적인 국면을 장악해 가는 정도에 조응하여, 낯선 삶의 방식에 적응하면서 스스로의 정체성을 형성해가는 주변부 주민들의 복합적인 근대 경험과 모순된 감정은 서울이라는 시공간을 바탕으로 할 때 가장 효과적으로 그려질 수 있게 된다. 도시의 발달과 근대적 주체의 생활방식 사이의 역동적 상호관계, 도시 특유의 시간적 리듬이 삶의 감각을 새롭게 재편하는 양상, 그리고 그것이 표현되는 언어와 화법에 이르기까지, 전형적인 경아리 작가 염상섭의 서울 체험을 정밀하게 재구성할 필요가 있다는 것이다.

5. 통속성 · 대중성 · 유형성

일상성과 연관된 논쟁적 테마 가운데 하나가 바로 통속성이다. 이 문제와 관련해서 주로 거론되는 작품은 『이심』(1928-1929), 『백구』(1932-1933), 『모란꽃 필 때』(1934) 등의 장편 연재소설과, 1950년대에 집중적으로 발표된 후기의 단편소설들이다. 통속성의 배경으로는 객관적 상황의 악화에 따른 작가의식의 이완과 신문연재소설이라는 지면의 한계가 주로 언급되며, 인물 · 구성 · 결말처리 방식의 상투성 등이 작품내적 근거로 제시된다.16) 물론 이러한 비판은 통속성에 대한 일정한 선험적 판단을 전제로 한 것인 바, 통속소설에 대한 작가 나름의 명백한 견해를 존중하면서 해당 작품들의 귀납적 분석을 통해 '사회적 리얼리티'와 '소설론적 차원'의 의의를 적극적으로 평가하는 반론17)도

---

16) 유병석, 『염상섭전반기소설연구』, 아세아문화사, 1985; 최혜실, 「염상섭 장편소설에 나타난 통속성 연구」, 『국어국문학』 108호, 1992.

제기되어 있는 상태이다.

소설의 통속성은 대중적인 문화상품으로 출발한 근대소설의 태생적 근거와 결부된 것이기도 하다. 때문에 이 문제를 논하기 위해서는 소설 장르의 본질적 속성이라는 측면과, 한국적 특수성이라는 측면이 함께 고려되어야 한다. 염상섭 자신도 소설의 통속성 대해 지속적인 관심을 기울이고 있으며, 문학 시장의 현실과 독서 대중의 실태, 그리고 통속소설의 구체적인 작법을 포괄하는 독자적인 통속소설론을 개진한 바 있다.18) 하지만 염상섭과 통속성이라는 논제는 다소 아이러니칼한 것으로 여겨질 수도 있는데, 이미 정평이 난 그의 문학의 지독한 비대중성 때문이다. 『삼대』를 비롯한 그의 대표적인 장편이 모두 일간신문에 연재되었지만, 그 대부분이 흥미 본위의 유행성 소재와는 거리가 멀었으며, 난삽한 문체 또한 대중이 쉽게 접근할 수 있는 것이 아니었다. 어떻게 보면 문학을 통한 대중 교화라는 계몽주의적 충동이 지배적인 한국문학의 일반적인 경향 속에서, 염상섭만큼 예술적 완성과 대중적 의사소통을 함께 고민한 장인의식의 소유자도 흔치 않다. 이점은 이광수에서 카프로 이어지는 계몽주의 문학의 대중지향적 자세를 비롯, 이에 반발하여 순문학을 추구했던 김동인마져 결국 통속적인 야담의 세계로 떨어진 사실과 비교해볼 때 더욱 두드러지는 작가적 미덕이라고 할 수 있다.

기존의 연구자들이 통속성을 염상섭 문학의 본질적인 속성이나 한계로 간주하는 것은 아니다. 사실 기존 연구가 지적하고 있는 것은 엄밀한 의미에서 '통속성'이 아니라 특정한 시기에 일정한 요인에 의해 야기된 '통속화' 현상에 가깝다. 그러나 한정된 상황적 요인 속에 생겨난 특수한 변모가 아니라 염상섭의 문학세계 전반을 조감하는 데는

---

17) 김경수, 「염상섭 통속소설의 세계」, 『염상섭 장편소설 연구』, 일조각, 1999.
18) 「조선과 문예·문예와 민중」, 『동아일보』, 1928.4.10-7; 「통속·대중·탐정」,
    『매일신보』, 1934.8.17-22.

'통속화'라는 개념 또한 부분적인 타당성만을 지닌다. 현실적 전망의
불투명함과 경제적 압박이라는 문제는 특정한 시기에 국한된 문학외
적 압력이라기보다, 격동의 근대사를 전업 작가로 일관한 염상섭의 문
학적 생애 전체에 걸리는 문학내적 문제이기 때문이다.

어쨌든 염상섭 소설의 전체상을 재구성하기 위해서는 통속성이라는
테마를 피해가기 어렵다. 문제는 이 통속성이 워낙 여러 층위의 복합
적인 착종에 의해 구성되어 있기 때문에 단일한 분석작업으로는 충분
히 설명되지 않는다는 점이다. 여기서 대략 두 가지 방향의 가능한 접
근법을 생각해볼 수 있다. 그 하나는 문학사회학적 분석의 심화이며,
다른 하나는 소설적 유형학으로의 방향 전환이다.

먼저 문학사회학적 분석은 통속성의 객관적 존재조건을 밝히는 작
업에 해당된다. 이를 위해서는 객관적 현실의 변화와 작가의식의 변모
사이의 상호관계에 대한 심층심리학적 분석이 필요하며, 여기에 근대
문화사에서 일간신문이 차지하는 위상에 대한 매체사회학적 검토, 그
리고 신문연재소설의 한국적 특성과 기본 문법에 대한 해명이 동반되
어야 한다.

물론 이러한 환경적 요인의 해명보다 더욱 중요한 것은 '통속성'이
구현되는 소설내적 양상에 대한 분석일 것이다. 이때 문제는 '통속성'
에 대한 수세적 옹호에서 염상섭 소설의 유형학에 대한 적극적 탐색
으로 전환될 수 있다. 이남호는 염상섭의 후기 단편에서 중산층의 일
상적 삶을 담는데 적합한 염상섭 소설의 기본형, 또는 '틀'을 적출해
낸 바 있다.19) 비슷한 맥락에서 염상섭의 장편소설이 조선시대의 애정
소설이나 개화기 공안(公案)소설과 맺고 있는 통시적인 연맥관계에 대
한 연구, 그리고 작가의 '통속소설론'과도 일정한 관계가 있는 탐정소

---

19) 이남호, 「염상섭 단편소설의 특징」, 권영민 편, 『염상섭문학연구』, 민음사,
    1987.

설적 구조에 대한 공시적 참조를 통해 염상섭 소설의 기본 유형을 밝히는 작업이 진행될 수 있을 것이다.

6. 구조시학에서 역사시학으로

염상섭 문학의 유형학적 분류는 결국 그의 기본적인 소설문법, 즉 소설시학을 재구성하는 작업으로 수렴될 성질의 것이다. 하지만 염상섭의 소설시학에 대한 규명은 기존의 연구사에서 특히 취약한 부분에 속한다. 아직까지 온전한 『염상섭 전집』조차 갖지 못한 열악한 연구 풍토를 감안한다면, 이는 당연한 결과일지도 모른다. 김종균의 선구적인 업적[20] 이후 그의 방대한 문학세계에 실증적 정리는 별다른 진전을 보지 못했으며, 대개의 연구는 특정한 시기나 몇몇 문제작에 한정된 것이었다. 실증 정신의 답보와 총체적인 문제의식의 결핍 속에서는 의욕적인 방법론적 모색 또한 부분적인 성과에 그칠 뿐, 소설시학에 대한 전체적인 규명으로 나아가기 어렵다. 염상섭 소설의 중심 모티프와 기법적 특성에 대한 분석, 작가의식의 변모나 소설의 내적 형식에 대한 각론적 해명은 상당한 정도로 축적되었음에도 불구하고, 그의 소설세계 전반을 통괄하는 기본문법의 수립은 여전히 미개척의 영역으로 남아있는 것이다.

염상섭 장편소설의 기본 문법을 규명하려는 김경수의 야심적인 시도가 주목되는 것은 이 때문이다. 그는 20편에 가까운 염상섭 장편소설 텍스트에 대한 분석적 검토를 마무리하면서, 여성인물을 중심으로 내세운 남녀의 결연담과 이를 뒷받침하는 혼사장애 모티프를 염상섭 장편소설의 시학으로 제시한다.[21] 충실한 귀납과정을 거친 김경수의

---

20) 김종균, 『염상섭 연구』. 고려대출판부, 1974.

결론은 몇 편의 대표작에 대한 분석을 다소 무리하게 일반화시킨 기존 연구와의 그것과는 질적으로 구별되는 것이다. 그러나 선구적인 시도인만큼 역시 아쉬움이 없을 수는 없다. 다음 인용문을 보자

> 횡보는 식민지 현실에서의 소설의 공리적(公利的) 사명에 대해 분명한 태도를 가진 작가였다. 그리고 그 공리적 사명을 횡보는 정치적 저항의식에서 찾았으며, 권위적인 서술의 태도를 통해 실천했던 것이다. (…) 이 점에서 춘원 이래 우리 소설의 고질적인 병폐라고 인식되어 온 이른바 '계몽의 서술태도'는 이제는 전혀 그 맥락을 달리해서 이해되어야 마땅하다. 최소한 개화기 이래의 우리 근대문학은 사회적 의사소통이라는 보다 상위의 체계 속에서 그 자리를 공고히 해왔으며, 동시에 문학인들 스스로 그러한 문학의 위상을 순순히 받아들였기 때문이다.22)

정치적 저항의식=계몽주의적 서술태도와 정치적 판단 유보=가치중립적 서술방식은 염상섭 문학을 바라보는 기왕의 두 견해를 대변하며,23) 김경수의 연구는 기본적으로 전자의 연장선 위에 서 있는 것이다. 그러나 저항의식=계몽적 서술의 입장은 해방 이후, 특히 50년대 이후를 설명하기 어렵다는 점에서, 염상섭의 작가적 생애 전반을 관통하는 기본항으로서는 일단 상당한 손색이 있다. 물론 판단 유보=중립적 서술의 경우에도 역시 해방 이전 염상섭의 민족주의적 성향을 상대적으로 평가절하 하게 된다는 난점이 존재한다. 이러한 사정을 염두에 둔다면, 지금 필요한 것은 전통적으로 대립해 온 두 입장 사이의 상호 교차점에 대한 모색이라고 할 수 있다. 권위적인 서술자의 존재

---

21) 김경수, 「염상섭 장편소설의 시학」, 『염상섭 장편소설 연구』, 일조각, 1999, 276면.
22) 김경수, 앞의 책, 14면.
23) 이러한 견해는 각각 이보영(『난세의 문학』, 예지각, 1991)과 김윤식(『염상섭 연구』, 서울대 출판부, 1987)에서 가장 집중적이고 깊이 있는 성과로 나타난 바 있다.

와 계몽적 서술태도에 새로운 의미를 부여하자는 김경수의 제안은, 어떤 측면에서 기존의 관용적 대립항을 답습하는 것일 수도 있다. 가령, 정치적 저항의식은 반드시 계몽적 서술방식으로만 실현되는 것인지, 혹시 정치적 저항의식과 가치중립적 서술방식의 공존가능성은 없는지, 먼저 물어볼 필요가 있다는 것이다.

또다른 문제는 염상섭의 정치의식 또는 사회관이 연애소설의 구도로 발현되는 매개항에 대한 섬세한 고려가 부족하다는 점이다. 김경수는 염상섭을 일컬어 식민지 시대는 물론 오늘날을 통틀어서 "가장 탁월한 연애소설가"라는 다소 이색적인 평가를 내린다. 염상섭에게 있어 남녀의 결연담은 작가의 "현실 이해를 담아대는 소설적 비유"이며, 작가는 연애소설의 문법을 통해 "자유연애의 당위와 그 실천"이라는 서사적 목적을 추구했다는 것이다. 이러한 견해는 작가의식과 서술방법의 측면에 치우친 기존 연구에 대한 일정한 비판적 의도를 함축한 것이며, 페미니즘을 비롯, 다양한 관점에서 염상섭 문학을 새롭고 풍부하게 재조명할 수 있는 계기를 제공한다. 그러나 "그 시대의 총체적인 사회상이 남녀의 결연 방식에 반영되게 마련"이라는, 소설의 장르적 본질에 대한 작가의(혹은 연구자의) 판단은 좀더 엄밀하게 검증될 필요가 있다. 상식적으로 생각해보아도, 남녀간의 결연방식은 한 시대의 총체적 사회상을 반영하는 하나의 방식일 뿐, 유일한 방식이라고 하기는 어렵다. 또 남녀 결연담이라는 구조주의적 일반문법은 결과적으로 동시대의 다른 작가와 구별되는 염상섭 문학의 고유한 개성이나, 전시대의 연애소설과 다른 근대적 속성을 밝히는 데 일정한 한계를 내포하게 된다.

김경수의 연구는 역사주의적 시각과 구조주의적 방법의 결합이라는 타당한 문제의식에서 출발했음에도 불구하고, 결과적으로 이러한 문제의식을 설득력있게 결합해내지는 못했다고 판단된다. 염상섭 문학의 이질적이고 때로 모순되는 요소들을 효과적으로 일반화하되, 그 근대적 속성과 고유한 소설세계를 아울러 밝힐 수 있는 역사주의와 구조시학의 정교한 만남, 다시 말해 역사시학적 방법은 아직 우리 앞에 미지의 영역으로 남아있는 것이다.

〈구인회〉의 존립방식에 대한 고찰

김 민 정

1. 문제제기

　1930년대는 서로 상반된 관점을 취하는 문학사가들로 하여금 제각기 다른 입장에 부합하는 문학적 성취를 발견케 한다는 점에서, 문학적 깊이나 다양함에 있어 그 유례를 찾아보기 힘들 정도로 풍성한 성과를 낳은 시기이다. 사조와 유파를 불문하고 식민지 시대의 우리 문학의 최고 수준을 보여준다고 꼽을 수 있는 작품들, 가령 염상섭의 「삼대」(1932), 이기영의 「고향」(1933-34), 한설야의 「황혼」(1936), 채만식의 「탁류」(1937-38), 박태원의 「소설가 구보씨의 일일」(1934), 홍명희의 「林巨正」(1928-34) 등의 장편소설을 비롯하여 이효석, 이태준 김유정, 이상의 단편소설들이 대부분 30년대에 창작, 발표되었다는 사실은 그에 대한 가장 명백한 증거이기도 하다.[1] 뿐만 아니라 어느 학자의

---

1) 황종연은 『한국문학의 근대와 반근대』(동국대 박사논문, 1991)를 통해 30년대 문학의 성과를 거론하고 있는데, 궁극적으로 일제 치하의 근대화(자본주의화)가 결국 식민 지배-종속의 관계를 영속시킨다고 보고, 카프 해산과 맑시즘의 퇴각으로 근대성의 인식과 추구의 경향이 점차 소진되어 간 것으로 파악한다는 점에서 본고의 문제의식과는 차이를 보인다.(본고의 2장 참조)

지적처럼 30년대 우리 문학은 '작은 집단'의 형성과정2)을 보여주기도 했다. 20년대로부터 근 10년 동안 문단을 지배해 오다 35년 해산한 카프를 비롯하여, '시문학'(1930), '해외문학파'(1931-1935), '구인회'(1933. 8-1936), '시인부락'(1936), '단층'(1937.4-1938.3) 등 다양한 문학 집단의 출현은 30년대의 문학적 성취를 언급할 때에 빠뜨려서는 안되는 대목이다.

이렇듯 다양한 문학적 경향을 드러내었던 시기임에도 불구하고, 카프를 주류로 서술된 대부분의 식민지 시기 문학사3)는 다소 편향된 관점을 노정하고 있는 것이 사실이다. 특히 이 글의 대상인 구인회도 기존의 편향된 문학사에 의해 가려진 측면이 없지 않은데, 이제껏 구인회에 대한 연구자들의 시각은 카프와의 영향관계라는 문제설정을 거의 벗어나지 못했다는 점에서, 구인회의 객관적인 문학사적 위상이 제대로 밝혀지지 않았다고 판단된다. 일반적으로, 하나의 문학적 현상을 검토하는 데에 있어서 그것을 둘러싸고 있는 정치적, 문화적 연관관계를 지나치게 중시하거나 先後사실들 간의 인과관계 혹은 대립적 관계를 설정하고, 그러한 맥락 속에서 의미를 추출해 내는 것은 총체적 관점의 획득이라는 목적을 전제할 수밖에 없다. 이러한 연구 방법론을 전제하고 문학사의 전체 혹은 일부를 서술할 경우, 그 과정에서 제거되고 배제되는 의미들이 발생하기 마련이므로, 결국 한 시기, 한 집단, 나아가 한 작가의 고유한 문제의식을 왜곡하게 됨은 이미 예견된 결과일지도 모른다.

"순연한 연구적 입장에서 상호의 작품을 비판하며 多讀 多作을 목

---

2) 김윤식, 『한국근대문학사상사』(한길사, 1984), p.406.
3) 90년대 이후 근대문학서술에 있어서 프로문학 주류성의 해소를 주장한(「한국문학의 근대성을 다시 생각한다」(『민족문학과 근대성』, 문학과 지성사, 1995) 최원식을 비롯하여 많은 국문학 연구자들이, 카프문학에 대한 비판적 접근과 주변부로 밀려나있던 非프로문학 경향들에 대한 적극적 탐색을 다각도로 시도해 왔다.

적으로 하는” 구인회가 조직된 것은 1933년 8월 15일이다. 창립 당시 회원은 고보 동창 또는 평소의 친분관계로 모인 이종명, 김유영, 조용만, 이태준, 정지용, 김기림, 이무영, 이효석, 유치진이었고 회원의 탈퇴와 영입이 빈번한 가운데 창립 멤버로서는 이태준, 정지용, 김기림이 남고 박태원, 이상, 박팔양, 김유정, 김환태, 김상용 등이 새로 가입하였다. 구인회의 구성에 대한 이 정도 사실만으로도 몇가지 특이한 점이 곧 발견된다. 구인회 멤버들 중에는 당시 4대 일간지 학예부장 혹은 기자(출신)들이 포함되어 있다는 점4), 멤버들이 종사하는 분야도 꽤 다양한 편이며, 당대 가장 잘 나가는 통칭 모더니스트들이 거의 망라되어 있다는 점 등이 바로 그것이다.

일반적으로 1930년대의 ‘구인회’는 대부분의 문학사를 통해 ‘모더니스트들의 문학단체’ 또는 ‘反카프 집단’ 정도로 간단히 정리되어 왔다. 아마도 이러한 통념은, 시기적으로 ‘구인회’가 카프에 뒤이어 문단의 전면에 등장하였고, 작품에 있어서도 리얼리즘을 공식적인 문학이념으로 내세웠던 카프와는 전혀 상반된 문학적 성향을 보여주었기 때문에 생겨난 것으로 짐작된다. 특히 구인회의 결성 이전부터 그 소속 작가들의 작품에 대해 심한 반발을 느껴왔던 카프 측에서 구인회가 등장하기가 무섭게 조직적이고 강도높은 공격을 퍼부었다는 사실로 말미암아, 구인회는 거의 反카프단체로 규정되다시피 하였다. 카프와 구인회의 관계에 대한 이러한 관행적인 접근은, 결국 모더니즘을 리얼리즘에 대한 저항 담론으로 인식하게끔 하는 데에 적잖은 원인으로 작용했던 것이 사실이다. 그런데 더 근본적인 문제는 이러한 관행 속에 ‘리얼리즘(무산자계급 문학) 對 모더니즘(부르조아 문학)’이라는 견고한 이분법적 구도가 가로놓여 있어 우리 근대문학의 전모를 제대로

---

4) 이무영이 <동아일보>, 이태준이 <조선중앙일보>, 김기림이 <조선일보>, 조용만이 <매일신보>에, 그리고 정지용이 <카톨릭 청년>이란 잡지에 관여하고 있었고, 뒤에 참여한 김상용 역시 <조선중앙일보>에 관여하였다.

파악하고자 할 때에 큰 장애가 된다는 데에 있다.

사실, 구인회를 구성해온 멤버들의 문학적 성향과 그 행적을 간단히 열거해 보더라도, 구인회에 대한 이러한 묵은 통념은 단지 선입견에 불과한 것임을 곧 알게 된다. 예컨대, 구인회의 좌장격이라 할 수 있는 이태준의 작품만 보더라도 사회현실에 대한 비판과 부정의식을 그가 꾸준히 견지하고 있었음을 확인할 수 있다. 또 가난한 서민의 삶과 토속적 정서에 깊이 천착해 들어간 김유정5), 지방어와 향토정서를 시적으로 미학화해 낸 백석6), 동반자 작가의 면모에서 탈피하여 인간본능 탐구로 방향을 바꾼 이효석, 한때 프로 작가로 활동하면서 현실에 남다른 관심을 표시해온 박팔양, 문학의 편내용주의와 편형식주의를 지양하여 '전체주의 시론'을 주장했던 김기림, 다양한 언어적 실험을 모색했던 박태원과 이상 등, 이들을 '모더니즘'이라는 단일한 코드로 묶어 내는 것은 아무래도 무리일 수밖에 없다. 결국 구인회에 대한 오래된 통념은 그에 앞서 10년 이상 문단을 지배해온 카프 문인들의 공격과 방어의식에서 생겨나7) 문학 연구자들 간의 오래된 관행으로서 답습되어 온 결과이지 객관적으로 검증된 것이라 보기는 어렵다.

이제까지 구인회에 집중한 연구들을 검토해 본 바로는, 구인회를 구성한 개개인의 작가적 능력을 인정하는 데에는 망설임이 없으면서도,

---

5) 비록 뒤늦게(1935년) 구인회에 가입했지만 그의 전 문단활동 시기 내내 구인회와 관계맺었던 사실을 상기할 때 그와 구인회의 연관은 어느 회원 못지않게 깊다고 할 수 있다.

6) 사실 백석은 구인회의 정식 회원으로 소개된 적은 없고, 다만 『시와 소설』에 두 편의 시를 게재함으로써 구인회와의 관계가 드러나고 있는 정도이다. 본고의 문제의식과 관련하여, 백석이 구인회의 기관지에 어떻게 작품을 게재할 수 있었는지에 대해 시사점을 주는 글로는 조영복, 「백석 시의 언어와 정치적 담론의 소통성」(『한국 현대시와 언어의 풍경』, 태학사, 1999)을 참조할 수 있다.

7) 김두용, 「구인회에 대한 비판 ―」, 『동아일보』(1935.7.28) ― "그것(구인회)은 「갚푸」에 대한 반항으로 발생하엿다"

그들이 모여서 이루어놓은 '구인회'에 대해서는 큰 의미를 부여하는 데에 인색했던 감이 없지 않다. 이에 본고는 구인회라는 이 '작은 집단'의 존재방식이 낳은 큰 효과에 주목함으로써 그간의 구인회 연구에 가로놓였던 인식론적 장애물을 극복해 보고자 한다.

2. '구인회'의 추동력-이중구속의 모순상황

1930년대 식민지 사회에서의 자본주의의 형성과 발전, 그리고 사회적 측면의 근대성의 형성은 서로 밀접히 연관되어 있었으며, 당시 대중들은 상당한 정도의 근대성을 경험하고 있었다. 당시에 이미 지식인의 담론으로서의 근대가 아닌, 일반 대중들이 인식하고 경험하는 근대가 형성되고 있었던 것이다.8) 실제 근대문학의 배후로서의 근대화의 정도란, '자본의 축적'이라는 차원에서보다는 '자본주의적 인간의 (식민지적) 축적', '자본주의적 삶의 (식민지적) 축적'이라는 차원에서 가늠되어질 수 있다.9) 그럼에도 불구하고 이제껏 우리는 식민정책의 '의도'(intention)에 대해서 주목한 나머지 그것이 가져온 '효과'(effect), 즉 구체적인 일상에서의 변화양상을 제대로 포착해내지 못한 감이 없지 않다. 실제 개개인의 일상적 삶에서 늘상 강제되고 확인되는 삶의 구성적 원리, 즉 식민지 시기를 거치면서 얼마만큼의 자본이 축적되었는가 혹은 얼마만큼의 잉여가 유출되었는가이기 이전에, 그 시대를 거치는 동안 사람들의 구체적 삶의 영역에 어떠한 변화가 있었는가를 묻는 것은 당시의 문학을 이해하는 데에 중요한 실마리를 제공할 것임에 틀림없다.

---

8) 김진송, 『현대성의 형성 : 서울에 딴스홀을 허하라』(현실문화연구, 1999) 참조.
9) 김인수, 「일제하 총동원체제에서의 노무동원과 저항에 관한 연구」(서울대 석사, 2000), p.7.

근대성의 가장 중요한 내포는 권위와 억압으로부터 개인이 스스로 해방되는 것이다. 얼핏 보면 식민성이란 이 점에서 근대성과 대립된다. 다시 말해서, 근대성의 추구와 비례하여 개인이 근대가 허용하는 자율성을 누릴 수 있으리라는 기대조차 우리에게는 불가능했던 시기였다고 할 수 있다. 그러나 이러한 식민성을 정치적, 경제적 의미에서만 보지 말고 자아의 문제로 본다면, 식민성을 극복하는 것이 바로 근대성이라고도 할 수 있을 것이다. 요컨대, 식민성을 거쳤기 때문에 그 시기에는 근대성이 없었던 것이 아니라, 근대성을 주체의 해방으로 파악했을 때, 식민지 상황을 극복하려는 노력은 근대성을 이미 가지고 발현하는 것으로 볼 수 있다는 것이다.

특히 30년대는 주지하다시피 일제의 식민 체제 기간 중에서도 가장 혹독한 억압이 가해졌던 시기였다. 1931년 만주 사변을 시작으로 일본이 군국주의 체제로 전환하고 이에 따라 식민지 체제하의 언론, 교육, 문화의 모든 영역이 파시즘의 지배 아래 재편되었으며, 이 즈음의 문학사만 하더라도 카프 회원 검거(1931, 1934)에서 시작되어『문장』지 발간 금지(1941)로 끝났다고 해도 좋을 만큼 식민지 당국의 정치적, 이념적 통제는 30년대 문학의 향방에 지대한 영향을 미쳤다. 이렇듯 1930년대의 객관적인 정세의 급격한 악화는 작가들을 움츠리게 할 수 있는 시대적 명분으로 작용할 수 있었음에도 불구하고, 구인회 존립 당시의 문학적 성취는 우리의 예상을 뒤엎는 결과를 낳았다. 이에 필자는, 식민지에서의 근대의 추구라는 논리적으로 서로 모순되어 보이는 상황이 결국 인간의 억압된 욕망을 충분히 다스릴 수 없도록 작용하여 분열자를 낳고 이것이 궁극적으로는 극단적 창작상의 실험과 다양한 모색을 가능케 하는 조건이 될 수 있었다고 생각한다. 이처럼 식민성과 근대성은 서로 배리적인 관계가 아니라 양자는 서로 접속되어 상호 영향을 주고받으면서 이른바, '식민지적 근대'의 한 유형을 발현시킬 수 있었으며, 나아가 이는 문학에 대해 큰 추동력으로 작용할 수 있었다. 이 시기의 구체적 체험과 문학적 성취에 대한 논리적 보완을 위해 베이트슨의 '이중 구속'(double bind)[10] 이론을 잠시 살펴볼 필요가 있다.

이중 구속 상태란 예컨대 '내 명령에 따르지 마'라는 명령처럼 두 개의 다른 또는 상호 모순된 타입(심급)의 메시지가 주어지고 게다가 어떤 타입의 메시지에 답할 것인가에 대해 판단할 수 없는, 즉 '메타 커뮤니케이티브한 진술을 할 수 없는' 경우를 가리킨다. 이러한 관계가 항상적으로 반복될 때 분열병으로 이어지는 조건이 형성된다고 베이트슨은 말한다. 이에 대해서, 들뢰즈와 가타리는, 정신분열증 환자의 경험은 욕망의 흐름이 암호화, 조직화, 통제화되는 상징질서에 가담하지 않기 때문에 실재의 본질을 보다 정확하게 반영한다고 그 의미를 부여한 바 있다. "정신분열증 환자는 혁명가가 아니지만, 그러나 정신 분열 과정은……혁명의 잠재적 가능성이다."[11] 모순적이고 상반되는 것이 공존하는 이 분열적 상황은, 다양하고 상충되는 것이 삶을 분점하는 분열적인 시대와 욕망 자체가 분열적 흐름으로 존재하게 되는 상황을 예리하게 그려낼 수 있는 강력한 조건이 될 수 있는 것이다.[12] 뿐만 아니라, 근대의 공간을 벗어나지 못하지만, 어떠한 근대적 공간에도 사로잡히지 않으며 벗어나고 탈주하는 분열자는, 분열적인 과정을 스스로 산출하면서 동시에 중단시키고 억압하는 자본주의의 내재적인 산물이다.[13]

---

10) 베이트슨, 『마음의 생태학』(민음사, 1989), pp.203-81 참조.
11) 이진경, 『필로시네마 혹은 탈주의 철학에 대한 7편의 영화』(새길, 1995), p.160.
12) 베이트슨의 정신 분열증 분석에 대해서 고진은 "정신분열증 환자의 행위가 의사소통에서의 이중구 속에 맞서기 위한 하나의 전략으로서 이루어진다"는 점을 지적하고 있다. 가라타니 고진, 『은유로서의 건축』(한나래, 1998), pp. 142-6 참조.

한편, '30년대 식민지 조선에서의 문화적 일탈이 근대나 근대성에 대한 사회적 인식의 확산없이 진행된 극히 파생적이고 피상적인 '유행'14) 차원이 아니었던가'라는 식의 반비판도 어렵잖게 예상할 수 있다. 하지만 이러한 반비판은, 객관적으로 식민지 경험을 돌이킬 수 없는 이 시점에서, 서구는 근대이고 우리는 서구가 근대를 관철해나가는 과정에 의해 희생된 '영원히' 미달된 근대라는 사실을 곱씹게 한다는 점에서 생산적인 논의의 진전을 가로막는 장애물일 뿐이다. 역사적 미달상태라는 결핍의식 속에서 끝없는 열등감을 되씹는 것이 아니라, 우리의 '근대'라는 것이 서구적 의미에서 보자면 미달되고 부족한 것일 수 있지만, 그 속에도 생성과 변화와 창조를 이루어낸 부분이 있고 그것이 서구라는 잣대 때문에 가려져온 것을 있음을, 이제 결코 무시해서는 안될 것이다.

근대성은 푸코가 시사한 바대로, 역사성의 한 시대가 아니라 일종의 삶의 태도이다. 따라서 외부적이고 객관적인 조건보다는, 그 외재적 요소들이 자아를 경유하여 의미가 만들어지는, 즉 삶에서 체험되는 근대성의 내재화 과정에 관심을 기울여야 한다. 일제의 파시즘적 지배기술이 아무리 교묘해졌다 할지라도 일제의 담론이 식민지 조선인들을 호명하는 데 성공하기 위해서는 그들로부터 욕망을 끌어낼 수 있어야 하는 것이다.15) 우리에게 근대성이라는 것은 이제 경험 속에서 재구성되어야 하고 새로운 기준으로 이해되어야 한다. 우리의 근대를 미달된 것으로만 이해할 것이 아니라 식민지치하라는 그 고통스러운

---

13) 이때의 '분열자'란 어떤 사람을 지시하는 게 아니라, 분열적인 흐름, 분열적인 과정 자체를 지시한다. 즉 어디로든 흐를 수 있는 탈코드화된 욕망, 개인의 욕망을 붙잡아 매고 있던 초월적 중심이 해체된 것을 의미한다.
14) '유행'은 대중을 전제한다는 점에서, 그리고 자본과 밀접한 연관을 지닌다는 점에서 현대사회의 대중적 행동양식이다.
15) 최종렬, 『타자들 : 근대 서구 주체성 개념에 대한 정신분석학적 탐구』(백의, 1999), pp.208-9.

경험이 있었기에 더욱 가능했던 '독특한 생명력', 한계를 뛰어넘을 수 있는 '축적된 무언가'가 있음을 생각해야 할 때이다. 이를 위해서는 당시 우리에게 전개되었던 근대적 현상에 대해 미시적으로 들여다 보는 것이 중요하다.

3. 구인회, '가능성의 공간'과 '차별화'16)의 전략

구인회가 문학사의 공간 속에 존재했던 시기는 대략 1933년부터 1936,7년에 한한다. 비록 그 기간이 길지는 않았지만, 소속 작가들 이태준, 정지용, 김기림, 박태원, 이상, 김유정 등 그 이름만 들어도 결코 범상한 집단이 아님을 짐작할 수 있다. 그런데도 불구하고 우리 근대 문학사를 통해 구인회는 하나의 문학적 집단으로서 정당한 평가를 부여받지 못했거나 아예 관심의 영역에서 비껴난 감이 없지 않다. 또 구인회가 주목받은 경우라 하더라도 그 구성 멤버였던 작가들의 유명세로 인한 것이었지 구인회가 갖는 집단적 성격에 대한 관심은 아니었던 것이다. 이는 구인회가 뚜렷한 족적을 남긴 집단적 활동이 거의 없었고 외관상 결속력이 없어 보인다는 이유가 크게 작용했기 때문인 것으로 생각된다. 요컨대, 구인회의 위상을 제대로 정립하는 데 있어서 그동안 커다란 장애가 되었던 것은 바로 구인회 스스로가 '단순한 친목단체'17)라는 사실을 강조하며 문단에 등장했다는 사실이다. 더구

---

16) 부르디외에게 있어 이 두 개념은 문학작품과 문학장의 구조변화에서 행위자 주체의 독창성과 능동성을 인정하는, 행위자의 계산된 전략의 개입을 인정하는 역동적 구조주의의 시각에서 나온 것이다. 『문화와 권력』(나남출판, 1998), pp.35-8 참조.

17) 이러한 인식은 주로 조용만의 회고록의 진술(「구인회의 기억」) 때문에 비롯되었다. "…… 그것은 이 회를 발기한 목적이 무슨 화려한 강령 같은 것을 내걸고 단체적인 문학 활동을 하자는 것이 아니라, 그저 몇 사람 뜻을 같이

나 구인회가 해체되기까지 회원의 탈퇴와 영입이 계속 이어져 집단의 경계선이 확실치 않았다는 점과, 대다수의 회원들이 출판사, 신문사,[18] 영화사 등에 籍을 두고서 작가 활동을 병행하는, 말하자면 주수입원인 부업을 갖고 있었다는 점 등은 구인회의 위상을 폄하하는 데에 또 다른 요인으로 작용해 왔던 것이다.

하지만 이러한 몇몇 요인은 비단 구인회에 국한된 것이 아니라 근대 작가들의 보편적인 현상으로 봄이 타당하다. 근대에 들어 사회의 분화와 함께 문학의 자율성이 강화되면서 형성된 문학적 장의 게임 규칙은 다른 장들의 그것과는 달리 그 체계화의 수준이 낮은 편이다. 그래서 문학의 장에서는 그 경계선을 넘나들기가 상대적으로 쉬웠고, 또한 문인들이 창작활동만으로는 기본적인 경제자본마저도 획득할 수 없었기 때문에[19] 사실상 작가라는 직업은 다소 애매한 성격을 가질 수밖에 없었던 것이다.

하지만 '구인회 연구'라는 과제 앞에 가로놓인 더 치명적인 장애물은 바로 총체적인 문학사 구성에 대한 연구자들의 욕망이 아닌가 싶다. 이러한 욕망은 문학에 대한 역사적 인식을 포기하지 않은 연구자라면 당연히 갖게 되는 것이기도 하지만, 그러한 의도가 지나치게 앞서 나간다면 문학사의 방법을 전체사의 테마[20]와 관련짓게 되고, 결과

하는 사람들이 한 달에 한두 번 모여서 서로 작품 이야기를 하고, 잡담이나 하다가 헤어지자고 하는 대단히 소극적이요 샌님 같은 사교구락부이었기 때문일는지 모른다."(『현대문학』, 1957.1, p.126) 이러한 내용의 회상은 이태준과 김기림의 글에서도 확인된다

18) 박용규의 『일제하 민간지 기자집단의 사회적 특성의 변화과정에 관한 연구』(서울대 신문학과 박사논문, 1994) 제 4장 1절을 보면, 1930년대 문인 기자들의 등장배경과 활동상에 대해 상세히 알 수 있다.

19) 당대 작가들의 경제적 궁핍에 대해서는, 이원조(이동영 編), 『오늘의 문학과 문학의 오늘-이원조문학평론집』(형설출판사, 1990) 중 「문필가협회와 카프의 태도에 대한 사견」(pp.17-22)과 「직업으로서의 문학」(pp.188-93)을 참조할 수 있다.

20) 미셀 푸코, 『지식의 고고학』(민음사, 1992), p.30.

적으로 우리 근대 문학의 다양한 경향들을 제대로 밝혀내지 못하게 되고 만다. 즉 모든 현상들을 하나의 유일한 중심원리나 의미작용의 주위에서 포착함으로써 여타의 경향들은 '부차적인' 경향으로서만 의미를 갖게 되거나 그 의미가 사장되고 마는 것이다.

이러한 방법론적 한계를 극복하기 위해 이 글은 30년대 우리 문단을 '문학의 장'(Literary Field)[21)의 개념을 통해 들여다보고자 한다. '장'이란 '입장들(또는 지위들)의 구조화된 공간'이다. 이 입장들의 특성은 그 공간 안에서의 그들의 위상에 종속되어 있으며, 그것을 견지한 사람들의 특성과는 무관하게 분석될 수 있다는 점이다. 장에는 그 고유의 일반적인 법칙이 있다. 즉 하나의 장은 다른 장들에 고유한 이해관계와 목표로 환원될 수 없다. 또한 이러한 문제설정은 문학의 창조적 주체가, 한 개인의 천재성이나 집단의 의식이 아닌, 장(場, champ)이라는 특수한 사회적 관계의 공간임을 의미하기도 한다. 나아가 이러한 관점은 구인회 소속 작가들을 비롯하여 당시 모더니스트로 통칭되었던 여러 작가들이 해방과 더불어 좌익화되어 월북하게 된 동기를 새로운 각도에서 밝혀볼 수 있는 실마리를 제공하리라 생각된다. 가령, 연구자는 해방을 전후로 하여 각기 상이한 장을 설정할 수 있고, 동일한 작가라 하더라도 그가 각각의 장에서 행한 문학적 행위를 동일한 맥락에서 설명해내야 한다는 부담으로부터 자유로울 수 있는 것이다.

모든 場에는 그 내부로 진입하려고 애쓰는 신참자와 독점을 옹호하고 경쟁을 배제시키려는 지배자 사이의 투쟁이 있기 마련이다. 따라서

---

21) 이 용어는 부르디외의 것으로, 사회라는 정태적인 용어를 대신하여, 공간을 죽은 구조가 아닌, 자체 내의 규칙에 따라 경쟁하고 투쟁하는 게임群들이 있는 일종의 게임공간으로 제시하려는 의도하에 설정된 개념이다. '장'(field) 개념을 사회적 영역에 적용시키는 것은, 사회를 기본적으로 힘(force)들로 구성된 것으로 바라보는 관점을 함의한다. 場 개념에 대한 보다 상세한 설명은 삐에르 부르디외, 『혼돈을 일으키는 과학』(솔, 1994), pp.127-35 참조.

장의 구조22)는 투쟁에 참여한 행위자들이나 집단들 사이의 역학관계, 또는 이전의 투쟁을 통해 축적되어 이후의 전략의 방향을 결정짓는 특정자본의 분배관계의 상태이다. 말하자면, 장에서 발생하는 투쟁들은 해당 장의 특징을 나타내는 권력의 독점을, 다시 말해서 특정 자본의 분배 구조의 전복 혹은 보존을 목표로 삼고 있다. 이미 결정된 역학 관계의 상태에서 특정자본을, 즉 하나의 장의 특징을 나타내는 특수한 권위나 권력의 토대를 독점한 사람들은 보존의 전략으로 나아가는 반면, 자본을 별로 갖추지 못한 사람들은 전복(이단)의 전략으로 기우는 경향이 있다. 특히 이 후자의 담론은 지배자들의 방어담론을 이끌어내고 기존의 지배적 사상과의 비판적 단절을 감행한다. 이러한 문제설정은 30년대라는 문학적 장 속에서 카프와 구인회의 관계를 재정립해 보고자 하는 본고의 시도에 중요한 실마리를 제공해준다.

문학의 장은 본질적으로 문학작품의 생산과 변화가 이루어지는 공간이다. 다시 말해서 문학의 장 속에서 행위자 또는 집단은 끊임없는 성공과 실패, 승인과 배제의 과정을 겪는다. 행위자는 경제자본, 문화자본, 상징자본이 불균형적으로 분배된 장의 구조 속에서 '위치표명'(prise de position)과 '자리잡기 및 자리이동'을 통해 일련의 '위치' 변화를 겪는다. 이러한 장의 변화를 설명할 때 중요한 개념으로 부각되는 것이 바로 '가능성의 공간'(espace des possibles)23)이다. 새로운 문학 집단이 문학생산의 장에 등장한다는 것은 행위와 표현에 관한 기존의 특수 코드를 습득해야 한다는 일정한 구속 조건이 있긴 하지만, 결국 새로운 문체나 주제의 개발, 모순의 극복이나 혁명적 단절을 할 수 있는 '구속 가운데에서의 자유'와 '객관적 잠재성의 세계'를 발견할 권리를 갖는다는 것에 다름아니다. 다시 말해서, 문학생산의 장에서

---

22) 삐에르 부르디외, 『상징폭력과 문화재생산』(새물결, 1995), pp.56-7.
23) 현택수, 「문학예술의 사회적 생산」(『문화와 권력』, 나남 출판, 1998), p.35.

혁명적 모색의 과감성, 예컨대 새로운 문학운동의 전개, 혁신적 새 잡지의 출간 등을 시도한다는 것은, 새로운 사고와 표현방식으로 기성세대와의 차이와 단절을 도모함을 의미하는 것이다. 나아가 장의 자율화가 발달할수록 이들의 주장과 표현은 더욱 더 '차별화'의 논리로 발전하게 된다.

이와 관련하여 구인회의 차별화된 전략을 파악하기 위해서는 카프의 내적 논리와 구인회에 대한 카프의 시각에 대해 살펴볼 필요가 있다. 먼저, 구인회가 결성되자마자 노골적으로 비난을 퍼부었던 이는 백철이다. 그는, 구인회를 현실적으로 존재할 의의가 없는 단체, 곧 "藝苑의 분위기를 사악케하는 에덴의 惡蛇徒"에 불과하다고 단언한다. 그의 표현에 따르면, 구인회는 '의지와 방향을 잃어버린', '일시적 흥분에서 생겨난', '자연소멸될 수밖에 없는' 집단인 것이다. 이러한 단정은 그의 입장에서 본다면 당연한 것일 수밖에 없다. 즉, 무산계급적 세계관으로 무장한 문인들로 구성되어 뚜렷한 강령으로 묶여 있는, 나아가 두 차례의 방향전환을 통해 자신들의 이념을 더욱 공고히 해 나간 바 있는 카프의 입장에서 볼 때, 구인회란 사실상 집단의 멤버도 수시로 바뀌고 그 입장이라는 것도 모호하기 짝이 없는, '산만한 성질을 띤 부르주아 문학단체'24)인 것이다. 그가 바라본, 구인회의 '산만함'이란, 단일한 문학적 이념 아래 현실을 객관적으로 반영해낸 문학작품을 생산하지 못했음을 지적한 것에 다름아니다.

한편, 구인회에 대한 카프의 입장이 비난 일변도인 것은 분명하나 그나마 초기의 격정적인 언사를 자제하고 구인회의 실체를 인정하는 방향으로 선회한 점은 주목할 만하다.25) 예컨대 홍효민은 구인회를, "새로운 반동 시대에 극히 중추적 임무를 다할 그러한 동반자적 그

---

24) 백철, 「사악한 예원의 분위기」, 『동아일보』(1933.9.29)
25) 이러한 가시적인 변화는 당시 정세의 약화와, 그에 따른 전주사건과 밀접히 연관된 것으로 보인다.

룹"26)이라 규정했으며, 카프 진영에서 그나마 가장 적극적인 관심을 표명한 김두용은, 구인회 작가들을 "뿌르조아민족주의 문학에도 가담치 안헛고 또한 푸로레타리아 문학측에도 참가하지 안한 중간파적 작가"27)로 분류하였다. 또한 김두용은 같은 글에서, 구인회를 기계적으로 배척, 반발해서는 안되고 그들과 연대하고 그들을 지도해 내어야 함을 강조하였다.

결국, 구인회에 대한 카프 논자들의 공격을 통해 확인할 수 있는 것은, 논자에 따라 비판의 강도가 다를 뿐, 그 내용에 있어서는 본질적으로 다르지 않다는 점이다. 카프는 자신들의 내부 논쟁을 통해 조직의 획일화된 위계질서와 억압의 구조를 재생산하듯이, 외부 집단에 대해서도 자신과 동일한 체계와 구조를 강요하고, 나아가 타집단을 카프 내부로 견인해 낼 대상으로밖에 보지 않고 있는 것이다. 뿐만 아니라 그들이 집단의 존재 가치를 부여함에 있어서도 '맑시즘과 리얼리즘에 대한 수용 또는 거부'라는 이분법적 구도 속에 갇혀 있으며, 그 이념에 동의하지 않는 것에 대해서는 엄격한 선택과 배제의 원리를 적용하고 있다. 나아가 김두용이 구인회에 제의한 '연대'란 미학적 매개항이 없는 한에서 단순한 객관 정세의 변화만을 수용한 것이며28), 이는 곧 전술적, 조직적 차원에서의 논의일 뿐이라는 점에서 그의 견해 역시 프로문학의 기본관점을 벗어난 것이라 보기 어렵다.

한편, 카프의 배제의 논리는 또 다른 양상으로 적나라하게 드러난다. 카프는 구인회를 비판하는 과정에서 구인회의 문학을 '신흥뿌르조아 문예'29)라 하여 전면부정하고 나선 바 있다. 그런데 그들의 비판의

---

26) 홍효민, 「1934년과 조선문단-간단한 회고와 전망을 겸하야」, 『동아일보』 (1934.1.10)

27) 김두용, 「구인회에 대한 비판 ─」, 『동아일보』(1935.7.28)

28) 구자황, 「'구인회'와 주변단체」(『근대문학과 구인회』, 1996), pp.134-5. 필자는 당시의 객관정세로서 국제적으로 논의되던 '반파시즘 인민전선'의 영향을 지적하고 있다.

논리 속에서 왜 구인회의 문학이 부르조아 문학과 동일시되어야 하는
지 그 근거가 될 만한 구절은 찾아보기 힘들다. 이는 단지 앞서 밝힌
그들의 이분법적 사유 구조의 당연한 결과일 뿐이다. '무의지파-자유
주의前派'(백철, 앞의 글), '구인회의 문학-민족주의 문학-국민문학-
팟쇼의 길로 가는 한개의 매개형태인 예술단체'(홍효민30)), '구인회 문
학-소시민 인텔리 문학-근대문학의 위기'(임화31)) 등이 바로 그 예
이다. 특히 임화에게 있어서 구인회 작가들의 문학은 '현실에 대한 절
망과 도피의 문학'이자 '반동화한 소시민과 부르조아적 지식층의 문
학'이며 '현실에 대한 이해 가능성을 회의하는 데카당한 태도'의 산물
이며 이는 곧 '부르조아지적 퇴폐'와 '모더니즘적 타락'과 동일시된다.
이것은 결국 부정적 형용사와 명사의 연쇄 작용을 통하여(가령, 부르
조아지-모더니스트-데카당) 즉, 상응하는 정서적 반응을 대중에게 일으
키는 '부차적 의미 작용의 연쇄'를 만들어 감으로써, 상대방을 폄하해
내고, 나아가 하나의 현상이 지니는 개별성을 배제해 버리는 결과를
낳는 것이다.32) 이러한 연쇄 작용을 통한 지배담론의 생산이야말로 구
인회를 공격한 카프 논자들의 전형적인 담론화 방식이다. 담론의 획일
화는 당연히도 비판적 반성을 봉쇄해 버리고 만다. 그들에게는 단지
모더니즘적 타락의 길이냐, 이데올로기적 동일화의 문학이냐라는 식의
양자택일만이 놓여져 있을 뿐이다. 이러한 사유의 밑바탕에는 마르크
스주의적 사유/부르조아적 사유라는 이분법이 도사리고 있음은 물론이
다. 요컨대, 그 이면에는 카프 식의 조직체계와 사유구조로 동일시할
수 없는 모든 이질적인 것에 대한 배제의 원리가 가로놓여 있다.

　문학의 장에서 이루어지는 큰 변화는, 신진들이 대거 등장하면서 작

---

29) 박승극, 「조선문학의 재건설」, 『신동아』(1935.5), p.136.
30) 홍효민, 위의 글.
31) 임화, 「1933년의 조선문학이 제경향과 전망」, 『조선중앙일보』(1934.1.1-14)
32) 페터 지마, 『문학텍스트의 사회학을 위하여』(문학과지성사, 1983), p.95.

품의 질이나 그 창작기법의 혁신을 통해 새로운 형식의 작품평가 기준을 요구할 때 나타난다. 이때 기존 문단질서의 옹호자들은 노골적으로 혹은 암묵적으로 새로운 '정의' 또는 '경계선'을 요구하는 신진세력의 위협적 대두에 그 존재를 인정치 않거나, 비난과 혹평 등으로 배타적 행동을 취하게 된다. 이상의 논의를 통해 알 수 있듯이, 문단의 새로운 세력으로 대두하기 시작한 구인회에 대해 카프가 대응하는 방식은 문학적 장의 일반적인 양상에서 달리 벗어나지 않는다.

다음, 구인회의 존재방식을 카프에 대한 차별화의 전략이라는 차원에서 살펴보자. 구인회가 스스로 단체의 이름을 내걸고 했던 활동의 전모를 살펴보면, 1933년 8월 15일 창립하여 두 번의 공개 문학 강연회─'시와 소설의 밤'(1차, 1934.6.30)과 '조선신문예강좌'(2차, 1935.2.18-22)-를 개최하였고 40페이지에도 채 못 미치는 기관지 『시와 소설』(1936.3)을 남겼다는 사실만이 확인될 뿐이다. 또한 문학단체로서의 정체성을 밝혀줄 만한 특정한 문학 이념이나 강령을 내건 적도 없으며 그 존립 기간 동안(1933-1937) 회원의 변동이 매우 잦았다. 이러한 측면은 카프의 조직적이고 왕성한 대내외적 활동 및 폐쇄적 구성원리와 비교해 본다면 구인회의 집단으로서의 존립방식이 매우 독특함을 짐작케 한다.

그런데 주목할 만한 사실은 구인회를 카프에 대항하는 강력한 단체로 만들겠다는 초기 발기인 이종명, 김유영의 의도에도 불구하고, 구인회는 카프측의 노골적인 공격 발언에 대해서 반박문을 쓰지도, 직접 논쟁에 개입하지도 않았다는 것이다. 신문 학예면을 장악하고 있다는 유리한 조건을 확보하고 있었음에도 불구하고 말이다. 『시와 소설』 후기를 보면 "한번도 대꾸를 한 일이 없는 것은 말하자면 그런 대꾸 일이 하느니 할 일이 따로 많으니까다. 일후라도 묵묵부답채 지날거다"라는 대목이 있다. 그들에게 있어서 카프의 노골적인 공격을 무시할 수 있을 정도로 중요한 '할 일'이란 무엇일까. 그것은 끊임없는 새로운 창작의 실험에 다름아니다.

실제 구인회가 만들어진 이후 그 소속 작가들은 의도한 결과이건 그렇지 않건 간에 상당한 작품상의 변화를 드러냈다. 일본유학을 마치고 귀국한 후 별다른 활동을 보이지 못했던 이태준은 구인회가 결성되던 1933년 8월 이후 3년간 단편 15편, 중장편 7편을 발표하는 등 문단의 전면에 나서는데, 이 시기 활동을 통해 "비경향문학이 낳은 가장 큰 작가"33)라는 평가를 받게 된다. 이상은 '구인회 가입'을 사회적으로 무소속이었던 자신의 처지를 바꾸는 계기로 삼은 듯이 그후 발표한 몇 작품을 통해 그의 문학과 사회에 대한 태도를 생생하게 드러내었으며 김기림의 모더니즘 시론은 구인회 활동 시기에 본격화되었다. 이효석 또한 구입회 가입 이후로 (1933년 作「돈」 이후) 도시적 모더니즘이라 불리워진 작품을 생산해 내었고, 『시와 소설』에 게재된 「두꺼비」에서 김유정은 유독 그 기법과 형식의 실험이 돋보이기도 했다. 뿐만 아니라, 의도적인 고문체, 구어체, 방언, 화법의 다양한 사용, 이야기체 등으로 특징되는 백석의 다양한 언어실험이 김기림에 의해 "그 외관의 철저한 향토취미에도 불구하고 주착없는 일련의 향토주의와는 구별되는 유니크한 '모더니티'를 품고 있다"34)라 평가를 받은 사실도 집고 넘어가야 하겠다. 한 작가의 새로운 스타일이란 단순히 이전에 없었던 기교의 발견이 아니라, 이전 스타일의 기초 위에서 그 스타일과의 단절을 통해 이루어진다는 점에서 이들 구인회 작가들의 변화는 예사롭게 볼 수 있는 현상이 아닌 것이다.

이와 같이 구인회의 대응방식은 동일화시키는 상대방의 방식에 맞서면서 그 논쟁구도에 휘말려 들어가는 것이 아니라, 본질적으로 새로

---

33) 임화, 「본격소설론」, 『문학의 논리』(학예사, 1940), p.374.
34) 김기림, 「사슴을 안고」, 『김기림 전집 2-시론』, p. 373.

운 주체와 조직의 존재방식을 만들어내는 것이며, 궁극적으로는 끊임없이 새로운 담론을 생성해내는 실험으로서의 작품을 내놓는 것이었다고 할 수 있다. 부르디외에 의하면, 정당한 표현양식을 강요할 수 있는 독점적 권력을 획득하기 위해서는 문학의 장 내에서 경쟁하는 다양한 위치들간의 끊임없는 투쟁을 통한 지속적인 창조 과정만이 정당한 언어와 그 가치의 영속성, 즉 정당한 언어에 대한 승인의 영속성을 보장할 수 있는 것이다.

한편, 구인회의 차별화 전략을 단적으로 보여주는 것으로 『시와 소설』을 빠뜨릴 수 없다. 그 중 가장 눈에 띄는 사실이, 회원 명단에는 그 이름이 없으면서도 백석은 두 편의 시를 구인회의 기관지에 실었다는 것이다. 『시와 소설』의 편집후기를 보면 "會員밖의ㅅ분것도 勿論 실닌다"라고 하여 작품게재 자격을 회원에 국한하지 않을 것임을 암시하고 있다. 결국, 회원, 비회원 여부보다는 그 대의35)에 동의하고 실천하는가가 중요할 뿐이다. 바로 그 '대의'란, 이념적 결속을 지양하고, 前代의 문학적 전통에 대한 '양식적 권태감'을 공유한다는 점과 새로운 현실관, 문학관을 모색한다는 점일 것이다. 『시와 소설』의 독특한 점은 백석의 존재에만 한정되지 않는다. '시와 소설'이라는 명칭에도 불구하고 네 편의 수필이 실렸다는 점이나 김유정이 실은 소설 「두꺼비」가 그의 다른 작품에서 볼 수 없는 실험성(장거리문장)으로 유독 관심을 끌었다는 점 등이 바로 그것이다. 이는 자신의 내부에 존재하는 다양한 요소들을 하나로 통일시키지 않고 외부의 요소와 접속할 가능성을 열어놓으려는, 그리고 하나의 집단에 속해 있으면서도 어떤 문학이념에 자신을 가두어 두지 않으려는 작가들의 개방성에 다름아니다.

---

35) 『시와 소설』 후기에 보면, "회원을 너무 동떨어지지 않는 限"에서 새로 맞을 수 있음을 밝힌 바 있다.

어쩌면 당시 어느 정도 자기세계를 구축하고 있었던 작가들을 구인회로 묶어낼 수 있었던 것은 친분관계 이상이 아닐지도 모른다. 하지만 그 친분의 의미가 단순히 사적 관계에 그치는 것이 아님을 당시 「조선중앙일보」 학예면을 통해 확인해 볼 수 있다. 「오감도」와 「소설가 구보씨의 일일」에 대한 독자와 평론가들의 항의와 비판을 감수하면서 그 작품들이 여러 날 학예면을 차지할 수 있었던 것은 바로 구인회의 좌장으로서의 이태준이 있었기에 가능한 일이었던 것이다. 부르디외의 다음과 지적, "장 속의 위치의 동질성만으로는 문학 집단이 형성될 충분조건이 될 수 없으며 실제로 예술을 위한 예술가들 경우 그들이 서로 존경과 우정의 관계로 맺어져 있음을 볼 수 있다"36)는 사실을 떠올릴 때, 그 친분관계란 단순히 문인들 간의 친목을 유지하기 위한 방편도 아니며 그렇다고 하나의 조직을 폐쇄적으로 만드는 요인도 아님을 알 수 있다. 가령, 유독 이상과 박태원이 문학에 대한 강렬한 욕구와 실험정신에 있어 서로 닮아있는 것도 그들의 두드러진 친분관계와 무관하지 않은 것이다. 말하자면 이상과 박태원이 없는 구인회를 생각할 수도 없지만, 거꾸로 '구인회'라는 집단을 함께 거쳐가지 않은 그들의 존재도 생각할 수 없는 것이다.

이들에게는 조직의 체계나 서열화, 통일된 문학이념이나 조직 강령은 아예 필요하지 않았다. 그저 각자 서로의 개성을 신뢰해주는 것으로 충분했기에, 고정된 이미지로 서로를 동일시하려는 의도는 구인회에게서 전혀 찾아볼 수 없다. 이러한 구인회의 성격은 『시와 소설』의 후기 중, 작가들에게 "쓰고 싶은 것을 쓰라"고 작품을 의뢰했다는 대목을 통해서도 잘 드러난다. 말하자면 그들에게 있어서는 '기관지'마저도 회원들 간의 단결을 모색하고 집단의 정체성을 대외적으로 밝히기 위한 수단이 아니라, 자유로운 창작을 보장해 주고 멤버들 간의 소

---

36) 현택수, 위의 글, p.41.

통을 가능케 한 공간이었던 것이다.

> 무엇보다도 예술가로서의 기분 감정에서부터 주으린 우리들이다. 종일 만나는 사람들이 예술가 아닌 사람들이요 종일 듣는 소리가 예술 아닌 소리들이다. 그리다가 우연히 글쓰는 사람끼리 만나면 그때의 반가움이란, 또 될 수 있으면 문학적인 회화를 갖고 싶을 것이란 결코 적은 욕망이 아니었다. 그리하여 그와 헤어질 때에는 가뭄에 풀이 몇 방울 비에 젖는 듯 생기가 나고 작품욕의 충동을 가슴 하나 느끼는 것이 사실이었다.[37]

구인회는 문학의 장 내에서 카프가 오랜 기간 행사해왔던 '문단 지배의 상태'에 대해 차별화와 단절의 전략을 모색했다고 볼 수 있다. 단, 구인회와 카프의 관계가 갖는 중요성은, 구인회가 카프의 이념에 반대하여 다른 이념을 제시하고 나름의 조직체계를 구성했다는 데에 있지 않다. 구인회 내에 존재하는 다양성의 상호인정, 멤버들 간의 비서열화된 구성, 또 소속감을 강제하기 쉬운 집단의 속성을 뛰어넘어 자유로운 집단을 지향하는 구인회의 존재방식은, '反카프 집단'이라는 기존의 소극적인 관점으로는 제대로 평가해낼 수 없다. 따라서 카프와 구인회의 관계를 바라보는 시각도 '지배-저항'이라는 단선적 패러다임을 넘어서, 규범에 대한 순응도 저항도 아닌 다른 궤도로 움직이는 것이어야 하리라 본다. 설령 결과적으로 구인회의 의미가 카프에 대한 저항의 맥락으로 의미화된다고 하더라도, 그 때의 저항효과는 행위 주체들의 저항의식에서 비롯된 것과는 차원을 달리 한다. 요컨대, 카프식의 저항이 상대적으로 소극적인 의미만을 부여받을 수 있을 뿐이라면, 구인회의 방식은 효과로서의 저항의 의미를 띠며 보다 적극적인 방식으로 현실과 문단에 개입해 들어가는 태도가 될 수 있는 것이다. 동시에 이러한 구인회의 차별화 전략은 카프식의 기존의 조직관과 그

---

37) 이태준, 「구인회에 대한 난해, 기타」, 『조선중앙일보』(1934.8.10)

조직이 움직이는 방식에 대한 근본적인 비판의 의미를 담고 있다. 그렇다면 결국 구인회의 차별화 전략이 담고 있는 궁극적인 함의는 무엇인가?

근대에 있어서 권력관계의 다양성은, 문학의 장 내에서도 지배의 관계를 불안정하게 만든다. 푸코는 원칙적으로 뒤집을 수 있는 '권력의 관계들'과, 일방적이며 그 일방성 안에서 굳어져 버린, 권력에 의해 뚜렷이 나타나는 '지배의 상태들'을 구분함으로써 각 개인에게 놓여 있는 윤리가 도달하는 것이 무엇인지를 보여준 바 있다.[38] 즉 개인의 윤리는 지배의 상태에 맞서 권력 관계의 우연한 전복을 일으킬 수 있는 것이다. 각 개인의 고유한 행동으로 이해되는 윤리는 권력의 관계들이 영구적인 구조로 굳어져 버리지 않도록 막을 수 있는 힘을 내장하고 있다. 이러한 판단은 지배의 순수한 상태에만 해당하는 것이 아니라 파시즘이라는 역사적 경험의 장에서도 적용될 수 있으리라 생각된다. 1930년대는 일본제국주의와 같은 역사적 파시즘의 문제와 더불어 자본주의의 파시즘적 속성이 문제시되었던 때이다. 파시즘은 개인의 거부 혹은 말살로 특징지워진다. 즉 살아가는 법으로서의 윤리가 자기 자신과의 확고한 관계를 세우려는 것이라면, 그리고 개인적인 결정을 취하도록 하기 위한 것이라면, 파시즘은 모든 살아가는 법을 묵살하고, 모든 개인적인 선택을 포기하게 한다. 개인주의와 살아가는 법은 오래 전부터 파시즘의 적수였다.

이에 구인회의 차별화 전략의 구체적 양상은 현재의 문단 지배의 권력을 자신의 권력으로 대체하는 것으로 설명될 수 없다. 그것은 결국 권력을 누가 장악하게 되든지 간에, 그 지배의 메카니즘 자체에 복속되는 결과를 낳기 때문이다. 나아가 그들은 카프의 문학이념을 대체

---

38) 빌헬름 슈미트, 「실존미학으로서의 윤리」, 『세계사상』 창간호(동문선, 1997, 여름), pp.64-75 참조.

하기 위해 또 다른 문학 이념으로서의 모더니즘으로 스스로를 동일시
하지도 않았다. 요컨대, 구인회 회원들 개개인의 독특한 작품세계와
작가적 이상은 개인의 윤리로서의 의미를 지닌다는 점에서, 지배의 메
카니즘에 맞서 권력 관계의 우연한 전복을 일으키도록 하는 힘을 갖
는다고 할 수 있으며 나아가 미학적 합리성으로 연결될 수 있다.

4. 집단과 개체성의 공존으로서의 구인회

　최근 들어 많은 연구자들에 의해서 1930년대에 대한 문학사적 재조
명이 이루어지면서 '인식론적 단절/불연속'이라는 용어가 심심찮게 그
들의 논문에 등장하고 있음을 발견하게 된다. 구체적으로 말해서 30년
대 전, 후반기의 관련양상 및 두 시기 간의 주체 개념의 차이에 대해
서 다양한 논의가 이루어졌던 것이다. 특히 주체의 문제에 있어서는
적잖은 시각차에도 불구하고, '자기동일성을 재생산하는 이성중심의
주체 개념'에 대한 비판과 함께 무의식과 욕망의 영역이 도입되기도
했다. 이러한 연구의 심화와 확대는 30년대 중반 이후의 카프의 변모
와 전형기적 상황을 해명해 내고 근대문학을 보다 다각적으로 조망할
수 있는 방법론적 차원을 개척했다는 측면에서 그 의의가 있다.[39] 사
실 본고의 문제의식도 근간의 이러한 논의와 무관하지 않은데, 그 중
특히 구인회라는 한 집단을 대상으로 삼은 것은, 카프와 그 문학이념
인 리얼리즘을 중심으로 우리 근대문학을 사고하는 경향에 대한 재고
의 필요성을 제기하기 위해서이다.

---

39) 채호석은 「1930년대를 바라보는 몇가지 방식」(『민족문학사연구』, 창작과비
　　평사, 1997)에서 문학사 서술과 방법론에 대한 최근 연구자들의 견해를 비
　　판적으로 고찰한 바 있다.

　일찌기 가타리는 '혁명과 프롤레타리아의 대의를 이야기하는 집단이 어떻게 파시즘의 대행기구로 전락하는가?'라는 문제를 제기한 바 있다. 조직이 어떠한 방식으로 움직이는가? 그 내부의 욕망은 어떤 방식으로 투여되고 조절되는가? 지배적 코드에 의해서 형성된 욕망이 운동(조직) 내부에 존재할 수 있고 또 실제로 강력하게 있다는 사실이 너무 쉽게 망각되어 온 것이 아닐까? 그것이 어떤 모습으로 포장되어 있을지라도, 어떤 조직이 내부 분자의 욕망을 구속한다면 그 조직은 혁명적일 수 없을 것이라는 생각이 바로 가타리의 문제의식의 출발점이었다. 이러한 조직은 이해를 추구한다는 입장에서는 부분적인 성공을 거둘 수 있을지 몰라도, 욕망의 추구라는 입장에서는 억압의 역할만을 수행할 뿐이기 때문이다. 카프조직의 획일화된 위계질서와 그 억압구조는 동반자 작가를 자신들과 구별짓고 조직의 내부체계를 서열화해 내는 방식을 낳았다. 그렇다면, 구인회가 등장하기 직전까지 문단의 지배권을 장악하고 있던, 이제껏 근대문학의 주류로 인식되어 온 카프야말로 이러한 억압구조를 내재하고 있었던 것은 아닐까. 왜냐하면 카프라는 조직 내에 존재하는 다양한 욕망40)의 분출과 흐름을 억제하는 것은 차이의 생성을 억압한다는 측면에서 그들(카프)이 바로, 스스로 비판의 대상으로 삼았던 전체주의의 실상에 다름아닐 수 있기 때문이다. 이렇듯 욕망이 인과관계의 질서에 의해 조작되는 집단은, 집단 내부에서 꿈틀거리는 이견이나 새로운 움직임을 위험시할 수밖에 없다. 요컨대, 카프의 방식이란 내부에 존재하는 다양한 욕망의 흐름들을 막고, 그 외부에 있는 요소들과의 소통을 억압할 뿐만 아니라, 구조 전체를 응고시키고 그 자신의 변화가능성을 막음으로써 창조적

---

40) 이 때의 무의식이란 표상으로 환원되는 것이 아니고 욕망 또한 궁극적 결여로 정의되는 것이 아니라, 무의식 내에서의 현실적 생산으로 정의되는 것이다. 또한 욕망은 그 자체로서 사회적으로 투여됨으로써 사회적 질서와 그로부터의 탈주를 동시에 만들어내는 주체의 성격을 가진다.

단절을 경험할 수 있는 가능성을 미리부터 차단하는 방식일 수 있는 것이다.

한편, 구인회라는 집단을 '개인적인 것'에 대한 '집단적인 것'이라는 정태적 이항대립의 차원에서 바라보게 되면 그 집단의 속성을 제대로 밝혀내 데로 나아가지 못하게 되고, 결국 집단 간의 미세한, 혹은 본질적인 차이를 무시하고 모든 집단을 동일시하거나 모든 집단과 개인을 무조건 대립적인 것으로 상정하고 마는 오류를 범하게 된다. 이러한 시각에서라면 집단으로서의 카프와 구인회는 본질적으로 아무런 차이도 없는 것이 되고 만다. 이러한 헛점을 보완하기 위해 '분자적인 것'과 '몰적인 것'의 개념을 차용할 수 있다. 즉 개인적인 것이 분자적일 수도 있고 몰적일 수 있듯이, 집단도 마찬가지이다.[41] 집단은 개인을 넘어서는 집단적 목적을 갖고 집단의 형태로 움직인다. 이 경우 대개 집단적 목적이나 활동의 양식은 개인적인 목적이나 특성과 상충되는 것으로 나타나며 종종 그것을 억압하는 양상으로 나타나기도 한다. 그러나 구성원들이 자발적으로 집단을 구성하며 그것의 목적과 운용에 자발적이고 능동적으로 참여하는 경우라면 상충과 억압의 양상을 막을 수 있다. 몰적인 것은 개별적인 욕망이나 목적을 전체적인 것에 맞추려고 하는 반면, 분자적인 것이란 각 분자의 고유한 욕망과 의지를 억압하거나 제어하지 않고 오히려 그것이 살아 움직이게 함으로써 작동하는 것이다. 가령, 일제에 의한 식민지 지배체제라는 극단적인 통

---

41) 들뢰즈, 가타리는 사르트르의 개념을 빌려, 몰적인 속성을 가진 집단을 '예속집단'이라 하고, 분자적인 속성을 가진 집단을 '주체집단'이라고 한다. 요컨대 '집단'은 분자적인 것과 몰적인 것의 경계에 있는 셈이며, 분자적인 것이 우위에 있는가 아닌가에 따라 두가지 유형의 집단으로 구분되는 것이다. 이때 주의할 것은, "동일한 사람이 갖가지로 다른 관계들 아래 두 종류의 집단에 참여할 수도 있고, 혹은 갖가지로 다른 그러나 공존하는 상황들 속에서 동일한 집단이 두 가지 성격을 동시에 보여 줄 수 있다"고 하는 점이다. 들뢰즈, 가따리(최명관 譯), 『앙띠 오이디푸스』(민음사, 1994), pp.511-12 참조.

제방식이라든가, 억압이 내면에까지 코드화되는 황폐화된 자본주의적 속성은, 개개인을 사회의 규칙과 명령에 절대적으로 복종하는 '유능한' 사람으로 개조하려 한다는 점에서 전형적인 몰적 속성이라 할 수 있다. 이러한 속성에 길들여진 인간은 개인적이지만 분명히 몰적으로 통합되어 있는 개인이다. 이에 반해서 식민지 체제와 자본주의화의 의식적, 무의식적인 강요, 나아가 양자의 이중구속적 상황은 분열증적 증세와 분자적 욕망의 집합을 가능케 한다.

주지하다시피, 근대문학의 지표라 할 수 있는 문학의 자율성은 "제반사회적 이용에의 요구들에 맞서는 예술의 상대적인 독립성"을 의미하는 것이지, 그것이 현실과 무관함을 뜻하는 것이 아니다. 문학에 있어서도 집단의 형성이라는 것이 갖는 의미를 생각할 때, 그리고 근대문학의 진정한 의미가 근대극복의 힘으로부터 나온다고 할 때, 그 집단의 성격 또한 억압적 사회구조로부터 벗어나고자 하는 구조적 조건을 구비하고 있어야 하며 그래야만 그 구성원들의 잠재적 욕망을 발굴하고 그것을 더욱 가속화할 수 있는 것이다. 기존의 문학적 도식과 문제틀, 언어의 통사법을 어떻게 비트는가의 문제가 바로 그들의 생산적인 욕망의 흐름을 어떻게 따르는가의 문제이면서, 동시에 그들이 소속된 집단의 분자적 속성과 밀접한 연관을 갖는 것이기 때문이다.

구인회가 출발 당시부터 멤버들을 신문기자 출신들로 영입함으로써 주요 일간지의 학예면을 장악할 수 있었던 점으로 미루어 보더라도 그들이 문단 내 권력의 문제를 전혀 생각하지 않았던 것은 아니었음을 알 수 있다. 이러한 사실로 인해, 구인회는 더 이상 '순문학단체'[42]로 인식되기보다는, 카프에 대항해 문단 헤게모니를 장악하고자 한, 강한 정치적 성향을 지닌 집단으로 인식되기 시작했다. 더구나 구인회

---

[42] 이러한 관점은 구인회를 순수문학단체로 규정한 조연현(『한국현대문학사』, 성문각, 1977)에서 비롯되어 이후 연구자들에게 지속적으로 영향을 끼쳤다.

초기에, 당시 카프에 대해 가장 맹렬한 비판자였던 염상섭을 집단의
우두머리로 추천했다는 사실을 상기한다면 이러한 관점의 변화는 구
인회 연구에 있어 중요한 轉機를 마련해 주었다고 할 수 있다.

> 구인회라면 1933년에 이태준, 김기림, 정지용 등 9인의 모임으로
> 된 문인 친목단체로 말해지고 있으며, 그 특징을 순문학적인 것에
> 서 찾음이 예사이다. 그러나 사람이 모이는 일은 어떤 경우에도 정
> 치적 행위의 일종인 만큼 구인회를 비정치적 순문학단체라든가 무
> 의지파(백철)로 규정하는 것은 상식 미달수준이라 보아도 좋을 것
> 이다. 구인회가 겨냥한 정치적 음모는 당시 문단 중심세력(전위적
> 인 측면)으로 군림하고 있던 카프문학의 격파 및 제압에 있었다.
> 카프문학을 향해 제일 강력하게 대항한 이론분자이자 실력파가 염
> 상섭이었던 만큼 그를 구인회의 두목으로 내세우려다가 이태준의
> 반대에 부딪쳐 좌절되었다든가 동아일보의 이무영, 조선일보의 김
> 기림, 매일신보의 조용만, 중앙일보의 이태준 등으로 구성되었다든
> 가 하는 이면사에서도 조금 엿볼 수 있는 이러한 정치적 감각은
> 늘 염두에 둘 필요가 있다.43)

그런데 이러한 견해에도 한계가 없지 않은데, 그것은 신문사에 籍을
둔 구인회의 초기멤버의 구성에만 주목한 결과 그 변모과정을 간과했
으며 그로 인해 구인회의 문제의식을 카프에 대한 직접적 저항의 의
미로 축소해 버리고 말 수 있다는 점이다. 말하자면, 그들은 문단의 헤
게모니를 장악하여 문단을 지배하고 통제하기 위해 권력에 접근했던
것이 아니다. 그들은 신문 저널리즘이라는 근대적 제도에 대한 명확한
인식을 갖고 있었기에, 기존 권력을 가로질러 틈새를 공략하기에 보다
유리한 방법을 이용하고자 했던 것이며, 끊임없이 문단적 지배질서와
의 차이를 만들어내고 기존의 질서에 이질성을 도입함으로써 그것을
불안정하게 하려고 했던 것이다. 예컨대 창립 멤버인 이종명과 김유영

---

43) 김윤식, 『한국문학의 모더니즘과 리얼리즘』(민음사, 1989), p.123.

이 염상섭을 추대하려고 시도했다가 결국 이태준을 위시한 다른 회원들의 반대에 부딪쳐 무산되었다거나, 구인회의 결성과정에서부터 내내 중심적 역할을 해온 이태준 자신이 '쩌날리즘과의 타협없이'[44) 쓸 수 있는 단편에 얼마나 애정을 가졌었던가 하는 사실도 이러한 맥락에서 이해될 수 있다.

이는 스스로 중심이 되는 것이 아니라, 스스로를 밀어넣는 방식이라고도 할 수 있다. 현재의 권력을 자신의 권력으로 대체하는 것은 결국 그 지배의 메카니즘에 복속되는 결과를 낳고 만다. 앞서 살펴보았듯이 구인회의 대응방식은 동일화시키는 상대방의 방식에 맞서면서 그 논쟁구도에 휘말려 들어가는 것이 아니라, 본질적으로 새로운 주체와 조직의 존재방식을 만들어내는 것이며, 궁극적으로는 끊임없이 새로운 담론을 생성해내는 실험으로서의 작품을 내놓는 것이었다. 이러한 구인회의 조직 방식과 언어적 자각을 의식적이든 무의식적이든 간에 억압과 검열에의 직접적 저항이라고 규정하는 것은 결국 큰 의미를 갖지 못한다. 즉 언어적 실험이란 저항을 위한 저항이 아니라, 생성하는 힘들의 뒤엉킴이자 그것이 빚어내는 새로운 언어적 창조인 것이다. 이때 기존 코드를 해체하면서도 대안적인 또 하나의 지배 패러다임을 욕망하지 않는 것이 중요하다. 규율화된 주체의 외부에 존재하는 타자들에 의해 이루어진 구인회와 그들의 문학은 바로 문학이 지니고 있는 이데올로기나 사회 질서에 의해 일차적으로 규정되는 것이 아니라 문학 스스로가 그 현실의 질서를 전복하고 탈주함으로써 생산의 주체가 되는 것이며, 집단에 대한 욕망의 종속관계를 뒤집어 집단을 욕망의 생산들의 분자적 다양성들에게 종속시키는 것이다.

구인회와 카프의 관계는, 구인회가 카프의 이념에 반대하여 다른 이념을 제시하고 나름의 조직체계를 구성했다는 데에 있지 않다. 이러한

---

44) 이태준, 『가마귀』(한성도서, 1937.8), 머리에.

의미에서 구인회의 성립요인을 카프에 대한 대타의식에서 찾으려는 발상은 구인회에 대한 지나치게 소극적인 규정에 불과하다. 카프와 구인회의 관계를 바라보는 시각은 '지배-저항'이라는 단선적 패러다임을 넘어서, 규범에 대한 순응도 저항도 아닌 다른 궤도로 움직이는 것일 수 있다. 설령 결과적으로 구인회의 의미가 카프에 대한 저항의 맥락으로 의미화된다고 하더라도, 그 저항효과는 행위 주체들의 저항의식과 일치하지는 않는다. 저항의 이미지가 '생성의 패러다임' 속에서 재배치되었을 때, 그 생성적인 욕망은 억압이나 그 억압에 저항하는 것보다 선차적인 것이 된다.

그렇다고 구인회의 활동에 내재한 카프에 대한 저항적 의미라든가, 사회에 대한 저항적 의미를 부인하자는 것은 아니다. 저항은 반드시 저항이라고 말할 때만이 저항은 아니다. 저항은 이미 자신의 시선을 넘어서는 데에 존재한다. 저항은 이미 자신조차 발견할 수 없는 곳에서 균열을 발견하기 시작한다. 왜냐하면, 저항은 더 이상 주체의 의식된 혹은 계획된 산물만이 아니라, 탈주선을 타는 주체들의 저항효과로서 배치되기 때문이다. 이러한 과정을 통해 실체화된 개념으로서가 아니라, 역동적인 개념으로서의 문학의 '자율성'을 규정할 수 있을 것이다. 문학의 자율성이란, 모순과 대립의 의미와는 다른, 끊임없이 차이화하는 욕망을 동반한다. 권력의 형태와 실재에 대함 접근으로 신성시해온 낡은 부정(the Negative)의 범주들에 대한 집착을 철회하고, 획일성을 넘어서는 차이, 통일성을 넘어서는 흐름들, 체계성을 넘어서는 유동적 배치45)인 것이다.

---

45) 미셸 푸코, 「<앙티 오이디푸스> 영역판 서문」, 『탈주의 공간을 위하여』(서울사회과학연구소 편, 푸른숲, 1997), 358-9.

5. 글을 맺으며

본고는 1930년대라는 문학적 장을 설정하고 그 내부에서 가능한 불연속과 단절을 포착하는 가운데 구인회를 재조명하고자 했다. 구인회에 대한 기존의 시각, 즉 카프의 침체를 구인회 등장의 직접적인 계기로 설정하고, 구인회의 성격을 반카프 단체로 규정하는 것은 문학사를 전체사의 테마[46]와 관련시킴으로써 결과적으로 우리 근대문학의 다양한 경향들을 제대로 밝혀내지 못한 결과를 낳을 수 있기 때문이다. 특히 식민지 시기 문학사 서술에 있어서 이와 같은 카프 중심의 서술경향-1935년 해산까지의 '카프문학'과 그 이후 30년대 후반기의 '전형기 문학'으로서의 30년대 후반-으로 말미암아,[47] 시기적으로 1930년대의 정중앙을 가로질러 있었던 구인회의 존재는 문학사의 미아로서 제 입지를 구축해 오지 못했고, 단지 그 구성 멤버였던 작가들의 유명세에 의해 다소나마 존재 의의를 인정받아왔던 것이 구인회 연구의 실상이었다.

문학사 서술의 행위가 인과관계에 부합하는 질서의 수립에 강박되어 있을 때, 그것은 이론적 증명, 연구자가 전제한 방법론에 대한 확인에 그칠 수밖에 없다. 물론, 이러한 목적론적 관점을 전혀 무시해 버린다면 자칫 文學史的 시야를 벗어날 위험이 있음을 잊어서도 안된다. 우리에게는 결국 문학사를 고민하는 연구자의 일방적인 독백이 아니라 과거와 현재의 문학사적 사실 간에 끊임없는 대화를 유도하는 것이 필요하다. 이러한 방법으로서만이 우리의 문학사가 좀더 객관성에 접근할 수 있지 않을까 필자는 생각한다.

---

46) 미셸 푸코, 『지식의 고고학』(민음사, 1992), p.30.
47) 최원식은 「한국문학의 근대성을 다시 생각한다」(『민족문학과 근대성』, 문학과 지성사, 1995)라는 글에서 근대문학서술에 있어서 프로문학 주류성 해소를 주장한 바 있다.

  본고는 구인회에 대한 고찰을 표방했음에도 불구하고 논의과정에서는 오히려 그 대척점에 있었던 카프에 상당한 비중을 두고 논의를 전개시켰다. 왜냐하면 구인회에 대한 연구는 카프에 대한 반성을 동반할 수밖에 없기 때문이다. 지난 80년대를 통해 어떤 식으로든 맑스주의적, 역사주의적, 유물론적인, 리얼리즘에 기반한 연구방법이 주류적인 경향으로 확고하게 자리잡았었다면, 90년대는 이러한 경향이 해체되고 연구 대상이나 방법론의 차원에서 다원화 추세를 보였다. 그런데 80년대로부터 90년대에 이르는 전환의 과정을 돌이켜 보면 왠지 너무나 급선회한 감이 없지 않다. 이러한 전환이 현실사회주의의 붕괴와 자본주의의 전지구화로 인해 진보이념이 급속히 퇴조한 데 따른 현상이었다고는 하지만, 문제는 현실에 따른 연구자들의 변화가 거의 맹목적인 추종에 가까웠다는 데에 있다. 이러한 점에서 지금이야말로 과거 프로문학과 진보문학에 대한 정밀한 연구와 성찰이 이루어져야 할 때48)라고 생각된다.

---

48) 「좌담, 문명의 전환과 국문학 연구」, 『민족문학사연구』 10호(1997, 반년간) 참조.

〈참고문헌〉

김기림, 『김기림 전집 2-시론』(심설당, 1988)

김윤식, 『한국근대문학사상사』(한길사, 1984)

김윤식, 『한국문학의 모더니즘과 리얼리즘』(민음사, 1989)

김인수, 「일제하 총동원체제에서의 노무동원과 저항에 관한 연구」(서울대 석사, 2000)

김진송, 『현대성의 형성 : 서울에 딴스홀을 허하라』, (현실문화연구, 1999)

민족문학사연구소, 「좌담, 문명의 전환과 국문학 연구」(『민족문학사연구』 10호, 1997, 반년간)

박용규, 『일제하 민간지 기자집단의 사회적 특성의 변화과정에 관한 연구』(서울대 신문학과 박사, 1994)

상허문학회, 『근대문학과 구인회』(깊은샘, 1996)

이원조, 『오늘의 문학과 문학의 오늘-이원조문학평론집』(이동영 編, 형설출판사, 1990)

이진경, 『필로시네마 혹은 탈주의 철학에 대한 7편의 영화』(새길, 1995)

임화, 『문학의 논리』(학예사, 1940)

조연현, 『한국현대문학사』(성문각, 1977)

조영복, 『한국 현대시와 언어의 풍경』(태학사, 1999)

조용만, 「구인회의 기억」(『현대문학』, 1957.1)

채호석, 「1930년대를 바라보는 몇가지 방식」(『민족문학사연구』, 창작과 비평사, 1997)

최원식, 「한국문학의 근대성을 다시 생각한다」(『민족문학과 근대성』, 문학과 지성사, 1995)

최종렬, 『타자들 : 근대 서구 주체성 개념에 대한 정신분석학적 탐구』(백의, 1999)

현택수, 『문화와 권력』(나남출판, 1998)

황종연, 『한국문학의 근대와 반근대』(동국대 박사논문, 1991)

가라타니 고진, 『은유로서의 건축』(한나래, 1998)

그레고리 베이트슨, 『마음의 생태학』(민음사, 1989)

미셸 푸코, 『지식의 고고학』(민음사, 1992)

미셸 푸코, 「<앙티 오이디푸스> 영역판 서문」(『탈주의 공간을 위하여』, 서
        울사회과학연구소 편, 푸른숲, 1997)

빌헬름 슈미트, 「실존미학으로서의 윤리」(『세계사상』 창간호, 동문선,
        1997, 여름)

삐에르 부르디외, 『상징폭력과 문화재생산』(새물결, 1995)

삐에르 부르디외, 『혼돈을 일으키는 과학』(솔, 1994)

질 들뢰즈, 펠릭스 가따리(최명관 譯), 『앙띠 오이디푸스』(민음사, 1994)

페터 지마, 『문학텍스트의 사회학을 위하여』(문학과지성사, 1983)

근대성 비판의 문학적 전개 양상
― 모더니즘과 포스트모더니즘

문 흥 술

1. 머리말

한국 문학에서 근대성(modernity)에 대한 문학적 비판을 문제 삼을 때, 리얼리즘 계열체와 모더니즘 계열체가 논의의 주된 대상으로 부상된다. 전자의 경우, 자본주의를 부르조아 계급에 의한 프롤레타리아 계급의 착취로 보고, 계급투쟁에 의한 자본주의 토대의 전복을 통해 소외되고 억압받는 프롤레타리아 계급이 중심이 되는 사회를 건설하고자 하는 것이다. 한국문학사에서 이 계열체는 20년대 최서해와 조명희에서 출발하여 30년대 이기영의 『고향』, 한설야의 『황혼』을 거치면서 일제강점기를 관통하다가, 해방 이후 좌·우익의 대결로 인해 주춤한다. 그러다가 70년대 황석영의 「객지」에 등장하는 '다이너마이트'로 재부활하여, 80년대의 민중소설로 만개한다. 한편 후자의 경우는, 자본주의의 존재를 인정하고 자체의 발전 과정을 염두에 둔 채 내부 모순을 지양하고자 하는 것으로, 30년대 이상, 박태원, 김기림을 중심으로 한 모더니즘에서 출발하여 90년대의 포스트모더니즘으로 연결된다.

본고에서는 한국문학사의 두 계열체 중, 후자인 모더니즘 계열체에 나타나는 근대성 비판의 측면을 살펴보고자 한다. 흔히, 모더니즘을 두고 근대성 구현이라는 측면에 접근하는 경우가 있다. 그러나 20세기 초에 대두된 예술운동으로서의 모더니즘은 근대성 비판을 그 핵심 내용으로 삼고 있다. 모더니즘 운동의 출발점으로 알려져 있는 인상파와 상징주의는 모두 근대적 예술에 대한 부정에서 출발한다. 인상파의 경우, 특정 측면을 강렬하게 묘사함으로써 원근법에 기초한 이전의 사실주의적인 회화를 부정하였고, 이것은 피카소로 상징되는 입체파의 다원시점으로 심화되면서 칸딘스키 류의 추상미술로 발전한다. 2장에서 자세히 살펴보겠지만, 이처럼 20세기 초에 대두된 예술운동으로서의 모더니즘은 기존의 전통적인 예술기법을 파괴하면서 근대성을 비판하는 것을 그 본래의 몫으로 삼고 있다.

이처럼 근대성 비판으로서의 모더니즘과 포스트모더니즘에 주목할 때, 한국문학사에 있어서 세 명의 난쟁이에 초점을 맞출 필요가 있다. 30년대의 이상, 70년대의 조세희, 그리고 90년대의 최수철의 난쟁이가 그것이다. 일제 강점기에 이상의 난쟁이는 '레몬을 달라'고 외치면서 정상 발육을 하지 못하고 '어린아이 해골'로 형해화되어 갔다. 70년대 조세희의 난쟁이는 '뫼비우스 띠'와 '클라인의 병'으로 상징되는 세계를 꿈꾸면서 굴뚝에서 자살하였다. 그리고 80년대 말 최수철의 난쟁이는 진공 속을 자유롭게 날아다닌다.

이 세 명의 난쟁이는 그들이 처한 근대적 상황의 특질에 따라 표정을 달리하는데, 바로 그 표정은 우리 문학사에서 모더니즘과 포스트모더니즘에 대한 논의와 관련하여 중요한 준거틀을 제공하고 있다. 본고에서는 이들의 표정 변화에 대한 고찰을 통해, 첫째 한국 문학에서 모더니즘 계열체의 근대성 비판 양상과 그 전개과정을 검토하고, 둘째 모더니즘과 포스트모더니즘의 질적 편차를 검토하고자 한다.

2. 근대성 비판 운동으로서의 모더니즘과 포스트모더니즘

모더니즘 계열체의 근대성 비판의 측면을 검토하기 위해서는 먼저 근대성에 대한 개념 규정이 필요하다. 이를 위해, 자본주의의 전개과정을 증기기관차→비행기→우주선의 시대로 구분한 제임슨의 비유적 표현[1]에 주목할 필요가 있다. 평면에 놓인 레일의 안과 밖의 구별처럼, 증기기관차의 시대는 평면기하학의 원리에 입각하여 선명한 이항대립에 기초하고 있다. 레일 안은 중심부요 레일 밖은 주변부로, 중심부에 의한 주변부의 철저한 배척을 그 특징으로 한다. 두 번째 단계인 비행기의 시대는 안과 밖의 구분이 무화되는 뫼비우스 띠와 클라인의 병으로 상징되는 위상기하학의 원리에 입각하여 이항대립이 서서히 무화되어 가는 시대이다. 하늘에서 볼 때, 평면은 입체에 불과하고 따라서 평면의 안과 밖의 구분은 입체에서는 사라진다. 세 번째 단계인 우주선의 시대는 이항대립이 완전히 해체된 탈중심의 공간으로, 달나라의 세계이자 진공과 같은 곳이다. 광대한 우주 공간에서 볼 때, 지구는 하나의 덩어리에 불과하며 그 속에서 어느 것이 중심이고 어느 것이 주변이라는 구별은 아무런 의미를 띄지 못한다.

모더니즘과 포스트모더니즘이 비판하는 근대성의 특질은 증기기관차라는 사회적 상징물에 압축되어 있다. 곧, 근대성은 이성중심주의(logo-centrism)[2]에 입각한 이항대립체계를 그 핵심요소로 삼고 있다. <인간, 이성, 의식, 남성, 도시>의 중심부와 <자연, 비이성, 무의식, 여성, 농촌>의 주변부의 이항대립체계는 17-8세기 등장한 계몽사상에 그 사상적 기반을 두고 있다. 계몽사상은 칸트의 선험적 이성, 뉴턴의 자

---

1) F. Jameson, 「포스트모더니즘—후기자본주의 문화논리」(『포스트모더니즘론』, 정정호 외 편역, 터) 1990. pp.139~201.
2) 이성중심주의는 플라톤 시대부터 서구 형이상학의 주류를 형성해 왔다. 그러나 이것이 한 시대의 지배적 요소로 등장한 것은 근대 이후이다.

연과학, 다윈의 진화론으로 압축3)될 수 있다.

칸트의 인식관은 "내용 없는 사상은 공허한 것이며, 개념 없는 직관은 맹목적이다"4)로 요약될 수 있다. 경험적 지각에 의해 대상을 인식하고, 그것을 오성과 이성에 의해 개념화하고 법칙화하는 인식 능력을 인간만이 지니고 있다고 함으로써 칸트는 인간의 인식을 극대화한다. 인간의 이러한 이성적 인식능력을 선험적(a priori)인 것으로 규정한 칸트에 의해, 근대 이전에 자연의 일부로서 존재하던 인간은 이제 세계의 중심이자 주체(subject)5)로 부상한다. 여기에 자연의 법칙은 기계처럼 결정되어 있으며, 인간이 그 법칙을 발견하면 자연을 지배하고 정복할 수 있다는 뉴턴의 기계론적 자연관에 입각한 자연의 과학화, 그리고 다윈의 진화론에 바탕을 둔 진보에의 믿음이 결합되면서, 근대 이성적 인간 주체는 객체(object)로서의 자연을 지배하고 재가공하면서 자본주의를 태동시킨다.

따라서 근대 자본주의는 이성적 인간주체가 중심부로 작동하면서 주변부인 객체로서의 자연을 지배하는 이항대립체계를 구축한다. 이러한 이항대립체계는 자본주의 초기 단계에는 이전에 볼 수 없던 물질적 풍요로움을 제공하면서 인간다운 삶을 가능하게 했지만, 19세기말에 이르러 이성의 도구화가 진행되면서 폭력적인 형태로 변질된다. 그 결과 인간에 의한 자연의 소외와 인간에 의한 인간의 소외 등의 문제점을 배태하게 된다. 모더니즘과 포스트모더니즘은 이런 이성중심주의에 입각한 이항대립체계에 대한 비판 운동의 하나로, 각각 비행기의 시대와 우주선의 시대를 지향한다.

---

3) 윤평중, 『푸코와 하버마스를 넘어서』, 교보문고, 1990. pp.37~44.
4) I. Kant, 『순수이성비판』(윤성범 역, 을유문화사) 1983. p.95.
5) 인간 주체의 개념은 근대 사상이 만든 산물로서, 칸트의 선험적 이성이 그 사상적 기초이다. M. Foucault, 『말과 사물』(이광래 역, 민음사) 1987. pp.349~391.

1) 모더니즘과 근대성 비판

20세기 초 대두된 예술운동으로서의 모더니즘은 상대적(relative) 지식을 사상적 기반으로 삼아 이항대립체계를 비판한다. 상대적 지식은 뉴턴 물리학(고전물리학)을 비판하고 나온 20세기초의 과학혁명에 해당되는 아인슈타인 물리학에 기초[6]하고 있다. 그 특성을 살펴보면 다음과 같다[7].

1) 고전 물리학은 수학적 명증성을 지닌 절대보편적 진리의 확립이 목표이며, 그 진리로 모든 객관적 현상을 설명하고자 한다. 그러나 상대성 이론에서는 진리는 관찰자의 좌표계의 차이에 불과한 것이기에 진리를 상대적인 것으로 본다. 더불어 단단한 원자라는 실재(reality)도 더 이상 단단한 구조가 아니라, 전자와 원자핵으로 나누어져 있다는 실재회의론을 주장한다.

2) 고전물리학의 3차원 절대공간은 현대물리학에서 광속도 개념에 의한 4차원 시-공 연속체로 대체된다. 3차원 절대 공간에서의 운동은 마치 항아리 속에서 움직이는 것으로, 정역학적 운동이다. 여기서 시간은 인간 경험을 초월한 선험적인 것으로 설정되고, 그 정해진 시간과는 분리된 절대 공간 속에서 운동이 행해지면서, 운동은 절대 공간의 한계를 벗어날 수 없다. 그러나 4차원 시-공 연속체에서는 광속도

---

6) 모더니즘이 상대성 이론에 입각한 상대적 지식을 기반으로 함은 다음 글을 참조할 것. M. K. Spears, 『Dionysus and City』, Oxford Univ. Press, 1970. pp.21~23 및 R. Jakoson, 『문학 속의 언어학』, 문학과 지성사, 1989. pp.92~116.

7) 과학혁명 및 그 특성에 대한 논의는 다음 글을 참조할 것. ① W. Heisenberg, 『철학과 물리학과의 만남』(최종덕 역, 한겨레) 1989. ② A. Einstein, 『물리학과 실재』(박순달 역, 대양서적) 1984. ③ A. N. Whitehead, 『과학과 근대세계』(김용선 역, 서광사) 1989. ④ M. J. Greenberg, 『유클리드 기하학과 비유클리드 기하학』(이문영 역, 경문사) 1990.

에 의해 과거－현재－미래라는 객관적 시간 단위의 구분이 부정되면
서, 시간은 공간과 밀접한 관련을 맺게 된다. 이에 따라 인과관계도 부
정된다.

  3) 평면 기하학인 유클리드 기하학은 입체 기하학인 비유클리드 기
하학으로 대체된다. 유클리드 기하학이 주장하는 점, 직선, 평면 등의
개념은 인간의 경험 세계에서는 정합성을 띠지만, 시각을 무한한 우주
로 확대할 때, 그것은 비유클리드 기하학으로 대체된다. 곧 직선은 굴
곡된 직선으로, 평면은 굴곡된 평면으로 대체되며, 평행선도 둘 이상
존재하게 된다. 이러한 차이는 두 점간의 최단 거리가 직선에서 대원
으로 변화하는 것으로 나타난다.

  4) 실재의 이중성은 수학의 재현적이며 묘사적인 기능을 부정하고,
숫자의 추상화를 통해 그 반사적 기능을 중시하는 것으로 연결된다.
실재, 위치, 속도, 색채, 크기 등을 묘사하기 위해 사용되는 모든 단어
나 개념은 불확정적이며, 숫자 그 자체가 독립적 기능을 갖는 것이다.

  이러한 과학혁명에 기초한 상대적 지식은 그것이 단순한 과학의 영
역에만 한정되는 것이 아니라 근대 이후 인식관이 변혁8)을 불러일으
키면서 모더니즘의 사상적 기반으로 작동한다는 점에서 중요하다. 흔
히 모더니즘의 미학적 기반으로 언급되는 프로이드의 무의식과 흄의
불연속적 세계관 등은 모두 이 상대적 지식과 밀접한 관련을 맺고 있
다. 이를 보다 자세히 살펴보면 다음과 같다.

  먼저, 이성적 인간 주체에 결정적 타격을 가한 프로이드의 정신분
석학은 실재 회의론과 관련이 있다. 인간은 의식과 무의식으로 쪼개져
있으며, 의식은 무의식에 의해 조종된다는 프로이드의 주장은 실재 회
의론과 관련하여 인간이 의식적이고 이성적 존재라는 것에 대한 회의
에서 비롯된 것이다. 프로이드의 이 무의식에 의해, 초월적 이성이라

---

8) W. Heisenberg, 위의 책, pp.165~180.

는 절대 보편적 진리가 모든 것을 지배하며, 그것을 가장 확실히 담지할 수 있는 것이 이성적 주체로서의 인간이라는 믿음은 붕괴된다. 모더니즘은 이성적 주체를 부정하고, 인간의 욕망에 있어서 시민화되지 않고 표현되지 않은 무의식의 욕망을 표출함으로써 도구적 이성으로 전락한 근대 인간주체를 비판한다. 이로 인해, 모더니즘 문학은 언술 주체가 분열[9]되면서 동시에 언술 체계도 파괴[10]된다.

한편, 모더니즘에서 중시되는 자기 반사적(self-reflexive) 언어도 상대적 지식[11]과 관련이 있다. 근대 이성적 주체는 그의 이성적 인식능력에 의해 대상을 완전히 지배, 통제할 수 있으며, 객관세계의 실재 역시 그 확실성을 담보하고 있다고 믿는다. 그리하여 언어를 통해 대상을 재현할 수 있다는 재현적(reference) 언어관을 주장한다. 그러나 '숫자의 추상화'와 더불어, 기호(symbol)가 사물을 재현한다는 것을 부정하고 기호(signe)는 기표(signifiant)와 기의(signifié)의 자의적이고 계약적인 관계[12]라고 주장한 소쉬르의 실재회의론적 언어관[13]이 대두되면서, 언어는 더 이상 객관세계의 실재를 묘사, 재현할 수 없으며, 그 자체가

---

9) 모더니즘 문학은 (언술) 주체의 분열을 그 특징으로 삼는다. 언술 주체의 분열은 언술상의 주체(subject of enunciation)와 언술하는 주체(subject of enunciating)의 분열로 제시된다. 가령 "내일 나는 잔디를 깎겠다"고 말할 때, 문장 속의 '나'가 언술상의 주체이며, 문장을 발음하는 '나'가 언술하는 주체이다. 전자의 지시체와 후자의 무의식 욕망이 분열되어 욕망의 언어가 분출되면서 언술 주체의 분열이 일어난다. 이에 대한 자세한 논의는, J. Lacan, 『Ecrits 2』, Editions du Seuil, Paris, 1966. pp.103~115 참조.

10) 언술(énoncé)은 담론을 구성하는 기본적인 언어 단위이다. 언술체계가 분열됨은 동시대의 다른 언술들과의 동일성이 파괴됨을 의미한다. M. Foucault, 『The Archaeology of Knowledge』, Trans., A. M. Sheridan Smith, Tavistock Publication, 1972. pp.21~61.

11) 모더니즘 문학의 자기 반사적 언어와 현대 물리학에서의 숫자의 추상화와의 관련성은, M. K. Booker, 「Joyce, Plank, Einstein and Heisenberg」, 『JJQ』, p.577~586 참조.

12) F. Saussure, 『일반언어학 강의』(최승언 역, 민음사) 1990. pp.19~26.

13) F. Jameson, 『The Prison-House of Language』(윤지관 역, 까치) 1985. p.11.

자율성을 띠게 되는 것으로 변한다. 객관세계의 실재가 알 수 없는 것일 때, 이들 대신에 언어 그 자체를 대상으로 삼는 것은 불가피하다. 따라서 모더니즘에서는 더 이상 특정한 주체에 의하여 특정한 의도를 가지고 글쓰기를 하는 것이 아니라, 그 자체가 목적이자 정열인 글쓰기인 자동사적 행위로서의 글쓰기[14]가 된다. 마치 형식주의자들이 자신을 구성하는 장치를 드러내는 '낯설게하기(defamliarization)' 기법과 동일하게, 모더니즘은 언어의 자율적이고 자기반사적 기능을 통하여 상투적이고 관습적인 언어의 자동 반응성을 폭로함으로써 새로운 인식관을 획득하는 것이다.

다음, 흄의 불연속적 세계관 역시 상대적 지식과 관련[15]이 있다. 흄[16]은 실재회의론에 입각하여 이전의 단일한 세계를 세 개의 동심원으로 나누어, ① 제일 바깥을 종교, 윤리의 세계로, ② 가운데를 생명의 세계로, ③ 제일 중앙을 수리물리학의 세계로 명명하고, 각각의 동심원은 불연속을 이룬다고 본다. 그런데, 근대 인간은 ②인 생명의 세계만이 실재라고 주장하면서, 그 세계의 논리로 ①과 ③을 설명함으로써 오늘날의 혼돈이 시작된 것이라 비판한다. 그러면서 예술을 생명적인 것과 기하학적인 것으로 구분하고, 새로운 예술은 질퍽거리는 생명적이고 인간적 요소를 배제하고 엄숙한 직선이나 곡선 같은 기하학적 완전성을 구유하기 위하여 기하학적 예술[17]이 되어야 한다고 주장한다. 흄의 이러한 주장은 칸딘스키 류의 추상예술과 이미지즘의 바탕이 되면서, 동시에 모더니즘 문학에 나타나는 개인적 주체로서의 인간을

---

14) 사실주의가 언술된 내용 자체, 곧 무엇이 말해지는가를 중요시한다면 모더니즘은 언술하는 행위, 즉 작품을 만드는 과정 자체를 실제 내용으로 삼는다. T. Eagleton, 『문학이론입문』(김명환 역, 창작사) 1986. p.173.

15) M. K. Spears, 앞의 책, pp.21~22.

16) T. E. Hulme, 『휴머니즘과 예술철학』(박상규 역, 삼성출판사) 1984. pp.21~22.

17) T. E. Hulme, 위의 책, p.56.

비인간화하는 기하학적 추상18)으로 연결된다. 곧 도구적 이성으로 전락한 인간을 기존의 담론으로는 표현할 수 없기에, 그러한 비판의 한 방법으로 인간을 기하학적으로 처리하여 그것을 사물화 내지 단자화시킴으로써, 일상적인 시각에서는 인식되지 않는 근대 이성적 인간의 모순을 역설적이고 다면적인 수법으로 충격을 가하는 것이다.

이처럼 모더니즘은 상대적 지식에 입각하여 근대성을 비판하는데, 흔히 모더니즘의 미학적 장치로 언급되는 공간화, 몽타주, 패러독스, 아이러니 등도 이 상대적 지식에 기반을 두고 있다. 인과관계에 기초한 선조적 시간성을 부정하고 과거-현재-미래가 응축된, 경험의 동시성을 추구하는 공간화나 몽타주의 경우, 4차원 광속도의 개념과 비유클리드 기하학과 연결19)되어 있다. 그리고 야누스의 얼굴을 하고 있는 현실의 불가행성으로 인해 세계의 역설적, 상대적 다면성을 추구하는 아이러니와 패러독스 역시 실재 회의론과 관련20)이 있다. 요컨대, 모더니즘은 상대적 지식에 기초하여, 주체 분열과 언술 체계의 분열을 일으키면서 이성중심의 이항대립체계를 비판하고, 안과 밖의 구분 곧 이항대립이 무화된 비행기의 시대를 지향한다.

2) 포스트모더니즘과 탈중심

포스트모더니즘은 제임슨의 비유에 의할 때, 자본주의 발달 단계에

---

18) 모더니즘 문학의 미학적 특징으로 지적되는 '비인간화와 통합적 개인의 주체 또는 개성의 붕괴'가 여기에 해당된다. E. Lunn, 『마르크시즘과 모더니즘』(김병익 역, 문학과지성사) 1986. p.49.

19) 공간화에 대해서는, W. Holtz, 「Spatial Form in Modern Literature: A Reconsideration」, 『Critical Inquiry』, winter, 1977. p.280 참조. 한편, 몽타주에 대해서는 A. Eysteinsson, 『몽타주 이론』(이정하 역, 예건사) 1990. pp.242~262 참조.

20) C. B. Wheeler, 『The Design of Poetry』, W. W. Norton & Lompany, 1966. pp.89~120.

있어서 우주선의 시대를 지향한다. 포스트모더니즘 역시 하이젠베르그와 보어의 양자 역학 및 상보성 이론이라는 과학혁명에 기초[21]하고 있다. 불확정성 이론으로 대표되는 하이젠베르그 물리학에 이르면 과학의 탐구 대상인 자연은 기계가 아니라 살아있는 유기적 생명체로 취급된다. 따라서 자연은 그 흐름이 불확실하고 유동적이기에, 더 이상 이전처럼 기계적 결정론은 적용되지 않는다. 자연을 지배하는 진리는 불확정적이며, 이에 따라 객관세계의 실재도 불확정적이다. 인간은 이제 자연을 지배할 수 없고, 자연과 더불어 공존해야 한다. 이러한 과학혁명은 탈중심의 논리로 연결되면서, 이항대립의 해체를 통해 인간과 자연이 상호공존하는 세계를 지향하도록 하는 인식관의 혁명[22]으로 연결된다.

포스트모더니즘은 불확정성이라는 새로운 인식관에 입각하여, 지금까지 명료하고 절대보편적인 것으로 인식되던 진리를 거부한다. 이항대립에서 중심부를 차지하던 모든 것은 부정된다. 신도, 이념도, 이성적 주체도, 서양중심주의적 사고도 부정된다. 그럼으로써 중심부는 그 존립근거를 상실한다. 세계를 획일적으로 지배하던 절대 보편적 진리가 거부됨으로써 전체성과 인과율, 결정론 등은 부정된다. 세계는 파편화되고 단편화된 조각 덩어리에 불과하다. 그렇다면 불확정성은 아무런 대안 없이 세계를 무질서하고 혼란스러운 것 그 자체로만 파악하는 것인가? 이 물음은 포스트모더니즘이 '해체를 위한 해체'에 불과한 것인가라는 물음에 직결된다. 이에 대한 해답을 라캉의 주체구성이론에 대한 검토를 통해 찾을 수 있다.

라캉에 의하면[23], 인간의 의식은 무의식의 욕망에 의해 조종된다.

---

21) I. Hassan, 『포스트모더니즘』 (정정호 역, 종로서적) 1985. p.177.
22) 불확정성을 주장한 하이젠베르그를 비롯한 현대 과학자들이 인간과 자연의 일체를 주장하는 동양의 노장사상에 경도되는 이유는 이 때문이다. W. Heisenberg, 앞의 책 참조.

의식적이며 이성적인 주체는 선험적으로 주어지는 의미의 근원이 아
니라 언어활동을 통해 관계를 맺는 타자(The Other)에 의해 구성되어
지는 개체성(Personality)에 불과하다. 곧 인간은 태어날 때부터 어머니
의 모체로부터 분리되면서 무엇인가를 상실했다고 느끼는 원초적 결
핍의 존재이다. 따라서 인간은 그 결핍을 보상해 줄 대체물을 끊임없
이 찾게 되는데, 그 대체물을 어머니나 거울에 비친 자기 영상을 통해
획득하는 단계가 거울상(mirror stage)의 단계 혹은 상상적(imaginary)
단계이다. 이 단계는 언어를 배우기 이전의 유아기에 해당되는데, 어
린 아이는 거울에 비친 자기 영상을 통해 자신이 찢어져 있다는 환영
을 극복하면서 최초의 동일성(identity)을 획득한다. 이 단계를 지나 언
어활동을 통해 관계를 맺는 사회문화적 영역으로 진입하게 되는데, 이
것이 상징적(symbolic) 단계이다. 이 진입과정에서 어린아이는 오이디
푸스 콤플렉스라는 단계를 필연적으로 거치는데, 이것은 아버지의 이
름으로 상징되는 사회문화의 규범체계를 받아들이는 과정에 해당된다.
이 과정에서 상상계에서 이룩된 동일성이 무의식으로 억압된다. 억압
된 무의식은 언어로 관계를 맺는 상징계에서도 동일성을 유지하기 위
하여 그 대체물을 찾는데, 이 때 대체물은 사물 그 자체가 아니라 그
사물의 이미지, 상징이다. 무의식의 욕망의 기표는 상징계의 이미지에
서 그 대체물을 찾아 기의를 획득한다. 그러나 기의 획득, 곧 욕망 충
족은 일시적인 것이면서 허상에 불과하다. 무의식의 욕망이 궁극적으
로 지향하는 것이 자기 동일성의 세계이며, 그 세계가 어머니의 자궁
속 같은 것이기에 욕망의 기표는 상징계에서 결코 그 기의를 만날 수
없다. 따라서 욕망의 기표는 상징계에서 그 기의를 만나자마자 그것
과 결별하면서 도달할 수 없는 기의를 찾아 끝없이 미끄러진다.
　끝없이 미끄러지는 욕망의 기표가 궁극적으로 도달하고자 하는 것

---

23) J. Lacan, 『Ecrits:A Selection』, (Trans. A. Sheridan), Tavistock, 1980.

이 의식과 무의식, 이성과 비이성이 분화되기 전의 상태인 어머니의 자궁 속 같은 공간이다. 인류사적 관점에서 그 공간은 인간과 자연이 조화롭게 공존하는 동일성의 공간이자, 오늘날의 우리가 반드시 회복해야 할 시원(始原)의 공간이다. 또한 그 공간은 오늘 우리 사회의 병폐를 극복하고 도달해야 할, 우주선으로 상징되는 탈중심의 공간이다.

불확정성에 기초한 무의식의 욕망의 기표는 이성적 주체가 지배하는 이항대립체계를 해체하면서 탈중심의 열린 공간을 향해 끝없이 미끄러져 간다. 미끄러져가는 기표가 사회적 상징체계가 지배하는 의식상의 언술을 뚫고 분출되면서 이성적 주체 등의 절대보편적 진리가 지배하는 담론을 파괴한다. 욕망의 언술은 기표의 연쇄사슬 형태로 분출되면서 상징계의 모든 기의를 거부한다. 그런 욕망의 언술을 라캉은 상상적 언어로, 크리스테바는 기호적인 것(The Semiotic)24)으로 명명하였는데, 따라서 이 욕망의 언술에 입각한 글쓰기는 의식상으로는 이해되고 해석될 수 없는 정신분열텍스트의 형태를 띨 수밖에 없다. 이처럼 포스트모더니즘은, 절대보편적 진리를 거부함으로써 이항대립체계가 해체된 탈중심의 공간을 지향하는 해체적 글쓰기라 할 수 있다.

3. 상대적 지식과 모더니즘: 이상 문학

한글-일본어-한글로 전개되는, 모더니즘 문학으로서의 이상문학은 근대성에 대한 비판을 그 핵심으로 삼고 있다. 처녀작인 한글장편소설 『十二月十二日』에는 칸트의 선험적 이성에 대한 비판과 관련된 언술이 도처에 내재해 있다.

---

24) J. Kristeva, 『Revolution in Poetic Language』, Columbia University Press, New York, 1984. pp.25~30.

그는 「반가워하지 아니하면 안된다—사랑하지 아니하면 안된
다—믿지 아니하면 안된다」등의 「……지 아니하면 안된다」는 의무
를 늘 생각하고 있다. 그러나 이 「……지 아니하면 안된다」라는 것
이 도덕성에 있어 어떠한 좌표 위에 놓여 있는 것인가를 생각해
볼 수는 없었다—따라서 이 그의 소위 「의무」라는 것이 참말 의미
의 「죄악」과 얼마나한 거리에 떨어져 있는 것인가를 생각해 볼 수
없었는 것도 물론이다. 사람은 도덕의 근본성을 고구하기 전에 우
선 자기의 일신을 관념 위에 세워 놓고 주위의 사물에 당한다.[25]

칸트의 인식론은 이성의 사실로서의 도덕률과 정언적 명령으로 이
어진다. 칸트에게서 도덕률이란 "모든 이성적 존재자에 대하여 보편적
으로 타당한 법칙"[26]으로, 이 도덕률을 지키는 것은 우리에게 주어진
절대적 의무이다. 따라서 도덕률은 '무엇무엇을 하여야 한다'라는 정
언적 명령의 형태를 띠게 된다. "너의 행위의 격율이 너의 의지를 통
하여 보편적 자연법칙이 되게끔 행위하여라"[27]는 칸트의 발언은 이성
적 주체로서의 인간에 대한 의무를 강조하는 근대의 도덕률에 해당된
다.

이상문학은 칸트의 이러한 인식론을 비판하고 있다. 위의 인용문에
서 "관념 위에 세워 놓고 주위 사물에 당한다"라는 것은, 이성이라는
절대 보편적인 개념적 장치에 의해 사물을 인식해야 한다는 칸트의
인식론을 정면으로 비판하는 것이다. 더불어 이성에 의해 설정된 보편
적 입법으로서의 도덕률에 대한 복종, 곧 "……지 아니하면 안된다"라
는 정언명령으로서의 의무도 부정하고 있다. 이처럼 이상문학은 근대
성의 핵심 사상인 칸트의 인식관[28]을 부정하는 자리에서 출발하고 있

---

25) 『十二月十二日』, 『이상소설전작집2』, 갑인출판사, 1977, p.114.
26) I. Kant, 『도덕형이상학비판』 (박태흔 역, 형설출판사) 1985. p.27.
27) I. Kant, 위의 책, p.40.
28) 한편, 『十二月十二日』에서는 인과법칙을 부정하고 우연을 강조하는 언술도
    볼 수 있다. pp.191~192 참조.

다.

흔히 이상문학 중에서 「실화」에 언급된 다음 언술을 두고 이상 문학 전체를 왜곡하여 해석하는 경우가 있다.

> 「슬퍼? 응―슬플밖에―二十世紀를 생활하는 데 十九世紀의 道德性밖에는 없으니 나는 永遠한 절름발이로다. 슬퍼야지―萬―슬프지 않다면―나는 억지로라도 슬퍼해야지―슬픈 포우즈라도 해 보여야지―(중략)웃어야 할 터인데 筋肉이 없다. 울려야 筋肉이 없다. 나는 形骸다. 나―라는 正體는 누가 잉크 짓는 약으로 지워 버렸다. 나는 오직 내―痕迹일 따름이다.」29)(강조-인용자)

지금까지 이상 문학에 대한 연구는 이 구절에 기초하여, 이상이 19세기의 도덕성을 가지고 있으면서 20세기의 모던 보이로서 지냈다고 평가하고 있다. 그러나 이러한 평가는 이상 문학에 대한 본질적 접근을 차단하는 중요한 장애 요소였다. 무엇보다 강조되어야 할 사항은 모더니즘 문학으로서의 이상 문학의 글쓰기는 기존의 언술체계를 파괴하는 기호놀이의 일종이라는 점이다. 그러므로 사실주의 문학에 대한 반영론적 접근처럼, 이상문학의 언술체계의 기표를 당대의 기의와 관련하여 일대일로 해석하는 것은 이상문학을 오독하는 것이라 할 수 있다. 따라서 위의 언술을 제대로 해석하기 위해서는 이상 문학 전체와 관련하여 상호텍스트적인 검토가 필요하다. 이 때 주목되는 것이 수필 「정조」이다.

> 이런 境遇―즉 「남편만 없었던들」 「남편이 용서만 한다면' 하면서 지켜진 안해의 貞操란 이미 간음이다. 정조는 禁制가 아니오 良心이다. 이 境遇의 良心이란 道德性에서 우러나오는 것을 가르치지 않고 「絶對의 愛情」 그것이다. (중략) 내가 이 世紀에 容納되지 않는 最後의 한꺼풀 幕이 있다면 그것은 오직 「간음한 안해는 내

---

29) 「실화」, 『이상소설전작집1』, 갑인출판사, 1977. p.65.

어 쫓으라」는 鐵則에서 永遠히 헤어나지 못하는 내 곰팡내 나는 道德性이다.30)

　여기서 ‘정조’는 19세기의 봉건적 윤리 도덕관에 기초한 육체적 정조가 아니라, ‘절대의 애정’이라는 정신적 정조를 의미함을 알 수 있다. 따라서 ‘간음’은 정신적으로 추구하는 절대적인 것에 대한 애정을 배반하는 것에 해당된다. 그런 간음을 저지른 ‘안해’는 절대로 용납할 수 없다는 철칙이 바로 ‘19세기의 도덕성’의 내용이다.

　그렇다면, 이상문학이 근대성을 비판하고 그 대안으로 욕망하는 일종의 ‘정신적 정조’는 무엇일까? 이 점을 밝히기 위해서는, 한글→일본어→한글로 전개되는 이상문학의 글쓰기의 원형 내지 무의식적 욕망의 원형31)을 재구성할 필요가 있는데, 이 때 언술체계의 분열이 가장 심한, 다시 말하자면 무의식적 욕망이 심하게 표출되고 있는 텍스트에 주목할 필요가 있다.　이상문학에서 그 텍스트는 일본어로 쓰여진 시 작품들이며, 그 중에서도 분열이 가장 심한 「삼차각 설계도」이다. 「선에 관한 각서」라는 제목 하에 7편이 묶여 있는 이 시편들은 뉴튼 물리학과 유클리드 기하학을 비판하고 아인슈타인 물리학과 비유클리드 기하학으로 표상되는 상대적(relative)지식을 지향하고 있다.

　　　　① 　1 2 3 4 5 6 7 8 9 0
　　　　　　1 . . . .
　　　　　　2 . . . .

---

30) 「十九世紀式」, 『이상전집 제3권』, 태성사, p.179.
31) 심층텍스트(sub-text)를 의미한다. 심층텍스트란 작품 안에 숨어 있으며 애매모호한 측면이나 둘러대는 말 또는 지나친 강조 등의 ‘증후적’인 지점들에 나타나며, 작품 자체에는 씌여져 있지 않지만 독자로서의 우리들이 쓸 수 있는 텍스트를 의미한다. 모든 문학 작품은 심층텍스트를 하나 또는 그 이상 갖고 있는데, 이런 심층텍스트의 재구성은 기호생산의 원형탐구로 직결된다. T.Eagleton, 앞의 책, pp.214~223.

3 . . . .

4 . . . .

5 . . . .

6 . . . .

7 . . . .

8 . . . .

9 . . . .

0 . . . .

ⓐ (宇宙는冪에依하는冪에依한다)

ⓑ (사람은數字를버리라)

ⓒ (靜하게나를電子의陽子로하라)

② 스펙톨

③ 軸 X 軸 Y 軸 Z

④   速度etc의統制例컨대光線은秒每三○○○○○킬로미터달아나는것이確實하다면사람의發明은秒每六○○○○○킬로미터달아날수없다는法은勿論없다.그것을幾十倍幾百倍幾千倍幾萬倍幾億倍幾兆倍하면사람은數十年數百年數千年數萬年數億年數兆年의太古의事實이보여질것이아닌가,그것을또끊임없이   崩壞하는것이라고하는가,原子는原子이고原子이고原子이다,生理作用은變移하는것인가,原子는原子가아니고原子가아니고原子가아니다,放射는崩壞인가,사람은永劫인永劫을살릴수있는것은生命은生도아니고命도아니고光線인것이라는것이다.

⑤   臭覺의味覺과味覺의臭覺

ⓓ (立體에의絶望에依한誕生)

ⓔ (運動에의絶望에依한誕生)

ⓕ (地球는빈집일境遇封建時代는눈물이날이만큼그리워진다)[32]

①의 1부터 0까지의 숫자의 나열은 "한정된 정수의 수학의 헐어빠진 습관을 0의 정수배의 역할로 중복"[33]하는 근대 과학과 관련이 있다. 이것을 '스펙톨'화(②)하면 시간의 좌표가 결여된 3차원 절대공간의 3개의 축(③)으로 나타난다. ④에서 "사람은영겁인영겁을살리수있는것은생명은생도아니고명도아니고광선인것"은 3개의 절대공간 축에 속도를 부여한 4차원시-공 연속체를 나타내고 있다. ⑤는 3차원 절대공간의 "생리작용의변이"에 해당된다. 괄호 속은 일종의 보충설명인바, 우주란 근대 과학적 지식으로는 표시할 수 없으므로(ⓐ), 그러한 숫자를 버리라는 것(ⓑ)이다. ⓒ에서는, 4차원 시-공 연속체에서는 원자는 더 이상 단단한 실재가 아니라 전자와 양자핵으로 쪼개져 있음을 제시하고 있다. ⓓ와 ⓔ는 3차원절대공간의 '입체'와 그 속에서의 '운동'에 절망하고, 그 절망에 의해 4차원 시-공 연속체의 공간과 광속도에 의한 운동으로의 탄생을 강조하고 있다. ⓕ는 3차원 공간의 지구는 '빈집'일 뿐이며, 그럴 때 '봉건시대는눈물이날정도로그립다'라는 의미이다.

①　1+3
　　3+1
　　3+1　1+3
　　1+3　3+1
　　1+3　1+3
　　3+1　3+1
　　3+1
　　1+3

②　線上의一點　A
　　線上의一點　B

---

32)「선에 관한 각서1」,『조선과 건축』, 1931. 10. p.29.
33)「얼마 안되는 변해」,『현대문학』, 1960. 11. p.176.

　　　　線上의一點　C

③　A+B+C=A
　　A+B+C=B
　　A+B+C=C

④　二線의交點　A
　　三線의交點　B
　　數線의交點　C

⑤　3+1
　　1+3
　　1+3　3+1
　　3+1　1+3
　　3+1　3+1
　　1+3　1+3
　　1+3
　　3+1

　　(太陽光線은,凸렌즈때문에收斂光線이되어一點에있어서爀爀히빛
나고爀爀히불탔다,太初의僥倖는무엇보다도大氣의層과層이이루는層
으로하여금凸렌즈되게하지아니하였던것에있다는것을생각하니樂이
된다,幾何學은凸렌즈와같은불장난은아닐른지,유우크리트는死亡해버
린오늘유우크리트의焦點은到處에있어서人文의腦髓를마른풀과같이
燒却하는收斂作用을羅列하는것에의하여最大의收斂作用을재촉하는
危險을재촉한다,사람은絶望하라,사람은誕生하라,사람은絶望하라) 34)

　　①과 ⑤에서 '1+3' '3+1'의 숫자의 활용에 의해 '4차원'을 양끝에 설
정한 후, ② ③ ④를 통해 유클리드기하학을 비판하고 비유클리드기
하학을 제시하고 있다. ②에서 '선상의일점'인 A, B, C는 평면기하학
상의 점이며, ③ ④에서 그 점을 비유클리드기하학에서 볼 때는 '수선

---

34) 「선에 관한 각서 2, 앞의 책, p.29.

의교점'에 해당되는 동일한 점, 곧 'A+B+C='는 A, B, C 모두가 그 해답이 된다는 의미이다. 그리고 괄호 속은 위의 보충설명으로 유클리드기하학에 대한 비판에 해당된다. 유클리드기하학은 '凸렌즈' 같은 것으로 '태양광선'은 그 렌즈에 수렴되어 '도처에있어서인문의뇌수를마른풀과같이소각하는수렴작용을나열하는것에의하여최대의수렴작용을재촉하는위험을재촉'하고 있다고 비판한다. 수렴작용이란 곧 "절대에모일것"에 해당되는 바, 그것에 절망함으로써 비유클리드기하학으로 새롭게 탄생할 수 있음을 나타내고 있다.

> 4 第四世
> 4 一千九百三十一年九月十二日生. 35)

　이상문학은 스스로를 '4차원에서 새로 태어난 아해'로 명명하고 있다. 곧 이상문학의 글쓰기의 원형은 20세기 초의 과학혁명인 아인슈타인의 상대성 원리로 표상되는 상대적 지식임을 알 수 있다. 이상문학은 이 상대적 지식의 세계를 욕망하면서 그 무의식적 욕망의 언술을 근대 이성적 담론이 지배하는 언술 체계에 분출시킴으로써 이성적 주체의 분열과 언술체계의 분열을 일으키면서 모더니즘 문학으로 기능하게 되는 것이다. 이상문학에 자주 등장하는 의식과 무의식으로 분열된 주체나 사물화되고 동물화된 주체는 모두 주체가 분열된 형태에 해당한다. 분열된 주체는 실어증 유형인 일어문(one sentence utterance)과 일문(one word sentence)과 같은 전보문 형태, 띄어쓰기를 무시한 무의식의 자동기술법, 패러디 등을 통해 자신의 욕망을 표출하고 있다.

　이상문학의 전개과정은 '사차원에서 새로 태어난 아해'가 그것에 대한 욕망을 충족시키지 못한 채, 정상적인 발육 성장을 하지 못하고 점점 해골화되어가는 과정과 맞물려 있다. 말하자면, 성장발육을 중지한

---

35)「선에 관한 각서 6」, 위의 책, p.30.

난쟁이의 해골화 과정이라 할 수 있을 것이다. 그 과정은 처음에 '충족될 수 없는 동심'(「선에 관한 각서 5」)에서 출발하여 '유모차에 태워진채로 추락한 아해(「얼마 안되는 변해」)를 거쳐, '13인의 아해'(「오감도」중 「시제1호」)→'애총이 된 아해'(「가외가전」)→'어린아이 해골'(「동해」)→'형해'(「실화」)→ '홍안미소년의 노옹화'(「종생기」)로   이어진다. 곧 '사차원'으로 상징되는 상대적 지식을 욕망하면서 태어난 아해가 그 성장발육을 위한 자양분(레몬)을 섭취하지 못하면서, 자신이 추구하는 절대적 욕망을 포즈화로 감추고 그것을 끝까지 추구함으로써, 결국 형해화되어가는 과정에서 산출된 글쓰기라 할 수 있다. 욕망의 포우화는 아이러니, 패러독스, 몽타쥬, 등의 모더니즘의 미학적 장치를 통해 수행된다. 이처럼 이상 문학은 상대적 지식으로 표상되는 비행기의 시대를 욕망하면서, 그 욕망을 포즈화로 감춘 채 당대의 열악한 근대성을 비판하는 과정에서 난해하면서도 과격한 형태의 모더니즘 텍스트를 산출하고 있다.

4. 모더니즘과 포스트모더니즘 사이: 조세희 문학

상대적 지식에 기초한 비행기의 시대를 지향하는 이상 문학은 「동해」에서 "내 알라모드는 손자들의 그것과 맞먹는 비애"36)라고 규정하고 있다. 곧 이상문학이 욕망한 비행기의 시대가 손자들에 이르러 실현될 것을 예언한 것이다. 그의 예언대로 이상이 그토록 갈망하던 '레몬의 향기'는 오랜 공백기를 거친 뒤, 70년대에 이르러 뫼비우스 띠와 클라인의 병이라는 위상기하학을 들고 나온 조세희의 난쟁이에 의해 부활한다.

---

36) 「실화」, 『이상소설전작집1』, 앞의 책, p.236.

(i) 제군이 이미 교과서를 통해서 알고 있는 것이지만, 이것 역시 입학 시험과는 상관없는 이야기니까 가벼운 마음으로 들어 주기 바란다. 면에는 안과 겉이 있다. 예를 들자. 종이는 앞 뒤 양면을 갖고 지구는 내부와 외부를 갖는다. 평면인 종이를 길쭉한 직사각형으로 오려서 그 양끝을 맞붙이면 역시 안과 겉 양면이 있게 된다. 그런데 이것을 한 번 꼬아 양끝을 붙이면 안과 겉을 구별할 수 없는, 즉 한쪽 면만 갖는 곡면이 된다. 이것이 제군이 교과서를 통해서 잘 알고 있는 뫼비우스 띠이다.[37]

(ii) 추위가 서서히 풀리기 시작한 어느 날 나는 과학자를 찾아갔다. <클라인씨의 병>은 그의 방 창가에 놓여 있었다.

나는 그 병을 들여다보았다.

"이제 알았어요."

빠른 목소리로 나는 말했다.

"이 병에서는 안이 곧 밖이고 밖이 곧 안입니다. 안팎이 없기 때문에 내부를 막았다고 할 수 없고, 여기서는 갇힌다는 게 아무 의미가 없읍니다. 벽만 따라가면 밖으로 나갈 수 있죠. 따라서 이 세계에서는 갇혔다는 그 자체가 착각예요."[38]

안과 밖의 구분이 없는 뫼비우스 띠와 클라인씨의 병은 이상문학이 욕망하던 상대적 지식의 세계에 해당된다. 이상이 '정신병자'의 비난을 들어면서 한글「오감도」를 통해 표출하던 상대적 지식은 그의 손자대인 조세희에 이르러 비로소 '교과서'에 실리게 됨으로써 이상의 예언은 적중한다. 그러나 이상문학이 그토록 욕망했고, 또 조세희가 작품집의 앞뒤에 각각 포진시키면서 지향하려고 한, 안과 밖의 구분이 없어진, 곧 이항대립이 무화된 상대적 지식의 세계는 아직 현실화되어 있지 않다. 조세희의 난쟁이가 자리잡은 사회는 군사독재정권에 의해 파행적으로 진행된 산업화 과정에서 '부자:빈자, 배운 자:배우지 못한 자, 아파트 촌: 철거민 촌, 정상인: 비정상인'이 날카롭게 대립하는 이

---

37) 조세희,『난장이가 쏘아올린 작은 공』, 문학과지성사, 1978. p.11.
38) 위의 책, p.280.

항대립의 사회이다.

> 어머니는 인쇄소 제본 공장에 나가 접지 일을 했다. 고무골무를 끼고 인쇄물을 접었다. 나는 겁이 났다. 나는 인쇄소 공무부 조역으로 출발했다. 땀을 흘리지 않고는 아무 것도 얻을 수 없다는 것을 뒤늦게 알았다. 명희는 나를 만나주지 않았다. 아주 쌀쌀했다. 영호와 영희도 몇 달 간격을 두고 학교를 그만두었다. 마음이 차라리 편해졌다. 우리를 해치는 사람은 없었다. 우리는 보이지 않는 보호를 받고 있었다. 남아프리카의 어느 원주민들이 일정한 구역 안에서 보호를 받듯이 우리도 이질 집단으로서 보호를 받았다. 나는 우리가 이 구역 안에서 한 걸음도 밖으로 나갈 수 없다는 것을 깨달았다.[39]

이항대립의 사회구조에서 난장이 일가는 '남아프리카의 어느 원주민'들처럼 '보호'라는 미명 하에 주변부로 내몰려 철저히 착취당하면서, 주변부에서 '한 걸음'도 벗어나지 못한다. 이처럼 완고한 이항대립 체계에서 난쟁이와 그 일가는 공해 도시 은강의 산업근로자로 등장하면서 중심부의 채찍질에 의해 착취당하고 희생당하는 주변부의 인물로 설정되어 있다.

그러면서 난쟁이 일가는 사회의 구조적 모순에 항거하면서 안과 밖의 구분이 무화된 뫼비우스 띠와 클라인의 병으로 상징되는 비행기의 시대를 지향한다. 이 지향점은 80년대 중반 도시(중심)와 농촌(주변)의 구분이 무화되어가는 '부천'을 배경으로 한 양귀자의 『원미동 사람들』을 염두에 둘 때, 문학사적 안목에서 정당한 것임을 알 수 있다. 뫼비우스 띠의 사회는 환상적인 꿈의 세계가 아니라, 곧 이어 다가올 우리 사회의 구체적인 현실태인 것이다. 난장이 일가가 이항대립의 사회를 극복하고 나아갈 지평은 확실하다. 그런데도 난장이는 뫼비우스

---

39) 위의 책, p.101.

띠의 사회로 나아가지 못하고 굴뚝에서 뛰어 내리는 자살이라는 극단적인 방법을 택한다. 그 이유는 다음과 같다.

이항대립을 구축하는 가장 핵심요체는 바로 도구적 이성이다. 따라서 이항대립의 폭파는 도구적 이성으로 전락한 이성중심주의에 대한 공격에 직결된다. 도구적 이성에 대한 공격 방법은 두 가지로 압축될 수 있다. 먼저, 도구적 이성을 해체하는 것이다. 그것은 주체와 객체, 이성과 비이성이라는 구분 자체를 무화시킴으로써 이항대립의 존립기반을 해체시키는 것이다. 이것이야말로 이성과 비이성의 구분이 모호해지는 뫼비우스 띠의 세계로 나아가는 확실한 방법론이다. 두번째 방법은 도구적 이성을 교육과 계몽으로 교화시켜 합리적 이성으로 변형시키는 것인데, 이 경우 강조되어야 할 사실은 도구적 이성의 계몽을 위한 철저한 과학적 방법론이 필요하다는 점이다.

조세희의 난장이는 뫼비우스 띠의 세계에 이르는 확실한 방법론인 전자를 택하지 않고, 도구적 이성의 계몽으로 나아간다. 그러면서 과학적 방법론이 결여된 '자유로운 이성'에 의한 이상 사회의 건설을 주장한다.

> 아버지는 따뜻한 사람이었다. 아버지는 사랑에 기대를 걸었었다. 아버지가 꿈꾼 세상은 모두에게 할 일을 주고, 일한 대가로 먹고 입고, 누구나 다 자식을 공부시키며 이웃을 사랑하는 세계였다. 그 세계의 지배계층은 호화로운 생활을 하지 않을 것이라고 아버지는 말했었다.40)

당대의 한국사회를 지배하는 중심부가 가공할 폭력을 휘두르는 자리에서 과학적 방법론이 결여된 채, '사랑'과 '자유'를 통해 그것을 계몽시키겠다는 것은 현실의 구체적 모순을 무시한 이상주의자의 꿈이

---

40) 위의 책, p.228.

자 추상적 대안일 뿐이다. 결국 난장이는 이항대립의 현실에서 뫼비우스 띠의 세계라는 정당한 지향점을 설정해 놓고도, 그것에 이르는 방법을 알지 못함으로써 단지 「사랑」만을 꿈꾸는 이상주의자로 남게 된다. 여기서 뫼비우스 띠에 이르는 통로가 차단되자 난장이는 그가 나아갈 방향을 뫼비우스 띠에서 돌연 달나라로 대체한다.

> 달은 순수한 세계이며 지구는 불순한 세계라고 했다. (중략) 그는 달에 세워질 천문대에서 일할 사람은 행복할 것이라고 말했다. 그에게 달은 황금색의 별세계였다.[41)

뫼비우스 띠에서 달나라로의 이 돌발적인 비약이야말로 난장이를 자살할 수밖에 없게 만드는 주된 원인에 해당된다. 우주선으로 상징되는 달나라라는 공간은 이항대립이 완전히 해체된 공간이다. 그 공간에 도달할 수 있는 방법은 뫼비우스 띠의 다음 단계인 탈중심의 지식을 지니는 것이다. 그런데 '자유로운 이성'을 주창함으로써 이성과 비이성의 구분이 무화되는 뫼비우스 띠의 공간으로 나아가는 방법을 터득하지 못한 난장이가 탈중심의 지식을 지닐리는 만무하다. 조세희가 그러한 지식을 알게 된 것은 한참 뒤인 『침묵의 뿌리』(1985)에서이다. 그가 이 작품에서 언급하는 '광케이블이나 통신위성'은 진공이라는 탈중심의 공간에서 가능하며, 그 공간은 80년대 중반을 기점으로 하여 한국 사회에서 환상이 아니라 곧 실현될 현실태로 다가온다.

그러나 조세희가 난장이 연작형을 쓸 때인 70년대 말 한국적 현실에서 달나라에 도달하는 통로인 진공은 꿈이고 환상일 뿐이다. 그것은 한국적 현실과는 무관한 꿈의 세계이자 아폴로 우주선을 쏘아올린 먼 이국나라의 이야기이다. 따라서 난장이가 달나라에 도달할 수 있는 현실적 방법은 전무하다. 달나라로의 꿈을 현실적인 것으로 변화시키기

---

41) 위의 책, pp.67~68.

위해서는 확실한 우주선 발사대가 필요하다. 그 발사대에 대한 지식도 없이 달나라로 가려는 행위는 한국적 현실을 무시한 것이며 단순한 꿈에 불과하다. 달나라에 도달하는 유일한 통로는 꿈을 꾸는 것이며, 그것은 난장이의 살아있는 현실을 제거함으로써 가능하다. 난장이는 달에서 제일 가까운 굴뚝 위에서 뛰어 내린다.

그럼으로써 조세희의 난쟁이는 30년대 이상문학의 난쟁이가 남긴 레몬의 향기를 넘어서는데 실패한다. 그것은 당대 한국 사회의 미성숙과 그로 인한 방법론의 결여에 일정 부분 원인이 있을 것이다. 그럼에도 불구하고, 문학사적 안목에서 조세희의 난쟁이는 이상 문학이 남긴 레몬의 향기를 넘어서는 자리, 곧 난쟁이가 행복한 삶을 누릴 수 있는, 이항대립이 완전히 해체된 공간을 자신도 모르게 제시한다. 그것이 바로 달나라라는 탈중심의 공간이다. 그 공간은 80년대 말 최수철의 진공에 의해 가시화 된다.

5. 진공과 포스트모더니즘: 최수철 문학

최수철의 『고래뱃속에서』(1989)의 난쟁이는 이상의 난쟁이를 이어받으면서 그것을 넘어서는 자리에 있는데, 그 자리가 바로 탈중심의 '진공'이다. 이 진공의 등장을 계기로 한국문학은 비로소 포스트모더니즘의 시대에 진입한다. 여기서 90년대 한국 문학을 지배하고 있는 포스트모더니즘에 대한 논의가 불가피해진다.

앞서 2장에서 언급하였듯이, 포스트모더니즘은 모더니즘처럼 자본주의의 생산 양식을 인정한 자리에서 자체 내의 모순을 비판한다. 그러나 모더니즘이 중심과 주변, 안과 밖의 구분이 무화되는 비행기의 시대를 지향한다면, 포스트모더니즘은 진리의 불확정성을 주장한 하이젠베르그의 물리학에 기초하여 탈중심의 우주선의 시대를 지향한다. 우주선의 시대는 우주선을 타고 먼 우주에서 지구를 바라볼 때 지구가 하나의 점에 불과하듯, 안과 밖, 중심과 주변의 구분이 해체되고 모두가 하나의 공동체를 이루는 '지구촌'의 시대이다. 서양과 동양, 남성과 여성, 인간과 자연, 의식과 무의식이 하나가 되는 시대야말로 자본주의의 모순을 극복하고 도달하고자 하는 탈근대의 세계가 아닐 수 없다. 포스트모더니즘은 그런 탈근대적인 우주선의 시대를 그 지향점으로 삼는다.

그러나 90년대가 과연 우주선의 시대로 명명될 정도로 모든 경계와 간극이 허물어지고 모두가 평등하게 공존하는 시대인가라는 문제를 제기하지 않을 수 없다. 물론 겉으로 볼 때는 긍정적인 것처럼 보일지도 모른다. 그러나 실상을 파헤쳐 보면 그것이 허구에 불과한 것임을 알 수 있다. 동구 사회주의의 몰락과 함께, 미국이라는 거대한 자본주의 국가가 세계의 중심부로 부상한다. 초월적 중심부로서의 미국을 중심으로 모든 것이 재편된다. 이 재편 과정에서 미국은 미국을 제외한 모든 것의 평등화를 주장하면서 '지구촌'의 시대를 선언한다. 지구는 하나의 작은 촌이기에 국가와 민족의 구분이 불필요하다면서, 미국은 이 '촌'을 지배하는 '촌장'으로 우뚝 서게 된다. 겉으로는 이항대립이 해체되었지만, 실상은 미국이라는 초월적 중심부 하에 모든 것이 주변부로 자리잡는 상태가 '지구촌'의 시대의 실상이다.

비유하자면, 원형감옥(panoption)[42]의 감시탑에 미국이라는 초월적 중심부가 있고, 그 감방에 지구의 모든 나라가 통제되는 시대라 할 수 있다. 90년대의 한국 사회도 이 통제권 내에 편입된다. 그러면서 한국 사회는 또 다른 원형감옥을 설치한다. 가시적인 정치권력이 지배하던 80년대와는 달리, 90년대는 비가시적인 초국가적 권력, 곧 미국으로

---

42) M. Foucault, 『감시와 처벌』(박홍규 역, 강원대출판부) 1989.

표상되는 막강한 자본주의에 의해 조종되는 권력이 한국사회를 지배한다. 그것은 이전보다 더 교활하고 음흉스러운 형태로 사회를 통제한다. 이전에는 뚜렷하게 보이는 총칼로 사회를 통제했다면, 90년대의 한국 사회의 지배세력은 자신의 실체를 철저히 감춘 채 각종 정보 메커니즘으로 모든 것을 통제한다. 그 통제권으로부터 자유로운 것은 없다. 인간의 무의식의 욕망마저 통제하여 욕망의 획일화를 꾀한다.

90년대 한국의 포스트모더니즘은 '지구촌'이라는 허울 좋은 표어를 내세우고 실제로는 원형감옥 같은 감시체계에 의해 욕망의 획일화를 꾀하는 시대에 대한 비판을 통해, 진정 모든 이항대립체계가 해체되고 모두가 평화롭게 공존하는 탈근대로서의 우주선의 시대를 지향하는 과정에서 대두된 문학적 흐름이다. 90년대의 포스트모더니즘을 이렇게 자리매김할 때, 이 본질에 가장 충실한 작가가 최수철이다. 최수철 문학을 통해 우주선의 시대에 도달할 수 있는 방법을 탐색할 수 있는데, 그것이 바로 인간 주체의 해체43)이다.

최수철은 우리 사회를 고래뱃속 같은 닫힌 공간이라 규정한다. 이 공간은 미국이라는 초월적 중심부가 지배하는 폭력적인 이항대립체계와 그것에 편승하여 자신을 만물의 영장이라 자처하는 인간주체가 날뛰는 곳이다. 최수철은 닫힌 공간에서 진공이라는 열린 공간으로 나아가기 위한 방법적 전략을 인간에 대한 인식의 대전환에서 찾는다. 그의 인식 전환은 라캉의 선험적 주체 부정론에 닿아 있다. 라캉은 인간이 선험적으로 이성적 주체임을 부정한다. 인간은 의식과 무의식으로 쪼개져 있으며, 의식은 언어법칙처럼 구조화되어 있는 무의식에 의해 지배된다. 그런데 그런 인간이 언어로 매개되는 사회문화규범체계(상징계)에 진입하면서 무의식을 억압당한 채, 그 체계를 지배하는 이

---

43) 모더니즘은 주체의 분열을, 포스트모더니즘은 주체의 해체를 그 특징으로 한다. 이에 대해서는, p.Waugh, 『메타픽션』(김상구 역, 열음사) 1989. pp.39~86 및 I. Hassan, 앞의 책, pp.165~186 참조.

성중심주의 논리에 길들여져 스스로를 주체라고 생각하는 것이다. 따라서 인간이 이성적 주체라는 인식은 이성중심체제에 의해 조작된 것에 불과하다. 그런데 그것을 깨닫지 못하고 인간이 선험적이고 이성적인 주체라고 자처할 때, 그의 인식은 철저히 자기중심적이며 자폐적인 것이 되며, 그 결과 지배체제의 모순에 대한 비판은 불가능해진다. 지배체제는 그런 무비판적인 인간 주체를 양산함으로써 체제를 공고히 할 수 있는 것이다. 이항대립체계에서 인간은 살아있는 만물의 주체가 아니다. 단지 제도에 의해 길들여져, 그것이 시키는 대로 행동하는 자동인형 내지 도구화된 부속품, 혹은 사물이나 광물질과도 같은, 한갓 '밀랍인형'에 불과하다.

> 그것은 마치 허깨비나 껍데기로 앉아 있는 그 사내의 귓구멍을 통해 누군가가 뜨거운 촛농 같은 것을 흘려넣거나 하여 살아있는 인간을 그대로 닮은 하나의 밀랍인형을 만들어 놓은 듯 했다. 하지만 어느면에서는 그 사내뿐만 아니라 모두가, 그를 포함한 주위의 모든 사람이 결국 밀랍인형인 셈이었다. 44)

주체적인 의지라곤 없는, 한갓 인형에 불과한 인간주체들은 그것을 인식하지 못한 채 자기 중심적인 삶을 살아간다. 그러나 실상 그러한 삶은 자유로운 삶이 아니라, 썩은 물에서 언젠가는 질식사 할 고기, 마치 고래뱃속에서 소화되기를 기다릴 수 밖에 없는 '잡어'들과 같은 것이다. 그런데도 그 잡어들은 서로가 주체라는 "안과 밖의 일차원적 구별의식"45)에 의해 서로 대립한다. 그러면서 서로에게 폭력적이고 공격적인 짐승같은 모습을 노출하면서, 점차 그들은 파국으로 치닫는데, 그 귀결점이 이성적 인간이라는 이름 하에 자행된 처참한 인간살육의 현장, 곧 '아우슈비츠의 지옥 같은 가스실' 혹은 '게르니카

---

44)『고래뱃속에서』, 문학사상사, 1989. p.368.
45) 위의 책, p.280.

의 그림'같은 상태로 귀착된다.

> 그의 눈 앞에는 아비뇽의 여인들은 어느새 온데간데 없이 사라
> 져 버렸고, 그는 게르니카의 한가운데에 우뚝 서 있었다. 여기저기
> 에 함부로 널려 있는 인간의 지체들, 손과 발, 머리들, 해골들, 대
> 퇴부들, 그는 다시 눈을 감았다. 46)

결국 이항대립체계를 파괴하고 열린 공간으로 나아가기 위해서는
무엇보다 인간 주체를 해체하여야 한다. 의식과 무의식으로 쪼개진 인
간은 무의식의 욕망이 타자(객관세계나 인간)에 의해 충족될 때 자신
의 개체성(identity)을 확립할 수 있는 존재라는 인식의 전환을 가져올
때, 그리하여 타자에로의 인식이 열릴 때, 그 때 이항대립체계의 구조
적 모순을 간파할 수 있고, 이항대립이 해체된 열린 공간으로 지향도
가능하다.

> 사회적이라거나 정치적인 면을 모두 제외하고 단순히 개인에
> 관계된 면으로만 볼 때, 같은 모순된 존재로서 한 인간이 다른
> 인간의 속을 제도적인 힘을 이용하여 들여다보고 그의 개인성을
> 말살시키는 것은 물론이고, 어차피 누구나 조금씩은 화해와 타협
> 을 이루고 있기 마련인 내적인 자아와 외적인 자아 사이를 비집
> 고 들어서 그 둘을 걷잡을 수 없이 충돌하게 만드는 것, 과연 그
> 누구에게 그럴 권리가 있는 것입니까? 그런 폭력이 횡행하는 사
> 회에서 산다는 것은 분노와 부끄러움을 동시에 느끼게 하는 것이
> 아닐까요? 47)

내적 자아와 외적 자아는 다름 아닌 의식과 무의식을 의미한다. 의
식과 무의식이 화해와 타협을 이룬다는 것은, 의식과 무의식으로 쪼개
져 있는 인간이 타자와 상호보족적인 관계를 맺을 때 가능하다. 그런

---

46) 위의 책, p.234.
47) 위의 책, p.74.

데 사회구조가 의식과 이성만을 중심부라 강요하면서 폭력적인 측면을 띨 뿐만 아니라, 인간들마저 주체라 자처하고 그러한 폭력성에 편성할 때, 그 속에서 상호보족적인 관계는 성립될 수 없다. 결국 인간주체를 해체하고 타자에로의 인식을 전환할 때, 이항대립이라는 폭력적인 사회구조 및 인간주체의 모순을 인식할 수 있으며, 이를 통해 닫힌 공간의 병폐를 파헤치고 그 극복을 통해 열린 공간으로 나아갈 수 있는 것이다.

인간 주체의 해체를 통해 최수철이 도달한 진공은 "사물들이 진공 속에서처럼 중력을 떨쳐버리고서 훨씬 큰 자유로움을 얻게 되는"[48] 곳이다. 그곳은 '시간이 우주의 미아'가 된 곳이며, '안과 밖이 뒤집힌 공간'으로, 이항대립체계가 적용되지 않는 곳이다. 따라서 정상인과 난장이는 이 진공 속에서 동등한 관계를 이루게 된다. 진공 속은 걷는 것이 필요하지 않기에 정상인과 난장이의 차이는 단지 다리의 '길고 짧음의 차이'에 불과하기 때문이다. 그리고 진공 속은 '의식의 정전상태' 혹은 '꿈과 현실의 완충지대, 비무장지대'로, 의식적, 이성적 주체는 존재할 수 없으며, 의식과 무의식이 공존하는 인간만이 정상적으로 생활할 수 있는 곳이다.

> 이윽고 진공 안은 무수한, 온갖 사람들로 발디딜 틈이 없게 되었다. 그러나 그는 전혀 답답함을 느낄 수 없었다. 누군가가 그에게 아는 척을 했다. 그는 그에게 미소로써 답했다. 그때 그는 자신이 방금 지은 미소가 자신의 얼굴에 그대로 박혀버리는 것을 느꼈다. 흰색 벽의 이곳저곳에서 사람들이 계속하여 얼굴을 들이밀었다. 그리고 벽이 서서히 무너져 내렸다.(중략) 그러면서 그는 진공 속으로 들어서듯 진공을 벗어났다. 혹은 진공을 벗어나듯 진공 속으로 들어섰다. [49]

---

48) 위의 책, p.377.
49) 위의 책, p.398.

6. 맺음말

　근대성은 이성중심주의에 입각한 이항대립체계로 규정된다. 이러한 근대성에 대해 모더니즘과 포스트모더니즘은 근대 자본주의의 존재를 인정한 상태에서 그 자체 내의 모순을 극복하고자 하는 예술운동이라는 공통점을 지니고 있다. 그러면서 모더니즘은 주체분열과 언술체계의 분열을 통해 비행기의 시대로 표상되는, 이항대립이 무화된 세계를 지향한다. 포스트모더니즘은 주체 해체와 해체적 글쓰기를 통해 우주선의 시대로 표상되는, 이항대립이 완전히 해체된 세계를 지향한다. 한국문학사에서 이러한 측면을 상징적으로 보여주는 것이 이상문학과 조세희 문학, 그리고 최수철 문학이라 할 수 있다. 지금까지, 이들 각각의 문학이 그들이 속한 시대의 근대성과 조우하면서 그것을 어떻게 수용하고 비판하려 했는지를 검토함으로써, 한국 문학사에 있어서 모더니즘 계열체의 흐름 및 모더니즘과 포스트모더니즘의 변별점을 살펴보았다.

　이상의 난쟁이는 일제강점기의 파행적인 근대화에 절망하고, 상대적 지식에 기초하여 이항대립이 무화된 비행기의 시대를 갈망하면서 형해화되어 갔다. 조세희의 난쟁이 역시 70년대 군사독재정권에 의해 강압적으로 감행된 산업화에 절망하면서, 뫼비우스 띠와 클라인의 병으로 상징되는 비행기의 시대를 지향했지만 그것에 도달하지 못하고 굴뚝에서 뛰어내렸다. 그러면서 조세희의 난쟁이는 우주선의 시대를 상징하는 '달나라'라는 새로운 지향점을 설정함으로써, 한국문학사에서 이상문학을 이어받으면서 그것을 극복할 수 있는 단서를 제공해준다. 이후, 모더니즘 계열체에 부여된 중요한 몫은 난쟁이가 부활할 수 있는 공간에 대한 탐색이었고, 80년대말에 이르러 그 공간은 최수철에 의해 '진공'이라는 이름으로 부활한다. 최수철이 제시한 진공이라는 탈중심의 공간은 일시적인 도피의 공간이거나 혹은 비현실적인 꿈의 공간이 아니다. 그것은 근대 자본주의 이후 인류가 상실한 낙원이면서, '지금 이곳'의 모순에 대한 비판을 통해 우리가 반드시 회복해야 할 세계이다. 의식과 무의식, 정상인과 비정상인(난장이)이 공존하는 공간, 나아가 인간과 자연이 공존하는 탈중심의 공간에 대한 지향이야말로, 이상문학이 남긴 레몬의 향기를 이어받은 오늘날의 포스트모더니즘이 맡은 문학사적 몫일 것이다.

푸코는 '근대 사상이 만든 산물'인 이성적 인간주체를 두고 "바닷가 모래알에 그려진 얼굴처럼 언젠가는 사라져야 한다"고 강조하고 있다. 이것은 폭력적인 이항대립체계에 기초한 근대성의 문제점을 극복하기 위해서는, 무엇보다 이항대립을 구축하는 핵심 요체인 이성적 인간 주체가 해체되어야 함을 강조하는 말일 것이다. 주체 해체를 통해 포스트모더니즘이 도달하고자 하는 인간과 자연, 인간과 인간이 합일되는 우주선의 시대야말로 근대 이후 모든 위대한 문학이 궁극적으로 지향하는 인류사적 원형에 해당된다. 근대성 비판의 또 다른 축인 리얼리즘 계열체를 대표하는 루카치가 지향했던 선험적 총체성의 세계, 곧 밤하늘에 빛나는 별이 영혼의 별이 되고 나아갈 좌표를 지시하는 세계 역시 포스트모더니즘이 지향하는 세계와 등가를 이루는 것이라 할 수 있다. 말하자면, 근대성을 비판하는 리얼리즘 계열체든 모더니즘 계열체든 그 지향점은 동일하며, 다만 그 도달 방법상에서 차이점을 지니는 것이라 할 수 있다.

어떤 예술운동이든 그것의 본질적 측면에 대한 인식과 당대의 근대적 상황에 대한 깊이 있는 통찰을 바탕으로 할 때, 그 본래의 역할을 충실히 수행할 수 있다. 지금의 포스트모더니즘이 우리문학의 전개과정에서 일종의 유행적 촉수의 뻗침 내지 사이비 지구촌의 논리의 맹목적 수용에만 머물 것인가, 아니면 진공이라는 공동체로의 진입을 위한 탈근대성의 문학으로 자리잡을 것인가? 그 해답은 바로 한국문학사에서 모더니즘 계열체의 흐름이 어떤 것인지를 명확히 파악하고, 나아가 우리 시대에 포스트모더니즘이 맡은 미학적 본질이 무엇인지를 정확히 인식하고 있느냐의 여부에 달려 있을 것이다.

2부 근대성의 근원

『夢拜金太祖』論
―'국민정신' 형성의 정치적 상상력

정 선 태

1

한국 근대계몽기의 담론 생산은 1896년 4월의 『독립신문』 창간을 기점으로, 1898년 『매일신문』 『황성신문』 『제국신문』 등 이른 바 민간 일간지가 등장하면서 본격화한다. 근대적 대중매체의 총아인 신문이 본격적인 담론 생산의 근거지 역할을 수행하기 시작함으로써 지식인들은 관 주도의 일방통행적인 정보전달의 수준을 넘어서 대중들에게 직접 다가설 수 있는 기틀을 마련할 수 있게 된 것이다. 이와 더불어 근대적 인쇄기술의 본격적인 도입과 함께 이들은 서적이나 학회지 등을 대량으로 보급할 수 있게 됨으로써 담론 유통의 통로를 더욱 확장할 수 있었다. 이 루트를 빌어 근대 계몽기의 비판적·진보적 지식인들은 자신들의 생각을 보다 폭넓게 전파하기 위하여 다양한 글쓰기 방법을 탐색한다.

근대계몽기를 전환기나 과도기라 규정하고, 이러한 역사적 상황에서 산출된 담론의 성격을 규정짓는 핵심적인 요인이 '주체의 해체'라는 위기의식이라는 점에 대해서는 어렵지 않게 동의할 수 있다. 근대적 매체인 신문과 잡지 그리고 교과서와 일반서적 등을 빌어 지식인들은 이러한 위기 상황의 원인을 진단하고 이를 돌파할 수 있는 방법을 모색한다. 그런데 위기상황의 인식이나 그 극복 방법론에 관해서는 담론 생산 주체들 간에 적잖은 논란이 일기도 했다. 논란의 과정을 눈여겨볼 때 이들의 생각이 대화의 통로를 통해 '지평융합'으로 향할 가능성은 그다지 높지 않았던 것처럼 보인다. 이는 물론 위기의 성격이 워낙 복잡다단했다는 점과 이를 바라보는 지식인들 각자가 신봉하는 사유 방법의 차이에서 그 일차적인 원인을 찾아야 할 것이다.

성격상 적지 않은 편차를 보이는 이들의 문학적 텍스트를 중심에 놓고, 공적 담론 생산자 곧 지식인들이 19세기말과 20세기초의 역사적 상황에 어떻게 대처했는가를 따질 경우, 우리는 적어도 두 가지 방향에 초점을 맞추어 볼 수가 있다. 하나는 당시에 생산된 담론의 균질성에 주목하여 근대계몽기를 '계몽'이라는 거대담론이 지배하는 역사적 상황으로 파악하고, 모든 텍스트에 편재(遍在)하는 핵심적인 인식소로서 계몽성을 추출하는 것이 그 하나이며, 반면 텍스트 상호 간의 차별성을 강조하여 계몽의 내용이나 대상 그리고 방법에 중점을 두어 근대계몽기 담론의 특수성 내지는 다양성을 끌어내는 쪽으로 나아가는 것이 다른 하나이다. 전자가 보편적이고도 일반적인 사유체계로의 지향성을 보여주는 것이라면, 후자는 구체적이고도 역동적인 사고들을 다양하게 보여주려는 의도를 지닌 태도라 할 수 있다.

그런데 근대계몽기, 전례 없는 위기 상황의 압도적인 영향하에 놓여 있었던 담론 생산자들의 인식의 추이와 그들의 다양한 발언 곧 글쓰기를 일목요연하게 분류하고 체계화하는 것은 참으로 지난한 작업에 속한다. 일정한 개념 아래 나누고 또 묶으려는 욕망이야말로 근대정신 또는 근대과학의 발로라 할 수 있겠는데, 분류나 체계화라는 이름으로 다양한 텍스트들을 하나의 카테고리로 묶을 경우 각 텍스트들이 지닌 생명력이랄까 역동성을 훼손할 수 있다는 데에 우리의 딜레마가 자리하고 있다. 문학적 텍스트를 문제 삼을 때 이러한 딜레마는 더욱 깊어진다. 왜냐하면 근대계몽기의 글쓰기야말로 다양한 범주를 넘나들며 가로지르고 있기 때문이다.

근대계몽기의 대표적인 문학적 서사로 인정되고 있는 온 서사·문학적 논설(및 단형서사)과 역사·전기 그리고 신소설을 연구하는 데 있어서도 이들의 분류 기준이 무엇이냐를 두고 많은 논란의 여지가 있는 것도 이러한 맥락에서 이해할 수 있다. 논의의 범위를 좁혀 근대계몽기에 소개·창작된 역사·전기를 대상으로 하는 경우, 대부분의 연구는 이 범주에 속하는 텍스트들이 민족주의적 저항논리를 앞세우고 있다는 점에서 그 근대문학적 의의를 강조해 왔다. 즉 신소설이 급격히 친일로 기울어 민족적 정체성을 포기하는 방향으로 나아갔다면, 역사·전기는 국가 상실의 위기에서 자주적 국가 건설과 민족적 자긍심을 강조하는 방향을 택하였기 때문에 '심미적 기준으로 볼 때에는 별반 문학적 가치를 지닐 수 없는 것처럼 보일 수도 있'지만, 피침략시대(被侵略時代)의 저항적인 문학 형태의 특수성으로 확보된 것이라는 점에서 보면 '그 역사적 의의는 자못 큰 것'[1]이라는 주장이 이러한 논의의 대표적인 예라 할 수 있다. 이러한 논지는 별다른 이의 없이 자연스럽게 받아들여지거나 강화되어 왔는데[2], 이는 '정신사적 문맥에서 보면 민족을 단위로 하여 전개된 우리 근대 문학에서 국가의식 내지 부의식(공개념)의 상실과 그 회복은 의식을 좌우하는 가장 으뜸의 것'[3]이라는 생각과 동일선상에 놓인 것이라 보아 큰 무리가 없을 것이

---

1) 이재선, 「開化期의 憂國小說」, 민병수·조동일·이재선, 『開化期의 憂國文學』 (신구문화사, 1974) 144~145쪽.
2) 대표적인 예로 개화기의 역사·전기 문학을 역사소설의 前史로 파악한 강영주의 논의와 역사·전기를 우국소설로 본 권영민의 연구를 들 수 있다. 강영주, 『韓國 歷史小說의 再認識』(창작과비평사, 1991) 제2장 및 권영민, 「개화기 애국계몽운동과 민족문학의 인식」, 『근대문학연구』 제1집(지학사, 1987) 참조.

다. 결국 근대개몽기의 역사·전기 서사는 미학적 기준이나 문학적 특성보다는 정신사적 맥락에서 민족문학의 단초로서 폭넓게 인정을 받아온 셈이다.

이와 같은 인식이 과연 정당한 것인가에 대해서는 보다 깊이 있는 논의를 거쳐야 할 것이지만, 지금 우리의 입장에서는 현재 이루어지고 있는 연구성과를 토대로 하여4) 문학적 텍스트들을 보다 치밀하게 읽어냄으로써 의미생산의 가능성을 확대하는 일이 무엇보다 중요하다는 게 필자의 판단이다. 다시 말해 근대계몽기에 생산된 다양한 문학적 서사의 변이태(變異態)들을 하나로 묶어 보려는 시도보다는 실증적인 입장에서 텍스트의 성격을 재구성하는 작업이 선행되어야 할 것이다. 이 글에서 고찰하고자 하는『몽배금태조(夢拜金太祖)』의 경우도 이를 내용에 초점을 두어 정치소설로 볼 것인가 아니면 형식에 중점을 두어 토론체 소설로 볼 것인가를 두고 논란의 여지가 있을 수 있다. 그리고 등장인물을 중시하여 역사·전기 서사의 하나로 자리매김 할 수 있는가에 관해서도 이론이 있을 수 있을 터이다. 이를 염두에 두고 우리는『몽배금태조』라는 텍스트가 형식적인 측면에서 어떠한 직조(織造)의 과정을 거쳐 형성되었으며, 이 텍스트가 담고 있는 내용의 근대

---

3) 김윤식,「申采浩論─근대문학의 시금석」,『한국근대작가론고』(일지사, 1981) 105쪽.

4) 최근 들어 근대계몽기에 있어 서사문학의 형성과정과 그 특질을 구명(究明)하기 위해 노력하고 있는 학자들 역시 이러한 인식 기반에 별다를 이의를 제기하고 있지는 않고 있다. 김영민,『한국근대소설사』(솔, 1997) 제3장 및 양진오, <개화기의 역사지향담론>, 문학사와 비평연구회,『한국문학과 계몽담론』(새미, 1999) 참조. 이들은 근대 계몽기 신문과 학회지 등에 실린 '인물기사'와 '인물고사'류의 텍스트를 촘촘하게 읽어냄으로써 역사·전기 서사의 형성과정을 보다 치밀하게 살펴보는 데 관심을 두고 있거나, 제3세계의 '또 다른 근대성'의 구현으로서 역사지향담론의 역사소설화 과정과 그 의의를 보다 심도 있게 고찰하고 있다. 이들의 연구는 근대계몽기의 역사와 전기를 보다 폭넓게 바라볼 수 있는 단서를 제공하고 있다는 점에서 의의를 지닌다 할 수 있다.

정치사상사적 의의는 무엇인가를 중점적으로 고찰할 것이다.『몽배금태조』라는 형식이 가능했던 서사문학사적 근거를 찾아보고, 이러한 형식을 통해 저자 박은식이 드러내고자 했던 사상적 내용은 무엇인가를 아우를 수 있어야 그 의의를 일정 정도 해명할 수 있을 것이다.

2

백암 박은식(白岩 朴殷植: 1859~1925)은 유근(柳瑾: 1861~1921)·남궁억(南宮檍: 1863~1939)·장지연(張志淵: 1864~1921)·신채호(申采浩: 1880~1936) 등과 함께 이른 바 성리학적 사유에서 출발하여 진보적·비판적 지식인의 길을 걸은 근대계몽기 대표적인 사상가에 속한다. 이들은 공공영역의 형성에 결정적인 기여를 한『황성신문』『대한매일신보』등 언론과 학회지를 매개로 하여 그들의 생각을 펼쳐 보였다. 이들 가운데 문학사에서 집중적인 주목을 받아온 인물이 박은식과 신채호라는 사실은 잘 알려진 바와 같다. 이들은 언론 매체에 논설을 게재함으로써 그들의 사상을 공론화했을 뿐만 아니라, 계몽의 방법으로 문학 특히 소설의 효용성에 주목했기 때문이라 할 수 있다.

특히 신채호는 <영웅과 세계>(『대한매일신보』1908. 1. 4~5)에서 보이듯 그의 독특한 영웅사관에 입각하여『이순신전』『최도통전』『을지문덕전』등 영웅 전기를 서술하였을 뿐만 아니라『꿈하늘』과『용과 용의 대격전』등 비교적 문학성이 풍부한 작품을 저술함으로써 문학사상사에서 중요한 자리를 차지해 오고 있다. 반면에 박은식은 1907년에 간행된『서사건국지(瑞士建國誌)』의 서문에서 전대소설을 비판하고 '자주독립을 공고히 할' 중요한 토대로서 역사와 전기를 강조하는 한편,『몽배금태조』를 비롯하여『천개소문전(泉蓋蘇文傳)』『안중근전(安重根傳)』등 문학적 성격을 띤 글들을 다수 저술했음에도 불구하고 문학 연구 쪽에서는 그다지 조명을 받아오지 못했다. 그 이유는 박은식이 교육과 역사를 통하여 그의 사상을 집중적으로 표명했기 때문이기도 하지만, 문학적 텍스트를 연구하는 입장에서 본다면 기존에 언급되어 온 자료에 안주하여 새로운 텍스트를 문학사의 영역으로 끌어들여 해석하려는 노력을 기울이지 않았기 때문이라고도 할 수 있을 것이다.

그러면 『몽배금태조』의 형성과정과 형식적 특징을 구명하기에 앞서 이해를 돕기 위해 저자인 박은식의 사상적 편력 과정을 간략하게 살펴보도록 한다. 백암 박은식 사상의 주요한 줄기는 대략 다음과 같이 나누어 볼 수 있는데 ①교육구국사상 ②실업구국사상 ③구습개혁사상 ④유교구신론·양명학론·대동사상 ⑤역사사상 등이 그것이다.5) 그의 사상편력에서 볼 수 있듯이 백암의 생각은 역사적 상황의 변화에 따라 거듭 변전(變轉)한다. 한마디로 자기부정으로서의 자기반성과 비판을 철저하게 수행하면서 새로운 사상의 출구를 쉼없이 모색했다. 그의 대동교 창건을 통한 국민 계몽에서 보듯 유학(儒學)에 바탕을 둔 사유의 근간은 유지되지만, 현실에 대한 성찰이 깊어질수록 기존의 사유 패턴과 생활 방식을 향한 비판은 더욱 날카로워진다. 먼저 정통 주자학에서 다산과 왕양명과의 만남을 거쳐 대동사상에 이르는 길을 따라가 보기로 한다.6)

1868년부터 1875년까지 약 7년 동안 그는 훈장이던 아버지로부터 정통 주자학을 배운다. 그후 22살 되던 해(1880) 경기도 광주에서 다산

---

5) 신용하, 『박은식의 사회사상 연구』(서울대학교출판부, 1982) 참조. 백암사상의 전반적인 흐름을 일목요연하게 정리하고 있는 저서로 널리 알려져 있다. 김효선은 이를 다시 그의 생애와 관련하여 주자학연찬기와 교육활동기 그리고 독립운동기 등 셋으로 나누고 있다. 김효선, 『백암 박은식의 교육사상과 민족주의』(대왕사, 1989)

6) 이하 그의 사상적 편력은 『朴殷植全書·下』에 수록된 「白岩 朴殷植先生略歷」과 「年譜」 그리고 신용하와 김효선의 앞의 책을 참고하여 필자가 재구성한 것이다.

의 제자였던 신기영(申耆永)과 정관섭(丁觀燮)을 만나 다산이 저술한 정법상의 저술들을 섭렵한다. 그리고 26살 무렵에는 다시 평북 태천에서 운암 박문일(雲菴 朴文一)[7]과 성암 박문오(誠菴 朴文五) 형제로부터 주자학을 더욱 깊이 있게 배운다. 전형적인 위정척사파 유학자로 살아가던 그가 자신의 생각에 회의를 갖게 된 것은 갑오년(1905)을 지나면서부터이다. 그후 본격적으로 신학문과 신지식에 관심을 갖고 개화의 필요성을 인식하게 된 것은, 그의 회고에 따르자면, 40세(1898년) 무렵이다. '어릴 적부터 오직 주학을 강습하고 존신(尊信)하여 주자의 영정 서실에 걸어놓고 아침마다 인사를 드리던'[8] 그가 40세가 되어서야, 격동하는 역사의 현장을 몸소 보고 사상의 전회(轉回)로 나아갔다는 것은 의미 있는 일이 아닐 수 없다. 1898년 3월 10일 역사상 최초의 정치운동인 만민공동회가 열렸는데, 이를 기점으로 하여 지속적으로 전개된 민중과 진보적 지식인이 결합한 정치운동이 그의 사상의 전회에 적지 않은 기여를 했다는 사실은 정치운동과 사상의 긴밀한 관련성을 보여주는 대목이라 할 수 있기 때문이다. 이처럼 만민공동회 '체험'을 계기로 그는 위정척사파 유학자에서 개화자강파 사상가로 급선회한다. 현실과 소통할 때야 비로소 견실한 사상은 싹트는 법이라는 역사적 '진리'를 확인할 수 있는 지점이라 아니할 수 없다. 그리하여 그는 '학자'에서 '사상가'로 거듭난 셈이며, 이때부터 한국적 근대계몽기를 고민하고 사유하는 단계로 접어든다. 이 무렵 그는 장지연과 함께 『황성신문』의 주필로 활약하면서 많은 '논설'과 함께 『겸곡문고』와 『학규신론』을 집필한다. 그렇지만 그의 사유는 아직껏 동도서기론(東道西器論)의 틀을 크게 벗어난 것은 아니었다.

　1904년 러일전쟁과 그후 표면화하는 일본제국주의의 조선 침략 실

---

7) 위정척사파의 거두 華西 李恒老의 門人이었다.
8) 박은식, 「學의 眞理는 疑로 좇아 求하라」, 『朴殷植全書·下』(단국대학교출판부, 1975) 195쪽. [이하 『全書』로 略記함]

상을 감지한 후, 더 정확히 말하자면 1905년 11월 을사조약 체결 이후, 그의 생각은 동도서기론에서 본격적인 계몽사상으로 나아간다. 량치차오(梁啓超)를 통한 서구 계몽사상을 본격적으로 수용하고, 기존 유림(儒林)들을 비판하기 위한 사상적 기반으로 양명학을 받아들이는 것이 바로 이 즈음이다. 『대한매일신보』『대한자강회월보』『서우』『서북학회월보』 등을 통해 자신의 사상을을 공론화하던 그는 1909년 9월, 민중의 정신 계몽의 필요성을 절감하고 '대동교'를 창건한다. "대동교는 대동사상과 양명학에 입각하여 유교를 개혁함으로써 유림계와 유교문화의 요소를 국권회복운동에 동원할 것을 그 목적의 하나로 창건된 새로운 종교였다."9)

　1911년 4월 중국으로 망명,그 이후에는 임시정부활동과 『한국통사(韓國痛史)』(1915년 출간)·『한국독립운동지혈사(韓國獨立運動之血史)』(1920년 출간) 등의 역사와 한국사 영웅들의 전기 서술에 몰두한다. 『몽배금태조』가 쓰여진 것은 1911년, 그러니까 국가의 완전한 멸망을 지켜본 후 그 원인을 밝히고 대안을 찾기 위해 집필한 것이라 할 수 있다. 도식화의 위험을 무릅쓰고, 망명을 전후하여 그의 사상편력을 둘로 나눈다면, 망명 이후 그의 사유 구도는 역사와 전기를 빈 '국민정신'의 배양 쪽으로 기운다. 물론 그 맹아는 이미 그 전의 글들 곳곳에서 찾아볼 수 있다. 이렇게 본다면 『몽배금태조』는 1898년의 사상적 전회 이후 주로 논설을 통하여 사상을 전개해 오던 그가 역사의 천착으로 나아가는 중간에 놓여 있는 글이라 할 수 있을 것이다. 요컨대 『몽배금태조』는 근대적 사상가로서 박은식의 사상적 흐름을 파악하는 데 있어 '허리'라 일컬을 만한 텍스트인 셈이다.

---

9) 신용하, 앞의 책. 20쪽.

3

  그렇다면 『몽배금태조』의 형식적 성격은 어떠한가.[10) 먼저 제목에
서 드러나듯 『몽배금태조』는 전시대부터 문학적 서사 방법으로 널리
사용된 '몽유록'의 형식을 취하고 있다. 즉 입몽(入夢)―꿈―각몽(覺夢)
이라는 전통적인 몽유록계 소설의 구조를 취하고 있다. 이는 근대계몽
기의 대표적인 작품인 안국선이 쓴 『금수회의록』(1908)과 유원표가 쓴
『몽견제갈량』(1908)과 마찬가지이다. 그런데 이와 같은 몽유록적 서사
방법은 이들 본격적인 문학적 서사에서뿐만 아니라, 당시 신문의 논설
란에 실린 글에서도 어렵지 않게 찾아볼 수 있다. 등장인물 두 명이
등장하여 꿈속에서 문답을 나누는 대표적인 논설의 예로 「전명후매지
유(前明後昧之由)」(『황성신문』 1900. 10. 17)·「이수문답(二叟問答)」(『황
성신문』 1901. 5. 23)·「몽견창해역사(夢見滄海力士)」(『황성신문』 1908.
3. 29)·「몽견백두산령(夢見白頭山靈)」(『황성신문』 1908. 9. 12) 등을 들
수 있는데, 이들 서사문학적 논설에서는 대화가 이루어지는 시공간적
배경을 꿈으로 설정함으로써 현실에 대한 비판의 강도를 훨씬 높이고
있다. 이러한 환몽구조의 서사 방법을 택한 이유는 비교적 명확하다.
즉 꿈의 형식을 빌어 현실적 모순을 보다 자유롭게 비판·풍자할 수
있고, 동시에 현실적 모순을 뛰어넘어 소망스런 미래를 제시할 수 있
기 때문에 이러한 서사 전략을 택한 것이라 할 수 있다.[11)

---

10) 이 글에서는 『全書·中』에 실린 필사본을 기본텍스트로 삼고, 독립기념관
    한국독립운동사연구소에서 펴낸 현대어역본을 참고했다. 정확한 서지학적
    연구가 따라야 정확하게 밝혀지겠지만, 필자가 조사한 한에서는 중국에서
    쓰여진 『몽배금태조』는 필사본으로만 전할 뿐 당시에 公刊되지는 않았던
    것으로 보인다.
11) 상세한 내용은 정선태, 『개화기 신문 논설의 서사수용 양상』(소명, 1999)
    161~164쪽 참조. 이와 더불어 우리는 박은식이 『황성신문』의 주필로 있으면
    서 많은 논설을 집필하였다는 점에 주목해야 할 것이다. 예의 논설들을 그

이러한 전사(前史)를 따른다면 『몽배금태조』는 별반 새로울 것이 없는, '두 사람이 꿈속에서 현실 문제를 두고 대화를 나눈다'는 지극히 평범한 구조로 이루어진 성격의 글에 지나지 않는다. 그런데 문제는 여기서 그치지 않는다. 이 글을 문답식 구성을 지닌 서사-문학적 논설의 연장선상에 놓인 것이라 해도 이러한 유형의 서사-문학적 논설과는 비교할 수 없을 정도로 길이가 길다는 점은 충분히 강조해 두어야 마땅하다. 왜냐하면 이 정도의 길이를 확보함으로써 저자는 현실 문제에 대한 자신의 생각과 이에 대처할 수 있는 사상적 논리를 차근차근히 개진할 수 있을 것이기 때문이다. 뒤에서 살필 국민정신의 형성을 위한 자신의 생각을 무치생(無恥生)과 금태조의 입을 빌어 비교적 깊이 있게 다룰 수 있었던 것도 이 정도의 길이를 지닐 수 있었기 때문이다. 이 지점에서 우리는 근대계몽기 신문에 실린 적지 않은 서사-문학적 논설들이 본격적인 글쓰기 방법으로 확립되는 과정을 일별할 수 있을 것이다.12)

형식과 관련하여 짚고 가야할 또 다른 문제는 과연 『몽배금태조』를 역사·전기 서사에 포함되는 것으로 볼 수 있는가이다. 결론부터 말하자면 『몽배금태조』는 근대계몽기 서사문학사에서 중요한 자리를 차지하고 있는 역사·전기 서사에 포함시킬 수 없다. 먼저 『몽배금태조』는 역사가 아니다. 특정 시대의 역사 전개 과정을 서술한 것이 아니라는 사실은 이 텍스트를 읽은 사람이라면 쉽게 확인할 수 있다. 역사적 시간과 공간이 단순한 대화의 소재로 이용될 따름이지, 역사의 전개에 긴박된 인물들이 새로운 역사를 일구어나가는 과정의 기록이 아니라

가 썼다는 확증은 없다. 그러나 그가 이 논설들을 집필했건 집필하지 않았건 이러한 형식의 글쓰기의 유용성을 박은식 역시 충분히 알고 있었다고 보아 큰 무리가 없을 것이다.

12) 뒤에서 우리는 서사-문학적 텍스트로서의 『몽배금태조』가 직접적인 어조의 논설들을 어떠한 방식으로 수용하는가를 살펴볼 것이다.

는 말이다.

전기에 속하는가 하면 그렇지도 않다. 제목만을 보면 금태조의 일대기를 그린 듯하지만 전혀 그렇지가 않다. 금태조는 다만 그의 대화 상대인 무치생의 물음에 답하는 역할을 수미일관하여 수행하고 있을 뿐이다. 이는 근대계몽기의 대표적인 전기적 서사에 속하는『이순신전』이나『을지문덕전』그리고 박은식이 1911년에 저술한『천개소문전』과 비교해 보면 금방 알 수 있다. '저 영국의 크롬웰과 일본의 풍신수길이 모두 윤리 도덕상 커다란 잘못이 있는 자이지만, 영국인은 크롬웰을 천인(天人)과 같이 숭배하고, 일본인은 풍신수길을 국조(國祖)와 같이 숭배함을 보지 못하는가. [중략] 구차하고 곡학하는 선비의 편견과 얕은 학식으로 만세에 둘도 없는 영웅의 정신을 말살하는 것이 어찌 애석한 일이 아니겠는가.'13)라는 말을 전제로 천개소문의 영웅적 정신을 복원하려는 의도를 뚜렷이 내비치고 있는『천개소문전』은 천개소문의 일대기를 탄생에서부터 죽음에 이르기까지 시간적 순서에 따라 서술하고 있다. 사마천에서부터 비롯한 전기 서술방식을 충실하게 따르고 있다.

이렇듯 역사나 전기에 속하지 않는다면『몽배금태조』를 어디에 포함시켜야 할까. 여기서 잠시 앞서 말했던 바, 이 시기의 글을 일정한 범주에 따라 일목요연하게 배치하는 일이 결코 쉽지 않다는 사실을 상기하기로 하자. 지금까지 보아온 대로『몽배금태조』는 역사·전기적 서사도 아니며 신소설은 더구나 아니다. 분류하여 체계화하기가 낯을 문제점은 이미 언급한 바와 같다. 그러나 그럼에도 불구하고 굳이 글쓰기의 계보를 말하자면 이 글은 근대계몽기의 독특한 글쓰기 방법이었던 서사문학적 논설의 연장으로 보는 것이 타당할 것이다. 이쯤에

---

13)「천개소문전」,『全書·中』321~322쪽 및『천개소문전/몽배금태조』(독립기념관 한국독립운동사연구소, 1989) 19쪽. 인용문은 국한혼용체로 된 것을 한국독립운동사연구소본을 따라 현대어로 바꾸어 표기한다(이하 동일함).

서 우리는 서사·문학적 논설이 확대되어 근대계몽기 특유의 서사 방법
으로 사용되고 있음을 알아차릴 수 있다. 요컨대 박은식은 신문과 학
회지의 논설을 통하여 개진해 왔던 과거와 현실 그리고 미래에 관한
자신의 생각을 우회적인 방법을 통하여 비교적 일관성 있게 서술하여
설득력을 높이고자 했던 것이다. 그리고 이 글을 전기(轉機)로 하여
1911년 당시까지의 자신의 생각을 정리하고 또 한번의 사상적 변전을
꾀한다.

4

　단군대황조의 음덕과 백두산의 신령스런 도움으로 이룩된 땅을 빼
앗기고 회한에 가득 차 이역(異域)을 떠돌던 무치생(無恥生) 앞에 홀연
금태조가 나타나 얘기를 나누는 것으로 『몽배금태조』는 시작한다. 금
태조를 꿈에도 그리워했던 이유는 그가 맨주먹으로 일어나 대륙을 평
정했던 조선의 후예였기 때문이다. 백암 사상의 곳곳에서 찾아볼 수
있는 상무정신(尚武精神)의 체현자였던 셈이다. 그리고 이 황제는 과
거에 묻힌 존재가 아니라 동서고금의 흥망성쇠의 원인과 비전까지 제
시하는 인물로 등장하는데 그것은 금태조가 무치생과 더불어 저자의
분신이라는 사실을 의미한다. 바꾸어 말하자면 현실을 반성하고 참회
하는 무치생과 그 원인을 구명하고 새로운 전망을 제시하는 황제의
목소리는 동일한 인물의 그것이다. 이는 근대계몽기 신문 논설에서 찾
아볼 수 있는 문답체의 성격과 크게 다르지 않다. 이제 이들의 대화
내용을 따라가며 그 핵심을 재구성해 볼 단계에 이르렀다. 이는 『몽배
금태조』의 내용적 측면을 살피는 일과 관련된다.
　먼저 무치생은 나라가 이 모양으로 만신창이가 되고 급기야 '섬놈'
들에게 먹히기에 이른 까닭은 도대체 어디에 있는가를 묻는다. 국운쇠

망의 원인을 구명하지 않고서는, 다시 말해 현실에 대한 치열한 비판과 반성을 동반하지 않고서는, '참된 사상'이란 한 걸음도 나아갈 수 없다. 나라를 잃고 유민(遺民)으로 떠돌면서도 조금도 부끄러워 할 줄 모르는 무치생에게 조선의 아들인 금태조는 다음과 같이 질타한다.

> "그것이 조선의 고대사인가?"
> 무치생이 대답하여,
> "아닙니다. 중국의 고대사입니다." 하니 황제가 다시 물었다.
> "나라의 모든 사람이 처음 배우는 교과가 모두 이런 책인가?"
> 무치생이 대답하기를
> "그렇습니다."
> 황제가 말씀하시기를
> "그런즉, 조선 백성의 정신이 자기 나라의 역사는 없고 다른 나라의 역사만 있으니 이는 자기 나라를 사랑하지 않고 다른 나라를 사랑하는 것이다. 이로써 보건대 천여 년 이래의 조선은 단지 형식상의 조선뿐이지 정신상의 조선은 망한 지가 오래된 것이다. 처음 배우는 교과가 이러한 즉 어릴 때에 벌써 머리 속에 노예정신이 깊게 뿌리 박혀 평생의 학문이 모두 노예의 학문이고 평생 사상이 모두 노예의 사상이다. 이와 같이 비열한 사회에 처하여 소위 유현자(儒賢者)가 누구이며 소위 충신자가 누구이며 소위 공신자가 누구이며 소위 명류자(名流者)가 누구인가? 필경 노예의 지위일 뿐이다."(72~73쪽. 강조는 인용자—이하 동일함)

조선후기의 이른 바 '조선중화사상'을 긍정적으로 평가하려는 시도가 다각도로 이루어지고 있는 현실이긴 하지만14), 적어도 박은식은 조선이 나라마저 송두리째 빼앗겨 버린 상황에 이르게 된 가장 큰 원인 가운데 하나가 '소중화사상(小中華思想)'에 있다고 진단한다. 소중화사상과 노예근성(노예정신)은 정확히 등가이다. 그런데 이러한 소중화사상에 빠져 세계사의 흐름을 도외시하다가는 조선에 큰 화가 닥칠 것

---

14) 정옥자, 『조선후기 조선중화사상 연구』(일지사, 1999)가 대표적인 예이다.

이라는 예언은 이미 박제가에 의해 섬뜩할 정도로 리얼하게 제기된 바 있어 그다지 새로운 것은 아니다. 하지만 예상이 현실로 닥쳐온 것을 직접 목격한 그에게 있어 비판이랄까 탄식의 강도는 박제가의 그것에 비할 바가 아니었을 것이다. 근대계몽기 사상가들, 특히 주자학에 지적 체험의 탯줄을 대고 있는 비판적 지식인들의 의식의 줄기를 더듬는 데 있어, 그들이 전시대를 어떻게 인식하고 이를 적실(適實)하게 비판하고 있는가를 정확하게 읽어내는 작업만큼 시급한 것도 드물다. 이 지점에서 비로소 담론의 재배치 또는 사유구도의 재편(혁신)을 통한 전망획득이 가능해질 터이기 때문이다. 금태조의 얘기를 조금 더 들어보기로 한다.

> 소위 유생이란 자는 말만 높고 행동이 따르지 못하여 세상을 속여 이름을 도적질하는 무리로구나. 말로는 충이요 효라 하지만 모두 공허할 뿐이고 또 인이요 의라 하지만 과장일 뿐으로 쓸데없는 말과 겉치레로써 어찌 백성을 구제하고 국가의 위기를 극복하는 데 도움이 되겠는가? 오직 실상을 버리고, 허위를 숭상하는 까닭에 그 표면은 우아하고 아름다우나 그 내용은 비루한 것이고, 또 그 입은 맑고 시원하나 그 마음바탕은 더럽고 탁하여 진실한 것이 없다. 따라서 나라를 위해 진실로 몸을 바쳤던 선조의 후예 또는 집안으로 자처하여 눈으로만 성리학을 배우고 학문 재상으로 칭하는 자들이 실상은 모두 나라를 팔아먹는 데 공신이 되며, 또 일반 대중 앞에서 애국주의를 부르짖으며 공익의 의무를 설명하던 자들이 모두 나라를 팔아먹는 데 선구가 되었다.(74~75쪽)

인민을 노예정신으로 이끈 장본인이자, 나라를 말아먹은 자들은 성리학이라는 정신적 기둥에 묶여 있던 '사류(士流)'이다. 이들은 자기수양이나 입신출세에 눈이 멀어 스스로 지식인임을 포기하고 속인으로 타락해 갔다. 백암에 따르면 아직 국가를 경영할 만한 학문을 갖추지 못한 인민에 대해서는 국사의 책임을 묻지 않았다. 오직 국세(國勢)에 이런 지경에 이른 것은 오직 '사류(士流)의 죄(罪)'일 따름이다.15) 사이비 도학(道學)에서 벗어나 참된 지식과 강력한 실천으로 나아갈 것을 제안하지만 그것이 현실화하는 데에는 많은 어려움이 따르게 마련이다. 기득권 세력이 자기 입지를 쉽게 포기할 까닭이 없기 때문이며, 오백 년 가까이 일국을 지탱해 온 사상을 뿌리에서부터 회의할 용기를 갖기가 결코 쉽지 않을 것이기 때문이다. 박은식이 핵심적인 논객으로 있었던 『황성신문』의 논설란에서 '경고산림동포'류의 글을 어렵지 않게 찾아볼 수 있거니와, 그 '산림(山林)'들의 눈에는 40이 넘어 현실의 격랑 속으로 뛰어든 그의 몸부림이 참으로 안타까운 한편 가당치 않게 보였을 법하다. 역사가 잘 말해주고 있다시피 반성이나 성찰은 용기 있는 자의 몫이다. 우리 위대한 금태조의 말과 같이 '과거의 죄악을 반성하지 못하고 스스로 강해지는 방도를 구'하려 노력하는 일 따위에 몸 바칠 위인들이 아니라는 것을 깨닫는 데는 많은 시간이 걸리지 않았다. 무치생은 짐짓 이렇게 묻는다.

> 어릴 때부터 경사(經史)를 읽어 고금을 대략 이해하고 있는 유림들의 경우는 세계 대세의 변천된 정황을 목격한 바도 있으며, 서적과 각 신문 잡지를 통해 신사상의 여러 면모를 접할 수 있었고, 또 그러한 관계로 세계 각국이 새로운 학술의 발명과 신교육의 발달로 문명이 부강하게 된 것을 깨닫고 있는 자들인데도, 이들은 이러한 신교육과 신학술을 반대하고 방해함으로써 일반 백성으로 하여금 이를 깨닫게 하여 개명하게 하지 않고 우매하거나 무지하게 하려는 것은 무슨 까닭에서입니까?(90쪽)

모르고 물었을 리가 없다. 아니 자신의 분신인 금태조에게 대답을 구함으로써 나라가 이 지경에 이른 원인을 다시 한번 확인해 두고 싶

---

15) 이와 관련하여 노관범, 「박은식의 구습개량론과 양명학 제창」[석사](서울대 국사학과, 1999)의 6~9쪽 참조.

었을 것이다. 세상이 어떻게 돌아가고 있는지를 조금만 세심한 자라면 쉽게 알 수 있음에도 불구하고, 권력의 한 귀퉁이를 점하고 있는 까닭에 인민을 우매함 속에 가둬두려는 의도를 늦깎이 백암은 새삼 다시 새겨두고자 했던 것이다. 그래서 또다른 무치생인 우리의 황제 금태조는 이렇게 대답한다.

> "이는 곧 개혁시대에서 나타나는 자연스러운 이치이다. 왜냐하면 개혁시대에는 하등사회가 상등사회로 나아가 평등사회를 조성하게 되는데, 이러한 이치는 바로 천지가 진화하는 모습으로 그 어떤 힘으로도 막을 수 없는 것이다. **저 유생의 무리들은 지나간 시대에 상등의 지위를 차지하고 있던 자들로서, 만약 신시대가 도래하여 신학술과 신교육의 지식으로 유신사업을 이룩하게 되면 그들의 고등의 지위를 잃게 될 것이니 고등의 권리가 저들의 손에 있는 상태에서 하등사회가 진보할 방면이 없는 것이고 그러한 까닭에 어찌 평등사회가 조성된 신시대가 오겠는가?** 그러므로 오늘날에 이르러 '양반'이나 '유생'이라는 두 글자가 뇌리 속에 박혀 있는 자는 모두 신사상과 신지식이 들어가지 않으니 이는 하늘이 그 혼을 빼앗아 열등한 인류로 떨어지게 하는 것이다."(90~91쪽)

그러한 현상은 '개혁시대에 나타나는 자연스러운 이치이다.' 우리가 알고 있다시피 백암은 각종 채널을 통하여 이들 '사류'를 개혁의 현장으로 끌어들이려 했다. 『황성신문』을 비롯한 각종 학회지를 통하여. 그리고 국권을 완전히 망실하기 전까지는 한 가닥 희망을 걸고 있었다. 계몽된 '사'들이 다시 무지몽매한 '인민'에게 빛을 주어 함께 식산흥업(殖産興業)과 연무제진(聯武齊進)의 길로 나아가 병든 나라를 치유하고 당당한 독립국가로 나아갈 수 있을 것이라고 믿고 싶었을 것이다. 그러나 그것은 덧없는 몸부림 또는 꿈에 지나지 않았다는 것을 그는 뼈저리게 확인해야만 했다.. 제국주의의 전략과 유림의 사이비 도학과 노예근성이 만나는 자리에서는 미래에 대한 꿈마저 가능하지 않다는 것을, 강력한 주인을 만날 때 노예는 더욱 노예다워지기 마련이라는 사실을 그는 다시금 되짚어 보고 있는 것이다.

쉰이 훌쩍 넘어서야 백암은 회한 속에서 진실을 확인한다: '하등사회를 가르치고 이끄는 것은 상등사회를 깨우치게 하는 것보다 쉬운 일이다. 그것은 왜 그런가 하면 사람의 이목은 본래 총명하지만 다른 물체가 이목을 가리고 막으면 그 총명을 잃게 되는 것이고, 사람의 뇌는 본래 그 영험이 불가사의한 것이지만 오랜 습관이 뇌에 박히게 되면 그 불가사의한 영험을 잃어버리게 되는 것이다.'(91쪽) 백암이 여러 조직, 예컨대 국문연구회나 야학 등을 통하여 인민의 계몽에 애를 써왔다는 것이 익히 알려져 있다. 그런데 이 지점에서 주의해야 할 것은 이 지점에서 백암이 그의 이상 곧 민족의 이상을 실현할 수 있는 주체가 '상등사회'가 아니라 '하등사회'라는 점을 명확하게 인식하게 된다는 사실이다. 그러므로 이제 그의 생각은 인민의 총명을 가로막고 있는 다른 물체의 정체를 밝히는 것으로 모아진다. 그 장애가 걷힌 자리에서 인민들이 '단합하여' 세상을 향해 행진할 때 새로운 날을 기약할 수 있을 것이라고, 그는 확신하기에 이른 것이다. 국민(nation) 형성을 위한 사상적 모색, 여기에서 우리는 백암사상의 근대적 성격을 찾을 수 있을 것이다.

그런데 위와 같은 사류비판은 1910년 이전에 쓰여진 논설 곳곳에서 찾아볼 수 있다. 그 대표적인 것으로『서우(西友)』제2호(1907.1)에 발표된「구습개량론(舊習改良論)」을 들 수 있다. 이 글에서는 그는 '옛날과 같이 편안하고 한가한 방편을 취하고, 옛일을 지키는 규모만을 고집하다가는 대한국(大韓國)이니 대한민(大韓民)이니 하는 이름을 지탱할 도리가 없'다고 진단하고, '봄 꿈속에서 헛소리나 하는 어리석은 자'로 유림가와 행세가 그리고 잡술가와 학구가 등을 통렬하게 비판하는데 특히 유림가를 '옛 폐습을 독실히 지킬 뿐 시의(時宜)를 연구하지 않아' 인민을 도탄에 빠뜨린 자들이라 하여 집중적으로 비난하고 있다. 논설 「문약지폐(文弱之弊)는 필상기국(必傷其國)」(『서우』 제10호 (1907. 9))도 같은 내용을 담고 있다. 그리고 인민을 도덕적 주체인 '국민'으로 계도하기 위한 방안은 1904년 단행본으로 발간된 『학규신론』을 비롯하여 일련의 교육문제를 담은 많은 논설에서 쉽게 찾아볼 수 있는데, 「흥학설」 「무망흥학(務望興學)」 「노동동포(勞動同胞)의 야학」 등이 대표적이라 할 수 있다. 이들 글에서 그는 통치의 객체였던 인민이 국가의 정신 곧 '대한정신'을 견인할 도덕적 주체로서의 국민으로 전환하기 위해서는 교육이 급선무라는 점을 힘주어 강조하고 있다. 여기에서 우리는 『몽배금태조』는 박은식이 이미 신문과 학회지의 논설을 통해 개진했던 생각을 새로운 형식으로 담아내려는 의도에서 집필한 것이라는 점을 알 수 있다.

5

이처럼 기존의 지식인들에게 기댈 것이 없다고 판단한 박은식은 인민의 단합을 계기로 하여 새로운 돌파구를 찾고자 한다. 더구나 신학문에 눈을 떴다는 자강론자들마저 선민의식(選民意識)에 사로잡혀 있었고 또한 진보적인 조직 내부에서마저 세력다툼이 일고 있는 상황이었다. '민족의 시대'(111쪽)인 지금, 가장 시급한 일은 인민들의 단합을 이끌 수 있는 사상적 거점을 마련하는 것이었다. 적어도 박은식은 그렇게 생각했다. 그의 생각은 일단 두 방향으로 전개된다. 하나는 이른바 자강론자들을 견인할 수 있는 사상적 거점으로 양명학을 제창하는 일이고, 다른 하나는 인민의 도덕적·정신적 계몽을 통한 단합을 이끌어 낼 수 있는 매개로서 대동교를 창립한 것이 그것이다. 막연하게 국가에 위기가 닥쳤으니 동포들이여 단결하라 따위의 구호가 설득력을 얻을 리가 없다는 것을 그는 분명히 알고 있었다. 여전히 허식에서 자유롭지 못한 자강론자들에게 '간이직절(簡易直截)'한 양명학의 사유를 권고한 까닭과 그 결과에 대한 논의는 그가 말년에 쓴 「학(學)의 진리(眞理)는 의(疑)를 좇아 구(求)하라」에 명확하게 드러나 있다.

어찌하였든 교육구국-식산흥업-개화자강으로 이어지는 그의 사유의 핵심에는 교육이 있었다. 그런데 여기에서 교육이란 상업·의학·법률·측량 등 대부분 실용적이고 실무적인 것이었다는 점에 주목할 필요가 있다. 이들 신학문이 정신의 변화에 일정한 영향을 미쳤을 것이라는 점은 새삼 두말할 필요가 없다. 하지만 정신이나 도덕의 재무장을 인민 계몽의 핵심으로 자리매김하고 있는 것은 눈여겨볼 필요가 있다. 어림잡아 1907~8년까지는 서양과 일본이 강대해진 이유를 물질적인 측면에서 찾고 있었다. 그리하여 유림과 인민에 대한 계몽도 이 사실을 강조함으로써 보다 호소력을 얻을 수 있을 것이라고 생각했던 듯하다. 그런데 가만히 보니 그게 아니지 않은가. 표면적으로 보이는 물리적인 힘 뒤에 '문명의 정신'이 있다는 사실을 알아차렸던 것이다.

> 제가 일찍이 교육계에 몸을 담고 일한 적이 있사온대, **우리 조선 청년의 총명하고 지혜로움은 실로 다른 나라의 청년보다 월등한 자질이 있어 학문을 성취하는 데는 뛰어나지만, 그 인격이 대범하고 웅대하며 또 강건하며 견실하여 기풍이 늠름한 자는 적으니 이것이 최대의 결점입니다.** 그러므로 정신교육이 제일 필요하고, 정신교육의 재료는 고대 偉人들의 역사가 필요합니다.(110쪽)

정신교육의 필요성이 두드러지게 강조되고 있는 부분이다. 정신이야말로 역사의 행로를 결정하는 핵심적 요인이므로 무엇보다 중요한 것은 실용적인 학문을 성취하는 데 만족하지 않고, 이를 받쳐줄 수 있는 정신교육이 필수불가결하다는 것이 그의 판단이다. 여기에서 우리는 그의 본격적인 역사서술의 맹아를 볼 수 있으며, 그가 왜 그토록 역사서술에 몰두했는지를 알 수 있다. 정신(국혼)교육의 핵심적인 원천으로서 역사가 중요한 이유를 무치생은 다음과 같이 말고 있다.

> 지금 세계 각국이 모두 그 전체 민족의 힘으로 경쟁하는 시대인 즉 민족 단체의 힘이 아니면 다른 민족에 대적할 수 없고 승리를 거둘 수 없습니다. 그런 이유로 지금 세계에서 우등을 차지하고 있는 민족은 모두 **단결된 정신과 단결된 세력**으로 경쟁의 준비를 완고하게 하고 있습니다. 정치계와 종교계와 교육계와 실업계와 군사계가 모두 **민족이라는 단체의 기관으로서 대중의 힘을 합하여 집단의 힘을 이루는 까닭에** 그 기초가 공고하고 그 실력이 건전하여 꾀하고자 하는 것은 반드시 획득할 뿐만 아니라 하고자 하는 것은 반드시 이룩하고 남과 경쟁하는 경우에도 실패가 없고 반드시 승리를 얻게 되는 것입니다.(116~117쪽)

‘국민’이란 타자로서의 외국을 자국과 의식적으로 구별짓는 데서 비롯하는 정체성(正體性)의 확보를 통해 형성된다. 정체성이라 했거니와 이를 떠받치는 본질적인 힘은 국가이성이고, 이를 백암식으로 말한다면 민족의 의식적인 ‘단결된 정신과 단결된 정신’의 총화라 일컬을 수 있을 것이다. 그러므로 국민이란 근대에 이르러 등장한 픽션에 불과하다는 말이 가능하다. 그런데 픽션이 세계사를 주도하는 현실을 주도하는 마당에 이를 피할 다른 방도가 있을 턱이 없다. 그러므로 길은 선택의 여지가 없다. 그런데 국민정신을 형성하는 데 가장 유용한 도구가 역사라는 것을 그는 잊지 않고 있다. 그 뚜렷한 예를 조선 역사의 모든 분야의 ‘영웅’들이 만든 학교를 꿈꾸는 장면에서 그의 이러한 소망은 극대화한다. 그런데 역사보다 국민정신을 형성하는 데 보다 유용한 방법으로 그가 주목한 것은 대동교였다.

왜 국민정신을 함양을 위해 왜 하필이면 종교 그것도 유교구신론(儒

敎求新論)의 연장에 있는 대동교를 빌어 인민의 정신적 계몽을 도모해야만 한다고 백암은 생각했을까.16) 『몽배금태조』에서는 역사를 통한 정신교육의 필요성을 강조하고 있을 뿐, 종교에 관해서는 거론하고 있지 않다. 자랑스러웠던 역사의 저력을 현실에 되살리는 것과 전통사상(유교)의 비판 및 재해석 사이에서 관련성을 찾을 수도 있을 것이다. 여기서는 조금 에두를 필요가 있다. 국민정신의 형성에 있어 종교의 중요성에 관한 논의는 박은식의 주무대였던 『황성신문』 논설에서 찾을 수 있다. 그 요지는 이러하다: 서양이 오늘날 이처럼 강대하게 된 이면에는 정신적인 저력이 있고, 그 핵심이 정신이다. 그러므로 종교야말로 인민을 하나로 묶을 수 있는 강력한 무기가 될 수 있다.17) 여기에서 알 수 있듯이 박은식의 종교에 대한 관심이 갑작스러운 것은 아니었다. 그리고 1904년에 출간된 『학규신론』 13절에서 그 단서를 찾을 수 있다.

한국의 종교는 공자의 도인 유교이다. 지나침과 모자람이 없는 중용(中庸)의 이치를 극진히 하고 천하의 올바른 도리를 다함에 있어서 어느 것이 공자의 가르침보다 훌륭한 것이 있단 말인가? 그 가르침은 아래에서부터 배워 점차적으로 높은 수준에까지 이르는 하학이상달(下學而上達)함과, 가까운 것에서부터 깨우쳐 멀고 심원한 영역에까지 깨우쳐 갈 수 있는 방법과, 몸과 마음에 그 근본을 두고 천지의 이치를 살피며 지극히 작은 것에서부터 지극히 큰 것에 이르기까지 그 이치가 끝도 없이 무한함을 알게 한다. 자기의 본성을 극진하게 함으로써 다른 사람의 본성까지도 극진하게 하며 기타 삼라만상과 본성까지도 모두 극진함을 다하게 한다. **한 시대**

---

16) 박은식은 또한 정신적·도덕적 교화의 방법으로 역사를 중시하고 있다. 이에 대해서는 이 글의 성격상 詳論을 하지 않는다. 다만 백암사상의 전개에 있어 역사와 종교는 나란히 가는 것처럼 보인다는 점만 지적해 두기로 한다.

17) 「東西洋各國宗敎原流」『皇城新聞』 1902. 8. 12~22 논설(8회)/「總論宗敎原流之說」『皇城新聞』 1902. 8. 23 논설 참조.

의 지도자가 세상을 다스림에 있어 그 가르침의 찌꺼기라도 적
용한다면 아마 평화스럽게 다스릴 수 있을 것이다. 진실로 그 가
르침의 전부를 적용한다면 천지가 동화되고 해와 달이 같이 빛
나며, 어떠한 기후에도 초목이 무성하며, 귀신이 모두 평안하며
새와 짐승이 함께 어울릴 것이니 하늘 아래 어떤 것인들 제 몫
을 얻지 못하는 것이 있겠는가? [중략] 과연 나라에 종교가 없다
면 어떻게 국가가 될 수 있는가? 여러 분야의 학교도 응당 확장
되어야 하겠지만 종교를 유지 발전시키는 일이야말로 더욱 늦출
수 없는 일이다.[18]

이렇듯 중차대한 종교가 겨우 명목만 유지하고 있고 그 결과 국가
의 元氣도 더욱 위축되고 있다는 것이 그의 진단이다. 그런데 1909년
에 이르면 그의 종교론은 이보다 훨씬 심화하여 '유교발달이 평화의
최대기초'라는 선언으로까지 나아간다.[19] 그리고 1910년 1월 8일자 논
설에서는 '종교와 학술 그리고 국성(國性)'의 관계를 논하면서 종교를
국민성을 배양하는 데 있어 핵심적인 축으로 파악하기에 이른다. 이러
한 논의는 그가 이미 「종교설(宗教說)」에서 말한 바, '진실로 부자(夫
子)의 가르침으로 하여금 나라 안에 떨쳐 일어나서 사람의 마음에 흡
족하게 퍼지게 한다면, 그 국가의 뽑히지 않을 근본이 장차 무성하게
이루어질 것이다'라는 진술과 동일한 맥락에서 파악할 수 있을 것이
다. 그리고 이는 백암의 '유교구신론'과 대동교 운동으로 이어지며, 존
화(尊華)의 의리에 젖어 그 건강성을 잃어버린 유교의 원정신을 회복
함으로써 인민을 도덕적 주체인 국민으로 견인할 수 있다고 판단했으
리라 생각된다.[20]

---

18) 『學規新論』 제13절 『全書·中』, 김효선의 번역을 따랐다. 김효선, 앞의 책,
    부록<학규신론> 200~202쪽.
19) 『皇城新聞』 1909. 11. 16 논설
20) 서양에서의 문명부강의 정신적 지주인 기독교나 민족주의 정신의 발로인
    단군종교가 아니라 왜 하필이면 유학사상에 근거를 둔 대동교를 국민정신
    을 고취하는 수단으로 선택했는가에 관한 논의는 이 글의 범위를 벗어난다.

6

　이로써 『몽배금태조』의 형식적 특징과 그 핵심 내용은 어느 정도 밝혀진 셈이다. 형식적 측면에서 『몽배금태조』 역사나 전기적 서사에 속하지 않는 서사문학적 논설의 연장선상에 놓여 있다는 것이 우리가 얻은 결론이다. 다시 말해 박은식의 이 글은 근대계몽기에 비판적 지식인들이 저널리즘을 통하여 즐겨 사용한 논설이 서사적 의장을 빌어 재서술된 것이라 할 수 있다. 꿈이라는 장치를 빌어 지금까지의 그의 생각들을 한편의 완결된 글 속에 담고 싶다는 그의 바램이 『몽배금태조』로 귀결된 것이다. 그런 까닭에 『몽배금태조』에서 우리는 백암의 현실인식 수준과 비전 제시의 유효성을 비교적 상세하게 파악할 수 있다.

　내용적 측면에서는 우리와 다른 시각에서 읽어낼 수 있다는 것은 두말할 필요가 없다. 본고에서는 다만 박은식의 사상 편력에서 『몽배금태조』가 지니는 의의에 초점을 두고, 이를 기점으로 박은식은 국망(國亡) 이전의 그의 생각을 정리하고 새로운 사상으로 나아갔다는 데에 주목하고자 했다. 즉 위에서 살펴본 것처럼, 박은식은 시대변화를 거역하는 기득권 세력들에 기댈 것이 아니라 이 민족의 대다수를 이루고 있는 인민을 근대적인 정치주체로 끌어올림으로써 국권의 회복을 도모할 수 있을 것이라 생각했다. 상등사회가 아닌 하등사회의 계몽을 통하여 근대적 국민국가로 나아갈 갈 수 있을 것이라는 그의 현실적 진단은 전통적 유교사상에 뿌리를 둔 진보적·비판적 지식으로

다만 유교사상이 인민들 정신에 내면화되어 있다는 점을 인정한 마당에 새로운 종교를 받아들이는 것이 쉽지 않다는 것을 그가 염두에 두었기 때문이었으리라는 정도를 추정해 볼 수 있을 뿐이다.

서 보여줄 수 있는 사상의 최고 높이를 보여준 것이라 할 수 있다.

　이쯤해서 우리는 『몽배금태조』의 백암사상에서의 위상과 문학사상사에서의 의의를 다시 물어야 한다. 이는 그의 다양한 글쓰기, 그 가운데 대표적이라 할 수 있는 논설과 역사저술의 성격과 의의를 살피는 일과 관련된다. 이들 다양한 글쓰기들을 종합적으로 고찰함으로써 『서사건국지』에 가려 문학사에서 제대로 평가를 받지 못한 『몽배금태조』와 『천개소문전』 등이 그 위상을 찾을 수 있을 것이다. 문제제기의 선에 머무른 본고를 넘어서 있는, 그러나 충분히 가치가 과제로 남겨둔다. 근대계몽기 담론생산의 주요 멤버였던 박은식의 글쓰기 전략을 다시 들여다보고 그의 전 사상편력에서 문학적 글쓰기가 수행한 역할과 의의를 발견하는 것은 문학연구자의 주요 몫이라는 것을 되새기는 선에서 멈추기로 한다.

현대소설의 형성과 겁탈
―무정」의 근대성 再論

김 경 수

1. 「무정」과 근대성 논의

한국 소설사상 근대소설의 면모를 갖춘 최초의 작품으로 평가되고 있는 춘원의 「무정」은 시대사적으로 그것이 신소설과 현대소설의 교량 역할을 하고 있다는 점에서 일정한 문학사적 평가를 받고 있다. 그러나 작품 자체가 지니고 있는 구조적인 결함들 때문에 이 작품을 과연 한국 현대소설의 효시로 볼 수 있는가 하는 반론 또한 만만치 않게 제기되어 온 것이 사실이다. 인물 형상화의 불통일성에 대한 김동인의 지적[1]은 차치하고라도, 이 작품이 "시대현실에 대한 일정한 관념을 작중현실의 조건보다 앞질러 표출시킴으로써 그것이 작품 안에 뿌리박을 정당한 근거를 봉쇄해 버리고, 결과적으로 표현 이전의 생경한 요설이나 웅변으로 타락시켜버린 약점"[2] 또한 일찍부터 제기되었던 것이다. 『무정』의 근대소설적 성취와 그 한계에 대한 이런 지적은 이후로도 계속되어 왔는데, 이 점은 김우창과 이보영의 글에서 가장 분명

---

1) 김동인, 『춘원연구』(신구문화사, 1956), pp.300-301.
2) 천이두, 『한국현대소설론』(형설출판사, 1969), p.81.

하게 드러난다.

김우창은 초창기 현대소설의 형성과정을 추적하고 있는 글에서, "「무정」의 현실묘사가 이인직의 우연과 기구한 운명의 세계에서보다 훨씬 균형 잡히고 촘촘한 느낌을 주는 것이라면, 이러한 발전은 한국사회의 근대화—물론 식민지적 착취체제의 일부로 이루어지는—에 관계된다"는 사실을 먼저 인정한다. 하지만 작품 가운데 여전히 "전근대적인 요소들과 새로 나타나는 요소들이 얼크러져 존재"하고 있다고 말하면서, "「무정」이 그것대로 근대적인 인간의 문제를 최선을 다해서 제기하고 있다고는 하지만, 이것이 대체로 추상적인 수준에 남아 있는 것은 간과할 수 없는 사실이다"라고 말한다. 그리하여 결론적으로 「무정」을 이인직으로 대표되는 신소설과 염상섭의 「만세전」으로 대표되는 3·1운동 이후의 문학과의 "중간 지점"에 있는 과도기적 작품으로 평가하고 있다.3) 김우창의 뒤를 이어 「무정」이 성취한 근대소설로서의 한계를 다양한 각도에서 해석한 이는 이보영이다.

이보영 또한 「무정」이 여러 가지 측면에서 신소설에서 볼 수 없었던 여러 가지 근대적 요소들을 지니고 있다는 사실을 인정하지만, 핵심적인 몇몇 측면에서 근대성을 외면하고 있다고 비판한다. 여기서 그가 「무정」의 근대성을 논하는 척도는 "소외의식"4)과 거기에 이어지는 "내면성이 확보된 주체성"5)이다. 그는 "근대소설의 주인공으로서의 지식인에게 공통적인 문제가 소외"라고 전제하고, 「무정」의 이형식[이광수]이 느끼는 소외의식은 일제의 조선조 주권의 침탈과 결부된 "식민지적 소외"가 아닌 "사회적 소외"로서, 궁극적으로는 그것이 그로 하여금 "식민지적 조건에 대한 타협"에 이르게 했으며, 동시에 선형과의

---

3) 김우창, 「한국현대소설의 형성」, 『궁핍한 시대의 시인』(민음사, 1977), pp.95-103.
4) 이보영, 「동양과 서양」(신아사, 1998), p.47.
5) 이보영, 『한국근대문학의 의미』(신아사, 1996), p.27.

관계 및 영채와의 관계에서 스스로의 고아의식을 저버리고 앙혼(仰婚)에 급급해하거나, 기생이 된 영채의 정조를 의심하는 "봉건적 신분관념"을 드러내는 등, 근대적 시민의식과 모순되는 행동을 하도록 이끌었다는 것이다. 이보영은 이런 이형식의 한계를 "자기 부정적 성실성의 부족"6)으로 지칭하는데, 이런 그의 논의는 근대의 토착화의 한 관건으로서 "내면성이 확보된 주체성"을 상정한 것의 연장선상에 놓여 있다. 그리하여 그는 「무정」의 근대성을 "외면적 근대"로 규정하고 내면적으로 토착화된 진정한 근대를 염상섭에게서 찾는다. 그의 논의를 조금 더 인용하면 아래와 같다.

　무엇이 외면적 '근대'와 내면적 '근대'를 구별하는가? 그것은 부정적인 현실 인식의 태도의 유무와 자기기만적 태도의 유뮤이다. 염상섭은 망국의 현실을 <光化門>과 폐허화된 서울의 <육조대로>를 통하여 직시하고 있는데, 그의 그와 같은 폐허의식이 부정적 현실인식을 말해준다. 그리고 자기는 데카당의 수뇌였다고 지난날의 생활태도를 자기부정적으로 반성하면서 실토하고 있기도 하다. 그 결과 주인공 '彼'는 이 사회에서 고립되고 패자가 될 수밖에 없다. 이것은 「무정」의 이형식과는 매우 대조적인 일이다. 이형식은 조선사회의 당당한 교사요 <선각자>로 행세하기 때문인데, 실은 「암야」의 주인공이 안티 히어로 같은 패자라는 사실이 이 작품의 근대성을 역설적으로 보장해주고 있다. 기존사회나 그 권위에 순응하거나 의존하는 인물에게는 기성적인 것의 부정으로서의 '근대성'이 없기 때문이다.7)

　긍정적이든 부정적이든, 초창기 연구자들의 「무정」에 대한 평가가 춘원 개인의 작가로서의 한계 내지는 작품의 부분적 공과를 기준으로

---

6) 이보영, 『동양과 서양』, pp.53-64 참조.
7) 『한국근대문학의 의미』, pp.26-27 및 『동양과 서양』, p.66. 이 두 권의 책 여러 군데에서 이보영은 다양한 각도에서 「무정」의 근대성을 해명하고 있다.

이루어졌다면, 김우창과 이보영의 해석은 「무정」이 과연 근대소설이
라는 말에 부합하는 근대적 의식을 형상화했는지를 묻는 정신사적 입
장을 취함으로써 「무정」에 대한 우리 문학의 '근대성'에 관한 논의로
확장·심화시켰다는 점에서 그 의의를 평가할 만하다. 그런데 이런 근
대성의 문제와 관련하여 최근 서영채는 「무정」의 근대적 성격을 재론
한 글을 발표함으로써 춘원의 「무정」을 한국문학의 근대성 논의의 한
초점으로 다시 부각시켰다. 김우창과 이보영이 「무정」의 근대적 성격
을 본격적인 염상섭으로 대표되는 본격적인 근대문학의 전개를 위한
전(前)단계로 보는 것과는 달리, 서영채는 이 작품을 횡보의 「만세전」
및 이상의 「종생기」과 더불어 "한국소설의 근대성을 논할 수 있는 (동
시적인) 세 가지 원천" 가운데 하나로 간주하고 「무정」의 근대성을 해
석한다. 그에 의하면 춘원의 「무정」은 그것이 인간의 욕망을 성리학적
윤리관으로부터 해방시켜 그 자체로 선악을 논할 수 없는 가치중립적
인 것으로 정립했다는 점과, 전통적인 소설적 문법에 맞서는 새로운
서사의 형식을 제시했다는 점에서 근대적이라는 것이다.8)

근대성의 문제를 "(소설에서) 주체성의 원리가 어떻게 구현되고 있
는지를 탐색해보는 일"로 전제하고 행해지는 서영채의 논의는, 「무정」
이 전통적 가치의 회복 불가능성을 상징하는 영채의 강간이라는 사건
을 통해 이른바 단원신화(monomyth)로부터 이어진 회귀(home-coming)
의 패턴을 밟고 있는 전통소설의 문법을 전복했으며, 그것을 통해 기
존의 소설적 규범을 제어했던 성리학적 세계상에 대한 명백한 종지부
를 찍었다는 것이다. 전통적인 서사의 특징을 회귀의 크로노토프로 규
정한 서영채의 논의는 이론의 여지가 있지만, 그의 이런 논의는 천이
두 및 김우창과 이보영의 논의에서 비판적으로 파악되었던 계몽적인

---

8) 서영채, 「한국소설과 근대성의 세 가지 파토스」, 『문학동네』(1999, 여름),
   pp.339-342.

담론을 "집단 주체의 자기 보존이라는 파토스"9)로 봄으로써 작품의 내적 일관성 및 담론 자체의 그 시대적 필연성10)을 인정하고, 더 나아가 이런 계몽주의 담론을 현재까지 진행되는 한국 소설의 한 주요한 동력의 하나로 파악하고 있다는 점에서 이채롭다.

이런 일련의 논의를 통하여 춘원의 「무정」은 근대성이라는 문제와 관련하여 다시금 논란의 초점으로 부상한 느낌이다. 「무정」을 둘러싼 한국소설의 근대성 논의가 이처럼 끊이지 않는 것은 일차적으로 한국 근대문학 태동의 사회사적 발생배경의 특이성 때문이다. 즉, 이보영이 적절하게 지적한 것처럼 "한국 문학의 '근대'가 문명개화의 노력과 동시에 단시일에 추진되었기 때문에 서구적 '근대'의 수용이 피상적인 것이 되고, 여러 가지 근대사상의 동시적 잡거성과 그 전개에서의 불합리성과 종속성 등 약점을 안고 있"어서, 결과적으로 "문학에 있어서의 '근대'의 토착화를 그만큼 어렵고 복잡한 문제로 만들었"11)기 때문이다. 실제로 초창기 한국 근대문학은 그것이 서구적 장르의 갱신이라는 것을 표방했으면서도, 급변하는 시대적 요구의 절박성 때문에 장르의 전이과정에 따르는 토착화과정을 순차적으로 밟아갈 시간적 여유를 갖지 못했던 것이 사실이다. 따라서 그런 시대적 분위기에서 쓰여진 춘원의 「무정」은 한국의 근대소설이 서구적 장르의 갱신과정에서 겪었어야 했을 소설 기술상의 시행착오를 고스란히 담고 있을 가능성이 크며, 이런 점에서 「무정」이 문제적일 수밖에 없는 것은 어쩌면 지극히 당연한 일로 보이기도 한다.

이 글은 이런 각도에서 「무정」이 갖는 근대소설적 성격을 다시 고

---

9) 앞의 글, p.345.
10) 「무정」의 계몽적 담론의 문학사적 시대적 필연성은 김열규의 「이광수 문학의 문법—담화론적 접근을 위한 한 시도」(『춘원 이광수 문학연구』, 국학자료원, 1994)에서 규명된 바 있다.
11) 이보영, 『한국근대문학의 의미』, p.14.

찰하고자 하는 글이다. 이 글에서 필자는 특히 「무정」의 주된 줄거리
가 영채의 겁탈이라고 하는 사건을 축으로 진행되고 있다는 점에서,
겁탈이라고 하는 사건 내지는 모티프가 한국 현대소설이 형성되는 첫
단계에서 중핵(kernel)적 사건으로 등장하게 된 점에 주목한다. 서영채
가 적절하게 지적한 것처럼, 「무정」에서 영채에게 가해진 강간이라는
사건은, "어떤 서사적 장치로도 돌이킬 수 없고 치유할 수도 없는, 죽
음보다 더한 치욕인, 그래서 그 이전의 소설적 문법에서는 결코 존재
할 수 없었던, 전대미문의 사건"12)이다. 이상론을 지향한 유교적 가치
관이 고전소설의 서사적 목적론 속에 독자들에 대한 부정적인 영향을
끼칠 가능성이 있는 이야기가 개입하는 것을 가로막았는지는 몰라도,
겁탈이라는 사건은 단순한 인물정보의 차원에서라도 제시된 적이 거
의 없는 충격적인 사건이기 때문이다. 게다가 「무정」에서 중추적 사건
으로 등장하는 이런 겁탈은 단지 여주인공인 영채에게만 해당되는 성
적 위기로 그려지지 않는다는 점에서 문제의 심각성은 더하다. 즉, 영
채의 짝이 되는 이형식 또한 그의 성장과정에서 일군의 남색꾼들에게
겁탈 당할 위기를 겪기 때문이다. 이런 측면을 감안하면 작품 「무정」
에서 중요한 사건으로 설정된 강간이라는 사건이 갖는 의미는 결코
예사롭지 않다. 그럼에도 불구하고 기존의 논의에서 영채의 강간이 갖
는 의미에 대한 심층적인 연구는 장소진의 논문 한 편13)을 제외하고
는 달리 찾아보기 어렵다. 서구 근대소설의 효시로 인정받고 있는 리
처드슨의 『클라리사』에서도 여주인공의 겁탈이라는 사건이 하나의 극
적인 사건으로서 근대소설의 형성에 밀접한 관련을 맺고 있다는 서구
문학의 논의들14)을 감안할 때, 서양의 서사 양식을 갱신하는 첫 단계

---

12) 서영채, 「한국소설과 근대성의 세 가지 파토스」, 『문학동네』(1999, 여름),
    p.343.
13) 장소진, 「이광수의 『무정』연구-형성소설의 특징을 중심으로」, 서강대 석사
    논문, 1990.

의 작품에서, 고전소설은 물론 신소설에서조차 분명하게 서술된 적이 거의 없는 겁탈 장면이 극화되었다는 것은 여성비평의 차원에서는 물론이거니와 한국 소설의 근대성 확립의 과정을 이해하는 데에 있어서도 매우 흥미로운 주제다. 그리고 그것은 또한 작가의식과도 일정한 연관성을 지니고 있을 것임에 틀림없다. 이런 각도에서 필자는 「무정」에서 형식과 영채 겁탈 사건이 주요한 이야기-사건으로 착상된 개연성은 물론 그것이 작품 내에서 담당하는 서사적 기능과 의미를 분석하고, 아울러 그것을 통해 작가의식의 일단을 살핌으로써 「무정」의 근대적 성격은 물론 한국소설의 형성과정의 또다른 측면을 살펴보려 한다.

2. 중핵(kernel)적 사건으로서의 강간

널리 알려져 있는 것처럼 「무정」에는 세 가지의 이야기-선(story-lines)이 존재한다. 형식의 이야기와 영채의 이야기, 그리고 병욱의 이야기가 그것이다. 따라서 「무정」은 이 세 이야기-선들 가운데 어느 한 가지를 중심 이야기로 읽을 수 있는 가능성이 있으나, 작품 내에서 각 이야기-선들이 맺고 있는 위계를 감안하면 자연스레 형식의 이야기 아니면 영채의 이야기로 제한된다. 그도 그럴 것이 이 작품에 등장하는 인물들 가운데 과거로부터의 지속적인 삶의 궤적이 상세히 그려져 있으며, 그 연장선상에서 자신의 현재적 실존의 모습을 보여주고 있는 인물은 형식과 영채 두 사람 밖에 없기 때문이다. 「무정」에

---

14) 이안 와트는 18세기 영국 소설의 발생을 설명하는 자리에서 리차드슨의 『클라리사』가 서간문의 형식을 빌어 사적인 경험의 새로운 영역, 즉 심리묘사의 영역을 개척했다는 것을 설명하고 있는데, 그 과정에서 클라리사에게 가해진 강간 장면이 하나의 필수적인 초석이 되고 있음다고 말하고 있다. 이안 와트, 『소설의 발생』(전철민 역, 열린책들, 1988) pp.6,7장을 참조하라. 또한 클라리사의 강간이 갖는 소설적 의미에 관한 연구서로 Terry Eaglton의 *The Rape of Clarissa*(Minnesota U. P., 1982)를 참조할 만하다.

관한 기존의 논의들이 한결같이 작품을 형식 아니면 영채의 성장소설 또는 형성소설로 간주하고 해석했던 것도 바로 이런 이유 때문이다. 그러나 「무정」이 의미론적 차원에서 남녀 주인공 모두에게 가해지는 강간사건—그것이 실현되든 되지 않든간에—을 인물화 및 사건전개의 주요한 축으로 설정하고 있다는 점을 감안할 때, 「무정」은 남녀 주인공 모두의 성장을 문제삼고 있는 작품이라고 할 수 있으며, 그런 만큼 이른바 '이중 성장소설double Bildungsroman'[15] 로 이해되는 편이 작품을 이해하는 편이 훨씬 더 유용해 보인다. 말하자면 「무정」은, 비록 표면상으로는 형식의 성장담이라는 큰 흐름 속에 영채와 병욱 및 선형의 정신적 성장담이 합류하는 것으로 그려져 있지만, 사실상은 주로 형식과 영채의 성장과정 자체를 동시에 문제삼고 있는 작품이라고 볼 수 있다.[16] 그리고 반복해서 말하지만 이 점은 특히 두 사람의 성장과정에서 이른바 겁탈이라고 하는 것이 동등하게 중요한 기능을 담당하고 있다는 점에서 확인된다. 이제 그 구체적인 양상을 살펴보기로 하자.

작품 「무정」을 형식과 영채 두 사람의 이중 성장소설로 볼 때, 작품에서 본격적으로 이야기가 전개되기 시작하는 것은 서로 생사를 모르

---

15) 이 용어는 샬롯트 굳맨 Charlottr Goodman의 "The Lost Brother, The Twin: Women Novelists and The Male-Female Double Bildungsroman"(*Novel*, vol. 17 no. 1)에서 빌어온 용어다. 이 글에서 굳맨은 이런 장르적 특징이 여성작가에게 적합하다고 보고 주로 여성작가들에 의해 쓰여진 성장소설의 특성을 지칭하는 데에 이 용어를 사용하고 있지만, 경우에 따라서는 작가의 성별과 무관하게 일반화되어도 무방하다고 생각한다. pp.28-30 참조.

16) 춘원은 「무정」에 뒤이어 집필한 두번째 장편인 「개척자」에서도 오누이인 성재와 성순을 거의 동등한 비중으로 그리고 있다. 뿐만 아니라 「개척자」 또한 자유연애의 문제를 주요한 테마로 취급하고 있는데, 이런 점을 감안하면 「무정」을 포함한 춘원의 초기장편에서 설정된 이런 이중성장소설의 면모는 춘원 스스로가 자유연애가 성공적으로 이루어지기 위해서는 남녀 모두의 개인적 자각이 전제가 되어야 한다는 생각을 견지하고 있었다는 하나의 증거라고 할 수 있다.

고 살아온 형식과 영채가 헤어진 지 무려 7년여만에 서로 해후하게 된 시점부터라고 할 수 있다. 어릴 적 선각자였던 박진사에게 거두어져 길러졌던 형식은 박진사 댁의 몰락으로 인해 헤어졌던 박진사의 딸 영채와 감개무량한 해후를 하게 된다. 그리하여 서로의 살아온 이야기를 나누는 과정에서 영채는 자신이 형식과 헤어진 이후 겪었던 일들을 그에게 털어놓는다. 그러나 이 만남은 두 사람 모두에게 기쁨인 동시에 고뇌의 단초가 된다. 그것은 두 사람이 비록 부친이자 스승인 박진사에 의해 정혼이 된 사이였다고 하지만, 현실적으로는 각기 교사와 기생이라는, 당시의 사회적 분위기 상 쉽게 결합할 수 없는 상이한 처지에 놓여 있었기 때문이다. 그리하여 영채는 형식과 만나 자신의 살아온 이야기를 하지만 정작 자신이 기생이 되었다는 말은 차마 하지 못하고 자신의 거처로 돌아와 형식이 이미 기생이 된 자신을 거두어 줄 것인가 하는 문제로 절망적 고민에 빠지며, 형식 또한 영채의 몸가짐과 성장과정을 유추함으로써 그녀가 기생이 되었을 가능성을 점쳐 보고는 필연적으로 영채의 절개를 의심하기 시작하는 것이다.

　「무정」이 새로운 시대사조로서의 자유연애의 문제를 전경화하고 있다고 할 때, 형식과 영채를 이미 어릴 적에 정혼한 관계로 설정하여 전통적 윤리규범의 관성적 힘과 새롭게 세례 받은 자유연애라는 가치관의 경계선상에 위치시킨 것은 당시의 시대상을 가장 잘 드러낼 수 있는 소설적 장치라고 할 수 있다. 그리고 이런 소설적 장치로부터 마련된 이야기의 긴장은, 오랜 고대 끝에 형식을 만난 영채가 바로 그 직후 형식과 같은 학교에 속해 있는 김현수와 배명식 일당에게 청량사로 유인되어 강제로 욕을 보게 됨으로써 그 도를 높여간다. 영채와 만난 다음날 영채의 정체를 어렴풋이 알게 되고 또 영채에게 위험이 다가오고 있다는 것을 느낀 형식은 영채의 거처를 찾아가 노파로부터 영채가 청량사에 나갔다는 말을 듣는다. 그리고 그로부터 어떤 위기감을 느끼고 도중에 만난 친구 우선과 함께 청량사로 향하는데, 바로 그 곳에서 김현수와 배명식 일당에게 강제로 정조를 유린 당한 영채를 구해낸다. 작품에서 형식이 친구인 우선의 도움으로 영채를 구해낸 뒤 서로를 인지하게 된 순간은 아래와 같이 서술되어 있다.

> 우선은 다시 "여보시오! 박영채씨! 여기 이형식씨가 오셨습니다" 하였다.
> 이 말을 듣고 여자는 몸을 흠칫하며 두 손을 갑자기 떼더니 정신 없는 듯한 눈으로 형식을 본다. 형식도 그 얼굴을 보았다. 그는 월향이었다. 박영채였다. 영채도 형식을 보았다. 그는 형식이었다. 이형식이었다. 형식과 영채는 한참이나 나무로 만든 사람 모양으로 마주보았다.
> 우선은 말 없이 마주보는 두 사람을 번갈아 보았다. 이렇게 세 사람은 한참이나 마주보았다. 이윽고 우선의 눈에는 눈물이 핑 돌았다. 영채는 피 흐르는 입술을 한 번 더 꼭 물었다. 옥으로 깎은 듯한 영채의 앞 이빨이 빨갛게 물이 든다. 형식은 두 팔로 가슴을 안으며 고개를 돌린다.
> 우선은 형식과 함께 고개를 돌렸다. 형식은 소리를 내어 운다. 영채는 다시 앞으로 쓰러지며 운다. 우선도 입술을 물고 옷소매로 눈물을 씻었다. 종소리가 서너 번 둥, 둥 울려온다.(『전집』1, p.104)

감옥에 갇힌 부친을 구하기 위해 스스로 기적에 몸을 팔아 기생이 되었으나 그 일로 인해 온 가족을 잃인 뒤 이후 7년 동안 줄곧 아버지가 정혼해준 이형식을 만나게 되기만을 학수고대하면서 절개를 지켜온 영채는, 바로 자신이 정절을 지켜온 대상인 이형식에게 훼절 당한 자신의 모습을 고스란히 보이게 된다. 이런 겁탈 장면과 겁탈 직후의 얄궂은 만남의 장면은 조선조의 고소설에서는 물론이거니와 과도기 여주인공들의 고난과정이 많이 그려지고 있는 신소설에서조차도 구체적으로 장면화가 이루어진 적이 거의 없다. 1910년대에 춘원과 함께 소설을 썼던 현상윤의 소설에서도 여성인물의 고난의 현실은 기껏해야 가정 형편에 유곽에 팔리게 되었다는 요약적 정보 차원에 머물러 있다. 따라서 이전의 신소설에서 여주인공의 삶의 위기를 고조시키기 위한 정보적 장치 정도에 그쳤던 강간이라는 사건이 위의 경우처럼 장면화되었다는 것만으로도 「무정」의 소설적 새로움은 분명하게 확인 된다. 뿐만 아니라 작가는 영채가 강간당하는 그 자리에 영채가 자신 의 지아비로 간주하고 있던 이형식을 함께 등장시켜 만나게 하고 있 는데, 이런 설정 자체도 「무정」이전에는 찾아보기 힘든 대단한 파격이 다.

　이렇게 영채가 강간당하는 사건은 「무정」에서 아주 핵심적인 사건 이다. 그것은 그 사건이 지난 세월 동안 줄곧 이형식을 찾아 자신을 의탁할 생각으로 절개를 지켜왔던 영채와 갑작스레 그녀와 정혼한 위 치로 규정된 형식으로 하여금 삶의 가장 긴박한 선택을 하도록 강요 하기 때문이다. 그 결과 영채는 자신이 배운 「내훈」과 같은 전통적 여 범서(女範書)의 가르침를 좇아 자살을 결심하고, 스승에 대한 보은의 차원에서 영채를 아내로 맞아들이는 것이 어느 정도 마땅하다고 생각 했던 형식은 정절을 잃어버린 영채 때문에 괴로워한다. 그리하여 지아 비에 대한 절개를 못 지킨 것을 한하여 죽을 것을 작정하고 평양으로 가던 영채는 우연히 기차 안에서 신여성인 병욱을 만나서 자유연애의 사상을 접하고 이후 병욱과 함께 지내면서 새로운 삶의 가능성을 타 진하기 시작하며, 형식의 경우는 영채의 죽음을 막으러 그녀를 뒤따라 가지만 오히려 계향이라는 기생과 함께 하는 경험으로부터 이성애의 쾌미에 새롭게 눈뜨게 되어 결국은 영채의 사건을 잊고 선형과의 약 혼을 받아들이게 되는 것이다.

　따라서 영채의 경우 그녀에게 가해진 강간이라는 사건은 그녀가 자 신이 거의 무의식적으로 순종해왔던 전대의 봉건적 가치관으로부터 떨어져 나와 새로운 의식에 눈뜨게 되는 계기라고 할 수 있다. 말하자면 "시련의 극점으로서 [영채에게 가해진] 강간은 그녀의 봉건적 의식을 무너뜨리지만 그것이 몰락이 아닌 재생의 의미로 전환됨으로써 죽음에서 삶으로의 전환의 매개가 되고 있"으며, "강간사건은 결과적으로 봉건적 의식으로 응축된 영채의 의식 상태를 해체시키는 역할을 하면서 또한 새로운 자아를 획득하게 하는 근본적인 동기"[17]로서 기능하고 있는 것이다. 물론 작품 「무정」은, 강간으로 인해 영채가 내면에서 겪었을 심리적인 갈등 내지는 그로부터 비롯되는 윤리적 고뇌의 과정을 극히 피상적으로 묘사함으로써 궁극적으로는 이후 영채의 변모과정에서 그녀의 주체적 역할을 축소한 치명적인 허점을 드러내고 있는 것은 사실이다. 청량사에서 돌아온 이후 자신이 믿고 따랐던 월화와의 만남을 회상하는 장면이라든가 형식에게 남긴 유서를 통해 영채 자신이 느낀 심리적 고뇌가 간접적으로 표현되고 있기는 하지만, 그런 서술은 영채 자신이 얼마나 봉건적 가치관에 얽매여 있는가 하는 점만을 보여줄 뿐, 강간으로 인해 자신의 존재 자체가 지워질 운명에 처한 한 개인의 내면을 보여주기에는 매우 미진하기 때문이다. 따라서 근대소설의 한 측면을 전통적인 규범적 가치관과 실존적 개인의 자아의식의 충돌과 그로부터 파생되는 내면성의 확보에서 찾을 수 있다면, 「무정」은 자아정체성 확립에 따르는 성적 정체성[18]의 자각의 계기로서 결정적인 사건인 강간사건을 설정했으면서도 정작 그런 과정에 수반되어야 하는 심리적 탐구에 소홀함으로써 근대소설로서의 성격을 스스로 제한하는 결과를 빚었다고도 볼 수 있다. 이보영이 「무정」의 근대성을 '외면적 근대'로 규정하고 그것을 '내면적 근대'가 드러

---

17) 앞의 논문, p.57.
18) 「무정」을 성장소설로 본다면, 주인공의 성적 정체성의 위기라는 중추적인 고비와 그것을 겪어 넘기는 전이 단계는 필연적으로 수반된다고 보아야 한다. 그리고 이 점은 남성과 여성 모두에게 똑같이 적용된다. 졸고, 『현대소설의 유형』(솔, 1997), p.34 참조.

난 염상섭의 「만세전」과 대비시킨 것은 이런 점에서 충분한 설득력을 갖는다.

그러나 어쨌든 「무정」에서 설정된 강간 장면이 여주인공 영채로 하여금 봉건적인 윤리관의 모순을 깨닫고 자유연애라는 새로운 윤리관에 눈뜨게 되는 중요한 계기가 되고 있음은 분명한 사실이다. 특히 영채가 당한 강간은, 작품에서 줄곧 영채에게 가해졌던 잠재적 폭력의 현실화라는 점에서 작품 「무정」자체를 한 편의 성적인 드라마로 만들기에 족하다. 영채가 어린 시절 아버지를 찾아 평양행을 결행하던 과정에 한 치한에게 붙들여 겁탈의 위기를 넘겼던 것은 형식과의 대화에서도 드러나거니와, 이후 기생이 된 이후에도 영채는 여러 사내들에게 정조를 빼앗길 위기를 수차례 경험하기 때문이다. 그런데 여기서 우리가 주목해야 할 또 한 가지 사실은, 영채에게 부과된 겁탈과 같은 성폭력의 위험에 형식 또한 예외가 아니라는 사실이다. 겁탈을 당한 영채가 자신에게 유서를 남기고 평양으로 떠난 것을 알게 된 형식은 이후 노파와 함께 영채를 찾으러 역시 평양으로 가게 되는데, 평양에 도착하여 예전의 기억을 되살리는 대목에서 그는 자신도 어린 시절 정체불명의 사내에게 겁탈당할 뻔했던 위기의 순간을 생생하게 상기해내고 묘한 상념에 빠진다. 그 부분은 아래와 같이 서술되어 있다.

> 형식은 반항하였다. 그러나 그 거무튀튀한 사람의 구린내 나는 입이 형식의 입에 닿았다. 형식은 머리로 그 사람의 면상을 깨어져라 하도록 들입다 받고 그 사람이 번쩍 고개를 제치는 틈을 타서 손에 들었던 목침으로 그 사람의 가슴을 때렸다. 그 사람은 얼른 목침을 피하고 일어나면서 형식의 머리채를 잡아 흔들며 형식의 머리를 벽에 부딪친다.[……]
> 이러한 생각을 하다가 형식은 문득 영채를 생각하였다. 영채와 자기와는 이상하게 같은 운명을 지내어오는 듯하다 하였다. 그리고 영채가 더욱 정다와지는 듯함을 깨달았다. 영채를 자기의 아내를 삼아 일생을 서로 사랑하고 지내어야 하리라 하였다(p.147).

일반적으로 강간 또는 겁탈은 가부장제 사회에서 주로 남성들에 의해 여성들에게 가해지는 폭력으로 인지되고 있지만, 위의 인용대목처럼 형식이 남색꾼들에게 당할 뻔했던 성폭력 또한 겁탈이라고 보아도 무방하다. 어느 경우나 그것은 희생자의 의지와는 상관없이 물리적으로 그와 성적 교섭을 갖으려고 하는 범법행위이기 때문이다. 물론 형식에게 가해졌던 겁탈의 위기는 위기로만 그칠 뿐 영채의 경우처럼 현실화되지는 않는다. 그러나 그렇다 하더라도 작품에 대한 적극적인 독서를 감행하면, 형식이 당한 그러한 어린 시절의 봉변의 기억이 그에게 가부장적 사회가 사회적으로 덜 개별화된 한 개인에게 가한 폭력에 따르는 정신적 상처로 각인되었을 가능성은 쉽게 상정할 수 있다. 추측이긴 하지만 형식이 동경에 있을 때 하숙하던 집의 주인노파가 자신에게 한 여성을 주선해주었던 일을 떠올리는 대목에서, 자기 입으로 그런 것을 싫다고 말했면서도 속으로는 노파가 자신의 의사를 반대로 들어주었으면 하고 바라면서 안타까워했던 대목(pp.116-117)도 어떤 면에서는 어릴적 그가 겪었던 이런 위기와 연관되어 있는 증상의 예로서 읽을 수 있는 면이 있다. 그런 한에 있어서 영채와 형식은 둘다 덜 근대화된 가부장제 사회의 희생양이라고도 할 수 있으며, 따라서 위 인용문에서 형식이 자신과 영채의 운명적 일체감을 느끼고 그런 자신에 대해 놀라는 것도 당연한 일로 보인다.

형식과 영채의 운명적 일체감은 영채에게 있어서와 마찬가지로 형식에게 있어서도 개인적 변화의 중요한 계기가 되고 있다는 점에서도 확인된다. 위 인용문의 말미에도 서술되어 있지만, 형식은 죽음을 결행하러 평양으로 온 영채에 대하여 생각하면서 처음에는 그녀와 행복한 가정을 꾸밀 것을 꿈꾼다. 그러나 노파의 집에 묶게 되어 계향이라는 기생과 동반하게 되면서부터는 오히려 영채의 죽음 따위는 잊어버리고 계향과의 육체적 접촉으로부터 이성애에 대한 야릇한 쾌미에만 정신을 집중시킨다. 그리하여 급기야 서울로 올라오는 기차 안에서는 한마디로 요약할 수 없는 무한한 정신적 "기쁨"까지를 느끼게 된다. 정혼된 베필인 영채를 구하기 위해 떠난 여정에서 새로운 이성을 만나 그녀를 통해 이성애에 눈뜨게 되는 이러한 형식의 태도는 그 일관되지 못한 의식의 지향 때문에 많은 논자들의 비판의 대상이 된 바 있다. 물론 형식의 이런 변화는 그것이 너무도 짧은 순간에 이루어진 것이어서 쉽게 해독되기가 어려운 것이 사실이다. 그러나 그 스스로가 평양 경찰서에서나 박진사의 묘지에서 영채의 행방을 확인하지 못하게 된 정황을 감안하면 전혀 이해가 되지 않는 것은 아니다. 즉, 영채의 행방불명과 계향과의 만남에서 느낀 새로운 이성애적 감정을 반복해서 경험하면서, 형식 스스로가 영채의 죽음을 기정사실화하고 그럼으로써 영채의 등장 및 강간사건으로 인해 자기도 쉽사리 뿌리치지 못했던 봉건적 가치관으로부터 홀가분하게 절연되고 싶었을 가능성 또한 배제할 수가 없는 것이다. 형식이 전과는 달리 계향으로 대표되는 여성이 촉발시킨 이성애적 감정에 대해 자연스럽고도 솔직한 반응을 보이는 것은 바로 이런 맥락에서 이해된다. 그리고 형식이 경험하는 이런 새로운 감정은 비슷한 시기 병욱을 만나면서 새로운 삶의 가능성을 타진하게 된 영채의 경우에도 거의 유사하게 나타난다. 그 두 부분의 서술을 보면 아래와 같다.

> 형식은 그 어린 기생의 말과 모양을 보고 무슨 맛나는 좋은 술에 반쯤 취한 듯한 쾌미를 깨달았다. 마치 몸이 간질간질한 듯하다. 더구나 그 기생이 자기의 무릎에 손을 짚을 때와 불을 떨어뜨리고 그 조그만 손으로 자기의 넓적다리를 가만가만히 때릴 때에는 마치 몸에 전류를 통할 때와 같이 전신이 자릿자릿함을 깨달았다.(p.155)

영채는 가만히 앉아서 이때껏 접하여 오던 여러 남자를 생각하여 본다. 자기의 손목을 잡아 끌던 사람, 겨드랑이로 손을 넣어 끌어 안던 사람, 억지로 뺨을 대던 사람, 음란한 눈으로 자기를 유혹하며 교만한 말로 자기를 위협도 하던 사람…그때에는 그렇게 원수스럽고 미워보이던 남자들조차 무어라고 말할 수 없는 따뜻한 감각을 준다.

남자의 살이 자기의 살에 와 닿던 감각이 자릿자릿하게 새로워진다. 지금 내 곁에 남자가 하나 있었으면 작히 좋으랴. 누구든지 손을 달라면 손을 주고 안아준다면 안기고 싶다(p.241).

형식과 영채가 거의 유사하게 경험하는 이성애의 느낌과 자각은, 앞서 인용한 강간장면만큼이나 충격적이다. 남녀 주인공이 어떤 윤리적 규범의 범주를 벗어나 이성애의 자연스러움에 눈뜨게 되는 이러한 각성의 장면 또한 이전 소설에서는 거의 찾아볼 수 없었던 장면이기 때문이다. 어쨌든 형식은 평양에서 돌아온 이후 자유연애의 관념에 보다 철저하기 위해 선형과의 관계에서 직접 사랑의 문제를 묻는 적극성을 보이거니와, 이전의 그와는 판이하게 달라진 그의 이런 변화 또한 위의 인용문에서 보는 것과 같이 그가 비로소 느끼게 된 이성애에 대한 자극과 무관한 것으로 보이지 않는다. 그리고 이 점은 병욱과 함께 유학길에 오르게 된 영채의 경우에도 마찬가지로 적용될 수 있다. 이렇게 보면, 형식과 영채가 전대의 봉건적 가치관으로부터 절연되어 나와 이성애에 관한 부분에서 그 욕망의 자연스러움을 깨닫고 자기선택의 의지에 눈뜨게 되는 삶의 행로를 걷게 되는 결정적인 계기는 자연스럽게 겁탈이라는 사건이 될 수밖에 없다. 물론 그것이 영채에게 있어서는 직접적이고 형식에게 있어서는 간접적인 것이긴 하지만, 전후 사정을 감안해볼 때 형식 또한 영채에 대해 느낀 운명적 일체감 속에서 영채에게 가해졌던 강간의 충격을 고스란히 제것으로 추체험함으로써 봉건적인 가치관의 굴레를 벗어버리는 것이다. 이런 점에서 「무정」에서 설정된 강간사건이 주인공들의 육체적 희생 내지는 상처와 그로 인한 정신적 재생으로 이어지는 주제관념의 짝에서 결정적인 사건이라는 점은 의심의 여지가 없다.

3. 맺는 말

그렇다면 현대소설의 출발을 알리는 신호탄격인 「무정」에 어째서 강간이라고 하는 사건이 중핵적 사건으로 착색된 것일까. 이제는 이 물음에 답해야 할 차례다. 이런 물음에 대한 가장 무리 없는 해석은 기법적 차원에서 그것이 이 작품이 의도한 바 주제와 맺고 있는 상관성일 것이다. 즉, 살펴본 것처럼 「무정」에서 설정된 강간은 일차적으로 그것이 남녀 결연에 관한 봉건적 가치관의 부정과 자유연애라는 서구적 가치관의 옹호라는 주제의식과 그것을 통해 당시의 시대상을 드러내기에 가장 적절한 소설적 장치로서 손색이 없다. 특히 작품 「무정」이 형식과 영채 두 사람의 성장과정을 다루고 있는 성장소설로 본다면, 그 과정에서 주인공의 자기정체성 확립의 한 필수적 과정으로서의 성적 정체성의 확립과정이 필수적으로 요청되는 만큼, 강간은 비록 가장 극단적이긴 하지만 입사적(入社的)인 성 성체성 확인과정의 당위성을 보여주는 가장 단적인 장면이 되는 것이다. 뿐만 아니라 형식과 영채의 성적 자각이 일정 부분 근대 사회에서의 개개인들의 주체적 삶의 인식이라는 문제와 연결되어 있는 만큼, 그것이 자신의 육체가 더 이상 봉건적인 윤리규범에 위임된 것이 아니라 스스로가 책임져야 하는 것이라고 하는 육체성의 강조에 있어서 강간사건은 더없이 상징적이다.

그러나 형식과 영채가 공히 전근대사회와 근대사회의 경계선상에, 따라서 봉건적인 윤리관과 새로운 윤리관 사이에서 의식이 분열되어 있는 인물들이라는 사실에 주목할 때, 「무정」에서 중핵적 사건으로 설정된 강간이라는 사건은 그 의미가 보다 확장되게 된다. 즉, 그것은 전대의 봉건적 윤리관과 새롭게 세례받은 서구적 윤리관 사이에서 어느 쪽을 분명히 선택하기 어려웠던 세대가 직면했던 성적인 위기에 대한 한 표현일 수가 있다. 여기서 개인의 의지와는 무관하게 작동하는 전통의 관성적인 힘과 이성에 합리성에 의한 자기선택의 가능성을 각각 전근대와 근대의 갈등 국면으로 이해한다면, 「무정」의 이런 양상은 전근대에서 근대로 넘어가는 우리 사회의 한 단면을 보여주는 하나의 징후가 되는 셈이다. 이와 아울러 형식과 영채를 둘러싼 성장의 조건은 격변기의 우리 사회가 미성년된 인물들을 성인의 사회로 편입시키는, 새로운 가치관에 부합하는 제도적인 통과의례 장치를 미처 마련하지 못했다는 것을 보여주는 증거가 되기도 한다. 어느 사회나 자체 사회의 존속을 이어가기 위해 다음 세대들을 성인의 사회로 편입시키는 제도가 있게 마련이고 그것의 중요성은 새삼 말할 필요가 없다. 작품에서 영채와 형식은 물론 어릴 적 일정한 성역할에 대한 교육을 받기는 하지만, 그것이 필요 충분 조건은 되지 못한다. 그들은 너무 일찍 고아의 위치로 전락하며, 그 이후의 성장과정에서 그들이 자신들의 남성성과 여성성을 자각할 수 있는 계기는 내부로부터든 외부로부터든 제대로 주어진 적이 없기 때문이다. 영채에게 부과된 겁탈이 중요한 의미를 갖는 것은 이런 맥락에서도 이해된다. 뿐만 아니라 앞서 이야기한 것처럼 형식이 영채에 대해 운명적인 일체감을 느낀다든가, 더 나아가 작품 후반으로 가면서 점점 서술자와의 거리를 좁혀간 그가 자신을 포함한 또래집단의 세대정체성을 "조상 적부터 전하여 오는 사상의 계통은 다 잃어버리고 혼돈한 외국 사상 속에서 아직 자기네에게 적당하다고 생각하는 바를 택할 줄 몰라서 어쩔 줄을 모르고 방황하는 오라비와 누이"(p.292)라고 단정하고 있는 대목도 이런 해석을

어느 정도 뒷받침해준다.19)

　물론 사춘기 인물들을 다음 사회의 성원으로 성장시키는 통과의례의 장이 전통적인 윤리관의 갱신을 통해 적극적으로 그리고 제도적으로 마련되지 못했던 것은 두말할 나위 없이 우리 근대화과정에 간여한 식민지 체제에 그 원인이 있을 것이다. 그리고 영채에게 강간을 행한 배명식과 김현수와 같은 인물들의 존재와 그들의 왜곡된 의식 또한 이런 제도적 모순과 긴밀히 연관되어 있다. 그런 의미에서 「무정」에서 그려진 강간이라는 사건은, 작가가 이런 징후를 의식했건 안 했건 상관없이, 격변기 우리 사회와 그 구성원들을 둘러싼 문화적 현실에 대한 솔직한 반영이라고 할 수 있다. 그리고 그렇게 볼 때 이런 긴박한 이야기 사건의 설정은, 최근 들어 핵심적인 문제로 대두하고 있는 '식민지적 근대성'의 복합적인 한 측면을 반영하는 생생한 문학적 증언이라고도 할 수 있을 것이다. 물론 이런 단정은 당대 사회에 대한 보다 실증적인 연구가 뒷받침되어야 할 사항이긴 하다. 그러나 「무정」이 당대 사회를 강간이라고 하는 극단적인 형식을 빌어 말할 수밖에 없었던 사회적 조건이 존재했었던 것만큼은 분명해 보인다. 그리고 이런 문제는 앞서 언급했던 것처럼 「무정」의 주요 등장인물인 형식과 영채의 자기 대면 내지는 내적인 고민과 자유연애의 관념이 어딘지 모르게 피상적으로 그려져 있는 것20)이라든지, 이후의 이야기 전개에

---

19) 형식이 영채를 포함한 또래 인물들에 대해 운명적 일체감을 느끼는 대목은 작가의식과도 모종의 연관을 지닌 것으로 보인다. 주 15)에서 인용했던 굿맨은 융 심리학의 연구성과를 원용하여 이중성장소설에서의 남주인공과 여주인공을 작가의 심적인 삶의 양 측면으로 보고, 그것이 양성적(兩性的) 전체성의 가능성을 암시하는 것이라는 주장을 하고 있는데, 이런 가능성 또한 근대성과 가부장제의 상관성이라는 측면에서 좀더 면밀히 검토될 필요가 있다고 생각한다. 굿맨, 앞의 글, p.29 참조.

20) 최근의 한 논문에서 최혜실은 자유연애 사상이 신소설작품에서 관념과 풍물의 차원에 머물러 있다는 사실을 검토하면서, 육화되지 못한 자유연애의 관념성이 「무정」에까지 이어지고 있다고 말한 바 있다. 최혜실, 「개화기 신

있어서도 지속적인 고뇌의 흔적이 동반되지 않은 채 일직선적으로 사건이 진행되는 것과 같은 작품 구성상의 헛점과도 일정 부분 연관되어 있는 것이 분명하다.

앞서 여러 논자들의 의견을 살펴본 바 있지만, 「무정」이 획득한 소설적 근대성 내지는 근대소설적 성격의 복합성은 이런 측면에서도 확인된다. 즉, 「무정」은 그것이 시대 현실을 담아내는 적절한 비유로서 강간이라는 사건을 설정하고 그로부터 정신적 재생을 기획하는 일정한 시퀀스를 마련하는 데에는 성공했지만, 그에 필수적으로 수반되어야 했을 개인의 내면에 대한 탐색은 그 가능성만을 열어 놓은 채 더 이상 진전되지 못했다. 작가인 춘원 자신의 선각자의식과 계몽적인 담론의 시대적 절박함이 더 이상의 소설적 탐색을 가로막았기 때문이다. 더 고찰되어야 할 사항이지만, 「무정」이 본격적인 신문연재소설로서 독자편에서 비로소 한 개인의 내밀한 삶—특히 미모의 여주인공 영채를 둘러싼 강간이 서서히 준비되고 실현되는 과정을 통해—을 들여다볼 수 있는 근대소설의 의사소통 체계를 작동시켰으면서도 그 회로를 소설적으로 끝까지 유지하지 못했다는 점에서 그 아쉬움은 더욱 큰 것으로 남는다. 하지만 그렇다 하더라도 「무정」이 사춘기 인물들의 근대사회로의 입사의 어려움을 둘러싼 문제의식으로 당대사회를 설명할 수 있는 일종의 설명력(explanatory power)를 갖추고 있는 것만은 부정될 수 없을 것이다.

분제 붕괴와 남녀평등, 자유 연애 결혼의 관련 양상」, 『현대소설연구』 9, p.128 참조.

참고문헌

『이광수 전집』1, 14권, 삼중당, 1962.

김경수, 『현대소설의 유형』, 솔출판사, 1997.

김동인, 『춘원연구』, 신구문화사, 1956.

김열규, 「이광수 문학의 문법-담화론적 접근을 위한 한 시도」, 『춘원 이광수 문학연구』, 국학자료원, 1994.

김우창, 「한국현대소설의 형성」, 『궁핍한 시대의 시인』, 민음사, 1977.

서영채, 「한국소설과 근대성의 세 가지 파토스」, 『문학동네』, 1999 여름호.

이보영, 『동양과 서양』, 신아사, 1998.

이보영, 『한국근대문학의 의미』, 신아사, 1996.

장소진, 「이광수의 『무정』 연구-형성소설의 특징을 중심으로」, 서강대 석사논문, 1990.

천이두, 『한국현대소설론』, 형설출판사, 1969.

최혜실 「개화기 신분제 붕괴와 남녀평등, 자유 연애 결혼의 관련 양상」, 『현대소설연구』9집

Charlottr Goodman, "The Lost Brother, The Twin: Women Novelists and The Male-Female Double Bildungsroman", *Novel*, vol. 17 no. 1.

이안 와트(전철민 역), 『소설의 발생』, 열린책들, 1988.

20세기 한국문학과 근대라는 타자

정 호 웅

1. 통과제의를 위하여

한 세기가 저물고 있다. 곳곳에서 20세기를 뒤돌아 살피는 작업으로 수선스럽다. 이름하여 과거 반성과 전망. 1년, 10년, 50년, 100년 단위로 한 시기를 끊어 지난 시대를 되살피고 앞날을 가늠해 보는 일은 그렇게 하지 않으면 안 될 것 같은 강박관념에 우리를 가두었을 정도로 이제는 시간 관리의 통과의례로 자리잡은 듯하다.

나는 바로 우리 눈앞에 다가온 새로운 세기가 20세기와는 어느 정도 다른 질서에 의해 움직이게 될지 모른다. '인터넷 혁명' '세계화' '전지구화' 등등의 깃발이 암시하는 엄청난 변화 가능성은 세계와 인간 삶의 지속경향성에 내재된 인력과 지금으로서는 예상할 수 없는 일들 때문에 생각과는 달리 실제로는 그 실현 과정에서 크게 제약될지도 모르는 일이다. 그러나 우리가 급속한 변화의 한가운데에 이미 들어와 있다는 현실은 누구도 부인할 수 없다.

문학의 경우는 어떠할까? 디지탈 문화의 급속한 확산을 따라 문학의 생산, 유통, 소비의 과정과 방식에 큰 변화가 생길 것임은 분명하다. 그 변화가 고급문화를 대표하는 문학의 위상을 낮추게 될 것이라는 점도 내다볼 수 있다. 아마도 소설의 서사는 영화나 만화 등의 서사에 자리를 내주고 주변부로 밀려나게 될 것이고 시는 이미 온 세상을 가득 채우고 있는 광고문구와 현란한 영상 이미지들에 의해 거의 대체되고 말 것이다. 문학의 위기다.

분명하게 알 수는 없지만 지금과는 크게 다를 것임에는 틀림없는 21세기로 통하는 문이 열리는 소리가 나는 두렵다. 앞이 보이지 않는 안개 속으로 건너가야 하는 데서 생기는 현기증을 동반하는 아득한 공포감이다. 이 글을 쓴다는 것은 그런 두려움을 견디기 위한 하나의 통과제의적 행위이다. 이 글은 지난 100년을 살펴 우리 문학을 앞날을 점친다거나 새 길을 제시한다든가 하는, 적극적인 미래 개진의 글과는 전혀 다르다.

나는 여기서 20세기 한국문학 전체과 근대라는 타자의 관계를 검토해 보고자 한다. 이를 통해 지난 세기 한국문학의 근본 성격을 그 일단이나마 드러낼 수 있으면 다행이겠다.

2. 근대의 절대화

새삼스러운 말이지만 속도의 시대이다. 모든 것이 빠른 속도로 변화하고 있다. 정보 전달의 속도는 갈수록, 급속도로 증대한다. 전달 속도가 빨라지는 것에 비례해 정보의 수명은 짧아진다. 새로운 정보의 생산 속도가 빨라지는 것은 당연한 것, 생산과 전달, 폐기의 회로는 갈수록 더욱 더 빠른 속도로 회전한다. 어제의 새로움은, 오늘은 이미 더 이상 새로움이 아니다. 변화에 적응하지 못하면 중심에서 밀려나고 말 것이니 "가장 좋은 낡은 것보다 가장 나쁜 새로운 것이 더 좋다" 라는 구호를 좇아 앞뒤 돌아보지 않고 내달린다. 요컨대 이 시대를 지배하는 시대정신은 '축적적 진보'1)라는 헤겔의 관념이며 속도이다.

그것은 "뒤로는 절대 되돌아갈 수 없으며," "뒤에 오는 것은 앞에 존재했던 것보다 낫다"는 진보와 효율의 시간관에 근거해 있는데, 그 진보와 효율의 시간관은 한편으로는 창조적이지만 한편으로는 폭력적이다. 자연을, 자원을, 여가 시간을 무한정 집어삼키며 앞을 향해 내달리는 이런 시간관이 미래의 세계와 인간 삶을 지금보다 훨씬 강력하게, 철두철미 지배하게 될 것임에 틀림없다.

그러나 그 같은 진보와 효율의 시간관이 이 시대 들어 비로소 한국사회의 중심부에 진입해 들어온 것은 아니다. 진보와 효율의 시간관은 이미 100년 전 근대의 들머리에 우리 사회의 중심을 장악하기 시작하였다. 지난 100년의 한국사회를 이끌어온 핵심 동력은 이 시간관에서 솟아나왔다. 크게 보면 20세기 한국문학 또한 이 진보와 효율의 시간관에 이끌렸다.

진보와 효율의 시간관 위에 선 문학의 대표적인 예는 이인직의 「혈의 누」가 대표하는 개화기의 신소설, 1910년대의 이른바 계몽주의 문학, 1920년대의 자연주의 문학, 1920년대 중반 무렵 떠올라 한국전쟁 직전까지 문학사를 주도한 한 축이었던 프로문학, 1970·80년대의 민중문학 등이다. 이들은 한결같이 집을 떠나 어딘가를 향해 나아가는 청년의 행로2)를 기본 형식으로 지닌 젊음의 문학인데 이는 진보와 효율의 시간관의 외화(外化)이다.

이들 문학 속의 청년들은 집을 떠나 새로운 세계를 향해 나아간다.

---

1) 움베르토 에코, 「모든 유익한 것들을 위해」, 『시간의 종말』(끌리오, 1999), 271-2쪽.
2) '집을 나와 바깥 세계를 여행하는 청년의 여로'는 근대소설의 가장 기본적인 내적 형식이다(Charles Taylor, Sources of the Self, Harvard University Press, p.39)

'집'은 그들에게는 보수와 진보의 상징으로 인식되었으니 철저한 부정의 대상이었다. '새로운 세계'는 그들이 책을 통해 일본 등에서의 교육을 통해 배워 알게 된 근대 세계로서 진보와 효율의 완미한 실현체로 인식되었으니 절대적인 긍정의 대상이었다. 진보와 효율의 시간관에 근거한 절대의 부정/절대의 긍정이 한 짝을 이루어 이들의 행로를 이끌었던 것이다. 부정/긍정이라는 인식틀은 새로운 문화 새로운 세계의 창출을 겨누는 정신을 이루는 가장 중요한 요소이니 생산적인 성격의 것이다. 절대의 부정/절대의 긍정 또한 그 내부에 부정/긍정의 요소를 품고 있으니 마찬가지로 그러하지만 그 성격이 절대적인 것이라는 점 때문에 한편으로는 파괴적인 속성도 지니고 있다. 보존되고 계승되어야 할 많은 가치 있는 것들을 가차없이 폐기하며 내달리는 것이다.

20세기에 들어서며 근대와 접촉하게 된 한국의 젊은 지식인들에게 근대는 전혀 다른 규칙을 지닌 타자였다. 전혀 다른 규칙을 지닌 타자와의 만남은 대체로 세 가지의 양상을 띤다. 하나는 타자에 대한 절대의 부정. 자기가 속해 있는 공동체의 질서 체계 밖으로는 한 걸음도 나아가지 않으려는 태도의 소산으로 이 경우 그는 그 공동체의 질서 체계 속에 철저하게 닫힘으로써 확고한 자기동일성을 유지한다. 다른 하나는 타자에 대한 절대의 긍정. 이는 자기가 속해 있는 공동체의 질서 체계를 버리고 타자의 질서 체계 속으로 옮겨가는 것이다. 이 경우 그는 타자의 새로운 질서 체계 속에 자신을 가둠으로써 확고한 자기동일성을 확보한다. 또 하나는 타자와 대화적 관계를 맺는 것이다. 타자와의 대화적 관계를 맺는다는 것은 "공통의 언어게임(공동체) 안에서 출발하는 것이 아니라 그것을 전제할 수 없는 장소에 선다"3)는 것을 뜻한다. 이 경우 그는 공동체와 타자 어느 한쪽의 규칙 체계에 갇히지 않는다.

---

3) 가라타니 코오진, 송태욱 옮김, 『탐구』 1, 새물결, 1998, 203쪽.

어느 한쪽의 규칙체계에 갇히지 않는다는 것은 정신의 운동에 있어서 대단히 중요하다. 그것은 '나'를 지속하면서 타자와의 대화적 관계를 통해 새로운 '나'를 구성해 나아간다는 것을 의미한다. 한편으로는 지속되면서 또 한편으로는 새롭게 구성되는 '나'는 과거와 현재 미래라는 시간의 상호작용 가운데 언제나 살아 力動하며, 여기와 저기라는 공간의 상호작용 가운데 계속해서 新生하는 존재성을 확보한다. 그러나 근대라는 타자의 규칙체계에 갇혀 과거(전통)을 절대 부정의 대상으로 인식하였던 20세기 초두의 젊은 지식인 대부분은 자기도 모르는 사이에 스스로의 '나'를 무화시키고 자신을 부재 상태로 몰아넣었다. 타자를 절대의 부정이나 절대의 긍정 대상으로 인식하는 것은 '나'를 공동체와 타자 어느 한쪽의 규칙체계 곧 일반자와 동일시하는 것이니 이 경우 '나'의 실제를 구성하는 것은 이 같은 일반자이다. '나'는 무화되어 부재하는 것이다. 안 예를 보자. 우리 근대소설사를 연 작품으로 널리 평가받고 있는 이인직의 「혈의 누」.

「혈의 누」는 주인공 김옥련이 걷는 여행길을 따라 구축되어 있다. 일청전쟁의 승패를 가른 평양전의 와중에서 부모와 헤어져 위기에 빠졌던 옥련은 일본군의의 구원을 받아 일본에 건너가게 된다. 일본군의의 집에서 행복했던 옥련은 다시 위기에 빠지는데 한국유학생 구완서의 구원을 받는다. 그리고 구완서를 따라 미국 유학길에 올라 근대문명을 본격적으로 익히게 된다. 옥련의 이 같은 여로를 통해 「혈의 누」가 드러내고자 한 주제는 분명하다. 근대화가 한국사회가 나아갈 유일한 길이고 그것을 위해서는 신교육이 무엇보다 중요하다는 것, 옥련과 구완서의 입을 통해 피력되는 자유연애, 자유결혼의 사상은 이에 비한다면 부차적인 것이다.4)

---

4) 정호웅, 「개화지성의 한계－이인직론」, 『한국현대소설사론』, 새미, 1997, 참조.

여기서 필자가 주목하는 것은 무엇보다 먼저, 옥련의 여로가 외적 요인에 의해 결정되는 수동적인 성격이라는 점이다. 일청전쟁, 이노우에 군의, 구완서의 개입에 의해 그녀의 여로는 조선-일본-미국으로 이어진다. 이 같은 수동성은 현실에 대한 반성적 탐구와 ,작가가 제시하고자 한 새로운 이념에 대한 검토의 전적인 결여를 반영한다. 당대 한국현실에 대한 무조건의 부정과 새로운 이념에 대한 무조건의 긍정이 전제되어 있기에, 옥련이, 그리고 옥련을 좇아 독자가 근대의 표상인 일본, 미국으로 나아가야 하는 이유에 대한 점검이 전혀 배제되었던 것이다. 일본, 미국이 표상하는 근대의 절대화가 이처럼 옥련의 여로를 근본 규정하고 있다.

이 같은 근대의 절대화는 옥련이 고아상태에서 여로를 시작하고 있음과 대응한다. 부모와 헤어져 이국인 가정에서 자라나는 옥련은 한국 사회의 문화적 전통 바깥으로 벗어난 자유인이다. 완전한 백지 상태에 놓인 자유인이기에 그녀는, 한국 사회의 객관 현실과는 무관하게 절대화된 근대라는 이념을 자유롭게 실현할 수 있다. 이 점은 「무정」의 경우와 전혀 동일하다. 그들은 과거와 철저하게 단절된 '시간적 고아'였다. 작가는 김옥련과 이형식의 이념이 한국 현실과 정합적인지 그렇지 않은지를 소설적으로 증명할 필요가 없다. 새로운 이념의 절대적 정당성에 대한 확신에서 출발하고 있으므로 보여주기만 하면 되는 것이다.

이들 인물들의 수동성, 고아성은 스스로 뿌리뽑힌 존재가 되어 근대의 마성에 휩쓸렸던 우리 근대소설 속 인물들의 핵심 특성이다. 그러나 그들의 '나'는 기실은 무화되어 부재하는 '나'였으니 그들은 일반자를 대리하는 '나' 아닌 '나'로서 환각에 들린 삶을 살았다.

무화되어 부재하는 '나'이기에 언제라도 그 '나'를 이루는 규칙체계를 버리고 다른 규칙체계를 택해 옮겨갈 수 있다. 가라타니는 이를 두고 "나와 일반자밖에 없는 세계 또는 독아론적 세계는 타자와의 대관계를 배제하고 진리(실재)를 강제하는 공동체의 권력으로 전환한다"5)
라고 말하였다. 근대화의 깃발을 내걸고 과거(전통)를 절대 부정하며
앞서 내달았던 이광수가 얼마 되지 않아 그 깃발을 내리고 황도사상
이 지배하는 질서체계 속에 스스로를 가두게 된 것은 '나'의 무화, 부
재 때문이다.

> 1)萬事가 初創이요, 과거의 불행한 민족적 생활을 떠나 미래의
> 행복된 민족적 新生에 入하려고 분투하는 조선 민족 중에서 신문
> 예운동에 참여하게 된 나와 여러분은 신중한 고려를 하여야 할 것
> 입니까, 아니해도 관계치 아니할 것입니까.
> (중략)
> 그런데 현재 우리 민족의 심적 상태는 진실로 **tabula rasa**라 할지
> 니, 이 chance에 어떤 사상이 들어가고 아니 들어감으로 만년의 장
> 래의 화복에 대영향이 있을 것이 분명하외다. 게다가 현재 우리 중
> 에는 가령 문예면 문예의 전하는 사상의 독소를 중화할 과학·철
> 학 기타의 사상이 없고, 마치 독삼탕·대황탕 모양으로 문예 하나
> 밖에 다른 것이 없는 처지 인즉, 만일 그 문예의 전하는 사상 중에
> 독소가 있다 하면, 그것은 전민족에게 대하여 무서운 해를 끼칠 것
> 이외다.6)

> 2)조선인은 쉽게 말하면 제가 조선인인 것을 잊어야 한다. 기억
> 할 필요가 없는 것이다. (중략)그러나 나는 지금에 와서는 이러한
> 신념을 가진다. 즉 조선인은 전연 조선인인 것을 잊어야 한다고.
> 아주 피와 살과 뼈가 일본인이 되어 버려야 한다고. 이 속에 진정
> 으로 조선인의 영생의 유일로(唯一路)가 있다고.
> (중략)
> 이리하기 위하여 조선인은 그 민족감정과 전통의 발전적 해소를
> 단행할 것이다. 이 발전적 해소를 가리켜서 내선일체라고 하는 것
> 이라고 믿는다.7)

---

5) 가라타니 코오진, 앞의 책, 208쪽.
6) 이광수, 「문사와 수양」,『창조』8호, 1921.

1)은 백지상태에서 모든 것을 새롭게 만들어야만 한다는 생각으로 선각자임을 자처하던 시기의 글이고 2)는 황도사상에 머리 굽혀 친일의 길로 나아가던 때의 글이다. 우리는 통상 1)을 계몽주의로 2)친일사상으로 번역하여 다른 것으로 이해하지만 그 안쪽은 동질적이다. 타자와의 대화적 관계가 아니라 절대 부정/절대 긍정의 관계에서 생겨난 '나'의 무화와 부재가 그 핵심인 것이다.

'나' 아닌 '나'로서 타자에 대한 절대 긍정/절대 부정의 인식틀에 갇혔던 그들은 이상(李箱)에 의하면 자생(自生)의 날개가 아니라 '인공의 날개'로 날고자 한 존재들이다.

> 나는 불현듯이 겨드랑이 가렵다. 아하, 그것은 내 인공의 날개가 돋았던 자국이다. 오늘은 없는 이 날개, 머릿속에서는 희망과 야심의 말소된 페이지가 딕셔너리 넘어가듯 번득였다.8)

자생의 날개가 아닌 인공의 날개이기에 쉽게 떨어진다. 손쉽게 다른 것으로 교체할 수도 있다. 19세기적 야만이 지배하는 조선 현실에서 한 세기가 앞선 문학을 한다는 자부심을 지녔던 이상은 그 같은 인공의 날개를 달고 '희망과 야심'으로 의기양양했다. 그러나 그 인공의 날개는 자국만을 남기고 사라졌다. 또 다른 인공의 날개를 달아야만 할 것이다. 이상은 "날개야 돋아라"라고 외쳤지만 그 날개는 안에서 돋아나는 것이 아니다. 외부의 것을 가져다 달아야 하는 것인데, 그 새로운 날개를 구하기 전에 이상은 죽고 말았다.

어디 이광수뿐이며 이상뿐이겠는가. 앞에서 들었던 1920년대 초의 자연주의 문학, 프로문학, 1970·80년대의 민중문학이 모두 그러하며,

---

7) 이광수, 「심적 신체제와 조선 문화의 진로」, 『매일신보』, 1940. 9. 12.
8) 이상, 「날개」, 『한국현대문학전집』 12, 삼성출판사, 1981, 130쪽.

외국의 문학과 문학 이론에 갇혀 끊임없이 새로움을 추구하며 나아온 우리의 문학사 전개가 그러하다. 우리의 문학사가 집을 떠난 청년의 행로를 추구하는 젊은 문학만으로 채워져 있는 것, 무수한 변절과 전향의 기록으로 가득차 있는 것은 이 때문이다.

강력한 타자의 흡입력에 휩쓸리지 않고 대화적 관계를 유지한다는 것은 말처럼 쉽지 않은 것이다. 우리 근대문학사의 체계적 기술에 나아갔던 최초의 문학사가는 임화이다. 그의 문학사 기술 방법론이라 할 수 있는 「신문학사의 방법」에서 임화는 "인접문학의 압도적 영향에 생성되어 발전한 신문학사, 다시 말하면 이식문학사로서의 신문학사가 조선의 고유한 전통과 교섭을 가졌다는 것은 일견 심히 기이한 일"9) 라고 하여, 한국 신문학사가 인접문학 곧 일본 근대문학의 이식문학사임을 지적하면서 동시에 전통에 이어져 있는 자생적 문학사임을 말하고자 하였다. '심히 기이한 일'이라 한 데서 알 수 있듯이 임화는 '이식문학사'와 '자생적 문학사'라는 양립 불가능한 두 의미항을 동시에 고려해야 하는 난처함 때문에 크게 당혹스러웠던 것이다. 이 속에는 일본 근대문학이란 타자와 한국 고전문학이란 또 하나의 타자를 절대 긍정/절대 부정의 인식틀로써가 아니라 대화적 관계의 타자로 보려고 하는 임화의 앞선 문제의식이 깃들여 있다. 그 같은 문제의식에도 불구하고 임화는 한국 신문학사가 일본 근대문학사의 이식문학사가 아니라는 사실을 객관적으로 증명할 수 없었고 확신할 수도 없었기에 이처럼 양립 불가능한 두 의미항을 한 문장에 담는 난처함을 스스로 떠안아야 했던 것이다.

이처럼 임화는 우리의 신문학사가 고전문학사를 계승한 자생적인 성격의 것임을 강조하고 싶었지만 일본 근대문학사의 이식에 불과한 것이라는 사실을 부정할 수 없었다. 임화의 이 같은 난처함이야말로

---

9) 「신문학사의 방법」, 『문학의 논리』, 학예사, 1940, 830쪽.

우리 근대문학사가 근대라는 타자에 대한 절대의 긍정/절대의 부정이라는 인식틀 위에 세워진 것임을 분명하게 증거하는 것이며 그 같은 인식틀로써 문학했던 임화 자신의 지나온 길을 뚜렷이 드러내는 것이다.

3. 구호와 이분법

타자에 대한 절대의 부정/절대의 긍정은 다른 한편 추상적 관념성에 갇힌 극단적 성격의 구호를 생산한다. 앞의 인용문에 보이는 '만사 초창' '타블라 로사' '유일로' 등을 비롯하여 민족적 형식, 조선혼 개성의 해방 등. 이들 구호는 강렬한 선동력을 지니고 있지만 추상적 관념성에 갇혀 있는 성격의 것이라는 점에서 현실정합성이 제한되어 있기 때문에 쉽게 그 선동력을 상실하고 빈 껍데기 구호로 전락한다. 그 자리를 다른 구호가 대신하지만 그것 또한 오래지않아 빈 껍데기 구호가 되어 버려진다. 타자에 대한 절대의 부정/절대의 긍정은 그리하여 구호의 이어 달리기가 만들어내는 구호의 역사를 낳는다.

타자에 대한 절대의 부정/절대의 긍정은 우리 근대문학사를 가득 채우고 있는 무수한 이분법의 짝들과 구조적 동질태다. 전통/근대, 민족/계급, 민족적/반민족적, 혁명/반동, 예술/속악한 현실, 인민/반인민, 참여/순수, 진보/보수 등 숱한 이분법의 짝들을 우리는 확인할 수 있는데 이들 이분법을 구성하는 두 대립항의 관계는 그 사이에 어떤 중간항도 허용하지 않는 절대적 배타의 관계이다. 극단주의적 인식틀이며 상상력체계인 것인데 이것이 우리 문학의 발전을 저해했음은 물론이다. 이 같은 이분법의 자기폐쇄성이 얼마나 견고한 것이었는가를 다음의 예를 통해 뚜렷이 들여다볼 수 있다.

창작방법에 관한 논의에서 자기의 명제의 확증을 위하여 읽어보지도 못한 발자크와 위고에서의 전재적(轉載的) 이식에는 급급하면서 우리가 가지고 있는 작품적 재산의 속에는 손끝 하나 대어보지 못하는 진실로 참혹한 비평적 탁목조(啄木鳥) - 이들의 비학구적(非學究的) 태도도 여기에서 통렬하게 배격당해야 할 것이다. 실로 우리들의 의심은 발자크와 괴테와 졸라와 입센의 문학적 평가에서 그렇게 훌륭하였던 것이 어째서 동인, 상섭의 자연주의 문학의 평가, 서해 문학의 사적 가치, 신경향파 문학, 카프문학 혹은 최근의 이 민촌(李民村)의 수많은 작품에 대하여는 문학애호자로서의 식견조차도 가지지 못하였는가 하는 데 집주(集注)되어 있는 것이며 이것은 때때로 의심의 한계를 넘어서 비평가의 문학적 식견에 대하여 극도의 경멸까지를 초래케 하고야 만다. 참말로 킬포틴과 유진의 인용에서 시작되어 그의 이식에서 종료되는 이들 탁목조의 사업에 대하여는 그가 막사과(莫斯科-모스크바:인용자)에서 출발하지 말고 조선의 20년 신문학의 역사와 조선의 현실생활에서 시작하라는 경고야말로 가장 적절한 충고이기 때문이다.[10)]

카프 해체 직후에 발표된 김남천의 자기비판이다. 김남천은 1920년대 중반 이후 약 10년에 걸쳐 전개된 프로문학의 뒤돌아보며 타자에 대한 배타적 태도를 반성하고 있다. "어째서 동인 상섭의 자연주의 문학의 평가"에 대해 "문학애호자로서의 식견조차도 가지지 못하였는가"라는 지적은 민족/계급, 부르주아 문학/프롤레타리아 문학, 순수성/정치성의 이분법에 완강하게 폐쇄되어 타자를 절대 부정의 대상으로 인식했던 프로문학의 근본 맹점에 대한 날카로운 비판이다. 이 같은 자기비판이 프로 문학을 이끌었던 강고한 조직체 카프의 해산과 더불어 비로소 가능했다는 사실은, 뒤집어 보면 그만큼 프로 문학이 타자에 대한 절대 긍정/절대 부정의 인식틀에 갇혀 있었음을 증거한다.

김남천의 자기비판은 그러나 드문 한 예에 지나지 않는다. 한국문학

---

10) 김남천, 「지식계급 전형의 창조와 『고향』 주인공에 대한 감상」, 『조선중앙일보』 1935. 6. 28.

은 그 이후로도 타자에 대한 절대 긍정/절대 부정의 인식틀에 이끌려 전개되었다. 80년대 중반을 넘어서며 상호대립적인 문학 진영 사이의 '길트기'가 유행어로 각광받았던 것은 이런 문학사적 현실의 반영이다.

4. 정치성

타자와의 대화적 관계 맺음을 저해한 것 중의 하나는 20세기 한국문학의 핵심 특성 가운데 하나인 정치성이다. 해방 이전은 물론이고 그 이후에도 오랫동안 "문학은 杜塞된 정치의 放水路"였다. 20세기에 생산된 대부분의 한국문학은 특정의 정치의식과 관계되어 있다. 밖으로 분명하게 드러나지 않는 경우에도 자세히 살피면 내면화된 정치의식이 날카롭게 번득이고 있음을 확인할 수 있는 것이다. 20세기 한국문학사는 반봉건, 반식민, 반자본주의, 반공산주의, 반독재, 반외세 등의 정치적 구호의 전개와 나란히 놓여 있다.

정치성이란 배제의 논리 위에 선 것이다. 피/아를 가르고 상대를 배척하는 배제의 논리는 근본적으로 이분법적이다. 우리가 앞에서 보았던 20세기 한국문학을 지배한 이분법의 짝들을 보다 강화시키고 지속시킨 것은 정치성을 뒤받치는 이 배제의 논리다.

이 같은 배제의 논리는 현실 정치에서는 많은 경우 약화된다. 현실 정치란 대체로 타협을 통해 차선을 택하는 방향으로 움직이기 때문이다. 그러나 문학의 장에서는 상황이 달라진다. 문학의 장은 현실에 근거하면서도 그것을 넘어서고자 하는 지향을 지닌 것이기 때문에, 말하자면 이상적인 세계와 삶 그리고 인물 성격을 꿈꾸는 것이기 때문에 그러하다. 게다가 20세기 한국문학은 오랜 세월 강경하고 무자비한 정치적 억압 아래 놓여 있었기에 출판과 유통을 위해 정치성을 은밀하게 감추어야만 했다. 이른바 정치성의 내면화이다. 정치성의 내면화는 현실의 구체성을 희생하면서 다른 한편 그 때문에 강렬한 이상성을 획득한다. 구체적 현실의 반영이 제한되면서 타협을 통해 차선을 택하는 방향으로 움직이는 실제 현실의 정치적 삶의 방식을 넘어서는 세계가 솟아오르게 되는 것이다.

물론 그런 세계를 제시하지 않는 작품도 있다. 그러나 이 경우에도 작중 인물들과 그들의 관계는 그런 세계를 향해 나아간다. 대체로 상징적 이미지의 힘을 빌어 제시되는 그 세계는 아름답다. 아름답지만 그것은 현실법칙을 벗어난 환각의 세계에 가깝다. 추상적 관념이 빚어낸 환각 세계의 아름다움. 20세기 한국문학의 안쪽에는 이 같은 환각 세계가 빛나고 있다.

> 동해안의 마지막 항구를 떠나 북으로 북으로! 밤을 새우고 날을 지나니 바다는 더욱 푸르다.
> 하늘은 차고 수평선은 멀고.
> 뱃전을 물어뜯는 파도의 흰 이빨을 차면서 배는 비장한 행진을 계속하고 있다.
> 마스크 위에 깃발이 높이 날리고 연기가 찬바람에 갈기갈기 찢겨 날린다.
> 두만강 넓은 하구를 건너 국경선을 넘어서니 노령 연해의 연봉이 바라보인다— 하얗게 눈을 쓰고 북국 석양에 우뚝우뚝 빛나는 금자색 연봉이.11)

동반자 작가의 한 사람이었던 이효석의 「노령근해」(1931) 첫머리이다. 주인공은 사회주의 체제 건설 사업에 매진하고 있는 혁명 소비에트공화국으로 향하는 조선 청년. 그는 이 시기 조선의 진보적 청년들을 지배하였던 프롤레타리아 국제주의의 신봉자이다. 그의 눈에 들어

---

11) 이효석, 「露領近海」, 『이효석전집』1, 창미사, 1990, 197쪽.

온 "하얗게 눈을 쓰고 북국 석양에 우뚝우뚝 빛나는 금자색 연봉"은 그를 포함한 이 시기 조선의 진보적인 청년들을 사로잡았던 이념과 그 이념이 실현된 또는 실현되고 있는 세계를 표상하는 아름다운 상징이다. 이 상징이 구축하는 아름다운 환각 세계의 흡입력, 배제의 힘은 엄청나 정치성에 본래적으로 내재한 배제의 논리를 크게 강화함으로써 그들을 현실의 지반으로부터 저 높은 곳으로 끌어올린다. 물론 이것은 하나의 예에 지나지 않는다. 그러나 강대한 외부 억압에 눌려 내면화될 수밖에 없었던 한국문학의 정치성이 지닌 특성 가운데 하나를 뚜렷하게 보여주는 예로서 부족함이 없다.

그런데 흥미로운 것은 한국문학의 정치성에 담긴 이 같은 배제의 논리는, 그 정치성이 소멸하고 난 뒤에도 여전히 작동한다는 사실이다. 예컨대 다시 이효석의 경우, 이효석은 1933년을 경계로 동반자 작가에서 성과 자연을 찬미하는 서정시인의 자리로 옮겨갔다. 「메밀꽃 필 무렵」(1936) 등의 아름다운 서정 소품들이 줄이어 생산되었다. 이들 서정 소품들은 속악한 현실/아름다운 성과 자연의 대립구도로 요약할 수 있는데, 철저한 이분법, 배제의 논리에 의해 만들어진 세계이다. 이효석 후기 문학을 하나로 엮는 이 같은 이분법은 남루한 현실을 다루다가 중도반단, 성과 자연의 아름다움에 대한 찬미로 비약하는 특성을 지닌 것이다.12) 이에 이르면 우리는 다시 타자에 대한 절대 긍정/절대 부정의 인식틀이 근본 문제임을 새삼 확인하게 된다.

우리는 1990년대 문학의 일각을 성과 자연 찬미파들이 점거한 사실을 알고 있는데, 그들의 변신이 이효석의 변신과 마찬가지로 타자를 대하는 인식틀의 변화와 무관한 것인지 그렇지 아닌지에 대한 점검은 중요하다. 여기서 자세히 살필 수는 없지만 많은 경우 그들은 이효석

---

12) 이에 대해서는 정호웅, 「이효석론」, 『한국문학과 극단의 상상력』, 프레스21, 2000, 참조.

의 후예들이다.

정치성의 소멸에도 불구하고 타자에 대한 절대 긍정/절대 부정의 인식틀은 변화하지 않았던 이효석 등의 반대쪽에 새로운 정치성을 확보했지만 타자에 대한 절대 긍정/절대 부정의 인식틀에서는 전혀 동일한 경우가 놓인다. 이른바『백조』유미주의에서 강한 정치성의 프로 문학의로의 전신을 감행한 박영희, 김기진 등의 경우, 1960년대 유미주의 문학에서 1970년대 민중문학으로 이행해 나아갔던 고은 등의 경우가 이에 해당하는데 그 방향은 다르지만 양자는 구조적 동질태다.

20세기 한국문학을 이끈 요소 중의 하나인 정치성은 사회역사적 상상력의 지평을 넓혔으며 여러 대립항들이 상호 갈등하는 역동의 세계를 일구는 데 크게 기여하였다. 그러나 앞에서 살핀 이 같은 특성으로 인해 한국문학을 경색된 단성성의 세계에 제한하는 부정적인 요인이 되기도 하였다는 것이 내 판단이다.

5. 자연

20세기 한국문학의 화두 가운데 하나는 자연이다. 근대를 이끌어온 인간중심주의적 세계관은 자연을 "인간의 기술적인 조작의 대상, 즉 '도구적 이성'의 대상"[13)]으로 인식, 정복의 대상으로 분리시켰다. 자연의 질서를 좇아 피고 지는 생명의 운동을 노래하고 인간과 자연의 조화로운 어울림을 꿈꾸는 문학과, 인간에 의한 자연 파괴의 현실을 아파하는 문학은 크게 보면 이 같은 인간중심주의적 세계관에 근거한 근대에 대한 반성의 소산이다. 물론 그 모두가 인간과 자연의 유기적 관련을 파괴하는 근대의 폭력성에 대한 자각에 근거한 방법적 대응인

---

13) 구승회,『에코필로소피』, 새길, 1995, 63쪽.

것은 아니다. 대부분의 경우 이들 문학 속의 자연은, 천리(天理)가 자연에 구현되어 있다는 믿음으로 자연을 궁구(窮究)하여 천리와 자신의 삶을 일치시키고자 하였던 유가(儒家)들의 강호가도(江湖歌道) 문학이 노래한 그 자연과 다르지 않다. 다음은 김종직의 한시 「동짓날 매화를 읊다(至日詠梅)」이다.

우물 밑에 숨은 양이 칠일에 회복하여	井底潛陽七日回
가장 처음 소식이 찬 매화에 통하니	一元消息透寒梅
하늘 마음은 환하게 가지 가득 움직이고	天心昭灼盈枝動
봄소식 성대히 전해져 아주 흐뭇하구려	春信丰茸滿意開
향기 그림자는 그윽히 책상을 침범하고	香影微微侵棐几
정신은 자주자주 금술잔에 잠기노니	精神故故蘸金杯
이로부터 생생의 이치 연구해야 하는데	從茲細翫生生理
주역 부연할 재주 없는 게 한이로다	只恨曾無演易才

  조선 초기의 대시인인 점필재 김종직의 칠언 율시로 동지에 피는 매화를 두고 읊은 시이다. 음기운이 극도에 이른 나머지 도리어 양기운이 움트기 시작한다는 동짓날, 차가운 날씨에도 의연하게 버티고 있는 매화를 보고 봄날의 개화를 미리 상상하는 내용이다. 꽃눈 속에 감춰져 있는 꽃핌의 염원, 찬 겨울 속에서도 안으로는 봄을 키우는 성대한 자연의 섭리를 꿰뚫어 보면서 어느새 책상머리를 엄습해 오는 매화 향기를 상상하고, 자연 이치의 질서 정연함에 엄숙히 맑아지는 정신을 말하였다. 김종직의 이 작품과 대표적인 자연시인으로 꼽히는 박목월의 다음 작품은 상통한다.

  머언 산 青雲寺(청운사)
  낡은 기와집

  산은 紫霞山(자하산)

봄눈 녹으면

느릅나무
속잎 피어가는 열두 굽이를

청노루
맑은 눈에

도는
구름

　지난 **78**년에 타계한 박목월 시인의 절창 「청노루」이다. 이 시에서 가장 내 마음 속 감성줄을 크게 울린 것은 제 3연 "느릅나무 속잎 피어가는 열두 굽이를"이다. 굽이굽이 휘어돌아 산 속으로 깊이 숨어드는 산길 가, 바람도 일지 않는 적막한 고요 한가운데 신생(新生)의 기운이 살아 움직인다. 볼 수도 들을 수도 없는 그 기운의 움직임을 예민한 시인은 감지하고 몇 마디 말을 엮어 생생하게 드러내었다. 이 시구를 가만히 되새기면 겨울 끝머리, 봄의 문턱에 서서 안으로 안으로 부풀어오르는 삼월의 산하가 아지랑이 속으로 떠오른다. 얼었던 땅이 풀리고 눈이 녹아 흐르고, 햇볕 바른 곳에는 어느덧 새싹들이 고개를 내밀고, 산 아랫자락은 서서히 서서히 연한 녹색으로 물들기 시작했다. 살그머니 다가가 조심스럽게 쓰다듬고 싶은 부드러운 색, 연한 녹색.

　'느릅나무 속잎 피는'이라는 시구 속에 담긴 신생의 기운은 이제 곧, 조용히 그러나 빠른 속도로 퍼져 나가 천지를 가득 채울 것이다. 무릇 생명 가진 모든 존재의 피 속으로 맥박 속으로도 스며들어 그것들을 새로운 존재로 서게 할 것이다. 이 시구에는 그런 기운의 움직임도 이미 들어 있다.

　겉보기에는 아무런 움직임도 없는 듯하지만 안으로 생동하는 생명의 약동을 감지하고 드러내는 것을 나는 '정중동(靜中動)의 미학'이라

한다. 한국시의 미학적 특성 가운데 하나라 해도 틀림없을 만큼, 선인 (先人)들이 남긴 한시와 시조 등에는 안으로 생동하는 생명의 약동을 노래한 작품이 엄청나게 많다. 어디 한시와 시조뿐이랴. 자연의 생명 질서를 정중동의 미학으로 담아내고 있는 작품은 우리 현대 시사 어디를 들추든 만날 수 있다.14) 박목월의 「청노루」는 그 한 예일 뿐이다.

「청노루」의 자연스러운 생명의 운동에 대한 예찬이 근대의 폭력성에 대한 자각적 반성의 소산이라고 하기는 어렵다. 그러나 이미 근대 사회로 깊숙이 진전한 한국 현실에서 이 같은 자연스러운 생명의 운동에 대한 예찬은 그 자체로 반근대적 성찰의 의미를 획득한다.

근대의 폭력성에 대한 자각적 반성에 근거한 방법적 선택 대상으로 자연이 떠오른 것은 백석의 시에 와서이다. 일본 동경의 상지대학교 출신으로 당대 조선인 가운데 가장 높은 수준의 근대교육을 받은 사람 가운데 하나인 백석은 자연과, 그 자연 속에서 자연의 질서를 좇아 사는 사람들의 세계를 줄기차게 그렸다. 백석의 그 세계는 먼 과거가 오늘이 하나로 이어져 있고 인간과 자연, 인간과 짐승들이 어울려 조화로우며 '고담(枯淡)'하고 '소박(素朴)'한 마음을 따라 운영되는 세계이다. 백석은 효율과 진보의 직선적 시간관이 지배하는 급속한 근대화의 현실에 과거와 현재가 겹쳐 있는 중층적 시간성의 세계, 고담과 소박의 가치관으로써 맞서고자 하였던 것이다. 평안도 방언의 사용 또한 근대의 폭력성을 비판하고자 하는 방법적 선택이었다. 그것은 이미 근대주의에 장악당한 한국 사회의 중심에 대한 반성이며, 모든 것을 균질화하는 근대주의의 획일적 계량성에 대한 근본 비판의 의미를 지닌다.15)

---

14) 특히 정지용, 이병기, 이육사 등 한시의 전통 위에서 시쓰기에 나아갔던 시인들의 작품을 들 수 있다.

15) 이 점에서 백석의 시는 김소월의 시와 근본적으로 다르다. 김소월의 시는 현재(현실)에 대한 근본 부정의 문학이다. 현재는 '님'의 부재로 인한 근본

백석의 세계는 방법적 선택에 근거한 것이라는 점에서 맹목적으로 근대라는 타자에 대한 절대의 부정/절대의 긍정이라는 인식틀에 폐쇄되어 단성성의 세계를 벗어나지 못했던 문학과는 전혀 다르다. 우리 시대의 가장 래디컬한 사상 가운데 대표적인 '녹색사상'에 근거한 자연시들은 이미 1930년대 백석의 시에서 발원하고 있었다.

6. 극단의 상상력

20세기 한국문학을 지배한 것은 극단의 상상력이다. 극단의 상상력이란 대립항의 철저한 배제를 통해 어느 한 측면을 절대화하는 상상력이다.[16] 우리가 앞에서 살폈던 여러 이분법의 짝들이 이 같은 상상력의 소산임은 말할 것도 없다. 지금까지의 논의를 통해 밝히고자 한 것은 지난 100년의 한국문학을 지배한 극단의 상상력 아래 가로놓인 것이 근대라는 타자에 대한 절대의 긍정/절대의 부정의 인식틀이라는 점이다.

새로운 세기의 개막이 바로 눈앞에 다가온 지금, 한국문학은 지금까

적 상실의 세계이기에 절대로 받아들일 수 없다. 그래서 김소월 시의 화자는 '님'이 함께 했던 과거를 그리워한다. 김소월에게 그처럼 소중했던 그 '님'은 무엇이었을까? 널리 말해지듯 그것은 '국가'일지도 모른다. 아니면 김소월이 사랑했던 '님'일 수도 있다. 그러나 김소월의 시 어디를 들추어도 그것이 '자본주의적 근대화'로 인해 잃어버린 세계 또는 그 세계의 질서나 가치를 가리킨다는 근거는 찾을 수 없다. 적어도 우리는, 김소월이 자본주의적 근대의 진전과 함께 변화하는 현실에 대해서는 자각적이었다고 확언할 수는 없는 것이다. 이에 비해 김소월보다 약 10년 뒤의 시인인 백석의 시는 그런 측면에 대해 자각적이었고, 그런 현실의 추세를 근본 반성하는 세계를 구축하였다. 평북 정주 출신의 두 큰 시인의 시세계는 현재에 대한 근본적 부정과 과거에 대한 향수라는 공통된 특성을 지니고 있지만, 자본주의적 근대화의 현실이라는 의미항을 통해 보면 이처럼 대비적인 것이다.

16) 정호웅, 「한국문학과 극단의 상상력」, 『문학동네』, 1998년 겨울, 참조.

지의 우리 문학이 그러했듯이 근대를 대체하는 새로운 타자에 대한 절대의 긍정/절대의 부정이라는 인식틀에 갇히게 될까? 그렇지는 않을 것이다. 모두가 말하듯이 한국문학은 이미 성숙한 장년에 접어들었으니까. 그러나 부분적으로는 여전히 그럴 가능성도 있다. 한국 사회는, 그 위에 자라난 한국문학은 아직도 인공의 날개를 달고 비상하고자 하는 욕망으로부터 크게 자유롭지 않다.

3부 리얼리즘과 모더니즘

풍속 묘사의 전면화와 리얼리즘의 길
― 염상섭의 ≪사랑과 죄≫론

박 상 준

1 서론

　염상섭의 네 번째 장편 ≪사랑과 죄≫는 257회에 걸쳐 동아일보에 연재(1927.8.5~1928.5.4)된 작품이다.1) 많은 논자들이 지적했듯이 ≪삼대≫에로 이어지는 염상섭 문학의 흐름을 살피는 데 있어서 빼놓을 수 없음은 물론, 1920년대 소설문학의 지형을 파악하는 데 있어서도 건너뛸 수 없는 작품이라고 할 수 있다.

　≪사랑과 죄≫에 대한 논의는 김안서의 감상문2)을 제외한다면 1980년대에 들어서야 이루어지기 시작한 것으로 보인다.3) ≪사랑과 죄≫

---

1) 본고에서는 『염상섭전집』(민음사, 1987) 2권을 텍스트로 한다. 이후 작품 인용은 괄호 속에 쪽 수만 표시한다.

2) 김안서, 「廉想涉氏의 近業 「사랑과 죄」를 읽고서」, 동아일보, 1931.8.10.

3) 본고가 참조한 기존의 논의들은 다음과 같다.
　김종균, 「廉想涉의 1920年代 長篇小說 硏究―그 作家意識을 中心으로」, 『청주사범대학문집』, 1980.6
　이보영, 「墮落한 社會와 倫理―廉想涉의 <사랑과 罪>」, 『월간문학』, 1981.10
　류병석, 『廉想涉 前半期 小說 硏究』, 아세아문화사, 1985
　정호웅, 「廉想涉 前期文學論―作家意識을 중심으로」, 『한국문화』, 1985
　정호웅, 「식민지현실의 소설화와 역사의식―廉想涉의 「사랑과 죄」」, 『세계의

가 "한 個의 通俗品에 지내지 아니한다"고 주장하는 김안서의 감상문은 염상섭 특유의 심리 해부와 풍부한 어휘 구사를 상찬하고, 신문 연재에 따르는 흥미로운 구성을 지적한다. 김종균, 류병석, 정호웅(1985), 김윤식의 글은 본격적인 작품론이라고 할 수는 없는데, 염상섭 문학의 통시성 속에서 ≪사랑과 죄≫의 자리를 가늠해 보는 성격을 지닌다. <표본실의 청개고리>(1921)와 ≪만세전≫(1924)에서 ≪삼대≫(1931)로 건너뛰어 왔던 기존 연구사의 결락 부분을 메우고자 하는 문제 의식에서 출발한 이들 연구는, 작품 자체에 주목하여 그 내적인 특성들을 밝히는 데엔 다소 미흡하지만 이 작품과 관련한 문학사적인 시각을 마련해 준다는 점에서 우리의 논의에 참조가 된다.

염상섭의 문학 세계를 '보수주의에 입각한 사회성 문학'4)으로 보는 김종균은, ≪사랑과 죄≫에 "각 시대와 각 계급을 대표하는 人物이 등장한다"고 하여 작품 세계가 "사회계급의 변모현상을 추구하는 한편 이 소설의 흥미는 애정심리의 변모과정의 추적에 있다"5)고 지적한 뒤, "소설적 효과보다는 진리의 전달에 그 사명감을 더하고 있는"6) 작품으로 평가한다. 류병석은 ≪사랑과 죄≫를 크게 '2가지 국면'으로 나누어 파악하고 있다. 즉 "이해춘과 지순영의 사랑과 그것을 방해하는 부패한 인물들과의 대결을 하나의 축으로 하고, 당대 식민지적 현실과 그것을 타개하려는 인물들간의 갈등을 또 하나의 축으로 하여"7) 작품이 구성되어 있다는 것이다. 정호웅(1985)의 경우는 <개성론>과 <생활

문학』, 1986 가을

김윤식, 『염상섭연구』, 서울대학교출판부, 1987

조남현, 「葛藤論으로 본 廉想涉의 「사랑과 죄」」, 『한국소설과 갈등』, 문학과비평사, 1990.

이하, 이들 논의에서의 인용은 이름과 쪽 수만 밝힌다.

4) 김종균, 앞의 글, 29쪽 참조.

5) 김종균, 앞의 글, 37쪽.

6) 김종균, 앞의 글, 38쪽.

7) 류병석, 앞의 책, 158쪽.

론>으로 묶여지는 1920년대 염상섭의 평문들에 대한 검토를 근거로
하여 '反帝 정치의식'과 '反封建 근대지향'의 둘로 작가의식을 특징
짓고, 이 둘이 가장 잘 나타난 소설이 바로 ≪사랑과 죄≫라는 주장과
함께 그것에 "염상섭 前期文學을 결산하면서 다음 단계로 이어지는
분수령적 의미"8)를 부여하고 있다. 김윤식의 경우는 일상적 삶의 의미
를 결정하는 '풍속적 측면'과 자본주의의 원리로서의 '<이념>의 측
면'이라는 두 기둥이 ≪사랑과 죄≫를 이루고 있으며 후자까지도 당
대 사회의 풍속적 차원에서 파악한 까닭에 작품이 '<소설적>'일 수
있었다는 평을 내리고 있다.9)

　　≪사랑과 죄≫에 대한 본격적인 작품론으로서는 처음이라 할 수 있
는 이보영의 글은 서술상의 특징으로 '극적 방법'을 지적하고, '식민
지적 아이러니'10)를 통찰함으로써 작품이 비판적 리얼리즘의 수준에
올랐다는 평을 내리고 있다. 정호웅의 글(1986)은 이 작품에서 인물들
의 성장·변모의 과정이 여실히 개진되지 못하고 있으며, 매개적 인물
인 김호연과 한희의 역할이 불분명하다는 등의 한계를 지적하면서도,
지순영-리해춘 간의 지순한 사랑의 형상화를 통해 "자본주의 사회의
物神化 현상과 일본 제국주의의 침탈에 대한 작가의 부정의식"을 읽
어내고 후자쪽에 강조점을 둠으로써 작가의식을 고평한다.11) 그에 따
르면 ≪사랑과 죄≫는 동시대의 여타 소설들보다 당대 현실의 객관적
실상과 올바른 방향성을 형상화함으로써 <탁월한 문학적 성취>를 이
루었다는 것이다.12) 조남현은 "통속소설에의 유인과 이념소설에의 지

---

8) 정호웅(1985), 앞의 글, 160쪽.
9) 김윤식, 앞의 책, 369-75쪽 참조.
10) 이 용어로 이보영은 "가치체계는 전도되고, 不法이 正義로 행세"하는 "원칙
　　적으로 범죄사회요, 무법천지"인 식민지 현실을 지칭한다. '인간적 아이러
　　니' 등 용어 사용의 자의성이 문제될 수는 있어도 식민지적 규정력에 대한
　　강조는 높이 살 점이라 하겠다(이보영, 앞의 글, 102쪽 참조).
11) 정호웅(1986), 앞의 글, 161-4쪽 참조.

향이라는 두 가지 힘이 팽팽하게 맞서 있는 경우"13)로 ≪사랑과 죄≫의 기본 특징을 지적하고 주인물들이 <돈>이 主因이 된 갈등 관계에서는 승자가 되었지만, 이념적·정치적 측면의 대립에서는 패배했다고 파악하여 작품의 서술의도를 "희생정신, 타인구제의 순심이 핵심을 이루고 있는 사랑의 뜻을 강조하려는 의도"로 정리하고 있다.14)

　지금까지 살펴본 기존 논의들은 대체로, 직접적이든 간접적이든 작품을 이분법적으로 파악하고 있다는 점에서 공통된 면모를 보인다. 이는, 지순영-리해춘 간의 사랑의 문제와 <최진국 사건>으로 표면화되는 바 김호연 및 '주의자'들의 행적이라는 두 가닥으로 ≪사랑과 죄≫의 서사를 나누는 데서 잘 확인된다. 본고가 보기에 이러한 이분법적인 파악은 적지 않은 문제를 안고 있다. 서사 구성에 대한 위의 파악 자체에 대해서는 이론의 여지가 크지 않다 해도, 한 걸음 더 나아가서, 형식면에서는 이 작품의 문제점을 지적하면서도 작가 의식은 고평하는 논법을 보이는 것은 쉽게 동의하기 어렵다. 이는, 작품을 하나의 전체로 보지 않고 내용과 형식을 분리하여 평가했다는 혐의를 벗기 어려운 까닭이다.

　작품이 하나의 '전체'를 이루고 있다 할 때, 이 지적이, 아무런 균열이나 틈도 보이지 않고 잘 빚어진 완미한 전체를 의미하는 것은 아님을 강조해 두어야겠다. 작품을 이루는 요소들은 결코 동질적이지 않은 여러 층위에 걸쳐 있어 일의적으로 연관될 수 있는 것이 아니기도 하며, 같은 층위에서도 단순히 병치되기만 함으로써 서로 무관하게 존재하는 양상을 보일 수도 있다. 작품의 현상적인 양상을 해부해 보자면 복합적인 면모를 띠는 것이 일반적이라고 할 수 있겠다. 그럼에도 불구하고 하나의 작품은 '바로 이 작품'으로서 존재하는 것이며, 해석자

---

12) 정호웅(1986), 앞의 글, 170쪽.
13) 조남현, 앞의 글, 140쪽.
14) 조남현, 앞의 글, 141-2쪽 참조.

와의 관계 양상에 따라 의미상의 변화를 보이기는 해도, 특정 해석 과
정에서는 하나의 전체 작품으로서 자신의 효과를 드러내는 것이라고
보아야 한다. 이때 작품의 효과는 작품을 이루는 구성 요소들의 중층
결정 관계에 의해서 빚어진다고 할 수 있다.[15]

　이런 맥락에서,《사랑과 죄》에 대한 새로운 검토는, 익히 지적된
바 '서사의 두 가닥'이 작품의 전체 효과를 이루는 데 있어서 어떻게
관련되어 있는가의 규명으로 시작될 필요가 있다고 하겠다.

2 현상적인 복합성과 원리적인 단순성

　대홍수가 일어난 1924년 조선의 여름부터 가을까지를 시공간적 배
경으로 하는 《사랑과 죄》에는 이십여 명의 인물들이 등장한다. 200
자 원고지 2,000매를 넘는 분량을 생각하면 결코 등장인물의 수가 많
다고는 할 수 없다. 그럼에도 불구하고 작품의 구성은 매우 복잡한 양
상을 띤다. 구성상의 복잡함은, 장황한 느낌까지 주는 심리묘사가 사

---

15) 작품을 대하는 본고의 기본적인 시각을 밝혀 둘 필요가 있겠다. 본고에서는
　　소설 작품을, 서술자-청자 관계에 바탕을 둔 발화 전략의 산물로 보고자 한
　　다. 이렇게 볼 때 작품의 효과는 크게 두 가지 맥락 즉 발화 전략 및 서사
　　구성상의 특성에 의해 규명될 수 있다고 하겠다. 이는, 작품을 이루는 제반
　　요소들의 구조적인 관계를 지칭하는 '작품의도(Werkintention)'의 기본 층위
　　에 해당한다. 보다 구체적으로 기술하자면, 전자에는, 소설 내 언어·발화의
　　성격이나 지향성, 제시되는 내용상의 선호도 및 기술상의 특성 들이 포괄된
　　다. 작품의 틀을 주조하는 서사 구성의 차원에서는, 서술자의 설정 및 인물
　　구성상의 특성과 작품의 전체적인 틀이 취하는 양상 및 그 성격이 포괄될
　　수 있다. 요약하여, 발화 전략과 서사 구성상의 요소들이 빚는 구조적 관계,
　　달리 말하자면 작품의 효과를 드러내는 데 있어 이 요소들이 맺는 중층결
　　정(overdetermination) 관계가 바로 작품의도를 이루면서, 작품의 전체적인 효
　　과를 규정한다고 하겠다(졸고, 「한국 근대소설 연구 방법론 시고」, 『한국학
　　보』 87집, 1997 겨울 참조).

건의 진행을 가릴 정도로 치밀하게 이루어지는 점,[16] 그리고 인물들이 사회의 각계각층을 대표하는 명확한 전형과는 다소 거리가 멀게 형상화된 사실 등에 의해 더욱 강화된다.

'심리묘사의 치밀함 나아가 장황함'으로 정리할 수 있는 앞의 특성이 작품에 드러난 현상적인 결과를 가리킨다면, '인물들의 설정 문제'라고 할 수 있는 후자는 당대 현실을 바라보는 작가의 의식에 직간접적으로 관련된 것이라 할 것이다. 당대의 현실을 배경으로 장편을 구상하면서 작가가 내세우는 인물들이란 그 자체로, 작가가 현실을 바라보는 세계관의 일단을 표현해 주는 것인 까닭이다.[17] 따라서, ≪사랑과 죄≫의 일차적인 특징이라 할 수 있는 구성의 복잡다기함을 구명하는 데는 미적 차원과 문학사회학적 차원의 문제 모두가 관련되어 있다고 하겠다. 본고의 관심은 후자 즉 인물 설정의 문제에 놓여진다.

기존 논의들에서 누차 지적되었던 바대로 ≪사랑과 죄≫의 인물들은 크게 두 가지 부류로 나뉘어진다. 부정적 인물들과 긍정적 인물들이 그것이다.

전자로는, 홍산무역 사장으로서 일본인 첩을 둔 채 뎡마리아와 통정하고 지순영에게 접근하는 류택수, 미국에서 돌아온 음악가로서 일제의 경무국 사무관 중산의 끄나풀 노릇을 하며 류택수 및 리해춘에게 접근하고 끝내 살인까지 저지르는 뎡마리아, 지순영의 배다른 오빠로

---

16) 조남현의 경우, '디테일리즘으로서의 <과도한> 심리묘사'를 지적하고 그것이 '공감의 축소'라는 부정적 결과를 낳고 있다고 평가한다.(앞의 글, 139쪽)

17) "한 작가가 주로 어떤 유형의 인물을 설정하는가 또 그 인물의 어떤 문제에 관심의 초점을 맞추는가 하는 따위의 질문은 단순히 기교상의 차원에서 답해질 수 있는 것이 아니다. 이러한 문제는 기교상의 문제라는 차원을 넘어서서 어찌 보면 한 작가의 특질을 본질적으로 가늠해 볼 수 있는 근거가 될 수 있는 것이기도 하다. 인물창조의 방법은 그 작가의 세계관, 문제의식, 관심구조 등의 형이상학적인 차원의 문제를 반영하는 것이며 또 이러한 문제와의 연계 아래에서만 작중인물의 올바른 설정 방법이 가능하다."(조남현, 『소설원론』, 고려원, 1982, 155-6쪽; 밑줄 강조는 인용자)

서 순영을 정략적으로 류택수에게 시집보내려 하는 지덕진, 아편쟁이로 전락한 기생 퇴물로서 딸 순영을 이용하여 리해춘에게 접근하는 해줏집 등과 로태로, 지원용, 김 의사, 벽동 대감 등을 들 수 있다. 이들이 '부정적'인 것은, 작품 외적인 윤리적·역사적 잣대를 들이대지 않아도, 인물들이 맞부딪치는 상황의 설정 속에서 나타나는 상대 인물들 혹은 작가 스스로의 직접적인 언급을 통해 뚜렷이 확인된다.

예컨대 뎡마리아의 경우를 보면, 리 자작 대감의 영어 표현을 문제 삼는 작가의 언급이 문면에 드러난다든지(24면), '마리아 싸위'(26면), '아모리 보아도 기생퇴물이나 남의 집 첩 가튼 쏠악신이와 말버릇'(28면), "마리아는 <샬론>의 귀부인으로 자처는 하얏지만은 입에서 나오는 수작은 칠판 미테 안젓는 녀학생밧게 아니 되엿다"(32면) 등 인물에 대한 가치 평가가 매우 직접적으로 제시되어 있음을 알 수 있다. 이러한 사정은 류택수나 해줏집 등에 대해서도 대동소이하다.

긍정적인 인물 부류에는, 아버지의 약값을 마련하기 위해 어린 나이에 김 의사 집 애보기로 들어갔다가 한희의 도움으로 간호부가 되어, 김호연이 꾸미는 사업에의 봉사와 리해춘에 대한 사랑 사이에 놓여 있는 지순영, 구한말 친일 관료였던 리 판서의 아들이지만 김호연과 교우하며 개화한 귀족 미술가 리해춘, 독립운동 관계 사건 등을 전담해 온 변호사로서 주량이 과인한 행태로 병을 얻어 입원한 상태에서 비밀스런 운동을 하고 있는 김호연 등과 류택수와 일본인 첩 사이의 소생으로서 허무주의를 깨고 착실한 개인주의자로 변모하는 류진, 그 외에 운선, 한희, 혜뎡, 혜련 등이 속한다. 부정적 인물들에서와 달리 이들에게서는 작가와 인물 간의 거리가 종종 무화되고 있다.

예컨대 리해춘과 지순영, 뎡마리아가 회동하게 된 상황에서의 다음과 같은 언설은, 해춘의 것인지 작가 자신의 것인지 구별할 수가 없게 되어 있다. 다소 길지만 인용해 본다.

　　해춘이는 이러케 롱담 비슷하게 댓구를 하며 잠잣고 안젓는 순
영이를 잠간 치어다보앗다. <u>마리아가 삼방에서 맛날 째부터도 수상
스럽게 구는 것은 눈치를 못 채인 것은 아니나 여긔까지 쪼차와서
순영이가 듯는 대서 일부러 그런 수작을 하는 것은 불긴하고 얼굴
이 쯧쯧하엿다. 순영이가 듯기에라도 그림 그리다가 말고 계집 데
리고 놀너가서 이주일씩 잡바젓다가 온 것가치 오해할 것이 자미
업섯다.</u> 기실 해춘이가 마리아를 알게 된 것은 년전에 마리아가 동
경에서 음악학교에 단일 째부터이엇스나 다만 안면이 잇다 할 쑨
이요 이번에 우연히 삼방에서 만나서 놀다가 동행이 된 일밧게는
아모 짜닭이 업든 것이다.(25-6면, 밑줄은 인용자)

　　처음 문장이 단순한 외부묘사이며 마지막 문장이 작가의 언급임이
분명한 설명(이 두 부분 모두 작가는 인물과 거리를 두고 있다)인데
비해, 밑줄 부분은 작가와 인물의 거리가 무화된 채 심리를 드러내고
있다. 부정적 인물들이 맞대면하고 있는 다음 부분과 비교해 보자.

　　해주ㅅ집은 마리아가 해춘이를 못 맛낫다느니 손을 쓴느니 하는
것은 자긔가 려관을 가르처 준 생색이 나지 안햇다는 뜻을 보여서
약속한 돈을 안 주겟다는 핑게를 삼으랴는 간계려니 생각하얏다.
과연 마리아도 네 생색 본 것은 업다고 내대랴는 생각도 잇지마는
쏘 한편으로는 해주ㅅ집이 해춘이편에 가서 괴둥대둥 자긔 말을
할가 보아 념려가 되어서 인제는 정말 단념한 뜻을 보인 것이
다.(436면)

　　똑같이 인물들의 심리를 드러내고는 있지만, 위의 밑줄 부분과 달리
여기서는 작가와 인물들 간의 거리가 엄연히 지켜지고 있다. 심리를
직접적으로 그려낸 것[묘사]이기보다는 심리 변이에 대한 설명에 가까
운 것이다.

　　인물들의 설정에서 첫째로 지적할 것은, 기존의 논의들에서 누차 지
적되었듯이 부정적 인물들뿐 아니라 긍정적 인물들까지도 모두 어느

정도 훼손된 상태에 빠져 있다는 점이다. 이는, 극도로 타락한 가치가 지배하는 식민지 현실에서 살아가는 한 사람들이 인간적으로 훼손될 수밖에 없다는 사실을 외면하지 않고 작품에 담아내려 한 염상섭의 의중을 확인해 주는 것이어서 강조될 만하다.

둘째로는 한희와 최진국, 적토, 야마노 등 소위 '주의자'들의 경우 위의 이항 분류에서 설자리가 거의 없다는 점에 주목할 필요가 있다. ≪사랑과 죄≫의 서사가 지순영―리해춘 사이의 지순한 사랑과, 김호연과 최진국 등이 벌이는 정치적 사건의 둘로 나누어 볼 수도 있는 점18)에 비하면, 이들은 작품에 등장하는 경우부터가 매우 미미하여 단순히 후자에 넣을 수는 없다는 것이 문제가 된다. 1924년경 조선의 정치적 조류를 집약하고 있는 <남산골 카페 모임>(206-211면)에서 보이듯이, 이들은 작가의 '절충론'을 대변하고 있는 리해춘에 의해 싸잡아 비판당할 뿐이다. 김호연이 이렇다 할 입장을 개진하지 않으면서 그에 동조하고 있음으로써 이들의 위상은 그만큼 더 취약해진다.

주의자들을 한자리에 몰아넣고 벌이는 정치사상의 축도가 이러하다는 사실은, 단순히 인물 구성상의 특징에 그치지 않고 작품 전체의 특성에까지 영향을 미친다. 작품을 구성하는 요소로 두 가지 '국면'이나 '기둥', '힘'을 논의하는 것 자체가 부적절할 수 있음을 시사하는 까닭이다. 이러한 사정을 염두에 둘 때 작가의 서술의도가 분명치 못하다는 판단19)은 새삼 주목할 만한 지적이라 할 것이다. 이에 대해서는 작품의 구성을 살펴보는 다음 장의 논의를 거치면서 상론한다.

인물들의 설정과 관련하여 셋째로 짚고 넘어가야 할 점은, 이들 인물들의 사회적 정체성이 심히 모호하다는 사실이다. 각 인물군들의 지

---

18) 류병석이 파악하는 '두 가지 국면'(157-8쪽)이 대표적이며, 김윤식의 '두 가지 기둥'(369-375쪽)이나 조남현의 '두 가지 힘'(140-1쪽) 모두 이러한 점을 지칭하는 것이라 할 수 있다.

19) 조남현, 앞의 글, 135쪽.

향에 비추어 살펴보자.

부정적 인물들은 모두 '돈' 혹은 '정욕'에 따라 움직인다. 류택수는 완전히 정욕의 화신이어서 이 부분을 빼고 나면 그의 존재는 사실상 무화되어 버린다. 홍산무역 사장이라는 직함은, 그가 자신의 정욕을 채워 줄 대상을 찾는 데 아무런 제약도 없게 해 주는 장치 이상의 것이 아니다. 물론 반대로 생각해서, 한 인간이 그토록 타락한 '자유'를 구가할 수 있게 된 요인으로 자본가라는 계급적 지위가 구사되었다는 점을 들어, 부르주아지의 타락상을 통해 부르주아지를 비판하고 있다고 해석해 볼 수도 있을 것이다. 하지만 이러한 해석은 매우 섣부른 것이기 쉽다. 무엇보다도 류택수의 직함이라는 것이 말 그대로 직함에 불과하지, 그 직함으로 표현을 얻는 사회·경제적 맥락의 운동을 이끌어 내는 것은 아니기 때문이다.

뎡마리아의 경우는 위의 두 가지 모두를 체현하고 있다. 리해춘에게서뿐만 아니라 류택수에게서도 그녀는 '돈'과 '정욕' 두 가지를 취하고자 한다. 그 외의 인물들은 철저히 '돈'을 좇아서 움직이고 있다. 혈육이라는 천륜까지도 뒤로 밀어놓고 온갖 악행을 꾸미는 해줏집이나 지덕진뿐 아니라 로태로 등 역시 돈을 얻기 위해서 행동하고 있는 것이다.

여기서 강조해야 할 것은 돈을 향한 그들의 욕망이란 것이 사회경제적 맥락에서 발현되는 것은 아니라는 점이다. 인물들 자체가 그 맥락에서 '자유'로운 까닭이다. 류택수에게 홍산무역 사장이라는 직함이 실제적인 의미에서 어떠한 사회성도 지니지 않는 것과 마찬가지로, 뎡마리아가 음악가라는 점 역시 당대 조선 사회에서의 의미망을 담고 있지는 않다. "진정한 예술가란 가장 불행한 일종의 수난자(受難者)요 일생의 고통을 배랑에 듬북히 너허서 질머지고 뎡처업시 나선 나그네이지요. 전우주(全宇宙)가 그 사람의 전려뎡(全旅程)이라고 할가!"(31

면) 운운하는 뎡마리아의 언급을 두고 '칠판 미테 안젓는 녀학생'이라고 규정하는 작가의 태도는, 그의 지향이 당대 조선 사회에서 예술가가 처한 상황의 구체적 문제 즉 뎡마리아의 사회적 정체성 문제에는 애초부터 관심이 없음을 드러내준다.

그 외 인물들의 사회적 위상 역시 구체적인 사회역사적 맥락에서는 유리되어 있다. 순영이라는 한 여성을 빌미로 삼아 부를 얻고자 하는 일념 외에는 그들의 존재를 지탱해주는 것이 형상화되어 있지 않은 것이다. 따라서 ≪사랑과 죄≫의 부정적 인물들 각자를 특징짓는 것은 정확히 '개인 차원의 악덕'이라고 할 수 있다. 그들의 음모나 악행 어느 것도 구체적인 사회 관계 속에서 피할 수 없게 부여된 것은 아닌 까닭이다.

인물들의 비역사성 나아가 무[비]계급성이라고 할 수 있는 이러한 특징은, 긍정적 인물들에게서도 마찬가지로 발견된다. 지순영은 한갓 간호부이면서도 지식인들의 비밀 운동에 관련되어 있으며 귀족과 친교를 맺는다. 리해춘은 자본주의가 지배적으로 되고 있던 당대 사회의 역사적 흐름에서는 별로 의미를 가질 수 없는 귀족이며, 김호연은 류진과 마찬가지로 작품의 대부분에서 룸펜의 모습 이상을 영위하지 않고 있다.

류택수의 직함과는 정반대의 자리에 있는, 쇠락하는 계급이자 참으로 기생적인 계급이라 할 수 있는 귀족의 신분이라는 것이, 리해춘에게 있어서는 전혀 이러한 계급적 성격을 띠지 않고 있다. 식민지 치하 귀족 계급이 담지할 수밖에 없는 매판적 성격조차도 작가의 인물 구성에 의해 철저하게 배제되어 있다.[20] 김호연과 류진에게서 읽어 볼

---

20) 귀족 계급의 몰락적 성격을 추론해 볼 수 있는 거의 유일한 구절은 오히려 리해춘의 동생 해뎡에게서 발견된다. 체면을 들먹이며 이혼 문제에 제동을 거는 김호연에게 보내는 다음과 같은 해뎡의 답변은, 자기가 속한 계급의 인간적 족쇄를 풀려는 의지로서, 근대적 인간상에 가까이 가 있는 것이다;

수 있는 룸펜적 모습도 룸펜 프롤레타리아와는 차이를 갖는 것으로서, 허무적 지식인 내지는 부동하는 존재의 성격이 짙게 배어 있다고 하겠다.[21]

이렇게, 작품의 배경은 1924년의 식민지 조선으로 되어 있지만, 모든 인물들은 사회경제적 맥락에서 추정되는 역사성과는 다소 무관한 상태에 놓여 있다. 인물들의 행위가 복잡다기 하게 그려지고는 있지만, 그 추동력은 생물학적인 욕망 아니면 비의적인 지점에서만 제시되고, 인물들이 수행하는 행위의 양태도 단선적이고 추상적으로 그려지고 있을 뿐이다. 달리 말하자면, 지순영을 둘러싼 음모극을 ≪사랑과 죄≫의 중심 서사로 볼 경우 그 배경이 식민지 조선이어야 할 이유도 또 1924년이어야 할 이유도 없다는 것이다. 부정적으로 볼 경우 현상에의 매몰이라고 할 수 있는 이러한 양상은, ≪사랑과 죄≫의 작품의도가 당대 사회의 총체성을 파악하는 것과는 거리가 있음을 의미한다.

이러한 점은 작품 서두에서 이미 암시되어 있다고도 하겠다. 이 부분은, 보름 동안의 지리한 장마 끝에 닥친 찌는 듯한 더위 속에, 조선 신궁의 신작로를 다지는 인부들과 용산 인도교 무너진 것을 구경하러 가는 사람들을 등장시켜, 그러한 "광경이 서로 어울려서 복작대일 뿐이요 소리인지 형용인지 분간조차 할 수 업"(11쪽)게끔 이루어져 있다. 이는, 도덕적으로 타락한 사람들의 욕망에 의해 난마같이 얽히게 되는,

---

"그런 것(체면; 인용자)을 생각하면 무얼합니까? 귀족의 딸이라니까 누구나 그러케 생각하겟지요마는 문벌을 집어치지요! 톄면을 집어치지요! 그런것만치 그짓말을 숨기랴고 그짓말을 또 하고 또 하고 하게 되는 것 모양으로 물먹은 벽에다가 새 벽질한 우에 또 하고 또 하는 것밧게 아니 되겟지요. (중략) 저는 무엇보다도 감정의 해방부터 어드랴 합니다. 순일하고 자유스러운 감정을 가지고 살려고 합니다. 그러타고 요새 류행하는 소위 자유결혼 자유련애를 말슴하는 것은 아니애요."(261쪽)

21) 이러한 점에서 본고는 ≪사랑과 죄≫에 "각 시대와 각 계급을 대표하는 인물이 등장"하며 인물들이 '사회법칙'에 의해 지배된다고 보는 김종균(앞의 글, 37쪽)과 견해를 달리한다.

이 작품의 서사 구성에 대한 상징이라 할 수 있다.

여기까지 와서 보면, ≪사랑과 죄≫의 일차적인 특징이라 할 수 있는 구성의 복잡다기함은, 수많은 인물들이 벌이는 사건들이 위계지워져 있지 않고 병렬적으로 나열되어 있는 까닭이라고 추론할 수 있다. 따라서 사건은 복잡하지만 사건 당사자들의 행위는 기실 매우 단순하다. 현상적으로만 다를 뿐 가치 정향의 차원에서는 똑같은 행동을 하는 인물들 다수가 동시다발적으로 등장하기 때문에 복잡할 뿐인 것이다. 여기에, 그 자체로서는 물론 중요한 성과이지만, 서사의 흐름을 부단히 가리는 장황한 심리묘사의 부정적 기능까지 겹쳐져서 현상의 복잡함을 가중시키고 있다.[22]

3 풍속의 묘사; 사회주의 이데올로기와의 거리

줄거리만을 추려내어 이야기하는 것이 용납된다면, ≪사랑과 죄≫는 귀족 미술가 리해춘과 기구한 운명의 간호부 지순영 간의 사랑이 온갖 방해를 무릅쓰고 성취되는 로맨스적인 이야기를 담고 있다.[23] 일제의 스파이 혐의를 덤으로 부여받고 있는 뎡마리아를 예외로 한다면, 모든 부정적 인물들은 시종일관 이 두 사람의 사랑을 방해하기 때문

---

22) 물론 작가 자신은 서사의 잔 가지까지 확실히 이어내고 있다. 대표적인 예로, 뎡마리아의 해줏집 살해 사건을 다루는 <계획>부터 <죄>까지의 치밀한 연락 관계나, 순영을 미행하던 덕진이 불현듯 어디론가 사라지는 서두의 장면(22쪽)이 단행본으로 130여 쪽이나 뒤(158쪽)에서 해명되고 있는 것 등을 지적할 수 있다.

23) 제임슨이 정리하는 로맨스의 특징은 ≪사랑과 죄≫의 면모와 크게 일치하고 있다; '비사회·역사적 성격을 갖는 배경으로서의 자연의 설정, 세계가 아니라 인물이 행위 및 사건을 생성한다는 것, 이원적 대립으로 의미를 조직한다는 점' 등이 그것이다(F. Jameson, *The Political Unconscious - Narrative as a Socially Symbolic Act*, Methuen, 1981, pp.111-4 참조).

에 부정적이고 또 그럼으로써 존재할 권리를 갖는다. 물론 이들이 방해 역할을 하는 까닭은, 리해춘의 경쟁자라고 할 수 있는 류택수를 지원하는 것이, 돈에로 정향되어 있는 자신들의 욕망을 충족시키는 길인 까닭이다. 뒤에서 밝히겠지만, 이 작품에 대한 이념적 혹은 작가의식적 해석 및 평가를 가능케 하는 근거로 여겨져 온 '주의자들'에 관한 부분도 사실, 둘 사이의 사랑이 보이는 서사의 전개에서 결정적으로 중요한 역할을 하게끔 고안되어 있다.

이렇게 서사의 대부분이 지순영과 리해춘의 사랑 문제에 집중되고 있다. 그에 비해 보면 식민지치하의 비밀 정치운동을 다루는 부분은 양으로 따질 때 크게 잡아도 10%에 불과한 한낱 가지에 불과하다. 무리를 안으며 양적인 비중까지 따지는 것은, 이 두 부분이 서로 밀접히 연관되지 않고 다소 별개의 문제처럼 나뉘어져 있기도 해서, 기왕의 연구들을 통해 그러한 분리의 측면이 다소 지나치다 싶게 강조되어 왔기 때문이다. 편의상 <최진국 사건>이라고 명명할 수 있는 두 번째 부분은 넓게 잡아도 [수색] 절에서부터 [대면] 절까지(31~8절)를 차지하고 있을 뿐이며, 그 외에는 최진국이 등장하는 [인삼장수], 리해춘과 주의자들이 우연히 만나는 <남산골 카페 모임>이 이루어지는 [니취], 작품을 종결짓는 [평양공판] 절을 생각할 수 있다.

이 부분이 리해춘과 지순영 간의 사랑으로 이루어진 작품의 주서사와 분리되어 있다는 것은, 앞서 지적했듯이 <최진국 사건>의 담당자들인 '주의자들'의 형상화가 극히 부족하다는 점에서 일차적으로 확인된다. 인물의 특성을 십분 드러내주는 극적인 대화 처리와 작가 스스로의 틈입에 의해 인물들의 성격을 구체화하는 다른 부분에 비하면, 이들은 거의 주목을 받고 있지 못한 형편이다. 앞서 밝힌 바 ≪사랑과 죄≫의 인물군들 가운데 이들이 설자리가 없다는 것은, 이들이 작중 인물로서의 역할 자체를 제대로 부여받고 있지 못하다는 점을 의미한다.

　주의자들의 면모는 항시 베일에 가려져 있고 존재의 윤곽마저 뚜렷하지 않다. 그들이 긴장 관계를 수반하며 등장하는 것은 기껏해야 한밤의 <남산골 카페>일 뿐인데, 그나마도 취중 논쟁의 한편으로 설정되어 긴장의 열도가 현격히 떨어지는 것이다. 더욱이는 그러한 논쟁이라는 것도, 니취한 리해춘의 입을 빌린 작가에 의해 '민족주의와 사회주의의 중간'(210쪽)이라는 입장이 내세워지고, 그것에 비춰 적토(콤뮤니즘), 야마노(아나키즘), 류진(니힐리즘) 등이 싸잡아 비판되는 방식으로 그려지고 있을 뿐이다. 이렇게 '주의자들'에 대한 처리는, 그에 요구되는 핵심적인 위치를 벗어난 자리에서 또 그들의 입을 막은 상황에서, 작가만이 전면에 나선 채 이루어져 있다. 주의자들과 관련한 형상화가 한갓 풍속의 차원을 벗어나지 못한 것이라는 지적24)은 이 맥락에서 이해할 수 있다.

　이렇게 '주의자들'을 허수아비화한 것은 그대로 ≪사랑과 죄≫의 작품의도를 확인케 해 주고, 나아가 작가의 의도가 어디를 향하고 있으며 그의 세계관이 어떠한 것인가를 암시해 주는 대목이라 할 것이다. 작품을 이루는 여러 미적 장치들은 결코 이들 '주의자들'에게로 향해 있지 않다. ≪사랑과 죄≫를 특징 짓는 대표적인 미적 장치인 심리 묘사가, 주의자들에게 전혀 구사되고 있지 않음은 명백한 사실이다. 심리 묘사의 진경이 삼각관계 속에 놓여 있는 인물들에게서 펼쳐지며, 주인물들의 사랑을 방해하는 이런저런 부차적 악한들에게서도 그 힘을 충분히 발휘하고 있음을 생각해 보면, 이 작품의 서사가 지향하는 바는 매우 또렷한 셈이라고 할 수 있다.

　작품의도의 결과로 나타난 바 '주의자들'에 대한 형상화의 공소함은, 작가의 의도 역시 이념의 문제가 아닌 다른 곳에 놓여져 있음을

---

24) 김윤식, 앞의 책, 371-5쪽.

알려 준다. 작가 스스로 표방한 창작 의도를 그대로 믿는 것은 안이한 발상일 때가 많겠지만, 작품의도를 확인한 자리에서 한 번 짚어 보는 것은 앞으로의 분석에 적절한 맥락을 제공해 줄 수도 있을 것이다. 이 작품의 연재에 앞서 다소 거창하게 밝혀 놓은 <作者의 말> 끝 부분에서 염상섭은 다음과 같이 말해 놓고 있다.

> 소설이란 붓 긋으로 색임질하야 써 보는 이의 마음에 아름답고 깁흔 감명을 줌으로 말미암아 눈치채이지 못하엿든 인생의 형용과 자긔와 밋 자긔가 노혀 잇는 현실을 깨닷게 하는 데에 공리뎍 사명(公利的 使命)을 가진 것입니다. 그럼으로 시대와 환경을 그리며 지금 조선 사람은 엇던 생각을 가지고 엇더케 사는가를 그리려 함니다.
>
> 과연 얼만한 효과가 나타날지는 몰으겟슴니다만은 다행히 이 일편으로써 우리가 **행복의 길 – 사랑의 길 – 갱생의 길을 쑤러 나가는 데에 의론하얌즉한 말동무가 된다** 하면 문학뎍 가치는 별문데로 하고 헛된 노력이 아닐까 함니다.25)(강조는 인용자)

이 맥락에서 '현실'이나 '공리적 사명' 등의 개념에 주목하여 작가의 의도를 이념적인 것으로 규정하는 것은, 작품의 실제를 돌보지 않은 채 말 그대로 의도의 오류에 빠지는 것이 된다. 작품과 관련해서 위의 개념이 어떻게 쓰였는가가 확정되는 것은 작품의 형식내용(the content of form)에 의해서이기 때문이다. 따라서 작품의도와 관련해서 볼 때 끝의 강조 부분이 작가의 참된 의도라 할 수 있겠다.

'주의자들'을 설정하되 작품의도를 구축하는 데서는 홀대하는 이러한 태도의 근저에는, 작가의 측면에서, 절충주의라는 정치적 입장과 실제적인 사회 운동에 대한 경험 부족이 원인으로 작용한다고 할 수 있겠다. '정의감이 날카로운 리상주의자'(214쪽) 리해춘의 입을 빌려

---

25) 염상섭, 「작자의 말」, 동아일보, 1927.8.9. (인용은 『염상섭전집』, 앞의 책, 10쪽)

'민족주의와 사회주의의 중간'이라고 표어적으로 언명되는 절충주의
는, 이념적 갈등을 떠안고 있는 것이기보다는 생래적 민족주의에 연원
하는 것이다. 이때 민족주의는, 작가에 의해 간접화법으로 정리된 리
해춘의 생각을 빌자면, "날근 비단 두루막이가 아니라 입지 안흘 수
업는 수목 두루막이 가튼 것"이라고 비유적으로 주장된다(211쪽, 밑줄
강조는 인용자). 이는 이 시기에 염상섭이 취한 기본적인 인식에 닿아
있다. 프로문학파와의 대립 구도에서 그가 취하는 근본 입장을 담고
있는 바 "自己民族이 處한 時代 環境, 自己民族이 가지고 있는 思想
感情 呼訴 希望을 떠나서는 世界的일 수도 없고, 人生을 爲한 것일 수
도 없으며, 심하여는, 藝術的인 可能性도 없을 것"26)이라는 주장은,
≪사랑과 죄≫에서도 그대로 관철되고 있다. 요약컨대 '민족적'인 것
은 '필연성과 필요성'을 지닌 것이어서 논리적인 회의의 대상일 수 없
는 것 따라서 이념 논쟁의 주제가 될 수 없는 것이다.27)

  <남산골 카페> 장면이, 당대 사회에서 이념적 대립상이 지니고 있
는 무게를 띠지 않는 것은 이렇게 볼 때 오히려 당연하다고 할 수 있
다. 염상섭 스스로가, 절충의 대상으로 포착되는 두 대립항이라는 것
이 실상은 상호매개라는 대립적 공존의 관계에 있는 것 즉 변증법적
인 모순 관계28)에 있음을 알아차리지 못한 채, 자신의 기본적 입장에

---

26) 염상섭, 「時調에 關하야」, 조선일보, 1926.12.6. (김윤식, 『한국근대문예비평
    사연구』, 일지사, 1976, 114쪽에서 재인용)
27) 그야말로 '절충적'으로 국민문학과 프로문학의 타협점을 모색하는 다음과
    같은 언급에서도 민족적인 것이 선험적 차원에서 주장되고 있음을 알 수
    있다; "民族的 傳統 속에도 自然에서 받은 傳統뿐이 아니요 社會的 혹은 階
    級的 傳統을 받은 部分이 있음으로 그 階級的 傳統 破棄에 대하여 國民文
    學에서 努力해야 할 것을 自覺하고 階級文學에서도 民族的 傳統의 必然性
    과 必要性을 是認할 지경이면, (하략)" (염상섭, 「朝鮮文學의 現在와 將來」,
    『신민』, 1927.1, 87쪽; 김윤식, 『한국근대문예비평사연구』, 앞의 책, 118쪽에
    서 재인용)
28) 한국 철학사상연구회 편, 『철학대사전』, 동녘, 1989, 381-2쪽 참조.

대해서 맹목적인 까닭이다. 문제는 이러한 맹목이 ‘주의자들’의 구체적인 면모를 형상화하는 데에도 걸쳐 있다는 점이다. 그 결과가 김호연의 경우에 잘 확인되는 바 정체성의 모호함이며, ‘주의자들’의 행태에 배어 있는 비의적이고 탐정소설적인 양상이다.

양심적인 청년 변호사 김호연은 “물질과 정신이 융합한 소위 제삼데국(第三帝國)이 정말 출현되어야 할 줄 아네”(58-9쪽)라든지 “만일 진리(眞理)가 언제든지 행위의 결과를 약속하야 준다면 불행은 우리에게서 다라나 줄 것이지만 그러치 못한 것이 사람의 생활인 거야 허는 수 업지 안흔가요. 우리는 조고만 리상주의나 정의감으로 인하야 순사(殉死)할 의무는 지지 안핫습니다”(262쪽)라고 하여 작가의 절충주의적 사고를 대변하는가 하면, “량심과 자존심을 팔아서까지 사야 할 아모 것도 업”다(같은 쪽)는 등 소박한 휴머니즘적 태도를 보이기도 한다. 더욱이 당대의 사회운동에 대한 염상섭의 정치의식이 확연히 드러나는 <남산골 카페 모임>에서의 논쟁(206-11쪽)에서 침묵을 지키다시피 함으로써 사실 리해춘의 입장에 동조하는 것처럼 표현되고 있다. 그러면서 동시에 그는 “우리에게는 사업이 잇네! 인류의 큰 고민 —×국의 운명— 해방되지 안흐면 안 될 무산자의 우는 소리… 이러한 것보다도 자네는 자네의 련애가 어대까지든지 데일의(第一義)라는 말인가?…”(268쪽)라고 류진에게 충고하는가 하면, ‘「△△△△내국본부총지휘지장」’(288쪽)이라는 밀랍 도장을 가지고 청년들을 해외로 보내는 등 비밀 운동을 하고 있는 것으로 기술된다. 이는 기술적인 차원에서 빚어진 인물 형상화의 실패라기보다는, 작가 의도의 혼선 내지는 과욕이 등장인물에게서 입증된 경우라 하겠다.

같은 맥락에서, 최진국이 등장함으로써 김호연이 꾸미는 일들의 일단이 드러나는 [인삼장수]나 [비밀상자] 등의 절이 탐정소설적인 면모를 짙게 띠고 있음을 지적할 수 있다. 이상의 특징들을 고려하면, ≪사랑과 죄≫가 '주의자'들을 끌어들인 것은, 작가의 정치 의식의 높이를 드러내 주는 것이 아니라 정반대로 그 의식의 불철저함을 보여주는 결과를 낳는다고 할 수 있다.

다른 한편으로 이러한 불철저함은 순수하게 소설 구성의 차원에서도 말해 볼 수 있는데, 소설의 육체를 꾸릴 작가적 경험의 부족이 드러나는 경우가 그것이다. 염상섭 자신이 다뤄 온 소설적 제재의 한정성[29]은 비교적 뚜렷하다. 1923,4년경의 소설계가 보인 변화에서 염상섭이 차별성을 보이는 것 중에 첫째는 인물 구성과 배경 설정의 양상이다. 1920년대 중기 자연주의 소설계가 즐겨 다루었던 하층민들의 궁핍상과는 거리를 띄운, 중산층 인텔리의 형상화가 그것이다.[30] ≪사랑과 죄≫에 있어 이 점은 '주의자들'에 대한 묘사의 공소함에 덧붙여서, 사회 하층에 있는 인물들의 생활상에 대한 묘사가 매우 허술한 점으로 나타난다. 주인물들에 대한 배경·상황·심리 묘사에 비해 볼 때, 이들 여타 인물에 대한 묘사 및 서술은 매우 빈약하다는 느낌을 버릴 수 없다. 예컨대 아편굴에 대한 묘사가 또 그러하다. 작품의 서두를 상징적으로 처리하는 것 역시 같은 맥락에서 지적할 수 있을 것이다.

이렇게 볼 때 <최진국 사건> 부분은 전체 줄거리 행위(Handlung)에 비하자면 다소 큰 삽입물이라고 할 수 있다. 작품의도를 이루는 요소들 중에서 다소 이질적인 것이다. 이면의 사건으로 깔려있다고 보는 것도 적절치 못하다. 지순영과 리해춘을 둘러싼 삼각관계들에 의해 추

---

29) 본고와는 다른 맥락이지만, '심퍼다이저'의 형상화에 주목하는 김윤식의 "「만세전」에서 「사랑과 죄」, 「남충서」, 「이심」을 거쳐 「삼대」에 이르는 과정은[이] 작가 염상섭의 한정된 제재에서 생겨난 것"(『염상섭 연구』, 앞의 책, 429쪽)이라는 지적 역시, 신경향파 작가들의 창작 행위들을 한 옆에 두고 염상섭 문학을 생각할 때 드러나는 바 이 작가의 경험부족을 지칭하는 것이라고 할 수 있다.

30) 이상에 대해서는 졸고, 「조선자연주의 소설 시론」, (『한국학보』 74호, 일지사, 1994 봄), 70-2쪽과 「<너희들은 무엇을 어덧느냐>론」, (한국 국어교육 학회, 『새국어교육』, 1995.7), 298쪽 참조.

동되는 사건이 너무 전면화되어 있는 반면, 이 부분은 인물들의 형상
화까지도 무시된 채 탐정소설적으로 가려져 있기 때문이다. 인물 설정
에 있어서 둘 사이를 연결시킬 수 있는 유일한 인물인 김호연에 대한
형상화 역시, 지순영이나 리해춘과의 관계 속에서만 이루어질 뿐이고
'주의자'들과의 끈은 사실 주어진 게 전혀 없다.

따라서 작가 스스로가 사회·역사적 현상의 본질을 파고들지는 않
고(혹은 못하고) 있음을 확인한 자리에서, 주서사를 굳이 주제적으로
정리할 경우, 반제적 정치의식에 강조점을 두는 것은 무리라고 하겠다.
그보다는 "희생정신, 타인구제의 순심이 핵심을 이루고 있는 사랑의
뜻을 강조하려는 의도에서 「사랑과 죄」를 쓴 것"31) 이라는 지적이 작
품의 실제에 더욱 접근해 있다. 일반화하여 말하자면, ≪사랑과 죄≫
는 '주의자'들의 존재까지를 포함해서 당대의 풍속을 전면적으로 묘사
하는 데 그쳐 있다고 해야 할 것이다.

실상 전체 서사의 흐름을 지속적으로 본다면 <최진국 사건> 부분은
류택수 일당으로부터 순영을 빼돌리는 데 있어서 전제를 마련하는 역
할을 하고 있다고 보여진다. 지순영-리해춘의 지리멸렬한 사랑이 이
사건을 계기로 일층 진전되고 있으며, 작품의 결말 처리 역시 이 사건
이 설정됨으로써 가능해지는 까닭이다. <최진국 사건>에 연루되어 평
양으로 압송된 순영 일행을 옥바라지하기 위해 [호혈에] 들어간 해춘
은, 그녀와의 면회를 통함으로써, 그간의 오해와 그에 따른 자기 방기
및 그 후의 비주체적인 어정쩡한 상태(270쪽)에서 벗어나 서로의 사랑
을 확신하게 된다. 이 만남 이후 둘 사이의 감정의 깊이가 더해지는
부분은, 지순영-리해춘의 사랑이 주체적인 의지에 의해 현실 속에서
발전되는 유일한 장면이자 작품의 감동을 증폭시키는 정점이라고 할
수 있다. 따라서, 순영의 고결함이 확증되고 둘 사이를 갈라놓으려는

---

31) 조남현, 앞의 글, 142쪽.

모든 음모가 와해될 소지가 마련되는 이 부분이야말로 ≪사랑과 죄≫
의 중심점이라 할 것인데, 바로 그러한 진전이 가능한 데는 <최진국
사건>과 주서사가 어우러져 있음을 빼놓을 수 없는 것이다. 따라서 이
지점에서 그 내용만을 집어내어 작가 의식을 고평한다면, 작품을 하나
의 전체로 보지 못했다는 혐의를 벗기 어려워진다.

4 부정성의 전면화 전략

이상 우리는, 현실적인 논리가 작품 세계를 규율하기에는 미흡하게
인물들이 설정되어 있으며, <최진국 사건> 역시 주서사와 관련하여 중
요한 역할을 하고 있음을 살펴보았다. 이 위에서 ≪사랑과 죄≫의 전
체 서사는 부정적인 인물군들의 발호에 의해 추동된다. 즉 당대 사회
의 현실에 연원한 이데올로기적, 계급적 대립이 아니라, 류택수, 로태
로, 지덕진 패거리와 덩마리아, 해줏집 등의 '돈'과 '정욕'을 향한 욕
망이 서사의 추동력으로 기능한다. 앞서도 약간 언급했듯이 이들의 욕
망은 사회성과 역사성에 제한되지 않는 추상 차원의 것이다. 구체적인
발현 양태를 문제삼기 전의 '정욕' 자체가 생물학적인 것임은 물론이
고, 경제 논리와는 거의 상관없는 방식으로 추구되는 '돈' 역시 추상
적이다.[32]

---

32) ≪사랑과 죄≫에서 기능하는 '돈'의 성격에 대해서 김윤식은 "근대자본주
의적 돈 개념에는 미달"하는 것이라고 적절하게 지적하고 있다(370-1쪽). 고
쳐 말하자면 '자본'으로 기능하기 이전의 단순한 '화폐'로서, 특히는 재산
축적과 욕망 충족의 수단으로서만 기능하고 있다는 것이라 하겠다. 염상섭
의 대표작 『삼대』에서의 '돈'도 이런 맥락에서 벗어나지 못하고 있다. 이에
대해서는 류보선, 「전망 부재의 공간으로서의 <삼대> 또는 근대 초기 시민
계급의 자화상」, 『한국근대장편소설연구』(한국현대문학연구회 편, 모음사,
1992), Ⅲ절 특히 61-2쪽 참조.

부정적 인물들의 적극적인 발호에 비한다면, 긍정적 인물들의 행동은 적극성 부재 현상을 보여준다. 지순영―리해춘의 관계 역시 음모에 대한 대응적 면모가 짙다. 최소한 그들이 엮어 가는 서사적 진행의 여건은 그들 외부에 음모의 형태로 존재하는 것이다. '부정적 인물들의 적극성과 긍정적 인물들의 수동성'이라고 요약할 수 있는, 구성 원리상의 특성과 관련해서 우리는, ≪사랑과 죄≫의 성과와 한계 모두를 가늠해 볼 수 있다.

이러한 구성의 구체적인 양상을 살펴보기로 한다. 욕망을 좇는 부정적 인물들의 발호와 그에 추동되는 긍정적 인물들의 반응이라는 기본 원리 위에서, ≪사랑과 죄≫는 수많은 삼각관계와 우연을 통해 구성된다.

구성상 가장 중심적인 삼각관계는 <리해춘―지순영―류택수> 사이에서 그리고 <지순영―리해춘―뎡마리아> 사이에 설정되어 있다. 이들은 부정적 인물들의 개입과 그에 대한 긍정적 인물들의 대응이라는 형태로 사건을 발생·지속시키면서 주서사를 이끄는 역할을 한다. 서사의 구성에 초점을 두고 보자면, 이 작품에 구사된 삼각관계들은 앞서 말했던 바 위계지워져 있지 않은 수많은 사건들을 서로 연결시키는 기능을 하고 있다. 위의 두 삼각관계를 대상으로 이러한 점을 좀더 살펴보자.

이들 삼각관계는 사회적 역학 관계가 아니라 개개 인물의 도덕적 속성에 기반하여 인물들간의 평면적 연결을 이루고 있다. 지순영을 가운데 두고 리해춘과 류택수가 맞서 있는 첫 번째 삼각관계는, 인물들의 계급적 지위 설정의 면에서 보자면 역사적으로 몰락하고 신흥하는, 상반되는 두 계급이 부딪치는 것으로 읽힐 수도 있지만, 앞서 말했듯이 작품의도는 다른 곳을 향하고 있다. 즉 그 둘은 인생의 고원한 존재로서의 예술가와 속악한 욕망의 화신으로서 도덕정·상징적으로 대립해 있는 것이다. 앞서도 말했듯이 이때 중요한 것은, 둘 모두에게 있어서 그들의 신분이, 사회적 맥락으로부터 그들을 자유롭게 해서 각기 그러한 상징을 추구할 수 있도록 기능할 뿐이라는 사실이다. 이런 까닭에 그들의 신분이라는 것은 평면화되어 실상 대중적 스캔들의 요긴한 항목에 불과(340쪽)하게까지 되기도 한다.

한편 리해춘을 중심으로 하여 지순영과 뎡마리아가 정립해 있는 삼각관계는 전적으로 도덕적·추상적인 대립의 성질을 띠고 있다. 사실 순영과 마리아 사이에는 별반 실제적인 대립이랄 것도 없다. 따라서, 도덕적으로 바람직한 경우와 그렇지 못한 경우를 리해춘의 시점을 통해 대비시켜 전자를 도드라지게 하는 장치로 이 삼각관계가 설정되었다고 할 수 있다.

이런 맥락에서, 이들 삼각관계는 인물들간의 대비를 통해 (계급적·이데올로기적인 것이 아니라, 도덕적인) 주제를 부각시키고 사건 전개에 긴장감을 부여하는 효과를 낳고 있다고 하겠다.[33] 동시에 이 삼각관계들은, 인물들간의 그리고 그들이 빚어내는 사건들간의 관계를 위계화하지 않고 평면적인 방식으로 얽기도 한다. 따라서 삼각관계의 구사는 인물들의 운명의 정향성을 희석시키고 서사의 맥락을 지나칠 정도로 복잡다기하게 만드는 부정적인 결과도 낳는다고 할 수 있다. 요약하여 ≪사랑과 죄≫에서의 삼각관계는, 인물들의 주체적인 면모 달리 말해서 자기 삶의 주인으로서의 주체성이 약화될 수밖에 없는 구조로서 기능한다고 하겠다.

이러한 삼각관계가 미적 장치의 일종으로 파악될 수 있다면, 작품 속의 우연은 그 자체 서사문학으로서의 결함을 나타내는 것이라 할텐데, ≪사랑과 죄≫의 경우는 진행의 많은 부분을 우연에 의탁하고 있

---

33) 정호웅(1985), 앞의 글, 168쪽. 더불어 정호웅은 흥미를 유발하려는 의도에서 지나치게 많은 삼각관계가 설정되어 복잡함을 초래하였다고 지적한다.

다. 중요한 몇 가지의 우연을 구성상의 역할과 더불어 예시해 본다.

① 해춧집-뎡마리아의 만남(163-4쪽) ; 상술한 두 개의 삼각관계가 중첩되는 계기이자 동시에 뎡마리아, 해춧집, 류택수 등의 음모가 복합적으로 전개되는 계기.

② 지덕진-리해춘의 만남(172-3쪽) ; 해춘의 오해 (및 그 여파로서의 뎡마리아와의 관계 급진전) 부분을 뒷받침.

③ 남산골 카페의 모임(206-11쪽) ; 당대의 정치적 노선을 일별하고 작가의 정치적 입장을 드러내려는 의도에 따른 삽입물로서 주서사의 흐름에서 일탈.

④ 평양사건에서의 운선의 등장·역할(306-41쪽) ; 이전까지의 언급이 너무 미미함[34]에도 불구하고 <순영 빼돌리기>의 주역을 맡아 사건을 급진전시킴.

⑤ 리해춘-류진의 우연한 만남(327-8, 335쪽) ; 설득력이 부족한 채로 급격하게 변모된 류진이 리해춘과 합류함으로써 이후 활약의 전거를 마련.

⑥ 류택수-지덕진 전화의 류진 도청(352-3쪽) ; 이후 <침입>, <과후> 절에서의 류진의 활약을 위해 설정된 것.

⑦ 호연 사무실 앞에서의 뎡마리아-류진의 만남(390-2쪽) ; 뎡마리아의 해춧집 살해사건의 심리적 계기로 기능.(435쪽에서 보이는 마리아의 심리 상태 촉발)

⑧ 뎡마리아-심부위의 만남(420쪽) ; 뎡마리아의 해춧집 살해 사건을 가능케 한 결정적 계기.

⑨ 노내씬 발견(450쪽) ; 작품 전체를 종결짓는 역할.

이상의 우연들 특히 ①, ④, ⑥, ⑨의 경우는, 서사의 국면을 진척시키기 위해 완전히 기능적으로 설정되어 있다. 작품 구성의 기본 구도가 부정적 인물들의 발호와 긍정적 인물들의 대응이라는 형식으로 이루어졌으며, 부정적 인물들을 움직이는 것이 추상적인 욕망이라 했을

---

34) 운선이는 106쪽에서 이름만 언급되었으며, 192-212쪽에선 순영에 대한 소문을 단순히 전함으로써 해춘의 오해를 발생케 하는 역할로 등장했을 뿐이다.

때, 사실 상황의 단순한 병렬·반복 상태를 넘어서는 서사의 진행은 원칙적으로 난망하다. 세계를 변화시키려는 (최소한 거부하려는) 의지를 갖춘 인물들이 주변의 세계와 부딪치는 과정 속에서 그 성격과 정향성이 보다 구체적으로 구현 혹은 변모되지 않는 한, 상태는 똑같은 것이며 상태가 계속 똑같다면 서사의 진척이라고 할 수 없기 때문이다. 작가 스스로도 이러한 점을 의식했음에 틀림없다. 해서 작가는 첫 번째 우연을 두고 이렇게 직접 작품 속으로 들어와 말을 하고 있다.

> 해주ㅅ집이 병원에서 나오다가 뎡마리아를 만낫다고 하면 그것은 소설가다운 공상으로 일을 공교하게도 꿈이랴고 하는 그짓말이라고 할 듯 십다. 그러나 세상에는 그짓말 가튼 정말이 하도 만흔 것이다. 사실 해주ㅅ집이 운수가 조화서 그래ㅅ든지 병원 문을 나서기 전에 마리아와 딱 마조첫다.(163-4쪽)

'세상에 거짓말 같은 정말이 하도 많은 것'은 물론 사실이다. 그러나 우연을 우연 자체로 끌어들이는 것은, 설혹 실제로 그러한 현실을 그대로 모방한 경우라도, 작가 스스로 현상을 단순히 묘사하는 데서 그치고 마는 것이어서 작품의 개연성을 손상시킨다.[35]

앞 절에서부터 지금까지의 논의를 통해서 우리는 ≪사랑과 죄≫의 주서사가 지순영—리해춘 사이의 지순한 사랑에 초점을 두고 있으며, 부정적 인물의 발호와 긍정적 인물의 수동성을 구성 원리로 하고, 삼각관계와 몇 개의 우연에 의해 지탱되고 있음을 살펴보았다. 서사의 추동력이라는 측면에서 핵심적인 사항이, '돈'과 '정욕'을 향해 있는 부정적인 인물들의 맹목적인 추구라는 점도 확인하였다. <최진국 사건

---

35) 루카치에 따르면, 소설의 형상화 방법은 "모든 매개고리들의 형상화를 통해 (중략) 우연을 지양"하는 것이다(앞의 글, 54쪽). 소설의 형상화에 있어서 우연성과 필연성에 기반한 차이에 대해서는 Lukács, "Erzählen oder beschreiben?", *Probleme des Realismus 1*, Werke Bd. 4, Luchterhand, 1971, S.199-203 참조.

> 부분 역시 주서사의 전개에서 중요한 역할을 하는 방식으로 그와 관련됨을 알 수 있었다. 또한 이 부분이 풍속 묘사의 주요 대상임에는 틀림없지만 전체 작품 요소들과 비교해서 다소 이질적인 측면이 적지 않으며, 삼각관계의 설정이 구성의 복잡함을 야기하기도 하고, 서사의 결정적인 진척이 대개 우연에 의해 이루어지고 있는 등의 문제점까지 확인하였다.

본고가 보기에 ≪사랑과 죄≫의 의미 혹은 공과를 추론하는 데 있어서 가장 중요한 사항은 부정성이 전면화되어 있다는 사실이다. 이 작품에서 구체적으로 형상화된 모든 사건들을 이끄는 것, 그리고 그러한 서사의 핵심적인 구성 단위라고 할 수 있는 삼각관계들을 추동하는 것은, '돈'과 '정욕'에 관련된 욕망을 충족시키고자 하는 부정적인 인물들의 맹목적인 적극성이다. 작품의도를 이루는 제반 층위에서 이러한 점이 끊임없이 확인되는 것이다. 간단히 말해서 '부정성의 전면화 전략'에 의해 이 작품이 짜여진다고 할 수 있다.

이러한 전략이 갖는 첫째 의미는, 지순영과 리해춘의 사랑에 대한 형상화를 로맨스에서 이끌어 내어 소설일 수 있게 해 준다는 데서 찾을 수 있다. 이는 사회적인 상황 및 맥락 속에서 그들의 사랑이 그려졌음을 의미하는 것이자, 좀더 적극적으로 해석할 때, 이들의 지순한 사랑을 설정한 것 자체가 타락한 세계에서 타락하지 않은 면모를 희구하려는 주관적 의지의 소산으로도 읽힐 수 있음을 가리키는 것이다.

또한 이러한 구도가 당대의 인간 세태를 여실히 포착한 결과임을 지적할 필요가 있다. 이는 현상 이면에 투사되는 소망에 그칠 수도 있는 추상적인 이념형을 떠나서, 사실 자체에 충실코자 한 작가적 솔직함의 발로라고 긍정적으로 평가될 수 있다. 더 나아가서는, 이보영의 지적대로 ≪사랑과 죄≫에 미만한 '음모'들은 '식민지적 상황의 상징'이며, 긍정적 인물들의 수동성은 "원주민 개인과 사회의 조화는[가] 원

천적으로 불가능"한 사회에서 "지식인은 친일행위를 하여 자기기만적
으로 총독부의 권위를 도덕적 권위로 삼거나, 亡命하거나, 지하운동을
하지 않는다면, 비정치적 영역인 유미주의적 예술의 세계로 도피"할
수밖에 없는 현실36)을 직시한 결과라고도 할 수 있다. 허무주의에 빠
져 버린 류진뿐 아니라 김호연에 공감하고 있는 리해춘이나 지순영
모두, 비정치적인 가상으로 도피하고자 하는 점에서는 마찬가지인데,
이러한 설정은, 작위적인 낙관을 배제했다는 소극적인 의미에서이기는
하지만 ≪사랑과 죄≫의 사실성을 마련해 주는 것이다.

　이렇게 부정성을 전면화하여 작품의 축이자 서사의 추동력으로 삼
음으로써 ≪사랑과 죄≫는 1920년대 식민지 조선 사회에 대한 하나의
보고서이자, 제어되지 않는 사욕의 자유로운 분출 및 그에 따른 갈등
으로 특징지워지는 근대 사회에 대한 초안이 된다. 물론 이 작품이 보
여 주는 인간상 및 세계상이 사회를 총체화된 전체로 보고 그 근저를
이루는 현실성을 간취해 낸 것은 아니다. 그러나 이러한 지적은 사실
매우 조심스럽게 내려져야 한다. 누구도 현실의 정확한 상을 실정화할
수는 없는 이상, 그 지적 자체가 작품에 대한 재단적인 평가에 그칠
위험이 큰 까닭이다. 따라서 (민족) 공동체를 위한 능동적인 실천이 억
압되어 있는 식민지 상황에서 살아가는 여러 인물형들의 삶을 여실하
게 드러내 주었다는 것, 달리 말하자면 풍속의 차원에서 당대 사회의
면모들을 풍부히 재구해 냈다는 점으로 ≪사랑과 죄≫의 의의를 지적
해 두는 것이 온당할 듯싶다.

---

36) 이보영, 앞의 글, 107-9쪽 참조.

5 결 론

지금까지의 논의를 통해서 우리는 인물 설정과 구성상의 특징들을 중심으로 ≪사랑과 죄≫를 살펴보았다. 총괄적으로 보아, 당대 상황에 주목하여 타락한 세계를 형상화하면서 인간의 지순한 면모를 부각시킨 면이 소중하게 꼽힐 수 있다면, 장편소설임에도 불구하고 현실 문제의 본질을 심층적으로 형상화해 내지는 않음으로써 작품의 주서사 자체가 사회역사적인 맥락으로부터 거리를 두게 된 것이 아쉬운 점으로 지적될 수 있을 것이다.

이러한 지적은, 한국 근대소설의 전개 과정에 있어서 ≪사랑과 죄≫가 차지하는 위상을 설정하는 문제에 이어진다. 여기에는 물론, 매개 고리 역할을 할 여러 판단들이 개재되어야 한다. 초기 삼부작이나 ≪만세전≫ 그리고 <전화> 류의 단편들 및 ≪너희들은 무엇을 얻었느냐≫와 같은 일련의 장편들에서 뒤의 ≪삼대≫에까지 이어지는 염상섭 소설 문학의 흐름에 대한 정밀한 상이 마련되어야 한다. 이와 더불어서 1920년대 중기 소설계의 한 축을 형성하고 있는 신경향파 소설 및 그 뒤를 이은 카프 경향소설과의 비교 검토 역시 충분하게 이루어져야 한다. 일반화하자면, 한편으로는 1920년대 소설사의 전개 과정을 꼼꼼하게 실사하고, 다른 한편으로는, 예컨대 한국 근대소설의 정착 과정과 같은 의미 있는 시각을 견지한 위에서 이 시기 소설계의 각 갈래를 위계화할 수 있어야 한다고 하겠다.

이와 관련한 시론적인 구도를 바탕에 깔고, 염상섭 소설의 전개 과정에 비추어 ≪사랑과 죄≫의 위상을 지적해 보는 것으로 본고를 매듭짓고자 한다. ≪사랑과 죄≫에 이르기까지 염상섭의 소설들이 보이는 주된 특징은, 현실에 대한 반성적인 인식에 기반하여 작품 세계의 구체적인 양상이나 정조가 짜여진다는 데 있다. 광범위한 현실 외면·배제를 대가로 해서 추상적인 근대성에 대한 동경을 작품화하던 1920년대 초기 소설계 속에서, 자신들의 근대 지향이 추상 차원에 갇힐 수밖에 없음을 명확히 제시하고 있는 <암야>의 성과가 그러하다. 정관적인 현실 인식의 한계에 갇혀 버린 부르주아적 개인의 면모를 당대 지식 청년의 상황 속에서 훌륭하게 형상화해 낸 ≪만세전≫의 의의는 문학사의 맥락에 걸치는 것이라 할 정도로 중요하다고 할 수 있다.[37] 이후 염상섭의 소설은, 현실과 긴장 관계를 빚는 의식을 설정하여 시대적인 문제를 제기하는 대신에, 현실의 영향력을 수용한 위에서 풍속 차원으로 방향을 튼 것처럼 보인다. 식민지 근대화의 포말적 부산물에 대한 풍속 차원의 고발에 해당되는 ≪너희들은 무엇을 어덧느냐≫[38]라든지 <전화>류의 작품들이 이에 해당한다. 이러한 방향 설정이, 역사와 사상을 직조한 종합적인 현실 형상화를 시도하는 ≪삼대≫로 지양되는 길목에 ≪사랑과 죄≫가 놓여 있다.

여기서 '길목'이라는 규정은, 현실을 폭넓게 수용함으로써 탈주관화된 객관성을 확보하게 된 염상섭 소설이, 당대 사회의 정치사회적[식민지적]인 문제를 핵심적인 작품요소로 끌어들이게 된 것이 바로 ≪사랑과 죄≫에서 비롯됨을 의미한다.[39] 그 결과 단순히 일상 생활 혹은 윤리적인 맥락의 풍속이 아니라, 사회적 삶의 전부면에 걸치는 풍속 묘사가 가능해진 것이다. 이를 두고 전체적인 리얼리즘이라 하여 ≪삼대≫로 그 전형을 삼는다면, 한국 리얼리즘 문학의 한 축을 가능케 한

37) 이상의 논의와 관련해서는, 졸고, 「지속과 변화의 변증법 - <만세전> 연구」, 『관악어문연구』 22집, 1997.12, 5절 및 졸고, 「한국 신경향파 문학의 특성 연구 -비평과 소설의 상관성을 중심으로-」, 서울대박사, 2000, 37-43쪽 참조.
38) 졸고, 「<너희들은 무엇을 어덧느냐>론 -작품의 내적 특질과 소설사적 의의를 중심으로,」『새국어교육』 51호, 한국국어교육학회, 1995.7
39) 이렇게 보자면 <남산골 카페 모임>이 풍속 차원에서 그려진 것은 사실 한계에 걸리는 것이 아니라 정반대로 성과에 해당되는 것이라 할 수 있다.

작품이라는 문학사적인 의의를 ≪사랑과 죄≫에 부여하는 것도 무리
스럽지는 않다고 하겠다.[40]

---

40) 1920년대 한국 근대소설의 형성과 관련한 본고의 시론적인 구도는, 한국 리
얼리즘 소설이 두 가지 계보를 이루고 있다는 판단을 내용으로 한다. ≪고
향≫을 정점으로 하는 총체적인 리얼리즘과 ≪삼대≫로 대표되는 전체적인
리얼리즘이 그것이다. 궁극적으로 볼 때 이 둘은, 근대 사회에 대한 상(像)
을 어떻게 마련하는가에서 서로 구별된다. 전자가 사회를 총체(totality)로 간
주하여 현상들을 궁극적으로 규정하는 가장 본질적인 모순을 설정하고 그
형상화에 주력한다면, 후자는 사회 계층이나 삶의 영역에서 일상적인 감각
및 사상을 총괄적으로 그림으로써 사회의 전체적인 양상을 제시하고자 한
다고 하겠다.
　이러한 틀에 기반한 까닭에, 신경향파 소설이나 카프 경향소설 들과의 비
교를 통해서 ≪사랑과 죄≫의 문학사적인 의의를 규정하는 일은 후일을 기
약할 수밖에 없겠다.

1930년대 한국 모더니즘 문학 연구 1
― 주지주의의 개념을 중심으로

박 현 수

1. 주지주의에 대한 연구사

30년대 모더니즘 문학에 대한 개관이 가능한 시점에 이르러 모더니즘 문학의 특성에 대한 이론적 접근이 새로운 측면에서 다양하게 이루어져 왔다. 산책자 모티브를 중심으로 한 일련의 접근이나 문화사적인 접근 등이 그런 예가 될 것이다. 본고는 30년대 모더니즘 문학의 특성을 밝히기 위한 기초적 단계로서, 당시 모더니즘 문학과 관련된 주지주의라는 개념을 발생론적 관점에서 정리하고자 한다.

지금까지 우리 문학 연구에서 기본적인 개념에 대한 논의가 많이 이루어져 왔다. 그러나 그런 논의 중 우리 시문학사에서 좀더 자세하게 점검하고 넘어가야 될 개념이 다소 소략하게 검토된 것도 있다. 그것은 바로 주지주의라는 개념이다. 특히 이것은 우리 모더니즘 문학의 특성을 재검토하기 위해서 반드시 정리되어야 할 것들 중의 하나이다.

지금까지 이 개념의 문제를 단일 논문으로 정리한 것은 유태수의 논의 등 몇 편에 불과하다.[1] 물론 그것은 이 문제가 차지하고 있는 문

---

1) 유태수, 「주지주의」, 『한국문학사조론』(새문사, 1992)

학사적 비중에 관련되는 것이지만, 실제적으로 이 개념의 문학사적 의미를 고려할 때, 그것은 너무 과소평가된 경향이 있다. 또한 용어 문제는 흔히 내용과 분리된 형식적인 문제로 치부되기 때문이기도 할 것이다.

그러나 여기 이 문제를 다시 제기하는 이유는 주지주의라는 개념이 1930년대 우리 문학사에 있어서 핵심적인 위치를 차지하고 있으며, 또한 이 개념으로 인한 용어의 혼란이 여전히 정리되지 않았기 때문이다. 주지주의라는 개념을 발생론적으로 추적하는 이 작업은 우리 문학에서 사용되는 용어에 대한 일련의 정리 작업의 일환이다. 앞으로 이런 작업이 새로운 자료를 바탕으로 새로운 시각에서 많이 이루어져야 할 것으로 보인다.

주지주의에 대한 선행 연구는 크게 몇 가지로 나누어 고찰할 수 있다.

1) 모더니즘의 하위개념으로 설정하는 경우

조연현은 '주지주의는 …. 모던이즘 시운동으로서 나타났다'고 하여 모더니즘 아래 주지주의를 두는 듯 하지만, '주지주의에 이론적 근거를 둔 모던이즘 운동'이라고 하는 표현을 고려할 때 주지주의는 모더니즘의 핵심적 방법론이 되거나 모더니즘이 주지주의의 확장으로 이해되기도 한다.[2] 이런 애매함은 '모던이즘이 주지주의에 근거를 두고 나타난 시운동이었다면 이것이 소설을 통하여 나타난 것은 신심리주의 혹은 초현실주의'라는 언급에서 더욱 두드러진다. 그러나 글의 전체 흐름을 고려한다면 주지주의를 모더니즘의 핵심적 방법론을 지닌

---

2) 조연현은 (3) 주지주의 및 신심리주의적 경향의 대두」라는 항목을 두고 있다. 조연현, 『한국현대문학사』(성문각, 1969, 1972 재판), 500-504 쪽. 문덕수는 이를 '주지주의=모더니즘'이라는 등식으로 이해하고 있다. 문덕수, 『한국모더니즘시연구』(시문학사, 1981, 1992 재판), 37쪽.

유파 정도로 이해하는 것이 좋을 듯하다. 즉 주지주의는 모더니즘을 상위개념으로 하는 유파로 이해된다.

　김용직 교수는 과격형 모더니즘(표현파, 미래파, 다다 등)과 온건형 모더니즘으로 나누고, 후자의 하위개념으로 이미지즘, 주지주의 등을 두고 있는 것으로 보인다.[3] 그는 『한국현대시사』의 1권, 제3장의 제목을 '주지주의계 모더니즘'으로 삼고 있는데, 이 주지주의계 모더니즘은 '이미지즘-모더니즘의 흐름을 이은 것'(197쪽)으로, 김기림의 모더니즘을 특칭할 때는 '이미지즘-주지주의의 흐름을 이은 것'(201쪽)으로 정리되기도 한다.[4] 따라서 이런 표현을 고려할 때 모더니즘, 이미지즘, 주지주의가 대등한 유파로 이해되기도 한다. 그러나 온건형 모더니즘이 T. E.흄의 세계관에 바탕을 둔 이미지즘에서 발단되었으며, 이 갈래의 모더니즘에는 '주지주의계 모더니즘'이라는 명칭이 붙기도 한다는 언급을 염두에 둘 때는 주지주의와 이미지즘의 관계가 모호해진다. 다른 글에서 그는 과격형 모더니즘과 영미계 주지주의를 소제목으로 대립시키고 있어,[5] 그 혼란은 정리되지 않는다.

　김윤식 교수는 모더니즘이라는 개념 아래 이미지즘, 주지주의를 하위 개념으로 두고 있다. 그리고 영미문학에서 20세기 문예사조가 이미지즘으로 시작하여, 1920년 이후에 주지주의가 이어진 것으로 파악한다.[6] 그러나 그는 협의의 모더니즘 아래 '1920년대 영시에서 등장한

---

3) 김용직, 『한국현대시사 1』(한국문연, 1996), 198쪽.
　　김용직, 『한국현대시 해석,비판』(시와시학사, 1993), 211쪽.
4) 이 논의에서 '-'의 사용은 그 의미를 중의적으로 만드는 역할을 한다. 이는 '이미지즘→모더니즘=주지주의 계열'이라는 도식에서도 마찬가지이다. 김용직 외 편, 『문예사조』(문학과지성사, 1977, 1993) 460쪽.
5) 김용직, 「1930년대 모더니즘시의 형성과 전개」, <현대시사상>(1995. 가을), 88-90쪽.
6) 김윤식, 『한국근대문예비평사연구』(1976, 1990 제11쇄), 234-5~쪽. 문덕수는 이미지즘이 1917년에 끝나고 영미모더니즘이 이어진 것으로 보고 있다. 문덕수, 앞의 책, 45쪽.

이미지즘과 그것에 유사한 정신 및 기법'을 예로 듦으로써, 주지주의
라는 개념의 사용을 피하며, 앞의 논의를 혼란스럽게 만든다.[7) 그는
또한 '주지주의 또는 모더니즘은 시인의 근원적 태도의 변혁이 못 되
고, 모양을 약간 바꾼 심미적 데카당스의 일종이다.'고 말하여, 주지주
의와 모더니즘을 대등하게 이해하고 있는 듯한 인상도 준다.[8)

오세영 교수 역시 슈르레알리즘과 모더니즘으로 나누고, 모더니즘
아래 이미지즘, 주지주의(네오클래식) 등을 설정하였다.[9) 그러나 주지
주의를 네오클래식으로 보는 문제는 뒤에 따로 다룰 문제이므로 여기
에서 구체적인 언급은 생략한다.

2) 모더니즘과 주지주의를 대등한 별개의 유파로 보는 경우

김기림은 주지주의를 하나의 문학 유파가 아니라 '최근 10년간 우리
가 끌어들인 여러 가지 사상'으로 '모더니즘, 휴머니즘, 행동주의, 주지
주의' 등을 열거하고 있다.[10) 이것은 모더니즘과 주지주의를 구별하는

---

7) 김윤식,『한국현대시론비판』(일지사, 1975, 1990 증보판 2쇄), 289쪽.

8) 김윤식,「1930년대의 시론」, <심상>(1982. 1), 72 쪽.

9) 오세영,『20세기한국시연구』(새문사, 1989, 1991 제3판), 121-149 쪽.
  『한국 근대문학론과 근대시』(민음사, 1996), 421 쪽.

10) 김기림,「조선문학에의 반성-현대조선문학의 한 과제」,『인문평론』(1940.
  10), 42쪽. 모더니즘을 고정된 실체가 아니라 유동적인 역사적 개념으로 설
  정하여 당시의 문학비평을 추적하고 있는 손정수의 논의에 따르면 여기에
  등장하는 모더니즘은 주지주의 등장 이전의 경향으로 볼 수 있다. 그리고
  손정수는 김기림의「객관에 대한 시의 포즈」,『예술』(1935. 7)에 나오는 모
  더니즘을 주지주의와 같은 개념으로 파악하고 있다. 그러나 본고는 김기림
  이 주지주의라는 개념을 기피하고 있는 것으로 보아, 그를 원칙적으로 주지
  주의를 하나의 유파로 보지 않는 관점으로 분류한다. 주지주의에 대해서도
  그 당시 일관된 개념 혹은 유동적 개념으로 사용되었는지도 고구해볼 가치
  가 있다.
  손정수,「1930년대 한국 문학비평에 나타난 모더니즘 개념의 내포에 관한
  고찰」,『한국학보』(1997. 가을).

관점이다. 그러나 유파나 사조적 관점에서가 아니라 사상적 측면에서 파악한다는 점에서 이 범주에 넣기는 힘들 것이다.

이와 달리 백철은 하나의 유파로서 모더니즘을 주지주의와 구별하는데11), 그에 따르면 모더니즘(이미지즘의 상위 개념)은 '19세기라는 구대의 문학 경향에 반대한 20세기의 현대 문학 운동'으로, 그 주요한 특징이 바로 '주지적인 경향'이 된다. 그는 주지주의를 모더니즘 이후에 생겨난 유파로 설정하고 있다. 그는 '이미지스트를 위시한 모더니스트들이 형식적인 면에서 19세기를 반대하고 등장한 모던 보이들이요, 직접 20세기적인 현실의 반항아는 아'닌데 반해, '주지주의는 20세기의 병든 현실, 즉 현대의 위기라는 한 개의 현실을 배경하고 생겨난 문학 경향'인 점을 들어 두 사조의 차이를 밝힌다. 그는 이 주지주의 경향에 30년대 이상 소설의 심리적인 경향을 포함시키고 있다.

문덕수는 광의의 모더니즘이라는 상위 개념 아래 여러 사조들을 열거하고, 그 중 영미 모더니즘이 이미지즘에 대한 반동으로 일어났다는 점을 들어 먼저 두 사조를 구별하였다.12) 이 논의에 따르면 영미 모더니즘(주지적 모더니즘)과 이미지즘이 다른 유파로 각각 존재하며, 또한 '주지주의는 이미지즘에 대해 비판적 입장을 취한다'는 구절을 참고할 때 주지주의, 이미지즘, 영미모더니즘은 각각 다른 유파로 설정된다는 점을 알 수 있다.13) 이런 복잡한 분류는 자신의 기준보다는 일

---

11) 백철 『신문학사조사』(신구문화사 1980, 1992 중판). 457쪽. 이 책에서 그는 「주지주의 문학의 특색」이라는 항을 따로 두어 주지주의를 다루고 있다. 이 책은 이전에 나왔던 두 권의 책(상권 1947년, 하권 1949)을 신구문화사에서 1980년에 일부 수정하여 합본한 것이다.

12) 그는 이것의 논거로 阿部知二, 「英米詩に於けるモダニスト」, <詩と詩論 第三冊>(厚生閣書店, 1929.3)를 들었다. 아베의 논의의 근거는 Robert Graves, Laura Riding 공저 『A Survey of Modernist Poetry』(1927)이지만, 이 논의 역시 일반적으로 승인되기 어려운 점이 많다. 문덕수, 『한국모더니즘시연구』(시문학사, 1981, 1992 재판), 39쪽, 44쪽.

13) 문덕수, 앞의 책, 54-55쪽. 이런 분류법에는 상위개념인 주지적 모더니즘과

본 학자의 자의적인 기준에 의거하였기 때문에 생긴 것으로 보인다.

3) 주지주의를 하나의 유파로 인정하지 않는 경우

유태수는 이미지즘 등에 대한 반동으로 모더니즘이 출발하고 있음을 밝힘으로써, 이미지즘과 모더니즘이 대등한 유파임을 밝히고, 이들 속에는 주지적 태도가 공유되어 있음을 주장한다. 그래서 그는 주지주의는 이미지즘에서 모더니즘으로의 이행과정에서 강한 주지적 태도를 갖춘 경향일 뿐 하나의 유파로 볼 수 없다는 것이다.[14)]

백운복은 주지주의는 문예사조의 하나의 독립 개념으로 정리되어서는 안 된다고 본다. 그는 주지주의란 문학의 정신적 지향성이나 형식 및 방법에 대한 주지적 태도로 규정되어야 하며, 이미지즘과의 연장선상에서 이해하는 것이 타당하다고 본다. 그는 이어서 이미지즘과 주지적 문학론은 한국 근대 모더니즘의 초기 양상으로 규정지을 수 있다고 주장한다.[15)] 그러나 그는 바로 그 말을 통해 이미지즘이 모더니즘의 독립된 하위개념인지, 이미지즘도 하나의 방법론인지 구별하지 않고 있어 그 이해에 혼란을 초래한다.

그 하위개념인 영미모더니즘이 동일하다는 점이 문제가 된다. 이것을 도식화하면 다음과 같이 될 수 있다.

모더니즘

주지적 모더니즘	반주지적 모더니즘
(이미지즘, 영미모더니즘, 주지주의)	(미래파, 다다이즘, 쉬르레알리즘)

14) 유태수, 「주지주의」, 『한국문학사조론』(새문사, 1992), 304쪽.
15) 백운복, 「1930년대 한국 이미지즘과 주지적 문학론 연구」, <인문과학논문집 4호>(서원대, 1995), 83쪽.

4) 그 외

특이하게 주지파 문학을 모더니즘의 상위 개념으로 보는 경우가 있다. 백철, 이병기 공저인『국문학전사』에서는 <3. 주지파 문학의 도입>이란 항목 아래 (1) 모더니즘의 시운동 (2) 주지파의 비평과 소설이라는 항목을 따로 두고, 주지파 문학의 하위 개념으로 모더니즘과 주지파를 설정하고 있다.[16]

그리고 주지주의를 발생론적으로 살피며 개념을 정의한 송순애를 들 수 있다.[17] 그 논의에 따르면 1919년에 이미지즘, 1932년 주지주의, 1933년 모더니즘이 성립되었으며, 각각의 용어는 그 전의 용어를 포괄한다는 특징을 지닌다. 이와 유사한 방식으로 한국문학의 주지주의의 개념에 접근한 이로 선효원의 논의가 있다.[18] 즉 흄의 신고전주의, 파운드의 이미지즘, 엘리어트의 주지주의로 발전되었다는 것이다. 이에 따르면 주지주의는 영미모더니즘의 하위 개념에 속하지만 그 논의 자체는 너무 도식적이며, 논거가 부정확하다는 점 등이 한계로 지적될 수 있다.[19]

---

16) 이병기, 백철 공저,『국문학전사』(신구문화사, 1965), 395 쪽. 문덕수는 모더니즘의 한 특성으로 주지적 경향을 든 후에 주지파를 따로 설정한 점을 비판한다. 문덕수, 앞의 책, 38 쪽.
17) 송순애,「이미지즘의 한국적 수용양상에 관한 연구」(서강대 박사, 1983)
18) 선효원,「한국 주지주의시의 비교문학적 연구」(동아대 석사, 1987)
19) 그 외 주지주의와 관련된 논의로는 다음과 같은 것이 있다.
　　김해성,「한국주지시 발달과정 소고」, <국어국문학>(37,38합본, 1967)
　　정종진,「전형기 주지파 시론고」, <어문논총 5>(청주대, 1986)
　　김덕근,「주지파 시론의 수용양상 연구」(청주대 석사, 1987)
　　한영옥,「한국 현대시의 주지성 연구」(성균관대 박사, 1991)
　　박민수,「현대시의 리얼리즘과 모더니즘」,『모더니즘연구』(자유세계, 1993)
　　이은애,「최재서 문학론」(서울대 박사, 1995)

2. 주지주의 개념의 근원

1) 주지(主知), 주지(主智), 이지(理智)

이제 주지주의의 의미를 추적해가며 그 근원을 탐색할 필요가 있다. 주지주의라는 말이 우리나라에 처음 사용된 것은 1934년 8월 최재서의 「현대주지주의 문학이론」이라는 글로 되어 있다.[20] 그러나 1933년 10월에 백낙원의 「심리주의 문학과 주지주의 문학」이라는 글이 <매일신보>에 실려 있으므로 그 상한선은 약간 앞당겨질 수 있을 것이다. 제목 자체에 주지주의라는 계념을 앞세운 것은 현재로서 백낙원의 논의가 처음이라 할 수 있다.

그러나 '주지(主知)'라는 단어는 그 전에 김기림에 의해서도 이미 사용된 바 있다. 1933년 4월의 「시작에 있어서의 주지적 태도」라는 제목의 글에서처럼 김기림은 이 당시 지속적으로 이 주지라는 말을 사용하고 있었다. 그는 '시를 제작하는 것을 의식'하며, '의식적으로 의도된 가치'를 시로 표현하는 것을 주지적 태도로 부른다.[21] 그의 이론 논의의 핵심에는 I. A. 리챠즈의 과학주의적인 문학관이 있었다.[22]

---

20) 최재서, 「現代主智主義 文學理論」, <조선일보>(1934.8.7-12). 여기에서 主知가 아니라 主智로 표기되어 있으며, 이는 「批評과 科學-現代主智主義 文學理論의 建設 續編」(조선일보, 1934.8.31-9.5)에서도 마찬가지이다. 유태수, 백운복, 앞의 글.

21) 김기림, 「시작에 있어서의 주지적 태도」, <신동아>(1933. 4).

22) 리챠즈의 『Science and Poetry』(1926)는, 이양하의 번역 「詩と科學」으로 동경 硏究社에서 1932년에 나왔는데, 이것은 그 당시의 문학이론에 상당히 커다란 영향을 미친 것으로 평가된다. 일본의 한 연구가는 '그 파동은 전후의 吉本隆明의 시론에까지 미치고 있다'는 말로 그 책의 영향력을 평가하고 있다. 千葉宣一, 「詩論の發展と流派の展開」, 『日本近代詩-比較文學的にみた-』(淸水弘文堂, 1971), 86 쪽.

 김기림의 이런 용어 사용이 전면에 부각되는 배경에 대해서는 어느 정도 일치된 견해가 있다. 그것은 발신자를 일본으로 보는 것이다. 이는 문덕수에 의해 자세하게 논의되고 있으며, 구체적인 증거로 인해 상당한 설득력을 지니고 있다.23) 그 발신자의 핵심은 바로 일본의 문학잡지 <시와 시론(詩と詩論)>의 중심적인 이론가인 阿部知二이다. 그는 1929년 9월에 「主知的文學論」을 <시와 시론>에 발표하는데, 다음해에 그의 일련의 주지적인 문학론이 하나의 책으로 묶여져 출판된다.24) 이후 주지주의는 발레리의 시에 경도되어 주지적이라는 용어를 선호한 春山行夫와 같은 「시와 시론」지의 논객들의 논의를 통해 原一郎에 의해 본격적으로 '주지주의'로 명명된 이후 일본 문단에 보편적 용어로 정착되게 되었다.25)

 이런 일본 문단의 영향 아래 놓였던 주지주의론은 그래서 불필요한 혼란까지 그대로 반복하게 되었다.26) 그 중의 한 예가 주지(主知), 주지(主智), 이지(理智), 이지(理知)라는 용어의 난립이다. 阿部知二의 「주지적문학론」도 원래는 <文藝都市>에 「이지주의문학에 관한 각서(理智主義文學に關する覺書)」로 발표되었으나, 이 잡지가 발매금지 조처를 당했기 때문에 다음 해에 제목을 지금 알려진 것처럼 바꾸었다고 한다.27) 그리고 '이지주의'라는 말도 新居格이라는 문학가가 그 당시의

---

23) 문덕수, 「일본현대시 및 주지주의와의 관련」, 앞의 책, 225-31쪽.
24) 阿部知二, 『主知的文學論』(厚生閣書店, 1930).
25) 春山行夫, 「主知主義ついて」, 『文學評論』(厚生閣書店, 1934), 문덕수, 앞의 책, 55쪽. 오세영, 『한국근대문학론과 근대시』, 423-424쪽.
26) 한일간의 이런 영향관계는 김광균의 '동경문단의 복사된 논의를 받는 조선문단'이라는 말에서 극단적으로 드러난다. 김광균, 「작가연구의 전기-신예작가의 소묘」, <조선중앙일보>(1934. 5.2-9).
27) 中野嘉一, 「『詩と詩論』と主知主義」, 『詩と詩論-現代詩の出發』(冬至書房新社, 1980), 57쪽. 中野嘉一의 논의는 여러 유용한 자료를 제공하고 있으나 여러 가지 부정확한 면을 많이 보여 확인한 후에 인용할 필요가 있다. 阿部知二의 「주지적문학론」도 그는 「主知主義文學論」으로 쓰고 있는데, 이는 우리

현대적 상황을 이지주의라는 번역어를 사용한 것과 관계있음을 阿部知二 자신이 밝히고 있다.28) 그렇다면 여기에서의 이지나 주지는 같은 의미를 지닌 용어로 서로 변별성을 지니지 못한 것으로 보인다. 그리고 주지(主智)라는 용어 역시 그런 이지를 위주로 한다는 의미의 조어로 볼 때, 이 세 용어는 같은 뜻으로 사용되다가 주지(主知) 하나로 통일된 것으로 볼 수 있다. 阿部知二의 『세계문예대사전』 설명에서도 주지주의는 이지적(理智的)이라는 말로 설명되고 있다. 그러나 春山行夫는 합리적인 것을 좋아하는 것을 이지적(理智的) 경향으로, 순수와 질서를 좋아하는 것을 주지적(主知的) 경향으로 구분하기도 하지만, 아부지이의 경우로 볼 때 이러한 구분은 작위적이며 무의미한 것이라 할 수 있다.29) 실제로 春山行夫의 「일본근대상징주의의 종언(日本近代象徵主義の終焉)」에 들어있는 유명한 도식에는 ‘心理的→主智的’으로 되어 있다.30)

이런 문제를 고려할 때, 최재서가 ‘주지주의(主智主義)’라는 용어를 사용한 것에 어떤 의미를 부여하려는 것은 의미가 없다.31) 최재서 역시 이 글을 『최재서평론집』에서 별다른 언급없이 주지주의(主知主義)라고 바꿔쓰고 있는 형편이다.32) 이런 경향은 상해(象海)의 「現代詩의 ‘主智’와 ‘主情’」(<시인부락>, 1936.12) 등 여러 논자들의 논의에 공통

문학연구가들에게 혼선을 주었다. 그 외 구체적 연대의 표기나 글자의 표기에 원문과 다른 부분이 많다.

28) 阿部知二, 「主知的文學論」, 『主知的文學論』(厚生閣書店, 1930), 35쪽.

29) 春山行夫, 「主知主義について」, 『文學評論』(厚生閣書店, 1934), 문덕수, 앞의 책, 55쪽. 문덕수는 주지(inellegence)와 이지(intellect)로 영어를 대응시키며 구분하는 경향을 소개하며, 자신 역시 주지주의를 이지주의와 구별할 필요도 있다고 밝히고 있다.

30) 春山行夫, 「日本近代象徵主義の終焉」, 『詩と詩論 第1冊』(1928. 9), 77쪽.

31) 문덕수, 앞의 책, 56쪽. 백운복, 앞의 글, 65쪽.

32) 최재서, 『최재서평론집』(청운출판사, 1960).

되는 것이라 할 수 있다.

2) 주지주의의 일본적 의미

오세영 교수는 주지주의라는 말은 '본고장 영미에서는 사용되지 않은 일본식 조어'라 보고 20세기 영미의 네오클래식(Neoclassic) 즉 흄, 엘리어트, 리챠즈, 리드 등의 문학 경향을 일본인들이 편의적 용법으로 부른 것을 일본 유학생인 최재서, 백철, 김기림 등이 한국평단에 소개한 것이라 한 바 있다.[33]

이들 비평가들이 주지주의라는 용어의 기원에 대한 언급을 전혀 하고 있지 않지만, 그 당시의 문화적 환경을 고려할 때 그들의 논의가 일본문학과 깊은 연관이 있음은 부정하기 힘들다. 김기림이 지향하는 새로운 시의 특성을 명확하게 보여주기 위해 제시한 이항대립의 도표가 일본 모더니즘의 시인이자 논객인 춘산행부(春山行夫)의 것과 유사하다는 점은 이미 많은 논자의 지적이 있었다.[34]

이들 논자와는 달리 박낙원은 그 기원을 구체적으로 밝히고 있다. 그는 죠이스의 심리주의문학과 주지주의 문학이 '20세기 문학의 새로운 에폭을 형성'하고 있다고 지적하면서, 주지주의를 '19세기까지의 자연주의문학의 감상성과 희극성에 대한 반역으로서의 이지(理智)와 고전주의의 희극성을 주장하는'[35] 것으로 정의하고 있다. 그리고 헉슬

---

33) 오세영, 『20세기 한국시연구』, 126쪽. 그리고 이에 대한 구체적 논의는 문덕수, 김용직, 이은애 등에 의해 이루어지고 있다.

34) 김기림의 '과거의 시-새로운 시'의 도식과 내용은 春山行夫의 Ego(주관) Cubi(객관)의 대조표와 흡사하다. 원래 그 대조표는 1930년 6월호 <文藝都市>에 「理智主義文學に關する覺書」로 발표되었으나 그 잡지가 발매금지되자, <시와 시론> 제5책에 재록되었다. 中野嘉一, 『前衛詩運動史の硏究』(新生社, 1975), 145쪽. 문덕수, 『한국모더니즘시연구』(시문학사, 1981), 245쪽, 김윤식, 『한국근대문학사상사』(한길사, 1984), 458-459쪽 참조.

35) 백낙원, 「심리주의문학과 주지주의문학」, <매일신보>(1933년, 10. 24-31).

리를 중심으로 주지주의의 특성을 정리한 뒤 일본의 논객들의 언급을
직접 인용한다.

> 여기서 주지주의문학의 기본적 태도에 대하여 먼저 阿部知二는
> 다음과 같이 말한다. 『문학이 인간과 지적 활동 그 자체의 것이라
> 는 것은 잘못일는지 모르나 문학에 '지적의 것'이 포함되어 있는
> 것만은 의심할 바가 없는 일이다. 그리고 문학에 있는 '지적의 것'
> 을 중심으로 하여 문학을 고구하는 것은 무익한 일이 아니다』라고.
> (중략) 문학에 있어서 지적의 것이 방법과 스타일에 관한 것이라는
> 것은 헉스레가 먼저 지적하고 있음은 물론이고 阿部씨나 春山行夫
> 씨 등도 동일한 견해를 갖고 있다. 춘산씨는 형태와 내용 주지와
> 본능을 구별하면서 주지는 절대로 형태에 관한 지식이라고 주장하
> 고 있다. 그리고 그러한 의미에서 주지주의자 문학은 일종의 형식
> 주의에 귀착되고 있는 것이다.36)

  백낙원의 논의는 자신의 이론적 입지를 밝히는 것이 아니라 아부지
이나 춘산행부의 논의를 일부분 요약하는 정도로 그치고 있다는 점에
서 한계를 지닌다. 그러나 주지주의론이 일본문학의 논의와 많은 연관
을 지니고 있음을 명시적으로 밝힌 점에서 자료적 가치를 지닌다고
할 수 있다.

  그렇다면 이제 일본 문학에서 말하는 주지주의가 무엇인지를 알기
위해 일본에서 출판된 이용가능한 문학서를 중심으로 살펴보고자 한
다. 문학 유파를 다루는 책으로 가장 널리 알려진 책인 1929년 12월에
발간된 『세계신흥시파연구』라는 저서에는 미래파, 입체파, 표현주의,
다다, 초현실주의, 포말리즘, 영미신흥파 등의 유파가 소개되고 있지만
주지주의라는 개념은 사용되지 않는다.37)

---

36) 백낙원, 같은 글. 그리고 여기에 등장하는 아부지이의 언급은 『주지적 문학
    론』의 서론에 국한되어 있다. 阿部知二, 『主知的文學論』(厚生閣書店, 1930)
    서론 참조.

　따라서 1935년 당시에 阿部知二가 기술한 『세계문예대사전』의 한 항목으로부터 주지주의에 개념 정의에 대한 논의를 시작하는 것이 좋을 것이다. 거기에서는 주지주의라는 항목명 아래 (영) Intellectualism (독) Intellectualismus (불) Intellectualisme이라는 용어가 부기되고 있다. 그리고 이렇게 그 용어의 외국식 원천을 밝히는 것은 더욱 주지주의의 문제를 복잡하게 만든다. 이 원어를 해당 나라의 문학사전에서 추적하고자 하면 바로 방향을 잃어버리게 되기 때문이다. 즉 어느 문학사전에서도 이런 용어를 한 항목으로 설정해 놓지 않기 때문이다. 이것은 일본문학연구가들의 외래지향성을 단적으로 보여주는 것이라 할 수 있다. 어떻게 보면 자신들이 만든 조어에 대해 자신감을 가지지 못하기 때문으로 볼 수도 있다.

　어쨌든 이 항목은 (1) 철학상의 주지주의 (2) 문예상의 주지주의로 나누어지고, 주지주의 대표적인 논자로 알려진 阿部知二가 후자의 설명을 맡고 있다. 길긴 하지만 자료적인 측면에 입각하여 그것을 그대로 옮겨보면 다음과 같다.

　　문예상의 주지적 경향은, 이것을 넓게 보자면, 근대문예사조의 여러 곳에 있는 합리적, 과학적 사변의 징후로 귀착할 수 있지만, 한정적으로 말한다면 20세기에 유럽의 대전후의 서구, 주로 영국 프랑스 등에 출현했던 고도의 지식적 문학의 한 특징을 가리키는 것이라 할 만하다. 즉 그것들은 19세기 이후의 시문의 주류적 경향인 낭만주의적 관념의 비판에서 출발하고, 정서편중의 감성적 문학에 대항하고, 지성의 우월을 주장함으로써 정신적 질서를 추구하는 것을 문예의 구극으로 한다. 비평에 있어서는 인상주의를 배격하고, 오히려 고전주의적 문예관을 취한다. 창작에 있어서는 인스피레이션을 맹목적으로 존중하는 것을 배격한다. 폴 발레리(불), T.S. 엘리어트(영) 등의 시작(詩作), 평론, 줄리앙 판더(불), 허버트 리드(영)의 문예관, 혹은 그 선구로서의 T.E. 흄의 철학적 문예론 등, 또 소설

---

37) 白田宗治 編, 『世界新興詩派研究』(金星堂, 1929).

에서는 올더스 헉슬리의 작품 등 - 이런 사람들 중에는 엄밀하게
말해 '주지주의'로 칭할 수 없는 자도 혹은 있으며, 또 그 각각의
경향은 서로 커다란 차이도 있지만, 이상의 것은 주지주의를 아는
데에 필수적인 문헌일 것이다. 그 지성의 촉수는, 혹은 심리학 등
의 과학성으로 향하고, 혹은 카톨릭 등의 종교성으로 향하지만, 대
체로 19세기적인 개인주의적 휴머니즘에 대립할 만한 인간관을 지
니고 있다. 그러나 가장 현저한 이 주지주의의 특성은 예술주의적
인 것, 정신주의적인 것이며, 그 사유 방법론은 극히 역사적이며,
이로써 그리스적인 것 이래의, 유럽 정신문명의 전통의 권위와 미
를, 현대의 혼란에 있어서 유지하고자 하는 것에 있다. 이 점에서
동일하게 이지적이긴 하지만, 유물론적 문예사조와는 매우 다른 것
이 된다.38)

  인용이 길어지긴 했지만 주지주의에 대한 전체적 면모를 살펴보기
에 좋은 설명이다. 이것이 바로 그 용어를 처음 명명하기 시작한 阿部
知二가 생각하는 주지주의의 전체적 모습이다. 이 정의는 우리에게도
익숙하다. 감상주의 배격, 지성을 통한 질서의 존중은 김기림에 의해
누차 강조되어 왔으며, 최재서에 의해 상기한 인물들의 사상도 낯익기
때문이다.39) 그러나 주지주의가 영미 모더니즘뿐만 아니라 프랑스 등
의 대륙 모더니즘의 문학가를 포함해서 성립되었다는 사실은 흔히 간
과되어 왔다. 주지주의를 하나의 개념으로 확정하고자 하는 36년의 문
예사전에서조차 영미 모더니즘만을 인식 대상으로 한 것이 아님을 여
기에서 알 수 있다. 이런 사전적 정의가 40여년이 지나면 조금더 구체
적으로 정리된다.

       주지주의 intellectualism(영)

---

38) 『世界文藝大事典』(中央公論社, 1936), 제4권, 30쪽.
39) 그러나 최재서의 논의는 일본의 주지주의론을 능가하는 치밀함과 정확성을
    보인다. 최재서는 일본의 피상적 논의를 넘어서 직접 원전을 통해 심도있는
    접근을 보여주고 있다.

문학유파. 제1차 대전후, 「신감각파」는 서구문학으로부터 주지적
방법을 들여와 본격적인 제일보를 디뎠다고 한다면, 다른 한편으로
춘산행부의 <시와 시론>(1928년 9월 창간)과 橫光, 川端 등의 <문
학>(1929년 10월 창간) 속에서 그 주지적 방법은 전개되어 왔고,
1930년 12월 간행된 阿部知二 저 「주지적문학론」에서 종합된 하나
의 유파이다. 젊은 영문학자 아부지이는, T.E. 흄, T.S. 엘리어트,
허버트 리드, 윈담 루이스, 올더스 헉슬리 등의 영국문학에 의해
주지주의를 설명하였다. 주지주의는 지성을 문학적 방법으로 하여,
심원한 감정을 탐색하고, 그것을 지성에 의해 질서지우고 표현하는
것에 목표를 둔다. 독자 혹은 비평가는 작품에 표현된 감정세계를
지적으로 파악하고, 질서있고 풍부한 경험을 쌓는 것을 목표로 하
며, 형식을 존중하는 고전주의의 정신에도 통하는 것이다. 1931년
경에는 이 문학운동도 좌절해버렸다. 서구주지주의에는 전통과 기
반이 있는 것에 대해, 흔히 통속적으로 이지주의와 혼동한 면도 있
으며, 또 그 전통적 기반이 연약하였던 것도 한 원인으로 생각된다.
그러나 폴 발레리를 위시한 유럽의 주지주의의 소개 수용은 긴 시
간이 걸렸으며, 비교문학적 추구에 있어서 중요한 포인트의 하나를
포함하고 있다고 생각한다.[40]

이 두 정의에는 뚜렷한 차이가 발견된다. 즉 전자가 외국 이론과의
연계성을 나열하면서 주지주의의 세계적 보편성을 밝히는 데 강조점
을 두고 있는 데 반해, 후자는 아부지이라는 이론가와 31년경이라는
시간적 한계를 지적하면서 그것의 특수성을 강조하고 있는 것이다. 또
후자가 전자의 필자인 아부지이를 중심으로 파악하고 있다는 점에서
문학사적인 관점에서 어느 정도 객관적인 정의를 내리고 있는 것으로
보인다. 이런 논의에 의하면 일본의 주지주의는 阿部知二의 이론이라
불러도 좋을 것이다.

후자의 설명에서 특이한 것은 1931년에 이 운동이 좌절된 것으로
기술하고, 그 원인으로 통속적인 이지주의와의 혼동과 전통적 기반의

---

40) 松田穰 編, 『比較文學事典』(東京堂出版, 1978), 137쪽.

빈약을 들었다는 점이다. 특히 첫 번째 원인은 주지주의의 특수성의 빈약함을 문제삼고 있는 것으로 주목된다. 즉 주지주의가 통속적인 이지주의와의 변별성을 지니지 못하여 사조로서의 특성을 분명하게 지니지 못하였다는 지적으로 읽힐 수 있기 때문이다. 이에 따르면 주지주의는 좌절된 문예사조로 설정된다. 이 문제는 주지주의의 성립 문제와 항상 연결되어 있다.

사실 지금 일본의 현대문학에 있어서 모더니즘을 논하는 사람들은 주지주의라는 말을 거의 사용하지 않는다. 그리고 위의 사전적 정의에서 이미지즘이 전혀 언급되지 않는다는 점도 우리의 접근방식과 다르다. 그리고 주지주의 설명에 이미지즘과 관련된 파운드는 전혀 등장하지 않는다는 점도 특이하다.

그러나 千葉宣一의 설명을 따르면 문제는 이렇게 간단하지 않다. 그는 30년대의 일본의 시론의 발전과 유파의 전개를 다루며, 미래파, 입체파, 표현파, 구성파, 사상파, 상징파, 다다이즘, 슈르레알리즘, 신즉물주의, 주지주의로 나누어 설명한다. 그런데 사상파(이미지즘)와 주지주의를 대등한 유파로 다루며, 그 논의 역시 겹치는 부분이 있다. 그의 설명에 따르면 주지주의는 제1차 세계대전의 사회 혼란과 무질서, 즉 발레리풍으로 말하자면, 참으로 정신의 위기를 초래한, B. Cremieux의 이른바, 『불안과 재건』(1931)의 계절과 관계가 있다. 일체의 전통을 부정하는 절망적인 반역의 고뇌로부터, 마침내 감각이나 관능의 세계로 도피하고, 내일없는 향락, 탐미주의로 전락해가고, 주의(主意)-주정주의(主情主義)를 내질로 하는 아방가르드 예술의 불모성을 극복하고자 하여, 지성의 절대적 우위를 승인하고, 유럽 문명의 전통을 재생하고, 미와 정신의 질서와, 권위의 회복을 제일의로 하는 문학적 태도를 그는 주지주의로 본다.41) 그리고 <시와 시론>을 이어 주지주의를 기조로

---

41) 千葉宣一, 「詩論の發展と流派の展開」, 84-84쪽.

한 잡지로 <詩法>(1934년 창간)을 들고, 그들의 관심분야에 대해 설명하고 있다. 『시와 시론』이나 『문학』이 프랑스를 중심으로 한 레스프리 누보의 정력적인 소개, 도입을 지배적 경향으로 하고 있는데 반해, 『시법』은 <정치와 문학>을 아우르는 동세대적 문제관심을, 영국의 New Signature(1932), New Country(1933) 그룹의 동향에 향해 있고, W. 오든이나 C.D. 루이스, 파운드나 스펜더, 시트웰 여사나 엘리엇의 시적 활동을 적극적으로 평가하고 있다는 점을 특기하고 있다. 千葉宣一의 이 논의를 따르자면 주지주의의 외연은 더욱 넓어져 오든을 비롯한 뉴컨트리 그룹까지 아우르게 된다. 그에 있어서 이미지즘과 주지주의는 분명히 다른 유파로 구별되며, 이는 모더니즘이라는 상위 개념 아래 놓인다.42)

지금까지 외연의 폭이 다양한 일본의 주지주의론을 살펴 보았다. 외연이 가장 좁은 『비교문학사전』, 주지주의를 전면에 부각시킨 아부지이 자신의 설명, 그리고 외연을 더욱 확장시킨 천엽선일의 논의 등을 통해 일본의 주지주의의 문학사적 의미나 위치를 어느 정도 짐작할 수 있었다. 이제 이것을 기반으로 하여 이런 논의가 우리 문학과 어떤 연관이 있으며 어떤 의미를 지니는지를 살펴볼 필요가 있다.

3) 主知主義, Intellectualism, Neoclassicism

'Intellectualism(英)'이라는 어원으로 밝혀놓은 일본의 주지주의는 영미문학에서는 전혀 찾을 수 없는 개념이다. 서양에서 주지주의는 오히

---

42) 여기에 長谷川泉의 『근대일본문학사조사』를 덧붙일 수 있다. 거기에는 신감각파, 근대적 예술파, 신심리주의라는 항목을 두고 있으며, 근대적 예술파 아래 신흥예술파(모더니즘문학), 기계주의문학, 주지주의문학 등을 논하고 있다. 그러나 주지주의와 마찬가지로 기계주의문학이 보편적으로 하나의 유파로 인정되기 힘들다는 사실을 고려할 때 객관성이 부족하여 논의를 생략한다.
長谷川泉, 『近代日本文學思潮史』(至文堂, 1970 5판).

려 철학적 개념으로 인식과정에서 감정이 아닌 이성을 진리의 원천으로 보는 경향을 말하며, 합리주의보다 좁은 범위로 사용되는 용어이다. 문학에서 찾자면 현대의 아놀드 하우저의 문학사에서 찾을 수 있다. 그러나 그가 사용하는 주지주의(지성주의)는 오스카 와일드나 메레디스, 헨리 제임스 등을 포괄하고 있어 그 내포와 외연에 많은 차이가 난다.[43) 그리고 일본의 주지주의론이 이 하우저의 용어와 무관함은 주지의 사실이다. 그렇다면 1930년에 생긴 이 주지주의는 어떤 개념인가? 영미의 문학권에 그 기원을 두고 있다고 밝히는 이 유파는 영국 문학사의 어떤 개념에 대응될 것인가?

이 점에 대해 오세영 교수는 네오클래시시즘(Neoclassicism)을 지목한다. 그러나 이 네오클래시시즘은 영국 문학에서도 보편적으로 사용되는 용어가 아니라는 점이 문제다.[44) 문학사전을 보면 네오클래식은 주로 17세기 초에서 18세기 중엽까지의 유럽 문화와 예술에서 발생한 광범위한 운동으로 나타나 있다. 『프린스턴 시학사전』의 클래시시즘 항에서도 고전주의와 낭만주의의 대립에 대한 하나의 단순한 견해로 엘리어트가 인용되어 있을 뿐, 그 자체가 평가될 만한 문예사조로 인식되고 있는 것 같지 않다[45) 앙리 뻬르의 논의에서도 결론이 '고전주의와 신고전주의'라는 이름으로 되어 있지만, 이 때의 신고전주의 역시 1차대전 후의 영미의 상황과 무관한 내용으로 이루어져 있다.[46) 더

---

43) Arnold Houser, 『문학과 예술의 사회사-현대편』(창작과비평사, 1974, 1985), 205-6쪽.

44) 최재서는 『최재서평론집』에서 「네오 클라씨시즘」이라는 제목의 글을 발표하고 있는데, 글 속에서 '네오 클라씨시즘-현대의 고전주의를 그렇게 부른다면'이라는 단서를 달고 있다. 이는 최재서가 자신이 부여한 임의적인 명명의 보편성을 자신하지 못하고 있음을 드러낸다. 이 글의 내용은 주로 흄의 사상을 정리하고 평가하는 수준의 것이다.

  최재서, 『최재서평론집』(청운출판사, 1960), 48쪽.

45) Alex Preminger(edit.), The New Princeton Encyclopedia of Poetry and Poetics, (Princeton U. P., 1993), 218쪽.

문제가 되는 것은 브래드베리와 맥팔레인이 편한 『모더니즘』에서도 그 용어를 찾아볼 수 없으며, 영국의 모더니즘을 대상으로 하는 피터 포크너의 『모더니즘』에서조차 그 용어가 눈에 띄지 않는다는 점이다. 이것은 영미모더니즘에서 네오클래시시즘이라는 것이 보편적으로 인정받는 하나의 하위 개념이 될 수 없음을 의미하는 것이라 할 수 있다.

예외적으로 흄이나 엘리어트를 네오클라시즘과 연결시킨 논의가 없지는 않는데, 소책자로 만들어진 문학 개론서인 『A Handbook to Literature』가 그것이다. 이 책의 네오클라시즘(Neoclassicism) 항목에서는 마지막 부분에 '20세기에 강한 신고전주의적인 경향이 있었다. 그것은 낭만주의에 대한 반동, 인간의 가능성에 대한 불신, 인생과 예술에서 지성의 위치에 대한 새로운 고려로부터 온 것이다.'라고 덧붙이고, 논자로 T.E. 흄, 엘리어트, 파운드, 윈담 루이스, 어빙 배비트, 마크 반 도렌, 에디스 시트웰, 휴 케너, 루이스 주코프스키, 귀 대븐포트, 리차드 윌버, 오든, 신비평가 등을 들고 있다.47) 그러나 이 책에서도 신고전주의를 현대문학의 한 경향으로 보고 있을 뿐 하나의 사조나 유파적 개념으로 설정하지 않고 있다는 점에서 앞의 논의들과 동궤에 놓인다.

이 문제에 더 깊이 천착하는 데에 피터 니콜스의 논의가 도움이 된다. 피터 니콜스는 영미모더니즘을 앵글로-아메리카 모더니즘이라 부르고, 이 모더니즘은 어떠한 동일화의 형식으로부터도 욕망을 절연시키고자 하는 시도를 바탕으로 하고 있으며, 거리와 차이를 확신시키는 시각적이고 객관적인 것에 대한 호소에 기반하고 있음을 지적한다.48)

---

46) 앙리 뻬르, 박무호 옮김, 『고전주의란 무엇인가』(울산대출판부, 1993), 192-221쪽

47) 『A Handbook to Literature』(Prentice Hall, 1996).

48) Peter Nicholls, 『Modernisms;a Literary Guide』(Macmillan, 1995), 197 쪽. 그는

그리고 그런 특성을 실현시키는 것으로 '지성(intelligence)'을 들고 있다. 이미지즘과 볼티시즘의 '명쾌하고' '견고한' 비유기적인 가치는, '애무할 만한 것'과 모방의 직접적인 기쁨을 거부하면서, 환원에 의해 작동되는 지성을 나타내기에 가장 적합한 것이라 하였다. 이런 특성은 어쩌면 고전주의적이라 할 수도 있을 것이다. 니콜스는 또한 게르트루드 스타인과 관련해서 앵글로 아메리카 모더니즘의 한 특성으로 정서에 대한 지성의 우위(privileging of intellect over emotion)를 들고 있는데 이 역시 일본 주지주의론에서 자주 접하게 되는 특성이다. 또한 진정한 모더니즘 미학은 주관성의 카오스를 막는 데 있다는 사실과, 기교와 형식(form)에 대한 언급 역시 주지주의론의 주요 논점과 동일한 맥락을 지니고 있다.[49]

그러나 예상과 달리 그는 이어지는 「환상에서 구조로; 다다와 네오클래시시즘 (From Fantasy to Structure ; Dada and Neo-Classicism)」이라는 장에서는 앵글로 아메리카 모더니즘과 관계없이 프랑스의 전위시인 르베르디를 중심으로 논지를 전개한다.[50] 다다의 유행 후에 앙드레 브르통은 '다다의 지적 빈곤'을 비판하고 나서며, 브르통의 슈르레알리즘으로의 전신 후에 파리에는 어떤 신고전주의가 나타났다.[51] 그리고 다다와 다이나미즘에 대한 비판이 일고, 예술과 인생을 혼동하는 낭만적인 습관을 비판하는 데에서 입체파와 신고전주의적인 관점이

Anglo-America Modernism과 Continental avant-gardism을 대조시키고 있다.

49) Peter Nicholls, 『Modernisms;a Literary Guide』, 196-197쪽. 203쪽.

50) 마지막 부분에서 르베르디의 이론과 파운드의 이론을 비교하고 있는데, 주로 이미지와 병치의 의미차를 논한다.

51) Peter Nicholls, 같은 책, 242쪽. 그리고 그는 다른 미학의 동시적인 복잡한 교차는 전위시인인 아폴리네르의 '프랑스는 무질서를 싫어한다...카오스에 대한 공포를 느낀다'는 표현과 '새로운 정신의 서정주의는 이탈리아와 러시아 미래주의자들의 과도함과는 거리가 먼 것이다'는 주장에서 더욱 분명해진다고 기술한다.

일치를 보인다. 그렇게 하여 르베르디, 센드라, 자콥, 콕토 등의 큐비스트들의 등장이 또다른 의미를 지니게 된다. 1차 대전 전에 현실과 무관한 환상을 주장하던 르베르디는 환상(fantasy)은 이제 구조(structure)에게 길을 내주어야 한다고 하였다. 이 환상은 제어되지 않은 상상력의 형태이다. 우연과 무질서를 숭상하던 다다나 슈르레알리즘과 달리, 그가 표방하고 있는 큐비즘은 하나의 의도적인 목적 의식을 지니고 있어 그 환상과 달리 구조를 지니고 있다. 르베르디는 그런 환상의 반대편에 '지성'을 둔다. 바로 이 점 때문에 니콜스는 이에 신고전주의라는 명칭을 부여하는 듯 하다. 환상이 이미지 조작의 무의식적 과정을 암시하는 데 반해, 현실에서부터 요소들을 주의 깊게 선택하고 조합하는 것은 지성의 역할이 된다. 또한 다다나 초현실주의에서 애용된 자유연상을 거부하고 조합과 형식적 환원을 중시하는 점에서도 신고전주의적 요소를 지니고 있다.

니콜스가 논하고 있는 네오클래시시즘이라는 것은 파운드와 엘리어트의 논의가 아니라, 입체파가 지닌 질서의식에 대한 표현일 뿐이다. 지성의 존중, 형식적 환원, 요소들의 선택과 조합 등을 엘리어트의 논의도 공유하고 있긴 하지만 니콜스는 아방가르드의 연장선상에서만 이 문제를 다루고 있다. 그러나 그가 '1914년의 사람들'(파운드, 윈덤 루이스, 엘리어트, 제임스 조이스)을 다루면서 파운드나 엘리어트에 의해 대표되는 모더니즘이 질서에 대한 회구가 강하고 가치화된 문화적 전통과 관련있음을 논하고 있는 점(167쪽)을 볼 때, 그리고 더 직접적으로 이 모더니즘이 샤를 모라의 신고전주의와 강조점이 유사하다고 말하는 것을 고려할 때(179쪽), 어느 정도 그런 네오클래시시즘의 범주 속에 영미모더니즘을 고려하고 있는 듯 하다.

그러나 이런 논의는 우리가 알고 있는 영미모더니즘의 네오클라식과는 어느 정도 거리가 있는 것이어서, 주지주의=네오클래시시즘의 등식은 쉽게 동의를 얻지 못할 것이다. 그것은 니콜스의 네오클래시시즘과 아부지이의 주지적 관점이 유사함에도 불구하고, 니콜스가 영미모더니즘과 입체파를 분명히 다른 유파로서 다루고 있다는 점에서 어느 정도 드러난다. 이 논의에서 그런 유사성만으로 하나의 유파를 인정하기 힘들다는 점을 읽을 수 있다. 즉 질서의식에 바탕을 둔 지적 조작의 경향은 유파 성립의 절대 조건이 아니라 임의적으로 필요한 특성을 추출하여 개념화시킨 것이기 때문이다.

그리고 네오클래시시즘과 일본 주지주의의 절대적인 차이점은 그 범주의 설정에 있다. 阿部知二는 그의 『주지적 문학론』의 「심연 앞에서」라는 글에서 '예술에 있어서 존중되는 것은 가장 깊은 혼돈을 가장 긴밀한 질서에 의해 표현하는 힘이다....예술은 세계의 혼돈에 대항하는 인간의 저항이다'라고 말하는데 이 혼돈이라는 것은 그가 제목으로 삼은 심연과 관계가 깊으며, 이것은 「주지적 문학론」에서 이모션의 심연으로 표현된다.[52] 그의 주지론은 이 심연을 어떻게 할 것인가에 대한 방법적 탐색이라 할 수 있다. 이 심연은 심리학에서 잠재의식이라 지칭될 수 있는 obscurity라는 것과 동일한 것이다. 이것을 낭만주의자들은 신비라고 생각하였는데, 주지적 방법은 이것을 우리의 의식성에까지 명료하게 하는 일이 가능함을 보증해준다고 믿는다.[53] 여기에서 심리학적 방법에 대한 믿음이 전제된다.

이런 관점이 정리되자 아부지이는 비로소 진정한 주지적 문학으로 나아가게 된다. 즉 주지주의는 단순히 표상성과 감각성의 중시, 감정성의 배척처럼 상식적인 계량을 떠나 하나의 '방법'을 소유하는 문학

---

52) 阿部知二, 「主知的文學論(抄)」, 『詩と詩論-現代詩の出發』(冬至書房新社, 1980), 29-40쪽. 여기에는 「深淵の前に」, 「主知的文學論」, 「方法論の問題」가 실려 있다.

53) 阿部知二, 「主知的文學論」, 『詩と詩論-現代詩の出發』(冬至書房新社, 1980), 35쪽.

이 된다. 이모션의 내적 존재를 믿고, 종래 무한성과 신비성을 그 성질로 하는 이모션의 심연을 '주지적 방법'에 의해 탐구하는 것이 진정한 주지적 문학인 것이다.[54] 이 주지적 문학을 한 마디로 요약한다면, 심연의 문제를 명쾌하게 질서지을 하나의 방법을 소유할 의도를 가진 이론이다. 그런데 이 방법론만을 문제삼는다면, 춘산행부의 「초현실주의 시론」이나, 방법론적으로 본 포에지론으로서, 당시 흥미있게 읽힌 「사실의 예술에서 질서의 예술」 등이 모두 같은 기술적 방법론을 지닌 주장이 된다.[55] 따라서 주지주의론에서 문제되는 것은 유파의 문제보다는 방법론의 문제가 더 중시되기 때문에 초현실주의 유파나 발레리 같은 시인도 이 주지주의 문학론에 들어올 수 있다. 아부지이도 「주지적 문학론」 결론에서 초현실주의 시론을 주지적 문학론의 연장선상에서 다루고 있으며 그 중요한 논객으로 발레리를 빼놓지 않는다.[56]

그러나 초현실주의는 흄에 의거할 때 불연속성의 모더니즘에 반해, 오히려 꿈과 현실, 의식과 무의식의 세계 등에서 연속성을 강조하는 측면이 강하기 때문에 전혀 같은 범주로 넣을 수 없다.[57] 또한 발레리도 그 방법론에 있어서는 주지주의적 태도를 어느 정도 지니고 있긴 하지만, 주지주의라는 범주로 설정되기보다는 상징주의 시인으로 분류되는 것이 일반적이다.[58] 이는 역시 주지주의가 유파의 범주로 설정되

---

54) 阿部知二, 앞의 글, 37쪽.
55) 中野嘉一, 「『詩と詩論』と主知主義」, 『詩と詩論-現代詩の出發』(冬至書房新社, 1980), 62쪽.
56) 춘산행부의 초현실주의는 아방가르드 계열의 슈르레알리즘과 다르다는 주장(岩成達也)이 있다. 그러나 춘산행부의 기계적인 몽타쥬이론이 피에르 르베르디를 채용한 것이라는 평가로 볼 때 초현실주의와 전연 무관하다고 할 수는 없다. 근본적인 방법론에서는 유사한 점이 더 많다는 것이다.
   岩成達也, 「モダニズムの詩論群(上)」, <現代詩手帖>(1988. 1)
   大岡信 外 對談, 「日本 モダニズムとは何か」, <現代詩手帖>(1986. 10), 89쪽
57) 大岡信 外 對談, 「日本 モダニズムとは何か」, <現代詩手帖>(1986. 10), 79쪽.

기에는 문학사적으로 무리가 있기 때문으로 보인다. 그리고 주지주의 즉 네오클래시시즘을 하나의 유파로 설정한다고 하더라도, 앞의 니콜스의 논의에서 살펴본 것처럼 초현실주의나 입체파와 같은 아방가르드 계열은 그것과 전혀 유사성이 없다. 즉 그런 아방가르드와 영미 모더니즘의 일부 특성의 추출만으로 네오클래식과 주지주의는 등가가 되기 힘들 것으로 보인다.

3. 결론; 주지주의의 개념의 성립여부와 기교주의

우리는 앞에서 서구와 일본에서의 주지주의의 내포와 외연에 대해서 여러 논거를 들어 살펴보았다. 이제 이 모든 논의를 바탕으로 하여 과연 주지주의라는 문예사조나 유파 설정은 가능한지에 대해 논할 차례가 되었다.

그것은 먼저 현대 일본문학의 모더니즘론에서는 이 주지주의 문제를 어떻게 다루는가 하는 점을 점검하는 데서 시작하는 것이 좋을 것이다. 주지주의를 정면으로 다루고 있는 사람은 앞에서 살펴본 中野嘉一이다. 그는 「사조로서의 주지주의」라는 항목에서 주지주의를 문학용어사전에서 빌어와 쓰고 있지만, 阿部知二의 논의에 따라, '주지주의란 …. 주의로서가 아니라, 문학에 대한 고찰에 있어서의 주지적 경향이라는 의미로 생각하는 것이 타당할 것이다'59)고 말한다. 이것은 주지주

---

58) 마르셀 레몽은 <어떤 신들린 경지에 빠진 채 내 정신이 아닌 상태에서 가장 아름다운 걸작을 낳는 것보다는 뚜렷한 의식으로 완전히 맑은 정신 상태에서 허약한 어떤 것을 써내는 쪽을 훨씬 더 원하는 편이다>는 발레리의 '주지주의적 태도'에 대해 언급하고, 또 그가 이와 정반대의 성향으로 나아가고 있음도 지적한다. 마르셀 레몽(김화영 역), 『프랑스현대시사』(문학과지성사, 1983), 201-202쪽.

59) 阿部知二, 「主知的文學論」, 『主知的文學論』(厚生閣書店, 1930), 2-3쪽. 이와 관련된 부분에서 아부지이는 주지주의라는 개념을 주로 intellectualism으로

의를 하나의 사조로 인정하기보다는 특징적인 문학적 경향 혹은 방법론으로 보는 경우라 할 수 있다. 그 외의 모더니즘론에서도 주지주의를 따로 설정하지 않고 하나의 경향으로 처리하고 있다.[60]

특히 <現代詩手帖>의 「일본 모더니즘의 재검토」라는 특집을 보아도 주지주의는 하나의 유파의 성격으로 다루어지기보다는 경향으로 다루어지는 것이 일반적이다. 일본에서는 1930년 무렵까지는 모더니즘이라는 용어보다 포말리즘이라는 용어가 더 많이 사용되고 있는데, 이것은 내용보다는 형식이라는 측면을 강하게 드러내 보이는 것이라 할 수 있다.[61] 즉 형식적인 측면에서 기법의 문제가 대두되자, 그런 경향이 주지적으로 불리어 진 것으로 보아야 될 것이다. 그 특집 중 「모더니즘 今昔」이라는 글은 일본의 모더니즘을 발생적으로 고찰하고 있는데, 23년부터 다다, 입체파, 미래파, 구성파, 초현실주의 등을 열거하고 있지만 이 글 어디에도 주지주의라는 용어는 나오지 않는다. 이것으로 볼 때 일본의 현대 문학 연구에서 주지주의를 하나의 문예사조나 유파로 이해하는 것이 그리 보편적이지 않음을 알 수 있다.

그렇다면 우리 문학비평에게 있어서 주지주의라는 개념 사용의 문제를 검토해볼 필요가 있다. 우리 문학에서 주지주의라는 개념의 외연에는 비평에 있어서는 김기림, 최재서 혹은 이양하 등이 공통적으로 포함된다. 그리고 시에 있어서는 김용직 교수에 의하면 정지용, 김기림, 김광균이며, 오세영 교수에 의하면 김기림이며, 유태수에 의하면

사용하며 그것의 역어 주지주의는 경직성과 구속성을 지니므로 'intellectualism이라는 것은 문학에 대한 고찰에 있어서 주지적 경향이라는 의미로 생각하는 편이 타당하리라. 이후 주지주의라는 글자가 사용되더라도 그 의미에서이다.'라는 말을 하고 있다. 이런 유보적 태도는 주지주의의 유파적 성격이 약한 데에 기인하는 것으로 보인다.

60) 阿毛久芳, 「モダニズム詩の問題-『詩と詩論』二三の斷面」, 『日本文學講座 10, 詩歌Ⅱ 近代篇』(大修館書店, 1988).
　　澤正宏, 「モダニズム詩の成立めぐって」, <日本文學>(1985. 11)
61) 大岡信 外 對談, 「日本 モダニズムとは何か」, <現代詩手帖>(1986. 10), 92쪽.

정지용, 김기림, 이상이 된다. 그런데 정지용, 김광균, 장만영, 장서언 등은 일반적으로 이미지즘의 대표적인 시인으로 분류되고 있으며 네오클래식 즉 주지주의 계열과는 다르다.[62] 그리고 이상(李箱)은 일반적으로 초현실주의 즉 아방가르드 계열의 시인으로 평가되고 있어 영미 주지주의 계열로 보는 데에는 무리가 있다. 그래서 문덕수는 정지용, 김기림, 김광균을 한꺼번에 다루는 데 주지주의라는 용어를 사용하지 않고 모더니즘이라는 용어를 사용한다.[63]

그런데 이런 분류의 혼란은 어디에 기인한 것인가. 거기에 바로 이 주지주의라는 범주 의 핵심적인 문제가 있다. 즉 주지주의는 내포는 어느 정도 지니고 있지만 외연은 분명하게 존재하지 않는 비현실적인 개념이기 때문이다. 하나의 사조나 유파가 그 정체성을 획득하기 위해서는 그 범주의 내포와 외연이 뚜렷해야 한다. 특히 외연은 그 범주의 구체성을 보증해주는 것이기 때문에, 그리고 그 범주 자체가 그런 외연을 설명하기 위해 설정되거나 도입된 것이기 때문에, 외연의 설정은 어느 정도 공통점이 있어야 한다. 그런데 여러 논자의 분류에서 우리가 확인한 것처럼 주지주의에 포함되는 외연은 김기림뿐이다. 그러나 김기림은 그의 작품보다는 그가 평론에서 보여준 주지적 태도의 강조에 대한 선입관의 영향으로 그 범주 속에 들어가 있음을 볼 수 있다. 실제로 김기림의 「기상도」가 영향을 받았다고 하는 엘리엇트의 「황무지」는 영미문학권에서 주지주의라는 명칭을 부여받은 경우는 거의 없다. 이런 점을 고려할 때, 유일하게 김기림의 「기상도」라는 작품이 지니고 있는 주지주의라는 이름 역시 타당성이 없다고 할 수 있다. 여기

---

62) 오세영, 앞의 책, 142쪽.
63) 문덕수는 '비교문학적 관점에서, 정지용과 김광균은 이미지스트이며, 김기림은 이미지스트의 일면도 있으나 주지주의시인으로 규정해야 한다. 편의상 이미지즘과 주지주의를 합해서 모더니즘으로 부르는 것'이라 한다. 문덕수, 앞의 책, 330쪽.

까지 오면 우리 문학사에서의 주지주의는 내포도 없고 외연도 없는 존재불가능한 개념이 된다.

주지주의를 논하는 최재서의 평론에서는 주로 흄과 엘리엇트를 중심으로 다루고 있지만, 그들은 고전주의에 대한 자신의 입장을 밝히고 있을 뿐이다.64) 주지적 경향은 그 당시에 다시 등장한 고전주의가 지닌 유일한 특성도 아니다. 그리고 문학적 특성으로서 주지적 태도라든가 주지적 경향은 현대시 일반(입체파나 영미모더니즘, 발레리 등의 작품)을 아우르는 폭넓은 지칭이어서, 어느 특정한 작가의 특수한 작품에만 국한시킬 수 없다. 이 개념은 일본에서 아부지이와 같은 현대 문학 이론가가 자신의 입장을 분명하게 드러내기 위해 임의적으로 붙인 이름으로 하나의 문학사조로 인정하기 힘들다. 따라서 특수한 시대적 상황에서 같은 문화적 자장 안에 놓인 우리 문학계가 그런 일본의 논의를 받아들였다 하더라도, 현재 우리가 그 논의의 틀을 지킬 필요는 없다고 본다. 기존의 논의의 본질과 한계를 파악하여 더 유용하고 적합한 틀에 대해 고민하는 것이 더 발전적이라 할 수 있다.

본고는 이 주지주의라는 개념이 30년대 중후반에 벌어진 기교주의 논쟁의 핵심 개념으로 등장하고 있는 기교주의와 동궤에 놓인다고 본다. 주지적 방법을 강조하는 김기림은 주지주의란 용어를 거의 사용하지 않고 있으며, 그 대신 기교주의라는 개념을 택하고 있다. 김기림은 「시에 있어서의 기교주의의 반성과 발전」65)이라는 글에서, 당시 문단의 소박하고 원시적인 상태를 배경으로 하여 '강렬한 문화적 욕구가

---

64) 흄은 '낭만주의가 백년동안 유지되어 온 후 이제 우리는 고전주의의 부활을 맞게 되었다'고 말하고 있으며, 엘리엇트는 자신을 '문학에서는 고전주의자'라고 말하고 있다.

　T. E. Hulme, 『Speculations』(Routledge & Kegan Paul, 1971), 113쪽.

65) 이 글은 <조선일보>(1935. 2. 10-2. 14)에 실린 것으로 『시론』이라는 책에 「기교주의 비판」으로 제목을 고쳐 싣고 있다. 본고는 『김기림 전집』에 실린 것을 저본으로 한다.

있어서 소박한 자연상태의 정리에 의한 고도의 문화가치의 실현을 기
도'하였는데, 이것이 30년대 초기의 기교주의의 문화사적 의의라고 보
고 있다. 그리고 그는 다음과 같이 기교주의의 내용을 규정하고 있다.

> 나는 이제 여기서 기교주의의 내용을 규정하지 않으면 안 되겠
> 다. 이 말은 시의 가치를 기술을 중심으로 하고 체계화하려고 하는
> 사상에 근저를 둔 시론을 지적한 것이다. 그러나 낡은 「예술을 위
> 한 예술」론이라든가, 「이스테티스즘」, 혹은 예술지상주의와는 엄연
> 하게 구별되어야 한다. 즉 예술지상주의는 차라리 윤리학의 문제에
> 속하나 기교주의는 순전히 미학 권내의 문제다.[66]

이런 규정에 앞서 그는 이 글에서 「순수시」, 「형태시」란 소제목 아
래 허버트 리드, 입체파(아포리네르, 콕토, 막스 웨버, 거트루드 스타인
등), 초현실파(발레리) 등을 언급하고 있다. 그의 이런 반성적 논의를
살펴볼 때 그가 말하고 있는 기교주의는 일본의 주지주의의 내포(감성
주의의 결별과 지성과 기술 중심)와 외연(발레리, 허버트 리드 등)과
거의 유사하다고 할 수 있다. 그러나 김기림은 '조선에 있어서의 기교
주의, 혹은 시의 순수화의 기도 등은 물론 한 운동의 형태를 갖춘 일
도 없고 그렇게 뚜렷하게 일반의 의식에 떠오르지 못했다'고 지적하
며, 다만 한 경향으로서 추상할 수는 있다고 말한다. 이 말은 기교주의
가 유파나 사조의 차원보다는 하나의 문학적 경향으로서의 의미를 지
님을 뜻한다.

이와 같은 김기림의 주장과 여러 가지 점에서 시각차를 보이는 것
이 임화의 비판이다. 임화는 '시단 일방의 가장 왕성한 주류로서 수3
년내 번영하고 있는 소위 기교파'의 본질을 현실에 무관심한 예술지상
주의(藝術至上主義)로 보고, 김기림, 박재륜, 이서해, 유치환, 정지용,

---

66) 김기림, 『김기림 전집 2』(심설당, 1988), 98-99쪽.

신석정 등의 경향을 비판하고 있다.67) 그러나 그는 기교파를 현실적인 유파로 인정하고 있지만, 또다른 글을 참조할 때 그 개념은 상당히 불안정함을 알 수 있다.

> 지금 새삼스러웁게도 기교주의라고 불려지는 시단의 유령은 사실은 졸고 <시단 일년>에서도 언급한 바와 같이 낡은 <예술을 위한 예술> 사상이란 전세기의 유물의 부활로서 현대시 가운데 至上主義的 시가를 통틀어서 부른 명칭이다.
> 언젠가 기림씨가 말한 것과 같이 예술지상주의라는 것이 범박한 윤리―사상―상의 개념인 대신 기교주의란 미학상의 개념으로, 그 가운데는 「이마지즘」, 「슈르레아리즘」, 「포―르마리즘」, 「모―더니즘」 기타가 잡거하고 있다.68)

임화는 기교주의라는 개념 아래 이미지즘, 초현실주의, 포말리즘, 모더니즘을 모두 포괄시키고 있는데, 이는 기교주의를 예술지상주의라는 개념 하나로 환원시키는 시도만큼이나 허술하게 보인다.69) 특히 포말리즘 같은 것은 차라리 김기림처럼 기교주의의 한 특성70)으로 보는 것이 타당하지 하나의 사조나 유파로 설정하는 것은 무리이다. 결국 임화의 기교주의 논의에서조차 그 개념이 너무 광범위할 뿐 아니라 경향적 차원에 그치는 것이어서, 구속력 있는 사조적 범주로서 성립하기는 힘듦을 알 수 있다.

---

67) 임화, 「담천하의 시단 일년」, 『문학의 논리』(학예사, 1940), 618-28쪽.

68) 임화, 「기교파와 조선시단」, 앞의 책, 649쪽.

69) 김윤식 교수는 「주지주의문학론」에서 '이러한 주지주의도 그 상위 개념으로 모더니즘을 가진다'고 하여 임화와 정반대되는 규정을 내리고 있다. 그러나 가역적일 수 없는 이 종개념과 유개념이 이처럼 혼동된다는 것은 주지주의라는 개념의 모호성과 취약성을 역설적으로 보여주는 반증이 된다. 김윤식, 『한국근대문예비평사연구』(1976, 1990 제11쇄), 234 쪽.

70) 김기림은 순수시, 형태시라는 소제목으로 기교주의의 특성을 나누어 설명하고 있다. 순수시는 기교주의 시의 내용적, 문학사적 의미를, 형태시는 형식상의 의미를 지적한 것이다. 김기림, 앞의 책, 96-99쪽.

주로 임화와 김기림 사이에 벌어진 이 논쟁을 통해 우리 문학사에 있어서 주지주의보다는 기교주의 혹은 기교파라는 개념이 더욱 일반적임을 알 수 있었다. 우리 문단에 등장한 주지주의라는 개념은 최재서 개인이 자신의 문단적 위치를 부각시키기 위해 이입시킨 개념으로 그다지 일반화되지 않은 개념으로 볼 수 있다.

비록 주어진 자료에 한계가 많지만, 지금까지의 논의를 바탕으로 할 때 대륙의 아방가르드 문학과 영미 모더니즘 문학의 특정한 요소들(주로 방법적 측면)을 선택적으로 취합하고 있는 일본의 주지주의는 우리나라는 물론 일본에서조차 하나의 사조로 보기에는 부족하다. 이는 일본의 문학 이론가들이 기존의 문학을 배격하고 새로운 문학을 제시하기 위해 가져 온 하나의 방법론이나 경향을 지칭하는 개념으로 보는 것이 타당할 것이다. 마찬가지로 주지주의와 거의 같은 개념으로 우리 문단에서 사용된 기교주의도 김기림의 지적대로 별개의 사조나 유파로 성립될 수 없다. 모더니즘과 아방 가르드라는 개념이 일반화된 이상, 기교주의(혹은 최재서의 주지주의)는 30년대 중반의 문학적 경향에 대한 지표 역할을 하는 것으로 그 임무는 충분할 것이다.

<주지주의>가 특정 시대의 하나의 문학사조로 성립한다면 그 반대 개념이라 할 수 있는 <주정주의(主情主義)> 또한 사조로 성립할 수 있을 것이다. 그러나 주정주의가 낭만주의, 상징주의 등의 여러 사조를 포괄하는 기본적인 세계관과 그에 바탕한 문학적 경향의 문제로 귀결되는 것처럼, 기교주의, 주지주의 역시 한꺼번에 흘러들어 오는 현대의 새로운 문학사조들의 근본적인 세계관과 문학적 경향을 단적으로 지칭한 것으로 보는 것이 좋을 것이다. 그러나 이 주지주의에 대한 논의를 통해 30년대 우리 모더니즘 문학의 특성을 추출하고 이해하는 데 도움을 얻을 수 있다는 점에서 문학사적인 의미를 지닌다고 할 수 있다. 앞으로 이런 관점에서 30년대 모더니즘 미학이 재정리되어야 할 것이다.

〈참고 문헌〉

김광균, 「작가연구의 전기-신예작가의 소묘」, <조선중앙일보>(1934. 5.2-9).

김기림, 「시작에 있어서의 주지적 태도」, <신동아>(1933. 4)

김덕근, 「주지파 시론의 수용양상 연구」(청주대 석사, 1987)

김용직 외 편, 『문예사조』(문학과지성사, 1977, 1993)

　　　　, 「1930년대 모더니즘시의 형성과 전개」, <현대시사상>(1995. 가을)

　　　　, 『한국현대시 해석,비판』(시와시학사, 1993)

　　　　, 『한국현대시사 1』(한국문연, 1996)

김윤식, 「1930년대의 시론」, <심상>(1982. 1)

　　　　, 『한국근대문예비평사연구』(1976, 1990 제11쇄)

　　　　, 『한국현대시론비판』(일지사, 1975, 1990 증보판 2쇄)

김해성, 「한국주지시 발달과정 소고」, <국어국문학>(37,38합본, 1967)

문덕수, 『한국모더니즘시연구』(시문학사, 1981, 1992 재판)

박민수, 「현대시의 리얼리즘과 모더니즘」, 『모더니즘연구』(자유세계, 1993)

백낙원, 「심리주의문학과 주지주의문학」, <매일신보>(1933년, 10. 24-31).

백운복, 「1930년대 한국 이미지즘과 주지적 문학론 연구」, <인문과학논문
　　　　집 4호>(서원대, 1995)

백　철, 『신문학사조사』(신구문화사 1980, 1992 중판)

선효원, 「한국 주지주의시의 비교문학적 연구」(동아대 석사, 1987)

손정수, 「1930년대 한국 문학비평에 나타난 모더니즘 개념의 내포에 관한
　　　　고찰」, 『한국학보』(1997. 가을)

송순애, 「이미지즘의 한국적 수용양상에 관한 연구」(서강대 박사, 1983)

오세영, 『한국 근대문학론과 근대시』(민음사, 1996)

　　　　, 『20세기한국시연구』(새문사, 1989, 1991 제3판)

유태수, 「주지주의」, 『한국문학사조론』(새문사, 1992)

이병기, 백철 공저, 『국문학전사』(신구문화사, 1965)

이은애, 「최재서 문학론」(서울대 박사, 1995)

임화, 「담천하의 시단 일년」, 『문학의 논리』(학예사, 1940)

정종진, 「전형기 주지파 시론고」, <어문논총 5>(청주대, 1986)

정한용, 「시간 속으로의 탐험」, <시와 시학>(1996. 가을)

조병화, 서동철 공저, 『한국현대문하사』(유림사, 1985)

조연현, 『한국현대문학사』(성문각, 1969, 1972 재판)

최재서, 「現代主智主義 文學理論」, <조선일보>(1934.8.7-12)

        , 『최재서평론집』(청운출판사, 1960).

한영옥, 「한국 현대시의 주지성 연구」(성균관대 박사, 1991)

앙리 뻬르, 박무호 옮김, 『고전주의란 무엇인가』(울산대출판부, 1993)

마르셀 레몽(김화영 역), 『프랑스현대시사』(문학과 지성사, 1983)

Arnold Houser, 『문학과 예술의 사회사-현대편』(창작과비평사, 1974, 1985)

Lynn Altenbernd & Leslie L. Lewis, 『A Handbook to Literature』(Prentice
        Hall, 1996)

T. E. Hulme, 『Speculations』(Routledge & Kegan Paul, 1971)

Alex Preminger(edit.), The New Princeton Encyclopedia of Poetry and Poetics,
        (Princeton U. P., 1993)

Peter Nicholls, 『Modernisms;a Literary Guide』(Macmillan, 1995)

『世界文藝大事典』(中央公論社, 1936)

『現代文學論大系 第7卷』(河出書房, 1955)

大岡信 外 對談, 「日本 モダニズムとは何か」, <現代詩手帖>(1986. 10)

松田穫 編, 『比較文學事典』(東京堂出版, 1978)

阿部知二, 「英米詩に於けるモダニスト」, <詩と詩論　第三冊>(厚生閣書店,
        1929.3)

        , 「主知的文學論(抄)」, 『詩と詩論-現代詩の出發』(冬至書房新社,
        1980)

        , 『主知的文學論』(厚生閣書店, 1930)

岩成達也, 「モダニズムの詩論群(上)」, <現代詩手帖>(1988. 1)

長谷川泉, 『近代日本文學思潮史』(至文堂, 1970 5판)

中野嘉一, 「『詩と詩論』と主知主義」, 『詩と詩論-現代詩の出發』(冬至書房新
        社, 1980)

千葉宣一, 「詩論の發展と流派の展開」, 『日本近代詩-比較文學的にみた-』(淸
        水弘文堂, 1971)

春山行夫, 「主知主義ついて」, 『文學評論』(厚生閣書店, 1934)
白田宗治 編, 『世界新興詩派研究』(金星堂, 1929)

이상 텍스트 해석에 있어서의 고유명의 문제

이 현 석

1. 서론

본고에서 보려는 것은 이상의 텍스트에서 고유명이(그리고 에피그램들이) 텍스트 구조화에 어떻게 작용하는가 하는 점, 그리고 그것이 이상의 텍스트의 경계들, 소설과 수필 더 나아가 시의 경계들의 어디에 위치하고 있는가 하는 점이다. 우리는 이상의 텍스트가 어떠한 장르적인 구분도 허용하지 않으려 한다는 사실에 항상 부딪히고 있으며 결국 그로 인해 글쓰기의 문제로 되돌아간 상황에 처해 있다. 만약 이상의 텍스트가 표층 텍스트와 심층 텍스트 의 개념을 필요로 한다고 한다면, 그래서 발생 텍스트를 문제삼지 않을 수 없다고 한다면 그 때 연구의 방향은 이 두 텍스트의 어떤 결정되지 않은 사이에 놓이게 됨이 분명하다. 왜냐하면 심층텍스트라 지칭되는 텍스트가 실재에 있어서는 부재하고 단지 그 심층텍스트를 대리하며 그 근접성에서만 심층텍스트라 불리워질 수 있는 텍스트들만이 가설적인 형식으로만 존재하기 때문이다. 이렇게 심층 텍스트를 대리하는 것으로 보이는 텍스트는 크게 이상의 일문 노트에 실린 미완의 작품군에 속하는 텍스트들이라 할 수 있을 것이다.

여기에서 지금까지 심층 텍스트에 대한 연구가 진척된 한 측면을 고려해 보기로 하자. 심층텍스트에 대한 연구들은 크게 이상 텍스트에 대한 해석의 두 축으로 한 편에 기하학적 세계를 그리고 다른 한 편에 이상의 분열된 자의식 혹은 죽음의 공포나 그에 따른 자살 충동을 두고 있다. 그런데 이러한 해석의 두 중심축은 분리되어 있지 않다고 할 수 있을 것이다. 그것은 유클리드적 세계로부터의 또는 비유클리드적 세계로의 탈주가 의미부여 되는 자리가 이상의 심층 의식과 언제나 연관되어 있기 때문이다. 실제 우리가 이상의 시 텍스트에서 특징적으로 보이는 기하학적 영역들을 수학적 개념 체계에서 분석하는 것은 불가능하고(그 기호 자체가 수리적 개념 체계 내에 있는 것이 아니라 문학 텍스트 내에 존립해 있기 때문에)[1] 그 해석은 언제나 이상이 의미부여한 사적언어 내에 놓일 수밖에 없다. 그럴 경우 우리는 수학적 관계를 인식론적인 또는 문학 내부적인 의미론적 공간 내에서 재해석하거나[2] 이상의 사적 언어의 세계 혹은 기호 유희의 세계로 나아가게 된다. 이 사적언어의 세계는 단순히 기호유희나 형태미로 해석되지 않는다면 그 자의적 코드의 무규정성으로 인해서 해석불가능한 영역으로 남는 것이다.[3] 다시 말해서 이상의 텍스트에서 기호론적인 구조물

---

1) 수학적인 공리 체계가 실재계와는 무관한 개념 체계라는 점(수학과 실재계의 사이의 대응관계가 설정될 수 없으며 그것은 언제나 그 자체의 개념적 체계일 수밖에 없다는 점)에 대해서는 근세기 초에 있었던 수학기초론에 대한 논의를 고찰한 Morris Kline, *Mathmatics-The loss of Certainty*, 박세희역(민음사, 1994) pp.204-256 참조.

2) 이와 관련해서는 수학자인 김용운이 이상의 시 텍스트를 분석하는 방식이 좋은 참조가 될 수 있을 것이다. 그는 수학적인 방법을 해석에 원용하는 것이 아니라 수학이 철학으로 해석될 수 있는 지점을 찾아내고 그것이 내포하는 실존적인 의미에 대해서 추론하고 있을 따름이다. 김용운, 「자학이냐 위장이냐」, 문학사상, 1985. 12., 「이상문학에 있어서의 수학」, 『이상문학전집4』, 문학사상, 1995. 참조.

3) 이상의 시에 나타나는 형태미에 관하여 김민수가 보여주는 고찰(김민수, 「시

들을 계속적으로 목격함에도 불구하고 그것은 어디에도 정초되어 있
지 않다고 할 수 있다. 텍스트가 끊임없이 기하학적인 논리들을 이끌
어 들이지만 그것은 논리적으로 파악될 성질의 것이 아니다.4)

각예술의 관점에서 본 이상 시의 혁명성」, 『이상문학 연구 60년』, 문학사상
사, 1998)은 흥미로운 점이 있다. 다다이즘에 대한 개념적 분석을 통하여 보
여준 이상이 도달한 '부정의 변증법'에 대한 주장이나 '문자언어 내의 상호
대립과 통합'을 나타내 보여주는 것으로 제시한 <선에 관한 각서 2>의 분석
에서 렌즈의 형상에서의 대립과 통합을 보고자 한 것 등은 아주 흥미롭다.
그러나 실재 문제는 여전히 해결되지 않은 채 있다고 할 수 있는데, 그 이유
는 형태적인 측면에서 이러한 점들이 발견된다 해도 그것이 '물질과 존재',
'유클리드 기하학의 절대공간과 분리된 시간개념', '데카르트식의 절대적 자
아' 등을 해체시키기 위해 도안된 것이라 말할 수 있을까, 더 나아가 <오감
도 제 4호>가 '물질과 존재성에 대한 부정', '무한 시공간으로의 이동', '절대
적 자아의 붕괴'를 나타낸다고 해석하는 것과 그 시가 보여주는 수학 기호
사이에 정말로 이와 같은 해석적인 관계가 성립되는 것일까, 더욱이 이것을
이처럼 정합적으로 이해하는 것 자체에도 여전히 역설은 남아 있는 것이 아
닐까 하는 의문이 있기 때문이다. 필자가 보기에 시가 지니는 형태적 특성에
대한 분석으로부터 곧바로 그에 대한 다분히 형이상학적인 이와 같은 인식
론적 주장을 끌어낼 수는 없다. 다시 말해 거울상으로 도치된 이들 수기호들
이 혹은 수열식의 형태들이 그 자체로 이렇게 의미부여된 바를 표상한다고
주장하기 어렵다. 그것은 하나의 경쟁적인 해석의 하나임에 분명하고 문학의
언어가 언제나 다의성의 공간에서 발화된다는 것을 인정한다면 충분히 가능
한 해석이라 할 수 있다. 그러나 그것이 곧바로 그 형태적인 측면에서부터
근거된 정합적인 분석이라고 주장할 수는 없다. 더구나 이상의 이 기호식들
이 언제나 일상 언어 체계의 규칙들로부터가 아니라 이상 자신의 사적 언어
체계로부터 성립된 측면이 강하는 점에서 더욱 그러하다. 이상의 시 텍스트
에서 기호식과 언어 사이에는 분명한 단절이 있고 기호식 자체로부터 혹은
기호식을 둘러싼 언어 영역으로부터 그에 대한 상호적인 해석을 이끌어내는
데에는 언제나 하나의 비약이 존재한다.

4) 그것은 언제나 사적 언어의 영역에서부터 유출된 것이며 그 사적 언어는 그
  내적인 규칙을 스스로 규정한다. 실재 우리가 이상의 이 사적 언어를 문제삼
  으려면 그것이 내포하는 타자성 자체를 문제삼아야 한다. 그 규정성이 언제
  나 사적인 관계에서 유출되는 것이라면 그것은 언제나 그 자체의 정합성에
  의해서가 아니라 해석자와의 소통 관계에 의존하는 것일 수밖에 없는 것이
  다. 그 자체의 규정성을 혹은 정합적인 관점에서 혹은 비정합적인 관점에서
  단일하게 규정하려는 것은 무의미한 것이다. 그것이 유클리드적이나 비유클
  리드적인 세계로 비유되는 관계 역시 마찬가지이다. 최소한 우리는 그 기하

그러므로 언제나 텍스트 내에서의 이 기하학적 공간은 텍스트 내부에서 어떤 심층적인 공간으로 화하거나 그것이 환기하는 합리적인 이성적 세계에 대한 비판을 함축하지만 그 자체 규정될 수 없는 타자적 공간으로 간주될 수밖에 없다. 이에 따라 자연히 문제는 이상 텍스트 속에 내재한 이 심층적인 공간을 어떻게 분석 과정 속에 이끌어 들일 수 있는가 하는 점에 놓이게 된다. 여기서 표층 텍스트 안에 내재한 심층텍스트의 개념이 성립되며 그것이 해석적인 결정불가능성의 문제를 대체한다. 그러므로 그것은 이상이 안고 있는 죽음의 공포나 이상이 성장과정에서 겪어야 했던 정신적 외상과 관련된 문제가 되는 동시에 그 기하학적 영역에서의 해석상의 난점은 텍스트 내 언어 구조의 문제로 투사되는 것이다. 따라서 본질적인 문제는 그대로 수리적인 영역에서 이상의 내면 의식으로 전이되고 그 해석상의 아포리아는 이제 표층 텍스트 속에 내재된 심층성이라는 형식을 띠게 된다. 여기에서 심층텍스트는 표층텍스트 내부에, 다시 말해 발생텍스트가 삼투된 것으로 간주된 현상텍스트의 내부에 자리잡게 되지만, 이것은 문제의 구조가 전적으로 달라졌음을 의미하는 것이 아니다. 그리고 그에 따라 그 문제를 바라보는 근본적인 시선이 바뀐 것도 아니며 다만 이 해석적인 결정 불가능성이 다만 심층 텍스트의 근원적인 도달불가능성의

학적인 언술이 대칭성 그 자체를 통해 현실의 비대칭성을 지적하려는 것인가 아니면 그 대칭성 내부에 어떠한 기만이 내포되어 있어서 그 비대칭성으로 현실을 표상하려는 것인가 하는 점을 확정지을 수 없다. 우리가 볼 수 있는 것은 그것이 드러내는 타자성의 이미지일 뿐이며 그것은 그에 대한 해석자와의 소통 관계 내에서만 규정되고 그 해석은 언제나 국지적인 것으로 남는다.

언어 속에 내포된 이 사적 규칙의 문제에 대해서는 L. 비트겐슈타인, 『철학적 탐구』(이영철 역, 서광사, 1994) pp.90-151과 S.Kripke, *wittgenstein on rules and private language*(blackwell, 1982)을 참조할 수 있다. 그리고 타자적 영역과의 소통 문제에 관하여서는 가라타니 고진, 『탐구1』(정기돈 역, 새물결, 1998)을 참조하라.

형식으로 바뀌었을 뿐이다. 더욱이 이것이 탈구조주의적인 분석틀 아래서 이상의 텍스트를 신비화하고 있는 측면이 언제나 잠재되어 있다는 점이 지적될 수 있다.

이와 같이 심층텍스트의 개념을 도입하고 텍스트의 경계를 허물어버림으로 해서 우리가 얻은 해석적으로 풍요로워진 점은 무엇이며 해석의 과정에서 배제한 것은 무엇인가 하는 점은 되짚어 볼 필요가 있을 것이다. 가장 주요하게 지적될 수 있는 해석적 이점은 심층 텍스트의 개념이 도입됨으로 해서 방법론적으로 문학으로부터 다분히 외재적인 관점을 취할 수밖에 없었던 정신분석비평이 언어학적인 토대 위에서 재구축될 수 있게 된 점이다. 그리고 현상텍스트에서 발생텍스트로 그리고 다시 그 텍스트의 지시대상인 작가 이상의 내면으로 향하는 해석과정을 통해 중점적으로 검토된 것은 구문론적인 분석이다.[5] 이 문장 단위로 내려간 분석은 야콥슨이 정의한 은유축과 환유축의 문학적 발현 양상이나 정신분석과 구조주의 언어학의 결합으로 설명되는 라캉과 크리스테바의 방법론을 통해 세밀하게 텍스트의 언어구성 측면을 밝혀내고자 하였다. 이상 텍스트의 생산과정에 관한 이강수의 논문은 여기에 대한 하나의 좋은 예가 될 수 있을 것이라 생각한다. 그는 크리스테바의 논의를 빌어, 상징계로 틈입하는 충동의 기호계적 코라가 우세하며 정상적인 언어로 구성되어 있지 않고 생성 과정 중에 있는 텍스트를 발생텍스트라 정의하고 있다.[6] 그런데 작가의 해체된 언어형식 속에서 분열된 의식을 분석하고자 하는 이 연구가

---

5) 김승희의 「이상 시 연구」(서강대 박사논문, 1992), 전봉관의 「이상문학에 드러난 실어증적 징후」(『한국학보』,1994. 12), 우정권의 「이상의 글쓰기 양상」(서울대 석사논문, 1996), 이강수의 「이상 텍스트 생산과정 연구」(서울대 석사논문, 1997) 문흥술의 「1930년대 한국 모더니즘 소설에 나타난 언술 주체의 분열 양태 연구」(서울대 박사논문, 1998) 등의 문헌들이 이에 대한 좋은 참조가 될 수 있을 것이다.
6) 이강수, 「이상텍스트 생산과정 연구」,서울대 석사논문, 1997. p.6

대상으로 삼게 되는 것은 전체 텍스트의 서사 구조라기보다는 그 의식 분열 양상을 구체적으로 보여주는 문장들과 단락들이다. 그리고 이에 대한 구문론적 분석을 통해 이상의 기호놀이 과정은 은유와 환유의 분열적 결합 양상과 그에 따라 유발되는 세미오틱적 충동의 반복된 리듬, 아브젝시옹을 드러내 보여주는 여러 불결성과 죽음의 모티프들의 분석을 통해 드러난다. 이 때 자연히 문장들이 분석의 주된 대상이 됨으로 해서 텍스트는 계속적으로 분할되며 해석의 관점은 동일한 양상을 보여주는 대상들에로 끊임없이 이동하게 된다. 따라서 단지 한 텍스트 내부에 머무르는 것이 아니라 텍스트와 텍스트 사이의 경계를 뛰어넘게 되며 시와 수필, 소설의 장르적 구분이나 각각의 텍스트 구조에 구애됨이 없이, 의식의 분열 양상을 보여주는 구문들의 동일하게 적용되는 지점들이 조명될 수 있는 것이다.

하지만 이러한 연구들은 연구의 새로운 방향을 제시해 주었음에도 그와 동시에 하나의 문제를 은폐시켰다고 할 수 있는데, 그것은 우리가 장르적인 경계를 지우고 글쓰기의 문제로 되돌아갈 때 또 다른 층위에서 하나의 경계가 함께 지워지기 때문이다. 그것은 습작 노트로 주어진 텍스트들과 실제 지면에 발표된 텍스트 사이의 경계이다. 습작 노트가 발생텍스트가 됨과 동시에 미발표 습작들 역시 동일한 텍스트의 위치를 부여받으며 오히려 그것이 심층텍스트를 대리한다는 점에서 강조된다. 이에 따라 심층텍스트를 대리하는 이 텍스트들이 전면에 부각되고 습작 노트에서의 미완의 작품들이 2차자료로서가 아니라 현상텍스트를 압도하는 하나의 본원적인 텍스트로 자리잡게 된다. 그리고 이러한 텍스트들이 상호텍스트적으로 서로 반향하는 하나의 전체를 이루고 그것이 다시 가장 근원적인 심층텍스트인 이상의 내면의식으로 향하는 해석의 전도가 나타난다. 여기서 그 해석의 방향이 이상의 의식의 파편들을 향해 끊임없이 역전되는 것과 동시에 각 텍스트의 구체적인 구조는 잊혀지고 지워진다.

글쓰기의 문제란 결국 그 기원으로 되돌아가는 것, 다시 말해 그 글을 발생시킨 기원으로 되돌아가는 것을 의미할 것이다. 왜냐하면 우리가 이상의 텍스트를 종개념에서부터 유적인 개념인 글쓰기의 문제로 환원시켰다는 사실은 그 텍스트가 장르 해체적인 성격을 띠고 있다는 사실과 함께, 텍스트 자체가 어떤 구성적인 측면에서 이질적인 요소를 끌어들이고 있다는 점에서부터 비롯되었기 때문이다. 텍스트 생산 과정이 문제되는 것도 결국은 이 때문이다. 그러나 심층성이 선험적으로 주어진 이상의 내면의식이고 그것은 근원적으로 도달불가능하기 때문에 심층적이라는 해석적 순환은 적절하지 않을 것이다. 오히려 실질적으로 문제적인 것은 이상의 텍스트에 대한 해석이 왜 끊임없이 내면성에로 이끌리는가 하는 점이다. 문제는 이상의 텍스트들이 안고 있는 이 이질성이 무엇인가 하는 점이며 그것은 문제 형식의 정향점이 어디에 있는가 하는 점에서 다시 출발하지 않으면 안 되는 것이라 할 수 있다. 본고에서는 그 이질성을 낳는 중요한 요인 가운데 하나로서 텍스트 내에서 작용하는 고유명과 에피그램을 지적하고자 한다.

2. 텍스트 구조 내에서 고유명의 위치

여기서 유념하고자 하는 것은 고유명이 텍스트에 가하는 효과이며 고유명이 텍스트 내에서 어떻게 정의될 수 있는가 하는 점이다. 그리고 이 문제와 연관되어서만 에피그램들이 분석의 대상이 될 수 있을 것이라 생각한다. 그리고 결국 우리가 문제삼게 될 것은 이 이질성 혹은 텍스트 구조를 지배하는 요인으로서의 고유명의 타자적인 성격이다. 더욱이 그것은 텍스트가 지니는 이 규정되지 않는 이질성을 단순히 주체 내적인 인식의 문제로 전치시킬 수 없다는 사실과 연관된 것이라 할 수 있다. 앞서 지적하였다시피 우리가 텍스트의 기원을 문제 삼고 그 발생텍스트를 통해 이상 내부에 존재하는 어떤 심층 텍스트를 거론하게 될 때 나타나는 문제는, 우리가 이상의 텍스트가 보여주는 난해한 기호론적인 성격에서 유추되지 않은 것을 그 심층적인 텍스트로 되돌림으로 해서 텍스트의 서사 구조에 대한 분석을 작가 이상의 전기적 사실에 입각한 내면의식 분석으로 대체하고 있다는 사실이다. 텍스트 구조 분석이 그 내부에서 정초되지 않고 그것이 계속적으로 이상의 내면의식으로 회귀할 수밖에 없는 원인은 일차적으로 텍스트 위에 기입된 이 <이상>이라는 고유명에 있지만 그 과정은 단순하지 않다. 그것은 텍스트 내에 부재하는 서사를 대리하는 요소로서 에피그램이 주어지고 그것이 간략하게 기술된 인물 상호간의 관계에 대한 해석의 단초로 제시되기 때문이다.

그러므로 텍스트 내에서 서사에 대한 의미론적인 통약가능성이 내재될 수 있는 부분은 에피그램이다. 그의 소설 텍스트들은 언제나 서두에서 제시되는 이 에피그램에서부터 그려진 것이라 할 수 있다. 그리고 이 에피그램만이 명확하게 그의 텍스트 해석의 단서가 된다고 전제할 수 있다. 이러한 전제로부터 출발하는 이유는 우리가 그의 텍스트를 이상의 전기로부터 이끌어들여 그 해석을 정초하려 해도 텍스트 자체를 실재 전기적 사실과 동치적으로 놓을 수 없기 때문이며, 또한 전기적 사실 역시 그를 둘러싼 담론들에 의해 텍스트화된 것일 수밖에 없는 것이기 때문이다. 발생 텍스트란 이론적인 가설에서부터 우리가 일단 벗어나서 생각해 본다면 우리가 실제 의지할 수밖에 없는 것은 이 에피그램과 텍스트의 서사 구조와의 관계이며, 그 관계를 보기 위해서는 먼저 <이상>이란 고유명이 어떻게 텍스트 내에서 작용하고 있는가 하는 것을 고찰해 보아야 한다. 그것은 에피그램이 발화되는 위치가 텍스트의 서사 구조 내부에 있지 않고 항상 이 고유명으로부터 유출되고 있기 때문이다. 우리가 취할 것은 오직 텍스트일 뿐이라 할 때, 우리가 그의 텍스트에서 가장 빈번하게 그리고 가장 이질적인 측면에서 목격하는 것은 고유명 <이상>이다.

  우리가 텍스트 내적으로만, 다시 말해 그의 전기적 사실에 의탁하지 않고 그의 작품들을 하나의 텍스트로만 간주하고 분석을 시작할 때 가장 먼저 문제되는 것은 이상이라는 하나의 고유명이 텍스트 내에 개입해 있다는 사실이며, 우리가 <이상>이라는 이 이름을 제외한 채 텍스트를 접할 수 없다는 점이다. 에피그램이 텍스트의 첫머리에 오고 그것이 이상의 존재를 가시화하며 그에 따라 우리는 텍스트를 본질적으로 규정하는 것이 이상이며 그가 이미 텍스트 내에 존재하고 있다는 사실을 받아들이게 된다. 그것은 텍스트를 하나의 자기완결적인 공간으로 한정시키지 못하게 하는 동시에 텍스트 분석이 항상 <이상>이라는 실존 인물로 되돌아가게 만드는 가장 주요한 요인이다. 그럼으로 해서 우리가 이 이름을 통해 실재의 작가 이상으로 되돌아가게 될 때 놓치게 되는 것은 이 고유명 자체가 텍스트에 주고 있는 효과이다. 우리가 단순히 텍스트 내에 존재하는 그 이름을 실존 인물 '이상'으로 상정하고 그로부터 이상의 자의식으로 되돌아가는 추론과 달리, 이 고유명이 텍스트를 어떠한 방식으로 규정하고 있느냐 하는 물음이 실질적으로는 더 중요하다. 그것은 우리가 이상의 텍스트를 이상의 내면으로 간주하지 않고 '이상'이라는 이 이름이 텍스트에 작용하는 바의 것으로 전환하여 보는 관점에서 문제되는 것은 무엇인가 하는 점이다. 그 때 그것은 텍스트를 이상 개인사의 실재적 관계의 반영으로 혹은 그 전기적 사실을 허구화시킨 것으로 전제하는 것에서 일단 탈피해야 한다는 것을 의미할 것이다.

그렇다면 먼저 이 ‘이상’이라는 기입된 이름을 그의 개인사로부터 유리시키고 단지 어떤 한 개인의 이름으로, 실존했던 한 존재의 이름으로 제한시켜 생각해 보기로 하자. 그가 비정상적으로 여겨지는 생활을 했다는 것, 그가 양부와의 관계에서 내면적인 외상을 입었다는 사실, 그리고 폐결핵을 앓았으며 동경에서 요절했다는 사실을 모두 괄호 치고 그것을 단순히 한 사람의 고유명으로 간주하고, 단지 그 이름은 “소설 「날개」를 지은 작가” 혹은 “30년대 모더니즘적 경향을 보인 사람”의 이름을 지시한다는 정도로만 제한하여 보기로 하자. 그 때 그의 삶을 기술하는 앞서의 정의들와 이와 같은 정의가 거의 구별될 수 없다는 사실은 자명하겠지만, 전기적 해석을 이름 속에서 끌어들이지 않고 고유한 한 존재에 대한 기술로만 언급함으로써 일단 우리의 논의 속에서 그것을 한 존재에 대한 기술을 유발하는 무엇으로만 간주할 수 있을 것이다. 여기서 그 구분의 기준이 되는 것은 지시대상으로 주어진 인물에 대한 정의 가능성이다. 그 인물의 심층에 존재하는 내면성은 이 정의 가능성의 범주에서 벗어난다는 점에서 앞서의 기술과 구분된다. 그러한 환원 가운데 드러나는 그 ‘이상’이란 이름은 어떠한 일군의 텍스트들에 기입된 어떤 고정지시자의 표지로 남는다.[7] 그것이 지금까지의 논의와 다른 점은 먼저 텍스트가 있고 그 위에 작가의 이름이 기입되어 있다는 것이 중요하지 그 이름이 그 텍스트를 생산한 작가를 지시하는 것이 중요한 것은 아니라는 점이다. 그 때 이 이

---

7) 이 고유명이 가지는 ‘고정지시자’의 개념은 S. 크립키의 『이름과 필연』(정대현·김영주 공역, 서광사, 1986)에서 가져온 것이다. 양상 논리 내에서 주어진 이 고정지시자(rigid designator)로서의 고유명은 가능세계들에서 실재성을 고정적으로 지시하며 우리가 가능세계에서 의미를 파악하게 되는 기준이 되는 것이다. 이 때 그의 논의에 있어서 “가능세계란 ‘이 현실 세계가 되었을 수도 있었던 모든 방식’이고 또는 이 전체 현실 세계의 사태이거나 역사이다.” 우리가 어떠한 가능세계 내에서 사실들을 가정적으로 파악할 수 있는 것은 고유명이 그 가능세계들 사이에서 통세계적 동일성(identity across possible worlds)의 기준으로 제시되기 때문이다.

름이 기입된 텍스트들은 우리가 일상적으로 보아왔던 소설 텍스트들과 어떠한 점에서 변별되며 그 차이는 무엇인가 하는 점이 확연해질 수 있을 것이다.

그러므로 우리는 <이상>이란 이름을 고유명으로만 취급할 뿐 그 실존인물의 삶 자체로 되돌아가지 않도록 전제하며 '이상'이란 이 이름을 괄호치고 그것을 단순히 텍스트 내에서 자리잡은 하나의 명명으로 간주한다. 그리고 그렇게 전제했을 때 문제되는 점들이 무엇인가 하는 점들을 지적해 나가기로 하자. 다시 말해 우리가 이상 텍스트에서 주체의식의 분열을 말할 때 우리는 '이상'이란 이 고유명으로부터 현대성 속에서 자아의 분열을 보거나 혹은 이상의 자의식을 문제삼거나 한다면, 그 때 우리가 놓치고 있는 것은 그 텍스트 속에 놓여진 그 이름으로서의 고유명이 그러한 해석에 있어서 어떤 역할을 하고 있는가 하는 점이다. 이 점을 초기작인 「12월 12일」에서부터 찾아가 보기로 하자.

「12월 12일」에는 그로 지칭되는 X와 그의 동생인 T와 T의 아들인 업, 친구인 M이 주요한 인물로 등장하며 그외에 간호부 C 등 업을 제외하고는 모두 이름이 기호로 처리되어 있다.[8] 서두에서 '작자'인 화자가 자신을 그(X)로 대상화하여 기술해 나가겠다고 말하는 부분에서 볼 때 텍스트 초반부의 전체적인 화자는 '작자'이면서 주인공인 X이다. 「12월 12일」에서 텍스트 내적인 인물인 X가 (다른 텍스트들과 형식적으로 동일한)에피그램적 서두에서 '나'로 제시된 부분을 고려한다면, 이 때 그에 대한 해석적 관점은 전혀 텍스트 외부로 나간 것이 아니라 그 내부에 존재한다. 즉 그 에피그램 역시 텍스트 내 발화자에 의해 기술되는 것이므로 그 음성에서 텍스트 외부에서 들려온 것이

---

8) 실제로는 이 '업' 역시, 계속적으로 반복되는 삶의 고통 그리고 숫자들의 순환 이미지 등에서 유추하였을 때 그것이 불교적인 업(業)을 암시한다면 다분히 알레고리적인 이름이라 할 수 있을 것이다.

아닌 것이다.

그러나 연재 4회분에 다시 기입된 이름은 가공의 작자가 X가 아니라 실재 작가로서의 '李 ○'이며 그에 따라 결말에서 X가 자살하는 것을 기술하는 것은 '작자'로 지칭되는 X가 아닌 실재 작가 '이상'이 된다. 다시 말해 이 문제의 4회분에 이 '李 ○'이라는 이름이 나오기 전까지 우리가 텍스트 내에서 발견하는 이름들은 모두 텍스트 내부에서 정의되는 이름들이다. '李 ○'이 '이상'을 지시하는 것이라 본다면, 그래서 작가 자신의 고유명이 텍스트 내에 기입된 것이라 본다면 초기작인 「12월 12일」에서 빚어지는 서사적 혼선은 우리의 해석적 원근법에 교란을 일으키는 이 이름 때문이다. 그에 따라 이상 자신이 자신의 텍스트 내에 개입하여 그래서 X 자신이 스스로의 죽음까지도 기술하는 모순을 유발했다고 볼 수도 있을 것이다. 하지만 실재로 이러한 서사적 혼선은 고유명 '李 ○'만 없다면 쉽게 텍스트 구조 내에서 해석될 수 있다. 초두의 발화를 비유적인 관계로, 즉 과거의 인생을 '총결산'하려는 자의 글로 본다면 그 때 그 자신의 죽음은 언제나 비유적이고 상징적인 것으로 과거의 삶의 종말을 의미할 뿐이어서 그것을 모순적인 결말이라 볼 필요가 없다.9)

그래서 만약 우리가 이 '李 ○'이라는 이름을 텍스트 내에서 지운다면 그 때 「12월 12일」의 구성방식은 이상의 텍스트들 가운데서 기본적으로 소설 장르적 성격에 아주 충실한 것이라 할 수 있다. 즉 여기에서는 주인공 X의 내부도 이상의 투영이라 말해지는 업의 내부도 텍스트 구조 내에서 닫혀 있다. 여기에서는 서사의 체계가 작가의 틈입을 완강하게 막아낸다. 삶에 대한 경구들은 오직 텍스트 내부 인물

---

9) "이러한 어그러진 결론 하나가 있을 따름이겠다. 이것은 지나간 나의 반생의 전부(全部)요 총결산이다. 이 하잘 것 없는 짧은 한 편은 이 어그러진 인간 법칙을 「그」라는 인격에 붙이여서 재차의 방랑 생활에 흐르려는 나의 참담을 극한 과거의 공개장으로 하려는 것이다." 위의 책, p.23

의 발화로서만 제시될 수 있고 그것은 언제나 서사 구조와의 상관성 내에서 해석된다. 그러므로 중요하게 보아야 할 점은 중간에 개입되는 작가 '李○'이 텍스트 내부로 들어가지 못한다는 사실일 것이다. 다시 말해, 텍스트 후반부에서 나타나는 작가의 개입은 언제나 괄호로 쳐진 부분으로만(<이것은 과연 인세의 일이 아닐까? 작자의 한 상상의 유희에서만 나올 수 있는 것일까?>[10]) 나타나고 그것은 언제나 서사 구조 외부의 요인이다. 그리고 그것은 서사를 구성하는 관점에 대한 시사이거나 텍스트를 기술하는 작가의 세계 인식의 문제를 거론하는 데에 그치는 것이다.

> (모든 사건이라는 이름 붙을 만한 것들은 다 끝났다. 오직 이제 남은 것은 「그」라는 인간의 갈 길을 그리하여 갈 곳을 선택하며 지정하여 주는 일 뿐이다. 「그」라는 한 인간은 이제 인간의 인간에서 넘어야만 할 고개의 최후의 첨편에 저립하고 있다. 이제 그는 그 자신을 완성하기 위하여 그리하여 인간의 한 단편으로서의 종식(終熄)을 위하여 어느 길이고 걷지 아니하면 아니될 단말마(斷末魔)다.
>
> 작가는 「그」로 하여금 인간세계에서 구원받게 하여 보기 위하여 있는 대로 기회와 사건을 주었다. 그러나 그는 구조되지 않았다. 작자는 영혼을 인정한다는 것이 아니다. 작자는 아마 누구보다도 영혼을 믿지 아니하는 자에 속할는지 모른다.
>
> 그러나 그에게 영혼이라는 것을 부여치 아니하고는— 즉 다시 하면 그를 구하는 최후에 남은 한 방책은 오직 그에게 영혼(靈魂)이라는 것을 부여하는 것 하나가 남았다.) [11]

여기서 '작가'는 더 이상 텍스트 초두에 나온 작중 X로 구현된 '나'가 아니다. 그리고 그에 따라 이러한 작가적 개입은 언제나 텍스트 외부적인 것으로 제한될 수밖에 없기 때문에 그것은 서사 구조 내부

---

10) 이상, 「十二月 十二日」, 『이상문학전집2』, 문학과지성, 1991. p.129.
11) 앞의 책, p.136.

로 들어오지 못하는 것이다. 이것은 작가적 발언과 서사 구조 내 등장 인물에 발하는 경구가 분명하게 분절되어 있다는 것을 의미한다. 이때 텍스트 내 등장인물에 의해 발화되는 삶에 대한 경구들의 이질성이 확연하게 나타난다. 작중인물이 발하는 에피그램들은 우리가 그것을 그 내부의 관점에서 보아야 하고 그에 따라 등장인물이 움직여 나가는 서사 구조 내에서 제한하여 그 경구들을 해석해야 한다. 그러한 원근법 하에서 에피그램이 가지고 있는 이질성과 외부성이 분명해지며 그것이 텍스트 내부에서 서사 구조와 융합되기 어려운 것이라는 사실이 명확해진다. 그것은 우리가 그 경구들이 작가 이상에 의해서 발화된 것이 아니라 작중인물에 의해 발화된 것이라 파악할 수 있는 해석적 위치에 있기 때문이다. 이 점은 다시 이렇게 해석될 수 있을 것인데, 에피그램들이 텍스트 구조 내에서 그 서사 전개 과정에 따라 형성되는 사건의 층위에서 주어질 때 그것은 서사 내적 관계와의 이질성을 분명히 드러내며 그것이 과도할 때 그것은 관념성의 과잉으로 비쳐질 수밖에 없는 요소라는 점이다. 즉 그 관념성과 추상성은 작품 「12월 12일」이 초기작이기 때문에 비롯된 것이라기보다 이처럼 에피그램의 텍스트 내 층위에 의해서 해석적 원근법이 달라지기 때문에 확연하게 인식되는 것이라 할 수 있다.

그런데 이와 같은 에피그램이 <이상>이라는 이름이 함께 기입될 경우 이 이질성은 은폐되고 서사 구조 내적인 요소인 것으로 파악되게 된다. 이 에피그램은 고유명 <이상>이 기입된 여러 텍스트들에서 서사를 대리하는 것으로 자리잡고 그것이 부재하는 서사를 대신하게 되는 것이다. 이는 고유명이 함의하는 텍스트 외부적인 요소 혹은 기호 이상의 상징성에 의해 유발된 것으로 볼 수 있다. 고유명 <이상> 속에 내재된 대상지시적 관계는 텍스트 외부에서 서사(전기적 사실)를 이끌어 들이고 그것이 골격으로만 남은 서사를 대신하는 것이다. 다시

말해 이 고유명이 서사를 대리하며 서사의 자리를 에피그램과 함께
대체한다. 이것을 먼저 텍스트 내에서 이름의 인식론적 위치 문제로부
터 살펴보기로 하자.

3. 서사 해석에 있어서의 이름의 인식론적 위치

　　장용학의 소설 「요한시집」에서 서두에 토끼의 우화가 나오고 그것
이 소설 전체 독법에 영향을 주는 것과 마찬가지로 「날개」에서 서두
에 등장하는 '박제가 되어 버린 천재'의 에피그램이 전체 소설의 해석
에 주요한 영향을 미친다는 것은 동질적으로 보인다. 그런데 실재 그
양상은 전혀 상이하다. 그것은 그 지시되는 세계의 성격이 전혀 이질
적이기 때문이다. 이를 먼저 그 인물 명명화의 문제에서부터 찾아 들
어가 보기로 한다.
　　「요한시집」에서 등장인물 누혜를 읽을 때 우리는 그것을 누에로
읽으며 따라서 미래를 위해 실을 잣는 자로 재차 읽는다. 그 때 '누혜'
는 현실 속에 존재하는 한 개인을 표상하는 것이 아니라 텍스트 내 세
계의 한 요소로 주어진다. 그러므로 '누혜'는 전후 현실을 보는 관점이
지 어떤 한 실존이나 전형으로서의 문제적 개인을 나타내는 것이 아
니다. 다시 말해 그 명명 자체가 텍스트 구성적인 요인이며 그 이름이
명명하는 바에 따라 우리는 그 세계가 작가에 의해 구성된 세계, 다시
말해 알레고리적 세계라는 것을 인식하게 된다. 그 이름은 텍스트 내
세계 해석의 단서이며 그로 인해 작가는 텍스트 내적 존재로 자리잡
는다. 물론 작가가 텍스트 내적 존재가 된다는 것은, 작가가 그 세계
속에 실재적으로 개입한다는 것이 아니라 그 세계에서 고유명을 전제
하는 이름들이 배제될 때 동시에 현실의 일차적인 지시관계 역시 배

제되며, 이름은 그것이 명명되는 그 자체로서 의미를 새롭게 부여받고 그 의미 관계 내에서 텍스트 내적 현실은 다시 짜여지게 된다는 의미에서, 작가가 그 가능세계의 원근법의 중심이 된다는 의미에서이다. 이 경우 텍스트 내적 현실은 직접적으로 반영된 현실이 아니라 작가 주관의 퍼스펙티브에 의해 표상된 현실이며, 현실과 텍스트와의 관계는 직접적이지 않고 텍스트는 주관에 의해 매개된 이차적 위상을 가지게 되는 것이다.

이와 관련하여 이른바 리얼리즘 소설에서 이름이 텍스트 내부에 자리하는 위치를 문제삼아 보기로 하자. 상훈, 덕기 등의 이름이 「삼대」에서 위치지워지는 방식은 앞서의 명명과는 전혀 다르다고 할 수 있다. 텍스트 내에서 이름 자체가 무엇을 지시하는 것이 아니라 서사의 전개에 따라 그 이름을 부여받은 자가 성격을 얻어간다. 텍스트 내에서 한 존재가 사건 내부에서 어떠한 의미를 부여받는가 하는 점이 중요한 것이며 이름 자체의 의미에 따라 인물의 위치가 주어지는 것은 아니다. 다시 말해 그 이름은 텍스트 내 세계가 이미 전제되어 있는 상태에서 그 세계 내부의 지시 관계 내에 존립해야 한다. 이는 실제 우리가 현실에서 이름을 부를 때 그 이름 자체의 의미를 통해 그 사람을 지시하는 것이 아니라, 그가 놓인 관계의 자리, 즉 한 사회적 관계 내의 한 주체의 표지로서 그 이름을 부른다는 점에서 동일하게 보는 것이다.

그러므로 「삼대」에서의 상훈, 덕기 등은 이러한 측면에서 보면 「표본실의 청개구리」에서 X, H, Y로 주어지는 이름과 다르지 않다. 이것은 앞서 살핀 「12월 12일」에서 X, T, C 등으로 이름이 주어지는 방식에서도 보여진 것이다. 일차적으로 서사구조적인 관점에서 보면, 이들 익명적 기호, X, H, Y 등이 사건 내의 누군가를 나타내고 있다는 점만으로도 그것은 충분히 기능하고 있다. 더욱이 뒤에서 살필 것처럼 이

X, H 등이 텍스트 내에서 반복적으로 한 주체를 나타낼 수 있는 것은
그것이 하나의 현실 세계 내 고유명의 체계를 전제하고 있다는 점에
서부터 유래된 것이다. 그러므로 이 때의 X, H 등은 이름이 서사 구조
내에서 인물 사이의 관계를 가시화 시키는 그 하나의 기능으로만 텍
스트 내에서 주어지는 것을 분명하게 보여준다. 이 때의 X, H 등으로
주어지는 이름은 분명히 기능적인 기호의 역할 이상을 수행하지 않는
다.

　　그러나 좀더 엄밀히 그 관계를 살핀다면 상훈, 덕기와 같은 이름들
은 기호이지만 X, H와 동일한 기호는 아니라 할 수 있다. 그 이유는
상훈, 덕기와 같은 이름 속에 어떤 대상 지시성이 여전히 남아 있기
때문이다. 이러한 이름들은 유통되는 사회적 관계를 전제한 고유명의
체계가 그 이전적으로 우리에게 인지되어 있다는 측면에서, 또한 그것
이 현실 속에 존재하는 어떤 익명적인 실존을 가상적으로 획득한다는
측면에서 지시적이다. 실재 우리가 고유명이라 부를 수 있는 것은 세
계 내에서 지시대상으로서의 유일성에 근거한 이름뿐이다. 그러나 텍
스트 속의 이러한 허구적 이름 역시 고유명의 인식론적 속성을 그 내
적으로 그대로 전유한다. 우리는 실제 소설 분석에 있어서 행동자 모
델을 통한 기호학적 분석이 가지는 취약점을 이와 같은 점에서 지적
할 수 있다. 민담이나 신화와 같이 반복되는 구조 속에서 하나의 기능
으로 작용하는 행동자는 대치될 수 있는 기호이지만 소설 속에서 등
장하는 인물은 하나의 단독성을 내포하는 고유명의 형태로 주어지는
것이며 그에 따라 그것은 언제나 텍스트 외적인 실존을 텍스트 내로
이끌어 들이는 것이다.12) 소설 텍스트는 반복되는 동일한 이야기 패턴

---

12) 이와 관련해서는 고유명을 단독성의 표시로, 그리고 폐쇄된 공동체 관계 내
　　에서 타자성을 불러들이고 사회·역사적인 교환관계를 형성시키는 특수자
　　의 표시로 파악하는 가라타니 고진, 『탐구2』(권기돈역, 새물결, 1998)의 「고
　　유명에 관하여」를 참조하라. 그에 의하면 '고유명'은 단지 대상으로서의 개

을 보여주는 것이 아니라, 현실 속에서 있었을 어떤 한 존재의 이야기를 제시하는 것의 형식을 가지는 것이다. 다시 말해, 「삼대」내에서 '덕기'라고 지칭되었을 때 그 '덕기'는 유일한 존재로서의 덕기를 지시하는 것이지 사건 내에 대체될 수 있는 하나의 기능적 존재의 표지로 인식되지 않는다. 소설 텍스트는 그것이 전개되자마자 하나의 실존과 맞부딪친다. 텍스트 내 세계에서의 한 사건은 그 자체로서의 의미만으로 다가오는 것이 아니라, 바로 '그'의 사건으로 제시되고 전개되는 것이다.

그러나 이러한 고유명으로 대표되는 인물들이 하나의 실존성이 아니라, 그 시대의 의미론적 체계 내에서 형성된 어떤 사상성을 표상하고 그것이 암묵적으로 보편성을 대리한다고 본다면 그 때 그것은 그 이름으로 지시되는 어떤 실존을 보는 것이 아니라 텍스트 내적으로 형성되는 의미 체계 내에서의 관계를 보는 것이다. 우리가 일상으로 보는 텍스트 내의 고유명은 언제나 이와 같은 텍스트 내의 의미론적 관계 내에서 해석되는 것이다. 다시 말해 텍스트 내에서 주어지는 상훈, 덕기와 같은 이름 그 자체가 의미하는 것이 무엇인가 하는 점이 아니라 그 인물이 움직여나가는 궤적이 어떠한 보편성을 가지고 있는가 하는 점이 문제된다. 여기서 중요한 것은 텍스트 내의 사건의 개념이며 서사가 의미하는 인물과 세계와의 관계이다. 사건이 인물을 결정하며 이름이 아니라 인물이 사건을 형성해 나가는 것이라는 점에서 이 때 인물은 사건이라는 개념 속에 종속되어 있는 것이다. 달리 표현하자면 인물은 성격화되고 사건의 축을 따라 구체적으로 형상화되어가는 것이며 이때의 이름은 아무런 대상적 지시성을 내포하지 않는다고 할 수 있다. 이것이 리얼리즘적인 전형 개념이라 할 수 있다. 그 시대의 문제적 개인은 그 시대의 현상 속에 감추어진 본질 혹은 사상성

체와 관련된 것이 아니라 '타아'로서의 개체와 관련된 것'이다.

을 표상하는 존재라 할 때, 그는 실존적인 단독자의 모습으로 나타나는 것이 아니라 언제나 그 시대의 의미 관계의 중심적인 위치 혹은 그 위치의 표지로서 제시되는 것이다. 그러므로 이러한 전형으로서의 인물에게 있어서 이름은 단지 X, Y 등과 다름없는 하나의 기호일 뿐이다.

그럼에도 우리가 이름으로서의 고유명을 문제삼게 되는 것은 그 속에 우리가 어떤 내재된 실존을 보기 때문이다. 이상의 텍스트는 그것을 하나의 극단적인 양상으로 보여주고 있다. 이 때 우리는 이상 텍스트 내에서 고유명을 사건 전개 속에서 보는 것이 아니라 실존을 지닌 어떤 단독성의 표시로서 먼저 인식한다. 그에 따라 텍스트 내에서 이름은 그 텍스트 내부에서 규정되지 않는다. 다시 말해 그것은 언제나 텍스트 내 서사 구조의 외부에 자리잡고 그 의미 관계를 미리 규정하며 그와 동시에 사건은 이미 텍스트 이전적으로 존재하고 있다는 인식이 독자의 해석적 지평 속에 자리잡는다. 이에 따라 텍스트 내에 주어진 고유명으로서의 이름은 단순히 인물을 표시하는 하나의 기호로서가 아니라 그 자체의 지시성을 가지고 서사 구조 위에서 투사된다. 그리고 그와 동반되어 텍스트 내에서의 서사는 텍스트 외부의 사건에 의해 종속되고 그 코드에 따라 재해석되는 것이다.

이제 고유명이 가지는 인식론적 관계에 대하여 생각해 보기로 하자. 우리는 앞서 <이상>이라는 고유명을 그 내면과 분리시켜 "30년대 모더니스트" 혹은 "소설 「날개」의 작가" 등으로 정의하였다. 그러나 이러한 "…한 사람"이라는 정의는 무한히 생산되고 그것은 확정되지 않는다. 그것은 고유명 <이상>이라는 지시 주위를 계속적으로 비껴나가며 그 의미관계를 지연시킨다. 그럼에도 우리는 그것이 <이상>이란 근원적 지시 내에 머물고 있음을 본다. 이런 측면에서 고유명은 가장 본질적인 의미에서 상징이라 할 수 있고 그것은 언제나 유동하면서 수

많은 가능세계들 속에서 재규정된다.13) 다시 말해 그것은 기호 관계 외부로 계속적으로 빠져나가면서도 그 지시성을 잃지 않는 것이다. 이 것이 우리가 이상의 텍스트들에서 서사 구조를 확정할 수 없는 요인 가운데 하나라 할 수 있다. 이러한 고유명의 인식론적 성격으로 인해 우리는 끊임없이 내면성에로 이끌리며 그에 따라 자연스럽게 서사 구 조 내부에 자리잡게 되는 것이 이상의 의식이 투사된 에피그램들이다. 그리고 역설적이지만 고유명의 이러한 확정불가능한 상징성을 텍스트 내로 환원할 수 있는 단서가 될 수 있는 것 역시 이 에피그램이라 할 수 있다.

4. 서사 구조 형성에 있어서의 세 층위

이상의 소설 텍스트를 크게 구분짓는다면 그 구조를 형성하는 영역 을 도입부의 에피그램, 직접적인 대화 영역, 그리고 그것을 해석하는 내적 발화 영역의 세 부분으로 나눌 수 있을 것이다. 물론 이러한 구 분은 형식적인 것에 불과하고 에피그램은 텍스트 부분에서 내적 발화

---

13) 바르트는 프루스트의 『읽어버린 시간을 찾아서』를 분석하면서, 고유명의 성 격을 다음과 같이 설명하고 있다. "'게르망트'라는 이름은, 추억, 관례, 문화 등 그 속에 포함시킬 수 있는 모든 것을 즉각적으로 포함한다. 그 이름은 어떠한 선택제한도 알지 못하며, 그 이름이 삽입되어 있는 연사가 무엇이든, 그것과는 무관하다…(중략) 이름은 보통명사의 모든 성격을 갖추고 있으면 서도 모든 투사규칙의 범위를 떠나서 존재하고, 작용하기 때문이다. 바로 이것이 이름이 본거하는 <의미성 과잉> 현상의 가치-혹은 보상-이며, 물 론 이 현상이 이름을 시적(詩的) 어휘에 극히 가깝게 결연시켜 주는 것이 다." 고유명이 가지는 이와 같은 성격을 통해 그는 고유명 속에 '여러 장면 들'이 내포되어 있으며 항상 '촉매작용'을 일으킨다고 파악한다. 롤랑 바르 트, 「프루스트와 이름」, 『영도의 에크리뛰르·기호학의 원리』,(조종권 역, 동 인, 1994) pp.198-201. 참조

전체 영역에 삼투되어 있는 것이기는 하지만, 여기서 이와 같이 구분하고자 하는 것은 텍스트 내 '나'의 의식이 투영되어 나타난 부분의 내면 표출과 에피그램의 외적 세계에 대한 발화가 가지는 외부 세계와의 소통의 영역을 구분하기 위해서이다. 에피그램이 제시되는 부분과 내적 발화는 그 주어진 형태의 연관성에도 불구하고 확연히 변별된다고 할 수 있는데, 내적 발화가 텍스트 내 구성 요소로 구조적으로 대화 부분과 연관되며 그로 인해 텍스트를 구성하는 요인이라면 이 에피그램 부분은 언제나 텍스트에 이질적으로 접해 있으며 해석의 코드로 제시되는 외부성의 한 측면이라 할 수 있기 때문이다. 실제적으로 에피그램은 그 내적 성격상 텍스트 내부에서 발화되는 것이 아니라, 텍스트 전체를 구조화하는 것으로서 항상 메타적인 층위에서 발화되는 것이다. 먼저 이 에피그램에 대해서 말해 보기로 하자.

> 肉身이 흐느적흐느적하도록 疲勞했을 때만 精神이 銀貨처럼 맑소. 니코틴이 내 蛔ㅅ배 앓는 뱃속으로 스미면 머리 속에 으레히 白紙가 準備되는 법이오. 그 위에다 나는 위트와 파라독스를 바둑 布石처럼 늘어놓소. 可憎할 常識의 病이오.
>
> 나는 또 女人과 生活을 設計하오. 戀愛技法에마저 서먹서먹해진, 知性의 極致를 흘긋 좀 들여다 본 일이 있는 말하자면 一種의 精神奔逸者말이오. 이런 女人의 半-그것은 온갖 것의 半이오-만을 領愛하는 生活을 設計한다는 말이오. 그런 生活 속에 한 발만 들여놓고 恰似 두 개의 太陽처럼 마주 쳐다보면서 낄낄거리는 것이오. 나는 아마 어지간히 人生의 諸行이 싱거워서 견딜 수가 없게끔 되고 그만둔 모양이오. 꾿 빠이.
>
> 꾿 빠이. 그대는 이따금 그대가 제일 싫어하는 飮食을 貪食하는 아이러니를 實踐해 보는 것도 좋을 것 같소. 위트와 파라독스와……
>
> 그대 自身을 僞造하는 것도 할 만한 일이오. 그대의 作品은 한번도 본 일이 없는 旣成品에 依하여 차라리 輕便하고 高邁하리다.[14]

---

14) 「날개」, 『이상문학전집2』, p.318

「날개」는 소설과 에피그램의 층위가 확연히 구분되는 것으로 우리에게 좋은 실례를 주리라 생각한다. 그의 대부분의 소설 텍스트에서 에피그램이 소설 내부에 위치하고 있어서 그 층위가 쉽게 구분되지 않는 것과 대조적으로 「날개」의 이 도입부는 그 메타적인 성격을 분명하게 나타낸다. 텍스트 구조적인 관점에서 '백지', 바둑 포석', '설계' '작품' 등의 어휘가 놓여지는 자리는 텍스트 내부가 아니다. 그것은 발화자와 지금 읽고 있는 대상으로서의 텍스트와의 거리를 분명히 하고 있는데, 그로 인해 독자는 작가와 직접 대면하는 위치를 확실하게 부여받는다. 이는 독자의 위치라기보다 대화자의 위치라 할 수 있으며, 여기서 텍스트의 경계가 분명하게 인식됨과 동시에 그 경계가 지워진다. 텍스트 내에 작가가 외부 발화자로서 자리잡는다는 것은, 그를 통해 소설 텍스트가 내적으로 닫혀 있지 않고 외부를 향해 소통하는 관계를 형성한다는 것을 의미하기 때문이다. 그렇다면 분명히 제기되는 물음은, 이러한 교란을 통해 우리는 이미 이 텍스트의 발화자를 누군가 실재 작가로 상정해야 되는 것이 아닐까, 하는 것이고, 그 경우에 그 대화자는 실존 작가 이상을 지시하는 것으로 일차적으로 받아들여지게 된다는 것이다. 더구나 이 에피그램이 가리키는 내용이 실제 이상의 개인사와 연관된 어떤 '부정한 남녀 관계'로 해석될 수 있는 것이라 한다면 더욱 그러하다.

그러나 「날개」의 경우에 그 에피그램과 소설 텍스트와의 경계가 너무나 확연하여 독자는 이 에피그램이 마치 동떨어져 있어서 소설과는 별개의 작가적 발언으로 취급할 여유를 가질 수 있다. 우리가 때로 「날개」를 이상의 소설 텍스트 가운데 가장 완결된 혹은, 규범적인 형식에 가장 충실한 텍스트로 보는 것도 이 에피그램을 실제 소설 부분과 분리된 하나의 경구들로 받아들일 수 있기 때문이다. 그때 우리는 에피그램에 의해 제시된 제한된 관점을 수용하면서도 소설 텍스트에서 발화하는 '나'가 직접적으로 작가 '이상'을 지시한다고 보지 않을 수 있다. 그것은 이 에피그램이 소설 텍스트 내부로 전혀 삼투하지 않아서가 아니라, 소설 텍스트 내부에 그와 같은 에피그램이 주어지지 않기 때문이다. 「날개」의 본 텍스트(앞의 에피그램 부분을 제외한)에서 모든 관념적 발화는 에피그램에서 보인 바와 같은 메타적인 층위에서가 아니라 항상 내부 발화자의 목소리로 나타나고 또 텍스트 내부의 사건과 동일한 층위에서 주어지기 때문에 독자는 그것을 텍스트 내부의 목소리로 받아들이게 된다.15)

그렇다면 실제로 중요하게 거론되어야 할 것은 텍스트 내부에 있는 에피그램들 특히 상호텍스트적인 경구들이라 할 수 있다. 그러나 그의 텍스트 내에서 이 에피그램으로 지시되는 부분을 규정적으로 정의하는 방법은 없지만, 다만 그것이 그의 텍스트 내에서 차지하는 위치는,

---

15) 다음과 같은 부분들을 참조해 보라.
  a)"나는 거기 아무데나 주저앉아서 내 자라온 스물 여섯 해를 회고하여 보았다. 몽롱한 기억 속에서는 이렇다는 아무 제목도 불그러져 나오지 않았다. 나는 또 내 자신에게 물어 보았다. 너는 인생에 무슨 욕심이 있느냐고. 그러나 있다고도 없다고도, 그런 대답은 하기 싫었다. 나는 거의 나 자신의 존재를 인식하기조차도 어려웠다"(위의 책, p.342)
  b)"우리 부부는 숙명적으로 발이 맞지 않는 절름발이인 것이다. 내가 아내나 제 거동에 로직을 붙일 필요는 없다. 변해할 필요도 없다. 사실은 사실대로 오해는 오해대로 그저 끝없이 발을 절뚝거리면서 세상을 걸어가면 되는 것이다."(위의 책, p.343)
  a)에서 우리는 '스물 여섯 해'를 실제 작가의 자기 발언으로 간주할 수 없는데, 그것이 '거기 아무데나 주저앉아서'로 수식되는 사건의 진행 속에서 발화되었기 때문에 그것은 언제나 텍스트 속 화자의 발화로 볼 수밖에 없는 것이기 때문이다. 그것은 실제적으로 보다 경구적인 내용에 가까운 b)에서도 동일하게 적용된다. 여기서 우리가 그것을 실존 인물인 이상과 금홍의 기이한 결혼 관계의 직접적 반영으로 보는 것은 적어도 다각적인 해석을 위해 텍스트 외적인 근거를 이끌어 들이는 것 이상의 가치는 없다고 할 수 있다. 다시 말해, 여기서 텍스트는 그 내적으로 닫혀 있으며 자기 완결적이고 그 안에서 나타나는 모든 발화는 텍스트 구조 내에서 구성된 것이다.

뒤에 살펴볼 것처럼 텍스트 해석에 있어서 상호텍스트적으로 인용되고 독해되는 방식과 대비하여 고찰될 수는 있으리라 본다.

> 「箱! 姸이와 헤어지게. 헤어지는 게 좋은 것 같으니. 箱이 姸이와 夫婦? 라는 것이 내 눈에는 똑 부러 그러는 것 같아서 못 보겠네」「거 어째서 그렇다는 건가」이 S는, 아니 姸이는 일찍이 S의 것이었다. 오늘 나는 S와 더불어 담배를 피우면서 마주 앉아 談笑할 수 있다. 그러면 S와 나 두 사람은 親友였던가.
> 「箱! 자네 (EPIGRAM)이라는 글 내 읽었지. 한 번- 허허 - 한 번. 箱! 箱의 서푼짜리 優越感이 내게는 우숴 죽겠다는 걸세. 한 번? 한 번 – 허허 – 한 번」「그러면(나는 失神할 만치 놀랜다) 한 번 以上 – 몇 번. S! 몇 번인가」
> 「그저 한 번 以上이라고만 알아 두게나 그려」
> … (중략-인용자) …
> 二十四日 東이 훤-하게 터올 때쯤에야 姸이는 겨우 입을 열었다. 아長久한 時間!「첫번-말해라」「仁川 어느 旅館」「그건 안다. 둘쨋뻔-말해라」「………」「말해라」「N빌딩 S의 事務室」「셋째번- 말해라」「………」「말해라」「東小門 밖 飮碧亭」「넷째번- 말해라」「………」「말해라」「………」「말해라」[16]

서사 구조를 기본적으로 구성하는 것으로 텍스트 내에 주어진 것은 인물들 간의 대화로 주어지는 부분이다. 그러나 대화는 언제나 서사 구조 내에 사건이 존재한다는 것을 함축하는 것일 뿐이며 그 자체로 사건을 제시하지는 못하는 것이라 할 수 있다. 이 때 대화를 유발시킨 사건은 언제나 텍스트 외부로부터 반향되어 들어오는 것이라 볼 수 있으며 그 때 대화는 그에 대한 이상의 해석과 평행하여 나가는 또 하나의 내면적 발화로 생각할 수 있다. 간략하게 전개되는 대화가 잠재적으로 드러내는 사건은 언제나 텍스트 외부에서 이상의 내면적 발화와 에피그램 속에 은폐된 형태로만 제시된다.

---

16)「失花」,위의 책, pp.359-360

「失花」에서 인용한 이 부분은 이상 텍스트에서 대화가 전개되는 양상을 잘 보여준다. 여기 대화에서 등장하는 S가 누구인지 독자는 알 수 없고(그를 전기적 사실로부터 추론하지 않는다면) 다만 그가 연이와 성적인 관계를 가졌다는 사실만이 주어진다. 그리고 다음에서 곧바로 연이를 추궁하는 장면이 전개된다. 대화가 중심적으로 나타나는 대목은, 이처럼 짧고 반복적이며 암시적인 것으로서이다.[17] 이것은 실재적인 사건 전개로서의 대화라 보기 어렵고 대화 형식을 빌린 화자 자신의 의식의 투영이라 보는 편이 더 타당한 점이 있다. 다시 말해 이것은 실재 연이와 '나'의 대화라기보다는 나의 의식 속에서 전개된 자아의 이중화된 목소리라 할 수 있다. 텍스트 내에서 실재 대화라 여기지는 대목은 다음과 같은 것이다.

> 「李箱!은 무슨 생각을 그렇게 하십니까?」男子의 목소리가 내 어깨를 쳤다. 法政大學 Y군, 人生보다도 演劇이 재미있다는 이다. 왜? 人生은 귀찮고 演劇은 실없으니까. 「집에 갔더니 안 계시길래」「죄송합니다」「엠프레스에 가십시다」「좋-지요」
> ADVENTURE IN MANHATTAN에서 진-아더-가 커피 한 잔 맛있게 먹더라. 크림을 타 먹으면 小說家 仇甫氏가 그랬다-쥐 오줌내가 난다고. 그러나 나는 조-엘 마크리-만큼은 맛있게 먹을 수 있었으니- MOZART의 四十一番은 「木星」이다. 나는 몰래 모차르트의 幻術을 透視하려고 애를 쓰지만 空腹으로 하여 저으기 어지럽다.
> 「新宿 가십시다」「新宿이라?」「NOVA에 가십시다」「가십시다 가십시다」
> 마담은 루파시카. 노봐는 에스페란토. 헌팅을 얹은 놈의 心臟을

---

[17] 우리는 이와 동일한 형식의 대화를 「童骸」에서도 찾아볼 수 있다. "「몇번?」「한번」「정말?」「꼭」이래도 안되겠고 間髮을 놓지 말고 다른 방법으로 拷問을 하는 수밖에 없다. 「그럼 尹 以外에?」「하나」「예이!」「정말 하나예요」「말 마라」「둘」「잘 헌다」「셋」「잘 헌다, 잘 헌다」「넷」「잘 헌다, 잘헌다」「다섯」"(「童骸」, 위의 책, p.262)

> 아까부터 벌레가 연해 파먹어 들어간다. 그러면 詩人 芝溶이여! 李
> 箱은 勿論 子爵의 아들도 아무것도 아니겠읍니다그려!18)

여기서도 대화자로 등장하는 인물에 대한 설명은 '법정대학 Y군'처럼 단정적으로 제시된다.

그리고 그들 대화의 내용이 단순한 것처럼 그것이 어떤 사건을 형상화한다고 보기에는 어렵다.19) 텍스트 내에서 대화는 이처럼 화자 이상의 자의식을 드러내는 수단으로서만 제시되는 측면이 강하다. 그러므로 실재 대화에서 사건의 전개 양상을 보려 해서는 안 되며 사건은 언제나 인용된 부분이나 에피그램, 그리고 고유명 속에 잠재해 있다고 보아야 한다. 이 부분에서도 보이는 것처럼 박태원이나 정지용에 대한 직접적인 거론이 요구하는 바는 이들 인물에 대한 사전적(事前的)인 지식이다. 텍스트는 끊임없이 외부의 사건을 혹은 그 외부에 이미 존재하는 인물들에 대한 지식을 요구한다. 그것이 실재적인 사건의 형식이며 곧 에피그램의 형식이다. 에피그램을 이와 같이 정의한다면 에피그램과 화자 이상의 내면 발화의 층위가 어느 정도 구별될 수 있을 것이다.

> 헤어진 夫人과 三年을 同居하시는 동안에 너 가거라 소리를 한마디도 하신 일이 없다는 것이 先生님의 唯一의 自慢이십니다 그려! 그렇게까지 先生님은 人情에 苟苟하신가요
> R과도 깨끗이 헤어졌습니다. S와도 絶緣한 지 벌써 다섯 달이나 된다는 것은 先生님께서도 믿어주시는 바지요? 다섯달 동안 저에게는 아무것도 없습니다. 저의 淸節을 認定해 주시기 바랍니다.
> 저의 最後까지 더럽히지 않은 것을 先生님께 드리겠습니다. 저의

---

18) 「失花」위의 책, pp.365-366
19) 연이의 상대자인 S가 중요하지 않은 것처럼 이 Y 역시 텍스트 내에서 중요한 위치를 차지하지 않는다. 이들은 모두 화자의 자의식이 반사되어 나오는 대상적 존재일 뿐이다.

희멀건 살의 魅力이 이렇게 다섯달 동안이나 놀고 있는 것은 참 무엇이라고 말할 수 없이 아깝습니다. 저의 잔털 나스르르한 목 영한 온도가 先生님을 기다리고 있습니다. 先生님이어! 저를 부르십시오. 저더러 영영 오라는 말을 안하시는 것은 그것 亦是 가신적 경우와 똑같은 理論에서 나온 苟苟한 人生辯護의 치사스러운 手法이신가요?[20]

　텍스트 내에서 짧게 전개되는 대화들이 서사를 이끌어 가는 중심축이 될 수 없다면, 그 때 해석의 단서로서 중요하게 거론될 수 있는 것은 서신이다.[21] 그리고 서신은 텍스트 내에서 외부성을 구조적으로 드러내는 것으로서도 중요하게 파악되어야 할 부분이다. 서신은 마치 텍스트 내에서 사건의 일부인 것으로 제시되고 그것이 구조 내재적인 것으로 보일지라도 그것은 언제나 사건을 텍스트 외부로부터 형성시키는 외적 요인이다. 편지는 그 발신자의 존재를 텍스트 내부로 이끌어들이면서 이미 사건이 전제되어 있다는 사실을 정당화한다. 이 부분과 관계될 수 있는 것이 서신의 형식으로 주어지는 인물의 목소리이다. 서신에서 이상을 향하는 이 발화가 텍스트 내에서 서사를 구체화하며 그것이 <이상>의 내면적 발화와 언제나 다성적 화음을 이룬다. 「童骸」의 'TEXT' 부분이 이 점을 분명하게 보여주고 있는데, 姙의 말에 대한 이상의 논평으로 이루어진 이 자의식적인 대화는 서신 형식에서 보이는 것과 같은 사건에 대한 해석 코드라 할 수 있을 것이다. 이로써 텍스트들은 그 내부에 서사가 존재하고 그것이 어떤 하나의 사건 주위를 맴돌고 있음을 암시한다.

---

20) 「終生記」, 위의 책, p.380
21) 서신은 이상의 여러 텍스트들에서 중요한 해석의 단서로 제시된다. 초기작 「12월 12일」에서는 서신들(M에게 보내는 X의 편지들)만으로 서사가 전개되기도 하지만 실제로 중요하게 보아야 할 것은 「斷髮」 「失花」 「終生記」등에서 보이는 서신이다. 그리고 「童骸」에서의 TEXT 부분도 동일하게 언급될 수 있으리라 생각한다.

그런데 세밀하게 본다면 이 서신들은 바로 화자의 내면적 목소리가 외적인 실체를 얻은 것에 불과하다. 이 서신이 외부성을 드러내고 서사 전개에 있어서 사건을 형성해 주는 것으로 제시되지만 기실 그것은 화자 자신의 목소리이다. 편지의 문체가 貞姬의 것으로 표현되어 있지만, '最後까지 더럽히지 않은 것', '저의 희멀건 살의 魅力' 등의 표현에서 명확하게 드러나는 것처럼 그것은 가장된 것이며 오히려 정희의 부정을 야유하는 것이라 할 수 있다. 그렇다면 텍스트 내에서 다성적으로 울리는 이 목소리들이 결국은 화자(그것이 이상이라는 점은 여기서 중요하지 않다) 자신의 이중화된 목소리라고 해석하는 것이 가능해진다. 그 때 결과적으로 우리가 판단할 수 있는 것은, 이처럼 텍스트 내에서 사건을 구성하는 것으로 보이는 이 대화와 서신들이 결국은 화자 자신의 내적 경험을 허구적으로 구성한 것에 지나지 않는다는 점이다. 다시 말해 텍스트 내에서 사건은 여전히 부재하고 그것은 언제나 TEXT 부분에서 보이는 것처럼 상상적으로, 그리고 의심에 가득찬 가정들로 형성된 것이라 할 수 있다. 적어도 텍스트 외부에서 실존 인물인 작가 이상의 연애 사건이 텍스트 내부로 이입되지 않는다면, 그래서 독자의 해석 지평에 이 선험적인 사건이 인식되지 않는다면 텍스트 내부에는 실재 사건이란 부재한다고 할 수 있다. 이 대화와 서신이 화자 자신이 개입한 상상적인 것이라면. 텍스트 내부에 실재 사건은 전개되지 않고 그것은 언제나 외부 사건의 그림자에 지나지 않는 것, 따라서 텍스트 내에서 사건은 언제나 <이상>이라는 이 고유명에서부터 유출된 것이라 볼 수 있다. 그리고 이처럼 텍스트 내부에 사건이 부재하기 때문에 그것은 언제나 소설과 같은 장르적 경계 내에 머물지 않는 것이라 하겠다.

그렇다면 다시 이 고유명과 에피그램에 주목해 보기로 하자. 앞서 살핀 것처럼 「12월 12일」에서 텍스트 내 인물의 발화 형식으로 주어

지는 에피그램들이 주어진 사건과 단절되어 관념적인 추상성의 수준
으로 전락한 것에 주목하여 본다면 이 에피그램이 후기 텍스트 내에
서 어떻게 변화되었고 텍스트 내적으로 융화되어 나타나는가 하는 점
이 이해될 수 있다. 이들 텍스트들에서 에피그램은 결코 텍스트 내 인
물의 발화 영역에 속해 있지 않고 언제나 텍스트 외부에서부터 들려
온다. 이는 텍스트 내 사건 속에 존재하는 인물의 발화에서 에피그램
이 나타났을 때 그것이 사건에 직접적으로 영향을 주며 그에 따라 그
경구의 위치가 제한된다는 측면과 연관시켜 보아야 한다. 「12월 12일」
에서 주인공 X가 삶에 대한 추상적인 관념들을 토로했을 때 느껴졌던
단절감과 이질성은 고유명이 제시된 텍스트들에서는 전혀 보이지 않
는다. 그렇다면 에피그램들이 텍스트 구조와는 이질적임에도 불구하고
이처럼 텍스트 내적인 요소로 보이는 까닭은 무엇일까. 그것은 우리가
이미 또 하나의 텍스트를 가정하고 있기 때문이라 할 수 있을 것이다.
이 텍스트(심층텍스트라 불리워지는)는 텍스트 내에서 해석을 통해 드
러나는 것, 다시 말해 표층 텍스트 내에 잠재해 있는 것이 아니라 독
자가 고유명 '이상'과의 관계를 인정하는 그 순간부터 그리고 바로 그
순간에 형성된 것이다. 텍스트는 이중화되어 있는 것이 아니라 전제에
의해 부가된 것이다. 이것은 작가에 의해 전제된 텍스트이며 제한된
독자에 의해 학습된 텍스트이다. 이것은 이상에 의해 인용되는 상호텍
스트적 경구에도 동일하게 적용된다.

　　　가) 죽는 한이 있더라도 이 珊瑚 채찍을랑 꽉 쥐고 죽으리라
　네 廢袍破笠 위에 褪色한 亡骸 위에 鳳凰이 와 앉으리라. 나는 내
　「終生記」가 天下 눈 있는 선비들의 肝膽을 서늘하게 해 놓기를 애
　틋이 바라는 一念 아래 이만큼 齊整한 내 맵시의 節約法을 披瀝하
　여 보인다. 一發砲聲에 부득이 英雄이 되고 만 稀代의 軍人某는 아
　흔에 귀를 단 황송한 一生을 끝막던 날 이렇다는 遺言 한 마디를
　지껄이지 않고 그 臨終의 場面을 곧잘(無事히 후― 한숨이 나올 만

큼) 넘겼다. 그런데 우리들의 레우오치카-愛稱 톨스토이-는 괴나리 봇짐을 짊어지고 나선 데까지는 기껏 그럴 성싶게 꾸며 가지고 마지막 五分에 가서 그만 잡았다. 자자레한 遺言 나부랑이로 말미암아 七十년 공든 塔을 무너뜨렸고 허울 좋은 一生에 가실 수 없는 흠집을 하나 내어 놓고 말았다. 나는 一介 狡猾한 옵써버-의 자격으로 그런 愚昧한 聖人들의 生涯를 傍聽하여 있으니 내가 그런 따위 실수를 알고도 再犯할 理가 없는 것이다.

　　나) 거울을 향하여 면도질을 한다. 잘못해서 나는 상채기를 내인다. 나는 골을 벌컥 내인다. 그러나 와글와글 들끓는 여러 「나」와 나는 正面으로 衝突하기 때문에 그들은 제각기 베스트를 다하여 제 자신만을 辯護하기 때문에 나는 좀처럼 犯人을 찾아 내이기는 어렵다는 것이다.22)

　　우리가 최국보나 이태백의 시를 통해 珊瑚 채찍을 해석하고 또 톨스토이의 죽음을 불러온 가출 사건을 이끌어 들여 「종생기」에서의 이상의 의식을 추적하는 것은 단순히 그 구절을 분석하는 데에 그치는 것이 아니다. 이러한 상호텍스트적인 요소는 그것이 텍스트의 사건 구성에 내적인 요소로 자리잡는다는 점에서 문제적이다. 이러한 에피그램이나 외부 텍스트의 유입은 구체적 사건을 대신하여 나타난다. 그리고 그것이 단순히 대화로만 구성된 텍스트 내 인물 상호간의 관계를 대리하며 보충한다. 앞서 텍스트 내에서 사건의 층위가 소실되고 그것이 장르의 경계를 지웠다는 점을 지적했다. 이러한 측면에서 보면 텍스트 내에서 고유명과 경구들이 텍스트 내부와 외부를 연결짓고 있으며 그것이 텍스트 바깥에서 구성된 사건을 텍스트 내로 도입하는 위치에 있다는 점이 설명될 수 있을 것이다. 가) 부분에서 독자가 해석의 방향을 텍스트 외부로부터 부여받음에 따라, 그리고 「종생기」가 외부에서 비추어짐에 따라 나)의 '나' 역시 텍스트 내부에 있는 것이 아니라 외부와의 경계에 자리잡게 된다. 다시 말해, 에피그램이 외부로

---

22) 「終生기」, 앞의 책, pp.375-376.

부터 오고 그것이 '나'를 통해 중개된다고 할 수 있겠다. 그리고 이 외부적 시선에 의해 텍스트 내에서 간략하게만 전개되는 사건의 흔적이 재구된다.

　여기서 '거울을 향해 면도질을' 하는 행위가 텍스트의 경계에 있다는 사실에 의해 이 '나'와 '와글와글 들끓는 여러 「나」' 사이의 간극이 자리잡는 듯이 보인다. 하지만 이 분열된 여러 「나」들 역시 텍스트 외부에서 유입된 것이 아닐 수 없는데, 앞서 본 것처럼 텍스트 내에 자리잡고 있는 정희와의 에피소드가 펼쳐지는 공간이 그 내부에 자리잡지 못하고 그 외부로부터 유입된 것으로 여겨지기 때문이다. 따라서 '나'는 이 과거의 유산들인 이 '「쓰레기」나 「우거지」같은 테입을-내 終生記 處處에다 可憐히 심어 놓은 자자레한 치레를 위하여-뿌려' 본다는 것은 그 상호텍스트적인 관계 이전적으로 텍스트 구조적인 요인이라 할 수 있다. 그것이 부재하는 사건을 구성하며 그 사건이 비단 이상의 전기적인 측면을 넘어서서 의미화되는 층위를 구성한다. 그에 따라 우리는 이상과 종희 사이에서 일어난 사건 전체를 이 부재하는 사건과 관련시키고 그것을 확장한다. 그래서 '어머니 아버지의 忠告에 의하면 나는 秋毫의 틀림도 없는 滿二十五歲와 十一個月의 「紅顔美少年」'이 <이상>이라 추정하는 해석이 어느새 텍스트 외부로 벗어나고 있다는 사실을 잊게 된다. 우리가 그 텍스트를 외부로부터 바라보도록 이끄는 이 전도된 해석적 관계는 결국 심층텍스트의 관념을 불러일으키는 것이라 할 수 있는데, 여기서 중요한 것은 텍스트 내에 기입된 고유명이 텍스트 내부와 외부의 경계에 자리잡고 그것을 매개한다는 사실이다. 우리가 초기 「12월 12일」이 관념의 생경한 노출을 드러냈다고 지적하는 것과 동일한 지적이 이러한 텍스트들에서 제시되지 않는 이유가 여기에 있다. 그것은 우리가 「12월 12일」의 중간에 이상이란 이름이 기입되고 있으며 그에 따라 텍스트 내 실질적인 발화 주체의 자리가 이동되었다는 사실과도 관련될 것이다.

그러한 발화자의 자리가 텍스트 내부의 인물에서 고유명으로 표기된 <이상>으로 넘어가게 됨에 따라서 해석 역시 텍스트 내부에서 외부로 이탈되는 과정이 뒤따르게 된다. 텍스트가 그 잠재된 서사를 외부에서 이끌어들이는 것과 해석이 고유명 <이상>에서 실존작가 이상의

내면으로 자리를 옮기는 것는 동시적이다. 이것은 우리가 이상의 가장 완결된 텍스트의 하나인 「날개」에서도 '연심'이라는 인물을 실존인물 '금홍'과 동일시하는 지점에서 명확하게 보게 되는 것이라 할 수 있다. 이는 이러한 해석이 이상 텍스트의 해석을 풍요롭게 해 왔다는 측면과 함께 이상의 텍스트가 얼마나 제한된 관계 내에서 해석될 수밖에 없는가 하는 점을 예증한다. 그것은 또한 이상의 텍스트가 구조적 대칭성을 가지고 있음에도 그 대칭성이 언제나 비대칭적으로 나타나는 것과도 관계된다. 대칭성의 해석적 축을 형성하는 것이 고유명으로서의 <이상>이라는 점에서 그 대칭점은 항상 하나의 심연 속에서 소실되고 말기 때문이다. 우리가 그것을 이상의 내면 의식이라 부르든 심층 텍스트라 부르든 그것은 여기서 중요치 않다. 그것은 텍스트 내에서 부재하는 서사를 대리하는 것으로서 우리가 접하는 고유명의 한 속성으로 주어진 것이기 때문이다.

5. 결론

본 소론에서 주요하게 지적하고자 한 바는 이상 텍스트에 대한 해석적 관점의 문제라 할 수 있다. 지금까지 주된 논의가 이루어져 온 것이 이상의 자의식과 그 분열상이 텍스트 내에서 어떻게 반영되어 나오는가 하는 점이었다면 본고에서 보고자 한 것은 그 내용적인 측

면이 아니라 이상 텍스트가 가지고 있는 이질성이 어디에서 유래되는가 하는 점이었다. 텍스트 내에 기입된 이상이라는 표기를 통해 우리가 직접적으로 그의 내면 세계로 나아간다면 그 때 이상이라는 한 실존이 텍스트 자체보다 더 중요한 근거로 제시될 수밖에 없다. 반대로 이 '이상'이라는 고유명을 하나의 명명으로만 환원하고 텍스트 자체의 구조를 먼저 분석의 대상으로 삼을 경우에 이 '이상'이라는 이름이 텍스트에 주는 영향이 분명해질 것이라는 것이 본고의 주요한 전제였다. 그러한 전제하에 이 고유명과 함께 주어지는 에피그램이 텍스트 내부의 사건 층위와는 이질적으로 접해 있는 외부적 요인이라는 점을 고찰해 보았다.

　이러한 고찰로부터 우리가 얻을 수 있는 것은 이상의 텍스트들이 가지는 특이성들을 단순히 작가 이상 개인의 재능의 문제로 돌리지 않을 수 있다는 점이라 생각된다. 내면성과 심층성에 대한 논의가 가지는 한계는 그것이 실제적으로 검증되기 어려운 추상적인 영역으로 떨어질 위험을 항상 안고 있다는 점이다. 따라서 이와 같은 연구가 앞서의 연구 성과들을 비판·보완하는 측면이 있으리라 생각한다.

참고 문헌

권영민 편, 『이상문학 연구 60년』, 문학사상사, 1998.
김승희, 「이상 시 연구」, 서강대 박사논문, 1992.
김용운, 「자학이냐 위장이냐」, 문학사상, 1985. 12.
＿＿＿, 「이상문학에 있어서의 수학」, 『이상문학전집4』, 문학사상, 1995.
김윤식, 『이상문학텍스트연구』, 서울대출판부, 1998
김주현, 『이상소설연구』, 소명출판, 1999.
문흥술, 「1930년대 한국모더니즘소설에 나타난 언술주체의 분열양태연구」,
　　　서울대 박사논문, 1998.

우정권, 「이상의 글쓰기 양상」,서울대 석사논문, 1996.

이강수, 「이상 텍스트 생산과정 연구」, 서울대 석사논문, 1997.

전봉관, 「이상문학에 드러난 실어증적 징후」,『한국학보』,1994. 12.

가라타니 고진,『탐구1·2』, 정기돈 역, 새물결, 1998.

L. 비트겐슈타인,『철학적 탐구』, 이영철 역, 서광사, 1994.

M. 클라인,『수학의 확실성』, 박세희역, 민음사, 1994

R. 바르트,『영도의 에크리뛰르·기호학의 원리』, 조종권 역, 동인, 1994.

S. 크립키,『이름과 필연』, 정대현·김영주 공역, 서광사, 1986.

________, *wittgenstein on rules and private language*, blackwell, 1982

서정주 초기시에 드러난 박해의 전형적 구조

전 봉 관

1. 서론 - 문제의 확인

'생명 탐구'를 통해 '영원'을 꿈꾼다는 것은 실패를 예정한 실험이다. 그러나 그것은 '인간'과 '신성'을 등치시키는 의기양양한 시도로서 두 세계의 원초적 차이를 훼손하는, 그 자체가 금기의 영역에 속하는 의미 있는 인간 확장의 모험일 것이다. 서정주가 반세기가 넘는 시작 과정을 통해 우리 시사에 던진 '생명'과 '영생'의 화두는 이러한 인간과 신성 사이의 불가침의 금기를 넘나들고 있다.

생명의 유한성이 신으로부터 부여받은 인간의 실존적 한계라면, 인간에게 허용된 것은 영원에의 동경이지 영원성 그 자체는 아닐 것이다. 그러나 서정주는 인간에 신성을 결합시킨 永生의 인간, 人神을 현현함으로써 인간의 실존적 한계를 넘어서 '인간의 영원성'으로 나아가려는 휴머니즘의 확장을 시도하였다.[1] 서정주 시를 향한 맹목적인 칭송의 글들은 대부분 생명 탐구와 영원주의 사이에 놓인 이러한 간극

---

[1] 서정주 초기 시와 휴머니즘의 관계는 오세영, 「생명파의 휴머니즘」, 『20세기 한국 시 연구』, (새문사, 1989) 참조.

을 인식하지 못했다2). 오히려 신성과 휴머니즘이 혼합된 秘敎的 형상
에 대한 인식은 그에게 "영매자, 접신술가"라는 악의에 찬 비난을 가
한 한 근대주의자의 비평3)에서 읽을 수 있다.

근대주의자의 시각에서 서정주의 토속어나 신화적 세계인식은 지양
되어야할 구시대의 잔영일 수밖에 없었다. 근대문학을 모더너티의 탐
색과 동일선상에 두었던 근대주의의 시각에 서면 서정주의 시는 기껏
해야 "정서의 깊은 뿌리를 농경 사회에 두고 있으면서 근대적 시의 개
념을 깊이 이해한"4) 정도의 평가를 넘어서지 못한다. 그의 시를 근대
라는 시간적 특수성으로부터 고립시켜 그속에 드러난 원형적 이미지
의 의미를 밝히려는 시도5) 역시도 그것보다 원형적 세계를 더 풍부하
고 덜 왜곡시킨 민요나 민담과의 차이를 드러내지 못해, 근대시와 분
리시킬 수 없는 시인의 창조성을 설명해 내지 못했다.

이 글은 기존의 서정주 연구사를 전면적으로 부정하거나, 지금까지
쌓여 있는 것만으로도 부족함이 없는 그에 대한 또 하나의 찬사를 덧
붙이기 위해 의도된 것은 아니다. 이 글은 근대시에 신화적 세계의 원
형을 도입하고, 근대시를 통해 또 다른 신화를 창조한 서정주 시의 동
력을 '생명'과 '영원', '인간'과 '영생'의 대립적 긴장 관계 속에서 해명
하려는 연구의 부분으로 기획되었다.

서정주 시가 보여주는 미학적 특질의 크고 굵은 가닥은 선행 연구
에서 대부분 밝혀져 있기 때문에 시각과 범위를 좁혀 미시적으로 접

---

2) 예컨대, 윤재웅『미당 서정주』, (태학사, 1998)의 1장 1절 「생명 탐구와 영원
   성의 지향」에서는 생명 탐구와 영원성이 서정주 시의 두 가지 경향이라고
   지적하고 논의를 더 진척시키지 않았는데, 이는 양자의 모순성에 대한 인식
   을 결하고 있는 것이다.
3) 김종길, 「시와 이성」, <문학춘추>, 1964. 8
4) 황현산, 「서정주, 농경 사회의 모더니즘」,『미당 연구』, (민음사, 1994) p.476.
5) 육근중, 「서정주 시 연구」, <한양대 박사논문>, 1991. 등 서정주에 관한 대부
   분의 학술논문들은 융의 원형론을 방법론으로 도입하여, 이미지의 원형질을
   밝히고자 한 것이다.

근하지 않고서는 생산적인 성과를 기대하기 어렵다6). 이를 전제로 서
정주 연구사를 살펴보면, 1950·60년대 비평에서 제기되었던 문제들이
이후의 학술논문에서도 무비판적으로 원용되고 있는 모습을 확인할
수 있다7). 이 글에서 다루는 서정주 초기시8)에 드러난 박해의 전형적
구조는 그를 다룬 초기 비평에서 제기된 '원죄의식'에 대한 비판적 검
토를 통해 제시한 모델이다. 이것이 초기시 전체를 설명해내지는 못하
지만, 또 다른 차원에서 검토가 요구되는 '관능성'과 함께 중요한 특징
으로 지적될 수 있을 것이다.

2. 희생제의적 박해

서정주의 초기시에 드러난 '종', '죄인', '천치', '배암', '문둥이', '앉
은뱅이', '피' 등 선정적인 원색의 이미지들에서 원형(archetype)에서 벗
어난 특수한 역사적 경험의 침입을 읽어내기란 사실상 불가능하다9).

---

6) 바슐라르의 상상력 연구와 엘리아데의 신화론을 바탕으로 한 오세영 교수의
「花蛇」 분석은 서정주 연구의 방향성을 제시해 준다. 오세영, 『한국현대시
분석적 읽기』, (고려대학교 출판부, 1998), p.305~332.
7) 예컨대, 해방 이후 서정주 시의 핵심 개념인 '영원성'만 하더라도 그 개념이
내포한 풍부한 의미가 밝혀지지 않은 채, 수사적으로만 사용되고 있다.
8) 서정주는 지금까지 총 14권의 단행본 시집을 상자했고, 1972년과 1993년 두
차례에 걸쳐 전집을 간행하였다. 1000편을 상회하는 서정주의 시편들은
「벽」이 <동아일보> 신춘문예에 당선된 1936년부터 1990년대가 끝나가는 지
금에 이르기까지 지속적으로 씌어진 것이기에 한 덩어리로 묶어 다루기가
어렵다. 서정주 시의 시기 구분이나 그것의 유효성은 각 시기 시에 나타난
세계관과 미적 특성에 대한 검토를 거쳐야 확정지을 수 있겠으나, 여기서는
편의상 해방 이전의 시편을 초기 시로 규정한다.
9) 서정주의 초기 시편을 당대의 역사적 현실의 알레고리로 파악한 견해가 없
는 것은 아니다. 예컨대, 김준오는 「자화상」에 드러난 종의 이미지를 일제
강점기의 한국민족에 연결시켰다.(김준오, 「원시주의와 자학」, 『가면의 해석
학』, (이우, 1985)) 그러나 이러한 역사주의적 견해는 서정주 시의 풍부함을

일찍이 조연현은 「서정주론」[10]에서 서정주 초기시의 기저에 굴욕과 유랑과 천치와 죄의 의식이 놓여 있다고 보고, 그 운명적 업고의 기원을 인류사적 원죄의식에 연결시켰다. 서정주의 시적 여정이 언제나 진행형이었던 지난 반세기 동안 식지 않았고 지속되었던 그의 시에 대한 문단적·학문적 관심은 원죄의식이라 일찌감치 간파된 다양하게 변주되고 있는 그의 원형적 이미지들의 의미화에 모아진 것이라 하여도 큰 무리는 없을 것이다.

그러나 비평적 담론에서 지금까지 서정주 초기시의 특질을 규정하는 데 사용되어온 원죄의식이라는 용어는 서정주 시에서 드러난 '罪'의 실체를 설명하는 적절한 용어로 보이지 않는다. '원죄의식'은 조연현이 「자화상」 분석에 사용한 기독교 구약성서상의 용어였다.

> 그것은 씨의 모든 운명적인 업고가 인류의 원죄의식에서 왔다는 것이다. 인류의 모든 운명이 <u>아담과 이브의 원죄</u>에서 결정되어 온 것이라면 이에 대한 해결이 없이는 인류의 가장 근본적인 운명은 영원히 해결될 수 없는 것이다. 씨는 오히려 <u>죄 많은 카인의 피</u>를 그대로 상속받고 있었던 것이다. 23세의 연소한 연령은 <u>종이었다는 아버지의 굴욕과 자기를 길러 준 팔할의 바람과 남이 지적해 주는 죄인과 천치</u>에서 아직은 자기도 정확히 의식하지 못한 원죄의 포로가 되어 자기도 모르게 그 속에 자기의 온 육신을 송두리째 던져 버렸던 것이다[11]. (밑줄: 인용자)

여기서 조연현이 보인 오류는 구약 상의 원죄의식과 비인과율적 죄를 구분하지 못했다는 것이다. 구약상의 원죄는 인류가 아담과 이브의

축소시키는 결과를 낳을 뿐만 아니라 해방이전 시인의 경력에 비추어 시의 실재와도 거리가 있다.

10) 조연현, 「서정주론」, 『현대한국작가론』, (문예사, 1952), [박철희 편, 『서정주』, (서강대 출판부, 1995)에 재수록]
11) 조연현, 위의 책, p.18.

후예라는 것, 그리고 친형을 살해한 카인의 후예라는 것이다. 즉, 기독교적 시각에서 인류는 '종'의 아들이기 때문에, '자기를 길러 준 팔할의 바람' 때문에 죄인이 되는 것이 아니라 죄인의 아들로 태어났기에 죄인인 것이다. 기독교의 원죄가 인류의 보편적 운명을 지시한다면, 서정주의 '죄'는 특수한 사회적 편견과 관련된다. 그러나 "아직은 자기도 정확히 의식하지 못한" '죄'의 실체가 조연현의 지적처럼 기독교적 원죄의식은 아니더라도, '종의 아들'과 '팔할이 바람'이 시인이 느끼는 '죄' 의식을 구성하는 주요 인자라는 사실만큼은 분명하다. 즉, 조연현이 그것을 기독교적 의미의 '원죄의식'이라 규정한 것은 오류라 하더라도, 서정주의 초기시에 실정법이나 자연법 상의 '형벌' 개념으로는 설명되지 않는 '죄' 의식이 존재한다는 사실의 지적만큼은 정확한 것이다. 사법제도가 구축한 죄와는 다른 서정주 시에 나타난 '비인과율적 죄'는 모든 문화를 초월하여 존재하는 집단적 박해의 전형적 구조[12])에서 닿아 있다.

1) 집단적 박해의 전형적 구조 : 「자화상」

서정주의 초기시 「자화상」에는 박해당한 인물이 화자로 등장한다. 희생양에 대한 집단의 비이성적 폭력인 박해는 어떤 전형성을 띤다. 이와 관련하여 지라르는 자신의 희생물 지명에 있어 전형성을 가지는 집단적 박해에서는 모든 인간이 죄인으로 취급되는 기독교적 원죄의식과는 달리 특정한 전형성을 띠는 인간이 죄인으로 지목된다고 보았다. 박해의 희생물이나 거대한 집단적 박해는 언제나 유사한 위기상황에서 등장하는데, 가장 뚜렷한 특징은 문화적 질서를 규정하는 '차이'들과 규칙들의 소멸이다[13]). 집단적 박해의 첫 번째 전형성에 해당하는

---

12) René Girard, 김진식 역, 『희생양』, (민음사, 1998), p.38.
13) 위의 책, p.27.

무차별화의 위기는 자신의 집단이 다른 집단과 다르다는 믿음을 의심치 않는 집단의 구성원에게 그들의 집단이 다른 집단과 똑 같을 수 있다는 위기감을 던져준다.

무차별화의 위기를 야기하는 구성원이 박해의 희생물로 지목되면 집단적 박해의 두 번째 전형성에 해당하는 상투적 비난이 쏟아진다. 박해의 희생양들은 실제로 유아살해나 근친상간, 獸姦 등 그 사회의 가장 엄격한 금기를 위반했을 가능성이 있다. 그러나 중세의 마녀 집회에서 불꽃에 대한 공포 속에 죽어 가는 마녀의 심판대 앞에 모인 군중들이 강압적 신문에 의해 얻어진 정보의 진실성을 의심치 않았던 것처럼14), 희생물을 향해 상투적 비난을 가하는 박해자는 희생물이 범한 범죄의 진위 여부에는 아무런 관심을 가지지 않는다.

집단적 박해의 세 번째 전형성은 박해의 희생물들은 어떤 전형적 집단에 속해 있다는 사실이다. 박해자가 범인을 지목하는 중요한 기준은 범인 자신에게 있는 것이 아니라, 그가 특별히 박해받는 어떤 집단에 속해 있다는 바로 그 소속에 있다. 박해자들은 종교적 소수파나, 육체적 불구자 그리고 평균적 사회 신분에서 상하로 더 멀리 떨어진 계층에서 자신의 희생물을 찾는다. 무차별화의 위기감이 팽배해 있는 상황에서 평균적 계층에 속한 군중들로 구성되는 박해자들은 주로 왕과 같은 고귀한 신분에 속한 자나 포로나 노예와 같은 미천한 신분에 속한 자들을 희생물로 지목하며, 때때로 신체적 불구는 그 자체가 집단적 분노를 야기하게 된다15).

집단적 박해의 전형적 구조는 무차별화의 위기, 무차별화의 범죄, 무차별화의 역설적 지표로 정리될 수 있으며, 그 모든 것은 인류의 원초적 폭력성과 닿아 있다. 그리고 서정주 시에 나타난 '비인과율적 죄'

---

14) Georges Bataille, 최윤정 역, 『문학과 악』, (민음사, 1995), p.70.
15) 집단적 박해의 전형성에 대한 논의는 René Girard, 앞의 책, 2장 박해의 전형들 참조.

의 문제는 이러한 집단적 박해의 전형적 구조로 설명될 수 있다.

> 애비는 종이었다. 밤이기퍼도 오지 않았다.
> 파뿌리같이 늙은할머니와 대추꽃이 한주 서 있을뿐이었다.
> 어매는 달을두고 풋살구가 꼭하나만 먹고 싶다하였으나……
> 흙으로 바람벽한 호롱불밑에
> 손톱이 깜한 에미의아들.
> 甲午年이라든가 바다에 나가서는 도라오지 않는다하는 外할아버
> 지의 숯많은 머리털과
> 그 크다란눈이 나는 닮었다한다.
> 스믈세햇동안 나를 키운건 八割이 바람이다.
> 세상은 가도가도 부끄럽기만하드라
> 어떤이는 내눈에서 罪人을 읽고가고
> 어떤이는 내입에서 天痴를 읽고가나
> 나는 아무것도 뉘우치진 않을란다.   「自畵像」1연

「자화상」에서 박해는 '내눈'을 바라보며 '죄인'을 읽거나, '내입'에서 '천치'를 연상하는 저주어린 시선의 형태로 드러난다. 텍스트 내의 어떠한 이미지들도 저주어린 시선이 지목한 '죄'의 인과성을 설명해내지 못한다. 「자화상」에서 '죄'를 구성하는 이미지들은 신분적 열등감('애비는 종이었다', '손톱이 깜한 에미의아들'), 가난('파뿌리같이 늙은할머니', '풋살구', '흙으로 바람벽한 호롱불', '팔할이 바람'), 운명적 시련('손톱이 깜한', '외할아버지의 숯많은 머리털과 그 크다란눈', '팔할이 바람')과 결부되어 있다. '어떤이'가 '죄인'을 읽은 시적 화자의 눈은 실제에 있어서 그 징그러움만큼이나 나약한 것이었고, 그 자체는 전적으로 무고한 것이었다.

이 시의 구조는 가난, 신분적 열등성, 醜 등의 관념이 사법적 심판의 대상이 될 수는 없다 하더라도 제도화·사회화된 의식을 초월한

영역에서 '죄'의 관념을 구성할 수 있다는 사실을 암시한다. 그리고 그 '죄'의 관념은 박해의 첫 번째 전형인 무차별화의 위기에 이어진 것이다.

모든 개인에게 자신은 그 누구보다도 타인들과 훨씬 더 다르다는 믿음이 있듯, 모든 집단도 자신이 타집단과 다를 뿐 아니라 모든 집단 중에서 가장 특이한 집단이라고 여기는 경향이 있다16). 모든 문화가 자신만의 신화를 가지고 있는 것도 이 '차이'의 감정 때문이다. 이러한 지라르의 '차이' 개념은 예컨대, 서정주의 '명당 자손' 의식 같은 선민의식을 지시한다.

> 내가 근년에 기회 있을 때마다 <우리나라 시인은 명당 자손이다>고 주장해 온 그 명당은 물론 세계 최고의 험준도를 쓰윽 타고 있는 그 푼수의 수미산 나리꽃일 수도 있는 그걸 실감해서 말해 온 것임은 물론이다17).

자신의 집단은 모든 집단에서 가장 특이한 집단이라는 믿음과 가장 뛰어난 집단이라는 믿음을 구분하기는 어렵다. 다시 말해 차이를 가치 개념과 분리시킬 수 없는 것이다. 그런데 '손톱이 까만 어미'와 '종' 사이에서 태어난 '파뿌리같이 늙은 할머니'와 '바다에 나가서는 돌아오지 않는' 외할아버지의 손자는 그 집단이 믿어 의심치 않는 '차이'와 양립되기 어렵다. 비위생적이라든가 가난하다는 것, 또는 비천하다든가 추하다는 것이 인과율적 범죄는 아니더라도 차이 훼손의 '악'을 범한 '죄'로 지목될 수는 있을 것이다18). 「자화상」의 화자는 집단의 차이를 무화시키는 정도까지는 아니지만, 그 차이를 위기로 내몰 수

---

16) 위의 책, pp.40 ~ 41.

17) 서정주, 「내 시정신에 마지막 남은 것들」, 『미당 산문』, (민음사, 1993), p.106.

18) 신성과 이성의 법칙이 '善'의 영역이라면, '惡'은 신비주의적이고 비이성적인 위반이다. Georges Bataille, 앞의 책.

있을 만큼의 흉물스러움을 가지고 있다. 만일 무차별성의 위기를 집단이 더 크게 받아들였거나 더 민감하게 반응했다면, 박해는 '악의에 찬 시선'보다는 더 폭력적인 형태로 드러났을 것이다.

화자와 그의 운명을 수놓는 흉물스런 이미지가 낳게 되는 무차별화의 위기 이전에 '애비는 종이었다'는 사실 하나만으로도 박해는 성립될 수 있었다. 혼돈의 시기에는 종교적 소수파나, 육체적 불구자 그리고 평균적 사회 신분에서 상하로 더 멀리 떨어진 계층에 속해 있다는 사실만으로도 군중들의 폭력이 가해지곤 한다. 박해의 가장 원시적인 형태를 아이들에게서 찾는다면, 그 작은 군중들은 신체나 신분 상의 불구성만으로도 박해를 서슴지 않는다. '종'이나 '종의 아들'은 박해가 가해지는 전형적 계층에 속한다. 시적 화자의 '부끄러움'은 대부분 그가 '종의 아들'이라는 숙명에서 비롯되는 것이다. 박해를 당할 모든 조건을 갖추고 있고, 실제로 박해를 당한 무고한 화자가 '부끄러움'은 느끼지만 아무 것도 '뉘우치지' 않는 것은 사실상 그가 아무 것도 뉘우칠 것이 없기 때문인 것이다. 따라서 서정주를 따라다닌 이러한 박해에서 벗어나는 계기가 되는 '詩'는 너무나 전형적인, 그래서 너무나 인간적인 박해와 그에 대한 저항이 교차되는 지점에 존재한다.

> 찰란히 티워오는 어느아침에도
> 이마우에 언친 詩의 이슬에는
> 몇방울의 피가 언제나 서꺼있어
> 볓이거나 그늘이거나 혓바닥 느러트린
> 병든 수캐만양 헐덕어리며 나는 왔다.
>
> —「自畵像」 2연

「자화상」의 1연은 이미지의 뚜렷한 대립이 없이 박해를 드러내는 이미지만이 제시되어 있지만, 2연은 수직적 상승의 이미지 '아침'과 박해의 전형성에 포함되는 '병든 수캐'의 이미지가 교차된다. 시가 놓일 자리는 '찰란히 티워오는 어느아침'과 '헛바닥 느러트린 병든 수캐' 사이 어디쯤이다. 서정주가 시에 대해 가지는 중첩된 느낌은 '피가 썩인 이슬'로 모아진다.

「자화상」에는 화자를 향한 집단의 박해와 그것이 승화된 '詩'의 이미지가 교차되고 있다. 이처럼 박해가 인간적인 것이라면, 그것을 통해 도달하게 된 '詩'는 성스러운 것인데, 이는 무구한 희생양의 희생을 통해 집단의 폭력을 잠재우는 희생제의의 구조와 정확히 일치하는 것이다.

2) 원체험으로서의 박해

「자화상」은 그 제목이 암시하는 것처럼, 시인이 체험한 박해의 기록이다. 그러나 박해 그 자체는 아무 것도 알려주지 않는다. 우리가 경험하는 세계에는 폭력이 넘쳐흐르고 그 폭력의 대부분은 한 개인에 대한 집단의 박해라는 형식으로 드러나기 때문이다. 박해에서 좀더 풍부한 의미를 얻기 위해서는 그것을 구조적인 차원에서 구분할 필요가 있다.

박해는 집단이 '악'을 경험할 때 분출되는 폭력이다. '악'은 물질적 이득을 위한 살인과 같이 사회적 관계의 인과성으로 설명될 수 있는 '사회적 악'과, 악 그 자체가 목적이 되는 '순수한 악'[19] 그리고 박해의 희생양에게 씌운 '무구한 악'[20]으로 구분될 수 있다. '악'에는 파괴적 폭력성과 희생양의 형상이 공존하기 때문에 '악'의 유형과 박해의 유형을 완전히 일치시킬 수는 없을 것이다. 박해는 크게 사법적 형벌 개념으로 설명할 수 있는 인과율적 박해와 희생물과 박해 사이의 인

---

19) 위의 책, p.19.

20) 위의 책, pp.69 ~ 70. 악의 세 유형은 바따이유의 책에 기술된 내용 그대로 이지만 '사회적 악', '무구한 악'이라는 용어는 필자가 그 유형을 규정하기 위해 임의로 만든 것임을 밝혀둔다.

과성을 찾을 수 없는 전형적 박해로 대별할 수 있다. 인과율적 박해는 역사와 이성의 영역에, 그리고 전형적 박해는 집단 무의식과 신화의 영역에 속한다.

「자화상」의 박해 구조를 서정주의 원체험을 통해 확인하는 것은 그다지 어려운 일이 아니다. 그는 넘치도록 많은 자전적 기록을 남겼고, 詩作 이전의 기간 특히 질마재와 관계된 事象을 기술한 대부분의 회고는 '박해'와 관련된 기록들이기 때문이다[21]. 박해와 관련된 서정주의 원체험을 설명하기에는 다음의 기록이 적절할 것이다.

> 1) 이 마을(질마재: 인용자)에서 나는 십년을 자랐다. 그러므로 내가 만일 구한국시절에 태여났다하여도 參奉한등 하였을런지도 의문인 <u>나는 본판이 쌍놈의 자식</u>인 것이다. 벗들 가운대는 나는 흔이 '<u>아라비아 土人</u>'이라는 별명으로 부르는 사람이 있다. 아라비아는 나의 지식 밖이라 알 수 없으나, 그 '토인'이라는 말이 나는 싫지 않다. 내가 무슨 이태백이 아들이란 말이냐! 내게서는 필연 그 소금굽는 '질마재'의 낫놓고 'ㄱ'자도 그릴 줄 모르는 내 일가친척의 내음새가 날 것이다. 종이 한 장 부치지 않은 흙 방과 흙 바람벽의 내음새가 날 것이다. (……) 내가 보통학교에 들어가도록까지 <u>콩사탕같은 것 하나 먹어보진 못하였고, 머리털은 또 계집애들처럼 치렁치렁 따어느리고 다니었다. 장환이나 광균이 같으면 이 시대의 이 나히에는 전기불도 기차도 다 보았으리라.</u> (……) <u>내 이름은 본래는 '큰놈'이다.</u> 글쓰는 동지의 선비들 가운데서도 '이퇴계'의 종손이라든가 김유신의 백대손이라든가하여 그런 <u>족보를 아직도 내심 조금씩 생각하고 있는 사람들은 행여 나와 동좌에 앉지 말기를.</u>[22]

---

21) 서정주는 『서정주 문학 전집 3』(일지사, 1972), 『미당 자서전』(민음사, 1994) 두 권의 자서전을 간행했고(일부 내용은 중복된다), 『안 잊히는 일들』(1983), 『팔할이 바람』(1984) 두 권의 자전시집을 상자했으며, 「고대 그리스적 육체성」, <세대>, 1965. 9, 「시집 『동천』 이후의 내 시편들」, <문학사상>, 1972. 12 등 시작 배경이나 자작시 해설을 위한 글을 남겼다.
22) 서정주, 「續 나의 放浪記」, <인문평론>, 1940. 4, p.68.

　인용문에서 단지 미천한 신분이나 추한 외모에 주눅들지 않은 당당함만을 읽는다면, 이 텍스트가 감추고 있는 역설을 이해하지 못한 것이 된다. 「자화상」에서 "애비는 종이었다"고 선언하는 것이나 "나는 본판이 쌍놈의 자식"이라고 말하고 있는 것에는 근본적으로 동일한 심리적 기재가 작용하고 있다. 그는 '쌍놈의 자식'이라고 힘주어 말함으로써 역설적으로 그보다는 덜 미천한 '마름의 자식'이라는 멍에에서 벗어나려 하는 것이다. 그는 자신의 신분에 대해 충분히 굴욕스러워했고, 그것이 초래할 박해에 대해 두려워했다. 그는 자신의 신분을 위악적으로 과장함으로써 신분적 열등감에서 벗어나고자 한 것이다.

> 2) 내가 그 인촌 댁의 農監을 그만두라는 데에 동감해 실행한 일이다. (……) 仁村 그보단 나이 위인 내 아버지한테는 꼭 존대말을 썼지만, 그의 양아버지 - 同福 영감의 소실 태생의 아우는 그보단 훨씬 나이가 위인 내 아버지한테도 항시 반말을 서서, 내 아버지도 그걸 집에 오면 가끔 한탄했었고, 나도 그게 어려서부터 마음에 걸려서 지내 오다가, 내가 감옥에서 나와 오래잖아서 언뜻 무슨 말 끝엔가 그걸 어머니한테 말했더니, 그걸 아버지는 전해 듣고, 즉시 인촌댁의 일 보는 걸 一切 다 그만두고 우리 식구들을 이끌고 高敞 읍내로 이사해 버린 것이다[23].

　인용 2)에서 볼 수 있는 바와 같이, 박해자의 시선이 자신을 향할 때 그렇게 당당하던 서정주는 그것이 아버지를 향할 때 굴욕감을 느낀다. 그리고 아버지의 직업이었고, 또한 가족의 생계 수단이기도 했던 '農監'직 그의 표현대로라면, '종'의 신분을 그만둘 것을 종용한다. 전형적 박해의 희생물로 지목될 수 있는 제반 조건을 당당하게 밝히는 의식의 한 편에는 잠재적 박해자에게 굴욕을 미리 드러냄으로써

---

23) 서정주, 「아버지 徐光漢과 나」, 『서정주 문학 전집5』, (일지사, 1972), p.20.

비밀스러움이 초래할 더 큰 박해를 사전에 봉쇄하려는 은밀한 욕망이 숨어 있는 것이다.

이러한 역설적 의미를 파악하기 위해 그가 학창시절에 보인 그 '박해당한 표정'24)에 주목할 필요가 있다. '흙으로 바람 벽'한 토방에서 자라 '아라비아의 土人'이란 별명을 얻은 '쌍놈의 자식' '큰놈'은 지금 다방과 카페, 백화점이 번성하던 경성의 거리에 서 있다25). 근대문명의 세례를 너무나 늦게 받은 '큰놈'은 오장환이나 김광균 같았으면 아무 것도 아닌 근대 거리의 풍경에 쉽게 놀라고, 그만큼 쉽게 주눅든다. 중앙고보, 중앙불교전문학교 그리고 1930년대 문단에 가득 찬 '모던보이'26)들은 대부분 거부의 아들이거나, 명문의 후예들이었다. 1)의 인용문에서 '족보'를 생각하는 사람들은 '나'와 동좌에 앉지 말라는 역설적 충고 역시도 그들의 잠재적 박해를 원천봉쇄하려는 의도를 드러낸다.

학창시절 서정주를 따라다닌 "의미 있는 웃음"27)은 그들의 '차이'를 훼손하여 무차별화의 위기를 가져오는 '희생양'을 향한 것이었다. 학창시절 서정주의 방황이나 방랑벽은 이러한 맥락에서 이해될 수 있을 것이다. 중앙고보와 고창고보에서 연이어 퇴학당한 그가 찾아간 곳이 넝마주이의 빈민굴이었다는 데에는 18세의 혈기 외에도 경성 도시 한복판에서 경험했던 "의미 있는 웃음"이 자리하고 있었을 것이다.

> 열여덟 살 때 가을에 나는 한 넝마주이가 되어
> 무거운 구덕을 등에다 메고
> 서울의 쓰레기통을 뒤지고 다녔네.
> 이것 한 가지나 마지막 할 일인가 싶어

---

24) 서정주, 「나의 방랑기」, <인문평론>, 1940. 3, p.72.
25) 1930년대 경성의 근대화된 모습은 신범순, 「도시거리의 작은 축제」, 『한국 현대시의 퇴폐와 작은 주체』, (신구문화사, 1998) 참조.
26) 1930년대 신세대를 지칭하던 유행어.
27) 서정주(1940. 3), 앞의 글, p.72.

이 구석 저 골목 두루 뒤져 다녔네.
— 「넝마주의가 되어」 1연28)

서정주가 체험한 박해는 사법적 형벌 개념으로 설명할 수 있는 인과율적 박해도 있고, 희생물과 박해 사이에 인과성이 없는 전형적 박해도 있다. 그가 경험한 인과율적 박해는 예컨대, 광주학생사건에 참여하면서 겪은 수감이나 퇴학 같은 것을 들 수 있다.

1931년 봄 전북 고창고보에 편입학을 했더니
「넌 中央에서 퇴학맞고 온 徐廷柱지?
난××에서 퇴학맞고 온 ××다!
여기서 올에도 한번 더 잘 해보자!」
여러 놈이 다가와서 이 성화인지라,
의리상 나 혼자만 빠질 수나 있어얘지?
그래서 秘密會合이니 白紙同盟이니 뭐니
또다시 수상한 놈이 안될 수도 없었지.
그래도 이 學校長은 우리를 불러들여
「너이를 퇴학시키라고 警察에선 야단이다.
그렇지만 그러면 딴 학교도 못 갈 거니
너이들 스스로 自退하고 나가거라」
간절히 나즈막히 당부하신 걸로 보면
역시나 우리하고 통하는 데도 계셨지.
— 「光州學生事件에 Ⅲ」29)

이 시에 기록된 사건에서 '학교장'과 '경찰'의 박해는 사법적 판단의 여지를 남겨두고 있다. '비밀회합', '백지동맹'이 실정법 체계와 부합되는지 그렇지 않는지는 여기서 전혀 고려할 사항이 아니다. '백지동맹'을 주도했으니 자퇴하라는 인과율만 드러내면 된다. 그러나 이러한 인

---

28) 서정주, 『미당 시전집2』, p.452.
29) 서정주, 『미당 시전집2』, p.443.

과율적 박해는 서정주 초기시에 아무런 영향을 끼치지 못했다. 그가 만년에 이른 1980년대에 「光州學生事件에 Ⅲ」라는 자전시로 형상화되기는 했으나, 그것은 자전적 경험의 기록을 넘어서기 어려운 것이다.

서정주 초기시 세계를 설명할 때 의미 있는 것은 전형적 박해이다. 앞에서 살펴보았듯이 출신, 외모, 신분에서 비롯된 그를 향한 전형적 박해는 보통은 은밀한 시선의 형태로 이루어졌다. 물론 그를 '아라비아 土人'이라 부르는 것도 작은 박해에 해당할 것이다. 배상기, 김동리 등 몇몇을 제외하면, 서정주는 그가 속한 사회의 구성원들과 쉽게 어울리지 못했다. 그가 '박해당한 표정'으로 '의미 있는 웃음'을 견뎌내야 했던 것은 그가 발디딘 엘리트 집단과의 거리감 때문이었다. 이 거리감이 초기시의 '壁' 이미지 형성에 주요한 동기였음을 부인하기는 어렵다30).

그는 1930년대 경성 거리의 '모던 보이'들로부터 타자였을 뿐만 아니라 '마르크스 보이'들로부터 타자였다. 그는 "서형, 그대는 시대성을 무시하는 몽류병자일세, 서형, 그대는 결국 터무니없는 낭만파일 따름일세, 모든 사회주의자들과 유물주의자들과 자연과학 만능주의자들은 나를 핀잔하고 나를 멸시하고 나를 경원했으나"31)라고 회고하여 당시 사회주의 문학인들에 의한 박해를 암시하고 있다.

서정주를 그림자처럼 따라다니던 박해자의 은밀한 시선은 좀처럼 물리적 폭력의 형태로 나타나지 않았는데, 자료로서 확인할 수 있는

---

30) '벽' 이미지와 지금까지 사용한 '차이' 개념을 혼동해서는 안 된다. 이 글에서 도입한 지라르의 차이 개념은 한 집단과 다른 집단 사이의 차이이다. 한 집단 내에서의 타자 곧 박해의 희생물은 그 집단이 믿어의심치 않는 차이의 감정을 무화시킬 수 있는 가능성 때문에 박해받는다. 반면 '벽' 이미지는 그 자체가 타자성이다. René Girard, 앞의 책, p.41. "희생물 징후란 그 체제 안에서 보자면 자기 체제가 갖고 있는 차이와 다를 수 있는 가능성, 달리 말해서 그 결과로 자신의 체제가 모든 것과 다르지 않게 됨으로써 자신이 체제로서 존재할 수 없어질지도 모를 가능성이다."
31) 서정주, 「봉산산방 시화」, 『미당 산문』, p.118.

실제의 박해는 그가 훗날 '시계사건'이라 명명한 중앙불교전문학교 교실 내에서의 작은 충돌 정도이다.

> 佛專在學時에 내게는 치명적인 사건 하나가 있었다. 一期試驗中에 일어난 일이니까, 그건 아마 2학기였을 것이다. 급장을 하는 裵性教이란 학생이 괘종시계를 교실안에서 잃어버린 것이었다. (……) 수업중에도 자꾸 뒤를 도라보면서 옆에 있는 학생들과 짓거리곤 낄낄거리고 짓거리곤 낄낄거리고 하는 것이었다. 나는 그것이 웬일인지 나를 의심하는 것같이 생각이되었다. 나는 덮어놓고 시간이 끝난 후에 그를 불러내 가지고 "이놈아 왜 나를 의심하느냐"고 소리를 질렀다. 그는 절대로 나를 의심한게 아니라한다. 그러고는 그뿐이었다. 그러나 이 심히 간단한 일은 나에게는 적지않은 타격이었다. 그 이튿날부터 학교만 가면 학생놈들은 나를 보곤 의미 있는 듯한 웃음을 웃어주는 것이다. 도적놈은 너라는 그러한 웃음이었다[32].   (밑줄: 인용자)

교실 내의 도난 사고는 일상적으로 일어나기 마련인 평범한 사건이다. 그러나 그것을 계기로 한 무구한 인물이 혐의를 뒤집어쓴 채 집단에서 추방된다면, 그 희생양의 입장에서 그것이 사소한 사건일 수는 없을 것이다. 중앙불전 교실 내에서 시계가 없어졌으며, 시인이 범인으로 지목되었다. 교실 내의 작은 군중들은 암묵적인 공감대를 형성하여 희생양을 박해했다. "이놈아 왜 나를 의심하느냐"는 희생양의 항의는 그들의 박해가 성공했음을 보여준다. 그것은 집단적 박해의 두 번째 전형성에 해당하는 상투적 비난을 정당화시켜주기 때문이다.

교실이라는 집단 내에서 발생한 시계분실 사건은 하나의 위기 상황이다. 교실 내의 작은 군중들은 한 사람의 희생양을 지목하고 그를 박해함으로써 예의 '차별성'을 지켜나가고 집단의 동요를 잠재우려 한다. 시계를 실제로 훔친자가 누구이든, 군중에 의해 지목된 무구한 희생양

---

32) 서정주(1940. 3), p.72.

이 도둑이 된다. 동요하는 집단을 안정시키려면 누군가는 희생되어야 하는데, 이 때 지목되는 희생양은 복수할 능력이 없는 나약하고 무력한 존재이다[33]. 상투적 비난을 가하는 군중들이 바라는 것은 폭력 그 자체이지 진실이 아닌 것이다. 그리고 "의미 있는 듯한 웃음"의 박해는 서정주를 학교에서 추방시킴으로써 그들의 희생제의를 완성하였다.

서정주에게 박해는 원체험의 의미를 갖는다. 그에게 박해는 실제성의 문제는 아닌 것이다. 냉정히 판단할 때 그에게 닥친 세계의 폭력성이나 박해 체험은 다소 과장되었거나 관념적일 수 있다. 그러나 중요한 것은 그가 실제적이든 관념적이든 박해를 체험했다는 점이며, 그러한 박해 체험이 초기시의 이미지 구성에 중요한 영향을 미치고 있다는 점이다. 외부세계의 실재와는 상관없이 서정주의 원체험은 박해의 그림자가 드리워져 있으며, 그것은 '질마재'의 事象과 함께 그의 시세계의 중심축을 이루고 있다.

3. 초기 시의 박해 구조

1) 은폐된 박해 : 「문둥이」

서정주 초기시의 중심축을 이루는 박해에는 인과율적 박해도 있고, 전형적 박해도 있으나 앞에서 살펴본 바와 같이, 전형적 박해만이 그의 의식 가장 밑바닥까지 상처로 각인되어 초기시의 음습한 이미지를 창조하였다. 그의 초기시에서 박해를 문제삼을 때 그 박해는 이유 없는 박해, 즉 그의 존재가 그가 속한 집단을 무차별성의 위기에 빠뜨리게 되는 유형의 박해인 것이다. 따라서 서정주 초기시에 드러난 박해는 개성적이거나 독창적이지 않다. 그것은 개인이나 개별 문화권을 초

---

33) René Girard, 김진식 · 박무호 역, 『폭력과 성스러움』, (민음사, 1993), p.33.

월한 전형성을 드러내는 희생제의적 박해구조를 띠고 있다.

서정주의 「문둥이」는 서정주 초기시 중에 원형질을 가장 풍부히 담고 있는 텍스트이다. 집단적 박해의 세 가지 전형성이 모두 다 나타나며, 신화적 세계의 성스러움과 폭력성이 교차된다. 그리고 그 모든 것은 은폐된 상태에서 구조적으로 드러난다.

>   해와 하늘 빛이
>   문둥이는 서러워
>
>   보리밭에 달 뜨면
>   애기 하나 먹고
>
>   꽃처럼 붉은 우름을 밤새 우렀다
>   ―「문둥이」 全文

3연 5행의 39글자의 소품이 품고 있는 풍부한 원형질을 드러내기 위해 필요한 것은 연구자 개인의 직관이나 창조적 상상력이 아니라 자료의 확충(amplification)[34]이다. 자료의 확충 없이는 문둥이가 허물을 벗는다는 점에서 뱀의 상징성과 이어진다는 것[35], 뱀은 주기적으로 살갗을 바꿈으로써, 주기적으로 재생하는 달의 이미지와 이어진다는 것[36] 등의 가장 기초적인 정보조차 간파할 수 없다.

문둥이는 애기 간을 꺼내먹는다는 집단적 공포감에 바탕을 둔 시 「문둥이」는 설화적 세계와의 연속성 속에서 그 의미를 드러낸다. 문둥

---

34) 확충은 이미지에 대한 인류의 오랜 연상을 수집하여 서로 비교하여 공통의 뜻을 발견해 내는 분석심리학의 방법이다. 이부영, 『한국민담의 심층분석』, (집문당, 1995), pp.27 ~32.
35) 「뱀술 먹고 문둥병 고친 이야기」, 『한국구비문학대계(강원편, 2-2)』, (한국정신문화연구원, 1981), p.602.
36) Georges Nataf, 김정란 역, 『상징・기호・표지』, (열화당, 1987), p.56.

이에 관한 속설을 민속학적으로 규명하기 위해 구전 문둥이 설화를 조사해볼 필요가 있다. 한국에서 구비전승되는 문둥이 설화는 양적으로 많지 않고 그 유형도 단순하다.『한국구비문학대계』의 문둥이 설화는 총 23편인데, 23편 모두가 문둥병 낫게 한 이야기이며, 그중 13편이 남편의 문둥병을 낫게한 효부에 관한 설화다. 그러나 문둥이가 사람을 해치는 이야기는 찾기 어렵다.

문둥이에 대한 설화가 적고 유형도 단순한 것은 '문둥이'가 어떤 금기와 연결되어 있기 때문으로 보인다. 설화 속에서 문둥이는 그 자체가 주체가 되지 못하고 객체가 된다. 이야기에서 주가 되는 것은 문둥이의 행동이 아니라, 문둥병을 고치기 위한 주위 사람의 희생이나 노력이다. 문둥이 설화가 효부설화와 연결된 것은 문둥병에 대한 강한 금기가 그 병을 치유한 효부의 미덕을 강조할 수 있었기 때문으로 보인다.

> 남의집 살이를 하던 총각이 산중에서 길을 잃는다. 불빛을 발견한 총각이 혼자 사는 처녀에게 하룻밤 묵어갈 것을 청한다. 처녀는 총각을 극진히 대접한다. 어둠의 처녀가 이뻐보여서 총각은 처녀와 관계를 맺는다. 아침에 깨어보니 처녀는 툭툭 터진 나병환자다. 처녀는 정승의 딸인데, 산중에다가 막을 쳐 놓고 날라 주는 밥을 먹고 살고 있었다. 총각은 내년에 다시 오겠다고 약속하고 떠난다. 처녀는 서방님 오면 주려 술을 담았는데, 천년지기 만년지기나 되는 큰 살모사가 술독에 빠져 죽는다. 처녀는 뱀이 빠져 죽은 술을 먹고 환골탈퇴하여 병이 낫는다. 병이 나은 처녀는 총각이 함께 오랫동안 잘 살았다. 「문둥병 처녀 낫게한 총각」[37]

문둥병 치유 설화에서 문둥이는 대부분 집안 좋은 집 자녀로 묘사된다. 그러나 아무리 대단한 정승·판서집 자녀라 하더라도 문둥병이

---

37)『한국구비문학대계(전남편, 6-8), p.423.

걸리면 산중의 움막이나 집에서 멀리 떨어진 토굴로 옮겨진다. 살이 '툭툭' 터져 허는 문둥이는 매우 흉물스런 외양을 가지고 있다. 때문에 세균에 의해 전염된다는 현대 세균학이 알려지기 전부터 사회로부터 고립되고, 빛의 세계로부터 완전히 추방된다. 문둥이 처녀와 정상적인 남자가 관계를 맺는 장면이 드러나는 설화에서 남녀 관계는 언제나 어둠 속에서 감춰진 형태로 진행된다. 어둠 때문에 문둥이라는 사실을 알지 못하고 관계를 맺는 것이다.

설화 속에 등장하는 문둥병을 낫게하는 약은 대략 네 가지 정도이다. 가장 빈번히 등장하고 가장 그럴 듯 한 것은 '뱀술'이다. 그리고 이때 뱀은 사람이 잡은 것이 아니라 사람이 알지 못하는 사이 슬그머니 술독에 기어들어간 해묵은 뱀이어야 한다. 문둥이들은 그렇게 담궈진 뱀술을 그것이 뱀술인지도 모른 채 마시고 병이 낫는다. 그들은 병이 낫고 난 후, 다시 말해 햇빛을 쬘 수 있는 낮에 활동할 수 있게 된 이후에야, 술독을 보고 자신이 마신 것이 뱀술이었음을 알게 된다. 문둥병 치유 효부 설화에서 문둥병을 치유한 약은 아내의 허벅지나 엉덩이 살이다. 그리고 드물게는 '애기'나 '애기 피' 더 드물게는 비상을 먹고 낫는 경우도 있다.

이 네 가지 약 중에 뱀이 가장 원형적인 것이고, 나머지는 전승과정의 변형임은 명백하다. 원형적 차원에서 뱀은 水生 동물이며 허물을 벗는 점에서 영생을 상징하고 그점에서는 달과 같은 존재이다38). '수생 동물'과 '영생'의 상징인 뱀과 물이 만나 만들어진 '뱀술'이 재생의 효력이 있을 것이라는 믿음은 자연스럽다. 뿐만 아니라 문둥이가 병이 낫는 장면은 허물을 벗고 몸 속의 벌레를 쏟아내고 병이 낫는 것으로 묘사된다. 이는 뱀의 생태 그대로이다.

반면, 인육을 먹고 병이 낫는 경우 예컨대, 아내의 허벅지살을 먹고

---

38) Georges Nataf, 앞의 책, p.56.

병이 낫는 경우 설화는 병을 고친 신비한 능력을 허벅지살의 효험에서 찾는 것이 아니라 아내의 정성에서 찾고 있다. 그점에서는 문둥이 남편을 치료하기 위해 외도를 해서 아이를 낳고 그 아이를 달여 먹여 남편의 문둥병을 낫게 했다는 설화39)에서도 신비한 효능은 아이가 아니라 아내의 사랑에서 생긴다. 이 경우 병의 치유는 원형적 성격보다 유교적 가정 윤리에 더 밀착되어 있다.

설화를 통해 확충(amplification)된 자료와의 상호텍스트성 속에서 서정주의 시 「문둥이」의 구조를 살펴 보면 지금까지의 논의와 다른 결론이 도출된다. 우선 이미지의 원형성을 검토해 볼 수 있다. 서정주는 문둥이는 해와 하늘 빛이 서럽다고 했다. 이는 설화에서 문둥이들은 신분의 귀천에 관계없이 토굴이나, 움막으로 쫓겨난다는 사실에 비춰 볼 때 원형질에 닿아 있다. 그리고 2연 '보리밭에 달 뜨면 애기 하나 먹고'에서는 '문둥이'-'뱀'-'달'로 이어지는 상징의 통일성이 드러나며, 또 낮의 세계에는 정상인들의 노동의 현장이지만 밤의 세계에는 고립 그 자체인 '보리밭' 역시 사람과 단절돼 있다는 점에서 문둥이의 원형성에서 벗어나지 않는다. '애기 하나 먹고' 역시도 문둥이에 대해 가지고 있는 정상인들의 집단적인 공포감과 이어져 있다. 3연의 '꽃처럼 붉은 우름'에서 드러나는 '피'의 이미지는 툭툭 터진 문둥이의 피부에 돋아난 반점과 외양상의 유사성이 드러나며, 저주받은 운명에 이어져 있다. 또한 '울음'은 인과율적 범죄가 아닌 집단적 편견 때문에 박해받아야 하는 인간적 고뇌를 함축한다.

다음으로 검토해 볼 것은 이러한 원형적 이미지들이 드러내는 제의적 박해 구조이다. 「문둥이」의 박해 구조는 박해자의 시선이 표면적으로 드러난 「자화상」의 그것에 비해 훨씬 심층적인 차원에서 드러난다. 「문둥이」 텍스트의 기저에는 집단적 박해의 세 가지 전형성이 선명히

---

39) 「문둥이 신랑 섬긴 열녀」, 『한국구비문학대계(경북편, 7-8)』, pp.556-565.

드러나 있다. 문둥이는 그가 속한 집단을 무차별화의 위기에 빠뜨린다. 문둥이에 대한 집단적 공포의 근원은 그 흉물스런 외양에 있다. 문둥병 보다 치명적인 질병은 원시사회에서 얼마든지 있었다. 위생의 개념이 확립되기 이전 인류는 온갖 종류의 질병을 경험했고, 그 때문에 목숨을 잃기 십상이었다. 그에 비해 나병은 육신이 썩어가면서 죽어가기는 하나 즉각적으로 생명에 위협이 가해지는 것은 아니었으며, 매독, 천연두와 같은 치명적인 병에 비해 전염성이 강한 것도 아니었다. 그러나 나병 환자는 그가 그 병에 걸렸다는 이유만으로 격리되고 박해받는다. 확충된 텍스트에서 문둥병 환자는 신분의 귀천에 상관없이 똑같이 토굴이나 움막 속으로 격리되는 모습을 확인할 수 있다. 어떠한 집단도 징그럽고, 흉물스러운 외양을 가진 문둥이와 공존하면서, 집단적 차이를 보장받을 수 없었던 것이다. 그 집단을 굳이 사회로까지 확대시킬 필요는 없을 것이다. 고귀한 신분, 예컨대, 정승의 아들이나 딸들이 산 속으로 격리되는 것은 문둥이가 가져다주는 무차별화의 위기가 전통적 민간 사회에서 적지 않았음을 보여준다.

서정주의 시 「문둥이」는 또한 집단적 박해의 두 번째 전형성인 상투적 비난에 기대고 있다. 앞에서 살펴본 바와 같이 문둥이 박해의 기원은 흉물스런 외양에 있었다. 그러나 외모 때문에 병자를 박해하는 것은 도덕적 명분이 충분치 않다. 문둥이를 박해하기 위한 상투적 비난이 필요했는데, 그러한 필요에서 등장한 것이 문둥이는 애기를 잡아먹는다는 민간 속설이다. 확충된 텍스트에서 문둥이가 애기를 먹고 나을 수 있는 경우는 오직 정성과 사랑이 개입했을 때 뿐이었음을 확인할 수 있다. 잡아먹은 아기는 병을 낫게 하지 못한다. 이 경우 상투성은 원형적 차원에서 언급해야 한다. 문둥이를 박해하는 정상인들은 자신들의 박해를 정당화시키기 위해 '문둥이'에 영아 살해의 혐의를 씌운 것이다. 박해자들은 문둥이가 행한 영아 살해의 실제성에 대해 아무런 관심을 두지 않는다. 박해자들이 필요로 하는 것은 박해를 정당화할 명분이지 진실은 아닌 것이다.

문둥이는 개성을 지닌 개인이 아니라 전형성을 지닌 하나의 집단이다. 문둥이는 특수한 개인의 사악함 때문에 박해받는 것이 아니라 그러한 신체적 불구성을 지닌 집단에 속해 있다는 이유에서 박해받는다. 이는 집단적 박해의 세 번째 전형성에 해당한다.

이처럼 「문둥이」에는 전형적 박해 구조가 은폐되어 있다. 서정주의 원체험이 '문둥이'라는 희생양을 통해 형상화 되고 있는 것이다. 박해자는 희생양의 박해를 통해 집단적 폭력을 분출시키지만, 역설적으로 박해자의 폭력 때문에 희생양은 순결한 존재가 된다. 시 「문둥이」가 제의적 엄숙함을 지니고 있다면, 그것은 무구하고 나약한 나병환자를 희생하는 제의 속에 독자들을 그 폭력의 공범으로 끌어들이고 있기 때문이다.

서정주의 시세계를 '생명'과 '영원', '인간'과 '영생'의 대립적 긴장 관계 속에서 설명할 때, 그의 초기시에 드러난 박해 구조는 '생명'과 '인간'의 축에 해당한다. 그는 인간의 원형질을 구성하는 제의적 폭력성에 주목함으로써 인간은 착하고 선한 존재라는 허구적 믿음을 거부하고 세계는 폭력과 공포 그리고 그것을 통해 드러나는 성스러움과 아름다움이 있다는 것을 보여준다.

2) '벽' 이미지와 폐쇄공포증

희생양을 향한 군중의 폭력을 의미하는 박해에서 주체는 어디까지나 집단이고 희생양은 그 대상일 뿐이다. 박해의 제물이 되는 희생양을 주체로 하면 그 양상은 달라지게 된다. 서정주 초기시에서 주요한 이미지인 '璧'은 박해의 희생양이 느끼게 되는 이러한 세계와의 단절감과 관련된다.

> 房밑엔 언제나 검은 江물이 흐르고
> 房밑엔 언제나 싸늘한 구렝이가 사렀다.
> 소스라처 깨여나 나는 차졌으나
> 어느 壁에도 門은 없었고
> 나는 임이 먹키웠었다.   「房」全文

　「房」에서 화자는 '벽'으로 막힌 '방안'에 있다. 어느 벽에도 '門'이 없는 그곳은 철저히 폐쇄된 공간이다. 사방이 막힌 '房밑'에는 '검은 江물이 흐르고', '싸늘한 구렝이'가 살고 있다. 벽으로 단절된 '방'은 어둠과 공포에 휩쌓인 공간인 것이다. '나'는 폐쇄된 암실에서 벗어나고자 하지만 탈출구를 찾기 전 '이미' 희생되고 만다.

　「房」에서 볼 수 있는 바와 같이 서정주 초기시에 나타난 '벽' 이미지는 일종의 폐쇄공포증과 연결되어 있다. '벽'으로 인해 시인은 외부 세계와 단절되고, 거기서 오는 고립감은 공포의 대상이 된다. 세계와의 단절이 반드시 부정적인 것일 수는 없다. 세계와의 단절은 내면 성찰의 기회가 될 수 있고, 폭력적인 세계로부터의 보호막이 될 수도 있다. 그러나 서정주의 '벽' 이미지는 그러한 안식, 성찰, 포근함 등과는 거리가 멀다. 이는 비단 시 「房」 하나에 국한 되는 것은 아니다. 부정적 심상과 연결된 '벽' 이미지는 서정주의 초기시에서 드물지 않게 발견된다.

　　1) 흙으로 바람벽한 호롱불밑에   「自畵像」
　　2) 하나 호롱불로 네벽이 히미 할뿐
　　　 밤내 밖앗은 바람만 어지러워   「獄夜」
　　3) 덧없이 바래보든 壁에 지치어
　　　 불과 時計를 나란히 죽이고   「壁」

서정주 초기시의 '벽'은 가난과 시련(「자화상」), 어둠과 서러움(「옥
야」), 피로나 권태(「壁」) 등의 부정적 관념과 연결된다. '벽' 이미지를
통해 드러나는 서정주의 폐쇄공포증은 유년기의 원체험에서 비롯된
것으로 보이는데, 『미당 자서전』에는 그 단초가 될 만한 기록이 있다.

> 그러나 이 얼마 안 되는 식구들은 봄부터 가을까지는 집에 없는
> 날이 많았다. 아버지는 대부분이 객지살이였으니까 말할 것도 없고,
> 나머지는 모두가 다 들일 산일을 나갔다. 그러면 나혼자 남아서 빈
> 집을 지켰다. [……] 구슬을 가지고 와서 아이들을 꾀어다가 보리밭
> 속에 들어가 간을 빼먹는다는 문둥이가 나오지 않을까, 뒷산 밑밭
> 에까지 나오기가 일쑤라는 멧돼지가 식식거리고 와 달려들지 않을
> 까 - 이런 무섬은 어린 내게는 적은 것이 아니었다.
> 툇마룻가에 걸터앉아 무섬증을 견뎌 내기 위해 두 다리를 내둘
> 내둘 젓고 있다가, 다시 또 옆에 놓인 다듬잇돌에다 더운 뺨을 대
> 고 한 하늘 그윽히 들리는 쑥국새 소리에 젖어 있다가, 일어나선
> 뒤란으로 갔다가 다시 나와 출입구 쪽으로 갔다가 그러다간 벽의
> 흙도 더러 떼어먹어 보았다. 흙 맛은 적막이 주는 그 무서움을 그
> 래도 어느 만큼 완화했다.40)

서정주의 회고에 의하면 그는 유년기에 생계를 위해 온 가족이 일
터로 떠난 후 집안에 홀로 남겨진 경험이 있다. 벽으로 둘러쌓인 사각
의 공간에 홀로 남겨진 어린 서정주는 '문둥이', '멧돼지' 등을 침입을
두려워하며 원초적 공포감에 떨고 있었다. 벽에 의한 단절감은 일종의
정신외상으로 그의 무의식에 각인된 것이다. 그는 「麥夏」를 거론하면
서, 이러한 유년기의 경험을 회고해 쓴 시라고 소개하고 있다.

'벽' 이미지와 폐쇄공포증은 앞에서 논의한 '박해'에 대한 피해 의식
을 증폭시키게 된다. '벽', '단절', '고립' 등에 대한 원초적 공포감을
지니고 있었던 서정주는 "은밀한 시선"과 같은 집단으로부터의 거리감

---

40) 서정주, 『미당 자서전』, (민음사, 1994), pp.21-22.

이 보통사람 보다 더 큰 내면의 상처로 각인되었을 것이다. 즉, 유년기의 폐쇄공포증을 지니고 있는 서정주는 집단과 자신의 사이에 놓인 사소한 차이에도 쉽게 상처받고, 그것을 그 자신의 관념 속에서 확대시켜 심각한 단절로 받아들이게 되는 것이다. 집단 내의 타자는 다수의 동일자에 의한 박해의 위협을 항시 안고 있었는데, 폐쇄공포증이라는 정신외상을 안고 있는 그는 집단 속에서 언제나 타자라고 느끼고 있었던 것이다.

덧없이 바래보든 壁에 지치어
불과 時計를 나란히 죽이고

어제도 내일도 오늘도 아닌
여긔도 저긔도 거긔도 아닌

꺼저드는 어둠속 반딧불처럼 까물거려
靜止한 <나>의
<나>의 서름은 벙어리처럼…….

이제 진달래꽃 벼랑 햇볕에 붉게 타오르는 봄날이 오면
壁차고 나가 목매어 울리라! 벙어리처럼,
오-壁아.
—「壁」 全文

이러났으면……이러났으면……
나도 또한 이새벽을 젊은 나흰걸
이 풀섭 이 개고리 이 荒蕪地여
안즌뱅이 목우름을 누가 듯는가

深夜의 殺戮은 보리밭 머리
오오 太極의 하눌은 다시 푸르러도

피 묻은 齒骨 가즈러-ㄴ이
애비로 원통이 어듸로 나러 갔나
　　　　　　—「앉은뱅이의 노래」 1, 2 연.

「벽」에서 ‘나’는 덧없이 벽을 바라보며 시간을 죽이고 있다. 더 나아가 ‘나’는 ‘벽’의 고립감 속에서 시간·공간 감각조차 잃어버린다. 그리고 어둠 속에 정지해 있다는 느낌은 ‘벙어리’에 비유된다. ‘벽’ 속의 ‘나’가 희구하는 것은 ‘벽’을 차고 나가는 것이었는데, 그것은 ‘壁차고 나가 목매어 울리라! 벙어리처럼’이라는 절규의 형태로 드러나 있다.

1920년대 낭만주의의 잔영이 남아 있는 「벽」에서 화자는 ‘벙어리’로 비유된다. 「벽」에서의 ‘벙어리’와 「앉은뱅이의 노래」에서의 ‘앉은뱅이’는 구조적·정서적으로 정확히 일치한다. 그것은 집단과 단절된 고립된 주체이면서 자신이 놓인 조건에서 벗어나고자 몸부림 친다. 서정주의 초기시에서 적대적 현실에서 벗어나고자 하는 시인의 강한 열망이 드러날 때, 그 자신은 불구자로 묘사된다. 시인의 분신인 ‘벙어리’, ‘앉은뱅이’, ‘문둥이’ 등은 신체의 불구성으로 박해의 대상이 되는 전형적 집단이다. 서정주의 원초적 폐쇄공포증은 초기시의 음습한 이미지를 낳게 했으며, 그것은 희생제의적 박해 구조로 이어진 것이다.

4. 결 론

서정주는 시작 활동의 전기간에 걸쳐 생명 탐구와 영원성 구현에 천착하였다. 그러나 그 두 세계는 서로 모순된 가치일 수밖에 없었는데, 그것은 인간의 실존적 한계에서 비롯된 것이다. 인간은 결코 영원성에 도달하지 못한다. 그의 초기시에 드러난 박해의 전형적 구조, 즉 희생제의적 박해 구조는 사실상 그러한 인간의 실존적 한계의 확인 작업에 다름 아니다.

그의 초기 시를 지금까지 원죄 의식으로 파악해 왔지만 정밀한 텍스트의 검증은 사실상 그의 시에 원죄의식이라 명명될 인식이 거의 없음을 보여준다. 「자화상」, 「문둥이」 등에서 보여주는 것은 '죄' 이미지는 원죄라기 보다는 인간의 원초적 폭력성, 다시 말해 희생제의적 폭력이다. 서정주 초기시의 화자는 대체로 이러한 원초적 폭력에 고통 받는다. 박해라 부를 수 있는 이러한 인간의 원초적 폭력성은 「화사」나 「맥하」의 관능성과 함께 서정주 초기 시 세계의 인간 탐구의 주요한 성과라 하겠다.

〈참고문헌〉

Ⅰ. 기본자료

서정주, 『서정주 문학 전집』, 일지사, 1972
서정주, 『미당 산문』, 민음사, 1993
서정주, 『미당 자서전』, 민음사, 1994
서정주, 『미당 시전집』, 민음사, 1994
『한국구비문학대계』, 한국정신문화연구원, 1981

Ⅱ. 연구논저

박철희 편, 『서정주』, 서강대 출판부, 1995
신범순, 『한국 현대시의 퇴폐와 작은 주체』, 신구문화사, 1998
오세영, 『20세기 한국 시 연구』, 새문사, 1989
오세영, 『한국현대시 분석적 읽기』, 고려대 출판부, 1998
육근중, 『서정주 시 연구』, 국학자료원, 1997
윤재웅, 『미당 서정주』, 태학사, 1998
조연현 외, 『미당 연구』, 민음사, 1994
Bataille, Georges, 최윤정 역, 『문학과 악』, 민음사, 1995
Girard, René, 김진식 역, 『희생양』, 민음사, 1998
Girard, René, 김진식·박무호 역, 『폭력과 성스러움』, 민음사, 1993

안회남 소설 연구
— 신변소설을 중심으로

김 흥 식

1. 작가의 변모와 상황논리

우리 근대사 자체가 격동과 급전의 과정이어서 문학사에는 더러 단층현상이 나타난다. 그 가운데서 8.15 해방을 계기로 이루어진 문단의 재편이야말로 당시의 문인이라면 누구도 그 영향권 밖으로 벗어날 수 없었던 대규모의 사태였고, 그 파장을 지금껏 미결상태로 남겨놓았다 점에서 그 무엇보다도 크고 깊은 문제성을 지니고 있다. 이를 주목하는 자리에 작가 안회남은 매우 이채로운 존재로 부각되는데, 그것은 그 전후의 문단적 거취가 판이할 뿐 아니라 그의 작품 양상도 실로 의외로울 만큼 변모를 보였기 때문이다. 그 경개는 다음과 같이 간추려 볼 수 있다.

1931년 등단한 이래 그는 꾸준히 소설로 창작 활동을 전개했고 또 월평류의 작품평을 중심으로 평론 활동도 계속 병행했으나, 작가로서나 비평가로서나 문단적 쟁점의 중심부에 위치한 적이 거의 없다고 해도 과언이 아니다. 말하자면 주변적 문인이었던 것이다. 해방후 그는 일약 문학가동맹의 소설부 위원장(1946. 2)을 맡는 한편, 그 전후로 연달아서 발표한 10여편의 소위 징용소설들로 관심을 모으고 또한 그 뒤에 나온 평판작 「폭풍의 역사」(『문학평론』, 1947. 4) 「농민의 비애」(『문학』, 1948. 4) 등으로 상당한 반향을 불러일으킴으로써 두각을 나타내게 되었다. 그리하여 문맹의 대표적 작가의 하나로 꼽히던 그는 객관적 정세가 좌익진영에 심각하게 악화되는 단계로 치닫을 무렵 마침내 월북한 것으로 알려져 있다.

해방 정국 속에서 문인들의 이념 선택은 일종의 불가항력적인 강요사항이었다고 할 수 있다. 그렇다고 하더라도 그들의 삶과 문학의 실상을 정당하게 파악하고 평가하기 위해서 그 이념 선택의 근거를 묻는 것이 긴요하다. 이 문제와 관련해서 좌익진영의 문인들 가운데 프로예맹계의 이기영, 한설야 등이나 문맹계의 임화, 김남천 등은 각기 그 나름으로 근거가 확실한 쪽이지만, 안회남은 일제하의 활동로 미루어 아무래도 그것이 취약하거나 불투명한 쪽에 속한다고 할 것이다. 즉 그는 등단기부터 자유주의자, 예술지상주의자를 자처하며 정치 편향의 프로문학에 대해 거부감을 토로하고 때로는 적대감까지 표명한 점, 그리고 그것에 상응하여 그의 작가생활이 이념이나 사상에 관한 문제들에는 아예 관심조차 가지려 하지 않은 채 소위 신변소설 언저리를 시종 맴돌았다는 점 등에서 그러하다.

역설적으로 이렇다 할 자기 나름의 근거가 없는 까닭에 오히려 운신이 과감했을 것이라든가, 해방 자체가 거대한 충격인 만큼 심기일전했을 것이라든가 하는 식으로 안회남 부류의 작가들을 설명할 수도 있을 것이다. 그러나 작가는 작품을 전제로 해서 존재하며, 작품은 필경 작가 자신의 체험과 실감에 바탕하는 것이기에, 작가의 변모는 어쩔 수 없이 작가의식의 내재적 성장(변화)과 관련지워 묻지 않으면 안 된다. 따라서 안회남의 작가적 변모를 가져온 구체적이고 실제적인 계기가 무엇인가에 초점이 모아진다.

이 문제에 대한 최초의 검토는 동시대의 평론가 김동석의 「부계의 문학-안회남론-」과 「비약하는 작가-속 안회남론-」에서 이루어졌다.[1] 즉 전자는 징용소설이 서술형식상 일인칭시점을 취하지 않은 점에서 신변소설과 다르지만, "주관적 쎈티멘트가 언언구구에 스며 있다"는 점에서는 마찬가지라고 비판하면서 그 원인으로 "과학적 세계관"의 미비를 지적했다.[2] 그런데 후자에서는 안회남이 "문학가동맹에서 언제나 전진하려 앨 쓴 작가"답게, 그리고 "비약하는 작가"로서 신변소설의 구각을 벗어난 「폭풍의 역사」「농민의 비애」의 성과가 "작가 자신의 내면적 비약"이 있었기에 가능했고, 그 비약은 "문학가동맹의 작가"였기 때문에 이룰 수 있었다고 주장했다.[3] 요컨대 신변소설을 극복하게 만든 결정적 요인이 작가측의 내재적 추동력보다 문맹노선에 있다는 관점인데, 문맹노선과 과학적 세계관의 등식관계를 전제로 하는 독단성은 치명적이다.

이 김동석의 관점에 대해 김윤식 교수의 「사이비진보주의로서의 논리-안회남」은 통렬한 반론으로 주목할 만하다. 즉 「폭풍의 역사」는 안회남이 임화의 에피고넨으로서 쓴 선전비라적인 작품일 뿐이며, 「농민의 비애」가 도식성에 흐르지 않고 서사시적 구도와 세부묘사의 박진성, 그리고 상징적 기법의 활용 등으로 거둔 작품성은 후미에 문맹

---

1) 이 두 평문은 김동석, 『뿌르조아의 인간상』(탐구당서점, 1949.2)에 실려 있는데, 전자는 <부기>에 의하면 1947년 상반기에 쓰여졌으나 1년도 넘어서 『예술평론』(1948.6.16. 집필)에 게재하고(p.24), 후자는 『우리문학』(1948.4.12. 집필)에 실은 것으로(p.36) 되어 있다. 해방전 작품들을 묶은 『전원』(고려문화사, 1946)과 소위 징용소설 작품집인 『불』(을유문화사, 1947)을 다룬 전자와 당시 문맹계 의 대표적 평판작 「폭풍의 역사」(『문학평론』3, 1947.4), 「농민의 비애」(『문학』, 1948.4)를 다룬 후자는 하나로 합치면 안회남의 문단활동 기간 전반을 살피는 본격적인 작가론의 첫 사례로 되거니와, 문제의 파악과 분석 자체도 상당히 핵심에 접근해 있어 후속 논의의 지표로 될 수도 있다.
2) 김동석, 「부계의 문학—안회남론」, 『뿌르조아의 인간상』(탐구당서점, 1949), pp.20~3 참조.
3) 김동석, 「비약하는 작가」, 상게서, pp.30~4 참조.

노선의 장황한 대변인적 서술 때문에 오히려 크게 훼손되는 결과로
나타났다는 것이다. 이 견해에 따르면 「농민의 비애」가 '예술적 서정
화'를 통해 달성한 성과를 이를테면 비평가 김동석이나 작가 안회남이
문맹노선의 정당성에 의한 것으로 착각한 곳에 문학적 비극이 놓인다.
그리하여 문맹의 이데올로기보다 체험과 실감에 무게 중심을 놓음으
로써 당연히 징용체험을 기질적 소시민성에서 탈출할 수 있는 하나의
징후로 보고, 「불」이 그것을 구현한 가작이라고 하는 것이다.4) 요컨대
징용체험이 작가적 변모의 계기로 인정된다는 관점이며, 이 경우 소시
민성은 신변소설과 등가로 된다.

  이렇게 두 관점5)은 징용체험의 의의에 대한 평가에서 차이가 있다.
그런데 안회남 자신은 징용소설들이 기왕의 "신변소설의 계열과 혈통
을 다시 한번 더 이끌고 나아가며 있는" 상태라고 말했다.6) 명칭에서
부터 다소 경멸적인 의미를 내포하고 있는 신변소설의 결함은 통상
단순히 그 취재 범위의 협착함보다는 전망의 추구 혹은 주제의 탐구
가 미미함에서 찾아지며, 작가의식의 안이함에서 비롯된다. 본디 경험
의 갱신이나 상황의 변동이 있자마자 즉각 창작의 대응력을 발휘하기
란 본디 용이하지 않은 법이긴 하다. 그러나 유일한 징용문인으로서
참담한 시련을 겪고도 신변소설 형식을 답습한다는 것은 작가로서의
근본태도에 원천적으로 심각한 맹점이 있기 때문이 아니겠는가.

  신변소설에 대한 안회남의 변명은 "일본제국주의의 야만적 식민정

---

4) 김윤식, 『한국현대문학사』(일지사, 1981), pp.139~50 참조.

5) 해금조치 이후로 안회남에 대한 논의는 적지 않으나, 대체로 이 두 관점의
틀을 분유하는 위에서 주로 작품의 변모과정을 해설하거나, 삶과 문학을 병
렬관계 속에 놓고 그 전개과정을 현상적으로 기술하는 방식을 취한다. 후자
에 해당하는 가장 최근의 논의 성과는 김경수, 「한 신변소설가의 문학과
삶」, 문학사와 비평연구회, 『한국문학과 계몽담론』, 문학사와 비평 6집(새미,
1999.2)이 있다.

6) 안회남, 「서문」, 『불』(을유문화사, 1947).

책 아래서는 우리는 문학세계로 객관사회와 서로 간섭할 수 없었기
까닭"에 "나는 조개가 단단한 껍데기를 쓰는 것처럼 의식적 무의식적
으로 자기자신 속으로만 파고 들었던 것"으로 집약된다.[7] 시대가 험악
하면 물러서고, 세상이 바뀌면 나선다는 식의 사고방식은 주체성의 결
여 혹은 정신의 공각성을 뜻하기에 작가로서는 치명적인 약점이 아닐
수 없다. 이 작가의식의 한계를 규명하는 작업은 그의 신변소설 자체
에서 출발할 수밖에 없는데, 자기자신의 이야기, 일종의 자서전 형식
이 신변소설이기 때문이다.

2. 예술지상주의와 연애지상주의

안회남은 약 50여편에 이르는 해방전 작품들을 세 부류로 나누었
다.[8] 즉 「처녀」(『제일선』, 1932.8), 「연기」(『조선문학』, 1933.10), 「상자」
(『조선문단』, 1935.7), 「악마」(『신동아』, 1936.3), 「고향」(『조광』, 1936.3),
「우울」(『중앙』, 1936.4), 「향기」(『조선문학 속간』, 1936.6), 「장미」(『조
광』, 1936.8), 「화원」(『조선문학 속간』, 1936.10), 「명상」(『조광』, 1937.1),
「겸허」(『문장』, 1939.10) 등 10여편의 신변소설. 다음으로 장편 「애인」
을 비롯하여 『안회남단편집』(학예사, 1939)에 수록된 「에레나의 나상」
(『청색지』, 1938.4), 「기차」(『조광』, 1938.10), 「수심」(『문장』, 1939.3), 「
온실」(『여성』, 1939.5), 「번민하는 「쟌룩 씨」」(『인문평론』, 1939.10) 등
의 심경소설. 그리고 「망량」(『풍림』, 1937.2), 「그날 밤에 생긴 일」(『조
광』, 1938.40), 「기계」(『조광』, 1939.6), 「투계」(『문장 임시증간』, 1939.7)
등의 본격소설. 이 가운데서 그의 문학적 본령에 해당하는 것은 그 자

---

7) 안회남, 「발문」, 『전원』(고려문화사, 1946), p.349.
8) 안회남, 「자기응시의 십년」, 『문장』(1940. 2), pp.14~5.

신이 언명했고 또 기존의 여러 논의들이 확인해 온 대로 신변소설들
이다. 이에 해당하는 작품으로는 위에서 그가 꼽은 작품들 이외에 「겸
허」 이후의 「소년」(『조광』, 1940.8), 「벼」(『춘추』, 1941.3), 「봄이 오면」
(『인문평론』, 1941.3), 「모자」(『춘추』, 1943.7) 등도 같은 계열이라 할
수 있다.

이 분류의 문제점은 소설 명칭의 임의성이다. 우선 신변소설이란 용
어 자체가 안회남을 제외하고는 거의 적용 사례를 찾기 힘든데, 그 개
념도 "신변적 사실이 더군다나 사회의 표면에 부다쳐나가지도 못하고
내성적으로 심경에 흐르고" 마는 것이라는 정도로밖에 드러나지 않는
미정형 상태이다. 둘째 부류의 작품들을 심경소설이라 불렀지만, 「수
심」과 「온실」을 제외하고는 에누리없는 통속소설이다. 그리고 셋째 부
류의 본격소설 또한 안회남 자기류의 것이어서 당대의 소설비평에서
주요쟁점으로 부각되었던 임화, 김남천, 한설야 등의 세태소설론 · 본
격소설론에는 현격히 미달되는 수준이었던 것이다. 전형론이나 윤리성
(모랄) 문제에 대한 관심이 전혀 거세된 주관소설로서의 신변소설과
객관소설로서의 본격소설을 절충해야 한다는 것을 중언부언할 뿐 아
니라, 신변소설과 본격소설의 목표가 각각 진실성, 통속성이라는 요령
부득의 주장을 늘어놓은 것이 그의 「본격소설론」이었다.9)

우선 등단작 「발(髮)」(『조선일보』, 1931.1.4~10)은 당선작 없는 3등으
로 뽑힌 것인데, 염상섭으로부터 '설익은 작품'이라고 혹평을 받았
다.10) 이 작품은 부분적으로 경향적 색채를 띠지만, 어디까지나 당시
문단의 추세를 피상적으로 흉내낸 정도였다. 뒤이은 「차용증서」「그들
부부」「나와 옥녀」「병든 소녀」 등 몇몇 작품에서도 비슷한 면모가 엿
보이지만, 현실의 분석이 안이한데다 감상적 온정주의에 빠져 막연한

---

9) 안회남, 「본격소설론」, 『조선일보』(1937. 2. 16~20).
10) 염상섭, 「현상작품 선후감」, 『조선일보』(1930. 1. 4) 참조.

인정담을 벗어나지 못한 함량미달의 태작에 지나지 않는다.

초기작들의 계급문학에 대한 다소간 부회적인 태도는 1932년 말을 전후하여 증발하게 된다. 즉 「일본문단 신흥예술파론고」(『신동아』, 1932.12), 「일본문예 신흥예술파의 대표적 이론」(『신동아』, 1933.1) 등에서 마르크스주의 문학의 정치편향에 대해 비난을 퍼부었는데, 그 요지는 예술성 및 문학적 특수성의 무시, 형식과 기교의 배격 및 부인 등의 문제점을 지님으로써 내용소설, 관념소설, 공식소설 등으로 고정화, 유형화되는 한편, 유치한 자연주의적 수법과 기술을 답습하고 만다는 것이었다.

'신흥예술파'란 『新潮』의 편집장 中村武羅夫을 중심으로 「13인구락부」(1929), 「新興藝術派俱樂部」(1930.4)의 결성을 보았으나, 「신사회파 문학」(1932)의 제창 무렵에 분열 해체되어 비교적 단명에 그친 모더니즘 문학집단이다. 中村의 「누군가? 화원을 망가뜨리는 자는!」(『新潮』, 1928.6)이 그 성립과정에서 기폭제 역할을 했는데, 그 글의 부제가 <이즘의 문학보다는 개성의 문학으로>였다. 그러니까 반마르크스주의를 표방하는 예술주의의 옹호를 목표로 했던 것인데, 이들의 활동은 이론적 깊이가 없어 일과성에 그쳤다고 할 수 있다.11) 안회남의 두 글은 그 모두에서 스스로 밝혀놓았듯이 『新潮』 등에 게재된 일본 평문의 발췌 번역인 만큼 주장의 강도에 비례하여 지적 경박성을 노출한 것이기도 하다.

이 무렵 그의 계급문학에 대한 반대는 "나는 자유주의적 입장에서 평필을 들었고, 예술지상주의적 태도를 가지고 작품활동을 하여 온 것"12)이라고 호언한 데서 보다 분명한 내용을 드러내지만, 실상을 따지고 들면 더욱 난처한 국면에 부딪히게 된다. 정치의 배제가 곧 예술

---

11) 長谷川 泉, 『近代日本文學評論史』(有精堂, 1977), pp.82~6 참조.
12) 안회남, 「문예평론의 계급적 입장」, 『제일선』(1933.3), p.78.

지상주의라는 일방적 논리는 그것인데, 그 외연에 그의 신변소설 이외에도 통속소설이 함께 걸쳐 있기 때문이다. 전자는 차치하고, 후자와 예술지상주의가 양립한다는 식의 관점은 상식밖인 것이다.

가령 초기작 「그들 부부」에서 이미 조짐을 보인 통속성은 「황금과 장미」(『중앙』, 1935.5)에서 전면화되어 야담에 손대던 김동인조차 "신풍정극(新風正劇)" 즉 신파극이라 통매할 지경이었다.13) 그러한 성향은 갈수록 방만해져서 저급한 연애담 내지 치정담을 거리낌없이 썼는데, 그 작품수도 적지 않다. 즉 앞에서 그 자신이 심경소설로 분류한 작품들 이외에도 「황혼」(『신동아』, 1936.7), 「소년과 기생」(『조선문학 속간』, 1937.1), 「등잔」(『사해공론』, 1938.10), 「계절」(『동아일보』, 1939.5.24~6.14), 「탁류를 헤치고」(『인문평론』, 1940.4~5) 등은 올데갈데없는 통속소설들이며, 이들만큼 노골적이지는 않더라도 신변소설류의 작품들도 부분적으로 통속적 성향을 띤다.

이 작품들은 단순히 애정심리의 곡예를 그린 것도 있고, 소위 여급, 뻐스걸, 숍걸(백화점 여점원) 등 직업여성을 등장시켜 성풍속의 타락을 보여주는 것도 있다. 어느 경우이든 인격적·윤리적 측면에는 소홀하고 다만 흥미의 유발에만 치중하는 양상이어서 매문의 혐의를 떨쳐내기 어렵다. 물론 30년대에 들어 저널리즘의 대중적 저변이 확충되고 또한 독자층의 취향과 기호도 다기화됨에 따라 통속문학이 문단의 한 영역으로 자리잡게 되었던 사정도 그 배경으로 놓여 있었을 것이다.

그런데 통속소설 이외에도 남녀관계를 취급한 작품들이 많다. 작가적 관심의 이러한 편향은 당시의 문단 풍토와는 별개로, 그의 개인사와도 관련을 맺고 있다. 즉 그는 삼년 남짓한 연애 끝에 집안의 승낙을 어렵게 얻어 결혼했는데, 한 평문의 말미에는 연애 당시의 절실한 심정을 토로하는 부기를 남기기도 했다.14)

---

13) 김동인, 「5월 창작평」, 『매일신보』(1935.5.22).

앞에서 그 자신이 신변소설로 분류한 「처녀」, 「연기」, 「상자」, 「향기」, 그리고 심경소설로 분류한 「온실」 등은 바로 그러한 연애과정, 결혼생활, 그리고 애처가로서의 면모를 그려놓은 작품들인 것이다. 따라서 자신의 알뜰한 경험을 밑천으로 애정문제를 득의의 이야기꺼리로 삼았던 것이라고 볼 수 있다.

그뿐만 아니라 그는 '연애지상주의'를 표방하고 그것을 '예술지상주의'와 등가라고 주장하기까지 했는데, 이 부분은 주목할 필요가 있다. 그의 연애관은 성적 방종이나 분방한 애정행각과는 달리 '지고지순한 생활의 감정'으로 집약된다.

> 사실 나는 최고감정의 연애에서 최고감정의 결혼을 이루고 또 이러한 진정한 생활의 정열을 통하여 문학(예술)의 세계를 섭취하는 것을 이상으로 한다. 지고지순한 생활의 감정이 있어야 지고지순한 문학의 감정이 따르고 생활의 완성이 있은 후에야 문학의 완성이 오는 것이라고 믿는 바이다.[15]

연애가 삶의 진정성에 이르는 계기의 하나일 수 있다는 것은 누구라도 동의할 만하다. 그러한 계기로는 이를테면 순진무구한 동심도 떠올릴 수 있고, 그밖에도 여럿을 들 수 있을 것이다. 연애 자체보다는 진정성이 관건인데, 유독 연애에만 집착하는 것은 제반 사회적인 인간관계에 대한 불신과 회의를 반증한다고 볼 수 있다. 이 사회적 태도의 퇴행성이 그의 '연애지상주의'의 참모습이며, 또한 그가 신변소설에 매달린 이유이기도 하다. 그러한 퇴행성은 어디서 비롯된 것인가. 그

---

14) 안회남은 「일본문예 신흥예술파의 대표적 이론」(『신동아』, 1933.1)의 말미에 "나의 사생활에 있어서 가장 큰 문제를 앞에 놓고 무한한 번민과 싸우며 이 원고를 마침"이라고 부기하고 있는데, 이는 그의 결혼문제, 상속문제 등과 관련된 언질로 보인다.

15) 안회남, 「연애와 결혼과 문학—작가의 최고감정의 문제—」, 『조선일보』 (1938.9.20)

의 가족사, 특히 그의 부친 안국선의 인생역정이 결정적인 요인이었다고 생각된다.

3. 신변소설과 계대의식(繼代意識)

안회남은 신변소설의 그 취재 대상을 "나의 아버님 어머님과 동무들과 안해와 아이"로 한다고 했지만, 그의 부친 안국선은 「명상」과 같이 주역으로 바로 등장하는 경우가 아니더라도 이야기의 진행 속에 그 모습을 드리우고 있는 경우가 많다. 가령 금전에 쪼달리는 친구 이야기에 마찬가지 사정인 누이동생 이야기를 겹쳐 놓은 「우울」의 경우, 그 말미에 "어떻게 하든지 동생의 식구만은 돌아가신 아버님을 대신해서 내가 살려야겠다"는 심사를 피력하는 식이다. 김유정과의 교우관계를 그린 「겸허」에서도 자기 부친과 가족사의 일화가 곁들여 놓았다. 이런 측면을 두고 김동석이 '부계의 문학'이라고 불렀거니와, 그의 신변소설에서 모든 이야기의 중심축을 이루는 안국선의 생애와 그것에 대한 추억을 다룬 「명상」은 단연 비중이 크다. 다시 말해 신변소설의 양식적 속성을 해명하는 작업에 관건적 의의를 지닌 작품이 다름아닌 「명상」인 것이다.

「금수회의록」, 「공진회」 등의 작가 안국선(1878~1926)은 구한말 경무사와 군부대신 등 요직을 역임한 안경수의 양자로서 1895년 제1차 관비유학생이 되어 도동, 그곳의 동경전문학교에서 정치학을 전공했다.

귀국 후에는 <황제양위 음모사건>(1898) 관계로 안경수가 일본에 망명함에 따라 정치적 진로가 막힌 상황에서 독립협회 간부 이승만, 이상재, 김정식 등과 함께 수구파의 모함에 의한 <고종폐위와 공화제실

시 음모사건>(1899)에 연루되어 체포되었다. 이때 참형을 선고받았던 안국선은 선교사 아펜셀러 등의 권유에 의해 기독교로 개종한 것에 힘입어 종신 유형으로 감형되어 진도에 유배되었으며, 거기서의 3년동안에 연애결혼으로 맺어진 이숙당과 함께 탈출하여 서울로 잠입했다고 한다.

그가 『정치원론』 『연설법방』 등의 저술과 『야뢰』 『대한협회보』 『기호흥학회보』 등에서의 논설로 사회활동을 펼치게 되는 것은 1907년부터인데, 이는 일본에 망명했었다가 특사로 귀국한 안경수가 다시 역모로 몰려 타살 또는 교수형을 당했던 것이 그 해에 신원됨으로써 가능했으리라 짐작된다.

이후 탁지부 서기관(1908.7), 이재국 감독과장(1908.9), 이재국 국고과장(1909.12)을 거친 안국선은 총독부에 의해 경북 청도군수(1911. 2~13.7)로 임용되었다가 사임했다. 관직을 떠난 그는 상경하여 금광, 미두, 주식 등의 실업 방면을 모색했으나 실패하고, 1916년 안성의 고삼면으로 낙향했다.

1920년 재상경하여 다옥정(茶屋町)에 기거하며 삼대독자인 안회남을 휘문학교에 진학시키는 한편, 해동은행장, 양정의숙 이사 등으로 활동하기도 했으나, 만년에는 가산을 거의 탕진하여 "경기도청 뒷골목 초라한 초가에서" 궁핍을 겪으면서 투옥과 유형의 후유증으로 병고에 시달리다 생애를 마쳤다.16)

---

16) 이상과 같은 안국선의 생애는 권영민, 「안국선의 생애와 작품세계」, 『관악어문연구』(1977), pp.125~7의 기술 내용을 바탕으로 하여 재구성했다. 가계에 대해서는 경기도 안성군 고삼면의 「호적부」, 『죽산 안씨 족보』(대동보), 『죽산안씨 동지공파보』 등도 함께 검토했다. 안경수와 관련된 사항은 『한국민족문화대백과사전』(정신문화원), 윤효정, 『풍운한말비사』(수문사, 1984), 신용하, 『독립협회연구』(일조각, 1976), 그리고 이규태, 「100년의 뒤안길에서…⑩ 한말 NGO 이야기」(『조선일보』, 1999.5.7) 등을 참조할 것. 안국선의 진도 유배와 연애결혼, 실업계 활동, 낙향과 재상경 등은 안회남의 「명상」(『조광』, 1937.1), 「오욕의 거리(제3회)」(『주보 건설』5, 1945.12.22), 「사선을 넘어서(제3

이상과 같이 안국선은 문인이라기보다 정치가로서의 풍모가 압도적이다. 거기에는 또한 국가의 명운을 가름하는 구한말 정치무대에서 맹약한 양부 안경수의 영욕과 부침이 겹쳐져 있다. 그의 정치적 의욕이 마지막으로 발화한 지점은 국권의식과 민권사상을 강력히 표출하여 "매상 사만부를 돌파"[17]했다고 전해지는 「금수회의록」의 출간(1908. 2)과 발매 금지(1909. 5. 5) 부근일 것이다.[18]

그러나 「공진회」(1915. 8)에서 드러나는 부일적 태도가 말해주듯 그는 합병과 함께 전향적 비판정신을 접어버린 것으로 보인다. 대세가 이미 글렀다는 정세 판단도 있었겠으나, 합병 후 안경수에게는 추서된 남작 작위의 수혜자가 그 유일한 상속자인 안국선일 수밖에 없었다는 점을 그 계기로 지적할 수 있을 것이다.[19] 이 안경수의 수작이 안국선의 청도군수 임용과도 유관하다고 본다면, 합병에 분개하여 "밤낮으로 약주만 잡숫고 다섯 달만에 사표를 제출"[20]했다는 안회남의 술회는 위에서 언급된 군수 재임기간을 따지지 않더라도 신빙성을 지니기 어렵다.

회)」(『협동』5, 1947.6) 등을 비롯한 여러 작품들, 「선고유사」(『박문』, 1940.5), 「나의 어머니」(『조광』, 1940.6) 등의 회고문을 참고했다. 1920년 재상경 이래의 사정은 안막의 실형이자 안회남의 삼종형이 되는 테너 가수 안보승, 『잊혀지지 않는 일들』(자비 출판, 1989), p.41 등에 의거한 것이다.

17) 안회남, 「선고유사」, 『박문』(40. 5), p.2.

18) 손인수, 『한국개화교육연구』(일지사, 1985), pp.329~31 참조.

19) 안보승, 전게서, p.81 참조.
윤효정, 전게서, p.125에 의하면, 안경수의 죽음은 "일본 각 신문에 기재되었으므로 일인 동지는其無名慘死를 憤歎하는 熱淚를 傾한 자가 甚多하였다"고 한다. 그 '일인 동지'들 가운데 합병의 산파역이 다수 있었기에 작위 수여가 이루어졌을 것으로 추측된다. 한편 작위 수여자에게는 합방은사금도 지급하는 것이 통례였음을 상기할 만하다. 강동진, 『일본의 조선지배정책사연구』, 동경대학출판회, 1979, p.163의 주) 104에 의하면 안경수의 유가족에게는 1만圓이 할당되었다.

20) 안회남, 「명상」, 『전원』(고려문화사, 1946), p.184.

　타협의 방향으로 몸을 튼 안국선이 실업가로서 실패하고 전념한 것은 기독교 신앙과 자녀의 양육이었는데, 그 전후 사정을 여러 가지 일화로 소상하게 그린 작품이 「명상」(『조광』, 1937. 1)이다. 그의 종교 생활은 일차적으로 정치와 사업의 좌절에서 오는 무력감과 허탈감에 대해 위안을 구한 것이지만, 다른 한편으로 모든 것을 신의 섭리에 맡기는 운명론 내지 허무주의의 성격이 짙다. 이는 세상사에 등돌린 채 관여하지 않겠다는 의미로 보신주의라고 할 수 있겠는데, 그 대신 외아들 안회남에게 극진한 애정을 기울였던 것으로 되어 있다.21) 여기서 선대 안경수와 당대 가주인 안국선, 그리고 차대의 안회남으로 이어지는 독자상속의 계대의식(繼代意識)이 그들 부자 사이에 가장 절실한 삶의 근거로 자리잡게 되었다.

　안회남이 이 계대의식에 대해 확실하게 자각적인 수준에 도달하는 것은 물론 「명상」에 와서였는데, 그 과정은 대략 세 단계로 파악된다.

　첫째는 안국선의 죽음을 맞았을 때. 그는 휘문고보 3학년이었는데, 「겸허－김유정전」(『문장』, 1939. 10)나 「선고유사」에 나와 있는대로 동급생 김유정과 어울려 학교생활에 등한하던 시절이었다. 졸지에 가세가 기운 집안의 가장이 되어버린 것인데, 당혹한 가운데 자포자기하는 심정이었던 모양으로 이듬해에는 낙제하여 4학년 2학기로 자퇴했다.22) 이로부터 그는 도서관에 다니며, 문단 진출을 노리고 문학서적을 탐독하게 되었다. 고보 중퇴의 학력으로 변변하게 행세할 직업을 구하기가 난망이기도 했겠지만, 안국선의 아들이라는 자부심도 그의 진로 결정에 한몫을 했을 것은 틀림없다.

　둘째는 결혼과 상속을 둘러싼 고민의 시기. 「연기」, 「상자」등에서

---

21) 「명상」에는 안국선이 아들의 「육아약기(育兒略記)」를 썼고, 반찬거리를 걱정해서 낚시질을 다녔으며, 향리에서 재상경한 것이 전적으로 자식 교육 때문이었고, 휘문고보에 합격했을 때 끔찍히 좋아했다고 되어 있다.

22) <휘문고보 학적부>에 의하면, 1927년 12월 15일로 의원(가사, 병) 퇴학했다.

연애결혼을 조모로부터 승낙받기까지 3년여의 세월이 걸렸다고 했지만, 그 기간 동안 경제적으로도 극히 곤궁한 처지였다. 「겸허」에서는 "결혼 문제로 하여, 조모님과 충돌이 되어 가지고 한분 어머님과 함께 『유각골』에다 단간방을 얻어" 생활했노라고 그때의 경상을 말해 놓았다. 한 수필에서는 "소화 6년의 가을"로 시기를 밝히고서 "물질에 대한 빈곤 생활의 불안감" 때문에 '절망하던 시절'이라고 추억한 바도 있다.23) 앞서 언급한 대로 이 결혼과 상속 문제는 1933년을 전후하여 막바지에 다달아 해결된 것으로 생각된다.24) 결혼과 상속의 연계라는 관문을 통과함으로써 안경수—안국선의 후사로서의 자격을 집안에서 공인받게 되었던 것이다.

셋째는 바로 「명상」의 집필 동기인 아들 병휘가 출생했을 때. 문인으로서의 입신, 연애결혼과 상속에 이어 자신도 후사를 얻음으로써 그는 부친의 삶과 기본적으로 합치하는 완결적 상태에 이르게 되었던 것이다. 그는 이 단계에서 이른바 계대의식에 대한 자각을 다음과 같이 토로한다.

> 나는 자기 안해를 어지간히 사랑할줄 아는 부류의 남자일 것이나 병휘를 낳은(~170/) 후부터는 그보다 몇배의 애정이 어린아이에게 쏠리고 마는 것을 경험하였다. 기왕 내가 간구한 살림을 하면서도 맑쓰주의 문예이론에 반기를 들고 만 것은 전혀 나의 연애지상주의 때문이었다고 생각하는데 이러한 나의 심적 태도까지도 오늘날에 이르러서는 어린아이의 힘으로 그것이 완전히 뒤짚혀졌으며 부부간의 사랑보다도 자식에게 대한 어버이의 사랑이 훨씬 굳세며 세상의 무엇보다도 강할 것이라고 믿게 되었다.25)

> 옛날 산모퉁이에서 취하신 아버님을 모시고 오던 일을 추억하며

---

23) 안회남, 「절망하던 시절의 추억」, 『조광』(1937.10), pp.121~3 참조.
24) 주) 9를 참조할 것.
25) 안회남, 「명상」, 『전원』(고려문화사, 1946), pp.170~1.

  나는 어느 때 술이 얼근히 취하여,
　『이놈 병휘야』
　『이놈 병휘야』
  소리를 쳐보았다. 순간 나는 내 자신이라는 것보다 흡사 전의 아
버님인 양하여 마음이 어쩔 줄을 몰랐다. 돌아가신 아버님의 백골
은 땅속에 잠기어 무상하지마는 그분의 영혼은 아들의 몸에 옮기
어 깃드리고 있는 것인가. 이렇게 가만히 생각하면 인생이란 쓸데
없이 죽기만 하는 것이 아니라 영원히 살고 있는 거룩한 보람고
위대한 빛을 지니고 있는 것 같다. 영원히 대이어 사는 것이다.26)

  문인, 연애결혼, 그리고 핏줄이어가기, 이 세가지로써 안회남은 그
부친을 닮게 되는데, 이를 욕망의 모방l'imitation du désir이라고도 부른
다.27) 욕망은 타자의 욕망을 욕망하며, 그것은 타자의 욕망을 완전히
모방함으로써 동일화하여 그 분신이 된다. 안회남의 경우 그 부친의
분신인 양하는 동일화는 셋째 것에서 이루어진다. 핏줄이어가기야말로
그의 진짜 욕망이며, 나머지 둘은 그것에 비해 순수하지 못한 것이다.
그가 작가로서 어설픈 태작이나 통속애정물들을 태연스레 썼던 까닭
도 여기에 있다.
  핏줄이어가기로 낙착된 계대의식에 입각하는 한, 안회남의 욕망의
모방은 불구적임을 면치 못한다. 정치가 혹은 정치문학자(「금수회의
록」)로서의 안국선과 보신주의 처세가 안국선 중에서 후자만을 모방하
는 데에 그치기 때문이다.
  그러니까 안국선의 욕망 속에 갇힌 딱한 처지라고 할 안회남에게
안국선은 모방의 대상이기 전에 「명상」의 '깨끗하고 위대하셨으나 너
무도 불행하셨던 우리 아버님'이라는 술회가 말해주듯 숭모의 우상이

---

26) 상게서, p.190.
27) 이에 대해서는 R. Girard, *Deceit, Desire, and the Novel*, tr. by Y. Freccero,
　　The Johns Hopkins Univ. Press, 1976의 Ⅰ. "Triangular" Desire (pp.1~52) 참고
　　할 것.

다. 거의 대부분의 신변소설들에서 그의 부친 이야기가 끼어드는 것도
그렇지만, 뒷날의 징용소설 「사선을 넘어서(제3회)」(『협동』 5, 1947. 6)
에서 출발에 임하여 안국선의 자서전을 꺼내 읽고 용기를 얻고자 대
목도 같은 맥락으로 이해된다. 따라서 그의 신변소설 속에서 안국선은
욕망의 중개자가 아니며, 또한 외면적 모방의 주인공도 없다. 작가는
그저 존경과 연민의 선친에 대해 추념할 따름인 것이다.

한편 안국선에게 보신주의는 정치의 세계와의 양자택일적인 선택이
전제된 것이기에 적어도 「명상」에 그려진 독신자의 모습에서 드러나
는 종교적 경건주의, 즉 일종의 긴장감을 수반한다. 그러나 안회남의
계대의식 내지 보신주의는 자득의 것이 아니라, 그 부친으로부터 길러
진 것이어서 긴장감을 지닐 여지가 없다. 처자와 가정을 둘러싼 신변
사를 제재로 한 "직각과 직감의 문학"28)인 신변소설이 심각한 대립과
갈등을 보여주지 못하는 것도 당연하다.

4. 신변소설의 기대지평

앞에서 신변소설이란 명칭에는 경멸적인 의미가 내포된다고 했지만,
안회남 자신은 이 용어에 대해 자기나름으로 자부와 애착을 가졌던
듯하다. 그는 신변소설이 "가장 순수한 문학"29)이라고도 했는데, 평자
들이 그것을 '사소설'이라고 부르는 것에 대해서는 거부감이 많았던
모양이다. 해방후의 한 좌담회를 주재하는 자리에서 자신은 내내 '사
소설'만 써 왔다고 발언한 대목은 문맹의 소설부 위원장이 되어 자책
감을 피력한 것으로 읽히거니와,30) 그런 만큼 원래 '사소설'이란 용어

---

28) 안회남, 「자기응시의 십년」, 『문장』(1940.2), p.15.
29) 안회남, 「자기응시의 문학」, 『문장』(1940.2), p.15.

를 꺼려했음을 엿보게 한다. "회남이 이러한 사소설가란 말이 듣기 싫어서 자기와 작품세계를 찾느라고 언젠가 어느 제면소에서 얼마동안 수업한 일이 있다"[31]고 한 이원조의 술회도 이를 뒷받침한다. 여지없는 통속소설인 장편 「애인」이나 「에레나의 초상」 같은 작품들을 심경소설이라 호칭한 사실에서도 알 수 있듯이 그의 사소설에 대한 개념 파악도 피상적이고 부정확한 것이었고, 따라서 그의 신변소설도 개념 자체가 미정형인 상태에 있었다는 지적이 가능하다.

그가 싫어했던 '사소설'이나 다른 평자들이 비난조로 운위한 '사소설'이나 타당한 용어법이라고 보기는 곤란하다. 1920년 말경부터 쓰이기 시작한 '사소설'에 대해서는 일본문학에서 흔히 "작가의 수만큼 사소설의 성질이 존재하는 한편, 비평가의 수만큼 사소설론의 다채로움이 존재한다"[32]고 말해진다. 작가의 내심, 신변의 사건을 그리는 수기적 소설로 그 윤곽이 획정되는 사소설은 똑같이 夏目漱石의 딸과의 실연담을 다룬 久米正雄의 자전적 장편 「破船」(『主婦之友』, 1922)과 단편집 『和靈』(新潮社, 1922.5)의 경우가 보여주듯 문학적 진지성 여부에 따라 돈벌이용 통속물로도 순수한 예술작품으로도 될 수 있는 양면성을 지닌 것이었다. 그것을 가름하는 기준으로는 대중잡지와 순수문예지라는 발표매체의 상이, 작가의 직업적 측면과 구도적 측면의 공존 또는 택일 등이 고려된다. 통속성을 배격한 사소설로서 인격완성·인간수업을 추구하는 것을 久米正雄은 따로 심경소설이라고 불렀다. 이후 백화파나 芥川龍之介의 자서전적 소설 또는 자서전으로서의 사소설, 전향문학의 "굴절된 자의식의 소박한 보고로서가 아닌 도회적(韜晦的)·연기적" 소설로서의 사소설, 등 다양한 개념 설정이 있다. 그리

---

30) 「제1회 소설가 좌담회」, 『민성』 6호(1946.4).
31) 이원조, 「문인 폴트레-:소설가 안회남의 인상」, 『인문평론』 제3권 제1호 (1941. 1), p.85.
32) 三好行雄·竹盛天雄, 『近代文學』 4(有斐閣, 1977), pp.193~4.

고 자연주의 즉 사소설이라는 小林秀雄의 「私小說論」(『經濟往來』,
1935.5~8)이 큰 파장을 불러일으킨 바 있으며, 사소설을 자연주의 계열
의 파멸형, 백화파 계열의 조화형으로 대비한 伊藤 整의 이론, 그리고
양자의 이율배반적 관계를 속에서 특히 조화형 사소설을 심경소설이
라 규정한 平野 謙의 공식 등이 설득력을 얻고 있다.33)

이상과 같은 견지에서 볼 때, 안회남의 경우처럼 긴장감도 위기의식
도 배제된 개인 신변사의 기록물이라면, 본래적 의미의 사소설과는 거
리가 있을 수밖에 없다. 그는 통속적 세태소설을 자의적으로 심경소설
이라 지칭했지만, 의도 자체에 국한해서 신변소설이 차라리 심경소설
과 유사한 쪽이다. 그러나 엄밀히는 신변소설조차도 심경소설 또는 사
소설과 무관하든지 그것에 미달된다. 파멸형은 물론이고 조화형 사소
설도 단절이라는 형태의 사회와의 긴장관계가 전제되어 있는 것이기
때문이다.

그런 만큼 그의 신변소설은 차라리 자서전에 가깝다고 해야 하지
않겠는가. 이 경우 자서전이란 백화파 계열의 조화형 사소설과 별개이
다. 자전소설이라고 하지 않고 자서전이라고 했다. 허구의 개입을 통
한 진실의 표현을 목표로 하는 자전소설과 비교하여, 자서전과 전기는
정보의 제공이라는 대상지시의 규약에 의해 성립된다.34) 이 경우 자서

---

33) 小笠原克, 「사소설(심경소설)의 평가」, 三好行雄·竹盛天雄, 『近代文學』 4(有
斐閣, 1977), pp.193~204 참조.
사소설의 성립 배경에 대해서는 다음과 같은 설명이 있다. 즉 "자연주의 문
학이 회복해야 할 자아를 명확하게 확인하지 못한 채 객관주의 문학으로서
의 철저를 꾀하고 있었던 것은 본질적인 문제 해명에의 계기를 잉태하고
있으면서도 그것을 회피해 버리는 결과를 초래했다. 그리고 역으로 전통적
인 자기의 진실을 추구하는 문학 방법을 기저로 백화파 등의 주장에서 보
여진 자아긍정, 혹은 대정 데모크라시가 낳은 개성존중의 이념, 더욱이는
잡지 저널리즘의 발달에 수반된 「문단」의 형성 등등 객관적 제 조건은 실
제로 닫혀진, 한정적인 형태로의 「私」를 말하는 문학적 토양을 배양했다.
이른바 「사소설」에의 길이 거기서 열렸다.(紅野敏郎·三好行雄·竹盛天雄·
平岡敏夫 편, 『大正の文學』(有斐閣, 1981), p.145.)

전과 전기의 기대지평에는 우선적으로 독자의 호기심이 가로놓인다.35) 그러면 안회남의 신변소설의 기대지평은 무엇이었겠는가. 30년대 저널리즘의 상업주의적 확산, 특히 신문, 잡지의 문인 동정란 취급, 문인 상대의 설문지의 유행, 문인들의 상호인상기·문단교우록·문학수업 및 등단기·창작 일화·성장기·회고담 등의 기획, 그리고 수필문학의 성장 등과 관련이 있을 것이다. 문단이 우선 인원이나 세대의 구성에서 확장되었고, 다양한 유파가 형성되었으며, 시 소설 희곡 비평 등의 장르별 전문화가 진전되어 독자와 여론의 관심을 끄는 직업사회의 하나로서 저널리즘의 취재원으로 비중을 가지게 되었던 것이다.

이러한 당시의 문화계 혹은 문단의 풍토에 유착된 자기현시욕의 발로로서 안회남의 신변소설은 파악되기도 하는 것이다. 자전소설이 저자와 주인공의 유사성을 규약으로 하는 반면, 자서전은 양자의 동일성을 규약으로 하는 까닭에, 자서전 독자들의 기대지평은 독자가 알고 있는 저자 즉 주인공에 대한 정보의 검증, 말하자면 기존의 정보와의 차이를 찾으려 하는 것이다.36) 따라서 자서전으로서의 신변소설 작가는 끊임없이 이 기대지평을 만족시켜야 하고, 또 그러한 기대지평을

---

34) 필립 르죈, 『자서전의 규약』, 윤진 옮김, 문학과 지성사, 1998, pp.53~61 참조.

35) 기대지평Horizont von Erwartung이란 원래 Karl Mannheim의 용어인데, H. G. Gadamer의 해석학과 H. R. Jauss의 수용미학에서 사용된다. 독자의 선입견, 이해, 기호 등작품 수용에 관계된 독자의 모든 요구를 가리킨다. 이는 일방적인 것만은 아니며, 작가나 다른 독자와의 지평융합Horizontverschmelzung이 고려된다.
  다음과 같은 견해도 참고가 된다.
  전기가 독자에게 즉각적인 관심을 끌 수 있는 데에는 이중적인 이유가 있다. 전기는 인간의 성품에 대한 우리의 호기심에 호소하며, 사실적인 지식, '정확히 무엇이 일어났는가?'를 찾아내는 데 대한 우리의 관심에 호소하기 때문이다. 이 두가지 면은 물론 분리되기 어렵다. (Alan Shelston, 『전기문학 (Biography)』, 이경식 역, 서울대출판부, 1984, p.9.)

36) 필립 르죈, 상게서, p.37.

유도하기 위해 머리를 짜내지 않을 수 없다. 실제로 그의 작품들은 자신과 가족 이야기, 주변 친지 또는 문단교우 이야기로 나가다, 화제가 궁해지면 시정에서 얻어들은 치정담 따위로 흘렀다. 독자의 취미와 기호를 의식하고 그것에 영합하려 한 점에서 그의 신변소설과 통속소설은 본질적으로 다르지 않다. 연애를 다룰 경우, 신변소설에서는 우아를 가장하고, 통속소설에서는 선정성을 야비할 만큼 과장하는 차이 정도가 차이라면 차이인 것이다. 한 작품에서 다른 작품에서 했던 이야기를 끌어오기도 하고, 통속치정담 부류에서는 이야기의 틀은 같은데, 등장하는 인물의 겉모양만 바꾸어 놓는 사례가 많았다. 신변소설에서든 통속소설에서든 허세로 음주담과 호사벽(boutiquisme) 등을 늘어놓아 독자의 호기심을 자극하는 자기연출을 기도했다. 이러한 자기연출적 태도는 심지어 작가 자신이 실제로 관절염으로 요양하는 동안의 근황을 기록한 「병고」(『문장』, 1939.6)에서 '허영적이요 유흥적인' 도락 취미의 과시로도 확인된다.

그는 솜공장에 취업을 해가면서까지 「망량」, 「그날 밤 생긴 일」, 「기계」, 「투계」 등을 통해 자기 나름으로 본격소설을 시도한다고 했지만, 소재의 변경과 확충에 그친 세태적인 작품에 지나지 않았다. 뒷골목 부랑자 인생의 심리를 그린 「어둠 속에서」(『문장』, 1940. 7), 사상범 출옥자의 생활복귀를 다룬 「병원」(『인문평론』, 1940. 8) 등은 상징적 기법을 활용하여 상황을 구조적으로 형상화해 내는 기법상의 세련성을 보였으나, 역시 제재에 걸맞는 문제의식을 보여주지는 못했다. 30년대 말 그의 작품에 대한 평자들의 주안점은 대체로 기법과 문장에 쏠린 것이었다.37) 이야기는 할수록 솜씨가 느는 법이지만, 임화의 말

---

37) 이를테면 "안회남의 「노인」(『문장』)에 대해, "안회남 씨의 작품은 결구에 있어 빈틈이 없고"라든가 "그러나 같은 안씨의 작품인 「벼」―춘추―는 「노인에 비하여 훨씬 힘드린 흔적은 있으나 시종 무엇을 찌를 듯 찌를 듯하다가 거죽만 어루만지고 지나간 범작이 되고 말았다. 문장에 있어서도 씨의 작품

마따나 "조금도 시대의 정신생활에 관계하고 있지 않은 점"으로 해서 "탁마되어 가는 기술에 내용의 공소함을 날로 더 느끼게" 할 뿐으로, "조선문단에서 드물게 보는 사치한 문학"이라는 평38)을 면할 수 없었다.

안회남의 등단 후 첫 평론의 화두는 문단이 온통 태작이 넘치는데, 신진이 의욕을 가지고 매진하려 해도 기성문인들이 담합해서 "발표기관의 독점 「길드」화"하는 바람에 아무 것도 할 수 없다는 불평이었다.39) 이때 표적 중의 하나가 김동인은 그것을 "회남 자신이 출세욕에 초초한 나머지, 왜 좀 후진에게 글을 비켜 주지 않느냐" 하는 시비로 받아들였다고 한다.40) 즉 지면 확보와 원고료에 연연해 하는 것으로 보았던 것이다. 뒤에 김동인은 아예 야담작가가 되었지만, 안회남도 통속소설의 경계를 넘나들었다. 일제말 충남 전의로 낙향할 무렵에도 이백석의 지주였으니, 반드시 금전욕 때문이지는 않았을 것이다. 「병고」에서 내보인 '허영적이고 유흥적인' 도락취미가 그의 체질이었던 듯하며, 또한 김남천이 말했듯 "낙천적 천성"41) 탓으로 만사에 육박해 들어가는 투철함을 결여한 성격이었던 것 같다. 이 성격은 생리적인 것이기도 하겠지만, 그가 상속받은 이른바 계대의식으로서의 보신주의와도 연접된 것으로 보인다. 이 보신주의는 때로는 흘게풀린 순응주의

으로서는 예외로 까칠까칠하다."는 평(이원조, 「2, 3월 창작평」, 『인문평론』 제3권 제3호(1941.4), p.44.). 그리고 "「번민하는 쟌룩씨」는 일종의 심리소설이다. (중략) 작자는 역설적인 가운데 현실의 어느 일면을 나끄려고 한 것 같으나 작품으로서 성공하였다고 볼 수는 없다. 다만 그 구상에 있어서의 기교라든가 유창한 설화체는 일고에 치(値)한다고 본다."는 평(윤규섭, 「현실과 작가적 세계」, 『인문평론』(1939.11), p.130).

38) 임화, 「창작계의 일년」, 『조광』(1939.12), p.140.

39) 안회남, 「문단시야비야론-신인이 본 기성문단-」, 『제일선』(1932.10), pp. 93~9 참조.

40) 김동인, 「문단30년사」, 『김동인전집』 6(삼중당, 1976), p.61.

41) 김남천, 「창작적 사업의 전진을 위하여-해방후의 창작계」, 『문학』 창간호 (1946. 7), p.141.

로, 때로는 기민한 처세술로 작동할 수 있다. 이러한 자신의 한계에 대한 자각의 수준과 그의 문학의 진정성은 비례관계에 놓일 것이다.

4부 근대성과 시간의식

김춘수 '무의미시'의 자아 인식과 시간 의식

남 기 혁

1. 머 리 말

　김춘수 시의 변모 과정을 전기와 후기로 대별할 때, 그 분기점이 되는 시집은 『打令調·其他』(1969)이다. 시기 구분의 기준을 어디에 둘 것인가에 따라, 전기시와 후기시를 가르는 지점도 달라지고, 더 나아가 두 시기가 지닌 특성을 설명하는 방식도 달라질 수밖에 없다. 본고는 김춘수의 시를 일단 '의미의 시'와 '무의미의 시'로 나누고, 후자에 대해 집중적으로 논의할 것이다. 이러한 시기 구분은 기존의 연구[1])의

---

1) 본고에서 참고한 중요 연구서지는 다음과 같다.
　　김준오, 「무의미시와　서정양식」, 『한국현대장르비평론』, 문학과　지성사, 1990.
　　＿＿＿, 「처용시학-김준오의 무의미시론고」, 『부산대논문집』29, 1980.6.
　　김　현, 「김춘수와 시적 변용」. 『김춘수 연구』, 학문사, 1982.
　　문혜원, 「김춘수의 시와 시론에 나타난 이미지 연구」, 『한국현대시와 모더니즘』, 신구문화사, 1996.
　　이승훈, 「김춘수의 시와 시론」, 『현대시학』, 1982.11
　　진순애, 「김춘수의 시의 비극성 연구」, 『한국시학연구』제2호, 1999.
　　이인영, 「대상세계와 자아의 부정을 통한 세계인식」, 『1960년대 문학연구』, 깊은샘, 1998.

일반적인 경향을 받아들이는 것이다. 다만 전기시와 후기시를 단절의 관점에서 접근하기보다, 변화와 지속의 계기를 동시에 포착하려는 것이 본고가 견지하는 입장이다.

김춘수는 첫 시집『구름과 장미』(1948)이래 비교적 일관되게 서정시의 모더니티를 확립하는 문제와, 근대 사회의 타자로서 서정시를 정립하는 문제에 관심을 기울였다. 서정시의 모더니티란 단순히 새로운 사상이나 문체를 시의 내용과 형식으로 수용한다고 해서 획득되는 것은 아니다. 그것은 시쓰기 자체에 대한 민감한 자의식과 방법론적 성찰을 필요로 하기 때문이다. 근대화에 의해 사회가 전일적으로 규정되고, 동시에 근대 사회가 위기의 징후를 드러내게 된 상황에 이르러, 전통적인 서정시 쓰기란 의미가 없을 뿐만 아니라 가능하지도 않다. 뿐만 아니라 서정시의 모더니티란 현대 사회의 변화 속에서 동시대의 역사적 환경을 서정시 쓰기의 중요한 원천으로 삼을 때 확보될 수 있다2). 한편 김춘수의 경우 근대 사회의 타자로서 서정시를 정립하는 문제는, 도구적 이성이 지배하는 '관리되는 사회'에서, 시의 도구성을 지양하고 자기준거적인 언어의 지평 속에서 시의 절대적 현존(das absolute Präsens)3)를 획득하는 문제와 관련된다. 무의미시에 이르기까지 김춘수가 일관되게 주장하였던 '순수'4)의 문제란 도구합리적 세계로 환원되지 않는, 서정시의 절대적 현존을 확립하는 문제에 연결된 것이다.

서진영,「김춘수 시에 나타난 나르시시즘 연구」, 서울대학교 대학원, 석사학위논문, 1998.

임수만,「김춘수 시의 기호학적 연구」, 서울대학교대학원 석사학위논문, 1996.

2) 이는 단순히 시 텍스트가 내용의 차원에서 동시대 현실을 반영한다는 것보다, 동시대의 문제의식이 직·간접적으로 시 텍스트의 언어적 질서와 의식에 영향을 미친다는 것을 의미한다.

3) K. H. Bohrer(최문규 역),『절대적 현존』, 문학동네, 1998, pp.216-276 참조.

4) 김춘수,『김춘수전집2-시론』, 문장, 1982, p.378 참조.

본고는 『타령조·기타』(1969)에서 「처용단장」 1부(시집 『처용』(1974) 수록)와 2부(『김춘수시선』(1976) 수록)를 거쳐 『南天』(1977)과 『비에 젖은 달』(1980)에 이르기까지 1960-70년대에 발표된 김춘수의 후기시를 대상으로 논의를 전개하고자 한다5). 1960년대 이전의 전기시와 1960-70년대의 무의미시론에 대해서는 미진하나마 기왕에 발표된 논문6)을 통해 논의를 하였으므로, 본고는 후기시를 집중적으로 논의할 것이다. 물론 김춘수의 후기시가 모두 무의미시에 해당하는 것은 아니다. 또한 무의미시가 1960년대 초반부터 완성된 형태로 제시되었던 것도 아니다. 김춘수는 시쓰기와 시론쓰기를 병행하면서, 무의미시의 방법과 정신을 점진적으로 심화시켰다. 여기에는 20년 가까운 시간적인 거리와 의식의 변화 과정이 개입되어 있다. 그런 만큼 무의미시의 형성 과정과 그 정체에 접근하기 위해서는 텍스트에 대한 섬세한 독법이 동원되어야 한다. 본고는 무의미시의 근저에 놓인 세계인식을 규명하고, 그것이 자아와 대상의 인식에 초래하는 변화는 무엇인가, 그리고 그것은 어떠한 시간 의식에 기초하고 있는가를 함께 밝힐 것이다. 이러한 문제 의식은 근본적으로 무의미시가 획득한 미적 모더니티의 의의와 한계를 규명하기 위한 것이다.

2. 자아와 대상의 소멸

김춘수 시에서 자아와 대상은 점진적으로 소멸의 과정을 밟아가고 있다. 다른 논문7)에서 밝힌 바와 같이, 낭만주의적 경향의 초기시에서

---

5) 연구에 활용한 텍스트는 『김춘수전집 1-시』(문장, 1982), 『김춘수전집2-시론』(문장, 1982)이다. 이하 각각 『전집1』, 『전집2』로 표기함.
6) 졸고, 「김춘수 전기시의 자아인식과 미적 근대성」, 『한국시학연구』제1호, 1998. 11.
____, 「김춘수의 무의미 시론 연구」, 『한국문화』제24호, 1999.12

김춘수는 경험적 자아를 소멸시키는 대신 근원적 시공간 속에 위치한 이상적 자아를 작품의 전면에서 내세우게 된다. 이때 시적 대상은 경험적 현실의 영역에서 이상(초월) 세계로 이동하게 된다. 이러한 자아와 대상의 관계는 형이상학적 초월에 대한 갈망에서 비롯된 것이다. 물론 아이러니적 세계인식이 시인의 의식 속에 개입됨에 따라, 이상적 자아와 근원적 자연세계 간의 서정적 합일의 체험은 균열되기 시작한다. 나르시시즘에 사로잡혀 있는 1950년대 중반의 시에 있어서도, 시적 주체는 자신을 모성적 근원과 완전하게 일치시키지 못하고 있다.

이런 상황에서 김춘수의 대응은 둘로 나뉜다. 우선 「꽃의 소묘』 계열의 시에서 김춘수는 현존재로서의 자아의 형상 뿐만 아니라, 이데아와 대면할 수 있는 이상적 자아의 형상마저 포기하였다. 그럴 때 자아는 이데아를 인식하기 위해 애쓰지만 그것에 도달하지 못하는 수동적인 존재로 표상된다. 그 대신에 김춘수는 시적 대상을 근원적 자연세계에서 절대화된 세계로 이동시켜 관념화된 대상의 기능만을 극대화하게 된다. 한편 「릴케의 장」 계열의 시에서 김춘수는 자신의 전기적 서사를 텍스트에 위태롭게 표면화하면서, 근대 세계의 폭력과 이성의 광기를 고발하였다. 가령 「부다페스트에서의 소녀의 죽음」8)에서 김춘수는 경험적 자아의 서사(narratives)9)와, 동시대의 경험적 현실을 병치시키는 가운데, 참다운 자유와 인간다운 생존을 위협하는 근대 세계의

---

7) 졸고, 「김춘수 전기시의 자아인식과 미적 근대성」, 『한국시학연구』제1호, 1998.11.

8) 「부다페스트에서의 소녀의 죽음」이 일련의 개작 과정을 거쳤다는 점은 주목할만하다. 이 개작 과정의 핵심은 자아-서사를 시 텍스트에서 배제하는 것에 있다. 자아-서사의 배제란 다름 아닌 주체의 의식적 통제를 통해, 경험적 자아의 텍스트 개입을 차단하는 것, 즉 시적 자아를 비우는 과정이라고 말할 수 있다.

9) 본고에서 사용하는 자아-서사(self-narratives), 혹은 자아의 전기적 서사(biographical-narratives)는 A. Giddens의 용어임. 이에 대해서는 A. Giddens(권기돈 역), 『현대성과 자아정체성』, 새물결, p.145 참조.

부조리함을 비판하고 있다. 하지만 「꽃의 소묘」계열의 시와 「릴케의 장」계열의 시는 공통되게 시적 대상으로서 관념을 극대화하는 과정이었다. 그리고 비유적 이미지란 이러한 관념을 표현하기 위한 방법이었던 셈이다.

「부다페스트에서의 소녀의 죽음」이후 김춘수는 극심한 '관념 공포증'10)에 시달리게 된다. 이 관념 공포증이란 물론 궁핍한 시대의 현실에 시인이 정면으로 대응할 수 없음에서 기인한 것이다. 이제 그는 이상화된 세계이건 경험 세계이건 간에 어느 곳에도 발을 붙이지 못하게 된다. 시적 자아 역시 이상적 자아나 경험적 자아 어느 것으로도 시 텍스트 전면에 나서지 못한다. 자아와 대상이란 어떤 방식으로든 관념 형성에 관여하기 때문에, 관념공포증에서 벗어나기 위해서는 결국 자아와 대상의 동시적 부정(소멸)11)이 필요하다. 김춘수에게 있어서 이 문제는 우선 언어의 불구성에 대한 인식으로 나타난다. 즉 언어로는 표현될 수 없는 관념이 존재한다는 것12)을 의식하게 된 것이다.

이런 문제를 해결하기 위해 김춘수는 전통적인 언어 사용 방식을 포기하는 방향으로 나아갔다. 시니피앙과 시니피에의 자연스러운 대응을 거부하고13), 의미와는 무관한 시니피앙의 놀이(유희)로서 시를 쓰는 것이다. 시니피에가 떠난 자리에서 이루어지는 시니피앙의 유희란 '말'(소리)들의 축제 그것이다. 무의미시는 의미가 텅 빈 시니피앙의 여백 위에 수놓아진 말들의 축제이다. 그런데 이 말들의 축제는 시적

---

10) 『전집2』, p.384.

11) 여기서 대상의 소멸이란 김춘수의 시론에서 '대상의 붕괴'(『전집2』, p.395)라고 표현한 것에 대응한다.

12) 『전집2』, p.384.

13) 무의미시가 시니피앙과 시니피에의 분리에 기초하고 있다는 사실은, 그의 시가 이제 낭만주의적 경향에서 모더니즘적 경향의 시로 확실하게 변화하였다는 것을 의미한다. 현대 모더니즘 시에 있어서 시니피앙과 시니피에의 분리(불일치)에 대해서는 H. Friedrich(장희창 역), 『현대시의 구조』, 한길사, 1996, p.198 참조.

자아와 대상의 동시적 소멸을 통해 가능해진다.『타령조·기타』이래
무의미시로의 도정은 언어의 의미를 비우는 과정이자 동시에 주체와
객체, 자아와 대상을 비우는 과정이다.

무의미시로 이르는 도정의 첫 자리에 놓여 있는 시집은『타령조·
기타』(1969)이다. 이 시집에 나타난 시적 자아와 대상은 1950년대 시에
나타나는 그것과는 상당히 다르다. 1960년대의 김춘수 시는 대체로 두
가지 경향을 갖고 있다. 하나는 전통적인 "장타령이 가진 넋두리와 리
듬을 한국적 상황하에서 재생시"[14]킨 시들이며, 다른 하나는 그의 시
론에서 밝힌 바 소위 '대상이 있는 서술적 이미지'[15]에 근접한 시들이
다. 이 두 경향 모두 무의미시의 완성태와는 거리가 멀지만, 이후 무
의미시의 완성에 기여할 기교적 실험을 보여주고 있다.

모두 열세 편으로 이루어진 <타령조>연작시에는, 경험적 자아의 갈
등과 고뇌가 추상화된 형태도 모습을 드러내고 있다. 물론 <타령조
(10)>의 경우처럼, 청년시절 시인의 투옥체험이 직접적으로 개입하는
경우도 있지만, 대부분의 경우 자아의 갈등과 고뇌는 구체적인 형상이
제거된 채 나타나고 있다. 그런데 <타령조> 연작시에서 경험적 자아의
갈등과 고뇌는 사랑의 상실과 새로운 사랑의 갈망으로 표현되고 있다.
다만 그러한 상실감과 갈망은 고립된 자아의 내면세계에 유폐되어 있
다. 때문에 <타령조>연작시에서 시적 주체는 육체적 자아와 정신적 자
아로 분열된다. 가령 <타령조 (3)> 을 보자.

> 志鬼야,
> 네 살과 피는 削髮을 하고
> 伽倻山 海印寺에 가서
> 讀經이나 하지.
> 환장한 너는

---

14)『전집1』, p.209.
15)『전집2』, p.372.

鐘路 네거리에 가서
男女老少의 구둣발에 차이기나 하지.
금팔지 한 개를 벗어 주고
善德女王에게 忉利天의 女王이 되신 뒤에
志鬼야,
네 살과 피는 削髮을 하고
伽倻山 海印寺에 가서
讀經이나 하지.
환장한 너는
鐘路 네거리에 가서
男女老少의 구둣발에 차이기나 하지.
때마침 내리는
밤과 비에 젖기나 하지.
惡寒이 들고 신열이 나거들랑
네 살과 피는 또 한번 削髮을 하고
志鬼야,

<타령조 (3)>에 등장하는 '지귀'는 설화에서 차용한 인물이다. 이 인물은 이루어질 수 없는 사랑 때문에 "신열"이 들린 존재이다. "선덕여왕"으로 표상되는 영원한 사랑(진리,이념)은 존재론적 한계(여기서는 신분적 한계로 표현되어 있다)로 인해 쟁취될 수 없기 때문에, 시적 자아는 "신열"들린 상태에서 분열될 수밖에 없다. 즉 시적 주체가 "살과 피는 削髮"한 '너'와 "환장한 너"로 분리되는 것이다. 살과 피를 삭발한다는 것은 지고지순한 정신적 상태에 도달하기 위한 탈신체화[16]의 행위를 가리키며, 이는 인고행(忍苦行)의 과정에 해당한다. 가야산 해인사의 독경이란 그러한 인고행의 과정으로서 종교적 수양을 가리키는 것이다. 이때 정신으로부터 분리된 육체(환장한 너)는 세속의 시

---

16) 물론 탈신체화, 즉 신체와 자아의 분리는 경험 세계에서 야기된 불안과 위험을 벗어나, 자아의 존재론적 안전감을 얻으려는 욕망과 관련된 것이다. 이런 탈신체화는 영적 황홀경의 상태나, 혹은 정신분열증에서 발견된다. 이에 대해서는 A. Giddens, op.cit., pp.121-122 참조.

공간17) 속에서 세속의 인간들에게 버려져 핍박을 받게 된다. 이러한 인고행을 통해 시적 자아가 도달하려는 궁극적인 지향점은 영원한 사랑(진리, 이념)이다. 그러나 <타령조> 연작시는 그러한 사랑에 도달하지 못한 자아의 고뇌와 절망만을 지속적으로 보여주고 있다. 그러한 고뇌와 절망이 <타령조(1)>에서는 사랑이 병이 되어 "巫堂을 불러다 굿을"하는 것으로, <타령조(5)>에서는 쓸개빠진 사랑 때문에 자식에게 자신의 불알을 떼어먹인 "쓸개빠진 녀석의 쓸개빠진 웃음"으로, <타령조(8)>에서는 "肉身의 밤과으로 표현된다.

어쨌든 <타령조> 연작시도 김춘수는 초기시 이래 간직해 온 형이상학적 초월에의 갈망이 원만하게 충족되지 못하였다는 것을 보여주었다. 물론 그는 욕망 충족을 지연시키거나 방해하는 경험적 현실과, 인간의 존재론적 한계를 유독 강조하고 있다. 그러나 <타령조>는 시적 자아가 처한 이러한 모순을 타개할 수 있는 이념적 지향을 예비하고 있다. 이는 <타령조(1)>에서는 춘향의 모습으로, <타령조(2)>에서는 "羅暎羅 處容"으로, <타령조(3)에서는 "志鬼"로 표현된 설화적 주인공에서 발견할 수 있다. 이러한 설화적 주인공들은 공통적으로 인고행의 존재이다. 세속적 현실에 묶인 자아가 초월적 공간에 진입하기 위해서는 인고행이 필요하다. 설화적 주인공들은 이 인고행을 견디어낼 수 있는 초월적 인간형에 해당하는 것이다. 즉 <타령조>연작시에서 김춘수는 자신의 내면 속에 있는 또 다른 자아18)를 매개로 하여, 경험적 현실(타락한 세계)을 부정하려 한 것이다.

물론 <타령조> 연작시는 현실 부정을 구체적으로 제시하는 대신,

---

17) 이 세속의 시공간은 <타령조(2)>에서는 "굴러가는 歷史의/ 차바퀴"로 표현되고 있다. 요컨데 신성-세속의 시공간 대립은 <타령조> 연작시에서 탈역사주의로 귀결되는 것이다.

18) 김춘수는 이를 "내 속에 있는 한 사람의 타인"이라고 표현한 바 있다. 『전집2』, p.575 참조.

경험적 현실에서 야기된 자아의 질병('신열'이나 '병'으로 표현된)에 초점을 맞추고 있다. 이 질병은 탈신체화의 과정에서 반드시 거치게 되는 미적인 세계에의 입사식에 해당하며, 영혼으로부터 분리된 신체[19]는 '거리'(역사와 현실)로 내쫓기게 된다. 이러한 탈역사주의의 지평 위에서 이루어지는 시적 주체의 인고행은 '윤리'의 다른 이름이다. 즉 타락한 경험 세계의 고행을 감내하고 초월 세계에의 갈망을 지속하는 것이 시인에게는 윤리적인 행위로 인식되는 것이다. 그것이 윤리적인 행위인 수 있는 이유는 무엇인가? 이는 인고행의 행위(혹은 자세)가 개인적인 모랄의 문제에 연결될 수 있기 때문이다. 적어도 합리적 이성의 비합리적 귀결이 명백해진 현대 사회(거리)에서[20], 그러한 거리의 세계에 휩쓸리지 않고 "잃어버린 幼年, 잃어버린 사금 파리 한 쪽을 찾아서"(「타령조 (8)」에서) 기웃거리는 시적 주체는 그러한 기웃거림의 자세를 견지하는 것만으로도 커다란 용기와 인고의 자세가 없으면 안 된다. 개인의 차원에서 보면 그것은 모랄을 지키는 문제와 관련된 것이다.

그런데 <타령조>가 견지하고 있는 모랄의 세계는 고립된 개인의 내면 세계 너머로 확장되지 못하고 있다. 한 개인의 참다운 윤리적 실존이란 대화적인 성격을 지니고 있다. 나-너-우리의 대화적 구조 속에서, 자아가 (내 안의) 타자를 타자로서 인정하고, 그 타자의 타자성[21]을

---

19) 영혼에서 분리된 신체는 <타령조 (2)>에서는 먼지나 띠끌이 되어 역사의 차바퀴를 더럽히는 사랑으로, <타령조 (3)>에서는 남녀노소의 구둣발에 차이는 "환장한 너"로, <타령조(9)>에서는 "재떨이에 던져진 꽁초"로, <타령조 (13)>에서는 "인간의 사타구니를 떨어져 나간" 陰毛로 표현된다.

20) <타령조> 연작시 이후 적어도 <처용단장> 제1부 연작시에 이르기까지, 김춘수가 찾아낸 처용의 형상이 현대 사회와 이데올로기의 폭력, 이성의 역행적 귀결에 대응하기 위한 전략이었다는 점은 「처용, 그 끝없는 변용」(『전집 2』, pp.573-577)이라는 산문에 잘 나타나 있다. 김춘수는 이 전략을 '인고주의적 해학', '윤리' 등의 말로 표현하면서, 자신의 이 전략이 끝내 패배주의, 혹은 자기기만 및 현실 도피가 되고 말았다고 진단하였다.

통해 진정한 윤리적 관계를 형성해야 하는 것이다. 그러나 <타령조10>에서 나와 너는 끝내 "등골뼈와 등골뼈를 맞대고" 돌아누워 있으며, <타령조(7)>에서 "나는 너에게 / 가을에 사과할 한 개를 주지 못했"다. 나와 너, 자아와 대상, 주체와 객체가 의사소통을 이루지 못하고, 서로 소외되어 고립된 자기 세계만을 견지하고 있는 것이다. 또한 <타령조> 연작시에서 김춘수가 시도하고 있는, 경험적 자아와 경험적 현실의 제거는 완전하게 이루어지지 못하였다.

이는 궁극적으로 <타령조> 연작시가 만들어낸 처용(혹은 춘향과 지귀)이 이념형의 인물에 머물렀기 때문으로 보인다. 이념형의 인물은 관념의 차원을 벗어날 수 없다. 가령 연작시의 마지막 시편인 <타령조(13)>에서 김춘수가 밝힌 바와 같이, 肉과 분리된 정신("한가닥의 陰毛")는, 육과 분리됨으로써 "汪洋한 自由"를 얻지만, 이 자유는 "抽象으로 還元"될 뿐 어떠한 경험적 진실성도 확보하지 못한다. 때문에 시적 자아는 대상과의 합일을 이루지 못하고, 그것을 비판적 거리를 통해 관조할 뿐이다. 결국 <타령조> 연작시가 시도한 자아와 대상의 동시적 소멸이란 추상의 차원에 머물렀다고 말할 수 있다. 이 경우 시적 주체가 대상의 세계로부터 완전한 자유를 획득할 수 없다는 것은 의문의 여지가 없다. <타령조>연작시가 이렇게 실패로 돌아가는 자리에서, 대상이 있는 서술적 이미지의 실험이 전개된다.

『타령조·기타』의 두 번째 경향, 즉 대상이 없는 서술적 이미지의 시는 「忍冬 잎」에서 그 특징이 가장 잘 나타나 있다. 이 계열의 시에서 김춘수는, <타령조>연작시에 개입되었던 경험적 자아와 경험적 현실을 시 텍스트 내에서 보다 완전하게 제거하려 한다.

눈 속에서 초겨울의

---

21) E. Levinas(강영안 역), 『시간과 타자』, 문예출판사, 1996 참조.

붉은 열매가 익고 있다.
서울 近郊에서는 보지 못한
꽁지가 하얀 새가
그것을 쪼아먹고 있다.
越冬하는 忍冬 잎의 빛깔이
이루지 못한 人間의 꿈보다도
더욱 슬프다.
—(「忍冬 잎」 전문)

　이 작품은 흰 색과 붉은 색, 차가움과 뜨거움, 자연과 인간 등의 선명한 이미지 대립을 보여주고 있다. 그런데 시적 자아는 텍스트의 전면에 드러나지 않으며, 단지 대상을 관조하는 데 그치고 있다. 이러한 관조의 행위는 상당히 수동적인 것이어서, 주체가 대상에 대해 어떤 관념이나 의미를 덧씌우려는 의도가 표면적으로는 드러나지 않는다. 이 작품뿐만 아니라 가령 「處容」의 경우에도 "숲 속에서 바다가 잠을 깨듯이 / 젊고 튼튼한 상수리나무가 / 서있는 것을 본다"와 같이 시적 주체는 "본다"는 행위를 통해서만 그 흔적을 드러낼 뿐 작품의 전면에 노출되지 않다. 주체의 이러한 비워짐은 서정시 외부로 경험적 자아를 배제하려는 의도를 보여준다[22].

　주지하는 바와 같이 김춘수의 1950년대 전후시(戰後詩)에 등장하는, 역사 현실에 구속된 경험적 자아는 늘 불안과 공포에 사로잡혀 있다. 시인의 전기적 서사가 경험적 자아에 눈을 돌릴 때마다, 그가 경험한 청년기의 현실 체험이나 역사 현실은 현존재의 의식에 개입하여 자아 정체성을 위협하는 요인으로 작용하였기 때문이다. 이런 상황을 극복하기 위해 자아의 경계를 확보하고, 경험적 현실에 의해 침투될 수 없는 자기만의 내면세계를 확보하는 방법이 김춘수에게 있어서는 역설

---

22) <타령조> 연작시 이후 김춘수 시에 등장하는 '처용'은 시의 의미를 통어하는 초월적 시니피에로 작용하지 않고 있다. 오히려 '처용'은 끊임없이 자아를 비우는, 의미를 지우는 해체의 기제로 작용하고 있다.

적으로 경험적 자아를 비워내는 작업이었다. 대상이 있는 서술적 이미지의 시에서, 단지 '본다'는 행위 이외에 시적 주체가 어떤 능동적 행위도, 혹은 자신의 전기적 서사도 표면화하지 않는 이유가 여기에 있다. 다만 대상이 있는 서술적 이미지의 시는 대상의 재현(묘사)으로 일관하게 된다. 정지용이나 박목월의 시가 보여준 사생적 소박성을 견지하는 태도가 그것이다.

그러나 대상이 있는 서술적 이미지 계열의 시는 몇 가지 한계를 보여준다. 김춘수가 자신의 시론에서 고백하였던 바와 같이, 이 계열의 시에서 이미지들은 선명한 이항대립적 구도 위에 서있다. 그리고 이러한 대립적 이미지들은 연속성의 질서 속에서 다시 하나의 대상(지배소)을 통해 이미지의 통합을 이룬다. 그럴 때 시인의 의도와는 달리 시적 주체는 시적 대상에다 하나의 상징적 의미를 덧씌울 수 있는 미적 거리를 확보하게 된다. 따라서 작품의 표면에 드러나지 않았지만, '보는 주체'가 대상을 관조(투시)하는 특정한 지점(소실점)이 전제될 수밖에 없다. 이 소실점의 존재는 대상이 있는 서술적 이미지의 시에서 자아가 완전하게 비워지지 않았다는 좋은 증거이다. 또한 이 경우 시의 언어는 다시 한 번 대상의 재현에 봉사하는 도구적 언어로 화한다.

의미를 덧씌울 여지가 남아 있기 때문에, 대상이 있는 서술적 이미지의 시에서 시인은 대상(현실)의 구속으로부터 완전히 벗어나 자유의 상태에 도달하지도 못한다. 시인의 자유란 자아를 비우는 과정뿐만 아니라, 대상을 비우는 과정이 병행되어야 완전하게 획득될 수 있다. 자아와 대상이 서로를 비울 때, 즉 자아와 대상이 각각 자신의 고립된 경계를 허물고 서로 뒤섞여 궁극적으로 묘사의 투시법(원근법)이 소멸23)될 때, 비로소 자아와 대상은 완전히 자유롭게 되는 것이다. 김춘

---

23) 묘사의 원근법이 소멸된다는 것은 주체가 대상을 통어하는 절대적 주체로

수가 대상이 없는 서술적 이미지의 시로 나아간 이유가 여기에 있다.

무의미시의 본격적인 국면은 『처용단장』1부와 2부에서 펼쳐진다. 그런데 표제어와는 달리 이 두 연작시에는 처용의 모티브가 한 번도 직접 등장하지 않는다. 그 대신에 시인의 유년시절만이 아름다운 풍경 묘사와 함께 회상조로 제시되어 있다. 그렇다면 유년기의 자아는 처용과 어떤 연관이 있는 것인가? 유년기의 자아나 처용은 모두 시인의 자아-이상(ego-ideal)에 대한 하는 존재이다. 이들은 모두 자아와 대상이 합일되는 세계에 대한 주체의 갈망을 보여주는 존재로서, 시인의 나르시시즘과 관련되어 있는 것이다24). 사실 <처용단장>제1부 연작시는 일관되게 모성적 상상력을 자극하는 바다 이미지가 지배적 심상으로 등장한다. 여기에 다시 바람의 이미지와 꽃(산다화)의 이미지, 눈의 이미지가 덧붙여져 있다. 이러한 이미지들은 모성의 원천을 환기하는 동시에 영원한 자연의 순환이 이루어지는 무시간적 세계를 표상한다. 여기서 시적 자아는 유년기의 기억 속에 갇혀 있는 순수-자아로 표상되며, 경험적 자아는 순수-자아와 철저하게 분리되어 시 텍스트의 전면에서 소멸된다.

<처용단장> 제1부는 이러한 분리를 가능하게 하기 위해 '-있었다'라는 과거형의 서술어를 반복적으로 사용하고 있다.

> 바다가 왼종일
> 새앙쥐 같은 눈을 뜨고 **있었다.**

서의 지위를 포기한다는 것을 의미한다. 철학적인 관점에서 볼 때, 이러한 원근법의 부정은 근대적 주체에 대한 부정으로 이어진다. 이에 대해서는 이진경, 「근대적 시선의 체계와 주체화」, 『근대성의 경계를 찾아서』(서울 사회과학 연구소 지음), 새길, 1997 참조.

24) 서진영, op.cit., p.39 참조. 한편 '처용'이 --특히 <처용단장> 연작시에서-- 시인의 유년기 자아와 관련되어 있다는 사실은 시인 자신의 고백(『전집2』, p.574)에서도 확인된다.

이따금
바람은 閑麗水道에서 불어오고
느릅나무 어린 잎들이
가늘게 몸을 흔들곤 **하였다.**

날이 저물자
내 筋骨과 筋骨 사이
홈을 파고
거머리가 우는 소리를 나는 **들었다.**
베꼬니아의
붉고 붉은 꽃잎이 지고 **있었다.**

그런가 하면 또 다시 또 아침이 오고
바다가 또 한 번
새앙쥐 같은 눈을 **뜨고 있었다.**
뚝 뚝 뚝, 阡의 사과알이
하늘로 깊숙이 떨어지고 **있었다.**

가을이 가고 또 밤이 와서
잠자는 내 어깨 위
그 해의 새눈이 내리고 **있었다.**
어둠의 한쪽이 조금 열리고
개동백의 붉은 열매가 익고 **있었다.**
잠을 자면서도 나는
내리는 그
희디 흰 눈발을 **보고 있었다.**
　　—(『처용단장』 제1부 Ⅰ의 Ⅰ 전문인용: 강조는 인용자)

　<처용단장> 연작시에서 유년기 자아의 경험은 일종의 꿈 혹은 환상의 형태로 제시되며, 모든 시적 경험은 유년기 자아의 보고 듣는 행위로 묘사된다. 이 과정에서 경험적 현실 속에 위치한 경험적 자아는 시텍스트 내에서 철저하게 은폐(소멸)되는데, 이를 가능하게 하는 것이

화자의 중성화(즉 화자의 소거)25)이다. '-있었다'의 묘사체 과거형에서 경험적 자아(화자)의 현재적 경험이나 의식이 개입될 여지는 사라진다.. 요컨대 과거형의 서술어는 시적 세계(시인의 내면 세계)가 독자성을 유지하게 하는 수사적 장치이다. 이러한 화자의 소거(중성화)란 경험적 자아의 비우기에 해당하며, 여기에 대응하여 대상 세계의 완전한 비워짐이 이루어진다.

대상-세계의 비워짐은 다른 말로 하면 경험 세계의 소멸을 가리킨다. 이 비워진 자리를 대신하는 것이 유년의 세계이다. 이 시에서 시인의 유년 세계는 유년기 자아의 꿈(환상)을 통해서 끌어올린, 파편화된 이미지의 병치를 통해서 제시된다. 이 유년 세계는 통일된 이미지를 구축하지는 않는다. 기억(회상)의 회로를 통해 거슬러 올라간 유년의 세계는 경험세계와 완전하게 분리된 내면세계일 뿐만 아니라, 꿈과 환상을 통해서만 엿볼 수 있는 미정형의 가상(Schein)이기 때문이다. 물론 이 내면 세계는 경험 세계와 완전하게 분리되어 있기 때문에 고립적이면서 자족적인 세계이다. 시인은 이 유년의 세계 속에서 자아와 대상의 합일, 자연의 체험을 경험할 수 있다. 그것은 일종의 유토피아로 감지되는 세계인 셈이다. 하지만 그 유토피아는 시인의 내면과 기억 속에 파편화된 이미지로 남아 있을 뿐 어떤 재현도 거부한다. 이 작품이 일관되게 유년의 이미지들을 서술(묘사)적으로 제시하고 있지만, 그 이미지들이 어떤 통합이나 통일에 도달하지 이유가 여기에 있다. 비유하자면, 이 연작시는 단일한 풍경화가 아니라, 단편적인 스케치의 반복과 병치인 셈이다.

이 내면 세계에서 풍경과 자아는 서로 분리되어 있으면서, 동시에 역설적이게도 서로 하나가 되어 있다. '본다'와 '듣는다'는 행위가 풍경과 자아를 서로 완전하게 이어준다면, '-있었다'의 묘사적 진술은 서

---

25) 가리타니 고진(박유하 역), 『일본근대문학의 기원』, 민음사, 1997, p.99 참조.

로를 완전하게 분리시켜 준다. 가령 "거머리가 우는 소리를 나는 들었다"(Ⅰ의Ⅰ 2연), "나는 내리는 그 희디 흰 눈발을 보고 있었다"(Ⅰ의Ⅰ 4연), "물개의 수컷이 우는 소리를 나는 들었다"(Ⅰ의Ⅱ 1연), "잠자는 바다를 보면 (중략) 숭어새끼를 한 마리 잠재우고 있었다"(Ⅰ의Ⅲ 1연)에서, 보고 듣는 행위의 주체는 ―성인의 경험적 자아가 아니라― 유년의 자아이다. 이 자아의 보고 듣는 행위는 능동적인 행위가 아니다. 단지 유년 자아의 순수한 눈과 귀에 그러한 자연의 현상이 보여지고 들려진 것이다. 때문에 이 유년 자아는 자연과 우주의 질서를 꿰뚫어 보는 영매의 눈과 귀를 지닌 존재로 이해된다. 이 유년 자아의 눈과 귀를 통해 절대(영원)의 세계가 순간의 시간 속에서 갑작스럽게 현현된다. 이 때 유년의 자아와 풍경은 서로 하나가 된다[26].

한편 이 연작시에서 수없이 등장하는 '-있었다'의 진술은 사실 '-을 보았다', '-을 들었다'의 진술과 의미론적으로 등가의 계열을 이룬다. 다른 말로 하면 '-있었다'의 묘사형 진술은 유년자아의 주관적 경험(보거나 듣는 행위)으로 변형시켜 표현될 수 있는 것이다. 그럼에도 불구하고 시인이 유년의 회상 속에 회감된 과거의 사물 영역(대상)을 이러한 서술적 이미지로 표현한 이유는 무엇인가? 그것은 과거적 대상의 현전화를 통해, 경험적 자아를 비울 수 있다고 보았기 때문이다. 즉 경험적 자아에 우선하는 과거적 기억 속의 대상-세계를 묘사함으로써, 궁극적으로 경험적 자아를 묘사되는 세계의 외부에 놓아두는 것이다. 이때 서술적 이미지를 통해 풍경과, 그러한 풍경을 묘사하는 시적 화자(경험적 자아)는 서로 분리가 된다.

하지만 <처용단장> 제1부에서 이루어진 자아와 대상의 동시적 소멸은, 시인의 의도를 배반하고, 역설적으로 자아와 대상의 또 다른 현존

---

26) 그러나 <처용단장> 제1부에 나타난 자아와 풍경의 합일은 순간의 시간 속에서만 가능할 뿐, 지속되지 않는다. 이는 유년의 풍경이 유기적 전체성을 지니지 못한 채, 파편화된 이미지로 남아있기 때문이다.

으로 나타나게 된다. 이때 유년의 자아와 유년기의 현실은 절대적인 관념으로 전화될 수 있다. 그것은 나르시시즘의 다른 이름일 수도 있지만, 이런 방식이 궁극적으로 현존재의 근원을 신비화하는 사유방식으로 바뀐다는 점에 문제가 있다. 모든 신화적 사유가 그러하겠지만, 존재의 기원을 신비화하는 사유 방식은 일견 경험적 현실에 대한 부정으로 보인다. 하지만 그것을 한 꺼풀 벗기면 거기에는 경험적 현실에 대한 고도의 긍정이 내포되어 있다. 그렇다면 이는 김춘수 시가 도달하고자 한 '순수'에는 미치지 못하는 것이다. '순수'란 궁극적으로 자아와 대상이 모두 현실 원리의 지배로부터 벗어나, 경험적 현실(타락한 세계)로 환원되지 않는 타자성을 간직할 때 얻어지는 것이다. 결국 참다운 의미에 있어서 '순수'에 도달하기 위해서는, 자아와 세계를 모두 탈신비화하고 서로가 지속적으로 어긋나 있는 상태를 드러내려는 아이러니의 정신이 필요한 셈이다. <처용단장> 제1부의 세계는 그러한 아이러니의 정신에 훨씬 못 미친다. 자아와 세계의 탈신비화, 혹은 시적 주체의 아이러니적 세계인식은, 대상이 있는 서술적 이미지(통일적 이미지)의 전면적인 부정을 통해서 성취될 수 있다. <처용단장> 제2부의 세계는 이를 염두에 두고 만들어진 것이다. <처용단장> 제2부의 세계에는 더 이상 언어가 존재하지 않으며, 그렇기 때문에 의미(의 구축)도 없고, 그러한 언어와 의미를 낳는 자아나, 이 자아와 수미일관하게 연결되는 대상 세계도 사라진다. 자아와 대상이 완전하게 사라진 허무의 시공간이 펼쳐지는 것이다.

3. 주체 파멸과 주체 현존의 변증법

<처용단장> 제2부의 세계에서 자아와 대상의 동시적 소멸은 거의

완전하게 확보된다. <제1부>의 경우와 달리 <제2부>의 연작시는 유년기의 자아도, 혹은 자아-이상도 전혀 등장하지 않으며, 동시에 단일하고 통일적인 시적 대상도 전혀 등장하지 않는다.

> 울고 간 새와
> 울지 않은 새가
> 만나고 있다.
> 구름 위 어디선가 만나고 있다.
> 기쁜 노래 부르던
> 눈물 한 방울,
> 모든 새의 혓바닥을 적시고 있다.
>
> 돌려다오
> 불이 앗아간 것, 하늘이 앗아간 것, 개미와 말똥이 앗아간 것,
> 女子가 앗아가고 男子가 앗아간 것,
> 앗아간 것을 돌려다오,
> 불을 돌려다오, 하늘을 돌려다오, 개미와 말똥을 돌려다오,
> 여자를 돌려주고 남자를 돌려다오,
> 쟁반 위에 별을 돌려다오,
> 돌려다오 (「처용단장 제2부-들리는 소리」의 序詩 전문인용)
>
> 불러다오, 멕시코는 어디 있는가,
> 사바다는 사바다, 멕시코는 어디 있는가,
> 사바다의 누이는 어디 있는가,
> 말더듬이 一字無識 사바다는 사바다,
> 멕시코는 어디 있는가,
> 사바다의 누이는 어디 있는가,
> 불러다오.
> 멕시코 옥수수는 어디 있는가,
> 　　　—(「처용단장 제2부-들리는 소리」의 V 전문인용)

<처용단장>의 제2부가 제1부와 구별되는 가장 큰 이유는 시적 자아

와 대상을 판독할 가능성을 부정한다는 점에 있다. 위에 인용된 시에서, 시적 자아는 발화의 주체로서 나타날 뿐, 자아의 개체성을 텍스트의 어느 곳에서도 드러내지 않는다. 또한 시적 대상 역시 개별 시행 내에 갇혀 있어서, 그것을 벗어나 작품 전체의 의미를 통합하는 단일한 시적 대상을 형성할 가능성이 원천적으로 부정되어 있다. 의미를 형성할 수 있는 시어도, 시어에 의미를 덧씌울 자아도 부재하게 된 상황에서, 모든 시적 발화는 음성(소리)의 차원으로 환원된다. 자아와 대상, 언어와 의미가 모두 완전하게 비워지는 것이다.

<처용단장> 제2부가 제1부의 속편이 될 수 있는 근거는 표제에 등장한 '처용' 말고는 거의 없다. 물론 '처용'이라는 표제어는 많은 것을 시사한다. 『타령조·기타』에서 처용은 육의 세계(경험세계)의 고뇌와 절망을 극복하고, 초월 세계를 지향하는 인고행의 표상이었다. 그 처용이 일련의 윤리(관념)으로 화하는 순간 김춘수는 처용에게 부여하였던 일체의 상징적 의미를 처단하게 되었다. 그 빈자리에 놓은 것이 유년의 세계였는데, 김춘수는 유년의 자아를 <처용단장> 1부에서 처용이라고 했던 것이다. 결국 <처용단장> 제2부의 처용은 제1부의 경우와 마찬가지로 유년의 자아라고 유추할 수 있다. 사실 <처용단장> 제2부의 모티브와 이미지들은 제1부의 그것과 많은 면에서 닮아 있다. 가령 제2부에서 빈번하게 등장하는 바다와 새의 이미지, 눈과 바람의 이미지 등은 <처용단장> 1부의 중심적인 모티브를 형성하는 이미지들이다. 그럼에도 불구하고 제1부의 세계와 제2부의 세계에는 상당한 차이가 있다. 그 차이는 유년의 회상을 통해 길어 올린 이미지들이, 그 기원을 짐작하지 못하게 한다는 점이다. 무의미시에서 시인은 서술어의 시제를 변형시켜, 기원으로서의 유년을 은폐시키려 한다.

실제로 위에 인용된 <처용단장> 제2부의 서술어들은 일관되게 현재형의 시제를 취하고 있다. 이 현재형의 시제는 <처용단장> 제1부의 과

거형의 시제와 달리, 시인의 내면(안, 과거) 세계와 외부(밖, 현재)의
세계를 서로 자유롭게 이어준다. 즉 과거의 유년 시절이 고립성과 자
족성을 더 이상 유지하지 못하게 되는 것이다. 유년 회상을 통해 길어
올린 이미지들은 현재의 이미지와 뒤섞이게 되고, 현재의 자아와 유년
의 자아, 유년의 세계(대상)과 현재의 세계(대상) 사이의 구별이 없어
진다. 모든 것은 현재이면서, 동시에 과거에 속한다. 시간적인 연속성
과 순차성이 파괴될 때, 모든 현실과 사물은 동시성(Simutaneität)의 질
서 속에서 새롭게 구축(Konstruktion)된다27). 이 동시성의 질서 속에서
모순되는 이미지와 사물들은 서로 충돌하게 된다. 이러한 충돌은 이제
어떤 이미지도, 자아도, 대상도 이 세계의 주인됨을 주장할 수 없거나,
모두 주인임을 주장할 수 있는 탈중심화를 가능하게 한다.

　이러한 탈중심화는 <처용단장> 제2부의 통사구조를 통해서도 확인
할 수 있다. 이 연작시에서 대부분의 서술어는 행위의 주체인 주어를
갖고 있지 않거나, 주어가 있는 경우라도 이어지는 문장에 의해 그 주
어의 주어됨이 부정된다. 또한 행위의 대상이 되는 목적어 역시 주어
의 경우와 마찬가지 상황에 놓여 있다. 가령 <처용단장> 제2부Ⅴ를 보
면, '불러다오'라는 청유형 서술어의 발화 대상(청자)과 발화 주체(화
자)는 모두 불분명하며, "어디 있는가"라는 반복되는 서술어의 주어(행
위 주체)는 '멕시코' → '사바다의 누이' → '멕시코' → '사바다의 누
이' → '멕시코 옥수수'로 변이 되고 있고, 이러한 발화들 사이사이로
의미해독이 전혀 불가능한 "사바다는 사바다"라는 발화가 삽입되어 있
다. 시적 발화간에 의미의 통합을 가능하게 하는 시간적 질서(혹은 통
사적 연속성)가 완전하게 해체되어 있는 것이다.

　행위 주체 혹은 행위 대상으로서의, 주어와 대상이 모두 탈중심화

---

27) 이에 대해서는 D. Lamping(장영태 역), 『서정시: 이론과 역사』, 문학과 지성
　　사, 1994, p.272 참조.

되어 있는 상황에서, 서술어의 '의미'는 더 이상 보존되지 않는다. 김춘수가 일찍이 「시법」(『타령조·기타』 수록)에서 설파하였던 바와 같이28), 동사의 어미(<처용단장> 제2부의 경우 '—다오')만이 텍스트의 전면에 부각되는 것이다. 주어와 목적어의 부재, 서술어 어간의 부재는 궁극적으로 자아의 비워짐, 대상의 비워짐, 의미의 비워짐을 낳게 된다. 무의미 시의 진면목은 이런 방식으로 자아와 세계를 동시에 부정하는 데 있다. 이러한 철저한 주체 파멸29)은 자아의 신비화를 부정하는 것으로서, 문학적 자아가 경험 세계로 환원될 수 없는 절대적 비동일성을 확보하게 해준다. 또한 대상의 비워짐 역시 세계의 무의미성을 폭로하는 의미 해체의 중요한 전략이 된다.

김춘수는 대상이 없는 서술적 이미지, 즉 <처용단장> 제2부에서 완성을 보게된 무의미시를 통해, 초기시 이래 지속적으로 추구해온 주체 파멸의 작업을 완성한다. 김춘수의 초기시에서 주체 파멸의 작업은 경험적 자아를 부정하고 이상적 자아를 내세워, 시적 주체와 경험적 현실 사이의 교섭을 막아보려는 것이었다. 1950년대의 전후시는 경험적 현실의 시적 개입으로 야기된 주체의 분열을 극복하기 위해, 절대-관념에 도달하고자 노력하지만 끝내 좌절하고 마는 불완전한 주체를 내세웠다. 그러나 이 경우 주체 부정을 통해 거듭나게 된 문학적 자아는

---

28) "主語를 있게 할 한 개의 動詞는 / 내 밖에 있다. / 語幹은 아스름하고 / 語尾만이 몹시도 가까이에 있다."라는 부분이 그것이다. <처용단장> 제2부의 세계는 제1부의 세계와 달리, 이러한 '어간'(즉 의미)나 행위 주체(주어)의 부정을 보다 극단화하고 있다. 서정시의 전통적인 발화 방식, 즉 일인칭 형식(Ich-Form)의 자기발언을 포기하고 발화 주체의 존재성을 부정할 때, 서정시의 언어는 더 이상 "세계관적인 고백도 자서전적인 체험도 현실의 단순한 모사나 반영도 거부하는 그러한 자율적 시"(Ibid., p.250 참조)의 이상에 도달할 가능성을 얻는다.

29) 예술지상주의 시나 혹은 언어의 위기에 처한 시에 있어서, 개별 주체로서의 시적 자아는 주체파멸과 주체현존의 변증법을 거쳐 사회적인 주체로 전화될 수 있다. 이 점에 대해서는 최문규, 「예술지상주의의 비판적 심미적 현대성」, 『탈현대성과 문학의 이해』, 민음사, pp.77-82 참조.

현실세계에 대해 근원적 타자성을 주장할 수 없게 된다. 문학적 자아가 관념(의미)의 노예로 화하고 있기 때문이다. 즉 문학적 자아가 의미의 세계로 환원되기 때문에, 자아와 세계의 아이러니적 대립에도 불구하고 경험적 현실에 대한 절대적 타자성이 시적 주체에게 부여되지 못하는 것이다. 이는 김춘수의 전후시가 자기동일적 자아의 전기적 서사를 유지하려는 근원적 충동를 버리지 못했기 때문이다. 시인이 자신의 서사를 시텍스트에 보존하려 할 때, 문학적 자아는 경험 세계에서 완전하게 자유로울 수 없다. 문학 외적 자아와 문학 내적 자아의 분리가 완전하게 이루어지 못한 까닭이다. 다른 말로 하면, 김춘수의 전후시에서 주체파멸과 주체 현존의 변증법은 미완성의 상태로 남아 있는 것이다.

이와 달리 무의미시의 시적 주체는 자기동일적 자아의 환상을 전면적으로 부정함으로써, 자아의 신비화와 더 나아가 세계의 신비화에 저항하고 있다. 무의미 시에서 시적 주체는 경험적 세계에 대해 침묵함으로써, 세계의 무의미성을 폭로하려 한다. 물론 침묵하고 있는 시적 주체는 텍스트 내에서 경험적 자아나 현실에 대해 모두 연관성을 상실하고 있다. 이러한 철저한 주체 파멸은 경험적 현실로 환원될 수 없는 문학적 자아로서, 새로운 시적 주체의 현존을 가능하게 한다. 물론 무의미시에서 새롭게 현존하게 된 시적 주체는 구체적인 형상을 지니지 않는다. 때문에 <처용단장> 제2부의 연작시들은 <타령조> 연작시에서 나타난 자아·이상마저 등장하지 않는다. 문제는 주체 파멸에 의해 이루어진 새로운 주체의 현존이 진정한 의미에 있어서 현실 부정의 논리로 작동하는가에 있다. 적어도 <처용단장> 제2부의 실험만을 놓고 볼 때, 무의미 시의 전략은 현실의 부정보다 자아의 부정에 주안점을 두고 있으며, 그런 만큼 실험의 의미가 퇴색하고 있다고 평가할 수 있다. 무의미 시에서 김춘수가 구사한 현란한 테크닉(시적 기교)이 현실 부정의 힘을 상실하고 중화될 위험에 봉착하게 된 이유가 여기에 있다. 이러한 한계는 궁극적으로 무의미시와 시론의 근저에 놓여있는 자아보존 충동에서 기인한다. 텍스트 표면에 드러난 자아-해체의 근저에는, 자아의 기호화를 통해 경험적 현실의 침입을 막아보려는 자아의 불순한 동기가 자리잡고 있다. 따라서 무의미시의 실험은 자아보존 충동을 은폐하려는 트릭(위장) 이상의 의미를 갖기 어렵다.

무의미 시가 추구한 왜곡된 주체 파멸은 새로운 주체 현존에 의해 보완될 때, 비로소 시적 긴장을 유지할 수 있을 것이다. 또한 문학적 자아 역시 자아 보존 욕망에서 벗어나 경험 세계의 타자로서 거듭나는 사회적 자아가 될 수 있는 것이다. 이는 의미를 세우고 의미를 해체하는 작업이 함께 병행될 때 의미해체의 진면목이 드러날 수 있는 것과 마찬가지 이치이다. 무의미시 이후 새로운 주체의 현존은, 무의미시의 극단적인 이미지(언어, 의미) 부정을 통해 도달하게 된 절대적인 허무의 시공간 위에, 경험적 세계에 대항하는 절대적 타자(문학적 자아)를 세우는 것으로 나타난다. 물론 이 절대적 타자는, 자기 자신과의 완전한 일치를 원칙으로 삼는 주체가 아니라, 자신의 순수성을 부정함으로써 자기 내부에 차이와 비동일성의 흔적을 간직하는 자아[30]이다. 이러한 주체 파멸과 주체 현존의 변증법은 이중섭과 예수를 소재로 씌어진 시들에서 구체적으로 확인할 수 있다.

> 光復洞에서 만난 李仲燮은
> 머리에 바다를 이고 있었다.
> 東京에서 아내가 온다고
> 바다보다도 진한 빛깔 속으로

[30) 경험 세계에 대립하는 절대적 타자를 통해 시적 자아는 자신을 미적인 차원에서 절대적인 존재로 승화시키지만, 이를 통해 사회의 지배적 질서와는 '다른 것'(차이 혹은 비동일성)을 감지하게 해준다는 점에서 사회적인 주체로 읽힐 수 있는 주체이다. 이에 대해서는 Ibid., p.82 참조.

사라지고 있었다.
눈을 씻고 보아도
길 위에
발자국이 보이지 않았다.
한참 뒤에 나는 또
南浦洞 어느 찻집에서
李仲燮을 보았다.
바다가 잘 보이는 창가에 앉아
진한 어둠이 깔린 바다를
그는 한 뼘 한 뼘 지우고 있었다.
東京에서 아내는 오지 않는다고,
　　　　　　　　—(「내가 만난 李仲燮」 전문인용)

꿀과 메뚜기만 먹던 스승,
허리에만 짐승 가죽을 두르고
요단江을 건너간 스승
라비여,
이제는 나의 때가 옵니다.
내일이면 사람들은 나를 침뱉고
발로 차고 돌을 던집니다.
사람들은 내 손바닥에 못을 박고
내 옆구리를 창으로 찌릅니다.
라비여,
내일이면 나의 때가 옵니다.
베드로가 닭 울기 전 세 번이나
나를 모른다고 합니다.
볕에 굽히고 비에 젖어
쇳빛이 된 어깨를 하고
요단江을 건너간 스승
라비여,
　　　　　　　　—(「겟세마네에서」 전문인용)

　　이 계보의 시에서 김춘수는 이중섭-예수로 이어지는 신화적 주인공이나 자아―이상(ego-ideal)을 시의 주인공으로 내세운다. 주체를 소멸시킴으로써, 새로운 주체를 현존시키는 변증법에 도달하게 된 것이다. <이중섭> 연작시에서 시인이 그리고자 한 것은 무엇인가? 이는 이중섭이라는 신화적 인물의 삶을 통해서만 설명이 가능하다. 가난과 절대 고독의 상황 속에서, 아내에 대한 그리움과 궁핍한 세계에 대한 절망감 속에서, 비극적인 삶을 살다간 화가 이중섭의 삶은 사실 시인 김춘수가 그토록 갈망하던 삶의 이상이라 말할 수 있다. 이중섭의 삶이 결국 예술혼에 귀결되는 것이라면, 이 예술혼은 경험세계의 곁에 그 세계와는 무관한 독자적인 소우주를 구축하는 예술 정신의 핵심이다. 이 소우주는 예술 세계 그 자체일 수도 있고, 그러한 예술 세계를 구축하려는 장인 정신 그 자체일 수도 있다. 어떤 경우이든 이중섭이 살다간 세계는 궁핍한 시대가 아니라, 궁핍한 시대를 초월하여 존재하는 미적인 세계이다. 이중섭은 이러한 미적인 세계의 주인이며, 그러한 세계에서 한 걸음 걸어나올 때 그에게 돌아오는 것은 죽음밖에 없는 것이다. 사실 이중섭을 소재로 한 연작시에서 부재와 소멸의 이미지가 지배적인 것도 이와 무관하지 않다. 이러한 이중섭의 존재가 <이중섭> 연작시에서 김춘수 시의 문학적 주체로 거듭나고 있다. 다른 말로 하면 김춘수는 자아―이상에 해당하는 자기 내부의 또 다른 자아를 통해 현실과 맞대결하고 있는 것이다.

<예수> 연작시에서도 사정은 다르지 않다. 예수는 인류의 원죄를 대속하기 위해 인간의 몸으로 태어난 신이자 동시에 인간이다. 한 존재의 내부에 인간의 숙명성과 신의 절대성을 담지하고 있는 예수의 존재야말로, 부숴지는 말과 이미지의 틈새로 허무의 빛깔을 보고, 그 허무로부터 절대(영원)의 세계가 현현하는 순간을 기다렸던 김춘수가, 자신의 내면에서 쉼없이 갈망하고 고대한 절대적 주체라고 말할 수 있다. 사실 김춘수는 예수를 통해 종교적 의미를 발견하려 했던 것은

아니다. 오히려 그는 물신화된 세계를 초극할 수 있는 절대정신을 보려했던 것이며, 이는 미적인 세계로의 진입을 의미하는 것이다. 이런 점에서 보면 예수는 이중섭의 다른 이름이며, 김춘수 내면에 존재하고 있는 순수자아의 다른 이름이다. 그것은 처용의 변용이자, 유년 자아의 변용일 수도 있다.

김춘수는 무의미시에서 일관되게 주체파멸의 작업을 진행하였다. 문제는 이를 다시 주체현존의 변증법으로 전환하는 데 있다. 이 과정에서 김춘수는 타락한 현실 세계에 대해 절대적 타자로서 대립할 수 있는 존재를 필요로 했다. <이중섭>과 <예수> 연작시는 이러한 요구를 어느 정도 충실히 따르고 있다. 이 연작시의 문학적 자아는 미적인 세계 속에 위치한 개별적 자아인 동시에, 그러한 심미성을 통해 타락한 경험 세계와는 '다른 것'을 감지하게 해주는 사회적 자아로 거듭날 수 있는 가능성을 간직하고 있다. 하지만 그러한 가능성이 얼마나 구체적으로 실현될 수 있는가, 혹은 시대적 의미를 획득하는가는 별개의 문제이다. 김춘수 자신이 그것을 의도했다고 하더라고, 정작 텍스트가 그것에 저항한다면, 의도는 의도에 그치는 것이기 때문이다.

<이중섭>과 <예수> 연작시편의 주인공들은 시적 자아의 외부에 있는 또 다른 자아가 아니라, 사실은 주체 안에 잠재해 있던 또 다른 자아(자아-이상)이다. 이런 사실은 결국 주체파괴와 주체현존의 변증법이 고립된 주체의 내면회로를 전혀 벗어나지 못하고 있음을 보여준다. 이는 자기 외부의 타자의 시선을 수용하지 못하는 고립주의적 세계인식, 더 나아가 비극적 세계인식에서 기인하는 것이다. 그래서 미적인 세계 속에 위치한 문학적 자아는 고도의 성찰성을 간직하고 있음에도 불구하고, 사회적 자아로 거듭나는 데 한계를 보이고 있다. 물론 미적인 세계에 위치한 순수 자아는 부정적인 현실세계의 타자라 할 수 있다. 그러한 자아는 존재 그 자체만으로도 세계에 대한 부정을 함축하고 있

다. 하지만 문학적 자아의 고립된 경계를 유지하기 위해서 스스로를
신비화하는 순간 그것은 주체파멸과 주체 현존의 변증법을 멈추어버
릴 수밖에 없다.31) 문제는 문학적 자아로 구축된 주체의 현존을 또 다
시 해체하고, 그것을 광장의 세계로 이끌어내 주체 파멸과 주체 현존
의 변증법을 지속하는 것이다.

4. 명상의 시간성과 영원성에의 지향

무의미시에서 유년기의 자아와 설화적 자아는 통합된 자아-서사를
유지하지 못하고 있다. 또한 시적 대상 역시 역사성과 시간성을 상실
하고, 보편적인 시간 연관으로부터 벗어나 있다. 이러한 시간의 손실
은 무의미시의 독특한 이미지-정확하게 말하면 脫이미지- 제시방법
에서 연유한다. 그는 자신의 시론에서 이를 리듬 의식과 관련하여 설
명하고 있다.

> 念佛을 외우는 것은 하나의 리듬을 탄다는 것이다. 이미지로부터
> 해방된다는 것이다. 脫이미지이고 超이미지다. 그것은 구원이다. 이
> 미지는 뜻이 그리는 상이지만 리듬은 뜻을 가지고 있지 않다. 뜻으
> 로부터 우리를 해방시켜 준다. 이미지만으로는 詩가 되지만 리듬만

---

31) 자기자신으로의 침잠을(명상) 통해 마침내 자신의 개체성과 의지를 망각
　　하고 있는 무의미시의 자아가 시적 주체의 파멸을 의미한다면, 예수와 이중
　　섭을 소재로 한 연작시의 자아는 자기보존 행위를 목적으로 삼고 있는 사
　　회역사적 자아를 부정함으로써 역설적으로 사회적인 의미를 획득하는 새로
　　운 주체의 현존을 보여준다. 하지만 이 경우도 자기동일적 자아를 보존하려
　　는 충동이 완전히 제거된 것으로 보기는 어렵다. 다른 말로 하면 무의미시
　　에서 뿐만 아니라, 그에 이어지는 연작시에서도 주체 파멸과 주체 현존의
　　변증법이 사회·역사적 실천으로 거듭나지 못하고 현실도피의 차원으로 굴
　　절되어 있다.

으로는 呪文이 될 뿐이다. 시가 이미지로 머무는 동안은 시는 구원
이 아닐는지도 모른다.
　　이미지를 지워버릴 것. 이미지의 소멸-- 이미지와 이미지의 연결
이 아니라(연결은 통일을 뜻한다), 한 이미지가 다른 한 이미지를
뭉개 버리는 일. 그러니까 한 이미지를 다른 이미지로 하여금 消滅
해 가게 하는 동시에 그 스스로도 다음의 제3의 그것에 의하여 꺼
져가야 한다. 그것의 되풀이는 리듬을 낳는다.32)

　김춘수의 무의미시론은 '이미지' 문제에 집약되어 있다. 그런데 그
는 끊임없는 '이미지의 생성과 소멸의 반복'에 주목한다. '대상이 있는
서술적 이미지'의 경우, 한 작품 내의 여러 이미지가 하나의 지배적
이미지로 수렴(통합)된다. 이러한 투시법(원근법)은 대상을 보는 하나
의 절대적인 소실점(자아)를 전제로 한다. 이에 비해 '대상이 없는 서
술적 이미지'에서, 자아와 대상은 모두 소멸하기 때문에, 끊임없이 연
쇄되는 이미지들을 시간의 축 위에 통합할 수 있는 절대적인 대상은
물론, 그러한 대상을 투시하는 주체(소실점) 역시 부재하게 된다. 이미
지의 제시와 제시된 이미지의 부정(소멸)이 끊임없이 반복되는 것이고,
이제 그러한 반복이 초래하는 음향의 잔상만 남게 된다. 김춘수는, 의
미가 배제된 이 음향의 잔상을 '리듬', 혹은 '呪文'33)이라 말하고 있다.
이를 보다 구체적으로 살펴보자.
　자아와 대상, 주체와 객체, 이미지와 의미의 해체를 거치면서, 이제
무의미시에는 끊임없이 반복되는 소리의 영상만 남게된다. 이 소리 영
상은 의미가 비어있기 때문에 음향의 울림만이 모든 것을 지배한다.
음향의 울림은 반복적인 주술의 효과를 낳는다. 「처용단장」2부의 부제
가 「들리는 소리」라는 사실에서 두 가지를 유추해 볼 수 있다.
　우선 시인은 말('의미')이 아니라 '소리'라는 표현을 사용하고 있다.

---

32) 『전집2』, pp.394-395.
33) 『전집2』, p.395.

시인에게 들리는 '소리'는 말소리가 아니라 그냥 '소리'이며, 그럴 때 무의미시의 언어들은 단순히 시니피에와 분리된 시니피앙이 아니라, 애초에 시니피에를 갖고 있지 않은 시니피앙, 즉 단순한 청각영상일 뿐이다. 이미지마저 부정하고 청각 영상만이 남는 세계, 그래서 음악성만이 남는 세계가 무의미시의 핵심인 것이다. 가령 앞 절에서 인용한 <처용단장> 제2부에는, ' - 있는가', ' - 돌려다오'와 같은 서술어가 반복적으로 사용하고 있다. 이때 반복되는 서술어가 가지고 있는 본래적인 의미는 중요하지 않다. 단지 같은 소리(음향)를 반복함으로써 귀에 남게 되는 청각 영상만이 중요하다.

이러한 청각영상의 반복이 무의미시의 시간 의식을 밝히는 중요한 단서가 된다. 무의미시의 음악성은 선조적인 시간성 위에 구축되는 리듬이 아니라, 모든 것들이 동시화된 시간 위에 구축되는 리듬이다. 따라서 비유해서 말하자면, 무의미시의 리듬은 원시적 제의나 주술에 사용되는 타악기적인 반복음과 흡사하다. 무의미한 언어(소리)의 반복은 사물의 질서를 탈시간화 한다. 이러한 무의미시의 시간 의식은, 직선적인 시간 진행축 위에 사물을 재배열하는 근대적 시간의식에 대해 정면으로 대립34)된다. 여기서 근대적인 시간의식이란, 시간을 동질적

---

34) 물론 언어의 무의미한 반복은 근대적 삶이 지닌 속성과 유사한 면이 있다. 가타리가 말했던 '자본주의의 리트로렐로'와 무의미시의 반복은 의미없는 반복이라는 점에서 공통되기 때문이다. 하지만 근대적 삶의 질서로서의 리트롤렐로는 동일한 것의 끊임없는 반복이다. 이 반복은 차이없는 반복, 견딜 수 없는 반복, 그리고 참기 힘든 통일성을 특징으로 하는, 무의미한 일상의 반복을 가리킨다. (이진경, 「사회적 시간의 역사이론을 위하여」, 『근대성의 경계를 찾아서』(서울 사회과학 연구소 지음), 새길, 1997 참조) 이에 비해 무의미시의 반복은 그 반복의 시간축 위에, 그 반복뿐만 아니라 직선적인 시간 진행의 축을 균열시키는 시간의 파열(손실)을 예비하고 있다. 이러한 차이는 매우 중요한 것이다. 왜냐하면 시간의 연속적 진행을 파열시키는 무의미시의 반복은 근대적 삶의 질서에 대한 근원적 부정을 담고 있기 때문이다. 시인은 단지 주술적 반복을 통해, 일시적으로 낯선 자아 속에서 자아의 영속감을 맛볼 뿐만 아니라, 영원(이데아)를 엿보려 한다. 물론

인 시간 단위의 끝없는 연쇄로 간주하는 양화(量化)된 시간 개념 뿐만 아니라, 미래의 시간 속에 유토피아를 설정한 후 역사란 미래의 유토피아를 향해 직선적으로 진보하는 것이라고 믿는 목적론적 역사관을 모두 포함하는 것이다. 이에 비해 무의미시의 반복적 리듬은 시간의 연쇄를 부정할 뿐만 아니라, 미래를 향해 스스로를 용도 폐기하는 현재라는 시간 관념도 모두 부정한다. 왜냐하면 반복적 리듬은 모든 시간 영역에 속하는 것들을 현재화하고, 그것들 사이에 내재하는 차이와 이질성을 제거하여 서로 뒤섞이게 하기 때문이다.

한편 <처용단장> 제2부의 부제는 <듣는 소리>가 아니라 <들리는 소리>로 되어 있다. 무의미시에서 듣는 행위의 주체성(혹은 주체의 능동성)은 완전하게 거세되어 있는 것이다. 시인은 반복적인 음성 이미지를 통해 영혼의 소리를 듣고자 했다. 즉 시인은 낯선 타자(영매)의 주술을 통해 순간적으로 현현(에피파니)하는 영원(절대)의 시간을 포착하고자 했다. 때문에 무의미시에서 시인이 바라는 영원의 세계는 언어로 재현되지 못 한다. 그것은 소리의 빛깔로, 도취와 명상의 순간 속에서 잠시 나타났다 사라질 뿐이다35).

> 하늘 가득히
> 자작나무 꽃 피고 있다.
> 바다는 南太平洋에서 오고 있다.
> 언젠가 아라비아 사람이 흘린 눈물,
> 죽으면 꽁지가 하얀 새가 되어

영원의 시간성에 대한 지향은 초기시 이래 김춘수의 지속적인 관심사였다. 그러나 초기시에서 영원한 시간은 과거적 시간의 회감 속에서 이루겼다. 이에 비해 무의미시의 영원은 현재적 시간 속에서 '순간'적으로 나타났다 곧 사라진다. 이 순간은 모든 역사적 시간을 부정하는 메시아적 시간에 해당한다.

35) 이러한 신비주의적 상상력은 무의미시의 기저에 깔려 있으며, 그런 만큼 무의미시는 이성중심주의적 사유방식과는 거리를 두고 있다고 볼 수 있다.

날아간다고 한다.
　　　　　　　　　　　—(「리듬1」 전문인용)

바보야, 우찌 살꼬
바보야,
하늘수박은 올리브빛이다 바보야,
바람이 자는가 자는가 하더니
눈이 내린다 바보야,
우찌 살꼬 바보야,
하늘수박은 한여름이다 바보야,
올리브 열매는 내년 가을이다 바보야,
우찌 살꼬 바보야,
이 바보야,
　　　　　　　　　　　—(「하늘수박」 전문인용)

　「리듬1」은 '자작나무 꽃' → '바다' → '눈물' → '새'의 이미지로 전개되어 있다. 하지만 각각의 이미지 사이에는 어떤 연속성도 없다. 단지 시인의 자유연상에 의해 각각의 이미지들이 자유롭게 병치되어 있다. 물론 「리듬」1의 이미지는 <처용단장> 제1부에 나타난 중심 모티브들을 변용한 것이다. 다른 말로 하면, 이 시는 유년의 기억[36] 속에서 길어올린 이미지들을 자유롭게 병치시킨 것이다. 하지만 그 이미지들의 기원은 철저하게 은폐되어 있으며, 각각의 이미지는 어떠한 순차적 질서도 형성하지 않는다. 극단적으로 말하면 각각의 이미지는 순서가

---

36) 물론 이 기억은 자유 연상을 통해 이루어진 기억, 즉 프루스트가 말한 비자발적 기억을 가리킨다. 김춘수는 비자발적인 기억을 통해 오래 전에 지나간 나날을 현재화한다. 이 경우 상상력이 불러들인 것은 의지의 주체가 아니라 대상 자체이다. 과거적 기억 속의 대상을 현전화 함으로써 "마치 잃어버린 낙원이 우리를 갑작스럽게 스쳐지나가듯이, 매우 멀리 놓여있는 지나간 과거장면에 대한 기억은 갑작스럽게 일어난다". 이러한 대상적 이미지의 완전한 현존에 있어서는 대상의 역사성마저도 지양된다. 비자발적 기억이 야기하는 시간 의식에 대해서는 K. H. Bohrer, op.cit., p 267 참조.

뒤바뀌어도, 혹은 일부가 삭제되거나 변형되어도 상관이 없다. 애초에 의미를 지향하지 않는 까닭에, 의미 연관을 읽어내려는 어떠한 독해 의도도 허용되지 않는다. 단지 끊임없이 이미지의 소멸과정만 반복될 뿐이다.

「하늘수박」 역시 유년의 기억 속에서 길어올린 이미지들이 자유롭게 병치되어 있다. 하지만 이 작품이 「리듬1」의 경우보다 더 극단적인 무의미시로 읽히는 이유는, 언어의 통사적인 질서가 보다 완전하게 해체[37]되어 있기 때문이다. 이 시에서 각각의 시행은 의미의 독해가 불가능하다. '하늘수박은 한여름이다', '올리브 열매는 내년 가을이다'라는 표현은 일상적인 차원뿐만 아니라, 시적(은유적)인 차원에서도 어떤 의미도 내포하고 있지 않다. 철저하게 의미가 비워져 있는 것이다. 또한 '하늘수박'→'올리브', '바람'→'눈', '한여름'→'내년 가을' 등으로 묘사 대상이 이동하면서, 하나의 시어(이미지)가 다른 시어(이미지)에 의해 부정된다. 그럴 때 이 시를 읽고 남게 되는 것은 "우찌 살꼬 바보야"라는 말의 반복뿐이다. 결국 이 시에서 모든 시적 진술은 언롱, 즉 무의미한 말장난의 차원으로 전이되는 것이다.

시니피앙의 자유로운 유희는 언롱(무의미한 말장난)의 형태로 표현되거나, 음향적 효과의 추구로 나타난다. 그러나 무엇보다 중요한 것은 '자유연상'의 방법이다. 자유연상이란 서로 연결될 수 없는 상이한 이미지를 동일한 작품 속에 병치시키는 방법이다. 이러한 병치의 방법은 연속성(Sukzession)과 통일성 대신에 일시성과 동시성의 질서를 낳는다. 즉 시의 통사적인 질서가 공간화되어, 이미지의 자유로운 출렁임 속에 일종의 율동감을 느끼는 것, 즉 언어의 의미 측면보다는 소리 측면이 극단적으로 추구되는 것이다. 이를 보다 구체적으로 살펴보자.

---

37) 언어를 사물화하는 이러한 해체의 전략은 이 작품의 개작 과정에서 모든 시어들을 음소의 차원으로 분해하는 데까지 나아간다.

　무의미시에서 대상의 이미지는 동시적인 사건들로 제시된다. 모든 비동시적인 사건과 사물이 동시적인 질서로 병치되는 것이다. 이때 사물과 사물, 대상과 대상 사이 개입될 수 있는 연속성은 완전히 사라지며, 모든 의식과 이미지 그리고 언어들은 '순간'의 시간 속에서 재구축된다38). 작품 전체를 통어하는 초월적 시니피에가 부재하는 상황에서, 각각의 사물과 이미지 언어들은 현재의 시간축 위에 서로 대등하게 동시적으로 배열되는 것이다. 따라서 시간의 진행을 따라 전개되는 언어의 통사적 기능, 즉 의미 형성적 기능은 철저하게 부정될 수밖에 없다.

　이런 이미지 제시방법으로 인해, 무의미시는 철저하게 무시간성 혹은 영원한 현재의 시간성을 지니게 된다.　무의미시의 시간은 과거와 미래를 향한 모든 통로를 잃어버린 것이다. 경험적 시간의 직선적인 진행은 급격하게 단절되고, 시간의 흐름 자체가 철저하게 무화되는 것이다. 실제로 무의미시에서 지나간 과거와 현재 사이의 구분은 완전하게 사라진다. 과거적 자아는 현재적 자아의 순간적인 지속을 가능하게 하지만, 그 지속은 일시적인 것에 그칠 뿐이다.

　결국 무의미시의 시간 의식이 지닌 이런 모든 특성은 명상의 시간성과 밀접한 관련이 있다. 명상의 시간성은 자아와 대상의 지양을 가

---

38) 이때 사물에 대한 인지 방식은 근본적으로 변할 수밖에 없다. 즉 개별적인 대상들과 과정들을 상호 분리시킨 채 그것들을 빠른 순서로 파악하는 새로운 인지 방식이 생겨나는 것이다. 모든 시간적인 질서들이 사라지고 동시성의 질서로 지양될 때, 모든 사물들은 똑같이 중요하거나 또 동시에 아무 것도 아닌 것으로 나타난다. 그것들은 상이성과 임의성을 통해서 교환 가능한 것으로 작용하며, 관찰자의 재빠르게 교차되는 눈길 안에서 표면적으로 인지된 그리고 그것의 시각적인 혹은 음향적인 자극으로 환원된 현상들로 변하게 된다. 결국 관찰자의 시선은 '투시'나 '개관'이 아니라, "사물의 언뜻 훑어봄(Überfliegen)", 혹은 도약을 그 특징으로 한다. 이러한 이미지 배열 방식에서 자아는 윤곽을 잃어버리고, 순간의 시간 속에서 해체된다. D. Lamping, op.cit., pp.271-273 참조.

능하게 하는, 시간 손실의 근본적인 동인이다. 무의미시에서 자아는
대상(경험영역)에서 분리된 채, 일종의 방심상태(자유)에서 순수 자아
로 침잠하여, 순수 자아의 자동기술법으로 시를 써간다. 이 명상 혹은
도취가 창출해내는 독특한 심미적 상상력의 시공간에서는 "어떤 보편
적인 이념이 지각되는 것이 아니라 독특한 삶의 흔적만이 지각"39)된
다. 무의미시에서 독특한 삶의 흔적은 유년 체험의 교묘한 병치로 짜
여지는데, 이때 시인의 경험은 체험의 원천을 간직하지 못한 채 파편
화된 이미지로 해체된다. 관조자와 관조가 서로 뒤섞이고, 주체의 개
체성과 의지가 망각되는 지점에서40), 영원의 시간성이 현현하기를 시
인은 "기다리고" 있다. 하지만 무의미 시의 어느 곳에서도 영원은 언
어의 옷을 입지 못한다. 순간의 시간을 통해 현현하게 될 절대(영원,
비재)의 세계41)는 언어로 표현(재현)될 수 없는 것이기 때문이다42). 무

---

39) K. H. Bohrer, op.cit. pp.250-251 참조.

40) Ibid., pp.266-267 참조.

41) 이러한 절대의 세계란 김춘수에게 있어서 "폭력과 성행위의 애너키즘"(『전
집2』, p.573), "역사의 폭력"(『전집2』, p.574)으로 점철된 현대 사회를 초극할
수 있는 유토피아적 세계를 가리킨다. 하지만 무의미시에서 유토피아적 상
상력은 언어의 옷을 입지 않는다. 이 점은 '역사의 예술화' 혹은 과거의 이
상화에 귀결되었던 서정주의 『신라초』가 보여준 유토피아적 상상력과 차이
를 보이는 부분이다. 무의미시에서 김춘수는 동시대 역사 현실과의 직접적
인 접촉을 회피하였지만, 그렇다고 유토피아를 재현함으로써 서정시를 진리
의 단순한 가상으로 격하시키는 것에 대해서도 명백한 거리를 유지하고 있
다.

42) K. H. 보러가 말하는 '절대적 현존'이란 문학외적인 것(본질, 이데아, 신)으
로 환원될 수 없는 문학작품의 자기준거적 현상을 가리킨다. 이러한 절대적
현존의 서정시에서 언어는 재현(묘사, 모방)을 거부하고, 수수께끼나 비밀의
상태를 지향한다. 보러의 생각은 김춘수의 무의미시를 이해하는 데 유효한
척도를 제공한다. 진리가 언어로 재현되는 순간, 그러한 진리는 시적 주체
에게 거짓된 화해를 강요한다. 이에 비해 무의미시의 언어는 형이상학적 초
월의 갈망을 담고 있음에도 불구하고, 단순한 진리의 가상이길 거부한다.
이는 서정시와 현실, 주체와 객체간의 갈등을 지속적으로 강조함으로써, 그
러한 갈등을 넘어서서 나타날 수 있는 화해의 이념을 포기(혹은 부정)하는

의미시가 침묵의 수사학과 관련되는 이유가 여기에 있다.

명상의 시간성은 절대가 현현하는 순간의 시간성을 가리키는 까닭에, 거기에는 절대 세계에 대한 주체의 초월 욕망이 결부되어 있다. 이 초월의 욕망은 경험적 세계에 대한 부정 의식을 담고 있다. 김춘수는 무의미 시론에서 때로는 '순수'라는 말로, 때로는 '도덕적인 긴장'43)이라는 말로 이 부정 의식을 표현하고 있다. 언뜻 보기에 상호 모순되는 이 두 말이, 무의미시론에 등장하는 이유는 무엇인가? 그것은 끊임없는 말의 유희가 합목적적 노동행위에서 벗어난 것이고, 이는 도구적 이성이 지배하는 경험 세계(근대 세계)에 대해 근본적인 저항의 의미를 내포하고 있기 때문이다. 즉 무의미시의 방법은 텔로스(telos)를 설정하는 일체의 도덕이나 목적론적 역사관(혹은 실천)에서 벗어나 있기 때문에 순수한 것이다. 그러나 동시에 탈목적성 혹은 문학적 언어와 시의 자기준거성은, 근대세계의 비윤리성을 전면에서 부정하는 것이기에 또한 도덕적인 것이다. 무의미시의 탈역사주의가 서있는 이러한 교묘한 역학관계가 시인을 끊임없이 긴장하게, 또한 서성이게 만드는 것이다.

5. 맺음말

김춘수의 무의미시를 평가하는 작업은 무의미시론을 평가하는 작업과 병행되어야 한다. 사실 무의미시와 무의미시론은 서로 무관한 별개의 텍스트가 아니다. 그렇다고 어느 한 쪽이 다른 한 쪽에 종속되는

중요한 동인이 될 수 있다. 무의미시의 수사전략이 지니고 있는 현실부정성이 주목되는 이유가 여기에 있다.
43) 『전집2』, p.379.

성질의 것도 아니다. 오히려 김춘수는 시론 쓰기와 시쓰기를 병행하면서, 시쓰기의 자의식을 심화시켰던 것으로 보인다. 이러한 자의식의 심화는 무의미시와 무의미시론 양자에 모두 일정한 영향을 미쳐, 우리 시사에서 보기 드물게 시론과 시의 양 영역에서 독특한 개성과 논리를 확보하게 된 것이다.

따라서 이 두 텍스트 사이에 놓인 상호텍스트성에 주목할 필요가 있다. 김춘수는 시론 쓰기를 통해, 한편으로는 무의미시의 방법론을 이론화하였고, 다른 한편으로 자신의 시쓰기가 사실은 자신의 인격을 들여다보는 행위에 불과했음을 고백하였다. 전자는 현대 사회에서 서정시가 처한 위기를 극복하고, 새로운 시쓰기의 방법론을 모색하기 위한 것으로 해석된다. 이는 1950년대이래 역사적 현실의 폭력과 대결하였던 김춘수가, 타락한 경험 세계로 환원되지 않는 '타자로서의 서정시'를 정립하려는 의도를 보여주는 것이다. 무의미시의 방법은 대체로 (탈)이미지론의 문제로 귀결된다. 김춘수에게 있어 이미지의 문제는 수사학의 차원을 뛰어넘어, 시쓰기의 본질을 규명하는 문제에 모아진다. 이미지의 극단적인 부정을 통해 도달하는 리듬은 언어(혹은 의미, 경험)를 넘어서는 세계에 놓여 있는 것이기 때문에, 무의미시는 철저하게 자기준거적 언어의 기반 위에 서있다고 말할 수 있다. 서정시의 언어가 자기준거적인 언어를 지향할 때, 그러한 시쓰기는 재현의 언어에 기반하고 있는 전통적 시쓰기로부터 완전히 벗어날 수 있는 가능성을 제공한다. 김춘수는 이를 통해 세계의 무의미성을 드러내고자 한 것이다. 그것은 바로 말을 하지 않음으로써, 즉 세계에 대해 침묵을 지킴으로써, 그러한 침묵을 강요하는 세계 혹은 거짓 화해를 강요하는 세계에 대해 시적 부정성을 견지하는 것이다. 적어도 방법론적인 측면에 있어서 무의미시론과 무의미시가 균열을 일으키지 않는 이유는, 그의 시론과 시가 이러한 수미일관한 논리 위에 기반하고 있기 때문이다.

　하지만 시쓰기를 통해 자신의 인격을 들여다보는 행위는, 무의미시
와 시론이 지닌 논리적 파탄을 예비하는 것이라고 평가할 수 있다. 그
는 시론쓰기나 시쓰기 모두에서 자신의 인격을 보고자 했다. 이 말은
시론쓰기와 시쓰기가 단순한 트릭(위장)에 불과한 것임을 보여준다.
이러한 사실은 김춘수 자신의 고백에서도 확인되는 것이거니와, 그의
트릭은 무의미시 이면에 숨긴 시적 주체의 내면적 충동이, 근본적으로
자기동일적 자아의 경계를 유지하려는 것임을 숨기기 위한 것이다. 무
의미 시의 방법은 외부의 경험 세계에 대한 저항(부정)보다는, 그러한
세계가 침입할 수 없는 견고한 성채를 구축하는 데 사용된 도구에 불
과하다. 그렇다면 그의 무의미시의 시쓰기 방법은, 서구의 전후 아방
가르드 예술이 그러했던 것처럼, 현실부정성이 중화되어 끝내는 세계
의 동일화 압박에 굴복하게 될 것임을 쉽게 짐작할 수 있다.

　본고는 무의미시의 방법과 실험 그 자체를 면밀하게 분석하기보다,
그러한 기법이 나오게 된 동기를 시인이 처한 실존적 동기와 관련지
어 해명하고, 그것이 야기한 시 텍스트 구조상의 변화를 자아와 대상
의 동시적 소멸 과정으로 설명하였다. 그리고 자아와 대상의 동시적
소멸은 역설적으로 시적 주체를 확립하는 문제와 관련이 있음을 밝히
고자 했다. 즉 무의미 시에서 현존재로서의 자아를 시 텍스트에서 축
출하는 주체 파멸의 작업은 결국, 경험 세계에 환원되지 않는 문학적
주체를 현존시키는 방법이 된다는 것이다. 하지만 처용·이중섭과 예
수로 이어지는 연작시에서 보여진 자아-이상에의 집착은, 기원으로서
의 나르시스적 자아를 신비화하고 절대화할 위험에 봉착하게 된다. 이
는 무의미시 이후 김춘수가 이루어낸 문학적 주체의 현존이 경험 세
계에 대한 비판적 주체(사회적 주체)로 전화되지 못한 채, 결국 자아의
기원을 신비화하는데 귀착되었다는 것을 의미한다. 그럴 때 주체 파멸

과 주체 현존의 변증법은 역동성을 상실한 채 정지하게 되며, 이는 서정시의 절대적 현존을 가로막을 수밖에 없다.

김춘수가 말한 '순수'가 결국은 '비순수'에 그 기원을 둔 것인 만큼, 이러한 딜레마는 김춘수로서는 극복 불가능한 것이었다. 이는 그의 귀족주의적 현실 부정이 경험 세계의 곤궁함을 부정하는 아이러니 정신으로 심화되기보다, '내세계'의 울타리 내에서 우주적 조응과 화해를 꿈꾸었기 때문이다. 김춘수의 무의미시를 서정적인 빛깔로 수놓은 '식물적 상상력'이 끝내 시적 긴장을 유지하지 못하고, 현실도피에 빠져버린44) 이유가 여기에 있다. 서정시의 모더니티를 확립해야 한다는 문제의식에 있어서 김수영의 모더니즘시와 서로 접점을 이루면서도, 김춘수의 시가 끝내 김수영과 정반대의 방향을 향해 나아간 것은 이와 무관하지 않아 보인다. 또한 김수영 시의 주체가 보편적 주체로 독해될 수 있는 데 비해, 김춘수 시의 주체가 끝내 개체성의 한계를 벗어나지 못했던 것 역시, 김춘수가 끝내 자아보존의 충동을 벗어버리지 못했기 때문이라고 말할 수 있다.

---

44) 사실 무의미시, 특히 <처용단장> 제1부에서 김춘수는 근대적 이성이 자연에 가한 상혼을 보기보다, 유년의 기억을 통해 환기되는 자연의 대상성을 온전하게 현존시키는 게 관심을 기울였다. 그리고 이는 시텍스테에 표면화되지 않았지만, 유년의 기억을 절대적인 것으로 보존함으로써, 유년의 성채 속에서 현존재를 은폐시키려는 나르시시즘으로 이어지는 것이다.

김승옥 소설에 나타난 근대화의 문제

천 정 환

1. 문제제기와 논의의 방향 : 근대화의 경험과 소설
　　담론의 대응

　　이 글은 김승옥 소설에 나타난 근대화 경험의 양상에 대해 논하고
자 한다. 근대의 경험은 한마디로 정의하기 어려운 다양한 경험들의
실체로 구성된다.[1] 근대화의 경험은 다층적인 항목으로 구성될 수 있
다. 김승옥 소설에서 근대화의 경험은 도시 경험을 매개로 구체화되어
있다. 김승옥은 초기 소설에서부터 도시 경험을 주요한 모티프로 하고,
이를 다양한 주제로 변용하여 보여주었다.

　　그것은 소설 속에서 직접 김승옥이 언급한대로 '자기 세계' 찾기의
문제(「생명연습」, 「환상수첩」 등)와 연관된 것으로 표명되기도 하고,

---

1) 이런 식의 정의는 M. 버만의 근대화 논의에서 두드러진다. 버만은 다른 근
　대 이론가들과 달리 근대의 의미를 개념적으로 확정하려 하지 않는다. 오히
　려 다소 마견하다고 느껴질만큼 근대의 경험에 대해 서술한다. 이러한 서술
　을 통해 근대는 물질적이고 이념적인 기획(프로젝트)과 같은 것이 아니라
　정치·문화·사회적인 경험들이 포함된 다기한 경험이다.　M. Berman, *All
　That Is Solid into Air : The Experience of Modernity*, 윤호병 외 역(현대미학
　사, 1994), 13면 등.

'욕망'의 문제(「서울, 1964년 겨울」)로 표현되기도 했다. 또한 김승옥 소설을 해명하기 위해 연구자들이 적용한 몇 가지 개념이 도시 경험의 문제와 연관성을 가지고 있는 것으로 논의되기도 했다. 예컨대 김승옥 소설에 나타난 세대 의식으로서의 '환상적 기준'의 문제[2]나 김승옥 소설 문체의 화려하고 감각적인 자질[3] 등이 그러하다. 이 논의들은 각각 4.19세대가 들렸던 환상에 '대학'과 더불어 서울이라는 특별한 공간이 개입되어 있다는 것과 휘발성을 가진 듯한 김승옥의 문체와 도시 경험이 대응한다는 사실을 지적했다. 그래서 우리는 김승옥 소설에 나타난 도시 경험의 문제가 소설의 소재나 공간적 배경, 혹은 모티프[4]의 차원을 넘는 의미를 지닌 것임을 쉽게 알 수 있다.[5]

상업부르주아의 출현기로부터 후기 산업사회에 이르기까지 도시는 근대화에 따른 시공간 재편성과 지리적인 불균등 발전 법칙의 공간적 중핵을 이룬다. 자본주의가 지배적인 생산양식으로 자리잡은 이후 도시는 공간 형태의 생산, 사회적 조직과 정치적 의식이 검토될 수 있는 공간적 척도가 된다.[6] 그래서 도시에 대한 정치경제학적 논의는 자본의 순환 과정, 노동력 및 상품의 흐름과 함께 생산의 공간적 조직과 시간-공간 관계의 변형, 정보의 흐름, 공간 조직에 따른 계급동맹들간의 지정학적 갈등 등과 관련된다.

---

2) 김윤식, 「6.25와 전쟁문학」, 「60년대 문학의 특질」, 『운명과 형식』(솔, 1992)

3) 유종호, 「감수성의 혁명」, 『유종호 전집 1』(민음사, 1995)

4) 이재선, 『현대한국소설사』(민음사, 1991)에서는 60년대 도시소설의 유형을 5가지로 분류하고 있는데, 주로 도시 경험의 모티프적 성격에 따른 분류로 보인다. 이에 따르면 「서울, 1964년 겨울」은 "도시 입성형 경험 소설"이며, 「무진기행」은 "이미지 소설 내지 유동 상태의 소설"이다.

5) 이러한 점은 주로 초기 소설에서 두드러진다.
   이제까지의 김승옥 소설에 대한 연구는 개인주의와 자유, 자기 세계 찾기, 입사 구조, 문체 등의 개념과 관련하여 주로 다루어졌다. 이와 관련된 김승옥 연구 논저의 목록은 생략한다.

6) D. Harvey, *The Urban Experience*, 초의수 역, (한울, 1996), 23면.

　　그러나 도시가 갖는 의미는 이러한 정치경제학적 의미 뿐만은 아니다. 도시는 그 내부에 구축된 건조 환경과 집중된 인구를 배경으로 인간 경험의 새로운 장을 열기 때문이다.[7] 도시는 완전히 새롭고 때로 폭력적인 근대적 시-공간 체험의 총합체이다. 따라서 도시는 공간화된 자본으로서 뿐만 아니라 문화형태나 이데올로기로서, 또는 사회공간체계로서 존재하며 후기 자본주의 사회에 이르러서는 집합적 소비단위와 생태적 공동체로서 인식된다.[8] 그러므로 자본주의 발전에 따른 부수적 현상으로서의 도시[9]가 아니라, 도시를 통해서 자본주의와 근대적 제 경험을 해석할 수 있는 시각이 만들어질 수 있다. 또한 도시가 새로운 근대적 공간 경험으로서 근대 예술이 탄생하게끔 한 강력한 힘이 되었다는 사실은 오래 전에 간파된 바 있다. 19세기말, 20세기초의 모더니즘 운동과 도시와의 뗄 수 없는 관계에 대해서 근대 예술가들이 스스로 자각하고 있었던 것이다.[10]

---

7) "도시는 매우 경이로운 사회기술적, 정치적 혁신을 가능케 하는 사회적 힘을 불러오는 동시에 독특한 복합성, 권력과 광채의 물리적 경관 내에 가장 현란한 지식을 객관화시키는 인간 성취의 정점이다. 그러나 그것은 또한 더러운 인간 실패의 장이며, 가장 심화된 인간의 불만족과 사회 정치적 갈등의 각축장이다. 그것은 신비로운 장소, 예기치 않은 부지이며, 선동과 동요, 다양한 자유와 기회, 소외가 가득한 곳이며 열정과 억압... 이 가득한 곳이다." - D. Harvey, 위의 책, 291면.

8) 도시의 의미가 이와 같은 여러 형태로 실재하며 또한 마르크스 이래의 이론가들에 의해 인식되어 왔다는 점은 p.Saunders, *Social Theory and the Urban Question*, 김찬호 외 역, (한울, 1998) 참조.

9) 손더스에 의하면 마르크스, 베버, 뒤르켐 등의 초기 근대화 이론가들이 이러한 방식으로 도시를 해석했으며, 따라서 그들의 이론에서는 도시가 독립적인 연구 대상으로 인식될 수 없는 개념이었다. 그러나 심화된 도시화와 그에 따른 요청이 도시를 재개념화하는 필연성을 만들어낸 것이다. Saunders, 위의 책, 271-2면.

10) 보들레르, 벤야민 등이 그러하다. 도시 개발과 근대 예술의 관계에 관해서는 M. Berman, *All That Is Solid into Air : The Experience of Modernity*, 윤호병 외 역, (현대미학사, 1994) 또한 D. Harvey, *The Conditon of Post*

우리에게 문제는 1960년대 한국의 근대화와 도시화이다. 2차대전 이래 세계는 재(再)근대화의 과정에 놓인다. 2차대전이 19세기이래 기획 진행된 근대화 프로젝트에 대한 정신적·물질적 회의와 파괴로서의 의미를 갖는다면, 대전 종료 후 미국에 의해 세계적 규모로 전개된 근대화야말로 무너진 근대화의 이념적·물질적 기반을 다시 일으켜 세우고 그것을 이전보다 더욱 강력한 것으로 전변시키는 과정을 의미했다.11) 그리고 서구에서 진행된 재개된 근대화 프로젝트는 신생 독립국과 후진국에게는 보다 복잡한 의미를 가진 것이었다. 특히 미국과 군사동맹을 맺게 된 국가에게 그것은 미국에 의한 모델링, 즉 미국의 원조와 차관에 의한 경제 개발과 사회 전체의 재조직을 의미하는 것이었다. 또한 후진국의 근대화는 경제개발만이 아니라 서구적 민주주의의 이념과 그에 부수되는 제반 가치체계의 유입 및 교육과 과학, 행정과 기술 체계의 재구축을 의미하는 것이기도 했다. 이러한 운동이 1950년대이래 꾸준히 준비 실천되어 오다가 4.19와 5.16이라는 폭발적인 계기를 맞는다는 점은 주지의 사실이다.

그런데 근대화와 그에 따른 문화적 현상으로서의 모더니즘은 세계 곳곳의 수도들을 가로지르는 각각의 특수한 경로를 따라 이룩된다.12)

Modernity, 구동회 외 역, 한울, 1994. 가 재해석하고 있다.

11) 『1945년 이후의 자본주의』는 이 과정이 자본주의적 근대화에 대한 불신과 회의를 불식하고 사회주의로의 유혹을 차단하는 치열한 계급투쟁을 통해 달성된 것임을 설명하고 있다. p.Armstrong·A. Glyn·J. Harris, *Capitalism Since 1945*, 김수행 역, (동아출판사, 1993) 1부 참조.
한편 Harvey는 대전 이후의 근대화가 "전쟁 중에 경험했던 대량생산이나 계획을 통해 방대한 재건 및 재조직 프로그램에 착수하려는 지배적인 추세"를 의미하는 것이었으며 "이는 전지구적 갈등에 따른 죽음과 파괴의 구렁텅이로부터 불사조처럼 부활한 신판 계몽 프로젝트"라 설명한다. D. Harvey, *The Conditon of Post Modernity*, 구동회 외 역, 한울, 1994, 101면.
또한 Touraine는 근대화의 이데올로기가 제2차 세계대전 이후 다시금 득세하는 과정을 묘사하고 있다. Alain Touraine, *Critique de la Modernite*, 정수복 외 역, 문예출판사, 1995, 152면.

그래서 서울은 근대화의 변방이면서도 동시에 강력한 중심으로서의 역할을 수행해낼 수 있다. 서울에서의 공간적 삶의 경험을 통해 전통적인 인간관계, 사고방식, 제도 등은 근대화되며, 서울은 전근대적인 것과 주변적인 것을 착취하며 전제적으로 1960년대의 근대화를 구조화한다.13) 서울은 한국 전쟁의 폐허 위에 다시 건설된 "한국적 계몽주의 프로젝트의 바벨탑"14)이 되어 온 것이다.

세계사적인 차원에서 전개된 재근대화와 그 논리가 된 경제제일주의는 한국에서 폭력성과 무자비한 속도를 가지고 진행되었다. 그리고 이를 위해 전 국민적 동원논리로 등장한 경제제일주의15) 담론이 당대의 지배 담론이었음을 잘 알고 있다.

문제는 이러한 지배 담론에 대해 문학의 담론이 어떤 자세를 취하고 있었던가 하는 점이다. '무의식적 역사 기술'로서의 문학은 어떤 식으로든 이러한 근대화의 담론에 어떤 식으로든 저항 또는 공모하며 참여할 것이다. 복잡한 매개 과정에 대한 논의를 일단 차치할 때, 그것은 여타 담론과 마찬가지로 근대화의 논의에 적극 공모하는 것일 수도 있고, 예술이 지닌 본연적 부정성으로 지배적 담론을 거부하고 저항하는 것일 수 있다. 그리고 하나의 작품은 이러한 양가적인 면을 다 지닐 수도 있다.16) 그런데 이러한 점을 고찰한다는 것이 작품 속에 내

---

12) D. Harvey, 위의 책, 47면.
13) 1960년대 서울의 인구 집중과 도시 계획에 대한 실증적 분석은 손정목, 『한국현대도시의 발자취』, (일지사, 1988), 2-5장을 참조할 수 있다.
14) 조명래, 「서울의 새로운 도시성-유연적 축적의 도시화와 대도시의 삶」, 『문화과학』(1994년 봄), 183면.
15) 이는 박정희 정권 식의 근대화 논리, 즉 박정희 자신의 용어로 하면 소위 '조국 근대화론'인 개발독재의 논리이다. 박태순·김동춘, 『1960년대의 사회운동』은 이를 '선 성장, 후 분배' 또는 '선 건설, 후 통일'의 논리라 개념 정의하고 있으며, 전철환, 「신경제주의 시대의 사상과 이론」(강만길 외, 『한국사』 19)에서는 이를 '신경제주의' 또는 '경제(개발)주의'로 지칭하고 있다.
16) 이 글의 후반부에서 논할 「다산성」이 그 좋은 예라 생각된다.

재한 의식을 근대화의 심리적 정서적 구조와 세계관적 상동성을 보여
주고 있다는 점을 발견하기 위한 도구적 차원에 놓이는 것은 아니다.
그러한 상동적 구조를 찾아내는 것은 가장 우선적이며 기본적인 작업
이 될 것이기는 하되, 궁극적인 도달 목표는 아니다. 문학 담론의 특수
한 언어 구조와 작품이 지닌 문학성의 범주 변화를 발견하는 것이 더
욱 중요한 과제일 것이다.

　위와 같은 사실을 고려하면서 본고에서 주목하고자 하는 것은, 김승
옥 소설이 도시 경험을 매개로 1960년대 한국 근대화에 대한 소설 담
론의 한 대응 양상을 보여준다는 점이다. 근대화에 수반된 여러 가지
양상 가운데에서 도시 경험을 문제 삼음으로써 김승옥은 근대화의 핵
심적인 문제를 다루고 있다. 이러한 점은 김승옥의 초기 소설에서 보
다 선명하게 드러나 있다. 그러나 이는 김승옥의 소설에서 도시와 그
속에서의 삶을 직접적이고 반영론적인 방식으로 읽어야 한다는 의미
는 아니다.

　문학 언어로 가공되고 내면화된 근대화의 경험은 작품 안에서 다른
내용적 질을 가진 문제로 전이되어 현상하고 있기 때문이다. 초기 소
설에서 김승옥은 도시에서의 경험을 고향(시골)에서의 그것과 대립적
인 것으로 파악한다. 양자 사이의 괴리야말로 소설의 중심문제로서,
이 괴리는 주로 윤리적 차원의 모색과 결부된다. 그리고 윤리의 문제
로 내면화된 근대화와 도시 경험은 다시 말과 글쓰기의 문제로 치환
된다. 그 치환의 과정과 방법을 작품 속 서술자가 직접 언표하는 내용
을 통해서, 그리고 소설의 서사 단위 조직 방법이 가진 독특함을 통해
서 찾아볼 수 있다.

　여기서 "말과 글쓰기의 문제로 치환되어 다루어진 근대화"가 1960
년대 소설사에서 김승옥 문학이 갖는 독특함이며 문제적인 지점이라

는 점을 확인할 수 있다.17) 한편, 많은 연구자들은 「무진기행」이 김승옥 문학의 전환점이라 지적했다. 「무진기행」의 주인공은 서울과 시골의 대립을 문제 삼고 어느 쪽의 삶도 긍정적인 것이 아님을 알면서도 "긍정"을 말하며 서울로 돌아간다. 이를 기존 연구자들은 김승옥이 1960년대 초에 제기했던 문제가 스스로에 의해 해소되는 것으로 해석했다.18) 따라서 「환상수첩」이나 「생명연습」등 초기 소설이 갖는 문제성도 자연히 소멸하는 것으로 평가되었으며 「무진기행」 이후 김승옥 소설의 전반적 질도 下向하는 것으로 인식되어온 경향이 있다. 이런 연유로 1960년대 중반 이후에 발표된 「염소는 힘이 세다」, 「다산성」, 「60년대식」과 같은 작품들은 거의 주목을 받지 못해온 것이 사실이다.

그러나 본고에서는 「다산성」 등의 작품이 근대화 경험으로서의 도시 경험 문제를 여전히 탐색하고 있으며, 그것을 이전 소설과는 다른 질서를 가진 서사를 동원하여 근대의 또다른 핵심적 문제를 제기하는 데 치환하고 있다는 점에 주목하였다. 이러한 변화의 계기는 「서울, 1964년 겨울」에서 주어지고 있다. 소설에서 도시에서의 경험은 이전 소설에서처럼 새롭게 발견하여 윤리적 문제로 내면화해야 하는 이질적인 것이 아니라 이미 주어져 있는 어떤 것으로 제시된다. 그리고 이를 바탕으로 도시의 사물과 현상은 말과 새로운 관계를 맺게 된다. 또한 그 제목이 진전된 자본주의 근대화에 따른 고도 생산력을 표징하는 「다산성」에서는 특히 테크놀로지(과학 기술)적 합리성의 문제가 다루어지고 있다. 자연(시골)과 인공적인 것의 대립은 이제 도시 속에서의 주관적 시선으로 파악된다. 또한 「다산성」은 1960년대의 근대화가

---

17) 근대화 경험을 다룬 여타의 60년대 작가들(예컨대 이호철, 최인훈)과 이를 비교의 지점으로 설정할 경우, 50년대 문학에서 60년대 문학으로의 전환과 단절의 과정이 더 맹백히 다루어질 것이라 생각된다.

18) 류보선, 「개인과 사회의 대립적 인식과 그 의미」, 『문학사상』(1990. 5), 김순희, 「김승옥 소설 연구-자아의 인식 변모과정을 중심으로」, (경북대 석사, 1997) 등.

진전되며 생성해낸 후기 산업사회의 豫後를 형상화하고 있다. 소비·
향유하는 인간과, 매체를 통해서 사고하는 인간이 1960년대에 이미 출
현하고 있음을 소설은 보여준다. 사회 평균적 생산성이나 일반 국민소
득보다 늘 앞서나가며 미래적 징후를 선재하게끔 작동하는 압축적 근
대화의 논리가 「다산성」에 나타난 1960년대 중반 서울의 삶에 힘을
행사하고 있다.

　이러한 관점을 가질 때 초기 이후의 김승옥 소설에 대한 적극적인
재평가가 가능할 것이다. 윤리와 글쓰기의 문제로 치환된 초기 소설의
경험이 보다 직접적인 소설 형상의 문제에 정향된 것이 1960년대 중
반 이후의 김승옥 소설이다. 또한 '소시민의식을 드러낸 낸 세태소
설'19)의 범주라는 식으로 손쉽게 처리된 「60년대식」,『내가 훔친 여
름』등의 소설에 대해서도 새로운 접근이 가능하다고 생각된다.

2. 이질적·대립적 공간으로 파악된 도시와 글쓰기의 의미

1) 시골과 서울의 대립

　「환상수첩」,「누이를 이해하기 위하여」,「무진기행」등 초기 소설에
서 김승옥이 파악하는 서울은 고향(시골)과 대립적인 의미를 갖는 공
간이다. 서울에서 소설의 주인공들은 시골에는 존재하지도 않고, 또한
전혀 알지도 못하던 새로운 것들을 배우고 체험한다. 그 새로운 것들
은 「환상수첩」에 명기된 것처럼 허위로서의 대학 교육이며, 또한 대도

---

19) 백낙청은 작품집『서울 1964년 겨울』에 묶인 김승옥의 작품에 대해 소시민
　　의식을 성공적으로 그려낸 작품이라 평가한다. 뿐만아니라 백낙청에 의하면
　　이호철, 최인훈 등의 작품들도 소시민문학으로 분류된다. 백낙청, 「시민문학
　　론」,『민족문학과 시민문학 1』(창작과비평사, 1978), 63-5면.

시에서 맺는 인간관계의 새로운 양상과 그에 대한 자아의 방어기제들이다. 그러나 그것들은 전혀 긍정적인 의미를 갖지 못한 "더 견디어내기 어려운", "너무나 욕된"[20] 성질의 것일 뿐이며 또한 자의식의 가중된 혼란과 환멸만을 만들뿐이다. 「환상수첩」의 주인공은 "환상과 현실과의 거리조차" 잊어버리고 "아무것도 구별할 수 없게 되"(2: 8)었기에 급기야 "새로운 생존방법"을 찾기 위해 下鄕하는 것으로 되어 있다. 서울에서는 발견할 수 없는 긍정적인 삶의 윤리를 하향이라는 방법으로 모색한다는 것이다.

그래서 1960년대 중반 이전까지의 김승옥 소설에는 하향과 상경이라는 공간이동이 중심적인 모티프로 반복 사용되고 있다. 하향과 상경은 서울과 시골 사이에 가로놓인 괴리를 메우기 위한 시도이다. 그러나 이러한 시도들은 대부분 실패로 귀결되는 것으로 그려져 있다. 도시와 시골이 대립적인 것으로 파악되었음에도 불구하고 소설 속의 인물이 발견하듯이 시골은 도시가 갖지 못한 긍정적인 것을 이미 다 상실하고 난 뒤이기 때문이다. 「환상수첩」의 인물은 "이제 와서 조화된 고향을 찾는 일이 망발"(2: 28)이며 고향은 "思潮라는 맘모스와 그리고 그것이 찍고 가는 발자국에 고이는 구정물의 시간"(2: 34)라고 말한다. 「무진기행」의 주인공이 만난 고향 또한 속물의 세계이며, 또 다른 의미에서 혼란의 공간일 뿐이다.

근대화는 본질적으로 거점 전략이다. 지도상의 하나의 점 위에 정거장과 공장이 들어서고 화폐가 집중되어 불균등 발전의 법칙이 발효되고 나면, 다른 모든 공간은 이를 중심으로 그 시간과 공간을 재조직당한다. 다른 공간은 다만 지방이나 주변의 의미만을 갖게 될 뿐 중심

---

20) 「환상수첩」, 『김승옥 소설 전집 2』, (문학동네, 1995), 8면. 이 글에서 사용한 김승옥 소설의 텍스트는 모두 문학동네 판 전집 속의 것이다. 아래에서는 소설 전집에서의 작품 인용부를 "1: 55"와 같이 표시했는데 전집 1권의 55면이라는 뜻이다. 필요한 경우 작품명과 병기한다.

인 도시에 반정립할 수 없다. 시골과 도시가 진정으로 대립하는 것은 단지 근대화 초기의 현상일 뿐이며, 이를 문제 삼는 것 또한 근대화에 대한 초기적인 반응일 뿐인 것이다. 따라서 거점을 통한 근대화가 전개되어 전체 사회가 분할 재편될 때 안심할 수 있고 안전한 공간이란 있을 수 없다. 농촌과 시골은 "도시가 침범"(「누이를 이해하기 위하여」 1: 103)함으로 인한 항상적 위기 상황 앞에 내몰리게 된다.

그럼에도 불구하고 무엇인가를 되찾기 위해, 또는 도시의 욕된 삶을 반성하기 위해 하향한다는 것 자체가 서울과 시골의 대립을 상정하는 것이다. 고향이 이미 서울의 모습을 좇아 타락한 속된 것임을 알면서도 단지 향수나 기억으로 고향의 의미를 한정해 두지 못하는 것은 서울의 경험이 가진 강력함 때문이다. 김승옥 소설에서 그 강력함은 존재를 위협하는 것으로 인식된다. 존재에 대한 위협은 윤리와 말(글쓰기) 사이의 문제로 현상한다.

2) 분열적 경험의 치환

「생명연습」은 윤리와 글쓰기의 문제가 어떻게 얽혀 있는지를 잘 보여주는 작품이다. 이 소설에서 나와 누이는 어머니와 형의 대립으로 인한 윤리적 위기에 봉착한다. 어머니는 외간남자들을 집으로 끌어들여 성관계를 갖고 형은 그런 어머니를 폭행한다. 누이는 이러한 위기를 거짓으로 가득한 글쓰기로 모면, 극복하려 한다. 어머니가 다른 남자들과 놀아나는 것을 미워했지만, 그 편력의 대상들이 아버지를 닮은 남자들로 채워져 있고 그래서 어머니의 타락이란 결국 잃어버린 순수한 사랑을 찾는 것과 같다는 것이 누이의 작문 내용이다. 형은 이 작문에 대해 그러나 "그것만은 아니다... 그것은 일종의 극기일 뿐이다"(1: 42)라고 말한다. 그 글쓰기가 윤리적 파탄을 극복해나가려는 주관적 시도는 될 수 있지만 진실과는 거리가 멀다는 것이다.

문제는 소설 속에 포함된 내화로서의 누이의 작문을 이야기하는 「생명연습」의 서술자인 '나'의 글쓰기에게도 형의 해석이 적용될 수 있다는 데 있다. 소설은 한 교수의 회고담과 나의 과거담 사이에서 빚어진 자기세계 모색의 일환이다. 그러나 그것 또한 일종의 작문에 불과한 것이지 현재의 상황을 이겨나갈 수 있는 진정한 힘이 될 수는 없다는 것이 암시되고 있다. 누이는 윤리적 파탄과 존재의 위기를 아름답게 치장된, 기실 상투적인 멜로드라마에서 빌어온 서사의 수법으로 돌파하려 시도한 것이며 나는 이런 종류의 거짓말이 포함된 더 크고 세련된 거짓말로 위기에 빠진 자기세계 찾기의 모색을 대신하고 있는 것이다.

그러면 왜 작문에서는 거짓말을 해야 하는가? 작문은 남에게 보이기 위한 것이기 때문이며, 작문의 논리란 윤리적 태도를 취하는 것이기 때문이다. 이와 같은 윤리와 글쓰기의 관계가 김승옥 초기 소설 전반을 규정하고 있는 질서일 것이다. 즉 도시에서 겪은 미증유의 경험은 이겨나가기 불가능해 보이는 윤리적 위기를 초래하는데 이 위기를 글쓰기의 문제로 치환하려는 것이 김승옥 초기 소설인 것이다. 기존의 가치와 윤리를 모두 부정하는 데서 김승옥 소설이 출발하는 듯하지만, 그 출발에는 지극히 윤리적인 태도를 취하는 글쓰기의 태도가 전제되어 있는 것이다.

「생명연습」, 「환상수첩」, 「누이를 이해하기 위하여」, 「역사」 등은 모두 겹이야기의 구조로 되어 있다. 소설 속에 수기, 일기, 작문, (독자적인) 회고담 등이 들어 있고 이것을 전달하고 논평하는 서술자가 등장한다. 이러한 복합구조는 이중의 거짓말 구조이면서, 한편 서로 바라보는 관계에 놓여 있다. 그리고 이런 구조를 통하여 소설 전체가 반성적인 구조를 갖는다. 즉 내화와 외화가 동시에 진실일 수 없으며, 외화가 일방적으로 내화를 전달하고 논평하는 것이 아니라 한 쪽을 통하

여 다른 한 쪽 이야기를 평가 해석할 수 있게끔 이루어진 구조이다.21)

「누이를 이해하기 위하여」는 김승옥 소설 중 가장 난해한 구조를 취하고 있는 소설의 하나이다. 위에서 언급한 이중적 구조가 보다 복합화한 것으로 이 소설을 읽을 수 있다. 작품에서 폭력적인 도시 경험의 피해자는 두 사람인데, <프로필>의 '자칭 소설가라는 그 작자'와 그외 부분인 <갈대들이 들려준 이야기>, <누이의 결혼> 등에서의 '누이'이다. 양자에 다 등장하는 '나'는 <프로필>의 소설가이면서 동시에 <프로필>의 서술자이기도 한 것으로 해석할 수 있다. 「누이를 이해하기 위하여」에서 파악된 도시는 「환상수첩」에서와 크게 다르지 않다. 도시는 "침범하는" 폭력이며 바다의 황혼과 해풍에 완전히 대립되는 그 무엇이다. 누이를 비롯한 많은 사람들은 도시로 몰려 갔다가 "처참한 모습으로 시들어져갔다."(1: 100) 그리고, 비록 나는 누이를 파멸시킨 그 경험의 정체를 알기 위해 도시로 뛰어들 것을 맹세하면서도 이런 누이를 나는 "해풍으로 목욕시켜 숲 속의 짐승들처럼" 되돌리고 싶어한다. 그리고 결국 서울로 간 나는 "도시에서 조리에 맞지 않은 감정의 기교만을 배"(1: 110)웠을 뿐이며, 황혼과 해풍(고향의 논두렁)이 그리워져 서울 변두리를 찾아가서 개구리 소리를 듣는다고 쓰고 있다.

서울의 폭력 앞에 상처 입은 나(또는 자칭 소설가)와 누이가 공유하는 것은 도시 경험을 통하여 그들이 겪게 된 말의 위기이다. 누이의 경우 그것은 하향한 뒤에 누이가 빠져든 침묵으로 현상한다. 누이는 서울과 시골의 메우기 어려운 괴리를 의식적인 失語로 채워 넣는다. 침묵하던 누이는 "왜 저를 태어나게 했어요"라 말하여 그 침묵이 존재

---

21) 소설의 액자구조(겹이야기 구조)가 만드는 효과에 대한 추상적인 논의가 많다. 그러나, 액자 구조는 해당 소설과 그 소설에 임한 작가의 서사 전략에 따라 각기 다른 효과를 발하는 것으로 해석되어야 한다. 예컨대 김동인과 김동리가 택한 액자 소설의 구조와 김승옥, 이청준이 택하는 액자 구조는 겹이야기의 형식이라는 외피만 같을 뿐 모두 다른 효과를 지닌 것으로 이해되고 해석되어야 한다.

자체의 위기임을 알게 한다. 나(소설가)는 누이와는 다른 방식으로 대처하는데, 「생명연습」의 경우와 유사하다. 나의 윤리적 위기는 <프로필>에서처럼 위악적이고 가식적인 행동으로 대처되는 한편, 글쓰기를 통해 보상받는 것으로 되어 있다. "촌뜨기 의식"(1: 98)에 젖은 소설가의 말은 전부 허위이며 가식일 뿐인 것으로 또다른 '나'에 의해 비판된다. 그러한 말과 글은 "감정의 기교"일 뿐 진정한 것일 수 없기 때문이다. 「생명연습」에서 누이의 작문이 파탄에 이른 존재의 상황을 "극기"하기 위해 여학생다운 상상력의 수준에서 서사화된 것이라면, "사랑, 오뇌, 회오, 연민..... 종교, 사회, 정신의 후진 후진"(1: 95) 등의 단어로 가득한 소설가의 치기 어린 소설은 당대 교양사회의 어법을 빌어 존재의 분열을 서사화한 것이다. 두 글쓰기는 근본에서 같은 종류에 속한다. 「누이를 이해하기 위하여」는 가식적 기교로서의 글쓰기에 대한 김승옥 자신의 반성으로 읽힐 수 있는 서사의 구조를 가지고 있다. 나는 누이의 침묵 배후에 "조각난 시간과 공간, 무수히 토막난 언어와 몸짓이"(1: 104) 있으리라 짐작한다. 허위적이고 위기에 미봉적인 서울에서의 글쓰기와 말하기가 해체되고 남는 진실은 침묵과 토막난 언어일 뿐이라는 점에 주목할 필요가 있다. 감각적 글쓰기를 환원하여 나타난 이 "토막난 것"이 「누이를 이해하기 위하여」의 난해한 구조를 설명할 수 있기 때문이다. 에피그램화하여 파편처럼 부기된 소설 말미의 <일지초>, <꿈 이야기> 등이야말로 토막난 것들이다.

서울과 시골의 문제를 대립적으로 것으로 인식하지 않기에 서울과 시골 사이를 상경·하향할 필요가 없는 인물이 「역사」에 그려지고 있다. 「역사」는 서울에서의 상황만을 문제삼는데 그래서 이 소설에서는 근대의 논리에 대한 보다 포괄적이며 추상적인 차원의 문제가 제기될 수 있었다. 그리고 이 문제는 속 이야기의 바깥에 서술된 "어느 쪽이 틀려 있었을까요?"(1: 90)라는 물음에 집약되어 있다. 어느 쪽이란 서울과 시골이라는 이항을 말하는 것이 아니라 서울 내에 포괄되어 있는 어떤 두 편을 의미한다.

그래서 이 작품에서의 서울은 이질적이고 대립적인 경험이 포함된 어떤 것이다. 대립은 빈민가 하숙집의 삶과 "병원처럼 깨끗한 2층 양옥집"의 삶 사이에서 파악되고 있다. 빈민가 하숙집의 환경은 "판자를 얽어서 만든 형편없이 작은 집이었지만 방은 다섯 개나 되"며 주변에 소란한 술집과 비린내 나는 시장을 거느리고 있다. 이 공간에서 무엇보다 주인공에게 인상적인 것은 막노동자 서씨의 면모이다. 서씨는 중국계 혼혈인으로서 그 선조들이 대대로 중국에서 이름 있는 역사들이었다고 한다. 그런 서씨의 면모는 이제 "공사장에서 남보다 약간 더 많은 보수를 받게 하는 기능"외에 다른 의미가 없다. 전근대 사회의 최고 가치는 이제 노동력의 가치라는 근대의 철칙으로 단순히 계산될 뿐이다. 서씨는 밤에 동대문 성벽에 올라서 금고만한 돌덩이를 지는 것으로 자기세계가 보존되고 있음을 비밀리에 간직하고 있다. 한편 2층 양옥집의 가족들은 시계의 흐름에 따라 노동과 휴식을 반복적으로 영위하는 "정식의 생활"을 산다. 그 집의 가풍인 "규칙적인 생활 제일주의"란 근대인을 규율하는 자본주의의 일상 논리를 말한다. 서씨와 양옥집 가족 양자는 각각 전근대와 근대의 논리를 담지하는 주체로 설정되어 있는 것이다.

이처럼 병존하기 어려운 이질적인 것이 서울이라는 하나의 공간에 포괄되어 있다. 소설은 "두가지 생활"을 다 겪은 내화 속 '나'의 의식 분열에 관한 것이다. 도시 내에는 모든 근대적인 건조 환경과 삶의 양태들이 결집한다. 그러나 이들은 도시공간 내의 차별적인 계급 구성과 공간 차별화에 의하여 분산 배치되어, 수많은 이질적인 것들 간의 접점과 공존의 시공간을 만들어낸다. 앞서 도시에 대한 농촌이 단지 주변으로서의 의미만을 갖는다고 했는데, 이러한 농촌과 유사성을 갖는 공간이 바로 도시 변두리이다. 발전하는 대도시는 균질적인 공간이 되지 못하고 스스로 공간 분할되며 자신의 내부에 타자적인 것을 거느리게 된다. 피난민촌과 이농 인구의 집단적 거주지, 노동자들의 판자촌이 생겨나는 것이다. 중심부는 그 주변적인 것들을 착취하며 집적과 발전을 이루어낸다. 그리고 주변적인 것(변두리, 슬럼)과 중심부의 것 사이의 투쟁·갈등이 근대적이고 새로운 도시 사회의 기본 모순을 이룬다.22) 소설의 창신동은 발전하는 자본주의가 거느리게 된 온갖 주변적이며 타자적인 것들을 상징한다. 따라서 전근대의 구조물인 "동대문과 마치 어떤 살아 있는 사람과 친하듯이 친"(1: 81)한 장사의 후예이며 노동자인 인물과 "2층 양옥집"에서 시계에 짜인 생활을 규율하는 "회사 중역"은 한 동네에 살 수 있는 것이다.23)

요컨대 「역사」의 인물이 겪는 의식의 분열은 이러한 도시 공간 체험에서 비롯된 것이다. 다시 말해 비동시적인 것의 동시성을 이질적인 공간에서 경험하며 만들어진 의식이 소설 전체를 의문문의 형식으로 만들고 있다.24) 어느 쪽이 옳은가가 아니라 "어느 쪽이 틀려 있을까요"라는 부정적 물음은 소설 속에 제시한 현상에 대한 유보적 태도를 말하고 있는 것이다.

---

22) P. Saunders, 173면 참조.
23) "멀리 도시 중심부에 우뚝우뚝 솟은 빌딩들이 몸뚱이의 한편으로는 저녁 햇빛을 받고 다른 한편으로는 짙은 푸른색의 그림자를 길게 길게 눕힌다. 빈민가는 그 어두운 빌딩 그림자 속에서 숨쉬고 있다." - (「역사」, 1:79) 아직 한 동네에서 살고 있다는 것은 서울이 자본주의적 도시 발달의 초기 단계에 머무르고 있음을 보여주기도 하는 것이다. 더욱 고도로 발전하는 거대도시는 초기에 온갖 이질적인 것들을 포괄하는 데서, 주변적인 것들과 중심적인 것들을 도시내의 공간 속에 재배치한다. 공장지대, 계층에 따른 나뉘어진 주거단지, 교외, 공원, 시장은 차츰 구획되어 분산된다.
24) M. Berman, 앞의 책. 은 <저개발의 모더니즘>장을 통해 이러한 관점으로 「지하생활자의 수기」를 분석하고 있다. 「날개」, 『천변풍경』 등의 1930년대 소설도 이러한 의미로 읽을 수 있다.

3. 합리성의 논리로 파악된 서울의 事象

1) 「서울 1964년 겨울」에 나타난 말하기의 의미

「서울, 1964년 겨울」에 이르러 서울은 이전과는 전혀 다른 의미의 공간으로 파악되고 있다. 서울과 시골과의 괴리를 윤리적 태도로 극복하려 하거나 서울 속에 포괄된 근대적인 것과 비근대적인 것의 이질성을 문제시하지 않고, 서울의 현상과 사물을 다시 해석하여 주관화하는 것이 이 소설에서의 태도이다. 이 소설에서 자주 인용되어 해석되어 온 장면 중 하나는 다음과 같은 것이다. 이 장면이 새롭게 해석됨으로써 「서울, 1964년 겨울」의 의미도 다시 부각될 수 있다.

> "단성사 옆 골목의 첫 번째 쓰레기통에는 초콜릿 포장지가 두 장 있습니다"
> "그건 언제?" / "지난 십사일 저녁 아홉시 현재입니다"
> "적십자병원 정문 앞에 있는 호도나무의 가지 하나는 부러져 있습니다."
> "을지로 삼가에 있는 간판 없는 한 술집에는 미자라는 이름을 가진 색시가 다섯 명 있는데 그 집에 들어온 순서대로 큰미자, 둘째미자, 셋째미자, 넷째미자...(중략)"
> "그렇지만 그건 다른 사람들도 알고 있겠군요. 그 술집에 들어가 본 사람은 꼭 김형 하나뿐이 아닐 테니까요."
> "아 참, 그렇군요, 난 미처 그걸 생각하지 못했는데. 난 그 중에서 큰미자와 하룻저녁 같이 잤는데 그 여자는 다음날 아침, 일수로 물건을 파는 여자가 왔을 때...(중략) 그런데 그 여자가 저금통으로 사용하고 있는 한 되들이 빈 술병에는 돈이 백십원 들어 있었습니다."
> "그건 얘기가 됩니다. 그 사실은 완전히 김형 소유입니다."
> 우리의 말투는 점점 서로를 존중해가고 있었다. "나는......"하고 우리는 동시에 말을 시작하기도 했다. 그럴 때는 번갈아서 서로 양

보했다.(1: 208)

　위 인용문과 또 이어진 소설의 구절에서 드러나있듯 이제 소설 속 인물은 다시 서울의 사상을 해석하는데 주력하며 그것을 "소유"하는 것으로 표현하고 있다. 이 소유하는 인식은 다음과 같은 특징을 지닌 것이다.

　첫째, 새로운 인식은 서울에 존재하는 현상과 사물을 數化함으로써 가능해졌다. 첫 번째 쓰레기통, 두 장의 초콜릿 포장지, 셋째 미자, 백 십원의 돈이 든 술병 등등 사물은 셀 수 있는 것이 됨으로써만 다른 어떤 것과 다른 의미를 갖는 것이 되었다. 그러나 다른 어떤 것이 된 사물 자체가 중요한 것은 결코 아니다. 그것에 번호를 부여하여 구별 되는 존재로 인식하는 주관이 중요하다. 번호 붙이기는 사물의 이름을 再명명하는 것에 다름 아닌데, 이는 인식하는 주체가 대상을 장악하기 위해 고도로 추상화된 기호를 도입하는 것이다. 대상에게는 폭력일 수 있는 이러한 합리적 기준이 도입됨으로써 도시의 경험은 이제 장악될 수 있는 것으로 변모한다. 소설 속의 인식 주체는 "사물의 틈에 끼어 서가 아니라 사물을 멀리 두고 바라보게"되며 그때 "모든 것이 내 시 선 앞에서 자기들의 벌거벗은 몸을 송두리째 드러내놓고 쩔쩔"매기에 "바라보며 즐거워 한다"(1: 210)고 말하고 있다. 사물과 거리를 두고 바라볼 수 있다는 것은 인식을 통해 자기에게로 회귀하는 동일자의 주관이 성립함을 말하는 것이다. 이 주관이 가능하자 사물은 이제 그 본연의 보잘 것 없는 모습을 드러내게 되고, 주체는 그에 기호를 부여 하여 소유25)할 수 있다. 이제까지 서울은 '제2의 자연'(아도르노)과 같 은 면모를 지니고 그것을 경험하는 인간에게 폭력을 행사하는 것으로

---

25) 이 '소유'를 소시민적 소유의식이나 욕망과 같은 질의 것으로 해석하는 것 은 무리가 있다. 이 때의 소유는 단지 그 본질을 꿰뚫어 이해하여 온전히 인식할 수 있다는 의미이다.

인식되었다. 그러나 이제 그 관계는 역전될 수 있다.

둘째 서울의 사상을 온전히 인식하는 데에는 인용문에서와 같은 말놀이[26]가 규정적인 힘을 발휘하고 있다는 점이다. 거리를 두고 바라보기를 거쳐 번호 붙여 재명명하기는 김과 안이 나누는 대화를 통해 완성된다. 김은 안이 만들어 놓은 말놀이 틀 속에서 '다섯 미자'가 있다는 사실이 있다는 것을 말하게 되고, 이 인식의 불충분함을 지적받자 첫번째 미자 방에 있던 백십원이 든 빈병을 발견하게 된다. 따라서 김의 '소유'하는 인식은 온전히 안의 말에 견인당함으로써 가능해진 것이다. 이러한 상호성은 말놀이를 벌이고 주도한 안의 경우에서도 다르지 않다. 사물이 장악된 것은 대화를 나누며 이름을 붙여나가는 과정의 순간에서이지, 혼자 거리를 두고 바라보기만으로 그것이 가능했던 것은 아니다. 그리고 대화의 상황이 주어져 있지 않았더라면 수의 기호로써 사물들에 이름 붙일 필요가 없었을 것이다. 두 사람이 나누는 대화는 간주관의 상태에 이르고 있다. 그러자 사물을 장악하는 힘이 더욱 커지고 그들이 소유하게 된 사물의 목록도 더욱 많아져 덧보태지고 있는 것이다. 또한 그들이 벌이는 대화가 간주관의 상태에 이르렀음은 "우리의 말투는 점점 서로를 존중해가고 있었다"는 구절이 설명해 준다. 주지하듯이 '말투'와 '존중' 같은 요소들은 담화의 상호적 상태가 온전한 상태에 이르기 위해 매우 필수적인 형식적 요건들로 간주된다. 한편 이와 같은 대화의 말미에는 김이 만들어 놓은 "영보빌딩 안에 있는 손잡이 조금 밑"의 "이 센티미터 가량의 손톱자국"에 관한 대화가 나온다. 사물에 새겨놓은 흔적이야말로 인식의 차원을 넘는 소유의식을 드러내는 것이라 할 수 있다. 이에 대해 두 사람은 "바라보고 발견하고 비밀히 간직해두는 편이 좋"을 뿐 "뒷맛이 좋지 않"(1:

---

26) 실제 현실에서는 있을 법하지 않는 이와 같은 무목적적인 말놀이는 김승옥의 60년대 후반 소설에서도 계속 등장한다. 예를 들면, 「60년대식」에서 도인과 애경, 도인과 화학기사가 나누는 대화들이 그러하다.

209)다는 데 합의한다. 인식을 넘어버린 맹목적 소유 의식에 대한 반성적 인식이 성립되는데 이 또한 말놀이의 간주관적 힘에 의한 것으로 볼 수 있다.

이러한 대화 이후의 장면에서 김과 안은 아내를 잃은 월부 책장사와 함께 술을 마시고 결국 그가 자살하는 것까지 목격한다. 서울의 서민임에 분명한 월부 책장사의 사연은 비극적인 것이지만 「서울 1964년 겨울」에서는 중요성을 가지지 못한다. 안과 김이 쉼없이 나누는 대화와 그 속에서 새롭게 만들어지는 서울에 대한 인식이 소설에서 본질적인 요소이기 때문이다. 그래서 안과 김에 의해 책장사의 죽음은 아주 간단히 "씨팔 것, 어떻게 합니까? 그 양반 우리더러 어떡하라는 건지"(2: 224)라고 처리될 수 있다. 그러나 이 소설에서 말놀이 속에서 새롭게 발견된 서울 전체가 기호화하고 번호 매겨질 수 있는 것은 아니다. 단지 그 서울 속의 사상들은 이제 커진 주관의 힘의 따라 원래대로 환원되기 시작한 것이다. 그리고 「환상수첩」, 「누이를 이해하기 위하여」에서의 말과 글쓰기가 경험한 것과 윤리 의식 사이의 괴리를 메우기 위한 의미를 지니는 데 반하여, 이 소설에서의 말하기는 경험 대상에 대한 합리적 인식을 위한 보완물의 의미를 지닌다. 또한 문제의 대화에서 드러나듯 말하기의 과정과 서울의 사상에 대한 인식의 과정은 통일된 것으로 나타나 있다.

2) 「다산성」에 나타난 테크놀로지와 소비의 문제

「다산성」 또한 서울 그 자체 내에서의 문제를 다루고 있다. 이 소설에서는 서울이나 도시경험의 문제가 전면에 나타나지 않는다. 이전의 소설에서와는 다른 문제 인식의 틀과 새로운 인간형들이 나타나고 있어서 다른 것과 대비되어 탐구되던 도시 경험 자체는 의미가 반감되기 때문이다. 이제 도시 경험은 아프리오리한 무엇으로 전제되어 있다.

물론 그것을 가능케한 것이 서울이라는 공간 내에 펼쳐진 자본주의적 근대의 논리라는 것은 분명하다. 그리고 이 변화하는 인식의 틀에 1960년대 중반 소설로서의 「다산성」이 갖는 문제성이 있다. 앞서 「서울 1964년 겨울」에서는 대상을 인식하고 지배하기 위해 적극적으로 기능하는 합리적 인식과 말하기가 등장함을 보았다. 「다산성」에서 대상과 주체가 맺는 관계는 테크놀로지[27]의 문제로 설명 가능하다.

「다산성」은 <돼지는 뛴다>, <토끼도 뛴다>, <노인이 없다>의 3개의 이야기로 이루어져 있다. 이 중에서 <돼지는 뛴다>와 <토끼도 뛴다>의 돼지와 토끼가 맺는 인간들과의 관계가 문제이다. 돼지와 토끼는 각각 인간의 목적을 위해 지배되고 이용되는 자연의 상징이다. 첫번째 이야기에서 나와 친구들은 '찐빵'의 논리에 따라 서울의 교외(행주산성)로 돼지를 잡는 들놀이를 나가게 된다. 이러저러한 과정을 겪은 후 결국 돼지를 잡아 먹었지만 즐겁지 못했다는 것이 단순한 이야기의 결말이다.

이 과정에서 '나'는 찐빵의 존재를 인식하게 되고 그에 대해 친구들과 토론을 한다. 찐빵은 소설의 서두에서는 "모두 소심하고 말이 드문 애들"인 친구 열 명이 밀가루 반죽이 되어 합쳐졌을 때 나타나는 어떤 무형의 존재로 설명된다. 찐빵이 갖는 첫 번째 의미는 소비와 놀이의 논리인 것으로 이해 가능하다. "그 자체로서 생명을 가진" 찐빵은 소심한 친구들을 한데 종합하여 개별자들이 친구들의 합과는 전혀 무관한 어떤 우리를 만들어낸다. 그리고 찐빵은 그 우리를 "찬 겨울날 밤에 남산 꼭대기에 올려놓기도 하고 종삼 골목 속에 몰아넣기도 하고

---

27) 이 글에서의 테크놀로지의 개념은 따로 정의하지 않는다. 다만 과학 기술적 합리성, 수단 합리성 또는 그 체계와 작동의 원리라는 의미로 사용하고자 한다. Technik, Techne, Technologie 등은 각각 다른 뉘앙스를 가진 용어이지만 아도르노, 하버마스 등의 독일 이론가들의 글 속에서 혼용되고 있는 것으로 판단했다. 본고의 각주 29-31 참고.

술집의 사기그릇 든 찬장을 뒤집어엎는 데"(2: 79) 끌고 간다.

찐빵이 우리를 끌고 가는 곳은 모두 소비와 놀이의 공간이다. 찐빵이 밀가루반죽을 거쳐 개별적인 친구들의 정신을 지양한 어떤 종합을 이루어 냈을 때, 거기에 작동한 원리는 이념이나 정치와 같은 대단한 것이 아니다. 그것은 힘을 다해 쓰고 놀아야 한다는 원리이다. 그래서 찐빵의 힘에 이끌린 친구들은 어디로 놀러갈 것인지, "계집애들을 끼울 것인지", 무슨 술을 마실 것인지를 "토론과 다수결"로 결정한다. 그리고 잡아먹을 돼지를 구하기 위해 찐빵의 지시에 따라 "그것이 힘들다는 사실을 아끼"며 돌아다닌다. 찐빵은 심지어 때로는 "우리로 하여금 사탕 봉지를 안고 양로원"의 문을 두드리게도 한다. 그러나 양로원 방문이 종삼에서의 단체 오입과 구별될 수 없다. 힘을 다해 쓰고 노는 것은, 소비야말로 거역할 수 없는 위력이며 기적이기 때문이며 자선활동은 좀 다르게 쓰기에 불과한 것이다. 소비는 단지 사물과의 관계만이 아니라 집단 및 세계와의 관계의 능동적 양식이며 자본주의 문화체계가 기초를 둔 체계적이고 포괄적인 활동과 반응의 양식이다.[28] 이 소비는 아래 인용문에서 볼 수 있듯이 嗜好 또는 記號의 논리에 따라 움직이며, 정치와 그 價値値를 바꿀 수도 있다.

> 술에 약한 내가 제안했다.
> "막걸리냐? 소주냐? 소주라면 '진로'냐 '삼학'이냐?"
> 운길이가 좌중을 둘러보았다. 다수결은 소주의 편, 다수결은 단맛이 나지 않는 '진로'의 편, 다수결은 대단한 술꾼이었다.
> "그럼 도시락은 어떻게 할까?"
> 운길이의 얼굴은 서치 라이트였다.(2: 80)

찐빵의 힘은 다수결의 원리로 포장되어 있고 다수결에 따라 그들이

---

28) J. Baudrillard, *La Société de Consommation*, 이상률 역(문예출판사, 1991), 9, 22면 등.

진로 소주를 선택한 것은 단맛이 나지 않는다는 이유에서이다. 그리고 사물은 이제 소비의 대상이기에 주체에게 문제가 되는 것은 사물이 가진 嗜好의 대상성이며, 또 소주냐 맥주냐의 문제를 넘어 사물에 부여된 '진로'라는 브랜드(記號)의 문제인 것이다.

찐빵의 두 번째 의미는 주인공이 친구와 토론하는 가운데 발견한 장난감으로서의 의미이다. 생명을 가졌을 뿐 아니라 "우수한 두뇌와 날카로운 도구를 사용"(2: 104)하는 찐빵과 친구의 장난감은 동의어이다. 장난감은 인간이 만든 모든 것으로 신과 같은 관념적인 것 뿐 아니라 "철로니 기차니 학교"같은 것도 포함한다. 장난감의 의미는 자연을 변화시켜 그것을 수단화하는 인간의 이성, 넓은 의미의 테크놀로지적 합리성을 상징한다. 인간이 만든 학교와 철로 같은 근대의 상징적 제도들은 마치 장난감인 것처럼 하찮은 것으로 이제 재발견되는데, 그것을 단지 장난감으로 여기게 만든 힘은 그 모든 것을 가지고 인간이 놀고 소비할 수 있다는 데서 주어진다. 그런데 측면을 달리해서 볼 때, 소비가 삶의 원리로 되게끔 한 힘은 테크놀로지이며 작품의 제목처럼 "多産性"인 자본주의이다. 그래서 소비의 원리와 테크놀로지는 서로가 서로를 낳게 한 상호원천의 관계에 있는 것이다.

또다른 문제는 찐빵이나 장난감이 인간이 만든 것이되 그 존재를 인정하고 명령에 복종하지 않을 없는 힘이라는 데 있고, 그래서 이에 어떻게 대처할 것인가의 문제도 중요성을 갖고 제기된다는 것이다. 이 문제가 토론의 결미를 이루는데 두 친구는 이에 대한 궁극적인 태도가 죽음 아니면 복종일 것이라 짐작만 할 수 있을 뿐이다.(2: 105) 그래서 소비와 테크놀로지에 대한 「다산성」의 태도 표명은 미루어져 있는 것으로 읽을 수 있다. 서술자는 "하기야 우리의 환경은 아직 태도 결정을 우리에게 요구한 적이 없었는지도 몰랐다... 디테일에서 전체를 파악하려는 잘못을 저지르고 있는지도 몰랐다"(2: 106)라 쓰고 있다.

이 대목에서 「다산성」이 갖는 위치가 드러난다고 생각된다. 소비와 테크놀로지의 문제는 이미 서서히 그 실체를 드러내어 감지되지만, 우리의 환경이란 그에 대한 전면적인 문제를 제기한 적이 아직 없기에 태도 표명 또한 이른 것인지도 모른다는 것이다. 소비와 테크놀로지가 핵심적인 문제로 포착되어 문제되는 것은 분명 후기 산업사회에서이다. 그러나 후기 산업사회에서가 아니라 하더라도 근대화의 진전은 이 문제를 어느 거점에다 설치하고 다른 모든 것을 지배할 원천을 마련할 것이다. 그 거점은 당연히 서울과 그 중심부이며, 시점은 1차 경제개발계획이 성공했다고 선전된 1960년대 중반인 것이다. 그리고 비록 교외에서 돼지를 잡아먹고 삼학 소주 대신 진로 소주를 택하는 저차한 수준에 있다 하더라도, 미래의 문제는 중심 근처에 있는 인간들에게는 선취될 수 있는 것이다.

태도 표명을 유보한 대신 「다산성」은 소비와 테크놀로지의 양대 원리가 지배적인 것으로 되는 최초의 국면, 즉 자연적인 것을 인간화하는 국면의 문제를 상세히 보여주고 있다. 즉 들놀이의 계획에 따라 돼지를 잡고, 연극을 위해 "토끼의 생명력을 이용한다"(<토끼도 뛴다>)는 과정 자체가 보다 명확히 그려져 있는 것이다. 「돼지는 뛴다」에서 돼지를 남한산성에까지 끌고 가서 잡는 과정은 결국 실패로 귀착된다. 돼지는 맛이 없었는데, "너무 처참한 상처"를 남기고 난 후였기 때문이다. 달아나는 돼지를 잡는 과정에서 내가 발견한 것은 자연의 공포였다.

> 메뚜기들은 나에게 육탄 돌격을 감행해왔고 진짜 뱀 몇 마리가 나의 사기를 꺾기 위해서 시위했다. 우주가 시시각각 확대되어간다는 과학책의 가르침을 그 들녘이 내 앞에 본보기로써 자기 몸을 내던졌다.(1: 109)

인공적인 것과 그 총화로서의 서울이 이미 주어진 것일 때, 자연이란 "과학책의 가르침" 속에 있는 무엇일 뿐이다. 인공적인 것 속에서만 숨쉬는 자에게 자연은 아직 수준 낮은 과학책으로 완전히 장악되지 못한 것일 수 있고, 과학책이 추상화해 놓은 수식과 기호가 다 가르쳐 줄 수 없는 또다른 실체를 지닌 것이기도 하다. 그래서 고향이 그리워져서 찾아갔던 논두렁(「누이를 이해하기 위하여」)은 이제 나에게 폭력을 행사하는 것이다. 폭력의 주체는 서울의 것이었는데 이제는 논두렁에 있는 것들로 바뀌어 있다.

이처럼 달라진 대상의 위계와 의미를 김승옥은 새로운 환유적 표현으로 보여준다. 원래 주어의 자리에 놓여 동사나 형용사를 거느릴 수 없는 것들, 예컨데 논두렁, 볏잎, 까만 점, 메뚜기 등과 찐빵이 주어의 자리에 놓인다. "논두렁이 정식으로 나를 논 속으로... 자빠뜨렸다", "찐빵은 훌륭한 분이다", "까만 점은... 헛소리를 한 바께쓰쯤 쏟아놓았다" 등이 그러하다. 또한 "역사는 무척 외로운 놈...", "다수결은 대단한 술꾼이었다", "윤길이의 얼굴은 서치라이트였다"와 같이 연결 불가능한 항들이 하나의 문장으로 포괄되고 있다. 이처럼 역전된 수사가 동원됨으로써 인간적인 것과 인공적인 것, 그리고 자연적인 것의 관계가 달라졌음이 표현된다. 이와 같은 언어 표현은 <돼지는 뛴다> 장의 주제를 함축하고 있는 수사적 차원이다.

<토끼도 뛴다>의 연극 연출자는 질량불변의 법칙과 조건반사 원리를 넘어선 대단한 과학적 이론을 연구하여 토끼의 생명력을 이용하는 즉, 토끼가 연기자로 등장하는 연극을 만들고자 한다. 놀이를 위해 돼지를 잡는다는 것과 똑같은 구조의 이야기이다. 그러나 토끼를 이용한다는 논리는 돼지를 잡는 것보다는 훨씬 복잡하고 완전히 합리화된 공식과 추상에 의한 것이었다. 그래서 연출자는 자신이 과학자들이 하는 일과 똑같은 일을 한다고 자부한다.

흥미로운 것은 이에 대한 나의 반응이다. 나는 "이 도시의 어느 숨

겨진 장소에서 위대한 실험이 반복되고 있는 것을 진심으로 기뻐하”
며 “인간들을 위해서 토끼들도 활약할” 그 시대는 “위대한 시대”(2:
126-7)라는 찬탄을 보낸다. 앞서 테크놀로지에 대한 ‘나’의 태도는 유
보적인 것이라 했는데, 여기서 그 유보적인 것의 한 측면을 분명히 구
성하고 있는 긍정과 매혹이 드러나 있는 것이다. 프랑크푸르트 학파에
따르면 기술 합리성으로서의 테크놀로지는 지배 합리성과 완전한 동
의어이다. 그러나 테크놀로지에 대한 이런 테제는 매우 복잡한 사유를
거친 결과물로서 테크놀로지에 대한 일방적인 부정만을 함축하는 것
도 아니다. 간단히 정리하면, 자연은 과학적으로 파악되고 지배됨으로
써 기술적인 생산과 파괴의 장치안에서 새로운 모습으로 나타나는데
이러한 기술적인 생산과 파괴의 장치는 개인의 생활을 보존하고 개선
시키는 동시에 개인을 장치라는 주인에게 굴복시킨다. 따라서 합리적
인 위계 질서는 사회적 위계 질서와 혼합되어 버린다는 것이다.29) 그
리고 이런 귀결 이전에 테크놀로지는 해방의 의미를 함축하는 무엇으
로 인식되어 왔던 것이다. 유토피아의 의미와 연관된 테크놀로지는 20
세기 이후에는 유토피아의 의미를 변화시키고 또는 그것을 대체하는
힘으로 변화되어 온 것이다.30) 결국 테크놀로지가 세계 자체로 되어
환상이나 세계 변화의 힘이 될 수 없는 상태가 된 것이 후기 산업사회
라 하더라도, 그 매혹은 부정되기 여전히 어려운 것이다.31)

테크놀로지에 대한 태도가 중요한 것은 이것이 근대화에 대한 태도
의 문제와 동궤에 놓이는 것이기 때문이다. 과학과 기술로서의 테크놀

---

29) J. Habermas, *Technik und Wissenshaft als ‘Ideologie’*, 하석용 외 역(이성과현
   실사, 1993), 64면.
30) ″Somthing’s Missing-A Discussion between E. Bloch and Th. W. Adorno on
   the Contradictions of Utopian Longing″, in E. Bloch, *The Utopian Function of
   Art and Literature*, MIT UP, 1993. pp.2-4.
31) J. Baudrillard, 『보드리야르의 문화 읽기』, 배영달 편역, (백의, 1998), 72-3면.

로지는 다른 근대화의 항목(도시화나 산업화 등)과는 달리 그 자체 근대화의 지표이며 핵심이면서도 해방적이며 가치중립적인 외관을 지니기에 찬탄의 대상이 될 수 있는 것이다. 특히 이러한 피상적인 찬탄의 논리는 근대화 초기의 반응이라 할 만한 것이다. 개발과 근대화에 필수적인 부대 효과들과 요소들에 대해 경계와 비판의 태도를 취하면서도, 그것을 찬양 고무하거나 어쩔 수 없는 것으로 받아들이는 당대 한국의 담론들과 「다산성」은 연관성을 갖고 있는 것이다.32)

돼지 잡기가 실패한 것과 똑같이 토끼를 연극에 출연시킨 시도는 우스꽝스럽게 종결된다. 그래서 「다산성」은 테크놀로지가 갖는 매혹적인 의미에 대해서도 비판적인 거리를 가볍게 유지하고 있는 것으로 보인다. 소비와 놀이, 테크놀로지가 동반하는 이미지는 표피적인 가벼움이다. 이 가벼움과 「다산성」이 갖는 가벼움은 표리를 이루고 있는 것으로 여겨진다. 어두움으로서 이를 보여주지 못하는 데에 근대화 경험이 김승옥 소설에서 표출되는 방식의 변모를 보여준다고 하겠다.

5. 결론

1960년대는 정부수립과 6.25이후에 전개된 근대화에 대한 논의와 모색이 물질적인 사회적 동력으로 전화된 시기이다. 상식 수준에서 4.19 혁명과 5.16쿠데타로 상징된다고 하는 이러한 거대한 사회적 변화를 추동한 근대화 담론들은 매우 복잡한 항목과 층위들로 구성되어 있다.33) 그 대강만 나열해도 4.19 혁명과 1961년 어간에 터져 나온 민주

---

32) 다음과 같은 글들을 참고할 수 있다. 박태균, 「1956-1964년 한국 경제개발 계획의 성립 과정」(서울대 국사학과 박사학위 논문, 2000); 조가경, 「오늘의 과제 관견」, 『사상계』 97, (1961.8) ; 이정식, 「후진국 현대화의 목표」, 『사상계』 103, (1962.3)
33) 이러한 논의는 다음의 논저를 참고로 하여 서술했다.

주의와 민족 통일의 담론들, 5.16쿠데타 주도 세력과 제3공화국이 모토로 삼고 지배적 이데올로기로 전화시킨 반공과 경제개발론, 그리고 60년대초의 혁신계 정당운동을 구성하던 민주사회주의(또는 사회민주주의)의 논리들, 6.3운동과 그 이후의 진보정치 세력들이 내세운 민족 주체성과 민족 경제론 등등을 들 수 있다. 이러한 정치·경제의 담론과 이데올로기의 지형 속에서 당대 문화 담론의 핵심을 찾아내고 여기에 문학의 위치가 어떻게 정해질 수 있는가 하는 점이 1960년대 소설 연구의 과제가 되어야 할 것으로 생각된다.

이제까지 김승옥에 대한 논의를 검토하면 문체개발자로서의 면모에 대한 문학사적 의미 부여가 대부분이었음을 알 수 있다. 김승옥은 실로 문체개발자이다. 그의 문체가 후대에 남긴 영향이란 곧 그의 문체적 자질에 포괄된 어휘, 묘사법 등의 항목이 세대 초월적인 면모를 가지고 있음과 동의어이다. 그러나 1950년대에서 60년대 문학으로의 단절, 혹은 비약 사이에 개재해 있다는 이 문체 개발의 실상을 온전히 파악하기는 어렵다. 이 또한 당대 문화 담론의 전회 속에서 다루는 것이 가능한 접근 경로라고 생각된다. 소위 순 한글세대의 등장과 그 이면에 있는 글쓰기에 대한 사고의 전환, 그리고 50-60년대 교양주의의 성격, 고등 교육의 정착과 전이의 과정에 결부된 지식의 성격 변화 등이 그 주요한 대상이 될 수 있을 것이다.

홍석률, 「1953-61年 統一論議의 전개와 성격」, 서울대 국사학과 박사학위 논문, 1997 ; 강만길 외, 『한국사』 19, (한길사, 1994) ; 권태억 외, 『자료집 - 근현대 한국 탐사』, (역사비평사, 1994) ; 한국역사연구회, 『한국 현대사』, (풀빛, 1994) ; 한국역사연구회, 『한국 역사 입문』, (거름, 1995) ; 박태순·김동춘, 『1960년대의 사회운동』, (까치, 1991) 그리고 당시 『사상계』의 몇몇 논문들을 참고했다.

참고문헌

『김승옥 소설 전집』 1, 2, 3.(문학동네, 1995)
『사상계』 통권 77, 78, 79, 103, 127호 등.

Armstrong, P · Glyn, A. · Harris, J., *Capitalism Since 1945*, 김수행 역, 동아출판사,
        1993.
Baudrillard, J., *La Société de Consommation*, 이상률 역, 문예출판사, 1991.
Baudrillard, J.,『보드리야르의 문화 읽기』, 배영달 편역, 백의, 1998.
Berman, M., *All That Is Solid into Air : The Experience of Modernity*, 윤호병 외
        역, 현대미학사, 1994.
Bloch, E., *The Utopian Function of Art and Literature*, MIT UP, 1993.
Habermas, J., *Technik und Wissenshaft als 'Ideologie'*, 하석용 외 역, 이성과 현실
        사, 1993.
Harvey, D., *The Conditon of Post Modernity*, 구동회 외 역, 한울, 1994.
Harvey, D., *The Urban Experience*, 초의수 역, 한울, 1996.
Saunders, P. *Social Theory and the Urban Question*, 김찬호 외 역, 한울, 1998.
Touraine, A., *Critique de la Modernite*, 정수복 외 역, 문예출판사, 1995.

강만길 외,『한국사』 19, 한길사, 1994.
권태억 외,『자료집 - 근현대 한국 탐사』, 역사비평사, 1994.
김순희, 「김승옥 소설 연구-자아의 인식 변모과정을 중심으로」, 경북대 석
        사학위 논문, 1997.
김승옥,『뜬 세상에 살기에』, 지식산업사, 1977.
김윤식,『운명과 형식』, 솔, 1992.
민족문학사 연구소 편,『1960년대 문학 연구』, 깊은샘, 1998.
류보선, 「개인과 사회의 대립적 인식과 그 의미」,『문학사상』, 1990. 5.
박태균, 「1956-1964년 한국 경제개발계획의 성립 과정」, 서울대 국사학과
        박사학위 논문, 2000.
박태순·김동춘,『1960년대의 사회운동』, 까치, 1991.
백낙청,『민족문학과 시민문학 1』, 창작과비평사, 1978.
손정목,『한국현대도시의 발자취』, 일지사, 1988.
유종호,『유종호 전집 1』, 민음사, 1995.

이재선, 『현대한국소설사』, 민음사, 1991.
정과리, 『문학, 존재의 변증법』, 문학과지성사, 1985.
정영훈, 「김승옥 소설에 나타난 욕망의 발현양상 연구」, 서울대 석사학위
　　　논문, 1998.
조명래, 「서울의 새로운 도시성－유연적 축적의 도시화와 대도시의 삶」,
　　　『문화과학』, 1994년 봄.
한국역사연구회, 『한국 역사 입문』, 거름, 1995.
한국역사연구회, 『한국 현대사』, 풀빛, 1994.
홍석률, 「1953-61年 統一論議의 전개와 성격」, 서울대 국사학과 박사학위
　　　논문, 1997.

경계로부터의 도약
— 이청준의 「잔인한 都市」를 중심으로

김 병 용

1. 사람 마음에 일렁이는 무늬결

'사람 마음의 무늬결을 용비늘 새기듯 그려내는 것'이 문학이라고
이야기한 사람은, 지금으로부터 1천 5백년 전 중국 땅에 살다가 『문심
조룡(文心雕龍)』이란 저술을 남기고 홀연 역사의 한 점 티끌로 사라진,
유협(劉勰)이란 이였다. 문학의 역사만큼이나 장구하게 문학이란 무엇
인가 하는 물음이 있었을 터이고, 밤하늘의 별만큼이나 무수한 답변들
이 생성하고 명멸했겠지만, 유협이 남긴 이 한 마디보다 더 아름답고
간결한 정의를 만나기도 쉽지 않다.

수 천 년을 움직이지 않고 고여 있어, 저렇게 산 채로 썩어 가는 모
양이구나, 체념케 만드는 호수가 있다. 그래도 그냥 돌아서기 서운해
납작한 돌멩이를 하나 골라 던져 본다. 수면과 부딪쳐 날쌘 바람과 물
수제비를 함께 일으키는 돌멩이… 한 번, 두 번, 세 번… 수면을 박찬
돌멩이는 그 탄성(彈性)으로 인해 더욱 빠르게 전진하게 된다. 아, 가
만…! 돌멩이만 통통 튀어나가는 것이 아니다. 수면 아래 깊은 곳에 웅
크려 꼭 이 순간만을 기다렸던 것일까, 순식간에 물결이 일어서더니,

돌멩이를 뒤쫓는다. 그뿐인가, 돌멩이가 날아가는 방향과 전혀 관계없을 것 같은 호변 여기저기에 파문(波文)이 밀려들고, 넘실대는 그 기세는 금방이라도 물머리를 치세울 양이다. 또, 파랗거나 새카만 하늘은 미동조차 하지 않는다. 내가 선 곳으로부터 얼마나 먼 곳에 저 하늘이 있는지 누구도 셈하지 못 한다. 그때 건듯 산들바람이 한 번 일더니, 이내 하얗고 몽글몽글한 구름이 어디선지 몰려온다. 인간의 시계(視界)로는 가늠하기 힘들던 하늘의 경계는, 높디높은 산마루 위로 느리게, 또 빠르게… 밀어닥치는 풍파(風波)나 구름 같은 하늘 무늬들에 의해 비로소 획정(劃定)되는 법.

이처럼, 발원(發源)과 유역(流域)은 동시발생적으로 드러나며, 물무늬의 파장(波長)과 중심(中心)이란 상황적 시중(時中)에 의해 나뉘어진 가변적이고 상대적인 분별일 뿐이다. 그것들을 결정하는 힘은 물론, 돌멩이와 바람으로부터 얻어진다. 토폴로지(Topology) 용어로 옮긴다면, 발원과 유역 사이는 스칼라(scalar)가 될 것이며, 돌멩이와 바람의 힘은 벡터(vector)에 해당할 것이다. 스칼라 없는 벡터가 무의미할 수밖에 없듯이, 벡터 없는 스칼라란 무분별하게 널려있는 좌표들의 집적태에 불과할 수 있다. 적막하고 고요한 우주를 가로질러 날아가는 혜성이 있어야 우주는 더 아득히 멀고 깊은 곳이 되고, 그 속에서 제 몸을 소진해 내뿜는 찰나의 빛이 더더욱 찬연히 새로운 법.

그렇다. 삶이며 문학이며 그 도근점(道根點)은 한결같이 '관계의 발생'에 놓일 수밖에 없다. 무의미하게 각각 떠돌던 사물과 사물이 서로에게 유의미한 자생체(自生體)로 존재 전이를 하려면, 질적 변환의 전제조건으로서 관계의 발생이란 당연한 것이 된다.

이러한 관계의 발생을 '도약'이라고 일컫는 사람들이 있다. 단자(單子)가 네트워크에 포함되는 것, 소승적인 자아를 대승적인 자아로 확장하는 것, 아닌게 아니라 도약이라 부를 일이다. '삶의 도약(élan vital)

과 그 좌절태로서의 만상(萬象)'을 이야기했던 베르그송(H. Bergson)의 말도 그렇다.

마음의 무늬결을 하나하나 꼼꼼히 돋을새김하는 것이 문학이라고, 유협은 말했다. 문득 마음에 한 작용(作用)이 있어 생기는 파문, 그것도 사람의 마음이 그려내는 무늬<人文>라고 했다, 돌멩이나 바람이 아니고 사람 마음에서 발생하는 변화에의 의지...이때, 스칼라를 인간을 둘러싼 시공간적 제반 요소로 환치하고 벡터의 자리에 일 개인을 대입하고 보면, 이게 곧 '세계 내 존재'일 것이다.

인간을 대우주의 축소판인 소우주라고 말했던 이들, 이 세계를 유기체적 조합으로 바라보았던 사람들... 동서고금을 통틀어 이들의 수를 헤아리는 일, 도대체 그것이 가능한 일이기나 한 것인가? 또, 이런 말을 남기고 사라진 이들은 누구였던가, 특정한 양상의 세계에 던져진 '문제적 주인공(problématique héros)'의 위상을 점검하는 작업의 결정이 문학이라고 말했던 사람, 문학 작품과 세계의 사이에는 '구조적 상동성(相同性)'이 놓인다고 애써 말했던 그 사람들...

물론, 이처럼 상동성을 추구하는 노력은 한낱 꿈에 그칠 수도 있다. 엄밀한 의미에서, 사람들의 삶과 문학에서, 공시적으로 보편성을 지닌 모델이, 그것도 긍정적 유효성을 띤 채 존재한다고 생각하기 힘들기 때문이다. 인간의 역사나 문학사의 모든 갈피가 개별적 우연성을 보편적 필연성으로 탈바꿈시키는 추수적 귀납 논리의 영향으로부터 별반 자유롭지 못 하다.

하지만, 실현되지 않아서, 존재하지 않아서 꿈꾼다. 인간 삶에서 합목적적인 동시대적 합의를 지향하는 보편 모델을 발견하려는 것, 그건 인간들의 꿈이다, 자신이 거처하는 시공간을 자신의 지력으로 가늠해 보려는 것. 가뭇거리는 인간들의 경계, 거기를 보고 싶은 것... 일이관지(一以貫之), 꿰뚫어보고 싶은 것. 볼 수 없기에 그렇게도 지평선 너머가 궁금한 것…

이 같은 지적 호기심을 바탕으로 인간의 사유 체계가 정교해졌다고 한다면, 그리고 그 사유 체계가 발전 양상이 어느덧 자기완결을 지향하는 지점에까지 이르게 되었다고 한다면… 문학이 이 같은 인간의 사유 체계를 가장 밀도 있게 표현하길 꿈꾸고, 또한 그 꿈의 실현을 열망하는, 예술의 장이라고 할 수 있다면… 소설은 논리적 정합성을 중시하는 태도로 이 꿈을 실현하려는 장르에 해당할 것이다.

2. 여기, 한 사람이 있다

대상(세계, 우주, 진리 등등)에 대한 사람들의 질문은 가치 지향적 성격을 띤다고 요약할 수 있다. <이것은 무엇인가>, <무엇에 쓰이는가>에서부터 <이것에 대해 안다는 것은 무엇인가>까지, 질문은 대개 가치를 동반한 답변을 요구하게 된다. 그런 면에서, 어떠한 물음이든 그 속에는 현존재의 시공간적 좌표에 대한 의구심과 함께 그 좌표를 확인하려는 의지가 놓여 있다고 말해도 될 것이다. 그리고, 이러한 의구심과 의지는 그 지향적 성격으로 말미암아 강렬한 자기 존재 표현을 수반케 된다.

이청준의 소설, 「잔인한 都市(1978)」는 막 감옥에서 출소한 한 노인의 모습을 다음과 같이 그리고 있다.

> 사내는 언젠가 그가 교도소를 들어갈 때부터 그의 전 재산이었던 낡고 작은 사물(私物) 보퉁이 하나를 손에 든 채 마치 망각의 길을 헤쳐 나오듯 변화 없는 발걸음으로 교도소 길목을 천천히 걸어나오고 있었다. 전쟁 후에 한창 유행하던 염색 야전잠바 웃도리에, 역시 낡고 색이 바랜 황록색 당꼬바지의 차림새들이 이마 위로

아무렇게나 헝클어져 내린 그의 그런 차림새나 센 머리털의 지치
고 무기력한 느낌은 사내가 세상 사람들의 망각 속에 교도소 안에
서 훌쩍 흘려 보내버린 그 무위한 세월의 무게를 말해주고 있는
것 같기도 하였다. (이청준, 「잔인한 도시」, 『잔인한 도시』, 문학사
상사, 1978, 23쪽. 이하 쪽수만 밝힘.)

 '센 머리털'을 하고 '망각의 길을 헤쳐 나'와 막 여기, 우리 앞으로
다가오는 이 노인. 이 노인은 우연히 우리 앞에 나타난 것이 아니다.
필연, 그 노인은 그가 살아온 경위(經緯) 그대로, 그 경위에 좌표를 두
게 될 수밖에 없었던 인물.

 즉, 전과자(前科者)로 막 출소한 이 노인은 보통 대중들에게는 아예
그 존재의 무게가 느껴지지 않거나 망각의 장소라 할 교도소 안에 오
랜 세월 격리되어 있다가, 이제야 비로소 바깥 세상으로 사회적 공간
좌표가 전이(轉移)된 인물로, '낡고 색이 바랜' 그의 행색이 암시하고
있듯이 바깥 세상에서 진행된 시간적 변화로부터도 완벽히 소외된 인
물이다. '야전잠바'나 '당꼬바지'는 그가 현시대로부터 유리된 인물임
을 극명히 드러내는 표지에 해당하는데, 그것만으로도 이 노인은 '문
제적 개인'에 해당한다.

 이 노인을 중심으로 생각해본다면, 그는 남들에게야 '동시적(同時
的) 현재'겠지만 자신으로서는 알 수 없이 까마득한, '비동시적(非同時
的) 미래'에 갑자기 내팽개쳐진 고독한 추방자라 할 것이다. 하지만,
그는 과거에서 날아온 돌멩이로 이제 현재라는 호수의 크기와 깊이
그리고 수질을 가늠케 할 파장을 불러일으킬 인물이기도 하다.

 중세의 황혼과 근대의 박명을 동시에 누렸던 파스칼(B. Pascal)은 문
득 이런 생각을 했다. "왜 저기에 있지 않고 여기에 있는가, 그때에 있
지 않고 지금 있는가?"1)

---

1) B. Pascal / 하동훈 譯, 『팡세』, 문예출판사, 1984, 91쪽

여기서 정말 놀라운 것은 파스칼이 별반 새로울 것도 없는 사실의 발견에 놀라고 있다는, 바로 그 사실이다. 이 에피그램(epigram)은 '나는 왜 이제야 그걸 생각했을까'하는 경이로움으로 가득 차 있다. 이 경이로움은 고뇌, 두려움, 의아함, 자기애 등의 에피셋(epithet)을 포함하는 경이로움이라 할 것이다. 격변적인 전환기를 살아야 하는 지식인의 고뇌. 불가역적(不可逆的)이고 전향적(前向的)인 시간관에 눈뜬 자의 두려움. 궁금해하지 않아도 되는 것을 궁금해하는 자신에 대해 의아하게 생각하는 그 마음. 그리고 이 같은 생각의 큰 전제로 자리잡고 있는, 나르시씨즘 혹은 휴머니즘.

또, 이 말은 '우리는 언제, 어떻게 여기까지 오게 되었는가'라는 질문을 환기하는 것으로 이해될 수 있다. '우리'는 이처럼 근원에 대한 질문을 던지는 존재, '생각하는 갈대'인 것이다. (모색으로서의) 생각… (발견으로서의) 생각… (재해석으로서의) 생각… '갈대'는 또 생각한다. '언제, 어떻게'만 중요하겠는가. 정작 더 중요한 것은 '왜 왔을까, 왜 아직도 여기 있을까, 앞으로도 여기 있을까, 앞으로도 여기 있어야 한다면 그 이유는 무엇인가' 등등이 아닐까? 나란 단지 '이것을 경험하는 사람'에 불과하지 않은가!

이런 질문은 자연스럽게 대상 혹은 타자라는 관념을 도출하기에 이른다. 나(A)에 대해 생각하는 나(A')… 갈대의 생각은 꼬리에 꼬리를 물고 이어진다. 나는 도대체 누구일까? '보는 나 / 보이는 나', '생각하는 나 / 생각의 대상인 나'… 어떤 것이 진짜 나인가?… 도대체 내가 아는 것은 무엇이란 말인가?

이런 질문들이 던져지고 답변을 구하는 소란의 와중, 근대 소설이란 것이 탄생한다. 서사시-로망스로부터 '이야기' 전통을 물려받았지만, '말하는 나는 누구인가', '도대체 무엇을 말하고 있는 것인가', '어떻게 말할 것인가', '이 말은 누가 듣는가'… 회의하고 또 회의하게 된 운명을 타고 난 새로운 서사방식. '가라타니 고오진(柄谷行人)'이 '근대소설에 관한 모든 논의는 결국 타자의 발견에 집중될 수밖에 없다'[2]고 말한 사정이 이런 까닭일 것이다. 말한다는 것은 근본적으로 듣는 타자(자신이든 타인이든)를 지향하는 의식의 발현 행위이기 때문이다.

남에 대한 관심, 그건 실상 나를 향한 관심이다. '그는 누구인가'라는 물음은 '나는 누구인가'라는 질문의 변형이고, 궁극적으로 '우리는 누구인가'에 대한 답변을 끌어내기 위한 예광탄이 될 것이며 그 탄착점은 다시 '나는 누구인가'라는 최초의 화두에 집중된다.

'부버(M. Buber)'가 나의 정체성은 너와의 관계 속에 발현되는 것이라고 말하는 맥락도 이와 같다.[3] 그의 논점을 존중해 생각하면, 우리란 '나'가 확장된 외연(外延)이 아니다. '나 - 너'의 교섭이 소거된 상태에서, 나와 너는 절대로 우리가 될 수 없는 법. 그의 말처럼, 나와 그것일 뿐이다. 그러고 보면, 너와 그것은 나와의 거리(距離)에 의해 차별적으로 발생하는 관계에 의해 분별되겠다. 바흐찐(M. M. Bachtin)도 부버와 비슷한 견해를 피력한 바 있다.

> 나를 타자에게 드러냄으로써만, 타자를 통하고 타자의 도움에 의해서만 나는 나 자신을 인식하고 나 자신이 된다. 자기 인식을 구성하고 있는 가장 중요한 행위들은 다른 의식(너)과의 관계에 의해 결정된다.[4]

타자가 없는 곳에서 '나는 나'라고 주장하는 것이야말로 '죽음에 이

---

2) 柄谷行人 / 송태욱 譯, 『탐구 1』, 새물결, 1998, 29-60쪽 참조.
3) M. Buber / 표재명 譯, 『나와 너』, 문예출판사, 1977, 특히 「根源語」 편 참조. 이 글에서 쓰인 '나'. '너', '그것'과 같은 용어는 대개 부버의 개념을 빌린 것이다.
4) T. Todorov / 최현무 譯, 『바흐친 : 문학사회학과 대화 이론』, 까치, 1987, 136쪽에서 재인용.

르는 병'이라고 말한 철학자도 있지 않던가.

3. 감옥에서 〈교통섬과 기수역(汽水域), 변경(邊境)을 거쳐〉 다시 감옥으로

먼저, 이 작품의 문제적 주인공인 그 노인이 있었던 곳과 이제 걸어 나온 곳을 좀 더 자세히 살펴보자. 그가 있었던 곳은 교도소이며, 걸어 나온 곳은 공원이다. 이 사내가 '지금, 여기' 사람들이 사는 도시에 진 입하기 위해선 이 공원을 통과하는 일이 필수적이다. 평면 분할 구도 로 보면, 이 노인은 좌에서 우로 좌표 이동 중이다.

① …교도소와 교도소 수감자들의 존재도 바깥 세상에선 기억이 까마득히 잊혀져 온 것이었다. / 하지만 그동안 교도소 교도관들의 출퇴근 행사는 어김없이 계속이 되어 오고 있었고, 밤이면 높다란 감시탑들의 탐조등 불빛들도 그 확고부동한 기능을 발휘하기 시작 했다. 그건 이를테면 그 깊은 세상 사람들의 망각 속에서도 교도소 의 존재와 기능은 여전히 엄존하고 있다는 가차없는 증거였다. (22-3쪽)

② 교도소는 도시의 서북쪽 일각, 벚나무와 오리나무들이 무질서 하게 조림된 공원 숲의 아래쪽에 있었다. 그리고 그 무질서한 인조 림이 끝나고 있는 공원 입구께에서 2백 미터 남짓한 교도소 골목 이 꺾여들고 있었다.   (21쪽)

①에서 보여지듯, 교도소는 감시와 처벌이 '가차없'이 진행되는 공 간이지만, 세상 사람들은 대개 까마득히 망각하고 있는 곳이다. 분명 히 엄존하고 있으나, 존재하지 않는 곳으로 치부되는 곳. ②의 인용문 은 그것을 좀 더 분명하게 보여준다. 드러내고 싶지 않은 치부를 서둘

러 가리듯, 급조된 인상의 인조림 공원이 교도소 구역을 뒤덮고 있다.

하비(D. Harvey)에 의하면 '도시 공간의 재배치는 내부적 필요에 의해 이루어진다기보다 가진 자들의 의도를 반영'한다.[5] 결국, 모든 사회적 공간은 사회적 생산물이라는 뜻이다. 이 교도소의 공간 좌표 역시, 수용할 수 없는 '과거'에 대해 '현재' 사람들이 갖고 있는 거리의 느낌과 확고한 차단(遮斷) 의지를 강렬하게 시사하는 것이다.

서북향이라는 어휘도 매우 의미심장하다. 동양의 방위 개념에 의하면 서북쪽은 '가을, 백색(西) / 겨울, 흑색(北)'의 중간(점이) 지대를 가리킨다. 이를 절기에 비하면 늦가을이나 초겨울이겠고, 색이라면 흰색도 검은 색도 아닌 회색(灰色)이겠다. 만약, 사람의 일생에 비유한다면 초로의 때일 것이며, 하루 중에는 놀이 지고 땅거미가 내려앉는 무렵이다. 이 같은 어휘들은 대개 고독이나 조락(凋落) 등 마이너스(−) 자장을 형성하는 결핍성 단어인 동시에, 경계(境界)에 선 것들만이 발산할 수 있는 불명료함이나 잉여(剩餘) 부산물의 어감을 갖게 만든다. 또, '왼손잡이'와 같은 단어에서 쉽게 추출할 수 있는 다수가 아닌 소수라는 개념, 그에 수반되는 소외와 박해 등의 을씨년스러운 뉘앙스… 이것들이 고스란히 '서북방'이란 단어의 내포인 것이다.

따라서, 이 노인의 출감 시간은 "…아닌게아니라 이날 저녁(23쪽)"일 수밖에 없다. '지금, 여기' 사람들에게 전혀 위협이 되지 못할 만큼 늦은 인생의 황혼에 당도해야 '그때, 거기' 사람은 출감할 수 있는 것. 이렇게 출감한 노인이 도시로 들어가기 위해선 공원을 지나야 하고, 공원은 그 중간 위치로 말미암아 자연스럽게 '매개 / 차단'의 이중적 성격을 띤다.

그런 의미에서, 이 공원은 우선 '교통섬'의 역할을 한다고 볼 수 있다. 교통섬은 큰 교차로에 흔히 볼 수 있는 완충지대로, 도로·신호 체

---

5) D. Harvey / 최병두 譯, 『사회 정의와 도시』, 종로서적, 1983, 32-75쪽 참조

계상 정지선의 경계가 명확치 않아 각 방향 차량이 뒤엉키기 쉬운 곳, 보행자 입장에선 한 번의 신호 점멸로 건너기 힘든 횡단보도를 만나는 곳, 그런 자투리땅에 인공적으로 조성된 일종의 징검다리이다. 그것은 또한, 아무리 정교한 교통신호체계라 하더라도, 해결치 못 하는 부분이 있음을 보여주는 증거이기도 하다. 도로의 기능적 측면이나 미관상 존재할 까닭이 별로 없으나, 더 정교한 교통 제어 시스템이 등장할 때까지 한시적으로, 존재 가치를 부여받는 일종의 필요악.

교통섬의 그러한 어정쩡한 성격처럼, 거기 서 있는 사람 역시 어정쩡하기 짝이 없는 '경계에 선 인간(marginal man)'이다. 보행자이지만 차량 교행로 상에 '일단 멈춤' 상태로 나와 있는 셈이고, 멈췄으나 휴식을 취할 수 있는 것도 아니다. 우선, 노인이 접한 '일단 멈춤'의 표지부터 살펴보자.

> 변화 없던 사내의 얼굴에 비로소 어떤 심상찮은 표정이 떠오른 것은 그가 그 2백여 미터 남짓한 교도소 길목을 빠져나와 공원 입구께에까지 닿았을 때였다. / - 새들은 하늘과 숲이 그립습니다… (중략-필자)… / - 새들에게 날을 자유를 베풉시다. / - 자비로운 방생은 당신의 자유로 보답받게 됩니다. (24쪽)

막 출감한 중늙은이가 새장에 갇힌 새와 '방생'의 선전 문구를 보고 어떤 연상을 했을 것인지는 불문가지. 오랜 기간 구금 생활을 끝내고 나온 노인에게 그 선전 문구는 마치 출소자를 위한 환영 현수막처럼 보였을 것이고, '방생'을 하면 '자유로 보답받'는다는 말에 가슴이 설레기도 했을 것이다. 세상의 모든 풍경은 각 개인의 비밀스러운 상처와 기억을 투과해 보여지지 않던가.

하지만, 마음만 먹으면 한달음에 건너뛸 거리 같던 이 공원, 사회로 복귀하는 교두보 정도로 여겼던 이 공원이 만만한 곳이 아니었다.

먼저, 출소한 이후 맨 처음 접하게 된 사람인 '방생의 집' 주인인 젊은이부터 그를 대하는 태도가 영 심드렁하기 짝이 없다. "하관이 몹시 매끈하게 빨려 내려간 얼굴 모습이 어딘지 좀 오만스럽고 인색스런 인상을 풍긴 데다가 차가운 백동테 안경알 속에서 눈알을 몹시 영민하게 굴려대(25쪽)"는, 이 젊은이는 "늙고 초라한 사내의 정체에 대하여 재빠른 판단(33쪽)"을 내린 뒤로, 성가시고 귀찮다는 태도로 일관한다. 노인이 "가막소를 나온 대개의 출감자들은 가막소 안에서 힘들게 견뎌낸 몇 달씩의 세월값을 그런 식으로 훌쩍 날려보(34쪽)"냈다는 유래 깊은 방생의 사연까지 들려줬으나, 도시풍의 이 젊은 사내에게는 그 사연조차 늙은 혹은 낡은 푸념으로 여길 뿐이다. 이 젊은이에게 노인은 사실상 과거에 용도 폐기된 인물, 그 이상도 이하도 아니다.

그러고 보니, 새들에게 자유를 선사하자는 현수막은 환영의 그것이 아니었다. 자신이 날 수 없을 만큼 노쇠했다는 것을 더욱 뼈저리게 느끼게 만드는, 이를테면 <너 자신을 알라!>에 가까운 경고 표지였던 것이다.

결국 이 공원은 교통섬이라기보다 통과의례의 장인 것이다. 일탈해 뛰쳐나왔던 궤도에 재진입하기 위해서는 필수적으로 점이지대며 '기수역(汽水域)'인 이곳에서 내·외부적 통관 절차를 거쳐야 했던 것이다, 연어와 같은 회귀성 어류가 그 자신의 삶을 마감키 위해, 또 새 생명의 탄생을 준비키 위해 먼 대양으로부터 내륙 하천에 진입하는 경우, 민물과 짠물이 뒤섞인 기수역에서 상당 기간 적응기를 보내는 것처럼…

젊은이의 냉랭한 태도는 노인으로 하여금, 이 공원을 회색지대며 높은 문턱으로 좀 더 명료하게 인지하게끔 강제한다. 노인이 젊은이를 마치 자신의 통관(通關) 여부를 결정할 심사관처럼 여기는 대목이 여러 군데 등장하는 까닭도 이 때문이다. 그 자신의 과거가 정당치 못했다 하더라도 나름의 사연이 있었음을, 또 가막소로 다시 돌아가고 싶은 생각이 없음을, 그리고 어디로 갈 것인지 정하지 못한 상태에서 방황하고 있음을… 열심히, 젊은이에게 털어놓는다. 하긴, 이건 어쩌면 자신에 대한 설득일 것이다, 자신의 과거와 현재에 대해 스스로 납득하는 일보다 더 시급한 일이 노인에게 따로 있겠는가.

> 한동안 신이 나서 지껄여대던 사내의 목소리가 문득 다시 기가 꺾여 목구멍 안으로 기어들고 말았다. 가겟집 젊은이가 더 이상 그의 말을 듣고 있질 않았기 때문이다 …(중략-필자)… 하지만 젊은이는 이제 다시 사내를 상대해올 눈치가 안 보였다. / 사내는 젊은이의 관심이 그에게로 되돌아와주길 끈질기게 기다리고 있었다. (35쪽)

"무슨 올가미 같은 것에 발목을 매인 날짐승처럼 공원 근처를 떠나지 못하고 있(41쪽)"던 노인은 젊은이에게 자신이 이 공원을 떠나지 못 하는 까닭이 두 가지가 있다고 말한다. 먼저, 아직도 감방에 남아있는 '가막소 친구'들을 위해 날개값을 대신 지불해야 한다는 것이었고, 두 번째로는 혹시 길이 어긋나 만나지 못할지도 모르는 아들을 기다리기 위해서이다.

> 「그래 노인장께선 그럼 가막소 친구분들을 위해서 앞으로도 계속 새를 사실 참이신가요?」 / 젊은이는 이제 거의 사내를 놀려대고 있는 듯한 어조였다. 그의 그 매끈한 얼굴에 노골적인 비웃음기가 번지고 있었다. / 사내 쪽도 이젠 대꾸가 몹시 궁색스런 처지로 몰리고 있었다. 그는 젊은이의 말에 얼핏 대구를 못하고 쩔쩔매고 있었다. 하다간 이윽고 기가 훨씬 꺾여든 목소리로 어물어물 말끝을 흐리고 있었다. / 「그야 살 수 있는 형편만 된다면… 녀석들은 그토록 날개를 사고들 싶어했으니까…」 / 가겟집 젊은이는 이제 그런 사내의 횡설수설 따윈 귀담아 들을 필요도 없다는 듯 잔인스럽게

비웃고 있었다. / 「그러시겠지요, 아마… 노인장의 그 효성스런 아
드님이 노인장을 모시러 나타날 때까지는…」 (47쪽)

젊은이가 듣기에는 횡설수설이지만, 노인 처지에선 위의 실토보다
더 그의 심리적 좌표를 절절히 드러내주는 말도 없다.

우선, '가막소 친구'들을 위해 날개값을 치른다는 말은, 이제야말로
다시는 교도소로 되돌아가고 싶지 않다는 의지의 표현 혹은 '돌아갈
수 없는 처지'라고 스스로를 규정할 때에만 가능한 자가발전(自家發
電)적 독백이다.

다음, 아들에 대한 진술은 거짓 진술이다. 그가 아들과 계속해서 연
락을 취해 왔다는 진술도 믿을 수 없고, 설령 그랬다 하더라도, 반평생
을 교도소에 갇혀 있던 전과자를 아버지로 둔, 그 아들이 "탱자나무
울타리가 높게 둘러쳐지고 뒤꼍으론 대밭이 무성하게 우거진 규모 있
는 기와집(39쪽)"에 산다는 진술을 신뢰하기란 힘들다. 또, 이 두 가지
를 다 받아들인다 해도, 그런 집에 사는(현실에 착근한) 아들이 (과거
에 이미 뿌리 뽑힌) 전과자 아버지를 찾을 거라는 진술은 몽상밖엔 아
무 것도 아니다. 독백과 몽상으로 이루어진 거짓 진술은 이 노인이 오
갈 데 없는 처지라는 점을 더욱 부각시키는데 기여하고 있을 따름이
다.

이 즈음에서, 우리는 다시 한 번 이 공원이 점이지대라는 점을 상기
할 필요가 있는데, 공원은 단지 이 사회의 좌익(서북방)에서 우익(동남
방)으로 좌표 이동을 하기 위한, 현실 공간상의 교통섬으로만 존재하
는 것이 아니란 사실이 위에 인용된 진술을 통해 확인되고 있다.

물론, 매우 드넓은 간극을 지닌 현실과 꿈 사이에서 방황과 모색을
거듭하는 것은 인간의 속성인지도 모른다. 하지만, 자신의 외재적(현실
적) 좌표를 확인하려 드는 의지적 지향 역시 인간의 내존(內存). 그러
하기에, 남들이 귀 기울이지 않는 자신의 욕망을 자신만의 것으로 전

유(專有)하려 꿈꾸는 것이고, 그를 위해 시간적 소요를 감내하는 것 아니겠는가.

이처럼, 그가 이 공원을 벗어나지 못 하는 까닭과 이 공원이 기수역으로 기능하고 있다는 점은 상호 연관된다. 이 노인은 지금 대내·외적 인정투쟁(認定鬪爭)의 시간을 보내는 중이라 할 수 있다.

하지만, 노인의 눈물겨운 고투에도 불구하고, 그 성과를 거두기란 무망한 일이다. 남들이 그렇게 생각하지 않기 때문에… 왜?… 그들은 노인의 등질대칭(等質對稱)이 아니기 때문에… 그들은 노인과 달리 '돌아갈 곳이 있는' 행인이며 동시에 잠깐의 휴식에 갈급해 이 공원을 찾은 이들이다.

> 새 장사는 과연 아침부터 성업이었다. / 가게 앞에 몰려 있는 사람들은 그저 구경꾼들이 아니었다. 정말로 새를 사고 방생을 즐기는 사람들이었다. / 새를 사는 사람들의 표정에 그닥 심각한 대목이 있어 보이진 않았다. 사람들은 그저 가벼운 기분으로 새를 사고 잠깐의 장난거리로 새들을 날려보냈다. 일금 2백 원의 새값이 그런 놀이의 뜻을 따지기엔 너무도 헐값에 불과하기도 하였다. (31쪽)

노인과는 처지가 다른 여타 도시인들에게 이 공원은, 도시의 반경이 그리는 테두리의 맨 마지막, 바로 '변경(邊境)'이란 코드로 해석된다.

치차(齒車)처럼 정교하게 맞물려 돌아가는 가운데, 강력한 구심력을 발휘하는 근대 도시는 의당 개인으로 하여금 탈주의 욕망을 갖게 만든다. 하지만 막상 뛰쳐나갈 수 있는 사람은 거의 없다. 근대성(도시, 중심, 현재성 등의 스펙트럼을 갖는 modernity)에 내재된 전향성(前向性)은 일탈자에 대해 결코 관대하지 않다는 것을 잘 아는 탓이다.

한데, 집단이 갖는 구심력과 개인이 갖는 원심력은 그 상반된 지향성으로 말미암아 오히려 더욱 타협할 소지가 크다. 그 타협의 결과물이 바로 이곳, 도시의 서북쪽 변경, 공원이다.

여기를 찾는 도시인들은 잠시 동안의 일탈을 즐긴다. 바로 새를 사서 날리는 일이다. 짧은 시간 동안 정신적 해방을 누리기에, '방생'만큼 효과적인 대리만족 행위를 찾기도 쉽지 않다. 젊은 가게 주인이나 도시인들은 이것을 잘 안다. 공원은 가짜 탈출구, 방기와 배설의 일시 허용 장소, 적당한 타협의 공간일 뿐이다. 도시로부터 멀리 벗어난 듯한 환상을 충분히 안겨주긴 하지만, 이 공원은 인간들이 잃어버린 것이라고 생각하고(또, 지금 찾기 힘든 것이라고 미리 포기해서 찾지 않는) 자연(실재)의 실재 아닌 실재, '시뮬라크르(simulacres)'일 수밖에 없다. 여기서 행해질 수 있는 도시인들의 자연친화적 행동이나 자유를 구가하는 듯한 제스처는 모두 의사(擬似) 행위에 불과하다.

따라서, '방생'을 충족시키기 위해 필연적으로 자행될 수밖에 없는, '새의 구금'을 문제삼는 사람은 도시인으로서 자격 미달인 셈이다. 새를 산 뒤 집에 가서 날리겠다는 사람과 가게 주인인 젊은이의 논쟁이 "뜻밖에 결말이 싱거운 싸움(51-2쪽)"으로 종결되는 까닭이 이런 탓이다. 도시가 그 부속으로 공원을 규정하였듯이, 공원은 그 허위·일탈적 성격을 구현키 위해 '방생의 집'을 갖출 필요가 있다. 즉, '새'에게 투사(投射)된 도시인의 '사도-마조히즘'이 통제된 구역 밖에서 함부로 발산되지 않게 하기 위해서, '방생의 집'이란 제도적 분출구는 필수적인 것.

도시인들의 필요에 의해 설정된 변경이라는 공간적 좌표에 의해 이 공원은 심하게 훼손 당할 수밖에 없는 처지가 된다. 방생의 대상인 새들에게 시선을 돌려보면, 이 공원이 갖고 있는 끔찍한 특성은 더욱 빨리 드러난다.

새들에게 이곳은 사람 손을 탄 비오토프(biotope), 흉내만 낸 가짜 녹지공간, 세속도시가 만든 '감옥'이다. 그것도 몇 겹의 감옥이다. 도시가 공원을 규정하고 공원은 방생의 집을 강제하며, 방생의 집은 새를 새장 안에 가두고 있다. 따라서, 새장만 이 새를 감금하고 있는 게 아니다. '방생의 집 → 공원 → 도시' 순으로 감옥의 범위는 무한 확장되고 있다. 이건 노인에게도 마찬가지다. 그는 감옥을 나왔다고 생각했지만, 여전히 감옥 안에 있는 것이다.

인간이 건설한 도시는 그 목적성으로 인해 폐쇄적이고, 경계 밖에 있는 존재(무목적적이고 자연적인 상태에 놓인 것)에게는 이처럼 파괴적인 존재가 된다. 이 새는 <지금, 여기>에서 희생양의 코드를 부여받고 있다. 지라르(R. Girard)에 의하면, 희생양이란 '상징적 신에게 봉헌되는 것이 아니라 거대한 폭력 앞에 받쳐진, 복수의 길이 봉쇄된 피해자'[6]이다.

4. 날개를 잘랐는가, 날개를 잘렸는가

작가 이청준은 여러 작품을 통해 '전짓불'이 갖는 '은폐와 노출의 역학 구도'를 드러낸 바 있다. 가위 이청준의 '전매특허'라고 할만한 '전짓불'은 이 작품에서도 빠지지 않고 등장한다.

> 칠흑 같은 어둠 속을 장대처럼 빛줄기가 곧게 뻗치고, 그 빛줄기를 얻어맞은 새들이 나뭇가지들 위에서 낙엽처럼 우수수 땅 위로 떨어졌다. 그리고 그 빛줄기는 사내의 잠자리를 찾아 밤새도록 이

---

6) 원래 지라르가 사용한 '희생양'의 개념은 필자가 본문에서 쓰고 있는 것처럼 협소한 의미만 담고 있는 것은 아니다. 좋은 폭력으로써 나쁜 폭력을 미연에 방지하는 것, 폭력의 재난을 정화하는 행위 등의 긍정적 개념이 그가 말하고자 했던 '희생양' 개념이다. 본고의 논의 전개상 희생양 매커니즘의 부정적 면모만을 부각시킨 점을 확인해두겠다. 더 자세히 내용은 『희생양』(김진식 譯, 민음사, 1998)을 참조 바람.

리저리 숲속을 헤매었다. / 사내는 안타깝고 초조했다. 그리고 두렵
고 조급했다. 빛줄기는 때로 그의 야전잠바 옷자락 위로 사정없이
그를 찌르고 드는가 하면, 때로는 또 엉뚱스럽게 그를 놓치고 부근
숲속을 미친 듯이 헤쳐다니곤 하였다. (59쪽)

잠잘 곳이 마땅찮아 공원 벤치에서 노숙하던 노인은 어느 날 밤, 젊
은이가 새를 '사냥'하는 것을 우연찮게 목도하게 된 뒤로 밤마다 그
젊은이와 빛줄기에게 쫓기게 된다, 어떤 경우에는 실제로, 어떤 경우
에는 악몽 속에서…

강한 빛줄기 앞에 노출되어 '우수수 따 담기는' 새들의 모습이란,
바로 얼마 전까지 교도소에서 강렬한 탐조등의 감시 아래 노출되어
있던 자신의 모습이기도 하다. 따라서, 이 노인에게 과거의 실재와 현
재의 악몽은 별개일 수 없다. 동일 형태의 감시 메커니즘이 연장·변
형된 것일 뿐… 수감자 시절, 노인은 하늘을 자유롭게 비행하는 새를
꿈꾸었으나, 출감하자마자 그 꿈은 악몽이 되고 말았다. 그리고, 그 악
몽 속의 작은 새는 실제 상황에서도 빛줄기에 쫓긴다.

이런 경험으로 인해, 노인과 젊은이 사이에는 새를 접점에 둔 팽팽
한 긴장이 발생한다. 이미 새에게는 현수막을 통해 자유라는 상징성이
부여된 바, 둘 사이의 긴장은 그 새를 '구금된 자유(존재 그 자체)로
보느냐 / (인간의) 자유를 위한 (희생적) 구금으로 보느냐'의 대립으로
부터 발생하는 것.

이것은 개인적 윤리와 집단 논리의 대립이기도 하다. 젊은이의 '방
생 영업'은 자유를 소비 상품화하는 시장, 즉 집단을 전제로 한 것이
고, 노인은 새(존재)가 갖는 단독자의 성격에 주목하고 있다.

우리는 세속화란 근본적으로 해방시키는 것이라고 논해왔다. 그
러나 세속주의는 이와는 반대로 한 주의사상과 새로운 종교와 꼭
같은 역할을 하는 새로운 폐쇄적 세계관을 위한 이름이다 …(중략

　　－필자)… 다른 주의사상(ism)과 같이, 세속주의는 세속화가 낳은
개방성과 자유를 위협한다.7)

　위 인용문은 세속도시가 갖는, 이율배반성을 잘 보여주고 있다. 또,
하비에 의하면 '도시화란 근본적으로 비동질성을 구현해나가는 것'8)이
다.

　세속도시는 신(절대 권위)으로부터의 해방을 갈구한 인간 자유의지
의 총합인 동시에, 그와는 정반대로 신이 사라진 이후 인간이 느끼게
된 극도의 고독감과 공포감의 구체적 표현이기도 하다. 사회적 동물로
서의 인간이란 정의의 이면에는 한 개인의 힘으로는 어쩔 수 없는 자
연 질서에 대한 수동적이고 배타적인 두려움이 짙게 깔려 있다고 볼
수 있을테니까. 그런 면에서 자유란 인간의 욕망을 구체화시킨 용어이
며, 평등이란 사회 구성체의 성원으로 살아가야 하는 인간들이 꽤 잘
고안해낸 개념어일 것이다.

　극도로 개인적인 성향을 보이는 반면, 집단의 테두리 안에 있지 않
으면 두려움을 느끼는 존재, 그들이 현대 도시인이다. 이같이 모순된
자유에 대한 열망과 집단 성원으로서 소속감을 동시에 충족시킬 수
있는 타협점을 도시인들은 마침내 발견했다.

　익명성 속에 숨는 것이다. '우리(전체)'란 가면 속에 개인의 진면목
을 숨기는 것.9) 그리고, 자신의 억제된 충동을 자유란 미명하에 마음

---

7) H. Cox / 대한기독교서회 譯,『세속도시』, 대한기독교서회, 1967, 31-2쪽.
8) D. Harvey / 최병두 譯, 앞의 책, 267-9쪽 참조
9) 이청준은 그의 또다른 작품,「예언자」를 통해, '여왕봉'이란 술집에 모여든
　개인들이 가면(익명성) 속에 숨어 자신의 욕망을 한없이 드러내고 거기에
　중독되는 과정을 잘 그려낸 바 있다. 그 작품의 몇 부분을 읽어보자. <인용
　문의 쪽수는 이청준 작품선『겨울광장』(한겨레,1987)에 실린「예언자」의 쪽
　수임. 굵은 글씨체는 필자가 강조한 부분.>
　① 탈을 쓰고 있는 동안은 사내나 계집이나 탈로 통하고 탈로만 행세했
　　다. 그리고 단골손님과 여급을 탈로서 기억하고 탈로서 사귀었다. / 하

껏 행사하는 것. 따라서, 익명성의 추구란 집단 이기주의의 다른 이름일 수 있다. 나와 닮지 않은 <너>를 배타적으로 타자화하고, <그것>과 동일시한, 혼동의 결과가 바로 익명의 세계인 것이다. 그 세계는 제국주의 혹은 파시즘의 세계라 명명되어도 하등 이상할 게 없는 세계...

또, 익명성 속으로의 도피란 나와 비슷하다고 여겨지는 것들끼리만 결속하는 것이며, 일탈자에 대해서는 가차없는 '낙인찍기 경쟁(stigma contest)'이 벌어지는 곳이기도 하다. 익명의 도시인들에게 이 노인은 이미 전과자로 낙인찍힌, 자신들 삶과 무관한, 궤도 밖의 일탈자일 뿐이다. 바로 이런 곳, 끼리끼리 모여 안도하며 사는 사람들의 도시, 이 공원과 방생의 집은 도시인들이 가면을 쓰는 장소, '익명성이 구현되는 변경'이다.

물론, 이곳이 처음부터 그랬던 것은 아니다. 노인과 젊은이의 대화 중 잠깐, 이전에 방생의 집을 운영했던 한 노인을 이야기하는 대목(253-4쪽)이 있다. 젊은이가 그때 그 노인의 핏줄일 가능성을 암시하는

다보니 그 여왕봉 부근에는 또 하나 희한한 풍속이 생겨났다. / 탈을 썼을 때와 벗었을 때가 분명한 한계가 지어진 것이었다. 탈을 벗으면 사람들은 서로 탈을 썼을 때의 일들은 말하지 않았다. 탈을 썼을 때의 일들은 마치 다른 사람의 그것처럼 기억도 말도 남기려 하지 않았다. 그것이 **서로가 편했기 때문**이었다.(309쪽)

② ... 실제의 얼굴과 가면의 그것을 **혼동하는 것은 절대 금기로** 만들고 있었다. 술꾼들은 호시탐탐 하루 종일 그 자유로운 가면의 밤 시간을 기다렸다.(316쪽)

③ - 안 되겠어요. 이러시다간 선생님 **얼굴을 벗겨 드릴까 봐요.** / 마담은 가끔 술손들에게 지나가는 소리처럼 그런 소리를 던져 보는 일이 있었는데, 술손들은 마담의 그런 소리만 듣고서도 가슴이 공연히 덜컥 덜컥 내려앉는 표정들이었다. (321쪽)

④ 여왕봉의 술손들은 끝끝내 속수무책이었다. 술손들은 여전히 여왕봉을 떠날 수가 없었다. 홍 마담의 도도한 군림을 거부할 수도 없었고, 우 씨의 그 위협적인 적대감 앞에 자신들을 보호할 대비책을 마련해낼 수도 없었다. **가면을 벗어 던지고 옛날의 여왕봉 풍속으로 되돌아갈 생각은 더더구나 엄두조차 내볼 수가 없었다.** (330쪽)

이 대목은, 현 '방생의 집'이 이전과 다르게 변질되었다는 정보를 담고 있다. 최초에는 수감자를 위해 존재했던 방생의 집이 차츰 면회객을 주고객으로 삼게 되었고, 이제는 공원에 놀러 나온 도시인들을 상대로 영업하는 장소가 됐다. 세대가 바뀌는 동안 도시는 비약적으로 팽창하였고, 개별 자아의 엄중한 속죄와 구원의 열망을 대신하여 비싼 새값을 치러야 했던 '방생'은, 익명 집단의 가짜 구원, 대리 배설의 성격을 띤 '싸구려 놀음'으로 변모해버렸다. 즉, '나·너' 사이에 내포되어 있던 비의적이고 소규모적인 동일시 지향은 사라지고, '그것'이 함축하는 대량성, 무한 복제 따위의 타자화만이 남았다.

가치의 전도가 발생한 이 공원(또 그 너머 도시)의 실상을 가장 잘 보여주는 것은 말할 것도 없이, '팔 수 없는' 자유를 '팔려고 하는' 젊은이의 모습이다. 또 이 젊은이의 모습은 살 수 없는 것을 샀다고 착각하는 도시인들의 일그러진 자화상이기도 하다.

'지금, 여기' 이런 곳에서 '그때, 저기' 사람과의 사이에 의사 소통이 이루어질 리 없다.

"보낸 편지가 번번이 고향에 있는 가족들의 손에까지 들어갈 수가 없(45쪽)"는 이유가 그 때문이다. 노인은 동일 소통 언어를 상정하고 편지를 보냈지만, 교도소 밖의 사람들에게 그 편지는 이해할 수 없는, '그것들의 아우성'에 지나지 않는다. 이 경우, 바벨탑의 언어라는 비유보다 더 적절한 것도 없겠다.

바벨탑에 얽힌 이야기는 '너무 많다'는 말이 '하나도 없다'는 말과 같을 수 있다는 정보도 추가로 제공한다. 익명의 공간은 개별 존재의 자유나 자기충족적 존재감을 허용치 않는다. 그리고, 그 익명성의 구현을 위해 물리적 폭력도 불사한다.

> 사내는 금세 뭐가 이상해졌는지 숲으로 놓아주려던 녀석을 다시 가슴팍 밑으로 끌어내리고 말았다. 그리고는 녀석의 날개를 들추고

벌어진 날개죽지 밑을 유심히 살폈다. / 사내가 들춰낸 녀석의 양
쪽 날개 밑에는 무슨 가위 같은 물건으로 속깃을 잘라낸 자국이
역력했다. (71-2쪽)

하지만 놀랍게도, 이 노인은 '분노와 증오심'을 표현하는 대신 "될
수록 자신을 잃지 않으려는 듯이 조금은 뻔뻔스럽고 무관심한 표정(72
쪽)"의 젊은이를 '조용한 슬픔'의 눈빛으로 응시한다. '전짓불', '올가
미' 등으로 구상화된, 잔인한 도시의 익명성이 마침내 폭로되었고, 새
를 접점으로 한 갈등이 마침내 충돌지경에 이른 것을 감안하면, 의외
의 행동이랄 수 있다.

이때 이 노인의 모습을 작가 이청준은 다음과 같이 고요하게 그려
내고 있다.

하지만 사내는 마침내 스스로 깨닫고 스스로 자신을 다스려 주
었다. 젊은이는 이제 그걸로 그만이었다.(73쪽)

도대체 노인이 무엇을 깨달았기에 자신을 다스릴 수 있었을까?

문면상으로 먼저 짐작할 수 있는 건, 우선 그가 즉각적으로 물리적
인 해결을 시도했던 이전의 생활과 결별했다는 것이다. 그리고, 이때
참음으로써 그는 이 공원에서 떠날 자유를 비로소 획득하기도 했다.
그를 전과자라고 만든 과거의 굴레(자신을 다스리지 못해 스스로 둘러
쓴)를 마침내 벗어 던짐으로써 그는 이제 이 공원, 기수역 통과 자격
을 얻은 것이다. '안타고니스트'인 젊은이를 두고 '그걸로 그만'이라고
표현한 것도 아마 이런 탓일게다.

하지만, 이 정도 깨달음이라고 해서는 부족하다. 이 깨달음은 그 효
용이 그 노인 하나에게만 국한될 소지가 있지 않은가. 개인적 고행을
일삼는 승려의 출가행(出家行)을 이기적인 것이라고 비난치 않는 이유
는, 한 개인의 깨달음이 만인을 자비의 도량으로 이끄는 확산의 역할

을 할 것이라는 생각 때문이다. 바꾸어 말한다면, 한 개인에게만 소용되는 깨달음을 깨달음이라고 부르긴 힘들다.

독립적이고 자발적인 개념의 개인성(individuality)에 기반을 둔 근대문학이 문제적 개인을 통해 보편성 일반을 획득하는 것, 즉 일이관지(一以貫之)하는 것. 이것이야말로 문학의 가치와 효용에 대한 대답이 아니던가.

이 노인(나)은 새(너)에게 가해진 인간들(<우리>라는 이름을 뒤집어 쓴 <그것>)의 폭력을 직시하는 그 순간, 완벽한 동일성의 회복을 경험하게 된다. 그것은 바로 '나−그것'의 인식으로부터 해방이기도 하다.

사실, 이 노인은 '나−그것'의 세계관을 지니고 살아온 인물이라고 할 수 있다. 자신 외에는 모두 '그것'이라고 생각하였기에 폭력을 휘둘렀으며, 감옥에 갇혀 있는 동안 접하게 된 감시와 처벌의 세계 역시 '나그것'의 체계였다. 이것은 극단적으로 수동적이며 피학적인 자기방어형 세계관이 아닐 수 없다. 이렇게 웅크리고 있는 그에게 '너'가 다가올 수 없는 일. 하여, 그는 이제껏 고립무원의 지경에 빠져 있었던 것이다.

'나'와 같은 인간이 '너'에게는 가해자일 수 있다는 솔직한 인정, 적극적 인식만이 수동적 피해의식을 벗어나게끔 만들어준다. 인간들의 변경이 새에게 감옥이었다는 것, (사내 자신이든, 도시인이든) 자유에 대한 인간의 관념적 열망이 새의 생명을 훼손케 만들었다는 것.

내가 나를 승인하지 않는 한, 남으로부터 승인받을 수도 남을 승인할 수도 없다!

노인이 젊은이에게 분노 대신 연민 어린 슬픔을 보내는 까닭도 여기서 연유한다. 그 젊은이 역시 노인이 보기엔 날개 잘린(아니면, 스스로 날개를 자른) 너, 가면을 벗지 못하는 너인 것이다. 공원 밖으로 날아가지 못 하게 새들의 속날개를 자르는 동안, 그 젊은이는 이 도시의

완강한 메커니즘에 스스로 굴복하였고, 그럼으로써 자신의 속날개를
자른 셈. 르페브르에 의하면, '현대 도시인들은 자신의 본질을 재소유
하지 못 하고 강제당한다.'10)

　다만, 그 젊은이가 아직도 자신이 스스로 날개 잘린 새임을 모르는
것이 안타까우나, 그 깨달음은 스스로 이루어야 하는 것. 먼저 깨달았
다고 해서 개입할 것이 아니다. 다만 큰 슬픔(慈悲)으로 포용의 동심원
을 크게 그려, 익명성 속에 매몰되기 쉬운 분자화된 개인의 회귀처를
마련해주는 것이 먼저 깨달은 자의 몫이다. 그것이야말로 '너'를 인정
하는 길이다. 너는 그 정도 밖에 되지 않는 애였구나, 폄하하지 않는
것, 도덕적으로 나만 못하다고 위계화하여 차별하지 않는 것… 상대방
에 대한 승인 역시 나에 대한 승인만큼이나 중요한 일이다.

5. 걸어온 길과 가야 할 길

　이 작품의 결말은, 노인이 상처 입은 새와 함께 남쪽을 향해 걸어가
는 것으로 되어 있다. 남쪽은 작품의 문면에서 드러나듯, 따뜻한 곳이
며, 그리운 고향이다.

　한데, 바로 그 방향으로 인해 이 작품의 결말은 자칫 오해를 야기할
수 있다. 왜냐하면 노인이 이때까지 서북방에 서 있었다가 남쪽 고향
으로 향하기 때문이다. 이게 시계 반대 방향이다. 보기에 따라선 퇴행
적이거나 무모한 역행이 아닐 수 없다. 물론, 걸어간다는 것만으로도
이 노인의 진보성이 드러난 셈. 상대역인 젊은이가 완강하게도 보수성
을 고수하는, 현상유지의 파수꾼 역할을 하고 있으니, 그 차별성은 더

---

10) H. Lefebvre / 박정자 譯,『현대세계의 일상성』, 주류・일념, 1990, 특히 4장
　　「테러리즘과 일상성」 부분 참조.

욱 두드러진다. 지라르가 말한 '개종(Konversion)'이 바로 이와 같고, 들뢰즈(G. Deleuze) 등이 말한 '재영토화로부터 탈영토화'에 이르는 길이 이 길이기도 하다.

그런데, 그렇게 생각을 해봐도… 여전히 찜찜한 느낌이 남는 것은 '따뜻한 남쪽 나라'라는 어감에서 파생하는 도피적 징후 때문일 것이다. 즉, 도시에서의 대결을 회피하고 시골로 '쉴 자리'를 찾아가는 게 아닌가, 하는 의구심이 남는다면 이 작품의 결말은 지속적으로 논쟁 유발적일 수밖에 없다. 결국 환멸이 환상을 부른다는 평범한 진리를 개진한 것이란 말인가, 이 소설은…?

필자는 이 글의 마무리를, 이러한 의문에 대해 가능성 있는 답변을 탐색해보는 작업으로 대신할까 한다.

먼저, 남쪽이 갖는 상징성을 좀 더 확대해보자. 남쪽은 여름과 더운 피의 한때(젊음)를 가리킨다. 앞에서 살펴본 서북방의 입장에서 전진·분할적으로 생각하면, 이는 틀림없이 돌아오지 못할 과거이다. 답변의 단초를 여기서부터 찾아보자. 불가역적(不可逆的)인 과거로 회귀하는 것, 이는 무얼 의미하는가?

이 노인은 '과거로부터 자유롭지 못한 인물'임에도 불구하고 이제껏 자신의 과거와 화해한 일이 없다. 새의 상처를 목격하고 가슴 벅찬 동일시의 경험을 겪긴 했지만, 이것은 '지금 여기'의 일이다. 여전히 교도소에 수감되기 이전의 과거, 들끓던 피로 인하여 죄를 지은 젊은 자신과는 화해를 못한 상태이다. "이런 몰골을 하고 빈 손으로 고향길을 찾(74쪽)"기가 면구스러우니, 고향 사람들이 반겨줄 것인지 두려운 일이다. 용서를 구하는 일이 용서를 받는 일로 연계되리란 보장도 없다. 하지만 그렇게 회피해선 영영 자신의 과거를 온전히 자신의 것으로 만들지 못 한다.

하여, 마침내 당당히 '숨기고 싶은 반쪽'을 드러내는 일, 그것이야말로 진정한 의미에서 자신을 재소유하는 일이 된다. 이제 힘겹긴 하겠지만 "자신의 그림자를 짊어져 내(24쪽)"올 때가 된 것이다.

소설이란 발견과 재해석의 양상으로 드러나는 성찰의 체계. 나에 대한 성찰이란 일정 부분 '생육(生育)할 나'와 '버려야 할 나'를 나누는 노력을 요구한다. 따라서, 분류란 적극적인 반성과 확산 의지의 총화일 것이다. 즉, 자신의 존재(이유)가 허무의 늪에 빠지지 않게 하기 위한, 필사적인 몸부림이 무엇인가를 나누어(分析) 살펴보는 일일 것이다. 이 다음, 즉각 이어져야 할 일은 균형을 잡는 것이다. 하이데거(M. Heidegger)에 의하면 균형이란 '양자 간의 경계를 말소하려는 것이라기보다 경계를 분명히 하여 그 본질을 명확히 하는 것'이다.

『플루타르크 영웅전』의 「솔론」 편에 의하면, 도시국가 '아테네'를 번영일로에 들어서게 한 솔론이라는 정치가는 나라에 정변이 있을 때, 그 어느 편에도 가담하지 않고 중립을 지키고자 애썼던 자를 우선적으로 처벌하는 법률을 제정했다고 한다. 일신의 안녕을 먼저 생각하느라 나라의 위기에 대해 아무런 감정도 가지지 않는 인물, 위험에서 멀리 떨어져 세력의 우열을 저울질하는 사람은 공동체에 속할 자격이 없다는 취지였을 것이다. 그는 가장 이상적인 국가는 어떤 국가냐고 묻는 이에게 '피해를 입지 않은 이들이 피해를 입은 이들과 합심하여 가해자를 벌하는 도시'라고 대답하고 있기도 하다. 또, 『맹자』의 「盡心上」 중에는 "執中爲近之. 執中無權, 猶執一也."라는 구절이 있는데, 權(무게추)이 없는 中道(中節)란 윤리적 미분화 상태(一)를 지칭한다고 해석되고 있다. 맹자는 이 글에 이어진 부분에서 이같은 자를 '所惡'한다고까지 표현하고 있다. '솔론'과 같은 맥락이 아닐 수 없다. 들뢰즈는 윤리란 '내재적 실존방식의 적극적 표현'이라고 말한 바 있다. 무게추 없는 자들이란 자신의 존재, 존재감을 확고히 하지 못한 이(어쩌면, 아예 드러내지 못한 이)가 될 것이다.

이 노인이 젊은이를 비롯한 도시 사람들에게 타인 취급받고 있음을 스스로 수긍하는 것, 이것이야말로 진실한 자기 승인이며 그에 따른 적극적 자기 표현이다. 그 순간, 존재하지만 존재감이 없었던 존재(교도소 시절)에서 주변인으로 서성이기만 하던 존재는 비로소 '나'가 된다.

물론, 기를 쓰고 '당신들의 도시'에 입성하길 꿈꿨던 노인으로선 결코 쉽지 않은 결단이다. 그것이 부박하든 그렇지 않든, 한국에 있어 도시란 서구화를 의미하는 것으로서의 근대화의 대표적 표상이다. 따라서 노인의 이와 같은 결단은 '새로운 것 / 동시성'에 대한 거역의 몸부림에 해당한다.

하지만, 이것이 꼭 전통(과거)으로의 회귀를 의미하는 것은 아니다. 오히려, 이 노인은 타자로서의 나를 발견했다고 보는 것이 훨씬 더 문제 유발적이며 작품의 의미 맥락을 선명히 드러내 보이는 일이 될 것이다.

근대성을 이루는 요체의 하나로 빠지지 않고 거론되어 온 것이 이른바 근대적 주체의 발견 즉, 인간중심주의적 사고를 가진 자아의 발견이다. 이러한 근대성의 조건은 식민지 기간 동안 근대화가 진행된 경험을 지닌 이 나라에 있어서, 새로운 변종을 창출하는 원인으로 작용한다.

'나의 발견'이 결국 '타자로서의 나'를 발견하는 것으로 귀결되는, 참혹한 경험이 그것이다. 근대적 자아의 표상이 '나'이고 이것이 '너'와 관계를 지닌다는 서구 일반의 보편적 논리가 세계의 변방이었던 이 나라에는 쉽사리 적용되지 않았던 것이다. '나'를 발견하려고 하면 할수록 '나'가 발견하는 것은 낡은 전통 위에 졸속 이식된, 서구적 동시성에 함몰된 '너'일 뿐이다. 이러한 깨달음은 의당 갈증을 불러일으킨다. 동시대적으로는 존재하는데, 이 땅에는 존재하지 않는 것이 있다는, 목 타는 자의식... 하지만, 웬일인지 도시 사람들은 쉽게 이 사실을 인정하려 들지 않는다. 오히려 은폐를 기도한다. 그리고 스스로에게 최면을 걸 듯 '나는 나'라고 외고 또 왼다.

우리가 의미를 두고 발견해야 되는 것은 이것이 아닐까? 뻔한 사실이 익명성이란 허울을 뒤집어쓰고 묵인되고 있으며, 그로 인해 오독된 근대가 진짜 근대인 것처럼 둔갑하는 곳, 하여 내가 누구인지 말할 수 있는 자는 누구인가라고 조급하게 묻는 사람들만이 득시글거리는 곳. 그래서 근대의 대표적 '아이콘'인 도시는 잔인한 것 아닐까? 모름지기 모든 글쓰기는 존재의 새로운 국면을 드러내는데 기여해야 한다고, 그렇지 못하면 부도덕한 글쓰기라고, 밀란 쿤데라는 갈파한 바 있다. 루카치는 좀 더 구체적으로 '작가의 윤리가 문제가 되는 유일한 장르가 소설'이라고 적시해놓은 바 있다.

이래서, 노인이 도시를 등진 행위는 그 의지의 함량에 상관없이 문제적이다. 다행인지 불행인지, 이 노인은 도시 사람들이 겪은 시간 경험과 유리된 곳에 유폐되어 있었다. 이 노인에게는 본격적인 근대화가 진행되는 동안 축적된 경험이 전혀 없다. 즉, 이 도시가 건설되는 데 소요된 시간이 이 노인에게는 존재치 않는다. 그리고, 비동시성을 고스란히 노출하는 행위는 거역의 몸부림일 수밖에 없다. 문제적 주인공인 이 노인은 비동시성의 몸입음(incarnation), 그 자체인 것이다.

6. 깊이와 넓이

다음으로, 과거 회귀적인 행동을 보이는 노인의 모습을 순환적인 시간관에 의해 살펴볼 필요가 있겠다. 흔히 동양적 시간관을 순환적이라고 말한다. 그리고, 순환이라는 어휘에서 정체와 퇴행을 읽어내는 이들도 있는 것 같다.

하지만, 순환이 무한 복제나 동일 조건에서의 재발생 만을 의미하는 것은 아니다. 지금 우리의 허파가 들이쉰 공기의 입자는 수 천 년 전 어느 날, 이 땅 어느 곳에 살다 간 선인의 폐부를 들숨과 날숨으로 오가고 있었다. 또한, 이 공기 입자는 짐승의 내장 깊은 곳과 풀잎의 물관부와 숨구멍 사이를 수도 없이 들락거렸을 것이며, 수생(水生)의 아가미 속에서 수류와 기체 사이를 오가는 교환과 확산의 윤회(輪回)를 거듭하고 거듭했을 것이다. 그렇다면 이것은 고정된 질량의 에너지를 반복 사용하는 것에 불과한가? 또, 호수에 햇빛이 내리 쬐고 바람이 불면 물결이 거세지면서 물마루의 가장 높은 곳에서 물거품이 문득 일었다 꺼지고... 마침내 기화한다. 물론, 그렇게 날아오른 수증기는 뒷날 천둥 번개와 함께 빗물로 쏟아지고, 다시 호수의 물결로 출렁일 것이다. 언뜻 보아선 '그때'와 '지금'의 물거품이 다를 바 없다.

하지만, 분명히 다르다. 방금 지나간 물결과 뒤이어 밀려오는 물결은 아무리 그 양상이 흡사하다 하여도, 거기에 간여한 역동적 자정력의 미세한 차이에 의해 서로 같을 수 없는 것. 이 물결은 이 세계에 단 한 번만 나타나는 형상, 복제할 수 없는 경이로운 '아우라'의 아우성으로 출렁인다. 덧붙이자면, 이 물결은 다양한 사유 체계들이 공존하여야만 발생한다고 할 것이며, 화이부동(和而不同)이 용인되어야만 드러나는 것이라고 해야 할 것.

따라서, 이 순환의 사이클은 자정(自淨)의 힘과 시간을 얻기 위한 자기 충전(充電) 과정으로서, 원환(圓環)의 생명운동이라 할 수 있다. 자전거 페달은 답답하고도 답답하게 자신의 안으로 파고드는 순환 운동(○)을 통해 직진력(→)을 생산해낸다. 바꿔 말하면, 자기 한계 내의 확장 의지가 팽창할 만큼 팽창해야, 근원적(radical) 직진력으로 전환될 수 있다.

이때 유의해야 할 점은 이 힘이 자신을 나누고 다시 통합하는 과정(⊗) 즉, 순서와 관계의 발생으로 얻어진다는 사실이다. 특히 유의할 점은 이때 자신을 나누는 것이 쳇바퀴살이 그 의지를 구속하는 것으로 기능하게 해서는 안 된다는 점이다. 그게 익명성 안에 숨는 것이기 때문이다.

앞서, '돌멩이와 호수'를 통해 이야기했듯, 원심력과 구심력은 동시에 존재한다. 돌멩이는 자신의 원력(願力)에 의해 자신의 목적지로 향하는 구심력이며, 호수에 그려지는 물무늬는 그에 의해 새롭게 환기되고 확산되는 원심력, 그것이다. 윤회를 자폐적인 자기 소모의 한계(혹은 그 현상)나 추급(追及)을 지시하는 말로 읽기보다는, 자기 갱신과 자기 수정의 가능성에 대한 믿음으로 해득하는 것... 신산스러운 삶의 업장(業障)으로부터의 해탈 또한 이러한 열망과 그에 준거해 발현되는 행위의 소산이 아니겠는가. 따라서, 이 사이클은 '시간적 성숙'을 의미한다. 어두운 북해 한 가운데 어느날 문득 솟아오른 것처럼 보이는 거대한 빙산... 하나, 알고 보면 이 빙산은 수 만 년 동안 적설을 체화하는 시간의 단련을 견디고 견뎌 제 몸피를 만들고 난 뒤에야 저 혼자 대양에 흘러 들어올 수 있었다.

'방생의 집' 주인인 젊은이가 "늙고 초라한 사내의 정체에 대하여 재빠른 판단(33쪽)"을 과감히 내릴 수 있었던 이유는 앞서 언급한 것처럼 '근대 도시인'이기 때문이다. '젊음'이 선호되고 젊은 것이 늙은 것을 심판하는 것이 당연시되는 '속도 지상주의'의 천국… 빠르게, 더 빠르게 가치가 교환되고 정보가 유통되어야 하는 곳…

이 주체할 수 없는 욕망의 쳇바퀴 속에서 빠져 나오기 위해선 어쩔 수 없이 도약이 필요하다. 그 도약은 이 같은 시간적 성숙, 단련의 깊이로부터 나온다. 호심(湖心)을 향해 돌진하는 돌멩이들의 무게는 각각 다르다. 얼만큼이나 멀리 갔는가, 측정해도 다를 수밖에 없다. 무게는 탄성의 전제조건이며, 사유의 깊이가 확산의 넓이를 결정한다.

시간적 성숙과 연관된 지식의 축적으로부터 지혜의 발현을 이끌어낼 수 있다는 믿음, 도약에 대한 믿음이 인문학의 출발점이지 않던가. 그 도약 속에서 '나−너', '우연−필연', '개인−집단', '과거−현재', '동시성−비동시성', '원심력−구심력' 등등… 길항적이고 타자적인 요소라고 이해되어온 것들이 통합된 '시너지 효과'를 발휘하게 되지 않을까?

물론, 필자의 이같은 소론은 실제로 허황한 꿈에 지나지 않을 수도 있다. 어떻게 설명하든, 노인의 낙향은 현실적 패배로 보일 수 있다는 것이 이 글의 논의 전체를 무화시킬 소지가 있기 때문이다.

하여, 필자는 다시 베르그송을 생각한다. 삶의 도약과 그 좌절태로서의 만상. 계속 커나가는 한 그루 나무가 있다. 그 나무의 가장 높은 마루, 실바람만 불어도 늘 흔들리는 '외롭고 높고 가난하고 쓸쓸한' 가지 끝… 보기에 따라서 그 나무의 높이는 그 나무의 한계일 수 있다. 향상적(向上的) 의지가 맞닥뜨리게 되는 자기 한계나 외적 저항… 따라서, 그 나무의 높이는 그 나무의 성장점(成長點)이 맞닥뜨린 좌절의 기록이다. 그럼에도 불구하고, 이 나무가 자신의 성장의지를 저버리진 않을 거다. 베르그송은 이를 일러 '창조적 진화'라고 했다.

나무의 높이가 나무 그늘의 너비를 지정한다. 나무의 성장과 좌절이 이룬 높이와 넓이, 그늘의 깊이.. 한 시대의 문화라는 것, 이런 것이 아니던가.

그 나무는 어제보다 더 큰 나무이며, 앞으로도 클 수 있는 가능성을 안고 바람에 흔들린다. 찬 바람을 가르며 흔들리는 가지 끝, 그건 나무가 꿈꾸고 있다는, 자신을 이대로 둘 수 없다는 꿈의 표현이다. 현실에 대한 강력한 안티테제로서의 꿈꾸기… 물결을 거슬러 물수제비를 뜨고 날아가는 무모한 돌멩이, 그 허황한 지향없이, 인간들이 이만큼이라도 걸어나올 수 있었을까... 또, 이 노인은 앞으로 걸어갈 수 있을까?

　문학이란 것 역시, 사람 마음에 문득 일어나는 꿈의 물결, 그 찬란한 물거품이 아니던가.

참고 문헌

김형효, 『베르그송의 철학』, 민음사, 1991
서광선 · 정대현 編譯, 『비트겐슈타인』, 이화여대출판부, 1980
炳谷行人 / 송태욱 譯, 『탐구 1』, 새물결, 1998
──────── / 권기돈 譯, 『탐구 2』, 새물결, 1998
──────── / 김경원 譯, 『마르크스 그 가능성의 중심』, 이산, 1999
Deleuse, G./ 김재인 譯, 『베르그송주의』, 문학과지성사, 1996
Harris, R./ 고석주 譯, 『소쉬르와 비트겐슈타인의 언어』, 보고사, 1999
Harvey, D. / 최병두 譯, 『사회정의와 도시』, 종로서적, 1983
Heidegger, M./ 이기상 譯, 『현상학의 근본문제들』, 문예출판사, 1994
Lefebvre, H./ 박정자 譯, 『현대세계의 일상성』, 주류 · 일념, 1990

5부 서평

장수익　실증의 무성한 숲과 열정의 든든한 나무

실증의 무성한 숲과 열정의 든든한 나무
― 강영주, 벽초 홍명희 연구, 창작과 비평사, 1999

장 수 익

1

우리 근대 소설사에서 벽초 홍명희(1888~1968)만큼 빈번히 언급되면서도 본격적으로 연구되지 못한 작가도 드물 것이다. 근대 소설사상 대표적인 역사소설로 손꼽히는 『임꺽정(林巨正)』의 작가로서, 그리고 1920년대 말 신간회 활동과 함께 해방 직후 문학가동맹의 위원장으로서 그가 남긴 족적은 자못 크지만, 그에 상응하는 학문적 조명은 이루어지지 못했다고 할 수 있다. 여기에는 1980년대 말까지 홍명희를 비롯한 여러 월북 작가들에 대한 연구가 제대로 수행될 수 없었다는 데 우선적인 이유가 있을 것이지만, 다른 한편으로는 그가 남긴 본격적인 문학 작품이 『임꺽정』 한 편에 그치고 있다는 것 역시 주요한 이유가 될 것이다. 현재의 시점에서 홍명희에 대한 연구가 대체로 일제 하의 역사 소설 전체를 다루는 일부로서 『임꺽정』을 언급하는 수준에 머물고 있는 것도 이와 관련된다.

이러한 사정에서 강영주 교수가 최근 발간한 역저 『벽초 홍명희 연구』는 그 의의가 대단히 크다 아니할 수 없다. 사실 홍명희와 관련하여 그 동안 저자의 학문적 행보는 단연 주목되어 왔다. 연구가 소략한 형편에서 저자는 『한국근대역사소설연구』(서울대학교 박사논문, 1986)에서 『임꺽정』의 문학사적 중요성을 드러낸 이후, 홍명희에 대한 일련의 논문들을 지속적으로 발표한 바 있으며, 그러한 연구의 연장선에서 『벽초 홍명희와 「임꺽정」의 연구 자료』(사계절, 1996)라는 편저(임형택 교수와의 공편)를 발간하는 등 홍명희 연구에 주력해 왔던 것이다. 그런 점에서 이번의 저서 『벽초 홍명희 연구』는 저자 개인의 측면에서도 그 간의 연구를 정리하는 의미가 있을 것이나, 무엇보다 국문학 연구 전체의 측면에서 볼 때도 장차 수행될 홍명희 연구의 군건한 기반을 확립한 획기적인 업적이라고 할 수 있다. 홍명희에 대한 종합적인 작가론인 이 저서가 출간됨으로써 그 동안 정치하게 연구되지 못했던 홍명희에 대한 기본적 자료와 그의 생애, 사상 등에 대한 전체적이고도 세밀한 파악이 가능해졌기 때문이다.

그렇지만 이러한 의의에 앞서 후학인 필자를 무엇보다 감복케 한 것은 이 저서에 쏟은 저자의 학문적 열정이다. 600여 쪽에 이르는 방대한 원고의 양도 그렇거니와, 그러한 양을 빼곡이 채우고 있는 각종의 실증적 자료들은 강 교수의 학문적 열정을 단적으로 알려주고 있는 것이다. 실제로 이 저서는 일제 및 군정 등에서 작성한 공식 비공식 문서와, 각종 사회 운동 및 언론의 자료집, 일제 때는 물론 해방 이후에서 최근까지의 남북한의 신문이나 잡지에 수록된 홍명희 관련 기사들, 그리고 관계자들에 대한 숱한 면담 기록 등 저자가 직접 섭렵하고 발로 뛰어야만 얻을 수 있었을 자료들로 채워져 있다. 곧 이 저서에서 제시된 홍명희의 생애와 사상은 저자의 자의적 추론에 의한 것이라기보다도 치밀한 실증적 자료에 의거한 '역사적 사실'에 든든하게 뿌리내리고 있는 것이다.

2

『벽초 홍명희 연구』에서 강영주 교수는 홍명희의 생애와 사상을 다음과 같이 3부로 나누어 그려내고 있다. 먼저 1부는 성장·수학·방랑기로서, 풍산 홍씨 가문의 장손으로 태어나 일본 유학(중학교) 도중 1910년 부친의 순국을 계기로 학업을 중단하고 중국과 동남아에서 독립 활동을 도모하다가 귀국했던 1910년대 말까지의 시기를 다루고 있다. 그 가운데 주목할 것은 홍명희가 러시아 문학과 바이런, 그리고 나쓰메 소세키를 비롯한 일본 자연주의 작품에 심취했다는 것과, 이른바 '조선 삼재'로 같이 불렸던 이광수 및 최남선과의 교우 관계를 맺었다는 것이다. 이 가운데 전자는 외국 문학이 준 영향의 일단을 볼 수 있다는 점뿐만 아니라, 향후 홍명희의 문학적 또는 사상적 편력의 근인(根因)을 드러내준다는 점에서 중요하고, 후자는 얼핏 보기에 문단사적인 일화로 간주되기 쉽지만 문학사에 있어서도 1910년대에서 1920년대에 이르는 시기의 민족주의 문학 계열의 성격을 점검하는 한 근거가 된다는 점에서 중요하게 생각된다. 여기에 더하여 홍명희가 중국에서 만났던 신채호와의 관계 역시 주목되는데, 그것은 신채호가 1920년대 초 동아일보에 「낭객의 신년만필」 등을 게재할 수 있었던 배경이 되기 때문이다.

다음으로 2부는 1919년부터 1945년까지 비타협적 민족주의자로서 또는 암묵적인 사회주의자로서 좌우익의 중도적 위치에서 당시의 각종 사회 운동을 주도했던 홍명희의 삶과 사상을 중점적으로 다루고 있다. 전체 7장으로 이루어진 2부를 둘로 나눈다면 아마도 앞부분은 신간회 해체까지가 될 것인데, 이 부분에서는 홍명희가 3·1운동 당시 충북 괴산에서 만세 시위를 일으켜 투옥된 바 있다는 것, 출옥 후에는 동아일보와 시대일보를 중심으로 활발한 언론 운동을 펼쳤다는 것, 그리고 신사상연구회·화요회·정우회를 거쳐 신간회에 이르는 당시의 사상 및 사회 운동에 주도적으로 참여했다는 것 등이 집중적으로 논구되고 있다. 물론 이러한 홍명희의 활동은 그 동안 다른 학자들의 연구를 통해서도 적지 않게 알려진 것이기도 하다. 그러나 저자는 홍명희가 사회주의 운동 단체뿐만 아니라 조선사정조사연구회 등 민족주의 관련 단체에도 관여했던 사실을 균형 있게 조명하고 있어, 그가 일제 하에서 최대의 좌우익 합작 단체였던 신간회의 핵심적 인물로 부상할 수 있었던 배경을 실증적 자료를 바탕으로 치밀하게 입증하고 있다. 그밖에도 이 부분에서는 이 시기 홍명희가 오산학교 교장으로 잠시 재직했다는 것, 최남선·정인보 등의 민족주의자들과 교유하면서도 동시에 초기 카프 계열의 문인들로부터도 은연중 지도적 인물로 대우받았다는 것, 또한 당시 "조선에서 가장 오랜, 첫 에스페란티스토"로서 에스페란토의 보급 운동에 앞장섰다는 것 등이 상세히 밝혀져 있어 자못 흥미롭다.

한편 2부의 뒷부분에서 저자는 10여 년간 연재와 연재 중단을 거듭하면서 썼던 『임꺽정』을 중심으로 신간회 해체 이후 일제 말의 은둔기에 이르기까지의 활동상을 추적하고 있다. 다만 이 저서가 『임꺽정』에 대한 본격적인 연구를 목표로 삼지는 않았기 때문에, 『임꺽정』 자체보다는 그에 관련된 작가적인 상황을 중심으로 서술되고 있다. 그러나 『임꺽정』에 대한 저자의 시각이 드러나지 않은 것은 아닌데, 신간회 활동과 겹치는 시기에 썼던 「봉단편」, 「피장편」, 「양반편」이 강담과 역사 소설 사이에서 '어정쩡한 태도'로 창작에 임한 때문에 작품적 성과에 있어서 다소간 문제가 있으나 「의형제편」과 「화적편」으로 가면서 '사실적인 환경 묘사, 등장 인물의 개성적 형상화, 우리말의 맛을 살린 빼어난 대화' 등을 통해 야담적인 요소를 불식하고 본격적인 역사 소설의 궤도에 진입했다는 평가를 내리고 있다. 이와 같은 『임꺽정』에 대한 사항 외에도 저자는 조선사와 조선문화 연구에 대한 홍명희의 기여에 대해, 그리고 일제의 압박을 피해 경기도 양주로 이주했던 1940년대 초반 은둔기의 상황에 대해 상세히 논하고 있다.

이 저서의 3부에서 저자는 해방 직후 홍명희의 정치적 활동에서부터 그가 남북연석회의를 계기로 북한에 남은 이후부터 죽을 때까지의 생애를 밝히고 있다. 특히 해방 직후는 홍명희가 신간회 시기만큼이나 활발히 사회 및 정치 운동을 펼쳤던 때여서, 저자는 당시의 정치적 입장과 구체적 활동 내용을 구명하는 데 많은 지면을 할애하고 있다. 그에 따르면, 괴산에서 해방을 맞았던 홍명희는 상경 이후 좌우익 양편으로부터 정치적 역할을 맡기려는 시도에 시달리게 된다. 여기서 저자는 당시 홍명희의 정치적 성향을 중간파로 규정하고 있거니와, 이후 좌우합작에 매진하면서 반탁운동에서 단독정부 수립 반대 운동에 이르기까지의 정치적 활동 역시 그러한 중간파적인 입장 위에 이루어진 것으로 보고 있다. 그리고 평양 잔류 이후의 시기에 대해서는 그가 북한에서 중용되었던 이유, 김일성과의 관계 등을 중심으로 언급하고 있다.

3

지금까지 『벽초 홍명희 연구』의 주요 내용을 간략히 조감해 보았다. 이처럼 간략한 조감에서도 드러나듯이, 이 저서는 한 인물의 개인사를 중심으로 한 평전을 훨씬 넘어선 지점에 있다. 홍명희라는 인물 자체가 이미 문학사뿐만 아니라 사상사, 정치사, 독립운동사, 사회 운동사 등의 광범위한 영역에 걸쳐 활동한 때문이기도 하겠지만, 저자는 홍명희라는 역사적 인물을 통해 개화기에서 195, 60년대에 이르는 우리의 현대사 전체를 가늠해 보고 있는 것이다. 그런 까닭에 견식이 짧은 필자가 이 저서에서 홍명희의 생애와 사상에 대해 논한 바를 왈가왈부하는 것은 아무래도 주제넘은 일이다. 그렇지만 조금의 소회나 의문점을 덧붙임으로써 '서평'이라는 주어진 짐을 덜어볼까 한다.

먼저 말할 것은 논하는 대상 인물과 저자의 거리에 대해서이다. 어떤 인물이든 자신이 논하는 이에 대해 애정을 가져야 할 것은 연구자가 당연히 지녀야할 윤리적인 덕목이라고 할 수 있다. 그렇지만 애정이 대상에 대한 비판과 모순되는 것은 아니다. 특히 이는 인물에 대한 전기적인 연구에 있어서 더욱 그러한데, 자칫 애정이 앞선다면 그 인물이 모든 시기에 걸쳐 일종의 완벽성을 지닌 것으로 비치는 논의가 되기 쉽다는 것이다. 물론 이 저서의 모든 언급이 다 그렇다는 것은 절대 아니다. 실제로 저서의 곳곳에서 홍명희에 대해 저자가 객관적 거리를 유지하고자 하고 있기 때문이다. 저자가 견지하고 있는 투철한 실증적 태도 역시 그러한 객관적 거리를 만드는 데 일조하고 있다. 그러나 예를 들어 다음과 같은 부분을 보면, 홍명희에 대해 과도하게 애정을 기울인 것 같은 감을 지울 수 없다.

> 따라서 홍명희가 시위 현장에 자진출두하여 괴산 만세시위가 폭력적인 양상으로 격화되지 않도록 군중에게 자제를 촉구했던 것은, 서울에서 3·1운동을 기획한 지도자들이 애초에 의도했던 운동의 수위를 그가 사전에 감지하고 있었음을 시사하는 동시에, 그 역시 당시 시점에서는 폭력 시위를 감행한다 하더라도 희생만 자초할 뿐 독립을 쟁취하는 것은 불가능하다고 믿고 있었음을 말해주는 것이라 생각된다. (중략) 그러나 홍명희의 경우, 조선의 독립이 당분간 불가능하다고 보았다는 것은 오랜 해외 생활을 통해 제1차 세계대전 전후의 세계 정세에·나름대로 정통해 있던 그가 민족 해방이 일거에 달성될 수 없는 엄혹한 현실을 냉철하게 직시한 결과로 보아야 할 것이다.(p.142)

사실 저자는 위의 인용 뒤에 이 시기의 홍명희가 부르주아 민족운동 단계의 사상적 한계에 머물러 있었다고 덧붙이고 있다. 그렇다면 오히려 괴산 만세 시위 당시의 홍명희가 보였던 모순적인 행동은 위의 인용처럼 합리화될 것이 아니라 그 한계 속에서 설명하는 것이 더 적절하지 않은가 여겨진다. 그럴 때 이후 홍명희가 민족개량주의자들과 다른 길을 걸어나갔던 것 역시 부르주아 민족 운동의 한계를 절감한 때문으로 설명될 수 있을 것이다.

두 번째로 말할 것은 홍명희가 가졌던 사상의 구체적 내용에 대해서이다. 이 저서에서는 비타협주의적 민족주의와 공산주의 양자를 축으로 홍명희의 중도적 사상을 설명하고 있지만, 그럼에도 불구하고 그 상반된 사상들이 어떻게 홍명희 개인의 내면 속에 연관 또는 통합될 수 있었는지가 분명하게 다루어지고 있지는 않다. 더욱이 아쉬운 것은 홍명희가 신간회 시기나 해방 직후의 기간에 대단히 활발한 활동을 했고 우여곡절도 많이 겪은 만큼 원래 가지고 있던 사상이 변화 또는 성숙하지 않을 수 없었을 것이지만, 그러한 변화 또는 성숙의 면면이 충분하게 드러나지 못했다는 점이다. 이는 결국 홍명희가 견지했던 중도성 또는 포용성의 구체적 내용이 불충분하게 논해졌다는 것으로 요약될 것인데, 물론 홍명희 자신이 그의 사상에 대해 직접적으로 언급한 경우가 거의 없기 때문에 이러한 의문은 저자가 아니라 그 누구라도 풀기가 지난하거나 아예 불가능한지도 모른다. 그렇지만 이 의문이 풀릴 때, 우리는 식민 치하에서 독립과 혁명이라는 양대 과제를 통합하는 사상사적 과정을 올바르게 이해할 수 있을 뿐만 아니라, 신간회라는 사회운동 단체의 성격에 보다 심층적으로 접근할 수 있을 것이며, 그 곁가지의 문제로서 1920년대 말 당시 과연 홍명희가 공산당원이었는가 아니었는가 또는 1948년 남북연석회의가 끝난 후 북한에 잔류하게 된 연유는 무엇이었는가라는 개인사적인 의문도 해결될 수 있을 것이다.

그렇지만 이러한 지적들은 이 저서가 지닌 심대한 연구사적 의미에 비추어본다면, 실상 흠집 아닌 흠집 잡기에 지나지 않는다. 사실 필자의 기대와 관심은 다른 곳에 있다. 『임꺽정』에 대한 저자의 이후 연구에 대해서인데, 필자의 개인적 소감으로는 이번의 저서에서 얼핏 드러낸 『임꺽정』에 대한 연구 내지 문학사적 평가의 방향은 아직까지 대체로 저자가 박사논문에서 『임꺽정』을 다룰 때 언급했던 논지와 유사하다고 생각된다. 이후의 연구에서는 그러한 논지가 보다 심화되고 폭도 넓어져서 그야말로 『임꺽정』에 대한 전면적인 연구가 수행되어 필자와 같은 후학들에게 작품론의 전범을 보여주었으면 하는 바람이다.

학회 소식 및 논문 투고 안내

1. <문학사와 비평 연구회>에서는 다음처럼 2000년도 학술대회를
개최하고자 합니다.

일시: 2000년 9월 22일(금) 10시
장소: 출판문화회관
주제: 김동인 선생 탄생 100주년 기념 학술대회

2. 학술대회 발표 논문을 중심으로『김동인 문학의 현재성』(가제)이
란 란 논문집을 간행하고자 하니 다음 안내를 따라 논문을 투고해 주
시기 바랍니다(투고 논문은 본 학회의 논문집 편집위원회의 심사를 거
쳐 게재 여부를 결정함. 게재 논문 한 편 당 5만원의 게재료를 학회에
내야 함).

내용: 일반론 또는 작가론
   1. 예컨대「김동인 문학과 근대성」,「김동인 문학에서의 '예술'
      개념」
   2. 김동인 문학을 중심에 둔 논문이어야만 함. 이 주제를 벗어
      난 일반 논문은 수록하지 않을 예정임.
분량: 100 매 가량

주 형식: 각주

제목: 장마다 소제목을 붙임

참고문헌: 반드시 달아야 함.

원고마감: 2000년 10월 30일(논문집 발간 예정일: 2001년 2월 28일)

제출처: 서울시 마포구 상수동 홍익대학교 사범대학 국어교육과 정
   호웅 교수 연구실

   (인터넷 yuhaj@wow.hongik.ac.kr, 전화 320-1885)

3. 문학사와 비평 연구회 논문 심사 규정

1. 본 학회의 논문심사를 위하여 <논문심사위원회>를 구성하며
   위원장은 회장이 맡는다.

2. 본 학회의 논문집에 게재를 원하는 모든 필자는 <논문심사위
   원회>의 게재 인가를 받아야 하며, <논문심사위원회>의 수
   정 요구 사항을 이행해야 한다.

3. 논문심사 기준

 1) 체재: 제출된 논문의 체재가 본 학회의 논문집 게재에 적합
    한가의 여부

 2) 내용: 창의성, 완결성, 적절성

4. 논문 게재는 심사위원 과반수의 찬성으로 결정한다.

5. 논문 심사 결과는 개별 통보한다.

6. 이 규정은 1995년 3월 1일부터 시행한다.

4. 학회 연락처: 서울시 마포구 상수동 홍익대학교 사범대학 국어교
육과 정호웅 교수 연구실 (인터넷 yuhaj@wow.hongik.ac.kr,

   전화 320-1885)

5. 회비 납부: 연회비 20,000원(연회비를 낸 회원에게만 학회지『문학사와 비평』을 우송함)
　회비 납부 통장: 우체국 012559-0040390(예금주: 문학사와 비평 연구회)

필자 소개

김경수　중앙대 강사
김병용　백제예술대 교수
김민정　서울대 박사과정 수료
김응식　중앙대 국문학과 교수
남기혁　서울대 강사
문흥술　서일대 교수
박상준　한신대 강사
박현수　인천 재능대 교수
전봉관　한신대 강사
천정환　서울대 강사
정선태　한신대 강사
정호웅　홍익대 국어교육과 교수
진정석　홍익대 강사

한국 현대문학의 근대성 탐구

인쇄일 초판 1쇄 2000년 05월 06일
        2쇄 2015년 05월 23일
발행일 초판 1쇄 2000년 05월 11일
        2쇄 2015년 05월 25일

지은이 문학사와 비평연구회
펴낸이 정 찬 용
발행처 **국학자료원**
등록일 제2-412호
서울시 강동구 성내동 447-11 현영빌딩 2층
Tel : 442-4623~4 Fax : 442-4625
www.kookhak.co.kr
E- mail : kookhak2001@hanmail.net

가 격 17,000원